비평 현장과 인문학 편성의 풍경들

1970년대 『창작과비평』을 중심으로

엮은이

소영현(蘇榮炫, So, Young-Hyun) 연세대학교 국학연구원 HK연구교수

지은이

소영현(蘇榮炫, So, Young-Hyun) 연세대학교 국학연구원 HK연구교수
김 항(金杭, Kim, Hang) 연세대학교 국학연구원 부교수
최기숙(崔基淑, Choe, Key-Sook) 연세대학교 국학연구원 부교수
신주백(辛珠柏, Sin, Ju-Back) 연세대학교 국학연구원 HK연구교수, 역사학자
김나현(金娜賢, Kim, Na-Hyun) 연세대학교 학부대학 강사
송은영(宋恩英, Song, Eun-Young) 성공회대학교 동아시아연구소 학술연구교수
손유경(孫有慶. Son, You-Kyung) 서울대학교 국어국문학과 교수
박연희(朴娟希, Park, Yeon-Hee) 동국대학교 한국문학연구소 연구교수
유승환(劉承桓, Yoo, Sung-Hwan) 대전대학교 박사후연구원
전우형(全祐亨, Chon, Woo-Hyung) 중앙대학교 연구처 중앙사학연구소 부교수
김우영(金佑營, Kim, Woo-Young) 세종대학교 대양휴머니티칼리지 초빙교수

비평 현장과 인문학 편성의 풍경들 1970년대 『창작과비평』을 중심으로

초판인쇄 2018년 6월 20일 **초판발행** 2018년 6월 30일
엮은이 소영현 **펴낸이** 박성모 **펴낸곳** 소명출판 **출판등록** 제13-522호
주소 서울시 서초구 서초중앙로6길 15, 1층
전화 02-585-7840 **팩스** 02-585-7848 **전자우편** somyungbooks@daum.net **홈페이지** www.somyong.co.kr

값 33,000원 ⓒ소영현 외, 2018
ISBN 979-11-5905-286-6 93810

이 저서는 2008년도 정부(교육과학기술부)의 재원으로 한국연구재단의 지원을 받아 수행된 연구임(NRF-2008-361-A00003).

소영현 편

비평 현장과
인문학 편성의
풍경들

Field of Criticism
and Landscapes
of Arrangement
of Humanities

1970년대 『창작과비평』을 중심으로

소명출판

발간에 부쳐

『비평 현장과 인문학 편성의 풍경들』은 연세대학교 국학연구원 인문한국(HK) 사업단이 한국연구재단의 후원으로 추진한 '21세기 실학으로서의 사회인문학' 프로젝트의 산물이다. 국학연구원 HK사업단에서는 사회인문학의 학적 수립을 위한 구체적 방안 가운데 하나로 인문학의 현장성 복원에 관심을 기울여왔다. 비평의 실천성에 대한 지속적 논의는 그러한 관심의 일환이었다. 이 책은 인문학의 현장성과 비평의 실천성을 되살리고 그 과정에서 제기된 논점을 학술장 내부의 의제로 이끄는 탈경계적이고 융복합적인 소통을 시도한 산물이다.

이 책이 초점을 맞춘 시기는 급격한 산업화가 진행되면서 현실과 역사를 바라보는 인식적 체계가 요동치고 민중론과 민족주의가 부각되는 한편, 세계사적으로는 냉전과 탈냉전의 구도가 재편되던 1970년대 전후이다. 연구팀은 이 시기에서 비판적 대응을 선도한 『창작과비평』에 주목하여 비평의 실천성이 형성되는 기원적 면모를 추적하고자 했다. 특히 비평이 학술장과 제도권 안팎을 매개함으로써 인문학을 탈구축하는 예시적인 장면은 연구팀이 포착해내려 했던 바다. 그렇게 이 책의 시선은 매체에 대한 연구에 머무르지 않고, 비평이 사회운동으로서 어떤 역할을 할 수 있고 해 왔는가를 조명함으로써 비평과 인문학 연구의 경계를 허무는 쪽으로 나아갈 수 있었다.

이 책은 서로 다른 학문분과에 기반을 둔 여러 연구자들의 다양한 관심과 접근이 모아질 때 인문학적 성찰에서도 융복합적 시너지효과의 제고가 가능함을 보여주고 있다. '촛불혁명' 이후의 한국은 여전히 권력과 부패, 핵과 생태론, 경제성장과 지속가능성, 인권과 성 평등이라는 문제들의 소용돌이 속에 있다. 이런 상황 속에서 과연 무엇을 어떻게 보고 어디서부터 시작해야 할지를 묻고 답하려는 것이 사회인문학의 문제의식일 것이다. 오늘을 있게 한 직접적 전사로서의 1970년 전후를 비춘 이 책이 인문학의 현장성과 비평의 실천성에 대한 논의를 새롭게 열 수 있으리라 기대한다.

2018년 3월
연세대학교 국학연구원 인문한국사업단장 신형기

책머리에

 2015년 문단 안팎에 충격을 안겨준 표절 시비 논란과 2016년 '문단_내_성폭력' 해시태그 운동을 거치면서 한국 문단은 급격한 변화를 겪고 있다. 비평 중심의 계간지 시스템이 전면적으로 점검되고 새로운 형식의 문예지가 다각도로 실험되고 있다. 계간지와 월간지 중심으로 유지되던 문예지 지형에서 반년간지, 격월간지 등 규격성을 탈피하려는 시도가 가시화되었고, 창작이나 서평 혹은 동인지 형식의 문예지가 등장하면서 글쓰기 형식에 대한 새로운 시도도 활발하게 이루어지고 있다. 유수의 출판사를 거점으로 한 문예지 발간의 형식에도 변화가 생겨 텀블벅 등을 활용한 생산과 소비의 재편 가능성이 새롭게 모색되고 있다.

 이러한 변화는 문예지의 형식에만 한정되지 않고 문학장 전체로 확산되고 있다. 문단권력 비판의 이름으로 지속되었던 문학장의 재편이 실질적이고도 구체적인 형태의 새로운 문학으로 구현되고 있다. 비평 중심의 문단 운영이 비판적으로 재고되면서 최근에는 운동 형태로 급속도로 확산되고 있는 페미니즘 이슈로 문단의 적폐로서 언급되었던 권위주의적 문단 문화에도 비판의 칼날이 겨눠지고 있다. 문학장의 생산과 소비의 양상이 바뀌고 있으며 문학 창작물 자체의 성격에도 전면적 변화가 예고되고 있다. 이러한 사정을 두루 염두에 두자면, 비평 중심의 계간지 형식이 틀을 마련하면서 문학장과 학술장의 재편을 이끌던 1970년대의 비평 현장과 인문학적 지형의 재편 과정을 점검하는 작업의 의미는 크다고 하겠다.

　1966년 창간된『창작과비평』은 2015년 반세기의 역사를 맞이했다.
『창작과비평』으로 압축되는 계간지의 역사는 한국문학장과 인문학장
의 형성과 변화 그리고 재편의 과정을 고스란히 들여다볼 수 있는 시간
이기도 하다.『비평 현장과 인문학 편성의 풍경들』에서는『창작과비
평』과 1970년대 인문(학)적 지형에 관한 논의가 다각도로 이루어졌음
에도, 1966년 창간에서 1980년에 이르는 시기의 문예지이자 학술지이
며 종합지적 성격을 띠는『창작과비평』에 대한 전면적 논의가 없었음
에 착목해서『창작과비평』을 중심으로 한 비평 현장과 인문학장의 편
성을 엄밀하게 살펴보고자 했다.

　이 작업이 한 권의 책이 되기까지 꽤 긴 시간이 필요했다. 2012년부
터 3년여간 격주로 이루어졌던 세미나 클러스터를 통해 다져진 문제의
식이 2014년 2월 학술대회를 통해 학술적인 의제로서 틀을 마련하게
되었다. 학술대회에서는 한국 비평장이 형성되는 과정과 그것이 야기
한 사후적 효과가 다각도로 논의되었다. 학계의 심도 깊은 토의를 거쳐
유의미해진 논의를 가다듬어 이제 한 권의 책으로 묶는다. 전체 2부의
구성으로, 제1부 '비평 현장의 지형과 외연'에서는 인문학장 편성의 밑
그림이 다루어졌다. 구체적으로 다양한 분과학문적 맥락 위에 놓인
『창작과비평』의 위상과『창작과비평』이 던진 문제제기가 검토되었다.
제2부 '중심/주변의 경계와 동학'에서는 주요 담론에 대한 본격적인
재고와 함께 그간 소홀히 다루어졌던 젠더와 제3세계, 번역 문제 등 다
양한 담론들이 검토되었다.

　김항의「'리얼한 것'의 정치학—1960년대 말 한국의 리얼리즘론」에

서 시도되는 것은 비평의 역사에 대한 재고이다. 김항은 하나의 발화가 현실이나 다른 발화를 전유하는 과정에서 형성되는 담론적 퇴적물의 추적을 비평의 역사에 대한 탐사로 이해한다. 이러한 관점에 입각해서 김항은 1960년대 말 한국에서 전개된 리얼리즘론을 검토한다. 김현과 김윤식의 비평의식에서 충분히 예각화되지 못했던 리얼리즘이 백낙청의 비평에서 구체화되고 있음을 고찰하고 리얼리즘의 역사화를 시도한다. 비평을 둘러싼 기존의 리얼리즘론을 비껴가면서, 리얼리즘론이 실체로서 현실에 존재하는 것에 대한 논의가 아니라 언어 행위를 통한 새로운 세계의 개시와 연관된 것이며, 그것이 백낙청의 '시민문학론'을 통해 논의되고 있음을 짚는다. 김항은 비평의 역사에 대한 탐사를 통해 1960년대 말 한국에서 재편되던 인문학 편성의 지층에 대한 관심을 환기한다.

「『창작과비평』(1996~1980) : '한국/고전/문학'의 경계 횡단성과 대화적 모색'―확장적 경계망과 상호참조 : 이념·문화·역사」에서 고전 텍스트와 고전을 둘러싼 담론의 지형과 게재의 맥락이 갖는 사회문화적 의미를 고찰한 최기숙은『창작과비평』의 종합지이자 학술지로서의 성격을 강조한다. 최기숙이 고전과 전통 담론을 둘러싼 역사적 순환론을 벗어나 고전의 학문적 위치 설정과 문화적 역할, 나아가 고전의 사회적 역할까지를 주목하고자 한다. 그 점에 착목하여 1970년대 주요 매체로서의『창작과비평』이 학술적 지평을 여는 동시에 고전의 발굴을 통해 독서물을 소개하고 비평과 서평, 좌담을 통해 세계와 역사, 사회와 문화, 주체와 대상을 사유하는 '시선'과 '세계관'을 마련하고 있음을 짚는다. 텍스트를 중심에 둔 '이념화하지 않는' 이념 지향성이나 개별 글에서 포착되는 '경계횡단성'과 '통섭'의 면모에 대한 최기숙의 지적은 『창작과비평』에 대한 확장적 이해의 시야를 열어준다.

역사학자 신주백은 「1960년대 한국사회에서 관점과 태도로서 '내재적 발전'의 형성과 동북아시아의 지적 네트워크」에서 민족, 민중 담론의 근거지인 『창작과비평』이 탄생할 수 있었던 학술적 기반을 집중적으로 검토한다. 1970년대의 인문학 편성의 재편을 불러오게 될 전사로서의 1960년대를 중심으로, 이른바 '내재적 발전'을 둘러싼 동북아시아 차원의 논의를 검토한다. 신주백은 '내재적 발전'이 관점이자 태도라는 점을 환기하는 동시에 '지역으로서의 동북아시아' 차원에서 전개된 지적 교류의 맥락을 쫓으면서 1960년대에 북한, 한국, 일본 학계에서 각기 다르게 형성되어간 내재적 발전의 학술사적 형성과정을 재구한다. 신주백은 학문의 경계뿐 아니라 학술장의 경계가 어떻게 상호 영향을 주고받으며 형성되었는가를 세밀하게 추적하면서, 인문학 편성의 재편을 추동하는 동력이 1950년대로까지 거슬러 오르는 지적 교류 네트워크 속에서 확인되며, 정치사회적 변동의 시간인 1960년대를 거치면서 분화되고 있있음을 포착한다.

만해문학상의 제정과 운영은 『창작과비평』의 성격을 파악할 수 있는 중요한 면모 가운데 하나이다. 한용운론은 『창작과비평』의 성격을 단적으로 드러내주는 장소이다. 「1970년대 『창작과비평』의 한용운론에 담긴 비평전략」에서 김나현이 주목한 지점은 『창작과비평』의 비평적 지향이 만들어지는 과정에서 개입된 한용운에 대한 관심과 평가이다. 민족문학론에 집중된 그간의 『창작과비평』에 대한 논의를 백낙청과 염무웅을 중심으로 이루어진 한용운론을 통해 재구하면서, 김나현은 백낙청의 초기 문학론과 염무웅의 한용운론을 중심으로 한용운이 '시민문학'의 계보에 기입되는 순간이 의미하는 바를 짚는다. 그 과정에서 혁명과 사상, 문학을 일치시키려는『창작과비평』의 비평 전략이 마련되고 구축되었으며, 한국문학의 비평적 범주가 반제국주의, 반봉건제를 표방하는 근대의 성취 문제로 다루어지게 되었음을 짚는다. 한용운에 대한 재평가의 과정을 추적하는 과정에서 운동의 사상적 지반과 운동으로서의 문학에 대한『창작과비평』의 고민의 흔적을 확인하게 된다.

「민족문학이라는 쌍생아—1970년대『창작과비평』의 민중론과 민족주의」에서 송은영은 1970년대 민족문학론, 1980년대 민중문학론, 1990년대 분단체제론, 2000년대의 동아시아론으로 변주되어온『창작과비평』의 민중론을 민족주의적 관점에서 계보화하고, 강조점의 차이에도 불구하고 근본적 지층에서 반복되고 있는『창작과비평』의 민중론에 대한 발본적 비판을 시도한다. 구체적으로 민중 개념이 현재의 함의를 갖게 된 역사적 맥락에서 민족문학론으로서의 농민문학, 시민과 국민의 실체가 농민인 상황까지를 짚으며, '민중'에 대한 보편적 책임의식과 '민중주의'의 공과에 대한 비판의 분리를 시도한다. 송은영은『창작과비평』이 견지하는 민족주의를 탈신화화하는 방식으로 민중론에 대한 비판적 재론을 시도하면서, 실질적으로 쉽게 질문되지 않았던 성역인 지식인 중심의 가치담론에 비판의 칼날을 겨눈다.

「현장과 육체—『창작과비평』의 민중지향성 분석」에서 손유경이 검토하는 지점도『창작과비평』이 표방하는 민중지향성이다. 현실 참여적 잡지라는 매체적 속성이『창작과비평』의 민중지향성에 대한 온전한 판단을 가로막은 측면이 있음을 지적하면서, 손유경은『창작과비평』의 현대문학 담당자들을 대상으로 민중의 현장과 육체, 즉 가난과 민중의 몸을 향한 지식인의 열망을 들여다보았다. 손유경은 『창작과비평』의 저항정신, 불굴의 의지, 건강성, 생명력, 포용력이라는 민중의식이 추상적 이념의 자리가 아니라 『창작과비평』의 발간을 통해 완수되고 있었던 것은 아닌지, 민중지향성이라는 용어가 '민중적 몸의 현현으로서의 잡지' 발간이라는 행위를 통해 구축되고 실체화되었던 것은 아닌지 신랄하게 질문한다.

「제3세계문학의 수용과 전유―『창작과비평』의 미국 흑인문학론을 중심으로」에서 박연희는 탈냉전시대로 접어든 국제사회에서 유의미한 영역을 마련하고 있는 제3세계문학론의 수용이 갖는 문제점을 지적한다. 이를 통해 『창작과비평』의 민족문학론에 대한 다른 이해를 열어줄 관점을 확보한다. 박연희는 『창작과비평』이 서구 식민주의와 자민족중심주의를 극복할 수 있는 이론적 거점을 제3세계 민중성에서 발견하는 과정을 추적한다. 흑인 특유의 정체성을 강조하는 네그리튀드 개념에 입각한 아프리카 문학이 아닌 미국 흑인문학이 제3세계문학으로 전유되는 과정을 짚으면서, 제3세계론이 비서구가 아닌 미국이라는 새로운 서구에 대한 욕망을 누설하는 것임을, 백낙청의 제3세계론이 중역된 아메리카니즘에 연루되어 있음을 날카롭게 지적한다.

유승환은 「모국어의 심급들, 토대로서의 번역―유종호의 '토착어'와 백낙청의 '토속어'」에서 1960년대 후반 이후 모국어로서의 한국어에 대한 감각 변화를 짚어본다. 논의를 위해 한글세대의 문학사적 위상을 재고하고, 문체의 변혁을 추동한 요인에 대한 근원적 탐색을 시도한다. 토착어, 토속어에 대한 비평으로 이루어진 모국어의 심급에 대한 호명의 계기, 해방 이후 남한의 언어적 상황 변화와 그에 따른 번역의 표상 변화를 검토하면서, 번역 가능성에 대한 새로운 인식과 전망이 모국어에 대한 감각 변화를 추동했음을 포착한다. 유종호의 토착어론의 의의와 한계를 짚는 한편, 변화된 번역 상황에 대한 대응 전략의 차이에 의해 모국어의 심급이 분화되는 계기를 백낙청의 토속어론에서 발견한다. 1960년대 후반 이후 모국 문학어의 재편이 언어의 아카이빙이라는 집단적 실천을 통해 이루어졌다는 가설의 본격적 논의가 기대를 모은다.

「번역의 매체, 이론의 유포—A. 하우저의 『문학과 예술의 사회사』 번역과 차이의 담론화」에서 전우형은 번역 그 가운데에서도 이론의 번역 문제에 천착한다. 구체적으로는 문학보다 먼저 번역 소개된 문학이론이자 출판사 창비가 처음 출간한 번역서인 『문학과 예술의 사회사』를 중심으로 번역의 매체이자 이론 유포의 장으로서의 『창작과비평』의 성격을 고찰한다. 한국문학의 사적 계보를 구성하고 기원을 재설정하는 자리에서 그리고 전통과 고전을 현대적 시선으로 재호명하는 과정에서 직접적으로 그리고 우회적으로 『문학과 예술의 사회사』가 미친 영향이 적지 않음을 지적하는 동시에, 비평의 번역을 통한 이론의 유포는 서양과의 유비적 인식틀에서 벗어나 한국문학과 문학의 주체 스스로를 정립하게 한 실험이었음을 밝힌다.

번역이라는 문제틀을 두고 다각화된 논의가 생겨나고 있는 것에 비하자면, 『창작과비평』을 대상으로 한 젠더 연구는 뚜렷한 증가세라고 말하기 쉽지 않다. 「남자(시민)되기와 군대—1970년대 『창작과비평』을 중심으로」에서 김우영은 『창작과비평』을 젠더적 관점에서 재고하고자 한다. 김우영은 여성의식에 대한 연구에서 나아가 군대 경험을 통해 형성된

1970년대 남성성의 면모에 주목한다. 무엇보다 이때의 군대 경험이 해외 파병의 형태로 이루어진 베트남 전쟁이었다는 사실은 강조될 필요가 있는데, 베트남 전쟁을 통해 한국의 남성성은 식민지 남성성을 탈피하고 제국의 남성성과 동일시하는 쪽으로 나아갈 수 있었기 때문이다. 김우영은 『창작과비평』에서 군대와 군인 그리고 국민으로 호명되는 군필 남성에 대한 비판이 빠져 있다는 사실이 갖는 의미를 환기하면서 『창작과비평』이 누락한 군사주의와 젠더에 대한 성찰을 적극적으로 촉구한다.

한국 인문학 편성의 변곡점이라 할 1970년대를 중심으로 『창작과비평』이라는 대표적 매체를 대상으로 한 집약적 연구가 우여곡절 끝에 한 권의 책으로 묶이게 되었다. 그간 난제로 다루어진 논점에서 새롭게 부각된 논점까지 서로 다른 학문분과에 기반한 연구자들의 협업으로 이루어진 이 책은 다양한 관점이 불러오는 연구의 활기로 새로운 학술적 의제를 제안하고 연구의욕을 자극한다. 본격적인 의미에서 당대의 문학장에 대한 역사적 성찰이 시작되었음을 알리는 이 책을 계기로, 인문학의 현장성과 비평의 실천성에 대한 활발한 논의가 개진되기를 기대한다.

1970년대를 거점으로 매체와 문학 그리고 운동의 상호작용과 그 역사적 공과에 대한 검토를 통해 비평 현장과 인문학 편성의 면모를 들여다볼 수 있도록 연구의 장을 마련해 준 연세대학교 국학연구원 HK사업단 선생님들께 감사드리며, 함께 연구를 수행한 필자 선생님들께 감사를 전한다. 책을 만들어주신 소명출판에 감사드린다.

2018년 3월
필자를 대신하여 소영현

차례

제1부
비평 현장의 지형과 외연

제2부

중심/주변의 경계와 동학

중심/주변의 위상학과
한반도라는 로컬리티

'성지'가 곧 '낙원'이 되는 일

소영현

1. 비평 계보의 역사화―『창작과비평』과/의 문학

    종합지를 지향했던 『창작과비평』(이하 『창비』)에서 (예술을 포함한) 문학의 비중은 컸다. 남정현의 소설 「분지」(『현대문학』, 1965.3)가 용공작품으로 분류되어 반공법 위반으로 조사받은 1965년의 이듬해에 창간되어 비상계엄령에 따른 언론 통폐합 조치에 의해 '사회정화'의 이름으로 1980년 7월 총 172종의 정기간행물이 취소되던 시기까지 발간되었던 사정(『창비』의 경우 1980년 여름호인 56호까지)을 염두에 두자면 흥미로운 면모로도 보인다.[1] 그 기간 동안 『창비』에는 67명의 작가에 의한

---

1   이때 문학이 차지한 비중은 『창비』 내에서 창작란의 비중 자체라기보다 문학이 당대 사회에서 점했던 위상이라는 맥락 속에서 이해되어야 한다. 실제로 문학작품의 수효나 잡지 내 분량으로 따지자면 해방 이후로 막강한 영향력을 행사하던 문예지(『현대문학』이

174편의 소설이 실렸다.[2] 방영웅, 이문구, 이정환, 김춘복, 서정인, 이호철, 박태순, 송영, 윤정규의 소설이 『창비』에 여러 차례 실렸다. 방영웅이 장편소설을 3회에 걸쳐 분재하고 6편의 단편소설을 실었으며, 이문구가 장편소설을 연재하고(4회) 「관촌수필」 연작과 「우리동네」 연작을 각 2편씩, 이정환이 「까치방」 연작과 장편소설을 연재하고(4회) 단편소설을 실었다. 김춘복은 두 차례에 걸쳐 장편소설을 연재했으며, 단편소설도 실었다. 서정인이 단편소설 7편을, 이호철이 단편소설 6편을, 박태순이 「외촌동사람들」 연작을 포함한 단편소설 6편을, 송영이 단편소설 5편을, 윤정규가 연재소설(2회)과 단편소설 3편을 실었다. 그 외에도 김성홍, 김정한, 문순태, 박용숙, 백우암, 손춘익, 송기숙, 송기원, 신상웅, 이주홍, 최창학, 한남철, 한승원, 황석영 등이 3~4회에 걸쳐 『창비』에 소설을 실었다.[3]

　게재 작품수와 '창비'('창비'는 『창비』가 생산한 담론과 그 효과를 포괄하는 용어로 사용한다) 고유의 성격 사이의 상관성에 과도한 의미부여를 할 필요는 없을 것이다. 그럼에도 이 목록이 『창비』를 통해 등단한 신인 소설가 목록— 최창학(「창」), 송영(「투계」), 방영웅(『분례기』), 김춘복(『쌈짓골』) — 과 중복되며, 두 목록이 다시 『창비』에 장편소설을 연재(분재)한

나『문학춘추』)나 '4·19 세대' 정신의 구현으로서 등장한 문학동인지(『산문시대』나 『68문학』) 등이 월등하다. 『창비』에서 문학에 부여된 의미는 산술적 의미의 수효나 분량과는 다른 차원에서 다루어져야 하는 것이다.

2　잡지는 『창작과비평』 15호(1969)가 합병호였고 1971년 겨울호가 결간되었으며 정치적 이유로 신인투고작 2편이 실리지 못했다. 신동문·이호철·신경림·염무웅·백낙청, 「'창비' 10년—회고와 반성」, 『창작과비평』 39, 1976.봄, 8쪽; 김병익·염무웅, 「대담 —『창작과비평』, 『문학과지성』을 말한다」, 『동방학지』 165, 연세대 국학연구원, 2014, 281쪽.

3　장·단편의 구분 없이 발표 횟수를 기준으로 한 다음과 같은 정리가 가능하다.

소설가 목록 — 방영웅(『분례기』), 이문구(『장한몽』), 신상웅(『심야의 정담』), 윤정규(『신양반전』), 이정환(『샛강』), 김춘복(『쌈짓골』·『계절풍』), 송기숙(『암태도』). 총 7인 8편 — 과도 꽤 겹친다는 사실을 짚어둘 수는 있을 것이다. 작품 관련 세목을 일일이 밝히지 않더라도 목록이 환기하는 의미를 가늠하기는 어렵지 않으며, 이 작가들의『창비』에의 기여를 우회적으로 가늠해볼 수 있기도 하다. '창비' 고유의 성격을 채우거나 입증했던 소설가와 작품 목록을 이로부터 재확인하는 것도 어쩌면 가능할 수 있을 것이다. 추천제를 통한 신인 등단과는 다른 방식의 신인 발굴에 『창비』가 고심했던 흔적이 역력해서, 이 목록에서『창비』가 이른바 김동리와 조연현으로 대표되는 기성 문단과의 엄연한 단절을 꾀했다는 판정을 부풀리는 근거를 찾을 수도 있을 것이다.[4]

발표 수	작가 수(총 67인)	작가(가나다순)
1회	29인	강신재, 강용준, 곽학송, 권정생, 김국태, 김남, 김문수, 김상렬, 김수남, 김용성, 김원일, 박순녀, 백시종, 서영은, 송숙영, 안수길, 유재용, 이원수, 이정호, 정을병, 조세희, 조정래, 조해일, 천승세, 최일남, 한각수, 현기영, 홍성원, 황순원
2회	13인	구중관, 김승옥, 김웅, 박완서, 서기원, 오영수, 오유권, 윤흥길, 이청준, 전상국, 조선작, 하근찬, 한천석
3회	9인	김성홍, 김주영, 문순태, 박용숙, 손춘익, 이주홍, 최인훈, 한남철, 한승원
4회	7인	김정한, 백우암, 송기숙, 송기원, 신상웅, 최창학, 황석영
5회	3인	송영, 윤정규, 이호철
6회	1인	박태순
7회	2인	서정인, 이정환
8회	0인	
9회	2인	김춘복, 방영웅
10회	1인	이문구

4 1960년대 후반의『창비』는 '기존의 보수적 문협 체제에 반대하는 비판적 문인들의 연합체적 성격'을 가지고 있었다는 염무웅의 발언(염무웅·김윤태, 「1960년대와 한국문학」, 강진호 외, 『증언으로서의 문학사』, 깊은샘, 2003, 418쪽) 등도 이러한 판단을 강화하는

그러나 정작 '창비' 고유의 성격을 담지한 것으로 거론되었던 '농촌
소설·농민소설'이 『창비』출신 신인 소설가와 특정 작가에 의해 집중
적으로 창작된 것은 아니어서, 『창비』출신 신인 문인과 '창비' 고유의
성격 축조를 직접적 상관관계로서 논의하는 것은 유보되어야 하지 않
는가 하는 점을 따져보게 된다. 좀 더 근본적으로는 '창비' 고유의 성격
에 대한 질문 자체가 불필요한 것은 아닌가 자문하게 되는 것도 사실이
다. '창비' 고유의 성격이 잡지의 편집 기획이나 편집자의 의도와 긴밀
하게 결박되기 쉽지 않다. 편집자의 의도가 게재된 글을 통해 고스란히
구현된다고 말하기도 어렵다. '창비' 고유의 성격에 대한 밑그림이 가
능하다 해도 그것은 '창비' 자체가 아니라 '창비'를 포함한 문학장과 학
술장에 미친 지식효과를 통해서나 추정될 수밖에 없을 것이다.

　　'창비' 고유의 성격 형성 과정에서 통일에 대한 인식 부족을 근거로
그간 고평되던 김수영의 문학적 가치가 재고되었고 카뮈나 카프카의 작
품보다 선진적 측면이 한용운의 시에서 발견되었다. '농촌문학'이 새로
운 문학의 이름으로 호명되기도 했다. 1970년대 전반기를 지나면서
『창비』를 통해 이러한 논의들이 이른바 '창비' 고유의 성격으로 수렴되
고 압축되었다. 민족문학론이 문학사적 가치 유무를 판정하는 작업을
배면에 깔고 있었음을 고려할 때 '농촌문학'을 새로운 문학의 이름으로
호명하고 그것을 "참다운 우리 시대의 문학, 진정으로 오늘을 사는 문학
이라는 뜻에서의 한국의 '근대문학'"[5]으로 명명하는 작업의 갈피에서
논리적 역전이나 비약의 지점을 발견하게 된다. 따지자면 이 과정의 어

　　데 일조했다.
5　백낙청, 「民族文學 槪念의 定立을 위해」, 『민족문학과 세계문학』I, 창작과비평사, 1978,
　　126쪽.(『월간중앙』, 1974.7) 괄호 안 서지사항은 첫 발표지면. 이하 동일.

느 지점에서 '창비' 고유의 성격이 형성되었고, '창작'과 '비평', '문학'과 '(역사)현실'을 둘러싼 관계의 재배치가 이루어졌다. 이 글에서는 '창비' 고유의 성격 형성과 그것이 만들어낸 관점 및 그 사후효과를 검토하면서 '창작'과 '비평', '문학'과 '(역사)현실'의 관계 재배치가 어떤 담론적 역전을 불러왔으며, 그 역전의 동력은 무엇인가를 짚어볼 것이다. '창비' 고유의 성격이 어떻게 만들어졌고 그 사후효과는 무엇이었는가를 묻는 일은 '창비'가 놓인 문학장과 학술장에 대한 메타적 성찰을 요청하는 일이기도 하다. 텍스트화된 삶과의 관계를 의식한 채로 현장성과 매개성을 통해 '그때 그곳'에서는 상상할 수 없던 미래를 앞당기고자 한 의지 혹은 태도가 어떻게 '지금 이곳'에서는 '문단의 적폐'이자 폐기되어야 할 문단권력으로 추문화되었는가.[6] 한국문학사(문단사)에서 비평 계보를 역사화하는 작업을 통해 비평 중심으로 지금껏 장기지속되었던 문학장과 학술장 전체의 공과를 재의미화해볼 수 있을 것이다.

2. 비평 시대의 기원 – '창작'과 '비평'의 낙차 혹은 변증적 사유

"우리는 우리의 구상을 독자에게 널리 알리기 위해서 모든 문학의 장르를 이용할 것이다. 그런 구상에 토대를 둔 시詩나 소설小說을 산출

---

6 2015년 이후 한국문단을 휩쓴 표절 논란과 문단권력 비판론에 관해서는 소영현, 「비평의 공공성과 문학의 대중성」, 『실천문학』 120, 실천문학사, 2015.겨울 참조.

할 수만 있다면, 그것은 우리의 생각을 전개함에 있어서 이론적인 글보다도 한결 효과적인 풍토를 마련해 줄 수 있으리라. 그러나 이와 같은 사상적 내용과 새로운 의도는 형식 그 자체와 소설생산의 방법에 반작용反作用을 가할 위험성이 있다. 그러기 때문에 우리의 기도企圖에 가장 적합한 문학적인 테크닉(신구여하(新舊如何)를 가리지 않고)의 일반적인 윤곽을 잡는 방향으로 우리는 문학비평을 시도할 것"[7]이다.『창비』창간호에 번역되어 실린『현대』지 창간사 Presentation des Temps Modernes(1945)는『현대』지의 지향을 이렇게 선언했다. 이 창간사의 일부나, 한국의 시가 독서대중의 관심 밖에 놓인 원인을 두고 "우수한 시인이 적다는 제1차적인 사실 외에 중심적中心的 비평批評의 부재不在"를 거론하면서, "흩어지게 마련인 우리의 주의력을, 마땅히 향해야 할 곳으로 집중화시켜주는" 비평, 이른바 "중심적 비평" 작업을 통해 시의 정당한 위치 회복이 가능하다고 지적했던 '시와 지성'에 관한 김우창의 논의는[8]『창비』의 향후 '창작'과 '비평'[9]의 관계 설정 방식을 앞서서 틀 지우고 있는 듯 보이기에 의미심장하게 읽힌다.

『창비』가 문학에 부여한 의미는『창비』가 마련한 비평적 담론의 장을 통해 형성되고 확장되었다. '창작과비평'이라는 제호가 단적으로 말해주듯, '창작'과 '비평'의 상보적 영향 관계 속에서 그간 지워지고 있던 '문학'과 '문학 바깥'의 관계가 부각되었다. 종합잡지가 내세운 비평

7   장 폴 싸르트르, 정명환 역,「현대의 상황과 지성-『현대』지 창간사」,『창작과비평』1, 1966.겨울, 131쪽.
8   김우창,「시에 있어서의 지성」,『창작과비평』5, 1967.봄, 41쪽.
9   물론 여기서 '비평'은 '문학비평'만을 지시하지 않으며, 학술적이고 이론적인 작업을 폭넓게 포괄한다.

담론이 잡지에 게재된 개별 비평 혹은 비평가의 입장을 포괄하는 경향
은『창비』이후로 뚜렷해졌다.『창비』의 문학이 비평을 통해 유의미한
의미 영역을 마련한 사정은 좀 더 주목해도 좋을 것이다. 이후 별다른
의식 없이 받아들여질 만큼 자연화되었지만 한국 비평사적 맥락에서
'비평'이 '창작'과 대등하거나 혹은 '창작'의 지향을 이끄는 위상을 가
지게 된 것은『창비』이후다.[10]『창비』의 전환적 의미의 일단은 여기서
찾아져야 한다. 4 · 19 정신의 문학적(문화적) 결실로도 이해될 수 있는
『창비』의 창간을 두고 비평 시대의 개막을 선언하는 것도 이런 점에서
과도한 일이 아니다.

　이는 문학 영역에만 한정된 일도 아니었다.『창비』고유의 영역은
'창작'과 '비평'의 상보적 작용을 통해 마련될 수 있었으며, '창비' 고유
의 성격도 이를 통해 뚜렷해졌다. 문학론의 흐름에 따라 창작란도 '어
떤' 진전을 거듭했으며, 출간물을 통해 담론적 재생산이 이루어졌고,
'특정한' 지점으로 논의가 수렴되어간 것으로 보이는 해석의 길이 파이
게 되었다. '어떤' 혹은 '특정한' 영역이 가시화되는 과정은 민족문학론
이나 제3세계문학론 혹은 민중문화론이 가시화되는 과정이었다. 잡지

10　알다시피 정치사회적이고 문화적인 환경은 물론이거니와 비평 시대의 개막을 가능하게
　　했던 지식장 환경으로서의 고등교육 제도, 서구문학 전공자들에 의한 번역 문제 등은
　　축적된 선행 연구에서 확인할 수 있듯이 따로 언급이 불필요할 만큼 중요한 요소다. 권보
　　드래,「4월의 문학혁명, 근대화론과의 대결－이청준과 방영웅,『산문시대』에서『창작과
　　비평』까지」,『한국문학연구』39, 동국대 한국문학연구소, 2010; 김건우,「국학, 국문학,
　　국사학과 세계사적 보편성－1970년대 비평의 한 기원」,『한국현대문학연구』36, 한국
　　현대문학회, 2012; 이혜령,「자본의 시간, 민족의 시간－4 · 19 이후 지식인 매체의 변동
　　과 역사 : 비평의 시간의식」,『지식의 현장 담론의 풍경－잡지로 보는 인문학』, 한길사,
　　2012; 박지영,「1960년대『창작과비평』과 번역의 문화사－4 · 19/한국세대 비평/번역
　　가의 등장과 '혁명'의 기획」,『한국문학연구』45, 동국대 한국문학연구소, 2012 등.

체제 변화가 함께 이루어졌음은 말할 것도 없다. 잡지에서 출판사로의 체제 변화를 포함하여 『창비』 내외의 정치사회적 분위기나 아카데미의 지형과 출판문화 사정의 변화는 『창비』 잡지 체제에도 적지 않은 변화를 불러왔고 시기적 결절의 특징을 보여주었다. 염무웅 체제로 근간이 다져진 후 1972년 귀국했던 백낙청이 해직된 1974년 이후로 잡지 전체의 체제적 일관성이 뚜렷해졌음은 두루 알려진 사실이다.[11] 잡지 내적으로도 '평론·논문', '평론', '논문', '서평'란을 통해 분야와 시기에 따른 비평의 세분화가 이루어졌으며, 창간 10주년 기념호인 1976년 봄호(통권 39호)부터는 '좌담' 형식을 통해 '창비'의 성격적 기틀이 확고해졌다고도 말할 수 있다.

『현대』지 창간사를 통해 『창비』의 '창작'과 '비평'의 관계 규정을 둘러싼 향후 지향의 일면을 엿볼 수 있었다면, 『창비』 2호에 실린 마르쿠제의 『이성과 혁명』의 1960년판 서문을 통해 관계설정 방식에 관한 인식의 일면을 확인하는 것도 가능하다. 「헤겔과 사회이론의 융성」을 부제로 한 『이성과 혁명』(1941)의 1960년판 새로운 「서문Preface - A Note on Dialectic」은 「부정적 사고능력」이라는 번역으로 우회한 변증법적 사유에 대한 관심을 확인할 수 있게 해준다.[12] 여기서 변증법적 사유는 '과정성'과 '규정적 부정'에 대한 관심을 통해 환기되고 있었다. 이와 관련하여 '창비' 고유의 성격이 이후로 '창작'과 '비평'의 상보적 관계 층위

---

11   지식인 집단의 이념적 계보에 따른 『창비』의 변화에 대해서는 김원의 「1970년대 '창작과비평' 지식인 집단의 이념적 계보와 민족문학론」(『역사와문화』 24, 문화사학회, 2012), 아카데미의 패러다임 재편에 따른 변화에 대해서는 김현주의 「『창작과비평』의 근대사담론—후기자본주의 사회의 역사적 사회과학」(『상허학보』 36, 상허학회, 2012) 등을 참조할 수 있다.

12   허버트 마르쿠제, 박상시 역, 「부정적 사고능력」, 『창작과비평』 2, 1966.봄, 222쪽.

에서 논의되기 시작했음을 '창비' 고유의 성격 형성 메커니즘의 부수적 여파로서 거론하는 것도 가능할 것이다. 김승옥, 이청준, 서정인, 서기원, 최인훈, 김현승, 김광섭, 유종호, 김우창, 김현, 천이두 등의 글이 『창비』 지면을 채웠던 면모가 ('지금 이곳의' 관점에서) 다소간 어색해 보인다면, 그것은 역설적으로 『창비』의 지면 구성을 사후적 관점 즉 '창비' 고유의 성격 형성 이후 만들어진 시각에서 바라보게 되었음의 방증이라 해야 할 것이다. 따지자면 바로 이것이 '창비' 고유의 성격 형성이 마련한 착시이자 사후효과인 것이다.

　『창비』에 게재되거나 이후 창작과비평사를 통해 출간된 소설들도 자체로 보다는 비평 담론과의 관련성 속에서 더 많이 논의되었다. 『창비』의 기린아로 평가받았던 방영웅이나 김춘복의 소설 평가를 둘러싼 논란은 '창비' 고유의 성격에 관한 논란이자 '창작'과 '비평'의 낙차를 둘러싼 논란이었다고 해야 한다. 따져보면 『창비』의 대표작으로 내세워진 작품들에 대한 실감과 그 작품들을 맥락화한 비평과의 '간극' 자체는 심각한 논란을 불러오거나 특별한 관심을 기울일 문제는 아닌지 모른다. '~에 대한' 성찰적 시선이라는 비평 본래의 자질이 문학작품과의 '거리'를 상정하게 하는 것이거니와, 사실상 작품의 의미는 비평적 맥락화 과정에서 형성되고 재구축되는 것에 가깝기 때문이다. 애초에 작품에서부터 출발했다 해도 작품에 대한 소박한 감상과 이른바 전문적 비평 사이에는 낙차가 있을 수밖에 없을 터, '창작'과 '비평' 사이에 불가피한 간극이 존재한다는 말은 결코 비평을 위한 과장된 항변이 아닌 것이다. 문학사를 다시 쓰는 작품의 등장도 이전과는 다른 낯선 해석적 맥락화를 통해 새롭게 '발견된' 것일 수 있다.

『창비』에 게재된 작품이나 '창비'를 대표하는 작가를 두고 '민족문학론' 혹은 '민중문화론'으로 수렴되는 『창비』의 인문학적 제안들에 비추어 『창비』의 '창작'과 '비평'의 격차를 운위하는 일이 당연하거나 타당한 것만은 아닐 것이다. 그럼에도 『창비』의 '문학' 혹은 '문학론'을 검토하는 자리에서 자동적으로 낙차에 대한 논의가 반복되는 것은 '창비' 고유의 성격이 확산과 수렴의 반복 속에서 '진화'하는 것으로 상정되고 있으며, '창작'과 '비평'을 함께 논의해야 할 지평으로서의 '창비적인 것'이라는 관점이 그 과정에서 선험적 전제처럼 상정되어 버리기 때문일 것이다. 심층적 차원에서 '창작'과 '비평'의 낙차라기보다 낙차에 집중하게 하는 전제 혹은 관점이 주목되어야 마땅한데도 시야는 쉽사리 확장되지 않는다. 이에 따라 '창비' 고유의 성격이 비평적 담론 속에서 어떻게 형성되는지를 짚어볼 필요가 생겨나는 것이다.

3. 농촌소설의 좌표와 논리적 곡예

1970년대 후반에 이르면 소설에 대한 『창비』의 비평적 관심은 농촌, 노동, 그리고 민족분단 문제로 압축된다. 최인훈의 「총독의 소리 3」(12호, 1968.겨울)이나 곽학송의 「집행인」(15호, 1969.가을·겨울), 황석영의 「객지」(20호, 1971.봄)나 「한씨 연대기」(23호, 1972.봄) 등, 노동이나 분단 문제는 의외로 『창비』에서 꽤 일찍부터 소설의 제재로서 다루어졌다.

하지만 실질적으로 "근년의 문학사에서 노동문제가 본격적으로 다루어지고 또 예술적인 성공에 이른 최초의 결실은 황석영의 중편 「객지」"라는 지적은 1977년에 이르러서야 그것도 한 해 동안 주목할 만한 소설(집)을 두루 검토하는 자리에서 이루어진다. 이러한 논의가 이루어지던 때에도 '노동자 문학'에 대한 논의는 그리 활발하지 않았으며 대개 도시 빈민을 환기하는 '부랑자 문학'으로 우회하고 있었다.[13] 「객지」가 "70년대 문학사의 출발점"[14]이라는 인식은 그제야 막 돌이켜 마련되고 있었던 것이다.[15] 1970년대 내내 민족문학의 관심은 농촌문학에 집중되어 있었다. 『창비』의 성격이 "무엇보다도 비평을 통해 만"들어진 것이라고 할 때, 그 비평은 '시민문학'을 포함한 '농촌소설론'과 '농민문학론'을 의미했다.[16] 사실상 토속성, 외설성 등 논란거리를 내장한 농촌소

---

13 임헌영, 「부랑자와 안주자」, 『창작과비평』 46, 1977.겨울, 176~182쪽. 이후 황석영, 윤정규, 윤흥길, 조세희 등을 노동자문학의 범주로 호명하고 노동자문학에 대한 논의를 시작하면서 임헌영은 1960년대 후반부터 1970년대까지의 비평적 흐름을 다음과 같이 정리한 바 있다. "60년대 이후 한국 문단에서 주된 쟁점이 되어온 문제는 사실주의였다. 사실주의의 논의는 곧 민족문학으로 변모했고, 민족문학은 다시 시민과 소시민의 문학 논쟁을 빚었으며, 이후 농민문학으로 시선이 옮겨졌다. (…중략…) 이처럼 60년대 이후 일관해서 추구해오던 한국문학의 쟁점이 70년대 중반기 이후엔 노동자문학이라는 새로운 명제를 제시하여 그 예술적 가치와 산업사회의 민중들과의 상관관계를 점검할 것을 요구하고 있다."(임헌영, 「전환기의 문학─노동자문학의 지평」, 『창작과비평』 50, 1978.겨울, 48쪽)

14 염무웅, 「최근소설의 경향과 전망─77년의 작품, 작품집을 중심으로」, 『창작과비평』 47, 1978.봄, 328쪽.

15 황석영의 「객지」의 의미는 짚어졌으나 그것이 노동 문제로 수렴되지는 않았다. 가령 김병걸에 의해 「객지」는 선우휘와 함께 '행동성의 문학'으로 명명되며, 사회적 모순에 대한 예술적 반영이자 "부정한 사회적 行態를 고발한 작가정신의 현시"로 평가된다(김병걸, 「한국소설과 사회의식」, 『창작과비평』 26, 1972.겨울, 767쪽). 알다시피 노동문학과 분단문학은 비평적 담론으로 다루어진 1970년대 중반을 지나면서 비로소 농촌문학만큼의 관심을 이끌게 되며, 본격적으로 심도 깊은 논의 대상이 된 것은 1980년대에 이르러서다.

16 신동문·이호철·신경림·염무웅·백낙청, 앞의 글, 15쪽.

설론도 이즈음 일관된 논의틀이 구축되고 있었다.

한일협정을 기점으로 차관 및 직접 투자의 형태로 외국자본이 쏟아져 들어온 1960년대 후반부터 국가 주도 경제개발계획의 효과가 발휘되고 그에 따른 부작용도 노골화되기 시작했다. 도심과 지방의 경제적 격차가 심화되고 근대화의 일환으로 이루어진 '루럴 엑소더스ruralexodus(대규모 이농·탈향 현상) 경향도 급격해졌다. 농촌을 떠나 도시로 유입되는 인구 비율이 1960년대 후반을 거치면서 급증했고 1970년대 초반의 조정기를 거쳐 줄곧 증가세를 유지하게 된다. 모순을 더해가던 농촌 문제가 사회 문제로 떠오르고 도시로 유입된 농촌 인구가 도시 변두리로 떠도는 경향이 가속화되었다.[17] 이러한 사정은 농촌·농민 문제가 문학적 주요 관심사로 대두된 것이 담론상의 구성물만은 아님을 말해주는데, 이를 통해 문학을 문학과 사회(현실)의 상관성 속에서 논의할 수 있는 틀이 농촌문학론을 거점으로 마련되었음을 확인하게도 된다. 이러한 논의에 기대면서 '김정한의 문단복귀와 함께 새롭게 개시되어 백우암, 천승세, 이문구, 방영웅을 거쳐 송기숙(『자랏골의 비가』)과 김춘복(『쌈짓골』)의 장편소설로 발전해간 농촌소설의 계보가 만들어졌다. 농촌문학론은 농촌의 급격한 해체로 야기된 이촌향도와 그것이 만들어내는 대규모 도시빈민을 다룬 소설들에 대한 관심으로 점차 확장되고, 이후 노동과 분단이 검토되어야 할 문제가 되면서 일정한 성과로서 평가되었던 "천승세·이문구·백우암 같은 작가들에게 보이는 지나친

---

17 김익기, 「한국의 이농현상과 농촌의 구조적 빈곤」, 『농촌사회』 1, 한국농촌사회학회, 1991, 11~22쪽; 설동훈, 「한국의 이농과 도시노동시장의 변화, 1960~90」, 『농촌사회』 2, 한국농촌사회학회, 1992, 149~150쪽.

사투리와 토속주의적 편향"이 "리얼리즘의 역사적 승리"를 위해 극복되어야 할 요소가 되기에 이른다.[18]

1) 탈식민과 반봉건의 기반, '역사적 개념으로서의 농촌'

농촌문학론에서 리얼리즘론으로의 이러한 귀결을 두고 가장 먼저 짚어야 할 점은 '김정한의 소설이 농촌소설인가'일 것이다. 따지자면 『인간단지』(1971)에 실린 소설들은 말할 것도 없고 『창비』에 실린 소설 가운데 「회나뭇골 사람들」(29호, 1973.가을)이나 「어둠속에서」(19호, 1970.겨울)만 떠올려보더라도 김정한의 소설을 '농촌소설' 범주로 포괄하기는 쉽지 않다. 문단에서 농민을 소재로 한 문학의 수효는 줄어들고 독자의 관심도 저하되는 추세였다. 농촌문학은 "작가에게나 독자에게나 다같이 시대에 뒤떨어진 지방주의로 보이"는 것이 일견 사실이었다.[19] 이러한 사정을 두루 염두에 두자면 빈한한 계층의 동물적 삶을 폭로하고 그 참혹성을 고발해온 김정한의 소설이 '왜', '어떻게' 농촌소설로 호명될 수 있었으며, 나아가 농촌문학이 어떤 논리적 귀결로서 민족문학이 되었는가는 찬찬히 따져볼 문제라 하지 않을 수 없다.

김정한의 소설집 『인간단지』 해설로 실린 염무웅과 임중빈의 대담은 김정한의 소설이 농촌문학일 뿐 아니라 민족문학임을 단언한다. 김정

---

18 염무웅, 앞의 글, 334쪽.
19 염무웅, 「농촌현실과 오늘의 문학—박경수씨작 「동토」에 관련하여」, 『창작과비평』 18, 1970.가을, 478쪽.

한 소설에 대한 이러한 평가는 염무웅의 평가를 인용하면서 전개된 김병걸의 평론 「김정한 문학과 리얼리즘」(23호, 1972.봄)에서 반복되는데, 그는 김정한 문학이 "농촌문학이면서도 실은 소재주의적 농촌문학과는 전연 질료質料를 달리하는 소설공간小說空間의 확대를 가지고 있"으며, "그 확대란 바로 민족문학民族文學으로서의 영역"[20]임을 밝힌 바 있다.

대담에서 염무웅은 우선 김정한을 "농촌문학가"로 명명한다. 이때의 '농촌'이 단순히 도시와 대립되는 "지역적인 개념이라기보다 역사적歷史的인 개념"임이 논리적 근거로서 제출된다. '역사적 개념으로서의 농촌'에 대한 해명이 요청되는 대목이 아닐 수 없다. 이어지는 논의에 의해 드러나듯, 우선 그것은 근대화와 식민화 그리고 해방으로 이어지는 역사 속에서의 '농촌'을 의미한다. 이 '농촌'은 실체로서의 '농촌' 자체가 아니라 '농촌'의 위상을 가리키는 말이었다. 그에 따르면 "서구西歐 열강列强들의 식민정책植民政策으로 인한 제국주의帝國主義를 앞장서서 받아들인 것이 후진국의 도시都市이고, 이에 대해서 민족적인 전통을 지키고, 우리나라 사람의 바탕을 잃지 않은, 말하자면 민족적인 근거지根據地가 農村"[21]이라고 할 때, 이 '농촌'이었다.

'역사적 개념으로서의 농촌'이라는 말은 이런 맥락을 담지하고 있었다. 말하자면 제국주의 침탈에서 벗어난 유예공간에서 '민족적인 것'을 발견할 수 있다는 논리에 의거해, '농촌'은 그 유예의 공간으로서 재발견되고 있었던 것이다. 반대로 말하자면 제국/식민/탈식민의 구도에 입각한 이러한 역사적 진전을 상정하지 않는다면, 농촌 자체는 결코

---

20 김병걸, 「김정한 문학과 리얼리즘」, 『창작과비평』 23, 1972.봄, 103쪽.
21 염무웅·임중빈, 「김정한 문학의 평가」, 김정한, 『인간단지』, 한얼문고, 1971, 349쪽.

'민족적인 것'이 될 수 없었음을 시사한다.

이러한 논리 전개는 농촌소설이나 농민문학에 관한 비평적 담론이 소재주의 차원에서 다루어질 수 없는 이유를 말해준다. "올바른 농촌문학에서의 농촌"을 "도시와 농촌을 함께 위기 속에 몰아넣는 일체의 반민족적反民族的인 것에 대한 반대 개념으로 받아들여야"[22] 한다는 주장은 이러한 탈식민적 지향 속에서나 가능해진다. 민족적 공간으로서의 '농촌'의 모순을 폭로하고 긍정성을 회복하고자 하는 농촌소설의 민족문학으로서의 의의도 여기서 생겨날 수 있다. 염무웅의 말마따나 "그런 의미에서 농촌문학과 민족문학의 개념은 어느 정도 중복되고 서로 연결되"는 듯도 하다. 염무웅이 강조하고자 한 리얼리즘의 자리는 이러한 전개를 뒤따르면서 마련되었다. 논리적 귀결로서 염무웅은, 김정한의 소설이라는 "뚜렷한 실천적인 성과"를 통해 "민족문학民族文學의 참다운 내용은 실질적으로 농촌문학農村文學에 의해서 우리의 버릴 수 없고 또 잊어버려서도 안 될 그런 근거를 확보하"게 되며, 이를 토대로 "비로소 문학文學 자체로서도 원숙한 리얼리즘에 도달"하게 된다고 보았다.[23]

---

22 위의 글, 349쪽.
23 이렇게 보자면 진짜 농사꾼 한명 없이도 방영웅의 『분례기』가 "우리 문학에서 드물게 보는 훌륭한 농촌소설"(백낙청, 「편집후기『창작과비평』2년 반」, 『창작과비평』10, 1968.여름, 374쪽)이라는 평가도 역사적 개념으로서의 '농촌'이라는 인식이 없이는 불가능한 것이었음을 돌이켜 확인하게 된다.

2) 탈-'탈근대' 지향과 후진사회의 선진문학

시민보다는 시민의식을 강조하고, "우리가 쟁취하고 창조하여야 할 미지未知·미완未完의 인간상人間像"의 도래를 가늠해볼 수 있는 역사적 맥락화 작업을 목표로 삼고 있지만, "진정한 자유와 평등과 우애의 현실화"를 요망하는 "사회 전체의 참다운 시민화"를 강조한 백낙청의 「시민문학론」(1969)에서 시민화의 형성 토대로서의 시민사회가 도시적 삶에 기반한 것이었음을 환기하자면[24] 농촌소설이나 농민소설이 민족문학의 대표가 되는 이러한 논의 전개는 논리적 곡예처럼 여겨지는 게 사실이다.

논리적 곡예처럼 보이는 비약의 지점들을 '창비' 고유의 성격으로 수렴시키는 동력은 무엇인가. 먼저 주목해야 할 것은 도시와 농촌의 상관성 형태로 등장한 당대의 사회(발전)론이다. 1970년대 전후로 도시와 농촌을 둘러싼 논의는 '한국사회의 모순'을 유기적으로 파악하기 위한 총괄적 시야가 필요하다는 요청과 맞물려 있었다. 이때 "농촌과 도시를 똑같은 한국의 현실로서 유기적인 것으로"[25] 파악해야 했던 까닭은 농촌의 모순이 농촌 내부에서부터는 찾아질 수 없었기 때문이다. 농촌(의 기형성)을 도시와의 관련 속에서 논의해야 한다는 입장은 백낙청의 '시민문학론'을 비롯한 『창비』의 농촌소설론에서 비평적 토대로서 저류에 흐르고 있었다. '도시와 농촌이 함께 겪고 있는 기형성'을 인지하고 있으면서도 "도시의 문제를 포함하는 탁월한 농촌문학"[26]에의 요청을 도

---

24 백낙청, 「시민문학론」, 『창작과비평』 14, 1969.여름, 465·474쪽.
25 김치수, 「농촌소설론」, 『문학이란 무엇인가』, 문학과지성사, 1976, 243쪽.

시빈민에 대한 관심으로 곧바로 연결시키는 듯 보였던 염무웅이나 신경림의 농촌소설론에서도 반복되었던 바―그들이 '총괄적 시선으로' 도시와 농촌의 대립적 구도 자체를 문제 삼았는가에 대해서는 의구심이 남지만―농촌을 도시와의 관련 속에서 근대화의 논리로 이해해야 한다는 인식이 비평장과 학술장에서 널리 공유되고 있었음을 확인할 수 있다.

후진국의 도시들은 근대적 의식의 집결지이자 발원지가 아니라 서구적인 것의 전달체이며, 이러한 역사적 상황은 농촌을 모순의 집결지이자 그 모순을 해소할 수 있는 구원의 공간으로 위상화한다는[27] 이러한 인식은 사실 1960년대부터 제3세계 근대화론의 일환으로 제기된 것이었다. 식민지에서 해방된 신생국의 사회발전 과정에서 '빵과 자유'에의 도전이 가능한가를 논의한 『후진사회발전론』 같은 저작도 서구적 형태의 경제발전주의에 맹목적으로 따르거나 서구적 사례를 전범으로 여기는 우를 범하지 않도록 해주는 사전적 지침서 역할을 했다. 구체적으로 살펴보자면 가령, 윌리엄 멕코드William McCord에 의해서는 '권위주의처럼 보이는 촌락 공동체 문화 내부에 농촌 자체의 민주주의적 성격이 내장되어 있다'는 판단 아래 '빵과 자유' 어느 한쪽을 포기하지 않는 진보, 즉 정치적 자유와 경제적 발전의 동시적 성공을 위한 가능성이 농촌에 있음이 역설되기도 했다. 신생국 다수에서 "과도기적 인간의 70%가 살고 있는 곳이 바로 농촌"이며, "정치적 경제적 발전을 위한 투쟁"은 그

---

26 염무웅, 앞의 글, 489쪽.
27 백낙청, 「한국문학과 시민의식」, 『민족문학과 세계문학』 I, 창작과비평사, 1978, 80쪽.
    (『독서신문』, 1974.10.6)

"과도기적 인간"의 공간인 "농촌"에서 전개될 수 있을 것으로 판단되고 있었던 것이다.[28] 윌리엄 멕코드의 입장을 직접 인용으로 제시하고 있는 것에서도 확인할 수 있듯, 염무웅이 김정한 소설을 '농촌문학'으로 범주화한 근거는 후진국 근대화론에 입각한 농촌론에 놓여 있었다. 이렇게 해서 농촌은 후진국 근대화의 새로운 가능지대로, 농촌문학은 민족의 탈식민적 지향을 실현시킬 수 있는 구원지대로 의미화되기에 이른다. 이러한 논리적 역전을 통해 '후진국에서 문학을 한다는 것'[29]이 곧바로 "새것콤플렉스의 질환"[30]으로 귀결하지 않으며 오히려 거기에서 벗어날 수 있는 가능성의 지대일 수 있는 이유를 얼마간 확보하게 되는 것은 일종의 부수적 수확이다. 그러나 이때 논의된 후진사회발전 개념이 선형적 근대화론과 실제적으로 얼마만큼의 비판적 차별성을 확보할 수 있었는가에 대해서는 돌이켜 논의해볼 필요가 있다.

논리적 곡예를 변증법적 사유로 전환시킨 주요 동력 가운데 하나가 이후 제3세계론으로 모아지는 후진국 근대화론이라면, 다른 하나는 후진사회의 가능성을 되새기게 한 대격변기 1960년대 유럽 지성사의 풍경에 대한 이해에서 찾아진다. 『창비』가 파악했던 1960년대 서구 유럽의 지성사적 변동은 이른바 '비인간화'되는 예술상황이나 문학의 현실적 복원에 대한 관심이 점차 문화로 이동해가는 상황으로, 근대의 심각한 폐해에 대한 폭로와 근대 이후의 가능성을 모색하려는 시도, 탈구조주의적 사유의 확장, 탈구조주의 비평의 등장 등으로 압축된다.[31] 이는

28   윌리엄 멕코드, 이택휘 역, 『후진사회발전론』, 탐구당, 1967, 26쪽.
29   백낙청, 「새로운 창작과 비평의 자세」, 『창작과비평』 1, 1966.겨울, 25쪽.
30   김현, 「한국문학의 가능성」, 『창작과비평』 16, 1970.봄, 58쪽.
31   백낙청, 「문학적인 것과 인간적인 것」, 『창작과비평』 28, 1973.여름, 430~433쪽; 백낙

근대화에 대한 추구와 함께 서구의 근대가 직면한 폐해까지 극복한 중층적 근대화에 대한 요청으로 이해되고 있었다. 이러한 이해는 후진국에서의 농촌의 위상을 후진사회에서의 민족문학의 그것으로 곧바로 환치할 수 있게 하는 근간이 되었고, 식민성을 비판하는 서구 작가들의 근본적 한계 — 자신이 속한 사회로부터 자신을 고립시켜 결과적으로 문학의 빈곤으로 귀결하거나, 그런 고립을 피하려다 비판이 피상적이고 지엽적인 차원에 머무르게 되는 한계 — 는 식민지를 통과하면서 근대를 경험한 사회에서 문학을 하는 일 자체로부터 극복될 수 있는 것이라는 과잉해석에까지 닿게 했다.[32] 식민지를 경험하거나 여전한 일상적 식민 상태에 놓여 있는 후진사회에서 '민족문학이 세계문학의 수준에서도 선진적인 수밖에 없는' 변증법적 역전은 이러한 논리적 전개를 통해 이루어지게 된 것이다.

이후 '후진국에서 문학을 한다는 것'은 문학의 위상과 기능을 둘러싼 『창비』의 오랜 화두가 되었다. 『창비』의 창간사격인 「새로운 창작과 비평의 자세」에서부터 시작되어 반복적으로 되물어지고 재규정되었으며 이후에도 크게 바뀌지 않고 "자신에게 주어진 이 '근대'의 현실을 현실로 받아들이면서 동시에 더 나은 '근대 이후'를 창조하고자 애쓰는 지구상 도처의 사람들에게 값진 길잡이"로서 "'제3세계'의 문학"의 의의가 운위되면서[33] 지금껏 유지되는 『창비』의 기저 인식이 된 것

청, 「역사적 인간과 시적 인간 ─ 민족문학론의 창조적 지평」, 『창작과비평』 44, 1977.여름, 583~584쪽; 레이먼드 윌리엄스, 백낙청 역, 「리얼리즘과 현대소설」, 『창작과비평』 7, 1967.가을, 432~435쪽.(Raymond Williams, "Realism and the Contemporary Novel", *The Long Revolution*, 1961)

32 백낙청, 「민족문학 개념의 정립을 위해」, 『민족문학과 세계문학』 I, 창작과비평사, 1978, 133~135쪽.(『월간중앙』, 1974.7)

이다. "식민지 또는 반半식민지의 농촌은 반드시 도회보다 뒤떨어진 의식의 현장만이 아니고 제국주의에 의해 왜곡된 개발의식으로부터 민족의 주체성과 삶의 건강성을 지키는 마지막 보루가 될 가능성을 떠맡는다. 그런 의미에서 후진국의 농촌이 자기 나라의 도시는 물론, 제국주의적 허위의식의 본거지인 이른바 선진국의 도회들보다 더 선진적이될 가능성을 갖는데, 다만 이러한 가능성이 역사 속에 실현되기 위해서는 도시적 감수성과 의식의 세례를 받을 만큼은 받아야 하는 것이다. 그리하여 농촌의 건강한 민족의식·민중의식이 도시의 진정한 근대정신과 결합했을 때 그 결과는 현실적으로 도시와 농촌 어느 곳에 나타나든 간 제국주의시대의 가장 진보적이고 인간적인 의식이 되며 이러한 의식에 입각한 제3세계의 민족문학이 곧 현단계 세계문학의 최선두에 서게"[34] 된다는 것이다.

이러한 논리적 역전은 어떻게 가능했는가. 이는 이후 사회·구성을 둘러싼 역사적 인식 논쟁으로 격화되었던 종속이론의 영향 속에서[35] 이해의 단서를 발견할 수 있다. 현재의 발전국이 비록 미발전된 상태에 있었던 때도 있지만 한 번도 저발전된underdeveloped 적이 없으며, 국제적 수준에서의 발전과 저발전의 관계와 마찬가지로 저발전국 내에서의 소위 낙후 혹은 봉건적 지역이 그 나라의 자본주의 발달이라는 하나의 역사적 과정의 산물임을 지적한 안드레 프랑크Andre G. Frank의 논의에 따르자면, '중심/위성' 구조에서 '위성'인 '농촌'의 지속적 저발전 상태

33　백낙청, 「지구시대의 민족문학」, 『통일시대 한국문학의 보람』, 창비, 2006, 36쪽.
34　백낙청, 「민족문학의 현단계」, 『창작과비평』 35, 1975. 봄, 55쪽.
35　박현채, 「현대 한국사회의 성격과 발전단계에 관한 연구 (1)」, 『창작과비평』 57, 1985 참조.

와 도시/농촌의 격차의 심화는 단지 구제도의 잔재만은 아니다.[36] 오히려 역설적으로 이 '중심/위성' 구조에 입각해볼 때 농촌의 빈곤은 단지 지역적 문제일 수 없으며 자본의 중심부에서부터 한반도의 농촌에 이르는 체제모순 즉 민족모순의 결집체임이 뚜렷해진다. 말하자면 이를 통해 제3세계의 저발전이 불합리한 국제분업을 기반으로 한 국제적 경제관계의 고유한 모순과 사회·경제적 미발전의 악화를 가져오는 종속관계에서 연유된 것임을 확인하게 되는 것이다.[37]

4. 한반도 혹은 중심/주변의 위상학과 로컬리티로서의 '토속성'

농촌소설의 새로운 좌표가 '역사적 개념으로서의 농촌'을 통해 마련된다면, 민족문학으로서의 농촌소설의 성격은 '토속성'이라는 명명 속에서 뚜렷해진다. 역사적 시대경험이 특정 공간이나 존재양식 안에서만 포착될 수는 없을 것이다. 그것의 상정은 역설적으로 역사성을 상실한 본질론의 함정에 빠질 수 있다. 역사적 개념으로서의 '농촌'을 강조하는 동안 '농촌'은 도시와의 대조 속에서 자칫 탈역사적이고 탈현실적

---

36   안드레 프랑크, 「저발전의 발전」, 염홍철 편역, 『제3세계와 종속이론』, 한길사, 1980, 160~165쪽.
37   염홍철, 「종속이론과 제3세계의 발전」, 위의 책, 24쪽.

공간, 모순의 순수 결정체로 상정되기 쉬운 것이다.[38] 여기에 토속성을 둘러싼 논의의 피하기 어려운 난점이 놓여 있다. 농촌문학론이 전개되면서 주목된 작가·작품을 포함해서 『창비』에 실린 소설들에서 지역색을 발견하기는 어렵지 않다. 김정한이나 이문구의 소설이 각기 경상도 (부산)와 충청도의 지역적 특색을 담고 있으며, '김정한의 문학적 아들'로 불렸던 윤정규나 해방 이후로 부산에서 40여 년의 문학활동을 이어온 소설가이자 아동문학가인 이주홍, 낙동강 하류를 배경으로 한 소설을 썼던 김성홍 등의 작품에서 지역색은 뚜렷하다. 하근찬이나 천승세, 오유권이나 백우암의 소설에서도 농촌과 어촌을 배경으로 한 고유의 지역성이 소설적 개성으로 자리하고 있다.[39] 소설에서 지역색은 삶의 현장성이라는 규정 속에서 의미화되었는데,[40] 구체적으로는 사투리나 고유어 활용, 일상을 둘러싼 전근대적 무드, 근대화의 흐름에 저항하거나 그것에 의해 파산하는 인물의 캐릭터 등을 통해 표현되었다.

'토속성'은 종종 사투리나 비속어로 표현되는 지역적 특색으로 이해되었지만, 토속성이 무엇인가에 대한 논의는 따지자면 명쾌한 해명이 쉽지 않다는 점에서 주목을 요한다. 당대적 문맥에서 '토속성'은 "민족

---

38 레이먼드 윌리엄스, 이현석 역, 『시골과 도시』, 나남, 2013, 4·5장 참조.

39 낙동강 하류의 농촌을 배경으로 한 김정한의 「평지[油菜]」(『창작과비평』 10, 1968.여름)나 「뒷기미 나루」(『창작과비평』 15, 1969.가을·겨울), 김성홍의 「우리 자형」(『창작과비평』 10, 1968.여름), 경상도 지방 소도시의 근대화 풍경을 보여주는 김성홍의 「회소회소(會蘇會蘇)」(『창작과비평』 12, 1968.겨울), 해안가 빈한한 삶을 다루는 백우암의 「갯벌」(『창작과비평』 34, 1974.겨울)이나 「풍향계」(『창작과비평』 37, 1975.가을), 「갯바람」(『창작과비평』 43, 1977.봄), 농촌 공동체의 오랜 풍습이나 악습을 보여주는 오영수의 「산호 물부리」(『창작과비평』 39, 1976.봄)나 오유권의 「토속기」(『창작과비평』 27, 1973.봄) 등을 대표적으로 거론할 수 있다.

40 염무웅, 앞의 글, 480쪽.

적 저항의 최후의 거점"[41]으로 거론되기도 했다. 하지만 돌이켜보건대 토속성은, '농촌'을 역사적 개념으로 재규정하는 과정에서 농촌소설이 민족문학으로 자리매김할 수 있다던 비평적 논리에서와 마찬가지로, 제국/식민/탈식민의 구도 즉 역사적 진보론의 지평 위에서 정당성을 획득할 수 있는 개념이었다. 방영웅의 소설이 살려낸 "도덕 이전의 존재들"이 "끈질긴 생명력"으로 평가되는 자리에서,[42] 이문구의 소설이 포착한 빈한한 변두리적 존재들이 '근대화에 의한 삶의 터전의 파괴'를 문학적으로 증언하는 것으로 파악되는 자리에서,[43] '토속성'은, 그 비평 현장에서야 비로소 아니 간신히 '반제국적이고 반봉건적 전진을 위한 거점'[44]이 될 수 있었던 것이다.

따라서, 반대로 즉자적 '토속성'은, '민족의 전형성과 현실성'을 환기하는 수준으로 나아가지 못한다면, 이국적 지역색 이상의 의미를 갖지 못한 것이자 부정되고 극복되어야 할 부정적 속성으로 치부되어야 했다. 천승세의 소설집 『신궁』(1977)에 대한 염무웅의 평가에서 엿볼 수 있듯, '토속성'의 역사적 기능은 "복고주의나 전원취미"와는 다른 문맥, "근대문명과 국가조직의 혜택에서 소외된 민중적 삶의 실감을 포착하려는 문학적 촉수"[45]로서 기능할 때에야 획득될 수 있는 것이다. 말하자면 '토속성'은 지역색인 동시에 그 지역적 특수성을 탈피한 보편적 지역색으로 불려야 마땅한 것이었다.[46] 따라서 '농촌'과 '토속성'이

---

41 백낙청, 「민족문학의 현단계」, 『창작과비평』 35, 1975. 봄, 62쪽.
42 한남철, 「이야기의 재미와 민중의 진실」, 『창작과비평』 33, 1974. 가을, 750쪽.
43 염무웅, 「60년대 현실의 소설적 제시」, 위의 책, 754~755쪽.
44 백낙청, 앞의 글.
45 염무웅, 「최근소설의 경향과 전망—77년의 작품, 작품집을 중심으로」, 『창작과비평』 47, 1978. 봄, 324쪽.

탈식민적 의미 공간이 되기 위해서는, 즉 역사적 개념이자 민족문학의 새 좌표가 되기 위해서는, '농촌' 혹은 '토속성'은 '서구적 관점이 구획한 식민화 영토이면서도 서구발*** 근대화론에 완전히 포획되지 않는 차이의 공간'이라는 의미의 로컬리티를 획득해야 한다.[47] 현실적 공간성과 결별해야 하며,[48] "도시적인 안목으로써 혹은 지식인의 우월적인 감회를 통해서 보게 되는 농촌의 낙후성"[49]을 환기하는 '시골'과도 차별화[50]되어야 하는 것이다. '인정'을 '인정주의'와 구별하거나[51] '건강성'을 '외설성'과 차별화하는[52] 논의로 구체화된 농촌소설의 성격을 둘

---

46   김나현, 「『창작과비평』의 담론 통합 전략」, 『현대문학의연구』 50, 한국문학연구학회, 2013, 335~343쪽. 변증법적 사유의 전개와 마찬가지로 위계화하면서 부정하는 이 전략은 아동문학을 '서민성'의 이름으로 호명하면서 민족문학론으로 통합시키는 『창비』의 아동문학론에서도 그대로 관철된다.

47   강수돌 외, 「좌담―로컬리티, 글로컬리즘을 재사유하다」, 『로컬리티인문학』 3, 부산대 한국민족문화연구소, 2010, 21~25쪽.

48   황병주, 「1970년대 비판적 지식인의 농촌 담론과 민족 재현―『창작과비평』을 중심으로」, 『역사와문화』 24, 문화사학회, 2012, 94~96쪽.

49   김병걸, 「한국소설과 사회의식」, 『창작과비평』 26, 1972.겨울, 761쪽.

50   염무웅, 앞의 글, 319쪽.

51   민중적인 것과 인정주의와 어떻게 구분할 것인가를 두고 백낙청의 입장은 애매하면서 복잡했다. 그는 인정과 '인정주의'를 궁색하게 구분한다. '애매한 인정주의'가 "압제자·착취자의 지배를 위해 착한 사람들의 착한 면을 이용하는 행위"라면, "인정의 본모습"은 "참으로 인간적인 것을 실현하기 위해 슬기롭고 힘차게 싸우는 사람들만이" 지킬 수 있다고 보았고, 그 예를 신경림과 김정한에서 찾았다. 백낙청, 「문학적인 것과 인간적인 것」, 『창작과비평』 28, 1973.여름, 457~458쪽.

52   방영웅의 『분례기』가 출간된 그해, 동 출판사(홍익출판사)에서 출간된 정을병의 소설 『유의촌(有醫村)』은 1967년 7월부터 시작된 검찰의 음란출판물 단속으로 음란성 논란을 일으킨다. 주간신문윤리위원회는 1968년 7월 14일자 결정을 통해 의료인의 인격과 명예 훼손이라는 제소에 해당하는 사항이 없음을 밝히면서도 소설 표현 일부의 음란성과 저속성을 인정한 바 있다(한승헌, 『권력과 필화』, 문학동네, 2013, 215쪽). 『창비』에 실린 정을병의 단편 「육조지」(『창작과비평』 34, 1974.겨울)—'육조지'는 '순사는 때려조지고, 간수는 세어조지고, 검사는 불러조지고, 판사는 늘여 조지고, 도둑놈은 먹어조지고, 마누라는 팔아조지고'로 구성된 6개의 '조지는' 이야기다―도 '삼체, 칠통, 육조지, 비둘기집, 불러뽕' 등 이른바 전문용어의 사용과 범죄자를 포함한 교도관이나 간수, 검사,

러싼 논란도 사실상 '토속성'이라는 토대를 상정하지 않고는 진전 없이 공전할 공산이 컸는데, 이는 그 범주가 실상 미래의 주체인 민중의 속성을 채우면서나 구체화될 수 있는 것이었기 때문이다.

이처럼 민족문학의 역설적 선진성은 지역색의 지엽적 특수성이 극복된 후에 드러날 실감으로서의 민족(토속성)이라는 '규정적 부정'의 사유 과정을 통해 마련될 수 있었다. 하지만 이 논리는 민족이 갖는 국제적 지형 속에서의 국지적 성격을 특수성의 영역에 묶어두지 않으면 지속될 수 없는 것이기도 했다. 그러므로 민족이 처한 비평 현장인 '분단 현실'이 민족의 로컬리티를 보존하기 위한 해결책으로서 불러들여진

판사, 불법의 다양한 양상, 죄수의 일상과 그 가족에 이르기까지 감옥의 죄수가 자신이 경험했거나 들었던 이야기를 구어체로 풀어놓으면서 비속한 현실을 비속하게 재현한다는 원리를 관철한 것처럼 보이기도 한다. 『분례기』를 두고 백낙청은 '성기와 성행위에 관한 많은 장면들을 외설적이라 할 수 없는 이유'로 "『분례기』의 정밀한 리얼리즘"의 면모를 거론했다. 정밀한 리얼리즘이 구현한 "객관화된 장면"을 두고 『분례기』가 '외설적'이기는커녕 '건강하다'는 다소 과한 평가도 아끼지 않는다(백낙청, 「편집후기『창작과비평』2년 반」,『창작과비평』10, 1968.여름, 372쪽).『분례기』의 외설은 '미학적으로 이해되어야 할 외설' 즉 '건강하다'는 표현에 합당하다고 평가한다. 외설성은 어떻게 건강성으로 호명될 수 있는가. '유신과 안보의 이른바 전이효과'(박현채, 「한국노동운동의 현황과 당면과제-70년대를 중심으로」,『창작과비평』47, 1978.봄, 284쪽)로서 이해해볼 수도 있는바, 문학, 지식인에 대한 정치적 압력은 일면에서 저속함의 자유를 부추긴 측면이 있었다. 사실 금서와 판금조처가 된 출판물의 다수가 음란, 저속도서가 아니라 국가안보 저해나 긴급조치 위반 등 반체제적 성향을 지닌 서적이기도 했다(김길연, 「한국 금서의 시대별 양상 연구」, 서경대 박사논문, 2013). 「분지」는 말할 것도 없고 「오적」(『사상계』, 1970.5), 월간『다리』지와『한양』지를 둘러싼 문인 필화 사건이 반공법으로 다루어지고 있었다. 이에 따라 출판 간행물에 가해지는 제약이 정치적 제약에 대한 검열의 내면화를 이끌었고, 대중사회의 소비문화는 정치적(윤리적)으로 비판되면서도 경제적(상업적)으로 널리 유포된 경향이 있었다. 사실 신문연재소설의 퇴폐성은 상품으로서의 문학에 대한 논의의 경계를 매번 허물면서 문학의 성격을 규정해왔다. 따라서 이 퇴폐성을 시기 한정적 문제로 특정할 필요는 없을 것이다. 하지만 그럼에도 분명한 것은, 당시에 신문연재소설의 퇴폐성 논란이 일고 있었고, 퇴폐적이고 음란한 글만이 전보다 활개를 치는 '음란의 자유'가 방치되고 있었음이 지적되었다는 점이다(한승헌, 앞의 책, 314쪽).

것은 어쩌면 당연하다. 분단의 현실성 자체가 아니라 '예외상태'로서의 한반도 분단의 한시성을 강조하지 않고는, 토속성이라는 로컬리티 혹은 민족의 고유성을 보전하거나 그로부터 근대화에의 가능성을 가늠해보기는 어려워지기 때문인 것이다. 농촌(문학)과 민족(문학) 사이의 간극을 '상위의 총체적 시선'으로 결합시킨 중심/주변의 위상학은 이렇게 '토속성'을 민족문학의 역설적 선진성의 지표로 만드는 과정에서 다시 한번 작동하게 된다. 그리하여 이중과제로서의 근대화에 대한 열망은 "도시화 현실의 논리를 무시하지 않으면서도 시골과 도시의 관계를 어떻게 새로 정립하고 기존의 관념과는 다르게 살아가는 방도를 어떻게 찾아내느냐는 문제"를 "세계체제의 독특한 일부인 한반도 분단체제를 어떻게 극복하느냐는 문제의 중심"[53]에 세우게 된다. 이러한 논리의 변증적 역전을 통해 "분단시대 우리 민족 특유의 의식과 한恨이 그 속에 예술로서 구체화되어 있다면" 통일이나 분단 문제를 직접 다루었는가의 여부와 무관하게 토속적 문학은 '본격적인 시민문학'의 대열에 끼일 수 있게 되는 것이다.[54]

'창작'에 대한 '비평'이 곧바로 사회에 대한 역사적 인식으로 수렴될 수 있는 논리적 지평은 이처럼 중심/주변의 위상학이 공고화되면서 뚜렷해졌다. 말하자면, 종속이론을 토대로 한 중심/주변의 위상학을 통해 '창비' 고유의 성격이 형성되었으며, 그리하여 창작물의 의미가 한반도의 정치적이고 경제적인 국제적 위상 즉 유동하는 비평 현장의 움

---

53 백낙청, 「'통일시대'의 한국문학」, 『통일시대 한국문학의 보람』, 창비, 2006, 153~154쪽.
54 백낙청, 「分斷時代 文學의 思想」, 『민족문학과 세계문학』 I, 창작과비평사, 1978, 304쪽. (『씨올의소리』, 1976.6)

직임 속에서 확정되고 도시와 농촌의 위계로 반복되는 한반도의 국제적·총괄적 위상 변화를 통해 변동 가능한 것이 되었다. 『창비』가 보여준 '창작'과 '비평'의 낙차가 사회에 대한 역사적 인식에 따라 변화되어 간 사정을 통해, 그 낙차를 논리의 변증법적 진화로 이해하게 한 역전의 동력을 확인할 수 있는 것이다.

'창비' 고유의 성격을 두고 시민문학에서 민족문학론을 거쳐 민중문학론으로의 이론적 진화가 논의되곤 하지만, 그 논의의 지반이었던 '중심과 주변의 위상학'에 입각해서 말하자면, 이론적 진화는 이론 내적 논리의 진화가 아니었다. 그것은 중심/주변의 위상학이 만들어낸 비평 현장의 국면 변화이자 그에 대한 담론적 응답의 결과물이다. 무엇보다 앞당겨진 미래를 당대적 현실로 구현하기 위한 탈식민적 시도로서 이해되어야 한다. 논리의 곡예를 반복하는 듯 보이는 '창비'의 민족민중문학론을 논리 차원에서 접근하는 것이 큰 의미를 갖지 못하는 이유가 여기에 있다. 민족민중문학론에 대한 평가가 문학과 '그 바깥(역사, 사회)'과의 관계망 속에서 전면적으로 새롭게 평가되어야 할 이유 또한 여기에 있다.

참고문헌

1. 자료

『창작과비평』 1~56, 1968.겨울~1980.여름.

2. 단행본

강진호 외, 『증언으로서의 문학사』, 깊은샘, 2003.

구중서, 『분단시대의 문학』, 전예원, 1981.

김삼웅 편, 『한국필화사』, 동광출판사, 1987.

김영희, 『비평의 객관성과 실천적 지평』, 창작과비평사, 1993.

백낙청, 『민족문학과 세계문학』 I, 창작과비평사, 1978.

_____, 『민족문학과 세계문학』 II, 창작과비평사, 1985.

_____, 『통일시대 한국문학의 보람』, 창비, 2006.

염홍철 편역, 『제3세계와 종속이론』, 한길사, 1980.

_____, 『다시 읽는 종속이론』, 한울아카데미, 1998.

창비 50년사 편찬위원회 편, 『한결같되 날로 새롭게 창비 50년사』, 창비, 2016.

한국문인협회 편, 『문단유사』, 월간문학 출판부, 2002.

한승헌, 『권력과 필화』, 문학동네, 2013.

윌리엄 맥코드, 이택휘 역, 『후진사회발전론』, 탐구당, 1967.

레이먼드 윌리엄스, 이현석 역, 『시골과 도시』, 나남, 2013.

3. 논문

강성호, 「'전지구적' 세계체제로 본 세계사와 동아시아」, 『역사비평』 82, 역사비평사, 2008.

강수돌 외, 「좌담-로컬리티, 글로컬리즘을 재사유하다」, 『로컬리티인문학』 3, 부산대 한국민족
　　　문화연구소, 2010.

구중서, 「第3世界 民族文學에의 展望」, 『실천문학』 창간호, 실천문학사, 1980.봄.

권보드래, 「4월의 문학혁명, 근대화론과의 대결-이청준과 방영웅, 『산문시대』에서 『창작과비
　　　평』까지」, 『한국문학연구』 39, 동국대 한국문학연구소, 2010.

김건우, 「국학, 국문학, 국사학과 세계사적 보편성-1970년대 비평의 한 기원」, 『한국현대문학연
　　　구』 36, 한국현대문학회, 2012.

김길연, 「한국 금서의 시대별 양상 연구」, 서경대 박사논문, 2013.

김나현, 「『창작과비평』의 담론 통합 전략」, 『현대문학의연구』 50, 한국문학연구학회, 2013.

김병익·염무웅, 「대담-『창작과비평』, 『문학과지성』을 말한다」, 『동방학지』 165, 연세대 국학연구원, 2014.

김성환, 「1960~70년대 계간지의 형성과정과 특성 연구」, 『한국현대문학연구』 30, 한국현대문학회, 2010.

김원, 「1970년대 『창작과비평』 지식인 집단의 이념적 계보와 민족문학론」, 『역사와문화』 24, 문화사학회, 2012.

김익기, 「한국의 이농현상과 농촌의 구조적 빈곤」, 『농촌사회』 1, 한국농촌사회학회, 1991.

김치수, 「농촌소설론」, 『문학이란 무엇인가』, 문학과지성사, 1976.

김현주, 「『창작과비평』의 근대사담론-후기자본주의 사회의 역사적 사회과학」, 『상허학보』 36, 상허학회, 2012.

박지영, 「1960년대 『창작과비평』과 번역의 문화사-4·19/한국세대 비평/번역가의 등장과 '혁명'의 기획」, 『한국문학연구』 45, 동국대 한국문학연구소, 2012.

설동훈, 「한국의 이농과 도시노동시장의 변화, 1960~90」, 『농촌사회』 2, 한국농촌사회학회, 1992.

소영현, 「비평의 공공성과 문학의 대중성」, 『실천문학』 120, 실천문학사, 2015.겨울.

안현호, 「'민족경제론'과 신자유주의 시대의 한국경제학」, 『동향과전망』 72, 한국사회과학연구회, 2008.

염무웅·임중빈, 「김정한 문학의 평가」, 김정한, 『인간단지』, 한얼문고, 1971.

오창은, 「'제3세계문학론'과 '식민주의 비평'의 극복」, 『우리문학연구』 24, 우리문학회, 2008.

이혜령, 「자본의 시간, 민족의 시간-4·19 이후 지식인 매체의 변동과 역사 : 비평의 시간의식」, 『지식의 현장 담론의 풍경-잡지로 보는 인문학』, 한길사, 2012.

임헌영, 「내가 겪은 74년 문인간첩단 사건의 실상」, 『역사비평』 13, 역사비평사, 1990.

_____, 「진보적 학술문화운동의 산실, 『창작과비평』」, 『역사비평』 37, 역사비평사, 1997.

하상일, 「1960년대 현실주의 문학비평 연구-『한양』·『청맥』·『창작과비평』·『상황』을 중심으로」, 부산대 박사논문, 2004.

한영인, 「1970년대 『창작과비평』 민족문학론 연구」, 연세대 석사논문, 2012.

황병주, 「1970년대 비판적 지식인의 농촌 담론과 민족 재현-『창작과비평』을 중심으로」, 『역사와문화』 24, 문화사학회, 2012.

'리얼한 것'의 정치학

1960년대 말 한국의 리얼리즘론

김 항

1. 비평과 '리얼한 것'

말이 거듭되면 배가 산으로 가기 마련이다. 말하는 사람도, 그와 말을 섞는 사람도, 나아가 그들이 속한 시공간도 켜켜이 쌓인 말 더미로 말미암아 방향을 상실한다. 거듭되는 말의 응수가 오해를 낳을 뿐이라는 범속한 이야기를 하고 싶은 것은 아니다. 여기서 주목하고 싶은 바는 쌓인 말은 결코 발화 주체나 발화의 시공간으로 환원할 수 없는 세계를 개시한다는 사실이다. 쌓인 말이 곡해나 오해를 낳는다는 진술은 발화 주체의 의도나 맥락을 고정시켰을 때 가능하다. 그러나 차곡차곡 쌓여가는 말들은 스스로의 결연한 발걸음을 멈추는 일이 없고, 그런 까닭에 결코 고정된 주체나 맥락으로 환원되지 않는다. 그래서 '곡해'나

'오해'라는 판단은 말이 쌓여가면서 만들어내는 고유한 세계를 무시하고 은폐하는 일에 다름 아닌 셈이다. 그런 의미에서 비평이란 이 고유한 세계를 드러내 보이는 전형적인 언술행위라고 할 수 있다. 비평이 '무언가에 대한 비평'이라고 할 때 '무언가'가 아니라 '에 대한'에 방점이 찍혀야 한다면 비평이야말로 말에 말을 쌓는 언술 행위의 전형이며, 비평으로 쌓인 말은 작가나 비평가나 그들이 속한 시대로부터 비롯되지만 결코 그것으로 환원되어 의미화될 수 없는 셈이다.

그래서 비평의 역사를 되돌아보는 일은 어떤 주체나 시대로 귀속된 의미나 가치를 박탈하여 그것들의 속살을 드러내 보이는 작업이다. 이 때 속살이란 결코 주체나 시대의 본질이나 진리가 아니다. 비평의 역사에 대한 탐사는 어떤 주체나 시대가 본질이나 진리를 통해 고정되고 실체화되기 이전의 지층들을 복원하는 일이며, 이 때 드러나는 속살은 주체나 시대를 낱낱이 해부하여 절단된 채 쌓인 살덩이들이라고 할 수 있다. 따라서 비평의 역사를 탐구하는 일은 켜켜이 쌓인 말들이 어떤 의도에서 무엇을 대상으로 발화된 것인지를 재평가한다기보다는, 말들이 켜켜이 쌓여 개시한 세계가 무엇인지를 묻는 일이어야 한다. 그리고 이 세계는 현실과 말이 서로 복잡하게 중첩되어 구성되었다는 점에서 '리얼한 것the real'이라 할 수 있다. 이 '리얼한 것'은 실체로서 현실에 존재한다기보다는 하나의 발화가 현실과 다른 발화를 전유하는 과정에서 '실재하는 것'으로 만들어낸 물음이지만, 이 물음은 사후적이고 외재적인 규정과 판단으로 귀속됨으로써 눈에 띄지 않은 채 퇴적된 것이라고 할 수 있다.

그러므로 비평의 역사에 대한 탐사는 이 '리얼한 것'이 단절과 차이를 내포하면서 만들어낸 지층을 살펴보는 일이다. 그리고 비평이 기본적으로 말을 쌓아가는 축적의 행위라면, 비평이란 근원적으로 역사적인 실천일 수밖에 없다. 즉 비평이란 애초에 '역사-비평'인 것이다. 그런 의미에서 1960년대 말 한국에서 전개된 여러 리얼리즘론은 한국어를 통한 '문학 비평'이 처음으로 '역사-비평'이라는 의미에서의 '비평'을 개시했던 장면이라 할 수 있다. 이 언설은 추상적 문학론, 개별 작품의 품평, 혹은 작가론으로 점철되었던 이전 시대의 '문학 비평'을 한국어문학의 자기 의식, 문학적 주체와 사회계급, 그리고 전통과 언어라는 문제 언저리로 이동시켜 그때까지 쌓인 말들의 지층을 탐사하는 '역사-비평'을 개시했기 때문이다. 그렇다면 과연 이 리얼리즘론이 문제화했던 '리얼한 것'이란 무엇일까? 그리고 그것은 어떤 '정치성'을 세상에 제기했던 것일까? 즉 한국에서의 '비평'은 계보학적 원천의 장에서 어떤 정치성을 통해 개시된 것일까?

2. 4·19 세대와 리얼리즘

"내 육체적 나이는 늙었지만, 내 정신의 나이는 언제나 1960년의 18세에 멈춰 있다. 나는 거의 언제나 사일구 세대로서 사유하고 분석하고 해석한다. 내 나이는 1960년 이후 한 살도 더 먹지 않았다."[1] 해방 후 한국 비평사에서 지금도 여전히 독자적인 빛을 내뿜고 있는 김현은 46

세 되는 해에 이렇게 회고했다. 이 명민한 정신이 그저 스스로가 어떤 세대에 속함을 막연하게 강조할 리가 없다고 가정할 때, 이 '4·19 세대'란 자기 규정은 곰곰이 곱씹어 볼 필요가 있다. 김현이 세월의 흐름을 초월하여 견지하고 있는 이 역사적 시간대야말로 위에서 말한 리얼리즘론이 자리하게 된 원천이기 때문이다.

4·19혁명이란 주지하다시피 한반도에서 3·1운동 이후 두 번째이자, 해방 후로 따지면 최초의 민중봉기이다. 또 일제의 무자비한 진압으로 꽃을 맺지 못했던 3·1운동과 달리 4·19혁명은 이승만 독재정권을 타도했다는 점에서 일정한 실정적positive 성과를 냈다. 뒤이은 제2공화국의 정치적 혼란과 이를 틈탄 5·16군사쿠데타로 인해 미완의 혁명으로 평가되기도 하지만, 4·19혁명이 민중의 손으로 체제를 전복한 전형적인 민중 혁명이었음을 부정할 수는 없는 셈이다. 그렇다면 김현은 여전히 이 '혁명의 성공'으로부터 세계를 사유하고 해석하고 분석하고 있는 것일까? 사태는 그렇게 단순하지 않다. 김현에게 '4·19'란 비평이 비평으로서의 자기의식을 획득하는 원천이라는 의미에서 '역사적인 사건'이었기에 그렇다.

세상의 모든 세대론이 그렇듯 스스로를 4·19 세대라고 부를 때, 그것이 전 세대와의 단절의식을 내포하고 있음은 말할 필요도 없을 것이다. 김현도 마찬가지여서 스스로를 4·19 세대로 호명할 때에는 그 이전 세대, 즉 1950년대 문단에 대한 규정을 전제로 하고 있다. 그리고 이 전 세대에 대한 규정은 한국어문학이 최초로 역사적 자기의식을 획

---

1 김현, 「책머리에」, 『김현 문학전집』 7, 문학과지성사, 1988, 13쪽.

득한 시발점 중 하나라고 해도 과언이 아니다. 그것은 언어와 일상의 문제야말로 한국어문학의 본령임을 내세운 자기의식이었기 때문이다.

(일제의) 한국어 말살 정책에 의해 일본어를 국어로 알고 성장한 세대(50년대 문학인들―인용자)는 급작스러운 해방 때문에 문장어를 잃어버린다. 그래서 한글로 개개인의 사고와 감정을 표현해야 한다는 어려움에 부딪힌다. 사물에 대해 반응하고, 그것을 이해하고 비판하는 작업은 일본어로 행해지는데, 그것을 작품화할 때는 일본어 아닌 한글로 행해야 한다는 어려움, 그것은 사고와 표현의 괴리 현상을 낳는다.

50년대 문학인들은 휴머니즘론에 매달린다. (…중략…) 그러나 50년대의 보편인은 서구의 보편인이 그러하듯이 유토피아의 건설과 인신(人神) 출현을 목표로 한 것이 아니라, 성적 콤플렉스에서 해방되고, 부양가족에게서 도피하고, 타인의 사랑을 거부하는 호모 루덴스이다. 그 보편인은 그러므로 인식과 행위의 변증법적 결합에 의해 움직이는 것이 아니라 (…중략…) 추상적 논리와 현실에서의 일탈, 도피에 의거해서 움직이다. 인정론적 휴머니즘의 부정은 한국의 한국의 현실에 대한 탁월한 분석과 성찰의 결과에서 기인하지 아니한, 전쟁이 준 부정적 외상이었을 뿐이다.

인간성의 옹호라든가 한국어의 발견이라는 측면은, 전자는 이념에 상응하는 실체를 발견하지 못함으로써, 후자는 표현을 넘어서는 이념을 발견하지 못함으로써, 각각 상징적 예술론과 사회 비판적 예술론으로 변모한다. 그 변모의 과정에서 나는 50년대의 전반적인 특징인 언어의 혼란과 감정의 극대화 현상을 다시 발견한다. (…중략…) 50년대의 문학적 유산의 하나인 이 문학의 양분화 현상이 한국문학 발전에 거의 도움을 주지 못하고 계속 공전하고 있는 것도, 문제 제기를 상투적인 해답으로 척결하는 비논리적 태도 때문이다. (…중략…) 결국 추상적 논리와 구체적 사실의 바람직한 지양이 이루어지지 못한 것이 50년 문학의 양분화 현상의 큰 약점이다.[2]

1970년에 쓰인 이 글에서 김현은 1950년대 문학을 한국어의 발견과 추상적 이념으로의 매몰로 정리하고 있다. 사유의 언어와 표현의 언어 사이의 괴리를 특징으로 하는 '한국어의 발견'이란 토픽은 '근대' 한국어문학사에 대한 명확한 자기 인식의 표출이라고 할 수 있다. 이는 한국어문학의 역사적 정체성을 괴롭혀온 '식민성, 혹은 식민지 경험'에 대한 김현 나름의 응답이었다. 김현은 사유와 표현의 괴리라는 틀로 이를 파악함으로써, 1950년대 한국어문학이 개념과 이상을 결여한 문학이었다고 평가한다. 즉 식민지 경험으로 인한 한국어문학의 단절은 해방과 전쟁을 거쳐 눈앞의 현실에 방향성을 부여할 개념과 이상을 언어에 담아내지 못하는 결함을 초래한 것이다.

따라서 '추상적 이념으로의 매몰'이라는 토픽은 이 한국어의 발견이라는 토픽과 연동되는 것이라 할 수 있다. 일상생활에서 사용되는 언어가 현실을 초극하는 개념과 이상을 담아내지 못할 때, 그럼에도 현실의 적나라한 모습과 모순이 사유로서 포착될 때, 표현은 일상과 유리된 곳에서 길을 찾게 마련이다. 1950년대에 물밀 듯 한반도(특히 남한)에 유

---

2   김현, 「테러리즘의 문학—오십년대 문학소고」, 『문학과지성』 4, 1971.여름, 241 · 245 ~246 · 253쪽.

입된 외래 사조는 그런 의미에서 현실 비판의 길을 터주었다고 할 수 있다. 이런 맥락 속에서 엘리어트의 문학론이나 사르트르의 철학은 1950년대 한국어문학의 비평 언어에 개념과 이상을 제공했던 것이다. 그러나 이는 결코 현실에 발을 디딘 초극의 표현이 될 수 없다. 물론 현실이 따로 있고 그로부터 언어가 생성되어야 한다고 주장하고 싶은 것은 아니다. 문제는 수입된 표현이 구성하는 현실의 모습이 눈앞에서 감지할 수 있는 풍경이나 사물이나 삶과 너무나도 편차가 심하다는 데에 있었다. '실존', '휴머니즘', '전통' 등은 식민지와 전쟁이 할퀴고 간 삶이 감당해야 할 개념이나 이상이 아니었고, 그 삶이 스스로를 내맡기기에는 너무나도 드넓은 폭과 넓이를 가진 것이었기에 그렇다.

김현의 4·19 세대는 바로 이러한 1950년대 문학에 대한 분석적 평가에 바탕을 둔 자기 규정이었다. 그것은 4·19라는 정치적 사건의 역사성을 한국어문학의 영역 속에서 재포착함으로써, 말에 말을 보태서 세계를 구축하는 비평의 장을 열어젖히는 시도였던 것이다. 그렇다면 4·19혁명의 어떤 점이 김현으로 하여금 비평적 자기의식을 촉구하게 만들었던 것일까? 1973년 김현과 함께 최초의 체계적 '한국문학사' 교과서를 집필하게 될 김윤식의 말을 통해 이를 확인해보자. 김윤식은 1970년, 4·19 10주년을 기념하여 개최된 좌담회에서 4·19혁명과 문학의 관계를 논하면서 다음과 같이 말한다.

내가 보기에 '예술이라는 것은 하나의 맹목이지만, 무엇보다 명확한 촉각을 갖는다'라는 생각을 가집니다. 그러니까 어떤 사건이나 그 사건의 밑바닥에 깔린 감각이나 확실한 촉각이나 이런 것은 확실하지만 그것 자체로 머물러 맹목이 되고 무엇인지 뚫고 나갈 힘이 없는 것이 되고 말 것입니다. 그것을 극복할 수 있는 방법이 뭐냐고 할 대 나는 이것을 리얼리즘이라고 봅니다. (…중략…) 내가 보기에 리얼리즘은 4·19로부터 출발했다는 것입니다. 왜냐하면 어떤 개인에게 자유가 용납되어 있는 사회, 비록 완전한 자유는 아니더라도 원칙적으로 자유가 용납된다고 볼 수 있는 그런 사회에서 개인의 문제와 사회적인 문제, 이 양자의 관계를 상대적으로 비교할 때 비로소 리얼리즘의 문제가 제기되지 않는가 나는 보고 있습니다.[3]

예술이 맹목이지만 촉각을 갖는다는 지적, 이것은 예술이 하나의 목적 없는 자유로운 표현이지만, 한 오라기의 실이라도 외부 현실과 지각을 통해 연결끈을 가져야 한다는 주장이라고 할 수 있다. 김윤식은 이렇게 예술의 본원적 성격을 규정하면서 맹목과 촉각을 결합시켜 '무엇인지 뚫고 나갈 힘'을 부여하는 것이 바로 '리얼리즘'이라고 말한다. 그렇기에 김윤식에게는 리얼리즘이야말로 관념주의(맹목)와 자연주의(촉각)을 초극하게 해주는 변증법적 합으로서의 표현 양식이었다고 할 수 있다. 그리고 이 리얼리즘이 한국에서는 4·19로부터 가능했다고 그는 지적하면서, 그 까닭이 바로 '어떤 개인에게 자유가 용납되어 있는 사회'에서 '개인의 문제와 사회적인 문제'를 교차시켜 바라보는 일이 4·19혁명으로 가능해졌기 때문이라고 주장한다. 즉 스스로의 자유에 기초한 사회적 자아의 구축이야말로 리얼리즘의 중핵인 것이다.

이 좌담회에서 김윤식은 이른바 '4·19 문학'이 실패로 돌아갔다고

---

3   구중서·김윤식·김현, 「좌담─4·19와 한국문학」, 『사상계』, 1970.4, 301~302쪽.

일관되게 주장하고 있는데, 그것은 4·19가 열어젖힌 이 리얼리즘의 가능성을 4·19 문학이 제대로 성취하지 못했음을 주장하기 위해서였다. 그런 의미에서 김윤식의 주장은 김현의 4·19 세대의 자기의식과 맞닿아 있는 것이라고 할 수 있다. 김현이 말한 사유와 표현의 괴리는 바로 김윤식의 맹목과 촉각의 괴리와 연동되는 문제이며, 두 사람 모두에게 관건은 어떻게 주변 세계에 대한 촉각과 표현이 상호 중첩되면서 근접할 수 있는가의 문제였기 때문이다. 즉 전통이든 서양이든 일본이든, 과거나 외부로부터 주어진 개념이나 이상의 효력을 정지시키고, 어디까지나 개인의 자유하에서 완전한 무질서의 세계를 지각함과 동시에, 이 지각을 일상적 언어를 통해 표현해내는 일이야말로 4·19혁명이 개시한 리얼리즘의 본령이었던 셈이다.

이를 김현은 다음과 같은 역설적 표현으로 촉구한다. "여러 가지 여건들 때문에 나는 도식적 리얼리즘이 한국에서는 불가능하다고 생각한다. 한국에서 가능한 문학 기술 방법은 오히려 리얼리즘의 허위성을 밝혀주는 비평적 혹은 상징적 기술 방법뿐이다. (…중략…) 도식화하지 말라, 당신의 상상력으로 시대의 핵을 붙잡으라. 내가 할 수 있는 충고는 이것뿐이다."[4] 여기서 도식적 리얼리즘이란 4·19가 가능케 한 리얼리즘이 아니다. 그것은 어떤 준칙과 규칙에 종속된 사실주의이지, 결코 자유에 기반하여 현실을 이상적으로 표현하는 리얼리즘이 아닌 것이다. 그래서 김현은 이 리얼리즘을 '비평적 혹은 상징적 기술 방법'이라고 말하며 '상상력으로 시대의 핵을 붙잡으라'는 요청으로 설파한다.

---

4   김현, 「한국소설의 가능성─리얼리즘론 별견」, 『문학과지성』 1, 1970.가을, 367~368쪽.

그가 시간의 흐름을 초월하여 '4·19 세대'인 채로 세계를 사유하고 해석하고 분석한다고 할 때, 바로 이 리얼리즘이야말로 역사에 매몰되지 않으면서도 시간의 퇴적층을 끊임없이 되돌아볼 수 있게 하는 창작과 비평의 원리였음을 내세우고 있었던 셈이다. 그것은 1950년대 문학에서 그 전까지의 한국어문학이 퇴적시킨 지층을 복원시켜, 무엇이 한국어문학의 창작과 비평의 원리이어야 하는가를 추출해낸 역사 의식의 발로였다고 할 수 있다.

아마도 김현이 이런 생각을 구축할 때에 분명히 의식했던 또 하나의 명민한 정신이야말로 이 리얼리즘을 체계적인 언어로 제시한 최초의 비평가라고 해야 할 것이다. 1960년대 말 한국에서 한반도의 역사적 역경, 한국어문학의 동시대적 상황, 그리고 세계체제적 역사적 변동을 리얼리즘이라는 한 점으로 집중시킨 백낙청의 논의는 김현과 김윤식의 비평의식이 보다 예각화한 형태의 논리를 획득한 것이라 평가될 수 있다. 그리고 백낙청의 리얼리즘을 통해 비로소 1960년대 말 리얼리즘론이 문제화했던 '리얼한 것'의 정치성이 드러난다. 그것은 '진리와 진실'을 발화 주체와 발화 내용의 일치를 통해 보증하는 법정 모델을 거부함으로써, 언어 행위가 '리얼한 것'을 구성하는 정치적 행위로 변환되는 세계를 개시하는 것이었다. 이제 백낙청의 입론으로 눈을 돌려볼 차례이다.

3. 시민문학론이란 전회

1960년대, 문학의 정치참여 문제가 논단의 화제가 되는 상황 속에서 백낙청은 한국어문학이 놓여 있는 역사-사회적 처지와 현주소를 다음과 같이 제시한다.

우리 문학의 발달을 위해 우리는 세계 역사 전체에서 감명 깊은 선례를 찾고 세익스피어와 몰리에르의 고전은 물론 우리 과거의 구석 구석에서도 이월해 올 수 있는 것은 다 해와야겠지만, 무엇보다 앞서야 할 인식은 우리가 부모의 피와 살을 받았듯이 이어받은 문학전통이란 태무하다는 것이다. 우리의 동양적 한국적 전통은 그 명맥이 끊어졌고 이를 뜻있게 되살릴 길은 아직 열리지 않았으며 고대 그리스나 근대 서구의 고전문학을 모체로 삼기에도 우리의 언어와 풍습과 제반사정이 너무나 동떨어진 것이다. 1960년대의 한국에서, 문학의 기능은 건전한 오락을 제공하는 것이다 라고 담담히 말해 넘길 수 없는 이유가 여기에 있다.[5]

이 시기 한국에서 문학의 사회적 기능을 '건전한 오락'이라고 규정한 이들은 '순수문학'을 주창하던 이들이었다고 할 수 있다. 이어령과 김수영의 입싸움으로 알려진 '순수/참여 논쟁'은 1968년의 일이지만, 그 이전부터 문학의 사회적 기능을 둘러싼 논쟁은 계속 이어져왔다. 백

---

5   백낙청, 「새로운 창작과 비평의 자세」, 『창작과비평』 1, 1966.가을, 16쪽.

낙청은 이런 상황 속에서 일단 순수 문학을 주장하는 이들에 반기를 든 셈이지만, 그의 주장이 단순히 문학의 정치적 참여를 독려하는 것은 아니었다. 그에게 한국어문학의 사회적 기능이란 사회나 정치에 참여하는 일이라기보다는, 그 이전에 문학이 자리할 수 있는 사회나 정치의 장을 구성하는 일이었기 때문이다.

한 사회의 대중이 낮은 수준에 머물러 있을 때 그들에게 실지로 널리 읽히는 것을 문학의 지상목표로 삼는다는 것은—즉 그들을 현실의 독자로서 노린다는 것은, 대중을 위한 문학이 아니라 문학의 자살이 된다. 그러나 대중이 자기 글을 읽게 될 수 있는 인간임을 알며 마땅히 읽게 되기를 바라고 쓰느냐 안쓰느냐—즉 그들을 잠재적 독자로서 갖느냐 못갖느냐는 문제 역시 경우에 따라 문학의 사활을 좌우하는 것이다. (…중략…) 잠재독자층의 압도적인 숫적 우세와 극심한 소외상태, 그리고 현실독자들의 한심한 수준—이것이 현대 한국문학의 사회기능을 규정하는 결정적 여건이다. 이런 상황에서 현실독자층의 대다수에게 오락을 제공하는 일이 참된 문학의 기능일 수 없음은 물론이다. 그것은 독서행위에서 소외된 대중들을 외면하는 동시에 독서인들 가운데서도 정말 필요한 양심과 문학적 소양을 지난 독자는 잃어버리는 결과가 되기 때문이다.[6]

이런 진술을 교양주의라거나 엘리트주의라고 치부할 수는 없다. 그것은 문학의 사회적 기능을 순수한 오락으로 삼는 이들에게 어울리는

---

6   위의 글, 17~19쪽.

말일 터이다. 백낙청이 주장하고 싶은 바는 문학이 잠재독자를 염두에 두고 그들의 소외된 상황을 개선해야 할뿐 아니라, 그럼으로써 현실독자의 수준도 한층 높여 가야 한다는 것이다. 이런 주장이 1960년대 한국에서 명문가 출신의 미국 유학파 비평가의 입으로부터 나왔을 때, 아마도 세상을 모르는 이상주의적 계몽주의를 설파하는 것이라 오해받기 십상이었을 터이다. 그러나 백낙청의 주장이 이상적이고 계몽적임이 틀림없더라도, 결코 비역사적이거나 비현실적인 것이 아니었다. 오히려 이 이상적 계몽주의는 리얼리즘으로 전화됨으로써 한국어문학의 전망을 구체적 현실 속에서 적시하는 데로 나아가기 때문이다.

이를 위해 백낙청이 전범으로 삼는 것은 18세기 프랑스 문학과 19세기 러시아 문학이었다. 그가 이 두 문학 사조에서 어떤 특질들을 추출해냈는지 상술할 여유는 없지만, 두 가지 모두 "독자층의 분열과 갈등 속에서 나온 문학"[7]이라고 결론 내리고 있는 점만을 확인해두자. 백낙청이 이 두 문학 사조를 거론한 까닭은 이식과 모방을 위해서라기보다는, 바로 이 두 문학 사조가 문학 자체가 자리하는 사회와 정치의 장을 구성했기 때문이었다. 그러므로 그의 이상적 계몽주의는 1960년대 한국에서 문학이야말로 사회와 정치의 장을 구성하는 기능을 담당해야 함을 설파한 것이었으며, 이는 문학과 사회 및 정치 영역을 이미 분리된 것으로 파악하여 '순수냐 참여냐'를 논하는 입장이 아니라, 문학이 사회 및 정치의 장을 구성하는 계기임을 주장한 것이었다. 바꿔 말하면 문학은 순수하면 순수할수록 사회적이며 정치적이라는 것이 백낙청의

---

7   위의 글, 21쪽.

비평적 원리였던 것이며, 문학의 본령인 상상력이란 바로 사회와 정치의 장을 구성하는 불가결한 힘이 된다는 주장이었던 셈이다. 그의 리얼리즘론은 이런 원칙으로부터 비롯된 것으로, 이를 그는 '시민문학론'이라는 논의를 통해 체계적으로 전개한다.

백낙청이 '시민문학론'을 전개한 것은 위에서 말한 '순수/참여 논쟁'의 흐름에서였다. 이른바 '참여' 측 문인들이 '소시민'이라는 말로 '순수'를 주장하는 문인들을 비판했고, 이에 응수하여 '순수' 측 문인들이 '테러리즘 비평'이라고 반비판을 가했던 것이다. 이런 상황 속에서 백낙청은 '소시민'이라는 말을 '시민'의 형성이라는 역사적 맥락으로 거슬러 올라가 파악하고, 이를 통해 시민과 문학이 어떤 관계를 맺고 있느냐를 논했다. 이 논의를 통해 그는 앞서 살펴봤던 이상적 계몽주의를 보다 역사적이고 현실적인 맥락 속에서 전개했고, 리얼리즘이 시민문학의 표현양식임을 내세움으로써 고유의 정치적 물음을 개시했다. 그것은 한편에서는 단순한 현실 모사로 그치는 자연주의·사실주의를, 다른 한편에서는 특정 이념의 규범 속에서 표현 행위를 구속하는 공식주의를 비판하는 것으로, 한국어문학이 개척해야 할 표현과 기능을 통해 국가와 기술이 형해화시킨 언어활동을 복원하려는 비평적 실천이었다. 백낙청의 말을 직접 들으면서 이 일련의 논의 전개를 확인해보자.

우리가 '소시민'과 대비시켜 우리의 미래를 위한 이상으로 내걸려는 '시민'이란, 프랑스 혁명기 시민계급의 시민정신을 하나의 본보기로 삼으면서도 혁명 후 대다수 시민계급의 소시민화에 나타난 역사의 필연성은 필연성대로 존중해 주고, 그리하여 그러한 필연성을 기반으로 하여—또는 그와 다른 역사적 배경인 경우 그와 다른 필연성을 기반으로 하여 — 우리가 쟁취하고 창조하여야 할 미지·미완의 인간상인 것이다.[8]

백낙청은 '시민'을 역사사회학적 계급으로 실정화한다기보다는, 자유를 획득하기 위해 스스로와 세계의 총체적 연관성을 가늠하고 그 현상태를 부단히 변혁하려는 인간상으로 이상화한다. 따라서 이런 시민이 실재했느냐 어땠냐는 피로감을 더하는 물음으로부터 그는 비껴간다. 그에게 시민이란 무엇보다도 '시민이 되려는 인간'이기 때문이다. 이때 '소시민'이란 "엄연히 시민계급의 일원이면서도 시민계급의 제반 지배적 결정에는 참여 못하고, 그런데도 자신이 지배계급의 구성원이요 자립자족적인 시민이라는 환상은 끝내 고집하고 있으며, 바로 그러한 자가당착적 처지와 자기이해의 결핍 때문에 극도로 무책임한 개인주의와 극도로 감정적인 집단주의 사이를 무정견하게 방황하면서 해소할 길 없는 원한과 허무감과 피해망상증에 시달리고 있는 현대사회의 수많은 시민들"[9]이라고 장황하게 정의된다. 그리하여 그는 "우리들 대부분이 소시민적인 존재임이 엄연한 사실"[10]이라는 데서 논의를 시작하자고 제안한다.

그가 이렇게 제안한 까닭은 프랑스혁명 이후 다수의 시민계급이 소시민화되었던 것과 마찬가지로, 한국적 시민의식의 현현이었던 4·19 이후 그 정신이 퇴락했다고 보았기 때문이었다. "4·19 정신의 위축과

---

8   백낙청, 「시민문학론」, 『창작과비평』 14, 1969.여름, 465쪽.
9   위의 글, 464쪽.
10   위의 글, 462쪽.

변질의 시기로서의 1960년대는 우리가 이제까지 추구해온 시민의식의 퇴조와 새로운 소시민의식의 팽배라는 현상으로도 특징지어진다."[11] 하지만 백낙청은 단순히 프랑스혁명과 4·19혁명을 '혁명을 통한 시민의식의 발로'라는 일반적 범주로 동일시하고, 서구사를 기준으로 삼아 한국의 시민화를 가늠하고자 한 것이 아니다. 백낙청의 혜안은 프랑스혁명과 4·19혁명의 시민/소시민 의식의 융기와 몰락 과정을 세계사적 불균형 속에서 찾고 있는 데에 있기에 그렇다. 백낙청은 17세기 이래 서구에서 태동한 시민의식이 몰락하는 요인 중 하나로 제국주의적 팽창을 거론하면서 다음과 같이 말한다.

> 식민지 경영은 부국강병을 이룩하고 통치 기술 및 지식의 진보를 가져오고 모국의 지배계급은 물론 피지배계급까지 번영을 안겨주어 사회적 동질성을 증대시켜 주지만, 전국민을 실질적인 노예소유자 — 그나마 대부분은 노예소유의 현실에서 격리된 무의식적인 노예소유자 — 로 만듦으로써 그들의 시민의식에는 치명적인 결과를 가져오게 된다. 이러한 시민의식의 손실이야말로 식민지에 기생하는 나라가 자기도 모르는 사이에 치르는 가장 값비싼 대가이다.[12]

이와 연동하여 식민지가 된 지역에 대해서는 다음과 같은 통찰이 제시된다.

---

11 위의 글, 496쪽.
12 위의 글, 476쪽.

나라가 남의 식민지로 있는 한 참다운 시민사회의 건설로 이어지지 못했음은 물론, 스스로 반시민적 독소를 내포하지 않을 수 없다. 노예가 된 시민도 노예를 가진 시민도 있을 수 없듯이, (…중략…) '식민지 시민'이란 결코 있을 수 없는 것이다.[13]

이렇듯 백낙청에게 '시민'이란 결코 한 '국가' 내에서 자족적으로 형성될 수 있는 계급·계층이 아니다. 그것이 '세계체제'적 폭과 깊이를 통해 가늠되어야 할 '이상'이어야 하는 까닭이 여기에 있다. 서구 '선진 국가'의 시민들도, 제3세계 '후진 국가'의 시민들도 결코 그들만의 자족적 테두리 내에서 '시민'이 될 수 없다. 자본주의 세계체제의 구조 안에서 사람들 사이에 위계화된 질서가 엄연히 확립되어 있고, 그것이 사람들 사이에 지배 관계를 구축하는 한 '시민'이란 결코 '실체'로서 존립할 수 없기 때문이다. 이러한 '시민'의 문학적 표현이 바로 '시민문학론'이며, 리얼리즘은 이 문학을 가능케 하는 표현 양식이자 이념이라고 할 수 있다.

18세기 계몽주의는 어디까지나 시민혁명의 '준비'였고 독일 고전주의는 그 '방관'이었던 데 반해 19세기 전반의 리얼리즘 문학은 비록 부분적으로나마 실현된 시민사회의 '산물'인 것이다. (…중략…) 왜냐하면 시민문학이 이상적으로 모든 시민이 공유하는 문학이고 건전한 사회의 시민은 그들 사회의 현실에 깊은 관심을 갖는다고 전제할 때, 되도록 당대 현실을 소재로

---

13   위의 글, 486쪽.

되도록 만인이 자연스럽다고 느끼는 기법으로 그려낸 문학이 적격일 것은 당연한 이치이다.[14]

이러한 문학작품은 불가능하다. 이런 이상을 '실현'한 문학은 과거에도 없었고 미래에도 도래하지 않을 것이다. 그러나 백낙청의 주장이 개시하는 정치성은 이런 작품의 실현이나 도래에 있지 않다. 또한 이것을 하나의 '이념형'으로 제시하면서 역사사회학적인 분석틀로 만족하는 데에 있는 것도 아니다. 문제는 이 불가능성이 열어젖히는 하나의 자리, 어떤 발화의 위치이다. 그것이야말로 1960년대 리얼리즘론을 지층화했을 때 드러나는 '리얼한 것'이라고 할 수 있으며, '법정의 모델'에서 벗어난 진리와 진실의 발화 가능성이 바로 그것이다.

4. 탈법정의 리얼리즘

위에서 언급했듯이 '시민'이란 근대 사회가 구축한 '국가' 안에서만 가능함과 동시에 그 안에서는 결코 불가능한 것이다. 이 가능성과 불가능성을 동시에 인정하는 것이야말로 관건이다. 사태는 이렇다. 사실 19세기 이래 서구 제국주의가 지구 전체를 집어삼킴으로써, 지구상에 '제

---

14 백낙청, 「새로운 창작과 비평의 자세」, 『창작과비평』 1, 1966.겨울, 471~472쪽.

국과 식민지'가 아닌 영토는 거의 존재하지 않았다. 또한 식민지로부터 해방되어 국제법적으로 독립된 국가가 지구를 뒤덮었다 하더라도, 위에서 언급했듯이 자본주의적 세계체제하에서 인간들 사이의 위계질서, 즉 주인-노예 관계는 없어지지 않았다. 그래서 '시민'이란 사실상 역사상 실체로서 존재해보지 못한 주체들이라고 할 수 있지만, 어디까지나 '국가'의 '시민'이어야 한다는 것도 역사적 사실이다. 따라서 '시민'이란 국가 '안'에서 '바깥'을 꿈꾸는 것이며, 이는 '실체'로서가 아니라 언어활동 속에서 구성될 수 있을 따름이다. 그런 의미에서 시민문학의 표현양식인 리얼리즘은 '리얼하지 않은 것the unreal'을 표현 주체로 삼는 것이라 할 수 있다.

그러나 다시 한 번 말하지만 이 '리얼하지 않은 것'은 어디까지나 '국가' 안에 자리 잡아야 한다. '시민citizen'이 라틴어 '시민de cive'에서 비롯된 것이며, 이 라틴어가 그리스어 '시민·국가polis'에서 번역되어 파생된 것임을 감안할 때, '시민'이 시민이기 위해서는 반드시 구획된 영토가 필요하기 때문이다(물리적이든 심정적이든). "국민citoyen이 됨으로써 인간home이 된다"는 루소의 유명한 정식은 바로 이 사태를 역설적 형식 속에서 표현한 언명인 셈이다. 그러므로 '시민'이란 실현 불가능성이라는 근원적 조건 속에서 '리얼한 것'이 되는 발화 주체이다. 그리고 백낙청의 리얼리즘이 이 '시민'을 발화 주체로 삼는다면, 그것은 법정의 모델을 벗어나 '리얼한 것'을 발화하는 가능성을 내포하는 표현양식이라고 할 수 있다.

진리나 진실을 실체적인 발화 주체와 내용의 일치를 통해 보증하는 법정 모델은, 법적 권리의 주체로서의 '국민'만을 '리얼한 것'의 발화 주체로 인정하는 모델이다. 이 모델이 가능하기 위해서는 경찰, 검찰, 사법기구, 재판정, 처벌 규정 등 다양한 제도적 힘이 뒷받침되어야 하며, 국민화란 바로 발화 주체와 내용이 일치하는 진리와 진실의 모델을 구축함으로써, 인간을 이러한 제도적 힘에 복속시키는 일이라고 할 수 있다. 백낙청의 리얼리즘은 이 모델을 정면에서 반박한다. 이념으로서의 '시민'이 실체화 불가능성에 토대를 두고 있다면, 시민으로서의 발화는 결코 법정 모델에서처럼 발화의 진실성을 판단당하지 않는다. 그것은 어디까지나 발화 주체와 내용의 일치가 불가능할 수 있다는 조건 위에서 이뤄지는 것이며, 그런 의미에서 아감벤이 말하는 '잠재성'에 기초해 있는 것이다.

아마도 백낙청의 시민문학론과 리얼리즘론이 개시하려 했던 '리얼한 것'은 이렇게 법정 모델로 실체화할 수 없는 '리얼한 것'의 세계일 것이며, 그것은 '리얼하지 않은 것'의 가능성 위에서 개시되는 인간 언어의 궁극적 자율성을 보장하는 것이었을 터이다. 그리고 김현이 여전히 4·19 세대로서 사유하고 분석하고 해석한다고 한 것처럼, 1960년대 말 한국에서 제시된 리얼리즘론은 국가와 법정 모델이 진리와 진실을 가늠하는 제도적 힘으로 존속하는 한, 인간 언어의 퇴적층을 탐사하는 비평이라는 실천이 궁극적으로 되돌아가야 할 원천으로 남아 있을 것이다.

참고문헌

1. 기본자료

구중서·김윤식·김현, 「좌담-4·19와 한국문학」, 『사상계』, 1970.4.

김현, 「한국소설의 가능성-리얼리즘론 별견」, 『문학과지성』 1, 1970.가을.

____, 「테러리즘의 문학-오십년대 문학소고」, 『문학과지성』 4, 1971.여름.

____, 「책머리에」, 『김현 문학전집』 7, 문학과지성사, 1988.

백낙청, 「새로운 창작과 비평의 자세」, 『창작과비평』 1, 1966.봄.

_____, 「서구문학의 영향과 수용-그 부작용과 반작용」, 『신동아』, 1967.1.

_____, 「시민문학론」, 『창작과비평』 14, 1969.여름.

_____, 「문학적인 것과 인간적인 것」, 『창작과비평』 28, 1973.여름.

『창작과비평』(1966~1980) : '한국/고전/문학'의 경계횡단성과 대화적 모색

확장적 경계망과 상호 참조 : 이념·문화·역사

최기숙

1. 『창작과비평』지의 지면 구성과 고전 '텍스트·영역·담론'의 상호 관련성

이 글은 1966년 1월 창간된 이래 1980년 7월 정부당국의 조치로 정간되기까지 통권 56호에 이르는 기간 동안,[1] 계간지 『창작과비평』(이하 『창비』. 이후 본문에서 인용할 때는 권호와 발행연도, 계절만 밝힌다)에 실린 고전 텍스트와 고전(전통, 실학, 문학사 포함)을 둘러싼 담론의 지형과 게재의 맥락, 그러한 활동이 갖는 사회문화적 의미를 고찰하는 것을 목적으로 삼는다.

---

[1] 『창작과비평』이 정부당국의 조치로 '폐간'된 사정에 관해서는 『창작과비평』 57호(1985.봄)의 「부정기간행물 『창작과비평』을 내면서」와 월간 『말』 4호(1985.12)의 「당국, '창작과비평사' 등록취소」에 언급되어 있다.

창작과비평사는 '문학·인문과학·사회과학·한국학 관련 서적과 계간지『창작과비평』을 발간해 오면서 1960년대 후반 이후 지금까지 우리나라의 사상·문화·예술 활동 등 지식인 문화운동의 주류를 형성하는데 크게 기여'한 것으로 자평한 이래, 이에 대한 공감대를 형성해 왔다.[2] 계간지『창작과비평』은 이미 당대에 '수많은 소설가, 시인, 비평가들을 양성했고 시민문학론·민족문학론·민중문학론 등의 전개에 앞장섬으로써 우리나라 문학예술사상의 발전에 큰 자극제 역할'을 해온 것으로 간주되었으며, 문학과 사회의 영향력 있는 매체로 자리매김되었다.[3]

해당 기간 사이에『창비』는 예술사, 문학사, 경제사, 정치사, 미술사, 학술사, 종교사, 외교사, 사상사 등 역사 분야의 글을 게재했을뿐더러, 미술, 문학, 고전, 경제, 정치, 신학, 과학[4] 등 각 분야에서 현재 진행 중

2 『창비』창간 10주년 좌담회에서『창비』의 전 발행인이던 신동문은 "우리나라에서 문학 잡지를 했다고 하면 평균적인 수명이 10년은 고사하고 2년 아니면 3년입니다. 물론 안 그런 잡지도 있지만 (…중략…) 그 10년 동안 우리나라 문단에『창작과비평』이 끼친 영향이라는 게 10년이라는 세월보다도 더 막중한 것이었다고 생각합니다"라고 평가한 바 있다.(「『창비』10년 회고와 반성」,『창작과비평』39, 1976.봄, 7쪽)『창비』에 대한 학계의 평가 및 연구 성과에 대해서는 다음의 논문 및 최근 학위 논문의 연구사를 참조. 유은영, 「창작과비평의 문화운동에 관한 일고」, 서강대 석사논문, 1986; 하상일, 「1960년대 현실주의 문학비평 연구-『한양』·『청맥』·『창작과비평』·『상황』을 중심으로」, 부산대 박사논문, 2004; 김민정, 「1970년대 '문학 장'과 계간지의 부상-『창작과비평』과『문학과지성』을 중심으로」, 서울대 석사논문, 2011; 한영인, 「1970년대『창작과 비평』민족문학론 연구」, 연세대 석사논문, 2012 등.『창비』를 중심 형성, 파급된 담론 연구로는 서은주, 「1970년대 문학사회학의 담론 지형」,『현대문학의연구』46, 한국문학연구학회, 2011; 김현주, 「1960년대 후반 '자유'의 인식론적, 정치적 전망-『창작과비평』을 중심으로」,『현대문학의연구』48, 한국문학연구학회, 2012 등.
3 「당국, '창작과비평사' 등록취소」, 월간『말』4, 1985.12, 86쪽. 이 글에서는 창비를 통해 활동한 문인으로 소설가 이호철, 황석영, 천승세, 김주영, 문순태, 최창학, 현기영, 방영웅, 송기숙, 박완서 등, 시인 고은, 김지하, 신경림, 조태일, 양성우, 이시영, 김정환 등, 비평가 백낙청, 염무웅, 최원식, 김종철 등을 거론했다. 위의 글, 86~87쪽.

인 학술 담론이나 동향, 문화·예술 활동과 그 결과물에 대한 비평을 게재함으로써, '종합지'로서의 성격을 구축해 가고 있었다. 또한 상당수의 지면이 역사와 문학, 정치와 사상, 예술과 미학의 학술 담론에 할애되어 있어서 '학술지'로서의 성격도 담보하고 있었다.

물론 『창비』는 창간호에서부터 소설과 시를 게재하여 명실공히 문예지로서의 성격을 확고히 했다.[5] 그러나 이는 그야말로 '부분'의 지면에 불과하기 때문에, 『창비』 자체를 문예지로 호명하고 그 밖의 비평과 연구의 글을 문예물의 '부수물'로 간주하는 것을 해당 시기 간행된 『창비』의 본질과 정체를 해명하는데 적절하지 않다. 그리고 이러한 『창비』의 체제는 잡지가 외압에 의해 정간되는 지점인 1980년까지 지속되었다는 것이 『창비』를 독해한 이 글의 기본 입장이다.[6]

이 글에서는 이와 같은 차원을 고려하여, 잡지로서의 『창비』의 성격을 '학술지'와 '문예지', '(문학·문화·사회·예술)비평지'의 성격을 포괄하는 '종합지'로 규정하되, 그 가운데서도 이른바 '고전(문학)'과 '실

4 　'과학' 분야의 글을 게재한 것은 김용준의 「과학과 언어」(『창작과비평』 46, 1977.겨울)가 최초로, 다른 분야에 비해 후발적이다.

5 　『창비』 창간 10주년을 기념하는 좌담회(1976.7.15)에서 발행인 백낙청은 "우선 『창작과비평』이 문학 중심의 잡지이고 편집하는 사람들이나 또 독자의 대다수가 문학에 주고 관심을 갖고 있습니다만 한국사 방면에도 저희 나름으로는 상당한 관심을 기울여 왔습니다. 아마 문학 이외의 단일 분야로는 가장 많은 지면을 할애해오지 않았나 생각됩니다"라고 언급함으로써, '문예지'로서의 성격에 큰 비중을 두었음을 보여준 바 있다. 「민족의 역사, 그 반성과 전망」, 『창작과비평』 41, 1976.가을, 5쪽.

6 　이 입장에 대한 구체적인 논증은 본론을 서술하는 과정에서 자연스럽게 서술될 것이다. 실제로 『창비』의 '원고모집'란에 모집 '종목'이 처음에는 '소설, 시, 희곡, 문학평론, 각종 논문 등 모든 분야의 투고'(5호, 1967.봄), '소설, 시, 평론, 희곡 등 모든 분야의 투고'(8호, 1967.겨울)라고 명시되어 있었으나, 이후에는 '소설, 시, 희곡, 평론, 논문 등 모든 분야'라고 명시되었다.(36호, 1975.여름, 284쪽 등) 일관된 것은 '모든 분야'의 글을 담으려는 생각을 유지했다는 점이다.

학', '전통'을 키워드로 삼는 글을 중심으로 고전의 위치 설정과 문화적 역할을 해명하는 것을 목적으로 삼는다. '고전문학'은 오늘날 대학의 분과학문의 한 영역인 국어국문학 내부의 현대문학과 국어학과 더불어 세부전공을 구성하는 영역으로 특화되어 있을 뿐더러, 대학의 문과대학의 각 학과에 일종의 '현대문학'과 연계되는 '전근대 시기의 문학 연구'의 세부 전공(중·일·영·독·프·러 등)으로 배치되어 있다.[7] 동시에 '고전'은 과거에 창작된 문예명작을 일컫는 교양물을 지시하는 보통 명사로 자리 잡았다.

당시의 『창비』에 수록된 '고전' 관련 글과 텍스트를 이해할 때 다음의 세 가지 관점에서의 고려가 필요하다. 첫째, 종합지이자 학술지로서의 『창비』의 성격을 고려할 때, 고전 텍스트가 발굴되거나 연구되는 시각과 방법, 대상 선정과 논점의 방향을 당시 『창비』에 수록된 문학과 역사, 사회학 분야의 연구와 비평 간의 상호 교섭 관계 속에서 이해할 필요가 있다. 둘째, 『창비』에 수록된 개별 글의 문제로서가 아니라 『창비』의 지향과 이념과의 이해 속에서 독해할 필요가 있다. 이때, 『창비』에 수록된 고전 연구 및 담론이 관계 맺고 있는 키워드에 대해 관심을 둔다. 셋째, 고전 텍스트를 발굴하거나 글을 쓴 필자의 조건을 고려

---

7   1950년대 대학과 고전의 형성에 대해서는 최기숙, 「1950년대 대학의 국문학 강독 강좌와 학회지를 통해 본 국어국문학 고전연구방법론의 형성과 확산─고전 텍스트 연구로서의 '이본' 연구와 '정전' 형성의 맥락을 중심으로」, 『한국고전연구』 22, 한국고전연구회 2010; 최기숙, 「1950년대 대학의 '국어국문학' 과목 편제와 '고전강독' 강좌의 탄생」, 『열상고전연구』 32, 열상고전연구회, 2010 등을 참조. 고전 독서와 교양의 상호 관련성에 관해서는 최기숙, 「1950년대 대학생의 인문적 소양과 교양 '지(知)'의 형성─1953~1960년간 『연희춘추/연세춘추』를 중심으로」, 『현대문학의 연구』 42, 현대문학연구학회, 2010 참조.

할 때, 『창비』에 수록된 고전 관련 글이 대학의 분과학문에서 일정하게 연구의 방향을 제시하고 담론을 형성하는 데 미친 영향력을 고려할 필요가 있다. 왜냐하면 창비의 주요 필진이 교수와 강사, 대학원생 등 당시 대학에서 교육을 담당하던 (예비)교원이었기 때문이다.(물론 작가, 신문기자, 일반인이 필진으로 활동한 것도 주요한 특징이다. 이에 관해서는 '실천성'과 '연계성', '확장성' 논의에서 다시 다룬다) 이에 따라, 『창비』에 수록된 글의 주제, 방향, 영역을 규정짓는 외적 조건을 아울러 참조한다.

1966~80년 사이에 『창비』에 실린 고전과 전통 담론에 대한 접근은 자칫 현대의 '제도화된' 고전과 전통에 대한 관점을 과거로 소급하여 '역사화'하는 '순환론'을 정치하게 재확인하는 작업으로 환치되기 쉽다. 그러나 그와 같은 관점을 따르는 것은 현재의 고전을 성찰하거나 현재 존속하는 잡지의 문화적 역할을 비판적으로 사유하는데 생산적이지 않을 뿐더러, 포괄적이고도 창발적인 사고 자체를 차단하는 역할을 하게 될 뿐이다.

이 글에서는 1966~80년까지 발간된 『창비』를 대상으로 '고전' 텍스트의 발굴·해석·비평 및 이러한 작업을 둘러싼 고전의 학문적 위치설정, 문화적 역할에 주목한다. 이때 '고전문학'에 대한 당대적 공론의 성격, 또한 『창비』에 실린 '고전'을 둘러싸고 같은 시기에 게재되었던 전통(역사와 문학, 예술)의 지형이라는 '맥락성' 속에서 '고전'의 위치설정과 문화적 역할에 대해 해명하는 것을 목적으로 한다. 이때 당시의 『창비』가 종합지로서의 성격을 지녔고, 고전은 바로 이러한 맥락 속에서 소개·연구·비평되었다는 점에 주목한다.

단, 이 글에서는 이러한 분석의 성과를 『창비』의 역사적 의미나 문화적 역할로 한정하지 않고, 이를 매개로 고전의 사회적 역할, 학문적 위치 설정의 형성 과정을 해명하는 하나의 케이스 스터디로 삼고자 한다. 따라서 이 글에서는 『창비』라는 특정 잡지에 대한 연구를 수행함과 동시에 고전의 학문적・사회적 위치설정과 역할을 규명하는 모종의 메타 비평적 관점을 고려하여 논의할 것이다. 이러한 연구의 관점에 충실하기 위해, 이후 『창비』의 매체적 보편적 특징을 논증하는 과정에서도 특히 '고전(문학)'과 관련된 사례에 집중하거나, 이를 '매개'로 논의하고자 한다.

2. 『창작과비평』의 담론 지형과 '텍스트・연구・담론'의 논의 형식과 관점

이 장에서는 『창비』에 수록된 고전의 특징과 역할을 분석하기에 앞서, 종합지로서의 『창비』가 갖는 매체적 특성을 해명하는 데 초점을 둔다. 이때 선행 연구에서 충분히 논의된 『창비』의 공통된 지향점이나 이념, 다시 말해 사회와 문화, 역사를 바라보는 공통의 시각으로서의 민중문학론, 민족문학론, 리얼리즘 등에 대해서 재론하지는 않는다.[8] 다만 이 장에서 주목하려는 것은 바로 이러한 시각과 태도를 유지하고 확산

8   이에 관한 선행 연구는 이 글의 각주 2번 참조.

하기 위한 『창비』의 매체적 실천 방법에 관한 것이다. 이 글에서는 이에 접근하기 위해 『창비』라는 매체 자체의 성격과 지향, 매체 내에 수록된 지면의 논의 형식, 관점에 주목할 것이다.

1) '이념화하지 않는' 이념 지향—텍스트 중심성 · 자기비판성 · 성찰성

창간호부터 1980년에 이르기까지 『창비』의 성과는 창작 텍스트(문학)의 게재와 비평, 이론, 연구의 소개를 통해 민중문학론, 민족문학론, 리얼리즘, 제3세계문학론,[9] 세계문학, 운동과 실천 등의 개념을 문학과 사회를 보는 하나의 '시선'이자 '태도'로 제안했다는 점에 있다. 이는 두 가지 차원의 시사점을 포함한다.

첫째, 『창비』의 시선과 태도에 관한 점이다. 여기에 언급한 '시선'이란 세계와 역사를 보는 하나의 '관점'을 구체적인 텍스트 분석과 비평의 방법을 통해 제안했다는 것을 의미한다. '태도'라고 언급한 것은 『창비』의 필진이 실제로 자신의 글을 삶에서 실천한 것으로 전제하거나 그렇게 간주되었음을 뜻한다. 말하자면 '시선'은 텍스트(문자화된 텍스트, 또

---

9 제3세계문학은 『창비』의 주요한 성과인데, 이때 '제3세계'의 함의는 포괄적이며, 역사적 개념임을 알 수 있다. 백영서의 글 「中國型 經濟發展論의 재평가」(『창작과비평』 53, 1979.가을)가 '제3세계의 문학과 현실'의 일환으로 소개된 것이 이를 입증한다. 필자 스스로 각주에 밝혔듯이 이 글은 백영서가 논문 형식으로 발표한 최초의 글이다. 게재지가 『창비』이고 스스로 '논문 형식'이라고 언급한 것이 주목할 만하다. '만해 탄신 100주년 기념 논문'(『창작과비평』 52, 1979.여름)이라는 표제에서 볼 수 있듯이, 『창비』에 실린 글의 주요 부분은 논문임을 표방했다. 이 또한 『창비』가 학술지적 역할을 수행한 '종합지'라고 볼 수 있는 근거다.

는 사회와 역사라는, 구성된 텍스트)를 보는 관점을 제안했다는 의미이며, '태도'는 그러한 태도를 삶을 살아가는 하나의 구체적인 방법이자 실천 이념으로 제안하여, 바로 그런 전제 속에서 독자와 소통했다는 뜻이다. 다소 지엽적이지만 단연 상징적인 예로, 『창비』의 정간 '사태'나 일부 필진의 '구속'은 바로 이러한 시선과 태도를 입증하는 실천적 사례가 될 수 있을 것이다(말하자면 『창비』의 발행인이나 필진의 구속이라는 사태는 역설적 으로 그가 '글을 쓴 대로(말한 대로) 살았다는' 실천적 증거가 되었다. 바로 이 점이 사회적 공감과 지지를 얻어, 『창비』는 정간 이후에도 지속적인 관심을 받게 된다는 것 이 본 연구의 입장이다. 물론 당시에는 인터넷, SNS를 통한 정보통신의 활성화가 이 루어지기 전이어서, 글쓰기에 대한 개인적·사회적 의미부여가 현시대와는 달랐다는 점을 고려할 필요가 있겠다).

둘째, 당시에 위와 같은 시선과 태도를 유지한 것을 『창비』의 '성과' 로 명명한 이유는 실제로 이 잡지가 당시 문화·사회·예술계에 잡지 의 관점을 실천하려는 운동성을 담보하고 있었고, 독자 및 사회로부터 이에 대한 공감과 지지를 수반했다고 보기 때문이다. 예컨대 『창비』 56 호(1980.여름)의 '연극시평'란에 실린 장만철의 글 「새 연극의 현장」은 당시 돼지값 폭락이 농촌문제로 대두된 때에 맞게 공연된 「돼지풀이」 에 주목했다. 당시의 연극이 현실사회를 '맥락'으로 창작되었다는 점에 서 '사회반영적 문학'에 주목했다는 것은 물론이거니와 그 공연을 "이 미 단순한 구경거리가 아니고 공통토론의 장이며 모두의 놀이판이며 동시에 집단적 신명을 일으키고 투지를 기르며 함께 행동할 수 있게 하 는 운동의 현장"(194쪽. 이하 본문에서 『창비』에 게재된 글을 다룰 때에 인용 쪽 수는 본문에 표기함)이 되었다고 본 관점은 『창비』가 지향하는 비평의 관점을 현실에 끊임없이 투사하여 재확인하고 의미화하는 실천 기획 및 작업이 이루어졌음을 시사한다.

그리고 이러한 『창비』의 성격은 당시의 문화계와 지성계, 대중에게 역사와 문화를 성찰하고 비판하는 일종의 '시각'과 '관점', 나아가 '세계관'의 바탕을 제공하는 역할을 하는 실천성과 확장성을 담보하는 '사회적 영향력'을 발휘했다.

당시 『창비』를 이끌어간 백낙청은 민중문학론, 사회비평론 등 중요한 개념을 제안하고, 때로는 이를 넘어서자는 자기극복, 자기부정의 논지를 펼치기도 했다.[10] 여기서 중요한 것은 백낙청의 주장이 단순히 이념이나 논리의 자기설계나 매체 순환적 운동성에 한정되지 않고, 철저하게 역사와 당대에 실제로 존재하는 텍스트를 중심으로 이를 이론화했다는 점이다.[11] 이러한 '텍스트 중심성'은 『창비』의 문학론과 세계관에 구체성을 부여하고 독자와 사회에 설득력을 담보하는 주요한 바탕이 되었다. 말하자면 철저한 텍스트 중심성은 『창비』의 '이념'을 '이념화하지 않는' 매개가 되었다. '텍스트'라는 실물은 주장뿐인 이념이 아니라 일종의 실천 이념이 '되게 하는' 힘을 발휘하고 있었다.[12]

---

10 백낙청, 「사회비평 이상의 것」, 『창작과비평』 51, 1979.봄.

11 물론 당시에 일각에서는 『창비』가 본지의 이념에 맞는 작품을 '작품성'과 무관하게 게재한다는 평판도 존재하고 있었다. 『창비』 좌담회에서 백낙청은 '『창비』를 의식하고 글을 쓰는 문인들이 『창비』를 헐뜯는 사람 못지않게 나쁘다'는 신경림의 지적에 대해, 전자가 더 어렵다는 소회를 토로한 바 있는데(「『창비』 10년 회고와 반성」, 『창작과비평』 39, 1976.봄, 25~26쪽), 이는 『창비』의 텍스트 중심 비평이 갖는 또 다른 한계점, 다시 말해 『창비』를 의식하고 창작된 텍스트에 대한 『창비』의 비평이라는 순환구조의 가능성을 시사하는 것이기도 하다.

12 물론 외부에서는 이에 대한 『창비』의 의도적 기획을 비판하는 관점이 있었다. 이는 텍스트와 비평·연구를 동시에 게재하는 『창비』의 매체적 특성이 모종의 '회귀적 순환구조'를 이룰 가능성이 있음을 시사하는 것이기도 하다. 이 글의 각주 11번 참조.

그리고 일정한 시기에 현단계를 비판[13]하고 진단하거나, 『창비』의 작업이 갖는 사회적 영향력에 대한 점검,[14] 다양한 영역과 계층의 사람들이 모여 자기성찰과 반성의 계기를 갖고 이를 공론화했다는 '자기비판 능력'과 '성찰성'을 담보했다는 점에 있다(바로 이 점에서 이러한 성찰성과 자기비판성, 텍스트 중심성을 『창비』가 언제까지 어떻게 이끌어갔는가, 그리고 그러한 성찰과 비판을 재반영했는가에 대한 '역사적 과정'에 주목할 필요가 있다. 이러한 관점과 태도의 유지 또는 변곡, 변형, 재설정 등이 향후 『창비』의 역사화 과정에 대한 연구의 주요 논점이 되어야 할 것으로 본다).

2) 경계횡단성과 통섭의 실천을 위한 『창비』의 모색 – 비평과 좌담

이 시기 『창비』에 실린 글의 성격과 필자의 관계를 고려할 때, 가장 눈에 띄는 현상은 '경계횡단성'과 '통섭'이다. 앞서 언급한 바와 같이 이 당시 『창비』의 특징은 '문예지'라기보다는 '문학'을 작품, 비평, 학술논문, 사회·정치 비평과 병치적으로 편제한 '종합지'로서의 성격이 강하다. 특히 다양한 분야에서의 비평이 활성화되어 있다는 점이 이 시기 『창비』의 강점이었다.

이때 『창비』의 특징은 각 필자가 전공 분야에 한정한 글을 투고한 것만이 아니라 학문의 경계를 넘나들며 비평 활동을 했으며, 때로는 이들이 한 자리에 모여서 공통 주제에 관한 토론과 대화를 나누었다는 점이

---

13 최원식, 「우리 비평의 현단계」, 『창작과비평』 51, 1979.봄.
14 「좌담회―민족의 역사, 그 반성과 전망」, 『창작과비평』 41, 1976.가을.

다. 이러한 현상은 2010년대 현재의 학계에서 분과학문, 그것도 분과학문 내부의 세부 전공별로 학회를 조직하여 '제한성', '전문성'을 보유한 회원을 대상으로 학문 활동을 하는 것과는 구분된다. 물론 이는 해당 시기의 학문 장이 오늘날처럼 세분화, 전문화되어 있지 않았던 것과 관련된다.[15]

그러나 『창비』는 바로 이러한 학문 제도적 조건 속에서 학자와 전문가, 활동가, 일반 독자가 적극적으로 '경계횡단'을 할 수 있는 공론장을 제공했다는 점에 의미가 있다. 이는 글쓰기와 좌담(토론과 대화)이라는 두 가지 차원으로 실천되었다.

(1) 경계횡단적 글쓰기–비평과 논문

첫째, 글쓰기를 통한 경계횡단성의 실천은 비평의 필자들을 통해 수행되었다. 이 시기에는 다양한 전공의 필자들이 '서평'란에 오늘날의 이른바 '비평'을 게재했는데, 필자의 전공과 비평 대상이 된 책의 전공이 일치하지 않는 경우도 많았다. 예컨대, 오늘날 비평이 주로 문예비평(부분적으로 역사비평, 사회비평)에 한정되고, 그 필진이 주로 대학의 국어국문학의 현대문학 전공자들로 한정된 것에 비하면 현저하게 개방적이고 포괄적이었다.[16] 『창비』에 글을 게재한 국어국문학 전공 필자의

---

15 1950년대 이후로 대학의 분과학문 체제는 사실상 현재까지도 가장 강력한 대학 내부의 제도적 편제에 영향을 미치고 있다. 학과의 독립성과 분리를 보완하는 연구소가 존재하지만, 이는 사실상 분과학문 체제의 통합이나 해체적 재구성이라기보다는 각 분과학문의 종합에 가깝다. 한국학 분야의 사례 연구에 대해서는 최기숙, 「1950~1960년대 인문학 학회지에서의 한국학 연구 구성의 특징–개념·범주·방법론」, 『열상고전연구』 33, 열상고전연구회, 2011 참조.

경우, 현대문학과 고전문학의 경계가 확정적이지 않았으며, 현재 고전문학연구자로 알려진 필자가 당시에는 현대문학 작가론을 게재한 경우가 종종 발견되며, 그 역 또한 존재하고 있었다.

예컨대, 고전문학연구자인 조동일의 서평 「근대문학의 성립을 다룬 세 가지 관점」(53호, 1979.가을)에서는 '고전문학 전공자의 논문',[17] '현대문학 전공자의 소설사',[18] '비평가의 평론집'[19] 등 영역이 다른 세 권의 서평을 다루고 있다. 조동일은 세 필자의 전공은 다르지만 '근대문학의 성립'에 대한 관심이 세 저작의 공통분모라는 점을 지적했다. 영역을 가로지르는 공통분모를 찾아내서 상호 관련시키는 비평적 시선을 모색했던 것이다. 따라서 세 권은 독립된 분과학문이나 세부 전공의 장에서 논의되기 어려운 공분모를 발견하려는 통합적 비평의 시선을 통해 상호적 경계를 횡단하고 통섭되었다.

향후 조동일이 한국문학사를 서술하는 메가 프로젝트를 수행할 수 있었던 맥락적 바탕으로서 이러한 매체적 통섭의 기회가 작용했으리라는 것을 도외시 할 수는 없을 것이다(역설적으로 분과학문별 구분선이 강화되고 세부전공이 심화된 오늘날, 특히 고전문학 분야에서는 '문학사' 서술이 단 한 권도 나오지 않고 있다. 조동일의 『한국문학통사』를 비판하는 연구자·독자가 '있는' 것을 보면, 이미 '통사'가 있기 때문이라는 언급은 문학사 서술의 부재에 대한 타당한 이유가 될 수 없다. 여기에는 여러 차원의 분석이 가능하지만, 본고의 논지를

---

16 이것이 『창비』만의 특징인지를 판단하기 위해서는 당시에 『창비』와 경쟁적·상호참조적 위치에 있던 잡지 『문학과사회』를 비롯하여 다양한 잡지 매체와의 비교가 필요할 것이다. 이는 본고의 범주를 상회하므로 상론하지 않는다.

17 정병욱, 『한국고전의 재인식』, 홍성사, 1979.

18 이재선, 『한국현대소설사』, 홍성사, 1979.

19 염무웅, 『민중시대의 문학』, 창작과비평사, 1979.

상회하므로 자세히 논하지 않는다).

현재의 국문학 연구자에게는 고전문학자(그중에서도 고전시가 전공자)로 알려진 김흥규 또한 『창비』에 김우창, 김치수, 신경림의 문예비평집에 대한 서평을 기고했으며(「문학·개인·현실」, 45호, 1977.가을), 당시의 프로필 난에는 문학평론가이자 계명대 전임강사로 기록되어 있었다.[20]

물론 당시에도 서평의 필자는 서평 대상 텍스트와 전공이 일치하는 경우가 대부분이었다. 그러나 소설가,[21] 시인,[22] 전·현직 기자,[23] 변호사,[24] 교사[25] 등도 필진으로 참여했으며, 경계를 넘나들기도 했다. 앞서 인용한 조동일의 사례나, 아동문학가가 수필집 서평을 쓴 이오덕의 경우,[26] 불문학자로서 현대소설을 비평한 서정미,[27] 법학자 한상범 교수가

---

20 김흥규의 활동 이력에 대해서는 뒤에서 상술한다. 이는 학자 개인의 학술 이력을 소개하거나 이해하기 위한 것이 아니라, 개인의 학문사가 보여주는 경계 횡단성과 통섭의 '지속(불)가능성'에 대해 사유해 보기 위해서이다.

21 소설가 송기숙은 「견고한 의식과 뜨거운 애정」에서 서정인, 문순태의 소설집 서평을 다루었다.(『창작과비평』 48, 1978.여름) 그밖에 문순태 소설집 서평을 다룬 글로는 신상웅, 「사회소설의 기능」, 『창작과비평』 55, 1980.봄 등.

22 황동규, 「감상의 제어와 방임—김춘수의 시세계」, 『창작과비평』 45, 1977.가을; 신경림, 「다섯권의 시집」, 『창작과비평』 51, 1979.봄; 최하림, 「문법주의자들의 성채」, 위의 책 등.

23 이인철, 「중공 정치권력의 해부」, 『창작과비평』 52, 1979.여름; 「중국을 이해하기 위하여」, 『창작과비평』 47, 1978.봄 등.

24 홍성우, 「프랑스 지식인의 량심과 용기」, 『창작과비평』 51, 1979.봄 등.

25 서종문, 「변강쇠歌 研究(上)—流浪民의 悲劇的 삶의 形象化」, 『창작과비평』 39, 1976.봄. 서종문은 나중에 경북대 국문과 교수가 되지만, 『창비』에 위 글을 기재할 당시는 '서울대 문리대 국문과 및 동대학원 졸업. 서울예고 교사'로 프로필을 기재했다. 또한 「淸海鎭大使 弓福 論考」(『창작과비평』 52, 1979.여름)를 게재한 박두규(朴斗圭)는 당시 화흥초등학교 교사이자 역사학회, 역사교육연구회 회원이었다. '한국연구재단' 사이트에 검색한 결과 박두규라는 연구자는 등록되어 있지 않았다. 그럴 경우 전문연구자의 자격(대학원 졸업)을 갖춘 교사였던 서종문의 경우와 달리, 이 글은 직업 연구자가 아닌 가운데 논문을 투고한 사례로 볼 수 있을 것이다.

26 이오덕의 「애무와 발언」(『창작과비평』 46, 1977.겨울)는 진웅기의 『노을 속에 피는 언어들』(범우사), 박완서의 『꼴찌에게 보내는 갈채』(평민사), 『혼자 부르는 合唱』(진문출판사)에 대한 서평이다.

이호철, 이정환, 조해일 등의 소설을 '인권'의 관점에서 비평한 사례,[28] 역사, 사회, 정치, 문학을 망라한 백낙청의 비평[29]도 경계를 넘나드는 글쓰기에 해당한다.

『창비』의 주간이자 비평을 담당하던 백낙청을 비롯하여 김치수, 이상섭 등 불문학과 영문학 교수가 현대문학 비평을 겸하던 당시의 경향은 영역과 분야 간의 '통섭'과 '대화'가 자연스럽게 이루어질 수 있는 토대가 되었다. 해당 시기의 『창비』에는 이른바 '문지파'로 불리는 김병익(「현실과 시니시즘」, 42호, 1976.겨울), 김치수(「사건과 관계」, 43호, 1977.봄) 등 『문학과사회』 멤버의 비평도 실려 있었다. 당시에 전공보다 중요하게 작용한 것은 필자의 비평적 안목에 대한 『창비』 측의 신뢰와 판단이었던 것으로 보인다.[30] (물론 판단의 근거가 무엇인가가 고려되어야 할 것이다)

이때 필자의 넘나듦은 영역 사이의 경계횡단성만이 아니라 기고된 글에 대한 대화와 토론에 대한 적극적인 모색을 시도하고 있다는 점에 주목

27　서정미, 「土地의 恨과 삶」, 『창작과비평』 56, 1980.여름.
28　한상범, 「소설을 통해 보는 인권의 현장」, 『창작과비평』 44, 1977.여름. 이 글의 '덧붙이는 말'에서 필자는 이 글을 '무모한 시도'이자 '만용'이라는 겸양을 표하면서 '독자의 한 사람으로서 소설을 보는 눈에서 인권의 문제를 생각해 본 것'(635쪽)이라고 했다. 이 글에는 아놀드 하우저의 『문학과 예술의 사회사─현대편』(백낙청·염무웅 역, 창작과비평사, 1974)도 인용되어 있다. 말하자면 『창비』가 소개한 하우저의 글이 일종의 교양서로 널리 읽히고 사고에 영향을 미쳤음을 알 수 있다.
29　예컨대, 백낙청은 「4·19의 歷史的 意義와 現在性」(『창작과비평』 56, 1980.여름)에서 역사, 정치, 사회, 문화를 넘나드는 글쓰기를 하고 있다. 이 글의 어디에서도 '한국연구재단'에 등록된 '현대영미소설' 분야의 전형성을 보여주는 영문학자로서의 면모는 찾아보기 어렵다. 백낙청의 영문학자로서의 역량이 구체화된 것으로는 '19세기의 사회와 예술'이라는 부제에 번호를 달아 시리즈로 연재한 아놀드 하우저의 예술사 번역·연재를 들 수 있다(『창작과비평』 5~30, 1967.봄~1973.겨울).
30　그 밖에 다른 요인이 작용한 구체적인 사례가 있다면 무엇인지에 대해서는 당시 『창비』 편집팀의 구술 인터뷰를 통해 보완할 수 있을 것이다.

할 필요가 있다. 필자가 글 쓰는 행위를 자기 완결적인 독백의 형식으로 제한하지 않고, 이전 호에 기고된 다른 글에서 제기된 문제의식을 참조하고 이에 응답하거나 때로는 동시대의 글쓰기에 대해 반론을 제기하는 형식은 글쓰기를 사회적 행위로 인식하고 실천하려 했던 논거가 되었다. 예컨대, 최원식이 「70년대 비평의 방향」(54호, 1979.겨울)에서 김병익의 비평집을 논평하면서 논거를 들어 그의 문학관에 반박한 것이나(192~198쪽), 전호에 기고한 조동일의 문제의식을 참조하고 응답하려 한 것 (205쪽)을 들 수 있다.

또한 당시의 서평은 단순히 독서를 권유하기 위한 단평 또는 단형 형식이 아니라, 심도 깊은 주제 논의와 분석적 성찰을 수반하고 있었다. 이는 오늘날 '서평'의 문화적·학술사적 위상과는 다소 차이가 있는 '전문적' 형식이었다.

아울러 『창비』는 내용과 형식 면에서 전문성을 갖춘 논문도 수록했는데,[31] 오늘날과 같이 논문이 박사과정 이상의 전문 학자군으로 제한하지 않았으며, 전직 기자, 대한 YWCA 출판공보위원,[32] 교사[33] 등 다양한 직업의 필진에 의해 투고한 논문이 게재하는 등 편폭이 넓었다. (이것이 단지 당시에 박사과정 이상의 대학원생 수가 적었기 때문이라고만 볼 수는 없을 것이다. 투고자의 학력 편중에 대해서는 뒤에서 다시 논한다)

당시 『창비』의 필진에는 최근까지도 현역 연구자이자 비평가로 활

---

31 사회학과 교수 한완상의 「서민 예수와 그 상황」은 미주가 달린 논문 형식이며(『창작과비평』 35, 1975.봄), 서론과 3파트의 본론, 결론을 명시한 「언론과 권력의 갈등」의 필자 김언호는 프로필에 전 동아일보 기자로 적혔다.
32 최민지, 「일제하 기자운동의 전개」, 『창작과비평』 45, 1977.가을.
33 이 글의 각주 15번 참조.

〈표 1〉 『창비』에 실린 고전연구자의 글 목록(1966~1980)

필자	제목	권호	연구분야
임형택	신문학운동과 민족현실의 발견-1920년대에 있어서의 현진건·이상화·염상섭의 문학활동	27호, 1973. 봄	근대문학
김흥규	판소리의 이원성과 사회사적 배경- 신재효와 『심청전』의 경우를 중심으로	31호, 1974. 봄	고전문학
김흥규	윤동주론	33호, 1974. 가을	근대문학
김흥규	판소리의 서사적 구조	35호, 1975. 봄	고전문학
김흥규	육사의 시와 세계인식	40호, 1976. 여름	근대문학
윤홍노	화해와 새 질서-춘향의 중간자적 기능	42호, 1976. 겨울	고전문학
김흥규	'근대시'의 환상과 혼돈-1910년대 후반에 나타난 이른바 '근대 자유시'의 성격과 역사적 의미	43호, 1977. 봄	근대문학
김흥규	문학·개인·현실	45호, 1977. 가을	현대비평
최원식	가사의 소설화 경향과 봉건주의의 해체	46호, 1977. 겨울	고전문학
김흥규	꼭둑각시놀음의 연극적 공간과 산받이	49호, 1978. 가을	고전문학
김흥규	님의 所在와 진정한 歷史-만해시의 중관론적 역사의식과 유마적 이념	52호, 1979. 여름	근대문학

동한 필자들도 있다. 그 중에서 김흥규는 『창비』에 「윤동주론」을 발표했으며, 이육사, 한용운 등 근대시에 대한 논문을 꾸준히 투고했다. 이후 논문 주제가 고전으로 바뀐 것은 판소리에 대한 일련의 논문을 발표하면서부터다. 『창비』는 김흥규의 학문 이력의 추이와 역사를 보여주는 매체였으며, 이는 최근까지도 지속되는 편이다.

학문 영역 간 경계의 이월과 횡단을 보이는 사례는 김흥규로 한정되지 않는다. 이를 고전연구를 중심으로 정리하면 〈표 1〉과 같다.

현재는 고전문학 전공자로 알려진 임형택, 김흥규가 현대문학 논문을 발표했으며, 최원식, 윤홍노는 그 반대 경로에 해당한다. 김흥규의 경우 1974년에 현대문학 논문과 고전문학 논문을 모두 발표했다. 「문학·개인·현실」(45호, 1977.가을)은 김우창, 김치수, 신경림의 비평집에 대한 서평이다. 이 시기 김흥규는 현대문학(비평)과 고전문학 연구를 병행한 독특한 행보를 보이고 있었다. 이후 고전문학 연구자로 전환(또는 집중)하게 된 본격적인 이유에 대해 논구할 필요가 있겠지만, 잡지에 게재된 글로 보자면 김흥규는 『창비』라는 매체적 특성 속에서 계발 가능했던 경계횡단적 학자의 행보를 보여주고 있었다(사실 이 시기 김흥규가 발표한 고전문학 분야의 논문들도 고전시가가 아니라 판소리, 소설, 극이라는 점이 흥미롭다). 「가사의 소설화 경향과 봉건주의의 해체」(46호, 1977.겨울, 255쪽)라는 고전문학 연구 논문을 게재한 최원식도 당시의 프로필에는 '계명대 전임강사, 문학평론가'라는 명칭을 사용했다.

임형택, 김흥규, 최원식의 글은 특정 분야를 전공으로 삼으면서 주변 분야를 터치하는 정도가 아니라 심도 깊은 연구의 관점과 분석의 수준을 보여주고 있었다.[34] 향후 이들은 각각 고전과 현대문학에 집중된 연구 이력을 유지했는데, 이러한 선택과 집중이 전문성을 이유로 한 영역 간 경계 설정의 제도화, 이에 따라 영역 간 선을 넘지 않는 '문화 규율'이 작동한 것인지에 관해서는 별도의 논고가 필요할 것으로 본다.[35]

---

34 고전문학이 중심이 된 『창비』의 좌담회에서 염무웅은 "임형택 선생은 한문학을 중심으로 해서 현대문학에도 관심을 표명하신 바 있고 조 선생(조동일─인용자)은 판소리‧탈춤‧민요 등 구비적인 문학의 연구에서 시작하여 근년에는 소설론이나 문학사상사 그리고 현대시의 문제 등으로 활발하게 연구영역을 넓혀오신 것으로 알고 있습니다"(「國文學硏究와 文化創造의 방향」, 『창작과비평』 51, 1979.봄, 3쪽)라고 소개했다. 영역 간 넘나듦에 대한 거부감이 발견되지 않는다.

35 1960~1970년대까지만 해도 영역 간 경계를 넘나드는 연구와 글쓰기가 가능했고, 이 경우 전혀 전문성의 희석화와는 무관하게 작업이 이루어질 수 있었다는 점은 주목을 요한다. 1910년대 최남선의 일인 다역의 영역 간 멀티태스킹이 가능했던 것을 '기이하게 바라보는' 오늘날의 관점이 오히려 문제적일 수 있다는 성찰의 가능성을 해당 연간 『창비』 필진의 활동을 통해서도 반추하게 되었기 때문이다. '전공영역'의 한정성을 '전문성'으로 보는 오늘날의 관점은 한 연구자 또는 연구 논문의 전문성이란 '영역'의 특성이라기보다는 '관점'의 참신성과 타당성, '텍스트 분석력'으로 평가해야 할지도 모른다는 생각

(2) 통섭적 대화를 위한 공론장―좌담

『창비』 내부에서 본격적으로 기획된 분과학문 및 영역별 통섭의 장은 '좌담회'를 통해 이루어졌다. 일반 독자의 입장에서 창비의 좌담회는 논문 형식이 아니어서 민중과 접하기 위한 하나의 시도로서 간주되기도 했다.[36] 좌담회는 매체 내부에서 분과학문 및 영역 간 대화와 토론을 거쳐 문제의식의 공유, 대화를 통한 상호참조, 공통의 의제와 실천에 대한 공감대를 형성하는 기회를 가졌다.

『창비』가 주관한 최초의 좌담회는 문학인이 모인 「창비 10년―회고와 반성」(39호, 1976.봄)으로, 신동문(시인, 전 발행인), 이호철(소설가), 신경림(시인), 염무웅(평론가), 백낙청(평론가, 발행인)이 참석한 것이었다. 전 발행인인 신동문, 창작과비평사가 주관한 제1회 만해문학상 수상자인 신경림 시인, 『창비』의 창간 때 백낙청이 만나 소설을 청탁했다는 이호철, 백낙청과 더불어 『창비』를 이끈 평론가 염무웅 등, 『창비』 관계자가 모인 좌담회였다. 백낙청은 창간호에 실린 자신의 글이 '입장 자체에 우리 현실에 밀착하지 못하고 나쁜 의미의 대학강단비평적인 데가 많았다'는 점과 '지나치게 몇몇 사람들만이 일종의 섹트分派를 이루고 있다는 말을 듣는다'(12쪽)는 성찰적 발언을 했다.[37] 염무웅은 이에 동의하

36 제7회 좌담회 「『창비』를 진단한다」의 참석자 민종덕(평화시장 노동자)의 발언. 『창작과비평』 50, 1978.겨울, 95쪽.

을 하게 되었다. 학자의 전문성에 대한 인식이 '영역'이나 '분야'의 전문성으로 한정된 이유가 반드시 연구재단(이전의 학진)의 학문 분류 체계 때문이 아니라는 것도 분명히 해 둘 필요가 있겠다.

37 그 밖에 『창비』의 자기 진단은 백낙청, 「『창작과비평』 2년 반」, 『창작과비평』 10, 1968. 여름; 염무웅, 「『창작과비평』 창간 5주년을 맞이하여」, 『창작과비평』 20, 1971.봄 등 편집후기를 통해 서술되었다.

〈표 2〉『창비』에 실린 좌담회 목록(1966~1980)

차수	주제	권호	참석자
1	창비 10년-회고와 반성	39호, 1976.봄	신동문(시인, 전 발행인), 이호철(소설가), 신경림(시인), 염무웅(평론가), 백낙청(영문학, 발행인)
2	民族의 歷史, 그 反省과 展望	41호, 1976.가을	이우성(국문학), 강만길·정창렬(역사학), 송건호(전 언론인), 박태순(소설가), 백낙청
3	한국시의 반성과 문제점	43호, 1977.봄	구중서, 최하림, 김흥규, 염무웅
4	분단시대의 민족문화	45호, 1977.가을	강만길(역사학), 김윤수(미술평론가), 이영희(중국학), 임형택(한문교육), 백낙청
5	농촌소설과 농민생활	46호, 1977.겨울	김춘복, 송기숙, 신경림, 홍영표, 염무웅
6	한국기독교와 민족현실	47호, 1978.봄	박형규, 백낙청
7	분단현실과 민족교육	48호, 1978.여름	성래운, 이오덕, 김인회, 이시영, 김윤수
8	내가 생각하는 민족문학	49호, 1978.가을	고은, 유종호, 구중서, 이부영, 백락청
9	『창비』를 진단한다 (독자비평좌담)	50호, 1978.겨울	김영(대학원생), 민종덕(노동자), 이병철(농민), 채광석(회사원), 안건혁(기자)
10	國文學研究와 文化創造의 방향	51호, 1979.봄	이재선(국문학), 조동일(국문학), 임형택(한문교육), 염무웅(문학평론)
11	오늘의 女性問題와 女性運動	52호, 1979.여름	이효재, 이창숙, 김행자, 서정미, 백낙청
12	大衆文化의 現況과 새 方向	53호, 1979.가을	한완상, 오도광, 박우섭, 석정남, 김윤수
13	오늘의 經濟現實과 經濟學	54호, 1979.겨울	변형윤(경제학), 전철환(경제학), 임재경(논설위원)

면서도 '독선적', '폐쇄적'이라는 평가를 지양과 극복해야 하지만, 밀고 나가야 하는 측면이 있다고 주장했다(14쪽).[38] 이들은 '폐쇄적'이라는 평가는 수용했지만, '민중'이라는 단어를 '불온'과 연계하는 입장에 대해서는 비판하는 입장이었다(19~20쪽).[39]

38 이 좌담회에 따르면 당시 문인의 수는 1,300명인데,『창비』가 이들의 글을 모두 수용하지 못하기 때문에 비판을 듣고 있다는 입장이다.

39 『창비』의 좌담회가 『창비』를 성찰하는 자리인 동시에 자찬·홍보하는 역할도 동시에 했음은 물론이다. 특히 좌담회 구성원을 모두 일반 독자로 택한 9회에서는 어떻게 노동자, 회사원, 대학원생이 『창비』를 접했는가, 『창비』는 그들에게 어떤 의미였는가를 '말하게' 함으로써, 창비 독자층의 저변을 확대하고, 창비의 이념과 문화 실천의 상응성을 홍보하는 역할을 하게 된다. 사회를 맡은 안건혁(『경향신문』 기자)은 "그런데 『창비』에 실린 작품들을 보니까 일상사회와 작가의 순수 예술이라는 것을 분리시키지 않고 공동사회의 식을 다루고 있는 작품이 많았고, 편집방향도 상당히 사회과학적인 면에서 접근하고 있었어요. 그래서 종래의 순수 일변도의 문학작품에서 느낄 수 없었던 그런 것들을 강하게 느낄 수 있었지요."(「창비 10년 - 회고와 반성」,『창작과비평』39, 1976.봄, 89~90쪽)

이 좌담회에서는 『창비』의 지향이자 이념적 바탕이 된 성과로서 백낙청의 「시민문학론」(14호, 1969.여름), 「역사소설과 역사의식」(5호, 1967.봄), 염무웅의 「농민문학론」(필자는 『창비』에서 이 제목은 못 찾았고 「농촌현실과 오늘의 문학」(18호, 1970.가을)만을 보았다), 신경림의 「농촌현실과 농민문학」(24호, 1972.여름), 「문학과 민중」(27호, 1973.봄) 등의 글이 거론되었다(39호, 1976.봄, 15쪽).

매번 좌담회는 특정 주제를 중심으로 전공이 다른 학자와 언론인, 문학가(소설가), 평론가(문학, 미술)가 모여 대화와 토론을 나누는 형식으로 진행되었다. 5회에는 농민이, 9회에는 농민과 회사원 기자가 참여했고, 12회(「대중문화의 현황과 새 방향」, 53호, 1979.가을)에는 노동자가 참여하여 "저는 문화라는 말의 개념조차 확실히 모르고 살면서 오늘 이 자리에 나오게 되었는데요. 저는 시골에서 자랐기 때문에"(6쪽)[40]라고(노동자 석정남 씨는 이 좌담회의 유일한 여성이다. 한완상 교수는 석정남 씨를 '석 양'이라고 부르고 있다) 서두를 떼었는데, 이는 시민층을 아우른다는 『창비』의 상징적 · 실천적 행보가 아니었던가 싶다. 좌담회는 1976년 3월에 『창

---

40 라고 발언함으로써, 사회자로서 『창비』의 이념과 지향을 정리 · 대변하는 역할을 했다. 석정남 씨가 문화의 개념도 모르는 노동자임을 강조했지만, 그가 사회와 문화를 보는 시선은 상당히 날카롭다. "문화면보다 주로 사회면에 관심을 갖고 읽는데요, 그걸 보면 실려 있는 기사 그대로 받아들여지기보다 왜 이런 기사가 실렸을까, 이것을 실은 저의가 무엇일까 하는 의문이 들어요"(27쪽)와 같이 언론을 비판적으로 보는 시선을 가지고 있음이 발견된다. 석정남 씨는 윤흥길의 「창백한 중년」, 조세희의 『난장이가 쏘아올린 공』, 이호철의 『소시민』·『서울은 만원이다』 등을 인용하며 자신의 논지를 펼쳤다(29쪽). 석 씨는 "민중문학은 너무 어렵고 대중문학은 너무 저질인 것이 문제"(30쪽)라고 지적했다. 석정남 씨의 참여는 학벌이나 학력이 아닌 문화와 비평의 소양을 갖춘 시민을 '민중'으로 호명해내는 『창비』 초기의 정신을 표상하는 듯하고, 그런 점에서 유효했다고 본다. 이후 이러한 행보가 어떻게 유지, 변형, 재구성되는지도 『창비』의 '역사화' 행보라는 관점에서, 그리고 한국사회사, 지성사, 문화사의 차원에서 주목할 필요가 있겠다.

비』 10년을 회고하고 반성하는 것이 계기가 되어 개최되었으며, 13호
인 78년부터 분기별로 매호 게재되어 학제 간 및 영역 간 경계횡단적
토론이 정례화되었다.

예컨대, 1976년 7월 15일에 이루어진 제2회 좌담회 '민족의 역사, 그
반성과 전망'에서는 '『창비』 10년의 한국사 관계 작업에 대한 사계의
평가를 물으며 민족사 및 민족사학의 어제와 오늘을 살펴본다'라는 취
지로 이우성(성균관대 교수), 강만길(고려대 교수), 정창렬(한양대 교수) 등
의 국문학자와 역사학자, 언론인 송건호(전 동아일보 편집국장), 소설가 박
태순, 평론가이자 발행인인 백낙청이 참여했다. 역사에 관한 토론에 역
사학자뿐만 아니라 국문학 연구자와 언론인, 소설가가 참여했다는 것
이 바로 종합지로서의 『창비』의 성격을 단적으로 보여주는 것이었다.

11차(54호, 1979.겨울)는 '오늘의 경제현실과 경제학'을 주제로 한 경
제학 좌담회로, "한국경제가 당면한 어려움은 무엇이며 그 원인은 어디
있는가. 성장의 추진력을 담당했던 다수 국민들의 처지는 과연 개선될
수 있을 것인가. 한국경제의 오늘에 이르기까지 주류경제학은 무엇을
하였는가"(128쪽)라는 의제를 다루었다. 여기에는 변형윤(서울대 경제학
과 교수), 전철환(충남대 경제학과 교수), 임재경(한국일보 논설위원)이 참석
했다. 2명의 교수 외에 사회를 맡은 임재경은 신문사 논설위원이지만,
『창비』에 글을 게재한 경험이 있는 전문 필자이기도 하다.[41]

그러나 1회 차 좌담회 이후, 이는 사회와 역사에 대한 하나의 문제의

41　해당 시기에 임재경은 국제 정치(『창작과비평』 31, 1974.봄; 『창작과비평』 34, 1974.겨
　　울), 국제경제(『창작과비평』 44, 1977.여름), 경제(『창작과비평』 50, 1978.겨울), 역사
　　(『창작과비평』 51, 1979.봄), 사회(『창작과비평』 55, 1980.봄) 등에 관련된 총 6편의
　　서평과 비평문을 싣고 있다.

식과 시각에 대해 토론하는 것이 중심을 이루고 있었다. 예컨대, 「분단 시대의 민족문화」(45호, 1977.가을)를 의제로 한 좌담회에서 민족, 분단, 통일 등의 역사사회적인 대상과 문제를 두고 전공이 다른 학자, 전문가 가 모여 논의하는 과정에서 전제된 것은 텍스트 분석이나 연구 이전에 역사와 사회를 바라보는 '관점이 형성되어야 한다'는 공감대였다. 민 족, 분단, 통일은 각자의 분야에서 학문적 연구의 대상을 정하고 그것 을 어떠한 관점에서 접근해야 하는가 하는 사유의 시각을 형성하는 역 할을 했다.

흥미로운 것은 영문학자인 백낙청이 학계에서 외국의 이론을 들여 와 적용하는 것을 비판적으로 경계한 데 비해, 국문학자인 임형택은 그 자체로서는 혐오할 바가 없으나 자기 신념이 없이 '기술제휴'처럼 도용 하는 철학 부재의 적용을 경계했다는 점이다(45호, 1977.가을, 18~20쪽). 이 좌담회에서는 '과학적 비평'의 모색과 실천에 대한 공통의 합의를 도출해 냈다. 이러한 관점과 문제의식의 공유, 영역·분야 간 대화를 통한 상호 참조, 공통의 실천과 지향에 대한 공감대 형성이 창비가 정 례화한 '좌담회'의 성취였다.

'역사' 분야의 좌담회가 뒤이어 열린 것은 역사와 문화를 바라보는 방법과 시선을 역사학에 근거해 확보하려는 『창비』의 의지를 시사하는 것이기도 하다.[42] 문학이 좌담의 주제가 된 것은 3차, 5차, 8차, 10차 등으로 양적 비중이 높다.

해당 시기 『창비』 좌담회의 키워드로 가장 빈번하게 등장하는 단어는

---

[42] 이 논문은 주로 '고전'에 집중하여 『창비』를 분석했기 때문에, 여기에 다수 게재된 역사 관련 논문과 서평은 본격적으로 다루지 않았다.

'민족'이었다. '민족'은 사회와 학문, 세계를 바라보는 일종의 '시각'으로 매개되어 있었다. 좌담회에서의 시각은 『창비』의 일반논문, 비평, 서평에도 연계됨으로써, 일종의 이념적이고 관점적인 담론의 '연계망'을 형성했다. 분야로서는 문학, 교육, 역사, 역사, 정치 분야가 망라되었다.

좌담회 중 고전문학 전공자가 중심을 이룬 것은 「국문학연구와 문화창조의 방향」(51호, 1979.봄)이다. 『창비』는 고전문학을 '민족문학의 유산'이라는 차원에서 접근했으며, 임형택은 국문학의 개념과 국문학사의 흐름, 국문학의 제도적 형성 등에 대한 정리된 의견을 제출하면서, '냉철한 현실감각'을 바탕에 둔 국문학 연구의 비전을 제안했다. 조동일은 장르적 관심과 문학사의 계승 문제에 대한 관심을 처음부터 표명했다. 조동일은 고전문학과 현대문학의 괴리를 1930년대 문학 연구의 경향(역사와 현재를 도외시한 연구, 해외문학파의 서구문학 이식)에서 비롯된 것으로 보았다. 조동일은 '현재의 문제점에 입각해서 과거의 문학을 다루며 문학의 역사적 전개에 입각해서 현재의 문학을 다루는'(10쪽) 역사적 상호 참조의 방식을 제안했다.

흥미로운 것은 이재선 교수가 한국문학 연구사에서 전통의 계승보다 해외문학의 이식 및 수용사에 중점을 둔 이유가 '외국에서 프로젝트를 받아서 연구'(13쪽)했기 때문이라는 경제적, 제도적 차원을 지적했다는 점이다.[43]

---

43 이러한 연구 주제와 영역·대상과 연구비 지원의 상관성 문제는 임형택 교수도 지적하며 경계한 바 있다(임형택·최기숙, 「대담—고전학자의 삶·학문·세계, 그 확장과 심화의 도정 : 한국문학연구자 임형택」, 『동방학지』157, 연세대 국학연구원, 2012, 480~481쪽). 오늘날 연구재단의 각종 지원으로 개인별, 집단별 연구가 진행되는 것에 대한 '성찰'과 '비평'이 필요한 이유가 이미 일찍부터 학계의 자성으로 제기되었던 셈이다. 이를 경계한 가장 큰 이유는 학문의 경제적 종속 및 재원 출처(단체)에 대한 종속성이다.

임형택과 조동일은 이후 국문학계에 영향력을 발휘하게 되는 주요한 학자인데, 『창비』가 이들을 한 자리에 모아 대화의 자리를 마련했다는 것 자체가 의미가 있다. (이후로 이들이 다시 모일 기회가 있었는가는 의문이다) 구체적인 텍스트와 작가를 거론하면서 문학사를 논하는 임형택과 장르와 시대구분을 중심으로 문학사를 논하는 조동일은 부분적인 의견 충돌을 보이면서 논의를 개진하는데, 한문학자인 임형택이 한문학에 대해 성찰적인 입장을 제안한 데 비해, 조동일은 타인의 의견을 수렴하여 논지를 보완하는 자산으로 삼기보다는 이미 확고하게 설정된 구조적 틀과 시각을 주장하는데 집중한 것이 특징이다.[44] (말하자면 임형택은 유연한 대화를 하려 했고, 조동일은 시종일관 '입장'을 관철시키려는 듯했다. 이러한 '화법'은 각자의 '글'에도 일종의 '어조'로서 투영되어 있다)

문학평론가인 염무웅이 고전문학자들의 논의 사이에서 균형점을 찾으려 하면서도 한국문학사에 대한 뚜렷한 입장을 굽히지 않는 것도 좌담회를 생동감 있고 긴장감 있게 진행하는 역할을 했다. (향후) 고전문학계의 거두가 되는 두 학자의 대화에 개화기문학 전공자인 이재선, 현대문학 비평가인 염무웅이 동석한 것 자체가 의미를 갖는 것은 고전문학의 연구 성과에 대한 정리, 문학사 전개의 흐름과 방향에 대한 사유를 현대문학과의 관련성 속에서, 그리고 다소 전공 집중성이 먼 학자군과의 대화 속에서 전개하는 것 자체가 균형 잡힌 논점 찾기, 영역에 대한 성찰적 반추를 가능하게 하는 완충제 역할을 했다고 보기 때문이다.[45]

44　『창작과비평』 53호(1979.가을)의 '독자비평실'란에 당시 서울대 국문과 3학년생 박일용(현재 홍익대 국어교육학과 교수)이 「『국문학 연구와 문화창조의 방향을』 읽고」라는 표제로 이 좌담회에 대한 독서평을 게재했는데, 두 학자의 대립각을 '인식 기반의 차이'로 지적했다. 투고자를 포함해 모두가 서울대 국문과 동문이다.

3. 『창비』의 '고전 기획'—민족·민중·실학·전통과 리얼리즘

해당 시기에 『창비』에 게재된 여러 글 중에서 지속적으로 논의되었던 핵심 의제는 '민족', '민중', '전통', 그리고 '리얼리즘'이다. '고전' 텍스트의 번역이나 문학론은 이 키워드를 중심으로 소개되거나 이와 연관된 논의 속에서 분석되었다.

그런데 고전연구자로부터 『창비』를 주도하는 새로운 문제의식이 제출되었다기보다는 『창비』의 이념에 맞는 고전을 재발굴하거나 재해석하고, 새로운 고전 연구의 방법을 제출하는 방식으로의 고전 연구가 수행되었다는 점에 주목할 필요가 있다. 또 『창비』라는 종합(교양·문예)지의 특성상, 여기에 실린 글은 전공의 경계를 넘어서, 그리고 대중독자를 위해 필요한 문제의식을 제안하는 이념을 전제로 삼았음에도 불구하고, 고전연구를 둘러싼 하나의 방향이 일정하게 유지되었을 경우, 이것이 독자층을 중심으로 운동성을 형성하면서 쟁론상의 특권화, 권력화 현상을 낳게 되었다는 점 또한 지적하지 않을 수 없다.

아울러 『창비』에는 '민족'과 '민중'이 매개되기 때문에 '고전'을 소

---

45 바꾸어 말하면 현재 이와 같은 토론의 장은 좀처럼 열리지 않는 편이다. 특정 전공 중심으로 전문화, 세분화되는 것이 강화되는 추세이며, 통합적 의지를 보이는 곳은 드물다. 연구재단 측에서 학술지 통합 기획이 있었는데, 이는 학회 측의 자발적 통합·통섭 기획이 아니라는 점에서 문제가 지적되었고, 현재 이 사업은 유예되었다.
이와 더불어 이때 좌담에서 보여준 학적 토론의 결과를 각자의 학문 영역에서 어떻게 포섭하고 실천했는가의 문제가 남는다. 고전문학자의 경우, 조동일은 '통사'라는 문학사 서술의 작업으로, 임형택의 경우는 '실학'과 '문화 실천'의 문제로 각자의 학문 분야에서 이러한 토론의 내용을 수렴해냈다고 볼 수 있다.

개하고 자료를 발굴하는 과정에서도 동서양의 고전을 망라하는 형식이 아니라 오직 '한국'이라는 지역과 역사의 특성만이 고려의 대상이 되었 다는 점도 주목할 필요가 있다.[46] 『창비』가 (폭넓게 동서양을 망라하는) '고 전'과 교섭하는 양상에 주목하기보다는 『창비』의 '고전 기획'에 초점 을 맞추어야 하는 이유가 여기에 있다.

1) 『창비』 수록 고전 연구의 특징
― 문학사 · 민중 · 실학, 그리고 독자의 영역 간 상호참조

『창비』에서 고전은 예술사, 미학사(철학), 문학사, 정치사, 경제사에 대한 연구와 비평이 수록되는 맥락 속에 텍스트를 소개, 발굴하고 분 석 · 연구하며, 현대로까지 이어지는 문학사의 자산으로서 자리매김되 고 담론화되었다. 말하자면 『창비』에 수록된 고전 텍스트나 고전 비평 과 연구는 국어국문학이라는 특정한 분과학문의 세부 전공인 고전문학 의 독자적인 연구 의제를 제출하고 소통하는 방식이 아니라, 세계와 동 아시아의 예술과 문학, 미학의 역사적 전개, 한국 현대문학으로 이어지 는 문학사의 흐름으로서의 위치를 형성하며 여러 담론과 분야와의 '교 섭'과 '소통'의 맥락 속에 위치 지어졌다. 이런 흐름은 자연스럽게 역사 와 대상(텍스트, 양식, 사회, 시대, 지역 등)을 바라보는 공통의 시각을 형성

---

46 아놀드 하우저의 『문학과 예술의 사회사』를 번역, 연재하는 것 이외에 서양의 고전에 관한 특별한 소개는 제시되어 있지 않다. 역으로 말하자면 『창비』에서 문학 · 문화 · 고 전 연구의 이론적 바탕으로서 '아놀도 하우저'가 '제안' 되어 있었다고 말할 수 있겠다. '민중'과 관련하여 『창비』가 제안한 세계문학적 자산은 '제3세계문학'이다.

하게 했고, 지역, 분과, 시대를 바라보는 '공통감각'에 대한 맥락적 구성을 도출하는 역할을 하게 되었다.

이때의 '공통 감각'은 일차적으로는 잡지를 읽는 독자의 경험과 역사적 맥락, 사회적 조건, 미학적 판단과 철학적 관점에 의해 결정되었지만, 잡지가 제출하는 다양한 비평의 담론이 독자의 의사결정 혹은 미학적 시선을 선택하거나 조율하는 데 적극적인 역할을 담당했다. 이때 고전은 어떠한 역할을 하였는가에 주목할 필요가 있다. 이 시기에『창비』에 수록된 고전 관련 논문을 연도별로 정리하고 오늘의 전공 분류 기준에 따라 정리하면 〈표 3〉, 〈표 4〉와 같다.

총 28편의 고전 관련 논문의 연구 대상 분야와 편수는 고전산문(판소리 관련 6편 포함) 11편, 구비문학 7편(연희·극 6편, 수수께끼 1편), 문학사 4편, 고전연구서 서평 3편, 고전시가 2편, 한문학 2편 등이다.[47] 이 중에서 판소리와 관련된 6편을 극문학으로 이해하여 구비문학에 포함시킨다면, 민속극, 판소리와 관련된 비중이 총 14편(45%)으로 단연 높다. 이 중에서 홍길동전, 호질, 봉건사회의 해체 등 민중적 시각의 연구논문 3편을 포함하여, 『창비』에서 주장하는 이른바 '민중문학'에 해당하는 논문 편수를 꼽자면 총 17편(55%)에 해당한다. 요컨대,『창비』에 게재된 고전 논문은 대개가 '민중문학론'의 관점에서 '문학사'를 재조명하거나, 이론을 문학사적으로 뒷받침하는 구체화된 사례연구라고 할 수 있다.

여기에 참여한 필자는 모두 15인이며, 가장 많은 고전 관련 연구논

---

47 물론 이 구분은 고전산문과 한문학, 한문학과 고전시가, 문학사와 고전산문 등으로 유동적일 수 있다.

〈표 3〉『창비』에 실린 고전 관련 논문 목록(1966~1980)

필자	논문명	권호	연구분야
조동일	전통의 퇴화와 계승의 방향―문학사에서 전통 문제를 어떻게 볼 것인가	3호, 1966. 여름	문학사
이우성	「호질」의 작자와 주제	11호, 1968. 가을	고전산문
조동일	민요와 현대시―우리는 무엇을 잊고 있는가	16호, 1970. 봄	문학사
임형택	황매천의 시인의식과 시	19호, 1970. 겨울	한문학
김용직	갈봉 김득연의 작품과 생애	23호, 1972. 봄	고전시가
조동일	기획연재 문학사 (1)―조선후기 가면극과 민중의식의 성장	24호, 1972. 여름	문학사
심우성	한국민속인형극 소고	26호, 1972. 겨울	구비문학 (연희·극)
윤오영	『춘향전』의 문학적 가치에 대한 재검토	28호, 1973. 여름	고전산문
심우성	해제	28호, 1973. 여름	구비문학 (연희·극)
심우성	동래 들놀음 연희본―천재동본 및 그 해설	30호, 1973. 겨울	구비문학 (연희·극)
송재소	수수께끼와 그 시학적 성격	30호, 1973. 겨울	구비문학
김흥규	판소리의 이원성과 사회사적 배경―판소리의 이원성과 사회사적 배경	31호, 1974. 봄	고전산문
정병욱	기획연재 문학사 (2)―이조 후기 시가의 변이과정	31호, 1974. 봄	문학사
장덕순	한문소설의 재인식(이우성·임형택 편역, 『이조한문단편집』)	31호, 1974. 봄	서평
허술	신인투고논문―전통극의 무대공간 : 그 형태 및 기능과 관련하여	32호, 1974. 여름	구비문학 (연희·극)
심우성	광대 줄타기 연희본―이동안 구술본을 중심으로	33호, 1974. 가을	구비문학 (연희·극)
김흥규	판소리의 서사적 구조	35호, 1975. 봄	고전산문
허술	인형극의 무대	38호, 1975. 겨울	구비문학 (연희·극)
구중서	한국문학사 저변 연구―고려속요와 전통의 계승	39호, 1976. 봄	고전시가
최원식	가사의 소설화 경향과 봉건주의의 해체	46호, 1977. 겨울	고전시가
서종문	「변강쇠歌」 研究(上)―流浪民의 悲劇的 삶의 形象化	39호, 1976. 봄	고전산문
서종문	「변강쇠歌」 研究(下)―流浪民의 悲劇的 삶의 形象化	40호, 1976. 여름	고전산문
김동욱	춘향전 연구는 어디까지 왔나	40호, 1976. 여름	고전산문
임형택	홍길동전의 신고찰(上)	42호, 1976. 12	고전산문
서대석	유충렬전 연구	43호, 1977. 봄	고전산문
임형택	홍길동전의 신고찰(下)	43호, 1977. 봄	고전산문
이상택	당위와 현상의 거리 (조동일, 『한국소설의 이론』)	45호, 1977. 가을	서평

필자	논문명	권호	연구분야
임형택	한문단편 형성과정에서의 강담사—허생고사와 윤영	49호, 1978. 가을	고전산문
송재소	다산시의 대립적 구조	47호, 1978. 봄	한문학
김흥규	꼭둑각시 놀음의 연극적 공간과 산받이	49호, 1978. 가을	구비문학 (연희·극)
이을호	茶山學의 새로운 면모 (丁茶山 서한집, 박석무 역, 『유배지에서 보낸 편지』, 시인사)	55호, 1980. 봄	서평

〈표 4〉 『창비』에 실린 고전 관련 논문의 연구 대상 장르별 통계(1966~1980)

분야	고전산문	구비문학	문학사	서평	고전시가	한문학	계
편수	11	8	4	3	3	2	29편
백분율	35%	26%	13%	10%	10%	6%	94%

문을 게재한 고전 연구자는 임형택(4편), 심우성(4편), 조동일(3편), 김흥규(3편) 등이다. 김흥규의 경우, 현대문학 관련 논문과 서평을 통합하면 총 8편으로, 해당시기에 고전연구자로서는 가장 많이 글을 게재했다. 이들은 모두 민중문학과 관련된 논지의 논문을 게재했다. 말하자면 『창비』의 이념에 맞는 연구의 시각을 가진 연구자의 글이 게재되었다.(이것이 『창비』 측의 기획에 따른 청탁 형식이었는지, 연구자의 자유 기고였는지 알아보지 않았다)

이들 논문 중에서 기획된 글임이 밝혀진 것은 조동일과 정병욱이 필자로 참여한 「기획연재—문학사 (1·2)」이며, 나머지는 필자의 전공과 관심에 맞는 내용이 중심을 이룬다. 그러나 대체로 일정한 흐름을 찾아볼 수 있다.

첫째, '문학사'에 대한 관심이 전반에 포진되어 있다는 점이다. 학문 이력 전체를 통해 문학사에 집중했던 조동일의 경우는 물론이고, 시가 분야에 해당하는 2편의 논문은 모두 '문학사적 관점'에서 특정 장르의 경향성이나 장르 변용에 관심을 보이고 있다. 예컨대, 구중서와 최원식의 글은 오늘날의 관점에서는 '고전시가' 논문에 해당하지만, 문학사적 관점에서 시가 장르의 형성과 흐름에 초점이 맞추어져 있다.

둘째, 주로 민중과 서민, 실학과 관련된 문학 장르 및 연구가 중심을 이룬다는 점이다. 실학에 대해서는 다음 절에서 논의하겠지만, 판소리, 인형극, 민속극, 탈춤 등 민중이 전승과 연행의 중심 주체가 되었던 장르와 텍스트 연구가 주종을 이룬다. 이에 대해서는 『창비』의 이념과 지향에 공감하는 고전연구자를 필진으로 포섭하는 기획력의 결과이거나, 고전연구자들이 『창비』의 지향에 공감하는 방식으로 연구 대상과 방법, 시각을 선택했다는 해석이 가능해진다.[48] 특히 '신인투고논문'란에 소개한 허술의 논문인 「전통극의 무대공간―그 형태 및 기능과 관련하여」는 『창비』가 이념에 맞는 신인 학자를 독려하거나, 또는 그 반대로 신진 학자가 『창비』의 관점에 지적인 자극을 받아 투고했을 가능성을 시사한다.[49] 이 시기 『창비』에는 민중극의 역사적 자원이라 할 만한 인형극, 민속극 등 미발굴 자료가 다수 소개되어 있다.(이에 대해서는 다음 절에서 논한다)

셋째, 독자의 입장에서 『창비』에 실린 고전 논문을 읽는 것은 여기에 실린 문학작품과 비평, 이론에 대한 연구, 서평을 비롯하여 다양한 학문 분야(문학, 역사, 사회학, 정치학, 경제학, 여성학, 신학, 교육학, 국제외교학 등)

---

48 이에 관해서는 『창비』 관계자로부터 구술 질의―응답이 필요하다. 이 글의 집필 여건이 여의치 않아서 아직 하지 못하였는데, 일면 관계자의 진술과 해명을 듣기보다는 외부의 시선에서 '보이는 대로 읽는 작업'이 필요하다는 생각이 든다.

49 이러한 현상은 이 논문의 각주 12번에 서술한 바와 같이 『창비』에 수록된 문학작품의 특정 경향성과 비평의 순환 가능성이 『창비』에 수록된 논문에도 적용될 수 있음을 시사한다.

에 대한 '상호 참조' 효과를 발휘하게 된다. 예컨대, 『창비』의 독자는 한 호의 독서를 통해 일정한 흐름과 경향을 경험하게 되며, 그것을 세계와 역사, 사회와 문화, 주체와 대상을 사유하는 일종의 '시선'과 '세계관'에 대한 경험 자산으로 삼게 되었을 가능성이 높다. 여기에 문학사와 민중, 실학을 중심으로 한국 고전문학을 바라보는 시선을 경험함으로써, 고전 논문을 읽는 독자들은 전호 또는 당호에 실린 다른 분야의 논문과 비평을 통해 한국사와 한국문화를 민중의 관점에서 재성찰할 수 있는 기회를 갖게(또는 강화하게) 되었을 것으로 본다.

예컨대, 『창비』에 실린 고전문학 분야의 논문과 비평은 최한기, 박지원, 유형원, 정약용 등 실학자들로 '발굴된' 전통시기 지식인에 대한 역사학자들의 글과 동시에 읽혔다. 말하자면 독자들은 한영우의 글(「다산 정약용」, 8호, 1967.겨울)을 통해서는 다산을 실학자, 또는 사상가로 대하게 되지만, 김용섭의 글(「정약용과 서유구의 농업개혁론」, 29호, 1973.가을)을 통해서는 다산을 경세론자, 정책가로 사유하게 되며, 송재소의 다산시(〈표 3〉)에 대한 논문을 통해 다산을 문학인, 시인으로 대하게 된다(바꾸어 말하면 '다산 정약용'이라는 하나의 역사적 실체가 분과학문의 연구에 의해 다양한 정체성으로 분석·분열되었다고도 볼 수 있겠다).[50]

또한 '전통'을 재사유하는 관점에 대해서도 국문학자인 조동일의 논문(「전통의 퇴화와 계승의 방향」, 3호, 1966.여름)뿐만 아니라 독문학자인 이상일의 논문(「전승문화연구의 방법론」, 23호, 1972.봄)을 읽는 경험을 축적

50 물론 두 글이 실린 시간적 거리가 있다. 독자의 경험 또한 시간에 따라 축적되어간다는 점을 고려할 필요가 있겠다. 또 이 시기에는 잡지를 버리지 않고 모으는 경향이 우세했다. 잡지를 모으는 것은 지식과 교양의 습득과 축적을 상징화하는 개인과 사회의 행위이기도 했다.

하게 된다.[51] 이는 하나의 잡지를 읽는 독서의 흐름 속에서 가능한 독법이자 시선의 경험이 되었다. 이러한 것은 다음 절에서 다시 논하겠지만, 현대문학 분야의 민족문학론, 리얼리즘론과 더불어 실학 논의가 동시에 읽힘으로써, 일반 독자에게 고전을 읽는 새로운 시각과 방법을 제안했다는 의미를 갖는다.

넷째, 『창비』에 실린 고전 관련 논문 중에는 지금까지도 고전연구자들의 학문과 공부의 바탕이 된 논문들이 많다. 이 논문들이 학술지가 아닌 『창비』에 실렸다는 것은 당시 『창비』의 매체적 위상을 가늠하게 하는 동시에 매체적 영향력을 가늠하게 한다.

다섯째, 『창비』에 고전 관련 글을 기고한 필자는 대부분 서울대 국어국문학과 출신이다. 김동욱, 정병욱, 장덕순, 이을호, 서대석, 이상택, 서종문, 김용직, 조동일, 송재소, 김흥규, 임형택, 최원식 등은 학부, 석사, 박사 중의 한 과정 이상에 서울대를 경유했다(사실상 71%가 서울대 출신 필자의 글이며, 이 중의 절대치가 서울대 학부 · 석사 · 박사이다. 이우성(성균관대 석사), 심우성(홍익대 신문학과), 구중서(명지대 학사, 중앙대 석 · 박사)를 제외한 윤오영, 허술의 출신학교는 찾을 수 없었다). 이는 민중문학과 실천을 주장하는 이면의 문화적, 학문적 엘리트주의에 대한 『창비』의 이면을 보여주는 동시에, 『창비』가 주도한 통섭과 경계횡단성의 '한계선'을 보여주는 지점이기도 하다.

---

51 물론 비슷한 시기에 두 글이 실렸다면 상호토론이 보다 활성화되었을 것이다. 그러나 후자의 논문이 『창비』나 당시 문학연구사의 경향성에 대한 일종의 응답이라고 본다면, 『창비』가 일정한 담론의 흐름과 쟁점을 주도하거나 영향력을 발휘했을 가능성이 높다.

2) '민족·민중'문학사로서의 고전 텍스트 발굴과 '실학 고전'

『창비』에 소개된 고전텍스트는 그간 '학계'가 주목하지 않던 민중문학을 고전에서부터 새로 길어올리는 작업과 연계되기 시작한다. 이러한 작업은 시대정신이 어떻게 '문학사(역사)를 재구성할 수 있는가'를 보여주는 사례에 해당한다. 이때 『창비』에는 '꼭두각시놀음'이나 '야류' 등 이른바 민중문학과 관련된 고전 텍스트가 발굴, 소개되었으며, 민속학자 심우성이 이에 대한 본격적인 연구 논문을 제출하기 시작한다.

전자저널 사이트 RISS, KISS, DBpia를 검색한 결과, 민속학자 심우성이 민속극과 관련한 최초의 연구 논문이 바로 『창비』에 게재한 「한국민속인형극 소고小考ー덜미(꼭두각시놀음)를 중심으로」(26호, 1972.겨울)였다. 이후에 심우성은 민속학자 이능화를 재조명하면서 근대민속학의 계보화, 역사화를 시도하는 한편, 자료를 발굴하고 소개하는 작업을 『창비』를 비롯한 다른 매체에 지속적으로 게재했다. 이는 모두 1972년 이후의 작업이다.[52] 따라서 『창비』가 심우성을 '발굴'한 것과 동시에 '민속극' 관련 연구가 활성화되었다고 보아도 시기적으로 무방하다.

해당 시기에 『창비』에 소개된 신발굴 자료의 목록은 〈표 5〉와 같다. 『창비』에 소개된 새 자료는 문학, 민속극, 사상(철학), 역사 분야에

---

[52] 심우성의 민속극 관련 연구논문으로는 「民俗學의 近代的 開眼 ① 李能和의 生涯와 論著」, 『出版學研究』, 한국출판학회, 1973; 「해제」, 『창작과비평』 28, 1973.여름; 「가면극(假面劇) 연구(研究)노우트 6 : 전통극(傳統劇) 『놀이판』의 이해(理解)ー탈 놀음을 중심(中心)으로」, 『연극평론』 13, 한국연극평론가협회, 1975 등이, 자료 소개 및 해설로는 「東萊들놀음 演戲本ー千在東 本 및 그 解說」, 『창작과비평』 30, 1973.겨울; 「광대 줄타기 演戲本ー李東安 口述本을 중심으로」, 『창작과비평』 33, 1974.가을; 「民俗劇 資料ー臺詞本, 演劇者, 傳受團體」, 『연극평론』 8, 한국연극평론가협회, 1973 등이 있다.

<표 5> 『창비』에 소개된 고전 관련 신발굴 자료 목록(1966~1980)

필자	제목	권호	분야
김용직	갈봉 김득연의 작품과 생애	23호, 1972. 봄	문학
한용운	조선불교유신론(이원섭 역)	27호, 1973. 봄	사상(철학)
심우성	양주별산대놀이(故 김성대 구술·채록)	28호, 1973. 여름	민속극
강용권	수영야유―故 최한복본 및 그 해설	29호, 1973. 가을	민속극
심우성	동래 들놀음 연희본(천재동 채록)	30호, 1973. 겨울	민속극
심우성	이동안의 줄타기 재담(이안동 구술, 심우성 채록)	33호, 1974. 가을	민속극
성대경	未發表 義兵戰記:丁未倭亂倡義錄―權淸隱履歷誌(권용일)	46호, 1977. 겨울	역사

해당한다. 표에 보이는 바와 같이 민속극과 관련된 자료 소개의 비중이 가장 크고, 연구와 자료 소개를 병행한 심우성의 역할이 두드러진다. 한용운의 글에 대해서는 미주가 많이 달린 번역이 소개되었다.

그런데, 이처럼 문학뿐만이 아니라 역사와 철학 등 각 학문 분야의 신자료가 해당 학술지가 아니라 『창비』에 소개되었다는 것은 어떤 의미인가. 이에 대해 다음과 같은 해석이 가능하다.

첫째, 일차적으로는 『창비』의 매체적 위치가 학술지로서의 성격도 일정 정도 담보하고 있었기 때문이다. 둘째, 고전문학과 민속극, 사상과 역사 분야의 신자료 또한 일종의 '읽을거리', 즉 '독서물'이자 '(문학)텍스트'로 간주되었기 때문이다. 셋째, 극문학과 구술문학에 대한 자료 수집의 필요성은 한문 표기와 국문 표기를 포괄하는 국문학사라는 확장적 개념에 대한 이해 속에서 힘을 받고 있었고, 특히 문자로 기록되지 않던 구비문학은 민중문학을 지향하는 『창비』의 이념과 접속됨으로써 자료 발굴의 형태로 일반 독자와 학계의 양측에 관심을 제고하며 소개되었다. 넷째, 이러한 자료의 발굴과 소개, 그리고 이를 널리 독서함으로써, 역설적 의미에서 『창비』의 '이념 없는 이념' 지향성의 취

〈표 6〉『창비』에 실린 실학 고전 연재 목록(1966~1980)

필자 (역자)	제목	텍스트	권호
이성무	초정 박제가의『북학의』	『丙午所懷』,『通江南絶江商舶議,農蠶總論』,『尊周論』,『兵論』,『葬論』,『財富論』,『科擧論』	6호, 1967. 여름
송찬식	연암 박지원의 경제사상	『限民名田議』,『賀金右相書別紙』,『馹訊隨筆』,『許生傳』,『兩班傳』	7호, 1967. 가을
한영우	다산 정약용	『技藝論』,『相論』,『通塞議』,『俗儒論』,『原牧』,『湯論』,『田論』,『監司論』	8호, 1967. 겨울
정구복	반계 유형원	『分田定稅節目,經費』,『學校事目』,『貢擧事目』,『奴隷』	10호, 1968. 여름
한영국	유수원 저『우서』	『總論四民』,『論門閥之弊』,『論錢弊』,『論閑民』	11호, 1968. 가을
정창열	우하영 저『천일록』	『時務策』,『觀水漫錄』	13호, 1969. 봄
정석종	성호 이익	『朋黨論』,『科薦合一』,『均田論』,『本政書』,『論錢』,『錢鈔會子』,『生財』,『六蠹』	14호, 1969. 여름
이돈녕	혜강 최한기	『神氣通』,『推測錄』,『人政』,『講官論』	15호, 1969. 가을·겨울
박종홍	최한기		16호, 1970. 봄

지가 뒷받침되었다고 볼 수 있다.

신자료 발굴과 더불어『창비』의 '고전 기획'이 두드러지는 분야는 '실학 고전'이라는 타이틀의 연재이다. 이는 '본지는 앞으로 몇 회에 걸쳐 우리 실학 고전의 해설과 번역을 실어 그 전통의 새 평가에 이바지하고자 한다'는 '편집자의 말'을 필두로 삼아 이성무의 해설·번역으로 「초정 박제가의 북학의」(6호, 1967.여름)가 소개된 이후에, 2회부터는 '실학의 고전'이라는 난에 소개되었다. 해당시기『창비』에는 총 9편의 실학 고전이 연재되었다. 이를 정리하면 〈표 6〉과 같다.

처음에 실린 이성무의 글이 '실학 고전'이라는 타이틀로 소개된 것은 아니었다. 그러나 이 글은 "초정 박제가(1759~1805)는 18세기 후반기의 대표적인 실학자였다"는 문장으로 시작되는 바, 2호부터 이어지는 기획으로서의 '실학 고전'을 의식하고 있었던 것은 분명해 보인다. 이 글에서는 고전 텍스트의 번역에 앞서 작가의 생애, 사상, 작가의 저작 목록, 선행연구 등을 소개하는 것으로 해설을 대신했는데, 이러한 1호의 해설 형식은 후속 게재물에서도 그대로 이어졌다. 단, 최한기를 소개하는 8호에서는 생애가 아닌 '생애와 학풍'으로, '사상'이라는 단어 대신 '철학'이라는 용어를 사용하는 등, 논자의 개성과 관점의 세분화가 나타났다.

1호에서 이성무가 번역한 글에는 조선의 풍속비판을 다룬 '장론葬論', 북학사상을 드러낸 '존주론尊周論', 이용후생 사상과 국부론을 반영하는 '재부론財富論', 제도 비판을 다룬 '병론兵論', '과거론科擧論' 등 박제가의 글 중에서도 일상과 밀착된 실학사상을 드러내는 글이 포함되어 있다.

박제가를 필두로 소개된 '실학 고전' 연재에서는 박지원, 정약용, 유형원, 유수원, 우하영, 이익, 최한기가 다루어졌다. 최한기에 대해『창비』가 일찍부터 관심을 두었다는 것은 의미가 있다. 특히 신진학자인 이돈녕이 본격적인 최한기론을 펼친 것이 주목을 끈다. 이돈녕은 최한기를 실학자로 간주하면서, 특히 '민족', '애국'이라는 단어와 결부시켜 해석하려고 했다. 논자는 본체론, 인식론 등 서양철학의 용어를 통해 최한기의 철학을 해설했다. '통민운화通民運化의 정치이념'이라는 장은 최한기의 정치철학을 '통민운화'라는 개념에 담아낸 것이다.『인정』의 장별 구분에 사용된 용어인 측인測人, 교인敎人, 선인選人, 용인用人 등의 개념으로 '최한기의 사상 체계화'를 설명했다.

이돈녕은 최한기를 '도시시민학자'라고 명명했는데(15호, 1969.가을·

겨울, 743쪽), 이는 백낙청의 「시민문학론」(14호, 1969.여름)이 나온 직후이다. 이돈녕이 『창비』의 이념을 최한기와 접속한 것인지, 『창비』측의 '기획-청탁' 결과인지는 알 수 없으나, 결과적으로 『창비』의 방향성과 일치하는 행보에 해당한다.

그런데 이례적으로 바로 다음 호에 박종홍에 의해 최한기에 대한 글이 다시 소개되었다. 『창비』 편집실에서는 최한기에 관한 글을 두 차례 게재하게 된 것에 대해 앞서는 신진학자의 연구논문이고, '이번에는 우리 철학계의 권위이자, 최한기 연구의 태두이신 박종홍 박사의 글'이라고 밝히고 '이런 기획은 처음 시도하는 것이다. 독자의 반응을 기대한다'고 밝혔다. 박종홍의 글은 실학자에 대한 해설과 더불어 원전을 번역하고 소개하는 형식이 아니라, 일종의 해설문으로 꾸려져 있어, 앞서 게재한 이돈녕의 짜임새 있는 글에 대한 후속 연구라고 하기에는 느슨하다.

당시 학계에서는 이미 '실학'이라는 용어가 사용되고 있었고, 여기서 다뤄진 조선시대 지식인을 '실학의 관점'에서 연구한 논문도 이미 존재하고 있었다.[53] 그렇다면 『창비』는 특히 전통과 고전을 '실학'의 관점에서 재구성하려 했다기보다는 재조명하려 했다는 것이 적절하다. 실학이라는 개념으로 해당 지식인에 대해 접근할 때, 문학적 차원보다는 역사와 사상의 측면이 부각되고 있었다. 이후 강만길은 '「실학론의

---

[53] 이익을 다룬 연구로는 천관우, 「磻溪 柳馨遠 硏究(上)-實學發生에서 본 李朝社會의 一斷面」, 『歷史學報』 2, 역사학회, 1952; 천관우, 「磻溪 柳馨遠 硏究(下)-實學發生에서 본 李朝社會의 一斷面」, 『歷史學報』 3, 역사학회, 1953 등이, 박지원의 문학을 실학의 개념에서 접근한 논문으로는 이우성, 「실학파의 문학」, 『국어국문학』 16, 국어국문학회, 1957 등을 참조. 이우성은 이 논문에서 이익, 정약용 등을 함께 언급하고 있다.

현재와 전망―천관우 저『한국사의 재발견』을 읽고」(34호, 1974.겨울)에서 천관우의 역사서술을 '실학'이라는 관점에서 조명했는데, 천관우는 실학과 관련된 연구의 선두적 역할을 담당했던 역사학자다.

『창비』의 '실학 고전'은 '실학'의 차원에서 전통 지식인의 작업을 소개하고 자료를 발굴하려는 의의를 지니고 있었다. 송찬식은 박지원을 소개하면서『허생전』을 '다시' 번역했고, 이는 "이미 몇 가지 번역이 나와 있지만 그 중 어느 것도 완벽한 것은 못되므로 자신의 수업삼아 또 하나의 시도를 해"(511쪽) 보았다고 했던 바, 자료의 발굴, 원전의 정확한 완역을 지향하는 란이었다고 볼 수 있다.

이처럼 고전의 발굴과 번역을 국문학 전문 학회지가 아니라『창비』가 주도했다는 것은 어떠한 의미를 지니는가. 당시 국문학이나 역사학 등 분과학문 분야의 학회로서는 특정한 사조나 문예 비평의 시각을 기획하기보다는 장르나 시기로 게재 논문의 자격을 정하는 문화를 형성해 왔다.(참고로 한국실학연구회가 설립된 것은 1991년도이며,『한국실학연구』의 창간호는 1999년에 발행되었다. 2002년부터 학회명이 한국실학학회로 변경된다) 따라서 특정한 시각이나 입장을 주도하는 것은 학회지보다는 잡지 매체에서 가능한 작업이었다.

『창비』가 '실학 고전'을 기획한 것은 통권 6호로 비교적 이른 시기부터다. 염무웅은 「편집후기―『창작과비평』 창간 5주년을 맞이하여」(20호, 1971.봄)에서 "실학의 고전, 번역 등 독자에 대한 약속을 제대로 지키지 못했다. 한 가지씩이라도 자리를 잡아가게 될 것을 다짐한다"(264쪽)고 서술했다. 그러나 결국 이는 이어지지 못하고 중단되었다.

그럼에도 불구하고『창비』의 '실학 고전' 연재 기획은『창비』가 철저하게 문학, 교양, 역사, 철학을 바라보는 하나의 관점을 생성함으로써 세계에 대한 시선을 설득하고 견고하게 하려는 이념 지향의 문화적 실천의 매개였음을 보여준다. 아놀드 하우저의 문학과 예술사에 대한 소개, 밀즈의 사회학적 상상력에 대한 이른 시기로부터의 주목, 제3세계문학에 대한 관심과 프란츠 파농에 대한 소개,[54] 민중문학을 고전문학으로부터 자원화하려는 시도, 실학 기획 등, 상호 참조와 연계망을 통해 아우른 『창비』의 문화·역사 기획이 보이는 이러한 주도면밀함이야말로 '이념화하지 않는 이념'을 확정하는 철저한 이념화의 근간이 되었던 것은 아니었는가 하는 판단을 하게 되는 것은 이러한 분석을 통해서이다.

3) 문화자원으로서의 고전의 현대화 — 실천으로서의 '예술·문학'

『창비』에는 주요한 고전문학 텍스트의 발굴과 번역의 작업이 이루어지는 장이기도 했다. 동시에 『창비』는 고전 자료를 발굴하거나 번역, 연구하는데 나아가 고전 텍스트를 바탕으로 현대적인 극작화를 추구하기도 했다. 56호(1980.여름)에는 극작가 안종관이 임형택 교수가 소장하고 있는 필사본 「토처사전」을 토대로 극화한 「토선생전」이 게재되었다. 여기에는 원작 「토처사전」에는 없는 말뚝이, 취발이(여) 등이 등장하며 토끼, 별주부, 별주부부인, 용왕(호랑이) 등이 주요 인물로 등

---

54 김종철, 「특집 : 제3세계의 문학과 현실 : 식민주의의 극복과 민중—프란츠 파농의 작품에 대하여」, 『창작과비평』 53, 1979.가을.

장한다.[55]

『창비』에는 고전의 현대화 작업을 이론으로 구축하는 작업에 대한 관심도 보여주었다. '연극시평'란에 실린 장만철의 「새 연극의 현장」(56호, 1980.여름)은 이전 호에 실린 「새로운 연극을 위하여」에 다뤄진 마당극의 이론적 성과를 언급하면서 1980년 3월 28~31일까지 연우무대에서 공연된 〈장산곶 매〉와 광주 YMCA 체육관에서 '광대' 창립기념문화제의 일환으로 공연된 〈돼지풀이〉, 1980년 4월 1일 서울대학교 탑 아래 광장에서 공연된 〈진동아굿〉에 대한 비평을 실은 것이다. "지금까지 서구적인 무대극에서 시도한 전통예술의 차용은 거의 모두 실패로 돌아갔다. 이는 전통예술을 정태적인 시각에서 수용했기 때문이며, 그렇기 때문에 전통예술은 서구적인 무대극 위에 장식적으로 다루어졌고 '향토식 짙은……', '토착성' 등과 같은 말과 함께 신비주의적 입장에서 왜곡되어졌다"(192쪽)고 기존의 실험이나 작업을 비평하면서, 〈장산곶 매〉도 서구극의 구조 위에 전통예술의 요소를 중첩적으로 끌어들였으나, 소재적 탁월성과 춤과 음악의 적절한 구사로 실패를 면했다는 평가를 내렸다. 극장 안의 무대가 아닌 열린 '마당'에서의 극을 재현하는 작업 자체를 '민중과의 소통'을 지향하는 전통극의 전승과 현

---

55 고전의 현대적 변용 및 재창작에 관해 임형택의 발언이 주목된다. "우리가 자기 고전을 대하는 자세에 대해서 좀 언급해주고 싶습니다. 뭔고 하면, 일반 국민이나 작가들이 자기 고전을 경홀하게 대하거나 부정적으로 대하는 경향이 없지 않은 듯합니다. 어느 중견작가 한분의 작품 중 우리나라 고전에서 제목을 따서 쓴 작품이 여러 편 있는데, 고전의 내용을 자기 마음대로 마구 개변시켜 놓고 있어요. 작가의 자유에 속하는 문제라고 주장할지 모르겠습니다만, 엄연히 우리 조상들이 물려준 고전에서 제재를 취하면서 멋대로 왜곡·분식(粉飾)할 권리는 없을 것입니다." 「國文學硏究와 文化創造의 방향」, 『창작과비평』 51, 1979.봄, 40~41쪽.

대화라는 점에서 재평가하려는 움직임이 『창비』를 중심으로 형성되었다고 해도 과언이 아니다.

1975년에 공연된 〈진동아굿〉은 '동아일보 기자들의 자유언론실천선언'에 따른 관련 기자들의 집단해고·농성·강제축출을 다룬 바, 역사적 사실의 사건증언이자 기록극의 성격을 지닌 동시에 마당극의 성격을 지닌 것인데, 『창비』에서는 이 공연의 성패를 사건 진상의 선명한 전달성에 있다고 평했다. 연기의 전문성보다 사건 내용과 인물의 성격, 관중의 호응이 중요하고 마당극으로서 관중의 반응을 현장화하여 현실 문제를 공론화할 수 있는 가능성에 초점을 둔 것이다(196쪽). 이는 『창비』가 텍스트를 바라보는 시선에 관여할 뿐만 아니라 텍스트의 질적 평가에 대한 가치 기준을 생성하는 문화적 역할을 했으며, '고전'이라는 형식적 틀을 차용함으로써, 이를 전통의 계승으로 명명하고 수용하는 역할도 담당했음을 보여주고 있다.

4. '잡지-학술-교양-독자'의 상호교섭과 『창비』라는 성찰적 코드

창간호부터 1980년도까지 『창비』에 지속적으로 실린 키워드는 민족, 민중, 전통, 리얼리즘 외에, 행동, 지성인, 중공, 경제, 정치, 사상 등이 있다. 이 중에서 리얼리즘이나 사회주의 운동, 민중, 지식인 등은 이후 『창비』의 정체성을 형성하는 주요한 키워드로 자리매김 되었다.

『창비』는 외압에 의한 정간으로 간헐적인 무크지를 발행하다가 이후 다시 복간되었다. 따라서 이후의 『창비』에 대한 탐구는 '종합지'로서 추구하던 이념(리얼리즘 문학론, 민중론 등의 성과), 분과영역 간의 통섭적 소통력, 고전을 중심으로 보자면 텍스트에 대한 다차원적 접근과 상호 대화성을 어떻게 이어가고, 또한 잡지의 궤적과 더불어 축적된 담론의 지형과 맥락을 바탕으로 어떻게 문제의식을 쇄신하고 시대의 물음에 응답하며 잠재된 문제의식을 견인해내는가에 주목할 차례다.

무엇보다도 『창비』는 외압이라는 '트라우마'에 어떻게 대처해갔는가(저항, 치유, 극복), 잡지를 매개로 어떠한 공동체를 형성해 갔으며, 잡지 안에 갇힌 한계의 지점들을 어떻게 인식하고 인정하면서 극복해 갔는가에 주목함으로써, '이념화하지 않는 이념' 지향의 행보를 물을 필요가 있다. 이는 바로 이러한 문제에 응답함으로써 한국의 지성사, 교양과 문화사, 제도와 매체, 사회와 독자대중의 상호관련성에 대한 사유의 역사적 궤적을 탐구하는 메타적 차원의 비평 작업이 가능해지기 때문이다.

창간부터 1970년대까지 『창비』가 보여준 경계 횡단성은 개인과 형식(제도)의 차원에서 이루어짐으로써 일정한 문화적 흐름을 형성했다. 이때 경계를 횡단한 개인의 작업이나 좌담회를 통한 대화의 수준은 각자의 학문의 경계 확장과 성찰성을 제고하는 계기가 되었다. 이러한 현상은 현재, '전문성'을 이유로 분과학문 중심으로 세분화된 대학과 학회, 학술지와 각종 교양·문화·문학 매체의 역할에 대한 재성찰을 요청하는 실증적 사례가 될 만하다.

왜냐하면 『창비』에서 경계를 횡단하며 작업한 개인과 형식의 질적 수준이 결코 전문성을 결여하고 있지 않다는 것이 이미 문학연구사를 통해 확인되었기 때문이다. 바꾸어 말하면 현재의 분과학문이 어떤 면에서는 전문성을 강화하기보다는 개인의 분절화를 강화하는데 기여한 측면이 크다는 해석도 가능해진다. 이는 제도에 대한 개인의 역량과 정체성의 종속을 의미하기 때문에, 다각도에서 보다 심도 깊은 분석이 필요하다. 『창비』의 통섭적 시선이 수행 가능했던 이유로는 오늘날과 같은 대학(교수) 평가가 획일화되지 않았던 사회적, 제도적 맥락과도 관련이 되기 때문이다.(현재와 같은 논문 중심 시스템으로서는 교수와 연구자가 '논문' 이외에 자유로운 작업을 하는 것 자체가 현실적으로 불가능해지거나, 잉여 노동으로서 과부하되는 상황이다. 대학과 교수 평가제도는 학문과 글쓰기 행위 자체를 통제하는 영향을 미치고 있다)

한편, 해당 시기의 『창비』는 '대학강단비평적'인 차원을 경계하고 비판하는 입장이었다. 다시 말해 『창비』에서 논의된 비평적 시선과 태도가 대학이라는 엘리트 중심의 학술장 안으로 제한되거나 게토화되고, 사회와 괴리되는 것을 경계하려는 관점을 유지하고자 했다. 이러한 태도에 대한 사회적 공감과 지지가 『창비』에 대한 사회적 기대를 자극하고 생성하면서 한국사회를 성찰하고 새로운 가능성을 예고하는 희망의 논거가 되었던 지점이 있었음이 확인되었다.

그러나 고전연구의 경우, 특정한 학적 네트워킹이 지배적으로 작용한 것이 확인되었던 바, 이러한 경향성이 『창비』 필진의 전체 지형에 어떤 영향 관계를 갖는지도 재론할 필요가 있다고 판단했다.

『창비』에 게재된 고전 및 전통, 실학과 관련된 논문과 비평은 『창비』의 지향과 이념에 일치하는 '맥락성'을 공유하고 있었다. 고전은 민중, 민족, 전통, 리얼리즘 등『창비』의 기본 이념과 지향과 접속하면서 한국문학사를 재구성하는 일면 재성찰하며 이를 대학 강단과 문화 교양의 차원으로 확산하는 실천으로 이어졌다. 물론『창비』에 기고한 고전 연구자는 한정되어 있었고, 이 또한 특정 학교 중심의 엘리트주의와 접속되어 있었지만, 다양한 학적 운동성 속에서 '고전 연구'가 일종의 파트너십으로 관여했다는 것은 고전을 '과거'의 연구가 아니라 '현재진행형'의 '대화적 학문'으로 정립시키는 중요한 역할을 했다는 것은 부인할 수 없는 사실이다. 특히『창비』가 지향한 '문학사'에 대한 관심 속에서 한글과 구어 중심의 민중문학의 자료 수집과 계보에 대한 관심이 제고되었던 것은 당시의 국어국문학계에도 영향력을 미쳐 주요한 학적 운동성을 파생시켰다고 볼 수 있다.

아울러 당시에『창비』는 세계문학과 민중문학, 제3세계문학, 동아시아라는 개념과 비전을 제출했지만, '고전'의 차원에서 이를 효율적으로 엮는 작업이 아직 제출되지 않았으며, 이는 현재까지도 그대로 지속되고 있다는 점을 지적할 필요가 있겠다. 그것을 불가능하게 하거나, 혹은 하지 않아도 좋다고 판단하게 한 맥락은 무엇인지에 대한 분석도 필요하다. 문학사 · 문화사란 되어 있는 것, 행해진 것에 대한 연구로 한정되어서는 안 되고, 있어야 하는데 없는 것, 존재하지만 보이지 않게 존재하는 것에 대한 밑그림을 끌어안을 때 (완성되는 것이 아니라) 비로소 시작되는 것이기 때문이다.

그렇다면 이후에『창비』는 과연 이러한 초심을 어떻게 지키거나 확장, 변개시켰는가에 대한 성찰이 필요할 것이다. 경계 횡단과 통섭, 학문간 대화와 삶과 학문의 연계적 실천성에 대한 성찰적 질문은 단지 『창비』로 한정되는 것이 아니라, 『창비』가 도달하거나 접속하려 했던 문학·문화, 교양과 학술의 정신과 태도와 이어질 수 있는 다양한 차원과 측면의 제도와 집단, 개인에게 되물어져야 하는 인문적 성찰성이라는 것이 현재까지 도달한 이 글의 최종적인 결론이다.

참고문헌

1. 기본자료

『창작과비평』

「당국, '창작과비평사' 등록취소」, 월간 『말』 4, 1985.12.

2. 단행본

염무웅, 『민중시대의 문학』, 창작과비평사, 1979.

이재선, 『한국현대소설사』, 홍성사, 1979.

정병욱, 『한국고전의 재인식』, 홍성사, 1979.

3. 논문

김나현, 「『창작과비평』의 담론 통합 전략—1970년대 아동문학론 수용을 중심으로」, 『현대문학의
　　　연구』 50, 한국문학연구학회, 2013.

김민정, 「1970년대 '문학 장'과 계간지의 부상—『창작과비평』과 『문학과지성』을 중심으로」, 서울
　　　대 석사논문, 2011.

김현주, 「1960년대 후반 '자유'의 인식론적, 정치적 전망—『창작과비평』을 중심으로」, 『현대문학
　　　의연구』 48, 한국문학연구학회, 2012.

서은주, 「1970년대 문학사회학의 담론 지형」, 『현대문학의연구』 46, 한국문학연구학회, 2011.

심우성, 「民俗學의 近代的 開眼 ① 李能和의 生涯와 論著」, 『出版學研究』, 한국출판학회, 1973.

＿＿＿, 「民俗劇 資料—臺詞本, 演劇者, 傳受團體」, 『연극평론』 8, 한국연극평론가협회, 1973.

＿＿＿, 「가면극(假面劇) 연구(研究)노우트 6 : 전통극(傳統劇) '놀이판'의 이해(理解)—탈 놀음
　　　을 중심(中心)으로」, 『연극평론』 13, 한국연극평론가협회, 1975.

유은영, 「창작과비평의 문화운동에 관한 일고」, 서강대 석사논문 1986.

이우성, 「실학파의 문학」, 『국어국문학』 16, 국어국문학회, 1957.

임형택 · 최기숙, 「대담—고전학자의 삶 · 학문 · 세계, 그 확장과 심화의 도정 : 한국문학연구자
　　　임형택」, 『동방학지』 157, 연세대 국학연구원, 2012.

천관우, 「磻溪 柳馨遠 研究(上)—實學發生에서 본 李朝社會의 一斷面」, 『歷史學報』 2, 역사학회,
　　　1952.

＿＿＿, 「磻溪 柳馨遠 研究(下)—實學發生에서 본 李朝社會의 一斷面」, 『歷史學報』 3, 역사학회,

1953.

최기숙, 「1950년대 대학의 국문학 강독 강좌와 학회지를 통해 본 국어국문학 고전연구방법론의 형성과 확산-고전 텍스트 연구로서의 '이본' 연구와 '정전' 형성의 맥락을 중심으로」, 『한국고전연구』 22, 한국고전연구회, 2010.

_____, 「1950년대 대학의 '국어국문학' 과목 편제와 '고전강독' 강좌의 탄생」, 『열상고전연구』 32, 열상고전연구회, 2010.

_____, 「1950년대 대학생의 인문적 소양과 교양 '지(知)'의 형성-1953~1960년간 『연희춘추/연세춘추』를 중심으로」, 『현대문학의 연구』 42, 현대문학연구학회, 2010.

_____, 「1950~1960년대 인문학 학회지에서의 한국학 연구 구성의 특징-개념 · 범주 · 방법론」, 『열상고전연구』 33, 열상고전연구회, 2011.

하상일, 「1960년대 현실주의 문학비평 연구-『한양』·『청맥』·『창작과비평』·『상황』을 중심으로」, 부산대 박사논문, 2004.

한영인, 「1970년대 『창작과비평』 민족문학론 연구」, 연세대 석사논문, 2012.

1960년대 한국사회에서 관점과 태도로서 '내재적 발전'의 형성과 동북아시아의 지적 네트워크[*]

신주백

1. 머리말

최근 한국과 일본에서는 1945년 이후 한국사 또는 조선사를 연구해 온 과정에 대한 검토가 활발히 전개되고 있다. 특정인의 학문 자체를 분석하는 데 초점을 두지 않고, 특정한 견해가 도출될 수 있었던 배경과 과정, 그리고 제도에 더 관심을 두고 있다는 점에서 그러한 경향을 국문학사, 사학사처럼 말하기보다 학술사 연구라고 부르는 경우도 있다.

한국근현대 학술사에 관한 연구는, 전통 지식체계가 서구의 근대 지식체계로 재편되어 가는 과정과 내용을 분석하거나, 식민지 시기 경성

* 이 글은 『韓國史硏究』 164호(한국사연구회, 2014.3)에 수록된 논문을 수정·보완하였다.

제국대학의 학문동향, 조선학과 조선학운동에 연관시켜 집중되고 있다. 해방 이후의 경우 식민사관을 극복하고 새로운 인식 패러다임을 제공한 '내재적 발전(론)'의 역사를 주로 해명해 왔다. 이 글도 일련의 연속선상에서 쓴 논문이다.

지금까지 역사인식방법이라는 측면에서 '내재적 발전(론)內在的 發展(論)'에 관한 연구의 흐름을 정리한 글은 대부분 국가별로 정리하는 수준이었다.

내재적 발전(론)의 역사를 한국의 맥락에서 처음 정리한 사람은 김인걸(1997)이었다.[1] 이후 다양한 관점에서 이를 정리한 글이 나오고 있는데, 사학사라는 맥락보다는 시간의 경과에 따라 학문 경향의 '분화' 과정, 달리 말하면 학술사의 측면을 더 고려하며 한국의 맥락을 정리한 논문으로는 김정인(2010)과 이영호(2011)의 글이 있다.[2]

김정인은 4·19혁명으로 민족주의가 부활하면서 민족사학의 과제는 식민주의사관의 타율성론과 정체성론을 극복하는 데 있다고 보았다. 그러면서 그 경향을 "민족문화론과 내재적 발전론"으로 구분하였다. 전자는 다시 "민족문화의 역량과 고유성을 강조하는 문화사적 경향과 민족적 우월성을 극단적으로 강조하는 쇼비니즘적인 경향"으로 구분하고, 쇼비니즘적인 경향은 한국적 민주주의의 제기 등을 계기로 민족주체사관으로 변질되었다고 보았다. 후자의 경우도 "한국사의 주체

---

1   金仁杰, 「1960, 70年代 '內在的 發展論'과 韓國史學」, 金容燮敎授停年紀念 韓國史學論叢刊
     行委員會 編, 『金容燮敎授 停年紀念 韓國史學論叢 1－韓國史 認識과 歷史理論』, 知識産業
     社, 1997.
2   김정인, 「내재적 발전론과 민족주의」, 『역사와 현실』 77, 한국역사연구회, 2010; 이영호,
     「'내재적 발전론' 역사인식의 궤적과 전망」, 『韓國史硏究』 152, 한국사연구회, 2011.

적 발전 과정을 법칙적으로 파악하고 체계화하려는 유물사관적 경향과 발전의 양적 측면을 강조하는 근대화론적 경향"으로 구분하였다. 그러면서 문화사 경향, 근대화론 경향, 유물사관 경향은 1967년에 창립된 한국사연구회로 합류했다고 보았다. 그런데 근대화론 경향이 국가주의 사학으로서의 입론을 강화하면서 내재적 발전론 내에서의 공존이 깨졌다고 보았다. 유물사관 경향은 1975년 강만길이 민중적 민족주의 사론을 제기한 움직임을 계기로 1980년대 들어 민중적 민족주의와 "조우" 했다고 보았다.[3]

이영호는 내재적 발전론을 '한국사의 (과학적) 체계화'를 목표로 하는 경향과 자생적 근대화의 가능성을 전망하는 '자본주의맹아론' 계열로 나누고 있다. 전자는 한국사의 모든 시기, 영역과 관계가 있는 담론이며, 후자는 조선 후기부터 현대까지 사회경제적 변화를 중시하는 경향으로 "사회주의적 전망"이 "내면화"했다고 보았다.[4] 그러면서 두 계열의 형성 배경, 진화와 전환, 평가와 전망을 시도하고 있다. 이에 따르면 두 계열은 민중사학으로 비판적 계승이 이루어졌으며, 자본주의맹아론의 경우 안병직 등에 의해 문제틀이 전환되기도 했다고 보았다.

그런데 두 사람의 유형화에는 선뜻 동의하기 어려운 점이 있다. 우선, 1960년대 들어 내재적 발전의 측면에서 한국사를 연구하려는 움직

---

3   강만길은 '민중적 민족주의'라는 용어를 사용하며 자신의 사론을 펼친 적이 없다. 민중을 고려했으나 전면에 내세우며 상업사를 연구하지는 않았다. 이 용어는 민중론의 이론적 체계화와 분단을 발견하는 과정에서 정립된 것으로 한완상이 처음 제기했다. 한완상, 『民衆과 知識人』, 正宇社, 1978, 275쪽.

4   사회주의화라고 명시할 수 없는 전망도 있었다고 볼 수 있다. 사회구성사적인 접근, 달리 말하면 발전법칙적인 측면을 고려했더라도 '비자본주의적 발전'을 전망한 경우도 있을 수 있기 때문이다.

임을 1960년대라는 시점까지 포함하여 명확히 유형화할 수 있을지 필자는 의문이다. 경향 차이야 있었겠지만 학계 내부에 잠복되었던 시기가 1960년대이며, 1970년대 들어서야 유형화 수준에서 확인할 수 있기 때문이다. 둘째로는, 필자가 보기에 자본주의맹아론은 '관점과 태도로서의 내재적 발전'의 일부로 볼 수 있으며, 특정한 시기의 역사를 사회경제사적인 맥락에서 집중 고찰하여 역사상을 정리하려는 논리이다.[5] 또한 민족문화론과 내재적 발전론으로의 유형화도 적절한지 의문이다. 문화사 경향과 근대화론 경향을 구별할 만한 차별성이 있는지도 의문이고, 선행연구가 말하는 근대화론 경향도 1970년대 들어 국가주의 경향의 역사학에 흡수되거나 친화적이었다고 볼 수 있기 때문이다. 셋째는, 유형화에 동조하든 그렇지 않든 한국에서 관점과 태도로서 내재적 발전론의 형성은 한국만의 지적 흐름의 결과가 아니었다. 직접 접촉이든 그렇지 않고 내면적 인지와 영향이든, 일본인과 재일조선인, 그리고 북한과 중국의 역사학계를 고려하지 않고 한국에서의 관점과 태도로서 내재적 발전의 형성을 정리하기는 불가능하다. 이 점에서 이우성과 일본 측 네트워크에 주목한 이영호의 연구는 새롭다고 하겠지만, 그 이외의 다양한 네트워크를 반영하고 있지 않다.

5　필자가 과문한 탓인지 모르겠지만, '내재적 발전론'이란 용어를 사용하는 사람들 사이에서 이와 관련된 이론과 방법, 범주와 주제어 등을 정리하여 제시한 경우는 없었다. 오히려 '내면적 발전', '내재적 발전'이란 말을 사용한 경우는 있었다. 그것은 '논(論)' 차원에서 사용된 경우가 아니라, 관점과 태도라는 측면에서 사용되었다. 때문에 이 글에서는 '내재적 발전' 또는 '관점과 태도로서의 내재적 발전'이란 용어를 사용하겠다. 이에 따른다면, 자본주의맹아론이란 내재적 발전의 측면에서 조선 후기의 사회경제적 변화상을 설명하는 이론이었다. 첨언하자면, 본문에서 '내재적 발전론'이라고 언급하는 경우는 필자의 언어가 아니고 그것을 주장한 사람들의 생각을 말할 때이다.

이번에는 내재적 발전론의 일본적 맥락을 정리한 논문들을 살펴보자. 내재적 발전론의 일본 맥락을 정리한 대표적인 글을 들라면 요시노 마코토吉野誠(1987)와 홍종욱(2010)의 논문을 들 수 있다.[6]

요시노 마코토는 8쪽에 불과한 적은 분량에서 정체론 비판의 논리, 1960~70년대 조선관의 변화와 이를 통한 일본근대의 비판, NICs형 고도성장의 역사적 파악에 따를 때 제기되는 내재적 발전론의 곤란함을 압축적이면서 설득력 있게 정리하였다. 그의 날카로운 파악에는 수긍할 점이 많다. 예를 들어 내재적 발전론이 1950년대가 아니라 1960년대에 학계에서 시민권을 얻게 된 이유, 달리 보면 1950년대에는 왜 그것이 쉽지 않았는가에 대한 설명은 일본 맥락을 이해할 때 경청할 만한 지적임이 분명하다.

하지만 요시노의 논문에서는 재일조선인 연구자들의 움직임이 완전히 간과되어 있다. 북한의 지식 생산을 일본인 연구자들이 직접 흡수했다고 말하고 있지는 않지만 재일조선인 연구자들의 움직임을 전혀 언급하지 않고 북한의 연구성과를 직접 접촉한 결과처럼 언급하고 있다. 1960년대 중반경까지 일본인 조선사 연구자 가운데 한글 논문을 제대로 읽고 소화할 수 있는 사람은 가지무라 히데키梶村秀樹를 비롯해 극히 소수였다. 일본적 맥락을 이해할 때 재일조선인 연구자를 주목해야 하는 이유는, 그들이 북한의 연구를 소개하는 한편에서, 자신의 학문 견해를 직접 피력한 경우도 있었기 때문이다. 그들은 강한 민족적 동기를

---

6   吉野誠, 「朝鮮史研究にける内在的發展論」, 『東海大學紀要－文學部』 47, 1987; 홍종욱, 「内在的發展論の臨界－梶村秀樹と安秉珆の歷史學」, 『朝鮮史研究會論文集』 48, 朝鮮史研究會, 2010.

품고 학문에 대해 진지한 태도로 임하며 자신의 주장을 제기했을 뿐만 아니라, 사회구성사 측면에서 말하자면 사회주의를 전망하고 있었다.

요시노의 문제점을 극복한 글이 홍종욱의 논문이다. 그는 재일조선인 연구자들의 활동을 분석하지는 않았지만, 일본의 맥락을 이해하기 위해서는 이들의 활동을 주목해야 한다고 보았다. 그러면서 일본의 맥락에서 중요한 특징으로 일국사적 발전단계론이란 비판을 받았던 북한의 내재적 발전론을 극복하기 위해 '세계사적 보편'이란 측면에 주목한 점을 들었다. 그리고 1960년대까지도 내재적 발전에 입각해 조선사를 연구한 일본인 연구자는 가지무라 히데키가 거의 유일했다고 보았다.

홍종욱의 지적은 맞다. 다만, 가지무라 히데키에게서 '세계사적 보편'의 측면을 고려한다는 맥락은 사회구성사적으로 자본주의 단계를 극복한 어떤 역사상까지를 전망한다는 의미라는 점에 주목할 필요가 있었다. 이러한 전망에 동조할 수 없는 연구자에게 세계사적 보편은 무엇일까? 일본 맥락의 다양성, 내지는 분화 가능성이다. 그 가능성은 가지무라와 같은 역사관을 갖고 있는 일본의 연구자와 한국 연구자 사이의 교류에 어떤 제한점이 있을 수밖에 없는 측면, 달리 말하면 내재적 발전을 둘러싼 동북아시아 지적 네트워크의 다양성 내지는 제한성으로 나타날 수밖에 없다.

'지역으로서 동북아시아' 차원에서 전개된 지적 교류의 맥락을 간과한 점은 여러 선행 연구에서 보인다.[7] 지금까지 내재적 발전론에 관한

---

7   필자는 동북아시아를 한반도, 중국, 일본, 대만을 염두에 두고 사용하겠다. 이 지역을 동아시아라고 부르는 경우도 있지만, 필자는 동아시아란 동북아시아, 동남아시아, 그리고 몽골을 포함한 인근 초원지대를 가리킨다고 보고 있다.

연구사를 정리한 모든 글들도 여기에서 자유로울 수 없다. '지역으로서 동아시아'가 강조되어 가고 있는 작금의 현실에서, 내재적 발전론이 냉전체제의 장벽을 넘어 소통했던 동북아시아인의 소중한 역사적 경험이었다는 점에 주목하며 우리의 중요한 미래 자산으로 만들 필요가 있다.

이 글에서는 선행 연구의 부족한 점을 염두에 두고, 한국 현대 역사학에서 가장 중요하고 큰 영향을 끼쳤던 관점과 태도로서의 내재적 발전의 학술사, 특히 1960년대 들어 한국, 북한, 일본에서 각각 '형성'되어 간 과정을 해명하는 데 초점을 두겠다. 또한 3국에서 각각 형성되어 간 과정, 곧 독자적 맥락의 특징을 파악하는 한편, 서로에게 미친 영향을 비교와 연계라는 각도에서 살펴봄으로써 1960년대 동북아시아의 지적 네트워크를 해명하는 데도 일조해 보겠다. 더불어 연구목적을 해명하다보면 한국사 연구의 전환점, 그리고 동북아시아 역사학의 흐름과 연결되는 지점도 찾을 수 있을 것이다.

이를 위해 우선 1950년대까지 '주체적 내재적 발전'에 관한 관점과 태도를 갖고 한국사를 연구한 한국, 일본, 북한에서의 연구흐름을 필자의 선행연구[8]를 토대로 짧게 개관해 보겠다. 이어 1960년대는 '내재적 발전'이란 관점과 태도가 세 나라의 한국사(조선사) 학계 전반에 '형성'되고 '안착'된 시기였다는 문제의식에 입각하여 북한, 일본, 한국에서의 연구경향을 제3, 4절에서 고찰하겠다. 제3, 4절을 구분하는 시기 기준은 세 나라에서 각각 다르지만, 대체로 1965년의 한일기본조약 조

---

8   신주백, 「1950년대 한국사 연구의 새로운 경향과 동북아시아에서 지식의 內面的 交流 — 관점과 태도로서 '주체적 · 내재적 발전'의 胎動을 중심으로」, 『韓國史硏究』 160, 한국사연구회, 2013.

인, 1967년 주체사상이 조선노동당의 공식 이데올로기가 되는 정치적 환경의 변화가 각국의 한국사 연구에 결정적인 영향을 미쳤던 1960년대 중반경을 그 경계선으로 삼겠다.

2. 1950년대 관점과 태도로서 '내재적 발전'에 관한 역사인식의 '태동'[9]

해방이 되고 일본 제국주의자들이 한국사에 펼쳐놓은 정체성론과 타율성론이라는 그물망을 걷어내기 위한 움직임은 곧바로 일어나지 않았다. 그것은 빨라야 1950년대 중반경에 일어났다. 한국사(조선사)를 한국인(조선인)이 주체로 나선 발전적 역사로 보려는 움직임은 북한의 역사학계에서부터 시작되었다. 1956년 '과학 토론회'에서 조선사의 합법칙적 발전 과정에 관한 서로의 의견 차이가 처음으로 들어나면서 이를 해명할 필요가 있다고 확인되었기 때문이다.[10]

토론회에서는 조선에서 자본주의의 발생 시기를 18세기, 19세기, 아니면 개항 이후로 보아야 하는가를 놓고 의견이 갈리었다. 이후 균형을 맞추

---

9   이 글은 한국사의 내재적이고 주체적인 발전에 주목하려는 관점과 태도는 1950년대에 '태동'하여, 1960년대에 '형성'되었으며, 1970년대 중반경을 고비로 '분화'되어 갔다는 필자 나름의 전체 그림 속에서 작성되었다.

10   북한 학계는 토론회 때의 논의를 모아 『조선에서의 부르죠아 민족 형성에 관한 토론집』(과학원 력사연구소, 평양 : 과학원출판사, 1957.9)을 발간하였다.

려는 북한 학계의 노력은 『조선근대혁명운동사』(1961)를 간행할 즈음에는 일단 정리되었다. '19세기 60~70년대 외래 자본주의의 침입을 반대한 조선 인민의 투쟁'을 다룬 이 책의 제1장에서는 제한된 범위나마 18세기 말 이후 조선에서 "자본주의적인 생산 방식의 요소"가 발생하였고, 19세기를 조선 "봉건 력사의 마지막 시기"로 규정함으로써 18, 19세기를 구분하였다. 그런 가운데서도 이때까지 자본주의적 변화라고 볼만한 다양한 변화가 있었지만, 19세기 중엽까지는 자연경제에 기초한 봉건제도가 지배적이었으며, 상품화폐경제를 담당하는 층과 임노동자가 "독립된 사회적 세력"으로 성장해 있지 않았다고 한계 지었다.[11]

그런데 이때까지도 북한 학계에서는 '자본주의 요소'가 어느 시기에 발생했는지를 아직 명확히 정리하지 못하였다. 1956년에 출판된 『조선통사』(상)의 확대 개정판(1962.11)에서는 "18세기 말 19세기 초부터", 아니면 "19세기 초, 중엽"에 '자본주의 맹아'가 발생했다고 기술하고 있을 정도였다.[12] 이때 '요소' 내지는 '맹아'를 주장하는 논거는 수공업과 광산 분야의 연구에 의거한 것이었다. 아직 농업 부분의 변화를 해명하고 있지는 못하였다. 더구나 조선 후기의 새로운 사회경제적 변화를 '자본주의적 요소'와 '자본주의적 맹아' 가운데 어느 쪽의 용어를 빌려 설명해야 하는지도 통일하지 못하고 있었다. 그것은 조선 사회의 '혹심한 정체성' 문제와 자본주의적 변화의 관계를 어떻게 처리할 것인

---

11 과학원 력사연구소 근세 및 최근세사 연구실 편, 『조선근대혁명운동사』, 평양 : 과학원출판사, 1961, 1~4쪽. 제1장은 김석형이 집필하였다.
12 과학원 력사연구소 편, 『조선통사』(상), 평양 : 과학원출판사, 1962, 771쪽. 제22장의 집필자는 홍희유, 김사억, 장국종, 허종호였으며, 필자가 인용한 부분은 홍희유가 집필했을 것이다. 이들은 1960년대 북한 학계에서 내재적 발전에 관한 연구를 사실상 주도하였다.

가와도 연관된 이론의 문제이자 실증의 문제였다. 1960년대 들어 북한 학계에서는 이를 해명하면서 한국사의 시대구분문제도 같이 정리해야 할 과제에 직면하게 되었다.

북한 학계의 성과를 일본에 적극 소개한 사람은 재일조선인 역사연구 자들이었다. 특히 박경식과 강재언이 눈에 띄는 활약을 펼쳤다. 그들은 일본의 대표적 역사학 잡지인 『역사학연구』에 북한의 학문성과를 소개 하고 『조선근대혁명운동사』를 일역하여 출판하였다. 두 사람은 직접 『조선의 역사朝鮮の歷史』(三一書房, 1957)를 집필하기도 하였다. 이들은 당 시 일본의 조선사 연구자 사이에 명망이 있던 『조선사朝鮮史』(岩波書店, 1951)의 저자 하타다 다카시旗田巍와도 연계를 맺고 있었다. 하타다는 기 존의 조선사 연구가 "일본 대륙정책의 발전에 대응하여 성장해 온" "비 인간적인 학문"으로서 조선인이 부재한 역사학이었다고 비판하며, "조 선의 인간이 걸어온 조선인의 역사를 연구"하는 일이 조선사 연구의 새 로운 방향이라고 지적하였다.[13] 그가 말하는 조선인의 역사란 '외압과 저항'의 측면에서 조선인을 주체로 하는 조선사를 말한다.[14] 또한 이들 보다 연배가 어리며 이제 막 학문세계에 입문했다고 보아도 지나치지 않는 사람들, 그렇지만 1960년대부터 일본의 조선근현대사연구를 사 실상 선도했던 사람들이 있었다. 가지무라 히데키, 미야다 세스코宮田節 子, 강덕상姜德想, 권영욱이 바로 그들이다. 이들은 조선근대사사료연구 회(1958.5 결성)에 참여하여 당시로서는 보기 힘들었던 조선총독부측의

---

13 旗田巍, 「序」, 『朝鮮史』, 岩波書店, 1951, 4~5쪽.
14 旗田巍, 「朝鮮史における外壓と抵抗」, 『歷史學硏究-朝鮮史の諸問題』 別冊, 歷史學硏究會, 1953, 1~6쪽.

사료를 강독하는 한편, 자본론연구회를 만들어 학습하였다.[15]

세 갈래의 흐름은 1959년 1월에 결성된 조선사연구회로 모아졌다. 조선사연구회는 "종래 조선사 연구의 성과를 비판적으로 계승하고, 새로운 조선사학의 발전을 도모한다"는 '강령'을 내걸었다.[16] 1950년 경 성제국대학의 교수 또는 졸업생을 중심으로 결성된 조선학회와 명확히 차별화된 조선사 연구 모임이 등장한 것이다. 그것은 전후에도 식민사관을 확대·재생산하고 있던 조선학회와 분명히 다른 조선사상을 구축하려는 움직임이 일본에서 발화하기 시작했음을 의미한다. 예를 들어 중국사와 분리시켜 독립된 역사단위로 만주사를 언급할 때 조선사도 여기에 포함시켜 만주사·조선사로 구분하는 역사인식이 당시 동경대학 사학과 중심의 인식이었다. 연구회의 성립은 만선사 인식의 잔재에서 벗어나 조선사를 독립된 역사단위로 간주하는 인식이 일본사회에 등장했음을 의미한다.

조선사연구회는 조선의 새로운 역사상을 그려보겠다고 표방했지만, 회원들은 자신의 생각을 온전히 반영한 성과를 즉각 발표할 수 없었다. 조직의 실질적 리더였던 하타다도 원래는 중국사 연구에서 출발한 데다, 그가 조선사 연구에 본격적으로 정진하기 시작한 때는 1958년경이었다. 재일조선인 역사연구자들의 중심인 박경식과 강재언 등은 조총련의 사상교육과 선전활동에도 몰두해야 하는 사람들이었다. 나머지 연구자들은 대부분 자신의 학문적 성과를 학계에 제출하기에는 아직 연륜이 짧았다. 젊은 연구자들은 북한과 남한의 연구성과를 파악하는

---

15 이들이 본 자료는 학습원대학 동양문화연구소에 소장되어 있다.
16 「朝鮮史研究會綱領·會則案」, 『朝鮮史研究會會報』 7, 朝鮮史研究會, 1963.11, 17쪽.

데도 많은 노력을 기울여야 했다. 식민사관을 극복하고, 관점과 태도로서의 내재적 발전에 입각하여 새로운 한국사 연구를 진전시키기에는 아직 시간이 더 필요했던 것이다.

관점과 태도로서의 내재적 발전에 입각하여 한국사를 연구하는 데 시간이 더 필요했다는 측면에서는 한국의 연구자도 마찬가지였다. 1950년대 일본에서의 조선사 연구의 헤게모니를 조선학회가 장악하고 있었다면, 같은 시기 한국에서의 한국사 연구는 진단학회와 역사학회로 상징되는 문헌고증사학이 장악하고 있었다고 말해도 지나치지 않았다. 하타다의 책이 나온 지 1년이 되지 않은 1952년 9월 『역사학보歷史學報』 창간호에 실린 서평에서, 천관우는 그의 논지를 극찬하면서 "외국인의 손에 이 개설이 있다 함은 국내 국사학계의 일대 경종이 아닐 수 없다"며 서평을 끝맺었다.[17] 그러면서도 여전히 타율성과 정체성에 빠져있던 하타다의 책을 전면적으로 검토하지 못하였다. 한국의 문헌고증사학은 타율성과 정체성으로 대표되는 식민사관을 해부하고 극복할 학문적 역량을 갖고 있지도 않았을 뿐만 아니라 제대로 자각하고 있지도 못했던 것이다. 결국 1950년대까지 한국의 한국사 학계는 식민사학을 내장하며 학문권력을 장악하고 있던 실증사학, 곧 문헌고증사학의 빗장을 풀고 나갈만한 태도와 관점을 갖고 있지 않았다.

더구나 당시의 역사연구자를 포함하여 대부분의 지식인들은 우리 사회가 정체된 이유, 달리 말하면 후진적인 원인을 역사적인 측면에서 규명하는 작업이 후진성을 극복하고 근대화를 성취하는데 일익을 담당

---

17 千寬宇, 「旗田巍 著 朝鮮史」, 『歷史學報』 1, 역사학회, 1952, 127~128쪽.

할 수 있다고 확신하고 있었다. 역사연구자들도 과거의 유산 때문에 한국이 숙명적이고 필연적으로 빈곤에서 벗어나지 못하고 있다며, 정체성의 원인을 해명하는 연구성과도 발표하였다.[18] 결국 연구에 몰두하면 할수록 한국인이 가난할 수밖에 없는, 달리 말하면 민족 열등감을 조장하는 연구 결과를 제출할 수밖에 없었다.

이러한 분위기 속에서도 비록 극히 소수이지만 한국의 역사와 문화를 고유하고 독자적인 맥락 속에서 보려는 움직임이 있었다. 천관우는 "실학은 결코 근대의 의식도 근대의 정신도 아니"지만, "정체된 봉건사회를 극복하고 '근대'를 가져오는 거대한 별개의 역사적 세계와의 접촉을 준비"했다는 의미에서 "근대 정신의 내재적인 태반의 역할을 담당"한 것으로 보았다.[19] 김용섭도 1862년 진주민란에서 1894년 동학란에 이르기까지 여러 '민란'이 "조선사의 발전과정에 있어서 봉건적 관료체제의 붕괴와 근대적 사회에의 태도 여부의 측정에 중대한 위치를 차지"하고 있으므로 과학적 성격을 분석하여 그것이 "이즈러진 사회형태" "내에서 내면적인 주체적인 계기가 주구誅求의 문제와 관련되면서 추구되고 분석"되어야 한다고 보았다.[20] 또한 그는 조선 후기의 사회경제적 변화와 1876년 이후의 한국근대사를 어떻게 연결 지을 것인가까지 시야에 넣어야 한다고 강조하였다. 그리고 그 연결의 매개로서 제국주의 침략에 저항하는 민족운동으로서, 그리고 연속된 민란의 "발전적 소인"으로서 동학농민운동에 주목하였다.[21] 때문에 김용섭의 연구는 조선사

---

18 신주백, 앞의 글 참조. 이 논문의 각주 88번에 언급된 목록 참조할 것.
19 千寬宇, 「磻溪 柳馨遠 研究(下)─實學 發生에서 본 李朝社會의 一斷面」, 『歷史學報』 3, 역사학회, 1953, 138쪽.
20 金容燮, 「哲宗朝 民亂 發生에 對한 試考」, 『歷史敎育』 1, 1956, 83~84・90쪽.

연구회 멤버들에게도 주목을 받았다. 그가 1958년에 발표한 「전봉준공초의 분석 – 동학란의 성격일반」이란 논문은 조선사연구회 제5회 월례 발표회(1959.5) 때 박종근이 소개하였다. 박종근은 동학농민운동을 비롯한 "반봉건투쟁의 형성과정을 반란의 진행과정에서 추적한 점은 종래 연구를 일보 전진시킨 것"으로 평가하였다.[22]

두 사람, 특히 김용섭이 선구적인 연구를 계속 구체화하고 있었지만, 아직까지 한국인에 의한 주체적인 한국사 연구의 새로운 흐름이 형성되었다고는 볼 수 없다. 1950년대까지는 북한의 학계처럼 연구경향이 명확히 방향이 잡혀있지도 않았고, 일본처럼 집단적인 회합이 이루어지고 있지도 않았다. 한국에서는 여전히 원자화된 개인으로 존재하고 있었다. 한국에서 그러한 흐름을 바꾸는 씨앗은 1958년 한국사학회가 결성되면서 뿌려지기 시작했다. 그렇지만 씨앗이 움트는 데에는 4·19혁명과 한일기본조약, 그리고 경제개발계획의 추진과 근대화론의 유입이라는 1960년대 전반기 국내 상황의 변화가 동반되어야 했다.

21 金容燮, 「東學亂研究論 – 性格問題를 中心으로」, 『歷史敎育』 3, 역사교육연구회, 1958, 89쪽.
22 『朝鮮史研究會會報』 1, 朝鮮史研究會, 1959.8, 2쪽. 김용섭의 「전봉준공초의 분석 – 동학란의 성격일반」은 『史學研究』 2(한국사학회, 1958)에 발표된 것이다.

3. 1960년대 전반기 '내재적 발전'의 형성

1) 북한 – '내재적 발전'에 관한 정교한 재조정

북한 학계는 『조선근대혁명운동사』와 『조선통사』(상)를 간행함으로써 조선인 주체의 역사가 내재적인 힘에 의해 단계적이고 합법칙적으로 발전하여 북한의 사회주의 국가 수립으로 이어졌음을 일관되게 설명할 수 있게 되었다. 그러나 세부적으로 보면 아직 해명하지 못한 것들이 많았다. 이를 해결하기 위해 1960년대 북한 학계의 한국사 연구가 몰두한 주제는 크게 보면 시기구분, 특히 근대사의 시작점을 어디로 볼 것인가가 하나의 주제였다. 이와 연동되는 주제이기도 하지만 수공업과 광산업 분야의 자본주의적 변화를 어떤 근거에서 어느 시점으로 잡아야 하는지도 문제였다. 그리고 농업 분야의 핵심 문제로 토지소유제를 국유제로 볼 것인가, 아니면 사유제로 볼 것인가였다. 북한 학계는 제기된 난점을 해결하기 위해 개인 연구를 독려하는 한편, 계획적인 집단 토론회를 반복하였다.

여러 차례의 집단 토론회를 조직하여 난제를 우선 합의한 주제가 한국근대사에 관한 시기구분이었다. 1957년 5월 첫 학술토론회가 조직되었고, 1962년 8월과 9월 "최종적 학술토론회가" 있었다.[23]

---

23 「조선 근세사 시기 구분 문제에 관한 학술 토론회」(『력사과학』 6, 1964), 이병천 편, 『북한 학계의 한국근대사논쟁』, 창작과비평사, 1989, 171쪽. 근대사의 시기구분에 관한 내용은 이병천이 편집한 책에 수록된 보고문을 인용하므로 특별한 경우를 제외하고 각주를 달지 않겠다.

북한 학계에서 한국근대사의 시점과 종점을 둘러싼 초기 논의 양상은 백가쟁명이었다. 그런데 1961년 12월부터 과학원 역사연구소의 주도 아래 시기구분의 방법론적 원칙에 우선 합의하는 토론을 조직하면서 가닥이 잡히기 시작하였다. 토론에서는 "사회발전의 역사를 일정한 경제적 토대 및 그에 상응하는 상부구조의 총체로서의 사회경제구성의 교체의 역사로서 보는 역사적 유물론에 이론적 기초를 두고 있는 맑스-레닌주의 편사학은 역사의 시기구분을 함에 있어서는 생산방식 발전에 있어서의 단계들의 교체를 반영하는 것을 유일하게 필수적인 요구로서 제기한다"고 합의하였다.[24] 이에 따르면 원시사회사-고대사-중세사-'근세사', 곧 근대사-'최근세사', 곧 현대사로 시기를 구분하였다. 그것은 각 단계에 조응하는 생산방식, 곧 원시공동체, 노예소유제, 봉건제, 자본주의, 사회주의 생산양식에 상응한다는 이론적 합의였다. 그러면서 북한 학계는 한국근대사가 외래자본주의와 국내 봉건세력의 야합으로 자본주의가 정상적으로 발전하지 못한 채 식민지(반식민지)반봉건사회에 머물렀다고 결론지었다.

이제 남은 문제는 한국근대사의 시점과 종점, 그리고 내부의 시기를 어떤 구체적 징표를 가지고 이해할 것인가였다. 논의 결과 사회경제적 변화과정과 계급투쟁의 발전과정을 가장 주요한 징표로 삼자고 합의하였다. 시기구분에 관한 기본 방법론에 합의하고 나니 한국근대사의 종점은 1945년이라는 결론을 자연스럽게 도출할 수 있었다. 반면에 1919년을 종점으로 하자는 주장은 이제 제기할 수 없게 되었다. 결국 토론의

---

24 위의 책, 167쪽.

중심은 근대사의 시점을 어디로 할 지에 모아질 수밖에 없었다.

　근대사의 시작과 관련하여 논점은 1866년 병인양요인가, 아니면 1876년인가, 이것도 아니면 1884년 갑신정변, 또는 1894년 동학농민전쟁인가였다. 그중에서도 1866년설과 1876년설이 큰 논점이었다. 북한 학계는 논의과정에서 1876년의 개항과 그에 선행한 자본주의 세력의 침략과정을 분리할 수 없는 통일과정으로 보자는 주장이 합리적이라며 채택되었다. 그리고 한국근대사를 1919년을 경계로 크게 두 시기로 구분할 수 있으며, 다시 시기를 더 세분하면 1884년 갑신정변, 1894년 동학농민전쟁, 1910년 한국병합, 1919년 3·1운동, 1931년 일본의 만주침략을 기준으로 모두 여섯 시기로 나누었다.

　이처럼 북한 학계는 사회구성설에 입각하여 한국근대사를 시기구분하겠다고 했지만 사실상 계급투쟁설을 채택하였다. 달리 말하면 보편성보다 특수성의 원칙에 입각했던 것이다. 조선사의 특수성을 내세우는 역사인식은 이후 김일성 개인의 권력이 강화하는 방향으로 흘러가면서 더욱 강조되었다.

　한국근대사의 시기를 구분해야 하는 난제에 합의한 북한 학계는 조선 후기의 자본주의적 변화를 해명하는데 더욱 몰두하기 시작하였다. 『력사과학』을 보면 1962년경부터 이 문제를 해결하는 것이 북한 학계의 공통의 연구과제, 달리 말하면 핵심 과제로 부각되었음을 확인할 수 있다. 1959년과 1960년에 발표된 논문들을 모아 『우리나라 봉건 말기의 경제 형편』을 발행한 이유도 조선 후기에 자본주의가 발생했음을 다시 확인하고, 그것이 어느 분야에서 어디까지 변화했는지를 점검하기 위해서였다.[25] 당시 북한 학계가 자본주의 발생문제에 관해 도달한 수준과 연구지형은 책의 기획을 책임졌다고 추측되는 박시형의 논문에서 확인할 수 있다.

외래 자본주의 침략 이전 리조 봉건 사회의 태내에서 자본주의적 요소들이 어느 정도 발생하였는가, 또는 전연 발생하지 못 하였는가 하는 문제에 있어서 대체로 두 가지 견해가 서술되어 왔다.

첫째 견해는, 17~18세기 이후 조선에서 상품-화폐 관계가 급속히 발전하고 도시 수공업, 광업, 농업 등 생산 부문에서 생산력이 해당한 발전을 이루었으며 또 이에 상응하여 생산 관계에서도 봉건적 예속 관계로부터 해방된 고용 로동이 광범히 적용되는 등 일련의 자본주의적 요소들이 사실에 있어서 발생 장성하였다고 론단한다.

둘째 견해는 같은 시기에 일련의 생산 부분들에서 상품생산이 량적으로 상당히 장성하고 화폐 경제도 발전하기는 하였으나 그것은 아직은 단순 상품 생산과 그에 기초한 화폐 류통의 량적 장성에 지나지 않으며 또 생산력 발전도 심한 정체 상태에 처하여 있었을 뿐 아니라 고용 로동의 성격 그 자체도 자본주의적 생산 방식에 립각한 것이 아니라 주로는 자본주의에 선행한 사회 구성들에서도 볼 수 있는 우연적, 돌발적인 것이였다고 보는 것이다.[26]

그렇다고 이 책이 발간될 즈음까지 특정한 견해로 의견이 모아지지는 않았다. 자본주의 발생문제라는 난제를 풀기 위해 북한 학계가 이때까

---

25 과학원 력사연구소, 『우리나라 봉건 말기의 경제 형편』, 평양 : 과학원출판사, 1963.
26 박시형, 「리조 시기의 수공업에 대하여-특히 그 내부에서의 자본주의적 요소의 발생에 관한 문제와 관련하여」, 위의 책, 1쪽.

지 어떻게 움직였는지 현재로서는 확인하기 어렵다. 그렇지만 한국근대
사의 시기를 구분하는 문제처럼 집단적으로 매달렸던 것 같지는 않다.
그러한 움직임은 1964년에 가서야 매우 활발했음을 『력사과학』과 『경
제연구』의 학계소식란에서 확인할 수 있다. 필자가 확인할 수 있었던 회
의만 해도 1964년 4월 28일과 9월 30일에 사회과학원 역사연구소가
주최한 학술토론회, 7월 28일에 사회과학원 경제연구소가 주최한 학술
토론회가 있었다.[27] 특히 경제연구소의 학술토론회는 주제를 갖고 집중
토론하는 방식이었다. 첫 토론 때 봉건제도가 분해된 시기와 자본주의
가 발생한 시기에 관한 문제가 중점 검토되었다. 이어 제2~5회 토론에
서는 17~18세기 고용노동의 성격, 공업에서 자본주의적 생산관계의
발전, 농업에서 자본주의적 생산관계의 변화, 봉건말기 경세사상을 주
제로 각각 검토하려 하였다.[28]

　집단 검토회를 반복하는 과정에서 자본주의가 발생한 시기를 17세기
(전석담), 18세기 초(이수철), 18세기 중엽(김석형, 홍희유, 장국종) 등으로
달리 보고 있음이 확인되었다. 그런데 시기상의 불일치문제를 해결하기
에 앞서 더 원론적인 문제가 제기되었다. 논자들마다 조선 후기의 자본
주의적 변화를 설명할 때 사용하는 용어가 달랐던 것이다. 그들은 자본
주의 '요소', '맹아', '우클라드'를 각자의 기준대로 사용하며 자기 주장
을 펼쳤다. 『조선근대혁명운동사』와 『조선통사』(상) 때 정리하지 못하

27　박영해, 「우리나라 봉건 말기 자본주의 발생 문제에 관한 토론회」, 『력사과학』 4, 1964;
　　리순신, 「우리나라 봉건 말기 자본주의 발생 문제에 관한 토론회」, 『력사과학』 6, 1964;
　　「わが国における資本主義的生産関係の発生についての学術討論会」, 『朝鮮學術通報』 II-4,
　　在日本朝鮮人科学者協会, 1964(원전은 『경제연구』 3, 평양: 사회과학출판사, 1964).
　　『朝鮮學術通報』는 일본에 있는 조선대학에서 발행하는 잡지다.
28　제2~5회까지의 토론회 결과는 확인할 수 없었다. 후일의 과제로 삼겠다.

고 지나친 문제들이 학술토론회 때 드러났다.

개념의 불일치 문제는 1964년 7월 사회과학원 경제연구소가 주최하는 "우리 나라에서 자본주의적 생산관계의 발생"에 관한 학술토론회 때 본격적으로 제기되었다. 이에 대해 명쾌하게 입장을 개진한 사람은 박동근이었다. 그는 요소와 맹아를 구분해서 사용해야 한다며, 요소는 자본주의 "가능성이고 전제"이며, 맹아는 "그 자체가 자본주의"라고 보았다. 따라서 요소를 "교환가치의 개념"으로 해석해야 하며, 요소를 기점으로 자본주의적 맹아를 논하는 접근이 타당하다고 주장하였다.[29] 이에 따른다면 18세기에는 조선에서도 자본주의적 요소가 발생했다고 보는 견해가 북한 학계에서 대세를 차지했다고 정리할 수 있다. 북한 학계가 한국, 일본과 달리 '맹아'라는 용어를 사용하지 않았던 학문적 이유 가운데 하나가 이것이었다고 추측할 수 있을 것이다. 또한 1950년대 북한 학계의 연구를 압축한 『조선근대혁명운동사』와 『조선통사』(상)에서는 18세기 말로 보았던 조선 후기의 자본주의 요소의 발생을 더욱 끌어올렸음을 알 수 있다.

조선 후기 자본주의 발생문제와 무관하게 제기될 수도 있지만, 이 문제의 해결에 몰두하는 과정에서 자연스럽게 제기되는 또 다른 문제가 조선봉건사회의 구조적인 문제였다. 그 핵심은 토지제도의 성격에 관한 문제였다.

마르크스주의 역사관을 갖고 있던 사람들은 조선봉건사회의 토지제도가 집권적 토지국유제라 보고 있었다. 그들 가운데는 아시아적 생산

---

29 「わが国における資本主義的生産関係の発生についての学術討論会」, 『朝鮮學術通報』 II-4, 在日本朝鮮人科学者協会, 37쪽.

양식에 입각한 동양사회의 정체성론으로 한국사의 정체성을 해명한 사람도 있었다.[30] 따라서 이 난제는 주체적이고 내재적인 발전의 역사관으로 한국사를 재해석하는 데 있어 반드시 극복해야 할 논리였다. 그렇다고 모두가 토지국유제를 말한 것은 아니었다. 박시형처럼 토지국유제를 주장하는 사람도 있었지만, 정현규처럼 두 부류의 소유권, 곧 국가 및 공적 기관과 개인의 소유권이 있었다는 주장도 있었다.[31] 김석형은 두 사람의 견해를 비판하며 봉건국가에 소유권이 있지 않으면서도 '특수한 제한'을 받는 사적 소유지도 있었으며, 그 토지도 '전일체'인 봉건제라는 틀 안에서 공존했다고 주장하였다.[32]

이후 봉건적 토지국유제론을 비판하는 견해들이 확산되는 가운데 토지국유제를 정면으로 비판하며 사적 토지소유제를 옹호하는 견해가 정착되는데 기여한 사람은 허종호와 김광순이었다. 허종호는 고려 이후 토지소유형태는 국가소유제, 지주적 소유제, 소농소유제의 세 형태가 병존하였으며, 그 가운데 지주적 소유제가 규정적이었다고 보았다.[33] 김광순은 봉건제하 한반도의 국가들 가운데 토지국유제를 원칙으로 했던 나라는 없으며, 지주의 사적 소유제가 지배했다는 입장이었다.[34]

---

30 이북만(李北滿), 이청원(李淸源)을 들 수 있다.
31 박시형, 「조선에서의 봉건적 토지소유에 대하여」, 『력사과학』 2, 1955; 정현규, 「14~15세기 봉건조선에서의 민전의 성격 (1)」, 『력사과학』 3, 1955; 박시형, 『조선토지제도사』(상·중), 평양 : 과학원출판사, 1960·1961. 이 책은 신서원에서 1993년에 출판되었다.
32 김석형, 「부록—조선 중세의 봉건적 토지 소유 관계에 대하여」, 『조선 봉건 시대 농민의 계급구성』, 평양 : 과학원출판사, 1957. 이 책은 신서원에서 1993년에 출판되었다.
33 허종호, 『조선봉건말기의 소작제 연구』, 사회과학원출판사, 1965.
34 김광순, 「우리 나라 봉건 시기의 토지 제도사 연구와 관련한 몇 가지 문제」, 『력사과학』 4, 1963; 김광순, 「마르크스의 '아시아적 토지소유형태'와 '봉건적 토지국유제'에 관한 제문제」, 『경제연구』 3, 평양 : 사회과학출판사, 1964.

이처럼 한국사를 주체적이고 내재적인 발전의 측면에서 이해하려는 북한 학계의 노력은 나름대로 성과를 거두어가고 있었다. 그들은 한국사를 나름대로 체계화한 자신감을 바탕으로 한국사 학계의 대표적인 문헌고증사학자들이 집필한 『한국사』 1~7(1959~1965)을 비판하였다. 그들이 보기에 조선노동당의 "주체 사상에 입각하여 과학적인 인민사 체계를 바로 잡는 데서 일정한 성과"를 거둔 자신들과 달리, 남한의 '한국사'는 "해방 후 20년이 지난 오늘까지도 일제의 식민주의적 력사관을 그대로 추종하고 있으며 조선 민족의 긍지를 모독하고 조선 인민의 리익을 배반하는 일제의 날조된 '학설'을 그대로 되풀이함으로써 우리 력사의 진실성과 과학성을 완전히 거세해 버렸다. 한마디로 말하여 '한국사'는 또다시 오늘의 미제 침략자들과 그 앞잡이들의 리익에 봉사하는 또 하나의 어용 '조선사'로 편찬되었다"고 비판하였다.[35]

식민사관에 대한 공개적인 북한 학계의 정면 비판은 고대사 부분의 연구성과에 의거하여 이루어지기도 하였다. 1963년 사회과학원 역사연구소, 고고학 및 민속학연구소에서는 광개토대왕릉비를 집단 조사하였다.[36] 그 결과물이 박시형이 집필한 것으로 나오는 『광개토왕릉비』(1966)이다. 책에서는 재조사의 내용을 230여 쪽에 걸쳐 상세히 설명하였다. 이들은 새롭고 심도 깊은 연구에 기초하여 '부록'에서 일본의 식민사관을 비판하였다. 즉, 1884년 일본 참모본부 장교가 광개토대왕릉비를 우연히

---

35 리지린 · 리상호, 「'한국사'를 평함—고대를 중심으로」, 『력사과학』 5, 1965, 38쪽. 다음 '2절' 일본 부분에 있는 〈표 2〉에서 확인할 수 있듯이 조선사연구회는 이보다 앞선 1962년에 이와 비슷한 논조로 비판하였다.

36 광개토대왕릉비의 조사는 1961년 조선노동당 제4차 당대회에서 김일성이 민족문화유산에 대해 전면적인 재조사를 지시한 데 따른 것이었다.

발견하여 탁본을 한 이후부터 일본은 대한제국을 침략하고, 식민지 조선의 통치를 정당화하고자 사료를 무리하게 해석하거나 위조했다고 비판하였다.[37]

이처럼 북한 학계가 동북아에서 한국사 연구를 선도하며 체계화를 적극 시도한 이유는 합법칙성을 해명해야 할 현실적 필요성 때문이었다. 그들은 주체적이고 내재적인 한국사 연구를 통해 한국사의 합법칙적인 발전을 해명하고, 조선민주주의인민공화국이란 사회주의 국가가 수립된 역사적 정당성과 필연성을 밝혀야 했다. 북한 학계는 이를 바탕으로 식민사관을 적극 비판한 것이다. 이에 비해 일본의 조선사 학계와 남한의 한국사 학계는 식민사관을 비판하는 과정에서 한국사의 내재적 발전에 주목하였다고 말할 수 있다. 이제 다음 2항에서 일본의 조선사 연구 경향을 일본조선연구소와 조선사연구회를 중심으로 살펴보자.

2) 일본─반성적 성찰에 대한 노력과 내재적 발전의 모색

조선사에 대한 새로운 역사상을 추구할 수 있는 조선사연구회를 만든 일본의 연구자들은 1962년경부터 식민사관론을 극복하기 위한 움직임을 본격화했다고 볼 수 있다. 그때까지 일본에서 조선 후기의 사회 경제사에 관해 자료 근거와 분석을 토대로 식민사관을 비판한 논문은 한 편도 발표되지 않았다.[38] 또한 일본의 초중등 학생들이 가장 좋아하

---

37 박시형, 「릉비 재발견 이후 일제의 의하여 수행된 제 음모와 그 악랄성」, 『광개토왕릉비』, 평양 : 과학원출판사, 1966, 278~287쪽.

는 나라는 스위스인 데 비해 가장 혐오스러운 나라는 '한국'이었다. 북한은 어느 쪽에도 없었다.[39]

이러한 현실 속에서 1961년 11월 일본조선연구소가 출범하였다. 연구소는 "과거 잘못된 통치정책에서 유래된 편견을 청산하고 일본인의 입장에서 조선연구를 조직적으로 개시하는 것이 필요한 때"라고 생각하는 사람들이 모여 결집한 단체였다.[40] 조선연구를 여러 분야로 확대하고 결집하며 연구수준을 높이기 위해 결성된 것이다. 그래서 1960년대 전반기 일본에서의 조선사 연구와 동북아 지식 네트워크를 언급할 때 일본조선연구소의 활동을 조선사연구회의 움직임과 더불어 빼놓을 수 없다. 연구소는 "과학적인 조선연구를 조직적으로 행하기 위해" 1962년 1월 『조선연구월보朝鮮研究月報』라는 기관지를 창간하였다.[41] 당시까지만 해도 남한, 북한과 시민 레벨에서 교류하는 일본인 단체는 없었으며, 조총련과 민단이 있었지만 일본 시민사회와 직접 접촉하며 뭔가를 함께 모색하는 경우가 거의 없었던 현실을 고려하면 매우 뜻 깊은 단체가 세워진 것이다.[42] 여기에 참가한 일본인들은 이후 행적을 보건데 친북친공親北親共 · 반한반자본주의反韓反資本主義 태도를 취하는 사람들이 많았다.

38 梶村秀樹, 「李朝後半期朝鮮の社會經濟構成に關する―最近の硏究をめぐって」, 『梶村秀樹著作集 第2卷―朝鮮史の方法』, 明石書店, 1993, 24~25쪽. 일본조선연구소의 기관지인 『朝鮮硏究月報』 20호(1963.8)에 수록된 원고이다.

39 德武敏夫, 「朝鮮に對する子どもの認識―社會科敎科書の記述を中心に」, 『朝鮮硏究月報』 創刊號, 日本朝鮮研究所, 1961, 43~55쪽.

40 (日本)朝鮮硏究所設立發起人, 「(日本)朝鮮硏究所設立趣意書(案)」, 1961.11.

41 古屋貞雄, 「'朝鮮硏究月報' 創刊に際して」, 『朝鮮硏究月報』 創刊號, 日本朝鮮研究所, 1962.1.1. 그는 연구소의 이사장이었다. 『朝鮮硏究月報』는 1964년 5월까지 발행되다 제30호(1964.6)부터 『朝鮮研究』로 바뀌었다.

42 히구치 유이치[樋口雄一], 김광열 역, 「일본조선연구소와 한일조약 반대운동」, 『일본 시민의 역사반성 운동』, 선인, 2013, 59쪽.

그렇다면 이러한 성향의 사람들은 왜 1961년 11월의 시점에서 일본조선연구소를 만들고 잡지를 발행한 것일까. 스스로 밝힌 이유는 아래와 같다.

제5, 6차 일한회담(1960.10·1961.10−인용자)의 급속한 진전, 북조선에의 귀국사업과 일조무역의 전개, 그리고 60년 4·19정변부터 61년 5·16군사쿠데타에 이르는 남조선 정세의 현기증 날 만큼의 전변은, 일본인에게 조선문제의 중요성을 새삼 인식시키는 계기가 되었다. 패전 후 특히 아메리카의 점령정책에 의해 '가장 가깝고 가장 먼 나라'가 되어 있던 조선에의, **일찍이 식민지주의적인 의미와는 완전히 다른 차원에서의 관심이 고조되어 왔다.** 이러한 상황 속에서 널리 연구자를 결집하고, 일본인의 손으로, 더구나 과학적인 입장을 견지한 조선연구의 필요성이 통감되기에 이르러 1961년 3월 이래 유지의 손으로 일본조선연구소 설립을 위한 준비활동이 개시되었던 것이다.[43] (강조−인용자)

한일관계와 북일관계의 급변, 그리고 한국에서의 급속한 정세변동이 일부 일본인을 일본조선연구소에 결집시켰던 것이다. 그래서 『조선연구월보』 창간호에 실린 네 편의 분석문 가운데 두 편, 곧 「고도성장과 일한교섭高度成長と日韓交涉(上)」과 「일한회담의 저류와 지배층의 동향日韓會談の底流と支配層の動向」이 한일회담 관련이었다. 또 북한의 1956년판 한국사 개설서인 『조선통사』(상)에 대한 서평을 수록하고, 「함석헌

---

43 「日本朝鮮研究所設立の經過」, 『朝鮮研究月報』 創刊號, 日本朝鮮研究所, 1962.1, 79쪽.

의 사상咸錫憲の思想」과 관련한 자료도 소개하였다.

연구소의 이후 활동 양상을 보면, 북한에 방문단을 보내고 학술교류를 모색하기도 하지만,[44] 가장 중점을 둔 활동은 한일회담반대운동이었다. 조선사연구회의 회원이면서도 연구소의 간사로 열심히 활동했던 미야다 세스코는 연구소가 "일한회담 반대투쟁의 실질적인 사령탑이었다"고 회상하였다.[45]

그런데 한일회담반대운동이 시작되는 초기에 반대운동에 참가했던 일본인 좌파들의 역사인식에 심각한 문제가 있었다. 히구치 유이치의 회고를 통해 이를 확인해 보자.

당시 한일협정에 반대하는 사람 중에서 "박(정희정권)에게 돈을 주려면 차라리 나에게 줘"라고 하는 말이 나올 정도였다. **식민지 지배 책임에 대한 인식은 좌파 안에서도 지극히 빈약했다고 생각한다. 한일조약은 군사동맹으로서 유사시에는 일본이 말려들어갈 수 있기 때문에 반대한다는 것이 대부분이었다.**[46] (강조-인용자)

일본 좌파 세력의 한일회담반대운동에서는 식민주의 청산에 관한 문

---

44 1963년 7월 연구소의 방문단이 2주간 북한을 다녀왔다. 북한 학계와의 직접 접촉한 내용에 대해서는 『朝鮮研究月報』 21호(1963.9)에 소개되어 있다. 일본조선연구소는 115쪽 분량의 『日朝學術交流のいしずえ-1963年度訪朝日本朝鮮研究所代表團報告』(1965.2)라는 책자도 발행하였다.

45 宮田節子, 「朝鮮に向かった歩みはじめたころ」, 『朝鮮問題への取り組み-研究をふりかえって』, 2004, 10쪽. 이 원고는 2004년 6월 12일 '朝鮮-日本 絡まり合った歷史と現在を考える集い'에서 주최한 제2회 강연 내용의 일부이다.

46 히구치 유이치, 김광열 역, 앞의 글, 60쪽.

제의식이 매우 빈약했다는 것이다. 반대운동의 출발 지점이 한국과 매우 다름을 알 수 있다. 그래서 연구소는『일본과 조선의 관계사 및 일조 우호 운동의 의의』라는 60쪽짜리 등사판 책자를 발행하였다.[47] 그리고 이것을 기본으로 일본의 식민지 지배의 본질과 책임을 언급한『일조중 삼국 인민 연대의 역사와 이론日朝中三國人民連帶の歷史と理論』이란 192쪽짜 리 책자를 발간하였다.[48]

한편, 일본조선연구소는 조선연구의 영역을 확대하고 수준을 높인 다는 애초의 취지도 살리고, 조선에 대한 편견을 넘어서는데 기여하고 자 일본 안의 식민사관을 자기 점검하였다. 연구소의 기관지『조선연 구월보』에 실린「연속 심포지엄 일본에서 조선연구의 축적을 어떻게 계승할까連續　シンポジウム　日本における朝鮮硏究の蓄積をいかに繼承するか」라는 기획이 바로 그것이다.

분야별 좌담회를 지속적으로 개최한다는 기획은 1962년『조선연구 월보』5・6 합병호(1962.6.25)부터 1964년 6월호(제30호)까지 총 10회 에 걸쳐 이루어졌다.[49] 검토된 주제만 열거하면, '명치기의 역사학', '조 선인의 일본관', '일본인의 조선관', '일본문학에 나타난 조선관', '「경 성제대」의 사회경제사연구'(이상 1962년), '조선총독부의 조사사업', '조 선사편수회의 사업', '일본의 조선어 연구', '아시아 사회경제사연구'(이

47　위의 글.
48　安藤彦太郎・寺尾五郎 宮田節子・吉岡吉典,『日朝中三國人民連帶の歷史と理論』, 日本朝鮮 硏究所, 1964.6. 이 책은 일본조선연구소가 판매용으로 발행한 한일회담 관련 책자 5종 가운데 13,000부로 가장 많이 팔렸다. 板垣竜太,「「韓國倂合'100年を問う：日韓會談反對運 動と植民地支配責任論－日本朝鮮硏究所の植民地主義論を中心に」,『思想』1029, 2010, 226쪽.
49　미야다 세스코는 3회 좌담만 빠지고 모두 참석하였다.

상 1963년), '명치 이후의 조선 교육연구', '총괄토론'(이상 1964년)이 있었다. 자신들이 무엇을 계승하고 버릴 것인가를 학문 분야별로 하나하나 차분하면서도 꾸준히 검토했음을 주제들만 보아도 알 수 있다.[50] 그리고 이후에도 '조선 미술사연구'(1965), '조선의 고고학연구', '일본과 조선(그 총괄과 전망)', '정약용(다산) 사상의 이해를 위하여'(1968)라는 주제로 추가 검토회가 있었다. 그리고 좌담회 원고는 하타다 다카시가 책임 편집한 『심포지엄 일본과 조선シンポジウム 日本と朝鮮』(勁草書房, 1969)이란 책으로 출판되었다.

　토론 참가자들은 결국 1945년 이전의 성과를 부분적으로 취하지 않고, 엄격하고 근본적인 비판을 통해 학문의 질적인 전환을 이루도록 하는 것이 진정한 계승이라고 보았다. 그래서 가지무라 히데키는 "마이너스를 플러스로 전화시킨다는 의미에서 계승의 문제를 생각해 가는 것이 가장 필요하다"고 보았다.[51] 일본제국주의의 후예이자 일본인 연구자로서 얼마나 철저히 식민사관을 극복해야 한다고 생각했는지를 읽을 수 있는 대목이다.

　한편, 일본조선연구소에 관여하며 어떤 역사적 사실을 어떻게 접근하여 식민사관을 극복하고자 하는지 고민하던 사람들 가운데 하타다 다카시, 미야다 세스코, 가지무라 히데키, 와타나베 마나부渡部学와 같은 역사 연구자는 조선사연구회에서도 열심히 활동하였다. 그들은 한

50　다음 '절'에서 다시 언급하겠지만, 『思想界』 1963년 2월호의 '특집, 韓國史를 보는 눈'에서, 김용섭이 일본인 학자들의 식민사관을 언급했는데, 그것이 3월에 간행된 『朝鮮研究月報』 15호에 곧바로 번역된 것만 보아도, 당시 이들이 식민사관 극복을 위해 얼마나 치열했는가를 알 수 있다.

51　「日本と朝鮮(そのまとめと展望)(1968.7.8)」, 旗田巍 編, 『シンポジウム 日本と朝鮮』, 勁草書房, 1969, 194~195쪽.

<표 1> 1960년대 전반기 조선사연구회 월례회의 때 검토된 식민사관

발표자	제목	일시
旗田巍	'日鮮同祖論'批判	52회 例會 1963.6.15
鹿野政直	福澤諭吉の朝鮮觀	55회 例會 1964.1.18
旗田巍	滿鮮史の虛像-日本の東洋史學の朝鮮觀	60회 例會 1964.9.10
江原正昭	津田左右吉 著 '滿鮮史硏究第2卷'	64회 例會 1964.8

※ 비고 : 例會란 월례발표회를 말한다.
『朝鮮史硏究會會報總目錄 索引』에서 작성하였다.
히타다 다카시는 1963년 12월 현재 일본조선연구소의 부이사장 겸 소장이었다.

일관계의 급속한 진전 등을 목격하며 "올바른 일본인의 조선관 수립"
이 필요하며, 이를 위해 "새로운 시각의 조선연구가 착수"될 필요가 있
음을 자각해 갔다.[52]

조선사연구회에서는 일본조선연구소처럼 주제별로 계획을 세워 접
근하지 않고, 연구자 개개인의 연구활동 차원에서 일본인의 역사인식
과 침략논리를 비판하였다. 이를 정리하면 <표 1>과 같다.

조선사연구회 회원들은 식민사관을 비판함과 동시에 남북한의 연구
성과도 검토하였다. 특히 북한의 연구성과에 매우 민감하였다. 자신들
이 점차 자각해 갔던 '새로운 시각의 조선연구'에 부합한 성과가 북한
에서 나오고 있다고 보았기 때문일 것이다. 가지무라 히데키 같은 경우
는 "현재 일본에서는, 원칙적으로는, 북조선에서 나오고 있는 일국사적
내재적 발전의 관점을 기초로 두는 것이 완전히 올바르다고 생각한다"
고 말할 정도였다.[53]

그래서 북한 학계의 책과 논문이 번역 출판되거나 소개되는 경우도

---

52   史學會 編, 「1961年」, 『日本歷史學界の回顧と展望 16-朝鮮』, 山川出版社, 1988, 36쪽.
     1961년의 회고와 전망은 다케다 유키오[武田幸男], 가지무라 히데키가 집필하였다.
53   「日本と朝鮮(そのまとめと展望)(1968.7.8)」, 旗田巍 編, 『シンポジウム 日本と朝鮮』, 196쪽.

있었고, 학계의 동향 자체를 전반적으로 스크린하는 소개도 있었다. 전자의 경우에 해당되는 대표적인 사람이 김석형이다. 그는 1959년부터 1960년대 사이에 조선사연구회의 월례발표회에서 논문이나 저서가 가장 많이 소개된 외국인 연구자였다. 후자의 경우로는 박경식, 권영욱, 김종명을 들 수 있다.[54] 권영욱은 이때의 원고를 다듬어 일본을 대표하는 학술지인『사상思想』에 발표함으로써 더욱 많은 일본인이 북한의 새로운 성과를 파악할 수 있도록 하였다.[55] 번역 출판된 책으로는『조선통사』(상)(1956년판, 1961),『조선근대혁명운동사』(1961년판, 1964),『조선문화사』(상·하)(1963년판, 1966)와 같은 개설서, 그리고『조선 봉건시대 농민의 계급구성朝鮮封建時代農民の階級構成』(1957년판, 1960)과『김옥균의 연구金玉均の研究』(원제는『김옥균』(1964), 1968)와 같은 전문 연구서가 있었다.[56] 박경식 등 재일조선인 역사연구자가 번역한 책은『조선통사』(상)과『조선근대혁명운동사』였으며, 일본조선연구소에서는『조선문화사』(상·하)와『김옥균의 연구』를 번역하였다.『조선 봉건시대 농민의 계급구성』은 앞서 언급한 책들과 좀 다른 맥락에서 간행된 책이기는 하지만, 경성제국대학 사학과 교수 출신인 스에마쓰 야스카즈末松保和가 리달헌과 함께 번역하였다. 재일조선인 연구자와 일본조선연구소의 관계자들이 북한의 학문 성과를 일본에 전달하는 매개자였던

54　朴慶植,「朝鮮歷史學界の一般的動向について」,『朝鮮史研究會會報』 5, 1963; 權寧旭,「資本主義萌芽をめぐる若干の方法論」,『朝鮮史研究會會報』 14, 1966; 金鐘鳴,「解放後, 朝鮮史學界の動向-主として朝鮮戰爭後」,『朝鮮史研究會會報』 17, 1967.

55　權寧旭,「朝鮮における資本主義萌芽論爭」,『思想』 510, 1966.

56　본문에 나오는 책 가운데 북한의 도서를 취급하는 동경의 '학우서방'이란 출판사에서 조선어본 그대로 발행한 책은『조선통사』(상)(1956년판·1962년판),『조선근대혁명운동사』였다.

것이다.

번역서들의 출판은 단순히 북한의 새롭고 선진적인 성과를 정리된 형태로 접할 수 있다는 장점 때문에만 이루어진 것이 아니었다. 일본의 식민지 지배를 규탄하기 위해서만도 아니었다. "조선 독자의 역사와 문화를 일본에 소개하는 일"도 중요시했기 때문이었다. 일본조선연구소가 『조선문화사』를 번역한 이유도 여기에 있었다.[57]

이와 달리 남한 측의 성과를 소개하는 데 더 큰 비중을 둔 경우도 있었다. 교토에 있던 조선연구회는 1959년부터 『조선연구년보朝鮮研究年報』를 통해 연 1회씩 10여 편의 논문을 일역하여 소개하였다.[58] 전근대에서는 이기백, 근현대에서는 김용섭의 논문이 6편씩 번역되었다. 이 밖에 이병도, 이우성, 홍이섭, 한우근, 강진철, 강만길 등의 전근대 논문, 그리고 1970년대로 접어들면 성대경, 안병직의 3·1운동 관련 논문 등 근현대 논문도 조금 소개되었다. 김석형 등 북한 학계의 논문도 일역되어 소개되었으나, 그것은 매회 두 편을 넘지 않았으며 북한 학계의 성과를 소개한 논문이 없는 때도 있었다.[59] 다음에 살펴볼 조선사연구회의 회원들이 남한학계 성과를 짧은 글, 또는 말로 소개했다면, 조선연구회는 논문을 완역에 가깝게 초역하여 제공한 것이다.

---

57 宮田節子, 「日本朝鮮研究所のあゆみ」, 『朝鮮問題への取り組み―研究をふりかえって』, 2004, 5쪽. 그래서 연구소에서는 1965년 5월 번역을 위한 사무소를 설치하고 별도의 사무국을 두었다.

58 『朝鮮研究年報』는 하버드대학 옌칭연구소 동방학연구 일본위원회 교토부회(京都部會)의 이해와 지원으로 발행되었다. 필자는 제1호(1959)부터 제14호(1972)까지의 목차를 확인하였다. 이후 어떻게 되었는지 확인하지 못했다.

59 『朝鮮研究年譜』는 제3호(1961)부터 '文獻紹介'라는 항목을 두고 남북한 학계에서 발행된 잡지와 단행본을 목록화하여 일본의 연구자들에게 소개하였다.

대신에 북한 학계의 학술논문은 조총련 관련 조직인 재일본조선인 과학자협회가 1964년 11월부터 발행한 『조선학술통보朝鮮學術通報』를 통해 소개되었다.[60] 논문을 완역한 경우도 있고, 학술토론회 등을 소개한 글도 있었다. 『조선학술통보』는 1년에 최소 1회부터 최대 6회까지 발행되었다.

다음으로 들 수 있는 것이 조선사연구회 회원들이 남한학계의 연구 동향을 꾸준히 소개하고 비판적으로 접근하였다는 점이다. 이미 1959년부터 김용섭의 논문을 소개·비평했던 조선사연구회에서는 1960년대 들어서도 김용섭을 비롯해 여러 역사연구자의 성과를 거의 매년 소개하였다. 이를 정리하면 〈표 2〉와 같다.

〈표 2〉에서 보면 1963년 중반경부터 1966년 사이에는 남한의 연구성과가 검토된 적이 없었다. 1965년 한일기본조약을 체결하는 시점을 전후한 어떤 상황과 연관이 있었는지는 모르겠다. 다만, 개인의 연구성과는 소개되지 않았지만 한국에서 일본으로 유학 간 홍순옥(1964.6)과 신국주(1964.10·1967.4)가 조선사연구회 예회例會에서 한국학계의 동향을 소개한 적이 있었다.[61]

1960년대 전체를 놓고 보면 조선사연구회 회원이 소개 또는 서평한 연구성과는 논문과 서적을 불문하였다. 두 형식을 빌린 독해이기에 비평적 읽기가 우선이었다고 여겨진다. 시대로 보면 조선 후기에서 한말, 주제로 보면 사회경제사 관련 글이 가장 많았다. 특히 1960년대 전반

---

60 필자는 『朝鮮學術通報』가 1997년 제33호까지 발행된 것을 확인하였다. 이후 발행 여부는 확인할 수 없었다.
61 1960년대 초반까지만 해도 한국의 한국사 연구동향을 소개한 사람은 재일조선인 또는 일본인 연구자였다.

〈표 2〉 조선사연구회에 소개된 한국인 연구자와 그들의 연구성과(1961~1969)

시기	형식	유형	필자	소개자	제목
61.4	例會	소개	김용섭	梶村秀樹	「量案の研究(上)-朝鮮後期の農家經濟」
61.7	例會	소개	김용섭	梶村秀樹	「量案の研究(下)」
61.12	例會	소개	이선근	中國柱	『韓國史-最近世篇』
62.4	例會	서평과 소개	홍이섭	朴宗根	『丁若鏞の政治經濟思想の研究』
62.5	例會	소개	천관우	旗田巍	『麗末鮮初の閑良』
62.10	會報4	서평	김상기 이병도 연세대학교 동방연구소	武田幸南	『南朝鮮の高麗史に關する近作』 『高麗時代史』 『韓國史 中世篇』 『高麗史索引』
63.2	會報5	서평	최호진	姜德相	『近代韓國經濟史研究』
63.3	例會	소개	김용섭	姜德相	「晋州奈洞臺帳について」
67.8	會報17	번역	김용섭	のますすむ	「日本 韓國における韓國史敍述」
68.2	例會	서평	이선근	中國柱	『民族の閃光-韓末秘史』
68.3	例會	서평	김원룡	後藤直	『韓國考古學槪論』
68.5	例會	서평	이기백	旗田巍	『韓國史新論』
68.6	例會	서평과 소개	권병탁	梶村秀樹	『韓末農村の織物手工業に關する研究』
69.1	例會	서평	이기백	有井智德	『高麗兵制史研究』
69.2	例會	서평	신용하	楠原利治	「李朝末期の'賭地權'と日帝下の'永小作'の關係」
69.4	會報23	서평	국립중앙 박물관	後藤直	『韓國支石墓研究』

※ 비고 : 會報는『朝鮮史硏究會會報』를 말한다.
※ 출전 : 朝鮮史硏究會 編,『朝鮮史硏究會會報 總目錄 索引』, 綠陰書房, 2009.

기에 강덕상과 가지무라 히데키가 김용섭의 논문을 중심으로 한국의
성과를 소개하였다. 내재적 발전의 맥락에서 조선사를 조선인의 주체
적인 역사로 이해하려 노력하고 있던 두 젊은 학도가, 사회경제사와 관
련된 논문을 준비하며 당시로서는 주목받지 못했던 사료인 양안 등을
통해 조선 후기의 사회경제적 변동과 봉건제의 해체문제를 날카롭고
선구적으로 분석하고 있던 김용섭의 연구에 주목한 시선은 어찌 보면
당연한 학습태도였다고 볼 수 있겠다.

〈표 2〉를 보면, 한국의 연구성과를 소개하고 검토하는 과정에서 특히 식민사관 문제에 대해 매우 비판적인 태도를 취했음을 확인할 수 있다. 다케다 유키오는 '남조선 고려사에 관한 근작南朝鮮の高麗史に關する近作'이란 주제로 한국 역사학계의 야심작 '한국사'에 대해 검토하였다.[62] 그는 김상기의 『고려시대사』가 "역사관에서는 전전戰前의 그것과 단절한 것으로는 볼 수 없다"고 평가했고, 이병도의 『한국사 중세편』도 "역사인식과 역사서술에 심각한 반성을 요구한다고 말해도 좋은 것이 아닌가"라고 지적하였다.[63] 물론 다케다 유키오의 비판은 식민사관을 극복하고 새로운 조선사상을 확립하려는 노력의 일환이었다.

조선사연구회 회원들이 확립하려는 역사상이란 "조선 자체 역사의 내재적 발전"을 드러내는 것이었다.[64] 그리고 1960년대 전반기의 시점에서 조선사연구자들은 내재적 발전의 계기를 무시해서는 침략의 진정한 의미도 이해할 수 없으므로 조선의 남북에서처럼 일본에서도 실증 연구가 이루어져야 한다는 과제를 구체화하기 위해 매달렸다.

조선사의 내재적 발전에 주목하려 했던 또 다른 이유도 있었다. 한일회담반대운동 과정에서 일본의 침략과 지배를 고발하고 폭로한다는 측면이 부각되는 과정에서 항상 일본에 침략만 당하는 나약한 조선인이라는 이미지도 만들어졌다. 이에 대한 비판과 반성 속에서 내재적 발전사로서의 조선사를 탐구하려는 움직임이 더욱 강화되었다.[65]

---

62 앞의 '제1항'에서 언급했듯이 북한 학계는 1965년에서야 '한국사'를 비평했다.
63 武田幸南, 「南朝鮮の高句麗史に關する近作」, 『朝鮮史硏究會會報』 4, 1962.10, 11~13쪽.
64 史學會 編, 앞의 글, 54쪽. 가지무라 히데키가 『朝鮮硏究月報』 20호(1963.8)에 발표한 「李朝後半期朝鮮の社會經濟構成に關する最近の硏究をめぐって」라는 논문이 이러한 논지를 정리한 글이다.
65 宮田節子, 「朝鮮に向かった歩みはじめたころ」, 『朝鮮問題への取り組み－硏究をふりかえって』, 9쪽.

이처럼 일본에서 1950년대가 조선학회의 역사인식을 뒤집기 위한 움직임이 태동한 시기였다면, 1960년대 전반기는 조선사연구회와 일본조선연구소를 중심으로 반성적 성찰에 몰두하는 한편, 새로운 조선사관을 수립하기 위한 본격 모색이 시작된 때였다.[66]

3) 한국 – '식민사관'에 대한 공개 비판과 '자본주의 싹' 찾기

1960년대 들어 조선 후기와 개항기를 비롯해 모든 시기의 한국사 연구 전반에 영향을 끼친 새로운 자극제는 한국의 정치상황과 깊은 연관이 있었다. 우선은 1960년의 4·19혁명과 민주주의 경험이 컸다. 4·19혁명은 많은 한국인에게 자신의 손으로 민주주의를 획득한 데 따른 자신감과 함께 민족주의 열기를 불어넣어 주었다.[67]

이즈음 식민사관에 대해 비판적으로 정리한 글이 처음 나왔다. 이기백은 『국사신론國史新論』(泰成社, 1961)의 「서론」에서 '반도적 성격론', '사대주의론', '당파성의 문제', '문화적 독창성의 문제', '정체성의 이

---

66 물론 그러한 가운데서도 빛나는 연구성과가 싹트고 있었다. 이후 사회경제사적인 맥락에서 내재적 발전을 선도한 가지무라 히데키가 1960년 동경대학 석사논문으로 내재적 발전의 시각에서 개항기 면업을 분석하여 제출했기 때문이다. 그와 함께 사료 강독을 하며 학문 연구에 정진했던 강덕상도 화폐를 주제로 논문을 준비하기 시작하던 때가 이즈음이었다(「강덕상증언자료」, 2012.7.11). 필자가 강덕상 선생의 자택에서 직접 채록한 증언이다.

67 한영우는 4·19혁명이 젊은 역사학도들에게 "민족주의에 흠뻑" 빠지게 하여 "식민사관을 극복하여 주체적이고 발전적인 국사를 세워야 한다는 사명감에 불타"게 했다고 회고하고 있다. 한영우, 「나의 학문과 인생」, 『朝鮮史硏究』 17, 조선사연구회, 2008, 201~202쪽.

론'이란 주제로 나누어 식민사관을 비판하였다. 그는 동양사회의 정체성 이론이 점차 비판의 대상이 되어가고 있다고 진단하며, 그 이론이 서양인의 우월감과 동양인의 열등감을 조장했다고 지적하였다. 그러면서 '동양사회의 발전적인 요소를 탐구하려는 노력'에 대해 다음과 같이 언급하였다.

사실 논자들이 동양사회의 정체성을 말할 때에도 같은 관개농업의 사회이면서도 열강에 伍하고 있는 일본의 경우를 늘 예외로 돌리려고 한 한가지 사실만으로써도 이는 증명된다고 하겠다. 현재 중국학계에서 서구자본주의의 침투 이전에 이미 중국사회에 자본주의의 맹아가 있었다는 증거를 찾으려고 열심인 것은 그러한 풍조로 생각해야 할 것이다. 한국사학계에 있어서도 점차 그러한 경향이 대두하여서, 신라 고려 조선의 각 왕조의 교체를 단순한 악순환으로는 보지 않고 그 속에서 발전적인 여러 가지 현상을 찾으려는 시도가 행해지고 있다. 뿐만 아니라 이미 모든 개설이 비록 그 성격에 대한 분명한 해설이 없는 대로 나마—사실 현재 그것은 불가능한 일이지마는— 사회적인 발전을 기정사실로 다루고 있는 것도 그 하나의 표현으로 볼 수 있다고 생각한다.[68]

여기에서 이기백은 정체성론을 극복하려는 노력으로 세 가지를 들고 있다. 하나는 일본 예외론이고, 다른 하나는 중국학계에서의 '자본주의 맹아' 연구이다.[69] 당시까지 매우 드문 현상이지만 자본주의 맹아

---

68 李基白, 「緖論」, 『國史新論』, 泰成社, 1961, 9쪽.
69 1967년 일조각판에서는 중공의 자본주의 맹아에 관한 소개가 빠져 있다(李基白, 「序章

라는 학문용어가 이미 1961년에 한국사 학계에서 사용되고 있음을 확인할 수 있다. '맹아'에 대한 정보와 생각이 꽉 막혀 있었던 것은 아닌 것이다. 마지막으로 이기백은 한국사 학계 자체의 움직임을 언급하였다. 그는 1971년에 발행한 사론집『민족과 역사民族과 歷史』에서 김용덕의 논문과 책을 근거로 제시하였다.[70]

그런데 이기백의 식민사관 정리와 비판은 개설서의 도입 부분에 들어갔다는 글의 성격 때문이기도 하겠지만, 누가, 어떤 내용을, 왜 주장했는지에 대한 구체적인 분석이 없다. 때문에 본격적인 비판이라고까지는 말할 수 없겠다.[71] 그것은 학계의 분위기이기도 하였다.

그러나 얼마 지나지 않아 한일관계가 재편될 조짐을 보이면서 4·19혁명 직후보다 더 식민사관에 대해 학문적으로 비판하려는 움직임이 활발해지기 시작하였다.

즉, 1961년 5·16군사쿠데타로 중단되었던 한일회담은 그해 10월 재개되었다. 제6차 한일회담은 이듬해 11월 흔히들 '김종필 오히라 메

韓國史의 새로운 理解」,『韓國史新論』, 一潮閣, 1967, 11쪽). 왜 그렇게 했는지는 정확히 알 수 없지만, 반공적인 사회 분위기와 연관되어 있지 않을까 추측해본다. 그런데 1971년 간행한『民族과 歷史』에서는 1961년판의 '서론'을 게재하고 있다고 밝히고 있다.

70 李基白,「植民主義的 韓國史觀 批判」,『民族과 歷史』, 一潮閣, 1971, 41쪽에는 '金龍德,「新羅 高麗 朝鮮社會의 段階的 差異性에 對하여」,『思想界』19, 1955.2;『國史槪說』로 기입되어 있다. 여기서 말하는『國史槪說』이란 1958년 동화문화사에서 간행한 책을 말한다. 덧붙이자면 1961년판 태성사판, 1963년 제일출판사판, 1967년 일조각판에는 각 주제의 맨 끝에 '참고'라는 이름으로 일괄하여 목록이 제시되어 있다. 그런데 김용덕은 이보다 앞서 발표한 글에서 동양적 공유제로 인한 '아시아적 악순환'에서 정체성의 내적 요인을 찾았다(金龍德,「國史의 基本性格－우리 社會의 停滯性을 中心으로」,『思想界』1-7, 사상계사, 1953). 그는 1950년대 역사학계에서 한국사의 정체성론을 언급한 대표적인 논자이기도 하였다.

71 필자는 이기백의 1960년대 연구에서 이 글을 제외하고 식민사관을 비판적으로 분석하고 구체적으로 검토한 글을 보지 못했다. 그의 사론집(『民族과 歷史』)에 이것 이외에는 실려 있지 않은 것으로 보아 1960년대에는 더 이상 작업을 진척시키지 않은 것 같다.

모'로 알려진 사항들을 합의하고 종결되었다. 이때까지만 해도 사람들은 한일회담이 잘 되지 않을 것으로 예측하였다. 그러나 메모의 내용이 알려지면서부터 사람들이 일본의 재침략과 회담을 연결시켰고, 시간이 갈수록 그들 사이에 위기의식이 높아갔다.[72] 이에 따라 한일회담 반대운동은 점차 격화되어 갔고, 마침내 1964년 5월 '민족적 민주주의 장례식'을 거쳐 6·3민족운동까지 이어졌다. 결국 한일회담이 민족문제를 제대로 처리하지 못한 굴욕적인 측면이 있다는 여론은 대중의 지지를 받았고, 그런 상황에서 민족과 민족문화를 수호해야 한다는 위기의식이 우리 사회와 학계에 확산되어 갔다.

위기의식에 대한 대응 가운데 하나는 일본의 침략적 역사인식을 구체적으로 분석하고 새로운 한국사 체계를 수립하려는 논의로 나타났다. 가장 먼저 움직인 잡지는 『사상계思想界』였다. 1963년 2월호에는 '특집, 한국사를 보는 눈'이란 기획 아래 세 편의 원고와 '한국사관은 가능한가?'라는 주제로 진행된 토론문이 수록되었다.[73]

특집 기획에 참여한 김용섭은 식민사관의 형성에 큰 영향을 미친 제국대학 중심의 관학파들과 후쿠다 도쿠조福田德三 등이 한국사 내에서의

---

72 「韓國史研究會 創立 25週年 記念 座談會」, 『韓國史研究』 79, 한국사연구회, 1992, 134쪽. 김용섭의 발언이다.
73 특집 내용은 아래와 같다.
千寬宇, 「내가 보는 韓國史의 問題點들－史觀과 考證 및 時代區分」; 李基白, 「民族史學의 問題－丹齊와 六堂을 中心으로」; 金容燮, 「日帝官學者들의 韓國史觀－日本人은 韓國史를 어떻게 보아 왔는가?」; 「'特輯(씸포지움)' 韓國史觀은 可能한가?－轉換期에서 본 民族史觀」, 1962.12.26. 기획 좌담회에는 千寬宇, 韓㳓劤, 洪以燮, 崔文煥, 趙芝薰, (司會)申一澈이 참가하였다.
1963년 11월 『世代』에서도 송건호가 「歪曲된 侵略者의 視線」에서 일본인의 한국인 멸시관에 대해 자세히 언급하였다.

주체성을 부정하고 정체성을 정당화하는 논리에 근거하여 해방 이후에 까지도 반도적 성격과 타율성을 끈기 있게 주장하고 있는 일본인 학자 들의 글을 구체적으로 분석·비판하였다. 그는 한국사의 "내적 발전과 정이 논의될 경우에는 봉건제에 대한 시각을 달리하여 봉건제를 인정 하려는 경향이 더 농후하게 나타나고" 있다고 보았다. 조선에서의 봉건 제 결여론을 핵심으로 하는 식민사관을 비판하는 방향과 의미를 정확 히 진단했다고 볼 수 있겠다. 그러면서 그는 세계사의 발전과정 위에서 한국사의 특수성을 살리는 "한국사관", "한민족의 풍토색이 물씬 풍겨 오는" '한국사관'을 수립해야 한다고 주장하였다.[74] 김용섭은 식민사관 을 비판적으로 극복하기 위해 조선 후기와 개항기 연구를 '내적 발전과 정'의 맥락에서 접근해야 한다고 자신의 입론을 명확하게 드러냈으며, 그러한 관점을 바탕으로 보편성과 특수성을 조화롭게 반영한 새로운 한국사 연구를 제창하였다.

한국사를 내적 발전과정의 측면에서 재인식하려는 김용섭의 관점과 태도는 이미 1950년대 후반 조심스럽게 '태동'하였다.[75] 1961년 10월 의 시점에서도 그는 실학사상을 근대사상으로 강조하기 위해 역사적 현실과 실학사상이 어떻게 연관되었는지를 구체적으로 해명해야 한다 며 내부적 요인에 주목할 것을 공개적으로 제기하였다.[76] 이제는 식민 사관을 극복하는 문제가 정치사회적 환경의 변화에 따라 전면에 부각

---

74   金容燮, 「日帝官學者들의 韓國史觀－日本人은 韓國史를 어떻게 보아 왔는가?」, 『思想界』 117, 1963, 258~259쪽.

75   신주백, 앞의 글, 253~263쪽.

76   金容燮, 「最近의 實學硏究에 對하여」, 『歷史敎育』 6, 역사교육연구회, 1962, 136~137쪽. 김용섭은 원고의 말미에 1961년 10월 30일에 탈고했다고 밝히고 있다.

되었으니, 김용섭의 입론은 더욱 정당성을 획득해 가며 공개적으로 확산될 수 있게 되었다.

식민사관을 비판한 김용섭의 글은 연구와 실천 행동을 동시에 추구하는 일본조선연구소의 기관지인 『조선연구월보』 1963년 3월호에 곧장 번역되었다.[77] 앞서도 확인했듯이, 일본의 조선사 연구자들 사이에서 김용섭의 사회경제사 논문은 항상 주목할 만한 관심의 대상이었던 데다, 한국에서 식민사관을 본격 비판하는 논문을 김용섭이 작성했기 때문에 민첩하게 반응한 움직임이라고 볼 수 있다. 앞서 '제1항'에서 보았듯이, 당시 일본조선연구소에서는 연속기획으로 '심포지엄 일본에서 조선연구의 축적을 어떻게 계승할까'라는 좌담회를 주제별로 조직하고 일본인에 의한 조선연구를 비판적으로 검토하고 있었다.[78] 일본조선연구소측은 김용섭의 논문이 자신들의 검토를 심화시키는 데 도움이 되는 참고자료라고 생각했을 것이다.[79]

그런데 1960년대 전반기만 해도 식민사관에 대한 분석과 비판은 이기백과 김용섭, 이 두 사람의 언급이 거의 전부였다고 말해도 지나치지 않다. 일본인 조선사 연구자들이 주제별로 하나하나 검토하고, 월례발표회에서 분석한 논문을 발표하며 비판적 검토를 거듭하던 대응 양상과는 너무나 다른 현상이다.

---

77 「資料—南朝鮮の歷史學者による日帝時代の朝鮮史硏究批判」, 『朝鮮硏究月報』 15, 日本朝鮮硏究所, 1963.3.25.

78 참고로 말하면, 「明治期の歷史學を中心して」라는 제목의 첫 좌담회 기록은 1962년 6월 발행된 일본조선연구소의 기관지 『朝鮮硏究月報』에 수록되었다.

79 마찬가지 의도에서였을 것으로 생각되는데, 『思想界』의 일본 특파원인 전준(田駿)이 발표한 「日本敎科書에 나타난 韓國觀—韓國 民族史를 歪曲하는 日本人」(『思想界』 146, 1965.5)이란 글이 『朝鮮硏究』 43호(1965.9)에 번역되었다.

일본의 조선사 연구자들은 한일회담반대운동 속에서 일본의 지배책임을 드러내며 식민사관의 문제점을 적극 제기하는 책자와 논문을 발표하였다. 그것은 베트남 전쟁 반대운동과 맞물려 진행되면서 일본 미국 한국 사이의 군사동맹과 냉전을 거부하는 운동이기도 하였다. 일본 역사학계에 대한 도전의 성격도 있지만, 일본인 시민을 향한 프로파간다의 의미가 더 컸다. 이에 비해 한국에서의 식민사관 비판은 1950년 대 들어 역사학계의 주류로 자리잡은 문헌고증사학자들, 곧 학문권력에 대한 정면 도전이었다. 때문에 내부의 흠을 드러내고 극복하면서 새로운 한국사관을 제시하기는 쉽지 않았다.[80]

우리 안의 식민성을 해명하는 작업은 어려웠지만, 위기의식이 고조됨에 따라 한국사 연구는 활성화되어 갔다. 더구나 박정희군사정권이 1962년부터 경제개발5개년계획을 추진하며 전면에 내세운 한국사회의 근대화가 뚜렷한 흐름을 형성하였다. 1963년 들어 치른 총선과 대통령 선거를 거치며 근대화라는 말이 우리 사회에서 일종의 유행어가 되었다. 박정희는 12월의 대통령 취임식에서 "1960년대 우리 세대의 한국이 겪어야만 할 역사적 필연의 과제는 정치, 경제, 사회, 문화 모든 분야에 걸쳐 조국의 근대화를" 성공적으로 달성하기 위해 "범국민적 노력이 있어야" 한다고 밝혔다.[81]

새로운 사회 분위기에 호응하고자 하버드대학 엔칭연구소로부터 지원을 받은 진단학회는, 1962년 5월 문헌고증사학자인 이병도 등이 나

---

80 식민사관에 대한 비판적 태도와 극복을 위한 한일 간의 활동을 여러 차원에서 비교할 수 있지만, 여기에서는 학문권력의 측면에만 주목하겠다.
81 「박 대통령 취임사」, 『국민보』, 1963.12.25.

서서 '한국근대화 문제'를 주제로 두 차례 심포지엄을 열었다. 한국에서 미국발 근대화론을 처음 다룬 심포지엄에서 천관우는 고병익의 견해와 중복된다고 하면서 "한국의 근대화는 서양적인 근대로의 변모를 말한다"고 발언하였다. 그에게 서양적인 근대란 "서양화"이자 "일본에 의하여 번역된 서양화"이기도 하였다.[82]

천관우는 이후 발표한 글에서 근대화를 서양화 내지는 서구화로 보는 견해가 '거칠은 견해'라며, 한국의 주체성을 강조한 두 가지 견해를 소개하였다.

> 하나는 한국에도 그 자체 내에 근대화의 쌌이 돋고 있었다는 것을 강조하여, 서양의 작용이 없었더라도 언젠가는 근대화가 되고 말았을 것이라고까지 하는 견해가 그것이요, 또 하나는 비록 서양의 작용을 인정한다 하더라도 무비판한 일방적인 수용이 아니라 자율적 선택적으로 수용하고 재해석 혹은 모디휘케이션을 거친 것이라 하여, 亞阿 각국의 근대화와 한국의 근대화가 서로 다른 것이 그 著例라고 하는 견해가 그것이다.[83]

천관우는 첫 번째 견해에 대해 "우리 자체 내에 과연 근대화의 싹이 돋고 있었던가"라며 오히려 그와 반대였다고 비판하였다. 두 번째 견해

---

82 「第1回 東洋學 심포지엄 速記錄」, 『震檀學報』 23, 1962, 397~398쪽. 미국발 근대화론을 수용하고 적용하는 문제와 관련한 학계의 심포지엄들에 대해서는 신주백, 「1960년대 '근대화론'의 學界 유입과 한국사 연구-'근대화'를 주제로 내세운 학술기획을 중심으로」, 신주백 편, 『근대화론과 냉전 지식 체계』, 혜안, 2018 참조.

83 千寬宇, 「世界史 參與의 史的 過程-韓國近代化始發期의 基本性格」, 『思想界』 130, 1964, 259쪽. 천관우는 오늘날 우리들이 익숙하게 구분하고 있는 '근대화'와 '근대'를 따로 사고하지 않았다.

에 대해서도 일본의 타율적 근대화에 대해 애써 자주성을 지켜 온 점은 인정하지만 서양적 요소의 수용을 선택할 수 있을 만큼 주체성을 견지할 수 있었는가라고 의문을 제기하였다.[84]

천관우는 두 견해에 대해 비판했지만, 필자는 그가 언급한 내용을 다른 각도에서 보면 달리 해석할 여지도 있다고 본다. 1964년 1·2월의 시점에서 한국인의 주체성을 내세우는 역사인식과 태도를 강조하는 내재적 흐름이 분명히 존재하고 있었다는 점이 바로 그것이다.

한국인의 주체인 한국사에 주목하려는 관점과 태도는 일찍이 하타다 다카시가 『조선사』에서 제기했지만, 그의 책은 1963년에도 여전히 한국 역사학계에 큰 영향을 미치고 있었다.[85] 앞서 인용한 이기백의 언급에서도 확인할 수 있듯이 한국사를 발전의 맥락에서 보려는 흐름은 1950년대부터 이어지고 있었다. 여기에 근대화를 서양화로 간주하는 인식과 태도를 비판하며 주체성의 측면에 더 주목하는 관점과 태도를 취하려는 흐름이 커지는 것 또한 당연하였다. 그런데 한일회담이 구체화됨에 따라 민족 위기의식까지 표출되었으니, 역사인식과 태도에서 민족과 주체성을 결합하는 방향으로 흘러갈 수밖에 없었다. 그것은 이후 한국사 연구에서 내적 발전과정, 달리 말하면 한국사의 특수성과 개별성을 해명하는 작업의 한편으로, 일본인이 조작한 식민사관을 극복하는 방향으로도 구체화하였다.

천관우의 언급을 해독하면서 주목해야 할 또 한 가지는, 이때까지만

---

84 위의 글, 259~260쪽.
85 金容燮, 「日帝官學者들의 韓國史觀—日本人은 韓國史를 어떻게 보아 왔는가?」, 『思想界』 117, 1963, 258~259쪽.

해도 비록 부정하는 사람들이 다수였지만 자본주의적인 '싹'이 돋아났다고 보아야 한다는 견해가 학계에서 회자되었다는 점이다. 그러한 움직임의 하나가 1963년 6월 한국사학회에서 주최한 학술토론대회이다.

학술토론대회는 한일회담 재개에 따른 학계의 위기의식을 반영한 기획이었는지 모르겠지만, '조선 후기에 있어서의 사회적 변동'이란 대주제 아래 신분제도, 경제(농촌경제, 상공업), 사상 및 실학의 측면에서 조선 후기의 변화를 종합적으로 추적해 보려는 기획의도만은 분명하다.[86] 농촌경제의 변화를 발표한 김용섭에 따르면, 소작지 변동을 경제적 배경으로 한 신분변동, 사회변동은 "봉건제 해체과정의 표현이었다." 이에 대해 "봉건적인 지주권을 강력히 지속해" 나가려는 보수적인 흐름도 있었다.[87] 그는 이 시기 사회변동이 갖는 발전적 의미와 한계를 여기에서 찾았다. 또한 유교성도 조선 후기 수공업을 분석하면서, "봉건적 생산과정에서 일보 전진한 수공업적 생산과정으로부터 다시 분업화 현상이 발생함으로서 소위 근대화적 생산으로 전환할 수 있는 계기를 마련할 수 있다"는 이론적 전제 아래, 조선 후기 생산과정의 분업화를, 곧 근대화라 단정할 수 없지만 전통적인 생산방식을 확실히 변질시킨 의의는 있다고 보았다.[88]

두 사람은 한국사의 '내적 발전과정'에 대한 나름 실증 연구를 시도하였다. 달리 보면, 역사학회가 아무런 움직임을 보이지 않고 있는 상

---

86 『史學硏究』 16, 한국사학회, 1963.12, 91~139쪽에 수록되어 있다. 전체 기획을 정리하면 다음과 같다. A. 신분제도-崔永禧. B. 경제-金容燮, 농촌경제 / 劉敎聖, 상공업. C. 사상 및 실학-金龍德, 「북학사상과 동학」 / 洪以燮, 「외국관계와 천도교 신앙문제」 / 具滋均, 「國文學의 近世化過程巧」.

87 金容燮, 「農村關係」, 『史學硏究』 16, 한국사학회, 104~105쪽.

88 劉敎聖, 「商工業」, 위의 책, 111쪽.

황에서 한국사학회가 조선 후기 사회경제사에 관한 연구에 나섬으로써 식민사관을 극복하려는 연구에 더 적극적이었음을 알 수 있다. 학계와 한국사회에 확산되고 있던 위기의식이 오히려 내적인 변동에 주목하는 사회경제사적인 연구를 지속할 할 수 있게 하는 자극제이자 보호막으로 기능했을 가능성이 있다. 이로써 학술토론대회를 즈음하여 '내면적인 주체적인' 관점과 태도를 갖춘 학문 경향은 그동안 특정 개인이 고군분투하던 차원을 넘어 이제는 특정 학회라는 연구공간을 통해 확산되어 가기 시작하였다.[89]

달리 말하면, 김용섭이 내재적이고 주체적인 관점과 태도를 유지할 수 있었던 '지속의 힘'은 그의 학문활동과 맥이 닿는 학계의 새로운 흐름이 만들어지고 있던 분위기와도 연관이 있었다. 이는 강만길의 다음과 같은 회고에서도 확인할 수 있다.

어떻든 1958년부터 『사학연구』가 간행되고 거기에 김용섭, 차문섭과 나의 연구논문 등이 실림으로써 비로소 해방 후 남한 학계의 '사회경제사적 연구'가 시작되었다고 할 수 있지 않을까 생각한다. 이 시기 사회경제사적 연구를 한 우리들은 모두 국편에 근무하면서 학문적 고민을 함께했으며 그 논문들은 모두 『사학연구』에 실렸다. 『사학연구』에 이런 논문들이 실리는 것을 보고 역사학계의 일부에서는 "저들은 좀 이상하다"고 말하는 것이 들리기도 했으나 한국사학회 내외를 막론하고 학문의 방법론이나 경향 문제

89　김용섭은 회고록에서 이 학술토론대회가 성공적이었다고까지 말할 수 없지만, "일제하의 연구 분위기와는 많이 다른, 문제의식이 뚜렷한 학술회의였다"고 자평하였다. 김용섭, 『역사의 오솔길을 가면서─해방세대 학자의 역사연구 역사강의』, 지식산업사, 2011, 544쪽.

를 두고 별다른 문제가 있던 것은 아니었다.[90]

그러나 『사학연구』에 발표된 성과물들이 공동연구의 결과도 아니었고, 일본의 소그룹들이나 조선사연구회처럼 정례 토론과 회의를 거치는 과정에서 나온 결과도 아니었다. 1950년대 한국에서의 내재적 발전에 관한 연구가 개인의 노력에 따른 태동이었듯이, 1960년대 전반기에도 관점과 태도로서의 내재적 발전에 입각한 한국사 연구는 극히 소수의 사람들이 전개한 노력의 결과였다.

4. 1960년대 후반 동북아에서 '내재적 발전'의 안착과 지적 네트워크

1) 북한—사상적 격변과 연구의 잠복·정체

한국사 연구의 난점들을 하나하나 극복해 가고 있던 북한 학계는 1967년을 전후하여 큰 변화를 겪게 된다. 조선노동당의 지도이념과 국가 운영 원리가 바뀌었기 때문이다. 그것은 북한을 둘러싼 내외 정세와 관련이 있었다.[91]

---

90 강만길, 『역사가의 시간』, 창비, 2010, 169쪽.
91 신주백, 「북한의 근현대 반침략 투쟁사 연구」, 『북한의 역사만들기』, 푸른역사, 2003,

1960년대 중반 들어서도 중소분쟁이 더욱 격화되고, 베트남 전쟁에 미국이 직접 개입하면서 중국과 북한은 사회주의 국가들의 지원문제를 둘러싸고 갈등하였다. 중국의 문화대혁명 과정에서 홍위병들은 김일성의 우상화를 비판하며 수정주의자라고 낙인찍었다. 또한 남한의 대중정당이 지도하는 혁명과 북한의 무장역량을 결합시켜 남조선혁명을 달성해 보고자 북한이 움직임에 따라 남북한 사이에 군사적 긴장이 고조되어 갔다.

대외적 자주성을 견지하고 체제 내의 안정을 강화할 필요성을 느낀 북한은 1966년 10월 조선노동당 제2차 대표자회를 열고 국방력 강화를 천명하였다. 사상사업을 책임지고 있던 김창만을 제거하며 김일성을 중심으로 한 유일권력을 강화하는 방향으로 정치구조를 개편해 갔다. 1967년 5월에 열린 조선노동당 중앙위원회 제4기 15차 전원회의에서는 김일성의 유일지도체제 수립에 소극적이었던 갑산파를 숙정하였다. 그러면서 주체사상을 당의 지도이념으로 내세웠다.

정치체제와 지도사상의 격변에 따라 조선노동당 력사연구소는 '김일성 동지 혁명력사연구실'로 개편되었다. 김일성의 항일활동을 절대화한 첫 번째 평전인 『민족의 태양 김일성장군』(백봉, 人文科學社, 1968)이 나오고, 그의 가계와 아버지, 어머니, 그리고 부인에 대한 우상화작업도 본격화하였다.[92] 새로운 유일사상체계를 북한사회에 침투시키고자 『김일성원수 혁명활동』이란 교과서로 배우는 수업이 기술교육을 제외한

223~226쪽.

92 『민족의 태양 김일성 장군』을 저본으로 한 『金日成傳』 1~3권(雄山閣, 1969)이 일본에서 출판되었다.

보통교육 부분에서 1969년부터 시행되었다. 대학에는 『김일성동지 혁명력사학습을 위한 참고자료』가 교재로 배포되었다. 모든 학교에 '김일성동지 혁명력사 연구실' 또는 '김일성원수님 혁명활동 연구실'이 학교의 특성에 따라 설치되었다.

마르크스-레닌주의에 입각한 역사 분야의 학술지인 『력사과학』의 발행도 중지되었다. 학자들은 마르크스-레닌주의와 유물사관에 입각해 왔던 연구 관점과 입장 대신에 주체사상에 입각하여 그동안의 연구성과를 전면적으로 재조정해야 했다.

하지만 북한 학계 내부의 자연스러운 변화과정에서 나온 급격한 변화가 아니었으므로 주체사관에 입각한 새로운 성과가 나오는 데는 시간이 걸릴 수밖에 없었다. 더구나 북한에서는 역사연구가 대중교양과 대중선동에 꼭 필요한 수단이었으므로 더 신중한 재조정 과정이 필요했을 것이다.

그동안 한국사의 주요 논쟁점들을 해소하고자 활발하게 열렸던 토론회를 비롯해 공개적인 모든 연구활동이 사실상 중지되었다. 그런 가운데서 나온 성과가 『조선에서 자본주의적 관계의 발생』(1970)과 『조선에서 자본주의적 관계의 발전』(1973)이었다.[93] 이유는 알 수 없지만, 두 책의 제목을 보면 북한은 1960년대 초반까지도 혼재해 사용했던 자본주의적 요소, 관계, 맹아라는 용어 가운데 '관계'를 최종적으로 선택했음을 알 수 있다. 그리고 18세기에 상품화폐관계가 조선사회 곳곳에

---

93 전석담·허종호·홍희유, 『조선에서 자본주의적관계의 발생』, 사회과학출판사, 1970; 김광진·정영술, 『조선에서 자본주의적 관계의 발전』, 사회과학출판사, 1973. 두 책 가운데 앞의 책은 '이성과 현실'에서 1989년에, 뒤의 책은 1988년에 '열사람'에서 각각 발행되었다.

광범위하게 침투되었다고 보았다. 자본주의적 관계가 18세기에 발생했다고 정리한 것이다.

북한의 공식적인 새로운 역사 해석은 1979년『조선전사』제1권[94]이 출판되면서 드러나기 시작하였다. 북한은 1926년 타도제국주의동맹을 김일성이 결성했다며 조선근대사의 종점이자 조선현대사의 시작을 1945년에서 1926년으로 조정하였다. 그나마 남아 있던 한국근대사의 종점에 관한 사회구성설을 폐지하고, 한국근대사를 계급투쟁설에 입각하여 완전히 재해석한 것이다. 특수성에 보편성을 내포하지 않고 후자를 배척하며 특수성의 특권화로 나아간 것이다.[95]

이처럼 1967년 이후 북한 학계의 변화는 동북아시아에서 관점과 태도로서의 내재적 발전에 입각한 학문하기에 국제적 분화가 일어났음을 의미한다.

2) 일본-조선사에 대한 재해석의 본격화

조선사연구회 회원들은 식민사관을 극복하고 새로운 조선사상을 정립하기 위해 한편에서는 자신의 내면을 점검하고, 다른 한편에서는 남북한 학계의 동향, 특히 남한의 김용섭과 북한 학계의 내재적이고 주체적인 연구를 파악하려 노력하였다. 그러한 흐름을 집약하고 총괄적으

---

94 조선민주주의인민공화국 사회과학원 역사연구소, 『조선전사』1-원시편, 과학백과사전 출판사, 1979.
95 주체사상이 이러한 특징을 가장 잘 보여준다고 하겠다.

로 점검한 성과가 『조선사입문朝鮮史入門』이다. 14명의 집필자들은 조선 사연구의 목표로 조선사의 내재적이고 주체적 발전과정을 인식하고 그 것이 왜곡되어간 과정을 해명하는 데 있음을 명확히 하였다. 그들은 목 표를 실현하기 위해 정체성론을 극복하고 새로운 조선사상을 제시해야 한다고 밝혔다.[96]

그러한 노력을 선도적으로 보여준 사람이 와타나베 마나부였다.[97] 그 는 국민성이란 일반 개념으로 조선인의 근대교육사를 정리하는 태도를 비판하고 자주적 근대교육의 씨앗이 일본의 식민지 통치에 의해 왜곡 되고 억압당한 과정을 실증하는 데 특별한 노력을 1960년경부터 기울 였다.[98]

조선인의 자주적이면서도 내재적인 역사를 확인하기 위해서는 특히 조선 후기의 사회경제사, 그리고 개항기 일본의 침략사에 관한 연구가 절실하였다. 일본에서 이를 선구적으로 개척한 사람이 가지무라 히데 키였다. 그는 조선근대사사료연구회와 조선사연구회를 나가며 자신의 역사관을 다듬어 갔다. 조선의 역사가 "독자의 구조와 논리를 갖는 내 재적 법칙의 전개과정이다"는 생각을 갖고 있었다.[99] 그는 자신의 석사 논문을 다듬어 발표하였다.[100] 여기에서 가지무라 히데키는 서구의 상 품이 제한되게 유입되던 토포시장이 청일전쟁 때까지도 건재했으며,

---

96 「朝鮮史研究の課題」, 旗田巍 編, 『朝鮮史入門』, 太平出版社, 1966, 43쪽.
97 그는 1963년 12월 일본조선연구소 제3차 총회에서 선출된 3인의 부소장 가운데 한 사람 이었다.
98 史學會 編, 앞의 글, 40쪽. 원전은 渡部學, 「李朝中期の書堂教育の形態について」, 『朝鮮學 報』 21·22合倂, 1961.
99 梶村秀樹, 「資本主義萌芽の問題と封建末期の農民闘爭」, 旗田巍 編, 앞의 책, 254쪽.
100 梶村秀樹, 「李朝末期朝鮮の纖維製品の生産及び流通狀況」, 『東洋文化研究所紀要』 46, 東京 大學東洋文化研究所, 1968.

면포의 상품생산이 농촌의 부업이었다고 보았다. 그는 농촌의 상품생산 과정에서 전대제前貸制와 부농경영이 존재했음에도 주목하였다. 정체성론을 극복하려는 그의 의지가 묻어난 논문으로 이후 일본과 한국의 내재적 발전 연구자들에게 커다란 영향을 끼쳤다.

가지무라 히데키는 북한과 한국의 연구성과를 나름대로 소화하고자 노력하였다. 그는 북한의 연구가 양, 질의 면에서는 획기적이지만, '맹아'의 발전에만 주목하여 역사를 단순화시키는 경향이 있다고 지적하였다. 또한 한국의 조선 후기 연구 가운데 '공인자본'과 '부농형경형'을 발견하고, 농촌사회의 발전이란 측면에서 민란을 바라보며 농민층 분해를 실증하려는 노력에 주목하였다. 특히 가지무라 히데키는 김용섭의 연구를 "획기적 노작"이라고까지 평가하였다.[101]

조선 후기와 개항기의 역사를 내재적 발전과정의 맥락에서 연구하려는 사회경제사 연구는 1960년대 후반으로 갈수록 확산되어 갔다. 조선 후기 내재적 발전과정을 해명하는 관건 가운데 하나인 토지국유제를 정면에서 비판하고 극복하려는 논문도 발표되었다.[102] 하타다 다카시는 조선 초기부터 공전公田은 관념상으로부터 국가의 토지소유였으며, 내부를 들여다보면 매우 다양한 형태의 사적 토지소유가 있었다고 주장하였다. 아리이 도모노리有井智德도 조선 초기부터 전국적으로 사적 토지소유가 존재했다고 보았다. 또한 조선근대사사료연구회 시절부터 가지무라 히데키와 문제의식을 공유하고 있던 강덕상도 상호간의 약속

---

101 梶村秀樹, 「資本主義萌芽の問題と封建末期の農民鬪爭」, 앞의 책, 266·269쪽.
102 旗田巍, 「李朝初期の公田」, 『朝鮮史研究会論文集』 3, 朝鮮史研究會, 1967; 有井智德, 「李朝初期の私的土地所有関係—民田の所有·経営·收租関係を中心として」, 위의 책.

대로 화폐에 관한 논문을 발표하였다.[103] 그는 사회의 여론을 어느 정도 반영한 1891년의 은화조례, 그리고 1894년 갑오개혁의 일환으로 제기된 신식 화폐 발행문제가 청일전쟁이란 민족 위기 속에서 왜곡되는 가운데 대중의 지지를 받지 못했다고 보았다. 내부의 자생적 전개과정이 외압을 받아 어떻게 왜곡되고 실패했는가를 보여준 것이다.

이러한 연구패턴, 곧 내재적 발전과정과 그것의 왜곡과정을 해명해야 한다는 연구경향은 조선 후기의 자생적 발전과정과 개항 이후 일본의 침략과정에 대한 연구를 활성화시켰다. 예를 들어 안병태의 해운업에 대한 연구에서 그 일단을 확인할 수 있다. 자생적으로 발전하여 오던 해운업은 민족경제의 일부분으로 자립하며 발전할 수 있는 가능성이 있었지만 일본의 해운업이 침입함에 따라 식민지 경제구조에 강권으로 편입될 수밖에 없었다는 것이다.[104] 일본의 침략과정에 대한 연구의 일환으로 식민지 지배정책과 그에 대응하는 조선인 사회의 움직임에 대한 연구가 활성화된 때도 이즈음부터였다.[105] 결국 『조선사연구회논문집朝鮮史研究會論文集』의 제3집(1967)의 '편집후기'에서 밝힌 "조선사회의 내재적 발전 과정 및 일본군국주의에 의한 왜곡의 과정 해명이 이들 여러 논문의 공통된 연구과제이다"라는 지적은, 새로운 조선사상을 확립하려는 조선사연구회의 문제의식이자 연구태도이며 관점을 내포한 언급이었다.[106]

---

103 姜德相, 「甲午改革における新式貨幣發行章程の研究」, 위의 책.

104 安秉珆, 「李朝末期の海運業―その實態と日本海運業の侵入」, 『海運經濟史研究』, 海文堂, 1967.

105 예를 들어 梶村秀樹, 「日帝時代前半期平壤メリヤス工業の展開過程」, 『朝鮮史研究會論文集』 3, 朝鮮史研究會, 1967; 淺田僑二, 『日本帝國主義と舊植民地地主制』, 御茶の水書房, 1968.

사회경제사 분야에서 내재적 발전의 연구영역을 개척한 대표적인 사람이 가지무라 히데키라면, 정치사상사 분야에서 이를 주도한 사람은 강재언이었다. 그는 조총련 간부를 가르치는 교육가로 활동하던 중인 1968년 주체사상에 동조할 수 없어 조총련에서 탈퇴하였다. 그러면서도 재일조선인 연구자들과 공유하고 있던 문제의식, 곧 일본의 침략을 폭로하고 왜곡된 역사를 바로잡는다는 문제의식을 버리지 않았다.[107] 강재언은 "정신적 공백을 메꾸기 위해" 자신도 놀랄 정도로 조선사연구에 더욱 매달렸다.[108] 특히 사상사 연구에서 주목을 받았다.

개화사상과 김옥균에 관한 강재언의 연구는 북한의 『김옥균』이란 공동연구서에서 제시한 입장과 같았다. 그러면서도 개화파의 형성을 실증하고 위로부터의 개혁이 갖는 역사적 의미를 저평가하는 가지무라 히데키 등을 비판하였다.[109] 또한 실학과 북학사상의 연계성을 찾고, 동학사상에 주목하며 한국근대사상사의 내재적 전개과정을 해명하려 시도하였다.[110] 조선의 근대사상이 형성되는 과정에서 사상의 내재적 전개과정을 해명함으로써 그동안 과대평가되어 왔던 후쿠자와 유키치의 영향을 극복할 수 있었다. 이러한 사상사적 모색과정을 정리한 책이 『근대조선의 사상近代朝鮮の思想』(紀伊國屋書店, 1971)이다.[111] 짧은 기간에

---

106 잡지의 해당 부분에 별도의 '쪽' 표시가 없어 언급하지 못하였다. 3집에는 앞서 언급한 하타다 다카시, 아리이 도모노리, 강덕상, 가지무라 히데키 등이 필자였다.

107 정혜경, 「姜在彦－일본 땅에서 한국학을 뿌리내리고」, 『정신문화연구』 80, 한국학중앙연구원, 2000, 236쪽.

108 위의 글, 244쪽.

109 姜在彦, 「開化思想・開化派・金玉均」, 『朝鮮史研究會論文集』 4, 朝鮮史研究會, 1968.

110 姜在彦, 「東學＝天道教の思想的性格」, 『思想』 537, 1969; 姜在彦, 「朝鮮實學における北學思想－近代開化思想の萌芽」, 『思想』 546, 1969.

111 이 책은 1983년 한울출판사에서 발행하였다. 차후 기회를 만들어 실증하겠지만, 우선

이루어진 강재언의 순도 높은 연구는 북한체제의 급변처럼 주변 환경의 변화가 특정 개인의 삶과 연구에 어떤 영향을 미쳤는지 확인해 주는 대목이다.

3) 한국–일본 재침략에 대한 위기의식의 고조와 본격 연구의 시작

1965년 한일기본조약이 체결되었다. 김용섭은 일련의 과정을 다음과 같이 회상하고 있다.

> **일제하의 식민주의 역사학을 청산하는 문제는, 사상의 문제이고 선학들의 학문을 비판하는 문제**이기도 하였으므로, 최소한 학계에 세대교체가 있지 않으면 아니 되었다. 그러므로 학계에서 이 일을 추진하기까지는 세월이 많이 흘렀다. 1960년대를 기다리지 않으면 아니 되었던 이유이었다.
>
> 그런 가운데 **직접적인 계기가 되었던 것은** (…중략…) 한일회담의 재개이었다. 한일회담이 재개되고 한일 간의 국교조약이 체결되는 변화가 있게 되면서는, 한국사회와 학계에 일제 침략의 망령 과거사를 상기시켰고, 그들의 **새로운 내습에 대비해야 한다는 위기의식**을 고조시키게 되었다.
>
> 언론계에서는 연일 이를 대서 특필하였고, 학계에서는 이 문제를 근원적으로 대비하지 않으면 안 될 것으로 생각하였다.(강조-인용자)[112]

독자들의 이해를 돕기 위해 첨언하자면, 일본에서의 한국사 연구 가운데 강재언의 연구가 국내에 가장 많이 번역되었다.

112 김용섭, 앞의 책, 470쪽.

당시 학계에서 느끼던 위기의식의 구체적인 실체는 무엇이었을까. 그리고 어떻게 대응해야 한다는 것이었을까. 이우성은 당시의 분위기를 아래와 같이 정리하였다.

　2차대전이 끝나고 냉전시대로 접어들면서 자유세계 대 공산세계의 양극화라는 상황 속에 이 땅의 사람들은 미국을 중심으로 한 자유세계의 일원으로 자인하여 이른바 '자유'의 수호를 유일의 구호로 삼았고 **민족 그것은 망각되거나 등한시되기가 일쑤였다.** 그러다가 세계의 사정은 차차 강대국들의 실리주의적 입장을 노골화시켜 양극화의 상황은 다원화의 경향을 보이게 했고 '한일협정'이 체결되어 일본의 종교 내지 통속적 문물이 일본의 자본 및 상품과 표리관계를 이루어 이 땅에 도도히 흘러 들어오게 되었다. '자유'의 수호만을 지상명령으로 알고 있던 이 땅의 사람들은 **이제 비로소 민족 또는 민족문화의 수호를 생각하게 되었고,** 자유 세계의 일원이라는 관념만으로는 오늘의 국제사회 속에 생존할 수 없으며 **우리 민족 스스로의 판단과 결정으로 살길을 찾아야겠다는 절박한 현실을 직감**하게 되었다.[113] (강조-인용자)

이처럼 역사학계는 1965년의 한일협정을 계기로 일본에 대한 위기의식, 곧 민족 주체성을 수호하여 '새로운 내습'에 대비해야 한다는 공감대를 갖게 되었다. 1966년 6월에 열린 전국역사학대회에서 '역사이론과 역사서술'이란 주제의 기획 심포지엄이 개최된 이유도 그러한 공감대의 결과였다.

113　李佑成, 「1969~70年度 韓國 史學界의 回顧와 展望, 國史-總說」, 『歷史學報』 44, 역사학회, 1971, 1~2쪽.

김용섭은 심포지엄에서 「일본·한국에 있어의 한국사서술」이란 글을 발표하였다.[114] 그는 1963년 『사상계』에 발표한 글보다 더 폭넓고 깊이 있는 분석문을 발표하였다. 1945년 이전 일본인의 식민사관만을 분석했던 그때와 달리, 1945년 이후부터 당시까지, 그리고 일본인만이 아니라 한국인의 한국사 인식도 점검하였다. 그는 한국인의 한국사 서술 경향을 '민족사학', 사회경제사학, 그리고 '랑케류의 실증사학', 곧 문헌고증사학으로 구분하였다.[115] 그러면서 김용섭은 한국사학이 당면한 과제로 "일제관학자들이 수립한 식민사관을 극복"하는 일을 들었다.

김용섭은 왜곡된 사실을 일부분 시정하거나, 세세한 문제를 고증하는 데만 몰두하는 연구활동만으로 식민사관을 극복할 수 없다고 보았다. 그는 역사학자 개개인이 역사를 대하는 가치관과 자세를 바꾸어 연구에 정진하는 가운데 새로운 한국사관, 달리 말하면 "세계사의 발전과정이라고 하는 일반성 위에 한국사의 특수성이 살려진 그러한 역사관"을 수립해야 한다고 제창하였다. 1963년 2월 『사상계』에 발표한 글과 일치한 발언이다. 더 나아가 김용섭의 비판과 제안은 한국의 한국사 연구자의 근본적인 태도까지 문제 삼는 지적이었다는 점에서, 그리고 문헌고증사학적인 연구방법에 대한 직접적인 문제제기였다는 점에서, 한국사 학계에 대한 도전적인 발언이었다. 달리 보면, 일본인의 역사인식만을 제기했던 이기백의 식민사관 비판과 명확히 다르다는 점을 염두에 둘 때, 한국사 학계에서 많은 사람들이 탈식민을 말하지만 그 내부

---

114 김용섭, 「일본·한국에 있어의 한국사서술」, 『歷史學報』 31, 역사학회, 1966. 『朝鮮史研究會會報』 17(1967.8)에 번역되었다.
115 그는 같은 사회경제사학이라도 최호진과 백남운은 다르다고 보았다.

에 편차가 있음이 처음으로 드러난 순간이라 말할 수 있겠다.[116]

새로운 한국사상을 정립하기 위한 노력은 1960년대 후반기 들어 농업 이외의 분야에서도 내재적 발전에 입각하여 자본주의적 모습을 정리한 논문들이 나오기 시작하였다. 강만길의 상업사 연구가 그 보기이다. 그는 조선 후기 상업사 연구를 통해 상업자본의 발달상을 그려보려 하였다.[117]

다른 한편에서는, 사론적인 접근을 통해 식민사관에 대한 비판도 다양한 기회를 빌려 본격화하였다. 1966년 『신동아』 8월호에는 '한국사의 논쟁점'이란 주제의 대규모 특집 기획 아래 많은 글이 실렸다.[118] 이듬해에는 『월간 아세아』의 3월호에서 '특집-새로운 한국사상의 모색'이란 주제의 기획 아래 식민사관을 극복하기 위한 이론적 탐색이 시도되었다.[119]

두 특집에 모두 글을 기고한 사람은 김영호였다. 그는 1967년 12월 시대구분문제를 집중 토의하기 위해 한국경제사학회에서 주최하는 대규모 학술회의와 이듬해의 좌담회를 사실상 기획하였다. 그가 이렇게 기획할 수 있었던 원동력의 하나는 재일조선인 역사 연구자들과의 특

---

116 다만, 이때까지는 그 편차로 인해 사론(史論)과 실증연구(實證硏究)의 다름으로까지 이어지지는 않았다. 그것은 1970년대 중반경에 가서야 민중을 재인식하고 분단을 발견하며 가시화되어 갔다.

117 姜萬吉, 「朝鮮後期 手工業者와 商人과의 關係」, 『亞細亞學報』 20, 亞細亞學術硏究, 1966.

118 발표된 글이 매우 많아 몇 가지만 추려보겠다. 이홍직, 「임나일본부는 실재했는가?」; 하현강, 「노예제사회와 봉건제사회는 있는가?」; 김삼수, 「봉건적 사회에서 토지는 국유였는가?」; 이우성, 「실학이란 무엇인가?」; 이현종, 「동학란이란 무엇인가?」; 김영호, 「자본주의성립과정은 어떠했는가?」; 홍이섭, 「일본통치기간의 성격은?」; 전해종, 「한국사를 어떻게 보는가?」.

119 홍이섭, 「식민지적사관의 극복」; 이용범, 「한국사의 타율성론비판」; 이기백, 「사대주의론의 문제점」; 김영호, 「한국사 정체성론의 극복의 방향」.

별한 네트워크였다. 일본에 머무르는 동안 재일조선인 역사학자 이진희 등과 친분을 쌓으며 북한 학계의 연구동향을 점검할 수 있었기 때문이다.[120] 학술회의 결과는 『한국사시대구분론』(乙酉文化社, 1970)으로 출판되었다.

김영호는 종합토론을 진행하며 학술회의 때 제기된 의견의 특징 가운데 하나를 아래와 같이 요약하였다.

다음으로 중세에서 근대로 이행하는 문제에 있어서는 대체로 開港 전에 資本主義萌芽 혹은 自力的인 근대화의 움직임이 있었음을 인정하고 이를 이론적으로나 실증적으로 심화하고자 하는 노력을 엿볼 수 있읍니다.[121]

1967년의 시점에서 한국사 학계와 한국경제사 학계는 조선 후기에 새로운 상품화폐관계가 있었다는 사실을 공유하고 있었다. 이는 조선 후기에서 개항기의 역사를 정체성론의 관점에서 볼 수 없다는 공감대가 확보되었다는 의미이다. 또 사회경제사의 측면에서 조선 후기를 보는 연구자를 이상하게 보는 시선에서 이제는 조금 자유로워졌다는 의미이기도 하다.

자본주의맹아론처럼 한국사를 내재적 주체적으로 연구해야 한다는 학계의 분위기가 형성된 데는 조선사연구회의 『조선사입문』이 1967년 국내에 보급된 것과도 깊은 연관이 있었다. 한영우는 이 책이 "총체적으로 강한 자극"을 주어 "젊은 세대한테 상당한 자극"을 주었다고 회상할

---

120 신주백 채록, 「강덕상증언자료」, 2012.7.11.
121 韓國經濟史學會, 『韓國史時代區分論』, 乙酉文化社, 1970, 315쪽.

정도였다.[122] 한국사 연구자들은 『조선사입문』을 통해 일본의 연구경향 뿐만 아니라 북한의 연구동향도 제대로 다 파악할 수 있게 되었다. 한국 학계에서 '자본주의 맹아'라는 용어가 학계의 일반 개념어로 확산될 수 있게 된 것도 이즈음부터였을 것이다.[123]

새로운 한국사상을 수립하고자 하는 연구자들은 1967년 12월 한국 사연구회를 창립하였다. 김용섭이 초안을 작성한 「발기취지문」의 내용 을 인용하면 아래와 같다.

> 한국사를 과학적으로 연구하고 이를 더욱 발전시킴으로써 한국사의 올바 른 체계를 세우고, 아울러 한국사로 하여금 세계사의 일환으로서 그 정당한 위치를 차지하게끔 한다는 일은 한국사학도의 임무가 아닐 수 없습니다. (…중략…) 우리의 한국사연구는 질적으로나 양적으로 좀 더 전진해야 할 것으로 생각되는 바입니다. 오늘날 諸외국의 학자들이 높은 수준의 방법론 으로써 한국에 관한 역사적인 연구에 종사하고 또 활기를 띠고 있음을 생각 하면 더욱 그러한 바가 있습니다.[124]

발기인들은 세계사의 일부로서 발전하는 한국사상을 체계화하겠다

---

122 「韓國史研究會 創立 25週年 記念 座談會」, 『韓國史研究』 79, 한국사연구회, 1992, 137쪽.
123 필자가 현재까지 찾은 바로는, 학술논문에서 '자본주의 맹아'라는 용어를 사용한 경우는 신규성의 논문이 처음인 것 같다. 愼奎晟, 「李朝後期經濟에 있어서의 資本主義萌芽問題에 關한 小考」, 『東亞論叢』 3, 동아대학교, 1966.
124 글의 전개상 본문에서 언급할 수 없지만, 한국사연구회의 성립은 조선사연구회를 중심 으로 한 일본에서의 새로운 한국사 연구동향이 큰 자극제였음을 「발기취지문」을 통해 알 수 있다. 「발기취지문」; 「韓國史研究會 創立 25週年 記念 座談會」, 『韓國史研究』 79, 한국사연구회, 1992, 148쪽.

는 의지를 표명하였다. 이는 앞서 언급한 김용섭의 주장과도 비슷하다. 그렇다고 유물사관적인 방법론을 차용한 김용섭의 주장에 동조한 문맥은 아니라고 보아야 할 것이다. 취지문을 검토하는 과정에서 당시까지 유물론적인 사회경제사학을 의미한다고 해서 기피해 왔던 '과학적'이란 단어가 무슨 말이냐는 질문이 나올 정도였기 때문이다.[125]

사실 관점과 태도로서의 내재적이고 주체적인 한국사 인식이라고 해서 모두가 유물사관 또는 그 방법론을 도입했다고 볼 수 없다. 근대화가 곧 서구화라는 관점을 갖고 있는 근대지상주의적인 연구에서도 조선 후기의 상품화폐관계와 개항 이후의 문명화를 긍정적 발전으로 묘사할 수 있기 때문이다. 실증이 과학이라 생각하는 문헌고증사학의 연구방법에 따른다면, 상품화폐관계와 유통경제의 내재적인 구조 변화에 주목하지 않고 수량적인 분석과 현상적인 정리에 그치는 사회경제사 연구를 할 수 있기 때문이다.

결국 한국사연구회에는 '내재적 발전'에 관한 하나의 학문 경향을 가진 연구자만이 모인 것이 아니라 최소한 정체성론과 타율성론으로 대변되는 식민사관에 동조할 수 없는 연구자들이 모두 결집할 수 있었다. 달리 말하면, 김용섭이 말하는 연구자세와 연구방법, 그리고 발전단계론에 동조하지 않더라도 반식민사관에 입각한 역사연구를 하려는 사람이면 누구나 참가할 수 있었다. 이는 김용섭의 다음과 같은 회고를 통해서도 확인할 수 있다.

---

125 강만길의 발언이다. 「韓國史研究會 創立 25週年 記念 座談會」, 『韓國史研究』 79, 1992, 한국사연구회, 138쪽.

지각변동의 원인은 당시의 시점에서, **남한만의 한일회담에 대한 찬반의 견해차**이었다. 이때에는 이 문제를 놓고, **역사학회**도 그 간사진이 양분되고, **한국사학회**도 편집진과 국사편찬위원회 위원장 (…중략…) 사이에, 한일회담에 대한 찬반의 견해차가 있는 가운데 역사학계에 대혼란이 있었다.

이 **두 학회에서 밀려난 학자**들은 숙고한 끝에, (1967년 한국사연구회를 창립하였다—인용자)[126] (강조—인용자)

반식민사관적인 민족문제인식에 공감한 사람들이 결집한 조직이 한국사연구회였던 것이다.[127] 이는 식민사관의 극복이라는 화두에서는 공통되었지만, 시간이 갈수록 새로운 조선사상을 확립하기 위한 연구를 구체화해 갔던 1960년대 조선사연구회의 변모와 크게 비교된다고 하겠다.

두 연구회는 창립 과정에서의 차이 뿐만 아니라 식민사관을 극복하려는 움직임에서도 크게 달랐다. 조선사연구회는 식민사관을 둘러싼 자기 허물을 찾아내고 벗겨내었다. 이와 달리 1970년대까지도 『한국사연구韓國史硏究』에는 식민사관을 분석·비판한 논문이 한 편도 발표되지 않았다. 물론 1968년부터 발행되기 시작한 한국사연구회의 『한국사연구』 창간호를 보면, 조선 후기 상업에 관한 논문을 발표한 강만길을 시작으로 김용섭, 김경태, 한우근, 안병직 등이 조선 후기와 개항기의 내적 전개과정을 해명하는 논문을 발표하였다. 그럼에도 한국사연

---

126 김용섭, 앞의 책, 578쪽.
127 실제 한우근, 이기백, 김철준과 김용섭, 강만길이 함께 16인의 발기위원회 위원으로 참가하였다.

구회는 「발기취지문」에서도 언급한 '한국사의 올바른 체계'를 수립하고자 새로운 한국사 인식을 규명하는 데 노력한 반면, 학계의 주류인 문헌고증사학의 방법론과 역사인식에 대한 비판과 극복을 시도하지 않았다. 따라서 내적인 자기 점검에 철저하지 않았다는 점에서는 앞서 살펴본 조선사연구회를 주도하는 사람들과 자세 및 가치관에서 극명하게 대조되었다고 하겠다. 달리 보면, 학문권력에 대한 문제제기에서 현격한 차이가 드러난 것이다.

그런 가운데서도 문헌고증사학의 연구방법을 극복하지 못했지만, 내재적 발전이란 관점과 태도에 입각하여 개별 사실을 해명한 연구가 늘어난 경향은 새로운 한일관계에 대한 '예리한 반응'의 결과였다.[128] 그 가운데 집적된 연구성과를 정리하여 단행본을 간행하는 연구자도 나오기 시작하였다.

김용섭은 농업사와 관련된 다양한 연구 주제를 잡아 연구를 심화시키고 있었다. 그는 17세기부터 지주제가 해체되기 시작하는 한편, 상품화폐경제가 발달하고 농업생산력이 높아짐에 따라 영세빈농과 몰락농민이 급증하는 가운데 임노동층으로 전락하는 사람도 나타났다고 보았다. 소경영 농민이 해체되는 과정에서 경영형 부농이 출현한 것으로도 분석하였다. 김용섭은 그동안 진행한 농업사 연구들을 모아 『조선 후기 농업사 연구-농촌경제 사회변동』(一潮閣, 1970)과 『조선 후기 농업사 연구-농업변동 농학사조』(一潮閣, 1971)를 각각 출판하였다.[129]

---

128 安秉直, 「回顧와 展望-近代」, 『歷史學報』 49, 역사학회, 1971, 70쪽.
129 신용하는 김용섭의 연구를 정체성론의 극복이란 측면에, 안병직은 자본주의 맹아론이란 측면에서 각각 서평하였다. 愼鏞廈, 「停滯性論의 克復」, 『문학과지성』 2, 1970.가을; 安秉直, 「資本主義萌芽論」, 『문학과지성』 5, 1971.가을.

강만길도 상업자본이 시전상인의 공장工匠을 통해 수공업을 지배하는 양상을 실증한 논문들을 모아 『조선 후기의 상商 자본의 발달』(高麗大學校出版部, 1973)을 출판하였다. 송찬식은 사옹원司饔院의 경주분원과 시전市廛에서 상인자본이 수공업을 지배하고 경영에 참여하는 사례를 연구하여 상인 물주의 출현을 설명하는 『이조 후기 수공업에 관한 연구』(한국문화연구소, 1971)를 출판하였다.

새로운 한국사 연구의 진전을 위해 개별 연구와 더불어 공동으로 연구하는 경향도 나타났다. 이우성이 주도한 모임이 그러한 경우이다. 그는 1967년부터 1968년 사이에 일본에 머무르며 미야다 세스코 등의 도움으로 북한 학계의 성과를 직접 확인하고 대량으로 복사하여 귀국하였다.[130] 그리고 하버드대학교의 한국지부 성격을 갖고 있던 동아문화연구위원회의 "여러 동학同學들과 만날 적마다 맹아론에 관한 연구작업을 적극화할 것을 의논하였다".[131] 위원회 멤버들이 별 흥미를 갖지 않자 그가 직접 나서서 김용섭, 김영호, 강만길, 정석종과 함께 농업경영, 수공업, 도고상업체제, 사회신분제를 각각 분담하여 집필한 『19세기 한국사회』(大同文化研究院, 1972)를 출판하였다.[132]

이처럼 연구가 진전됨에 따라 이때까지 한국사 학계의 성과를 대중들이 쉽게 접할 수 있도록 하는 기획도 시도되었다. 역사학회에서는 학

---

130 안병직 자신은 이 복사물을 자유롭게 볼 수 있었다고 한다.(안병직, 「나의 학문 나의 인생」, 『역사비평』 59, 역사비평사, 2002, 213쪽)

131 이우성, 「동아시아 지역과 資本主義 萌芽論」(1992), 『李佑成著作集』, 창비, 2010, 461쪽.

132 그런데 이우성은 연구진으로 정석종 대신 신용하를 언급한 적이 있다(이우성, 「선비정신을 구현한 역사학자, 이우성」(1990), 『학문의 길 인생의 길』, 역사비평사, 2000, 44쪽). 기억이 잘못된 것인지, 다른 사정이 있었는지 확인하지 못하였다. 글제목 뒤의 연도는 인터뷰 연도.

술지에 게재된 논문이 아닌 사론 성격의 평이한 글들을 모아 출판하였다. 이미 발표된 32편의 글을 여섯 개의 영역, 곧 방법론의 반성, 전통사회의 성격, 민족문화의 전통, 한국미의 발견, 근대화의 제문제, 현대한국의 역사적 위치로 나누어 배치하였다. 이 글과 관련된 주제만 언급하면, 식민사관을 비롯한 한국사의 관점문제(김용섭, 이기백, 강만길), 토지사유제문제(김삼수), 민족성론, 실학문제(천관우), 근대화의 기점문제, 자본주의맹아문제(김영호) 등을 들 수 있다.[133] 당시 학계의 새로운 성과와 논점을 거의 다 드러냈다고 볼 수 있겠다. 이 책의 두 번째 기획의도, 곧 책의 「서序」에서 밝힌 대로 "조그마한 이정표를 세워 우리들 스스로를 채찍질"하기 위해 기획한 결과였다. 사실상 한국의 역사와 문화 전반에 대한 중간점검의 성격을 띠는 기획이었다고 말할 수 있겠다.

한국의 주체적 역사와 문화에 대한 축적된 연구는 학계 전체에도 새바람을 일으켰다. 그리하여 자신이 하는 학문을 한국학의 일부로 자각하는 흐름이 일반화되어 갔다.[134] 심지어 외국에서 한국학을 어떻게 연구하는가에 대해서도 관심을 두게 되었다.[135]

관점과 태도로서의 내재적 발전에 입각하여 한국의 역사와 문화를 주체적으로 파악하려는 한국사 학계의 움직임은, 민족주체성의 토대 위에서 학문을 하면서도, 세계 학문의 한 부문으로서 한국을 대상으로 연구하려는 의식의 표출이었다. 또한 한국학이란 개념어와 이를 정의하려는 움직임들이 활성화된다는 것은 한국사로부터 시작된 내재적 발

---

133 歷史學會 編, 『韓國史의 反省』, 新丘文化社, 1969.
134 예를 들어 1968년 1월부터 8월 사이에 『思想界』에는 모두 일곱 차례에 걸쳐 '韓國學의 形成과 그 開發'이라는 주제를 내걸고 종교, 경제, 미술, 과학 등 여러 분야를 점검하였다.
135 金漢敎 外, 「座談—美國속의 韓國學」, 『世代』 61, 世代社, 1968.

전에 입각하여 학문하려는 움직임이 한국학 관련 학문영역으로까지 확산되어 간다는 의미이다. 1960년대 후반 한국에서 내재적 발전이란 관점과 태도는 한국사 영역에만 국한되지 않았던 것이다.

주체적 내면적 역사파악은 1960년대 후반에 이르면 교육의 영역에까지도 확산되어 갔다. 즉 '내면적인 주체적인 계기'에 대한 파악[136]이 조선 후기에서 개항기까지를 고려하는데 그치지 않고, 한국사 전반에 대한 관점과 태도를 가리키는 것으로 의미가 확장되어 갔다. 이는 문교부의 의뢰로 이우성, 김용섭, 한우근, 이기백이 참여한 프로젝트 때, 학문의 성과를 살려 국사교육의 기본방향을 마련하기 위한 시안을 작성하는데 적용한 기본원칙에서 확인할 수 있다. 즉 기본원칙에는 "1. 국사의 전기간을 통하여 민족의 주체성을 살린다. 2. 민족사의 각 시대의 성격을 세계사적 시야에서 제시한다. 3. 민족사의 전과정을 내재적 발전 방향으로 파악한다"고 되어 있다.[137]

박정희 정부가 시안을 작성하려 한 이유는 조국근대화를 달성하는 방법의 하나로 민족의 주체성을 확보하고 주체적 근대화를 달성하기 위해 국사교육을 강화하려는 의도에서였다. 시안이 제출되던 때는 이보다 1년 전인 1968년에 국민교육헌장이 선포되고 국가가 주도하는 반공국민교육이 학교교육에 조금씩 반영되기 시작한 시기였다. 따라서 한국사 연구 및 교육과 권력 사이의 관계 설정을 둘러싸고 프로젝

---

136 金容燮, 「哲宗朝 民亂 發生에 對한 試考」, 『歷史敎育』 1, 역사교육연구회, 1956, 83~84쪽·90쪽.
137 이들은 11종의 역사교과서를 각자의 전공별로 꼼꼼하게 분석하고 이 시안을 작성했다고 한다. 이기백·이우성·한우근·김용섭, 「中高等學校 國史敎育改善을 위한 基本方向」, 1969, 4쪽.

트 참여자 네 사람 사이에 균열이 발생하기 직전인 때라고 보아도 무리가 없다.[138]

그렇다면 이때까지 반식민사학을 표방하며 한국사의 내적 전개과정을 해명하고 한국사를 주체적인 발전과정으로 정리하려는 한국사 연구자들은, 1960년대 지식사회의 전체적인 지형에서 어떤 지점에 있었던 것일까.[139]

1960년대 후반경 한국의 민족주의에는, 양적인 경제성장, 민족문화와 역사의 우월성을 강조하며 정치 문제에 대해 비판하는 목소리를 내지 않는 민족주의와 내포적 공업화를 강조하여 민족의 정서와 문화 측면보다는 정치·경제적 공동체가 직면한 현실문제를 강조하는 민족주의가 있었다고 한다.[140] 근대화와 전통의 관계에 대한 지식인들의 태도를 보면, 1966년 박정희 정권의 '조국근대화'에 총력을 기울이겠다고 선포하고 지식인을 회유하거나 탄압하는 가운데, 근대화 이데올로기의 주조를 담당하는 지식인 그룹은 '전통 계승' 또는 '탈 전통'으로 나눌수 있다.[141]

두 논의에 따른다면, 내재적인 한국사연구에 동조하지 않는 연구자는 현실의 문제점에 침묵하며 '전통 계승'을 주장하는 지식인 그룹에서

---

138 균열은 1970년대 중반경 명확해졌다. 이에 대해서는 신주백, 「관점과 태도로서 '內在的 發展'의 분화와 民衆的 民族主義 歷史學의 등장—民衆의 再認識과 分斷의 發見을 中心으로」, 『東方學誌』 165, 2014.3, 제3·4장 참조.

139 이 대목은 현재까지 연구가 도달한 1960년대 지식인 지형도에 근거해서만 접근할 수밖에 없어 많은 문제점을 내포하고 있을 것이다. 그럼에도 불구하고 한국적 맥락을 짚어낸다는 취지에서 다소 무리지만 시도해 보겠다.

140 홍석률, 「1960년대 한국 민족주의의 두 흐름」, 『사회와 역사』 62, 한국사회사학회, 2002.

141 허은, 「1960년대 후반 '조국근대화' 이데올로기 주조와 담당 지식인의 인식」, 『史學研究』 86, 한국사학회, 2007.

박정희 정권에 봉사하였다.[142] 내재적 발전의 측면을 의식한 연구를 시도한 한국사 연구자는 전통문제에 대해 다양한 입장을 표시했겠지만, 1960년대 후반경까지 내포적 공업화론, 매판자본과 민족자본 논쟁, 근대화론을 둘러싼 논란에 거의 개입하지 않았던 것으로 보인다. 따라서 1960년대 후반까지는 한국사 학계에 대해 내재적 발전의 분화라는 관점을 적용하기에는 아직 무리라고 볼 수 있겠다.

5. 맺음말

이상으로 북한, 일본, 한국으로 나누어 내재적 주체적 발전의 측면에서 한국사를 이해하려는 1960년대 한국사(조선사) 연구의 흐름을 살펴보았다. 맺음말에서는 내재적 발전의 관점과 태도에 관한 3국에서의 동향을 상호관계라는 측면에서 정리하고 의미를 짚어보겠다.

3국에서 관점과 태도로서의 내재적 발전에 입각하여 한국사를 연구하려는 목적은 달랐다. 그리고 1960년대의 전개양상도 달랐다. 1950년대에 이미 한국사 연구의 수준이 일정한 궤도에 오른 북한은, 역사발전의 합법칙성을 해명함으로써 사회주의 국가의 수립을 정당화할 수 있었다. 이를 바탕으로 식민사관을 비판할 수 있었다. 이와 달리 본격

---

142 이병도와 이선근이 대표적인 보기일 것이다.

적인 연구의 출발선상에 서지조차 못하고 있던 일본과 극히 소수의 사람으로부터 싹트고 있었던 한국에서는 여전히 식민사관에 포위되어 있었다. 하지만 1960년대 들어 한국과 일본에서도 세계사의 보편적 전개와 일치하는 한국사를 한국인의 주체적인 역사로 묘사하려는 움직임이 일어났다. 한일 양국의 국내외 정치상황은 논외로 하고 한국사(조선사) 학계의 움직임만을 놓고 보자면, 그 출발점은 정체성론과 타율성론으로 대표되는 식민사관에 대한 분석이었고, 그것을 극복하는 방향에서 연구주제가 설정되었다. 조선 후기의 자본주의 발생과 개항 이후 일본의 침략과정에 관한 연구가 집중된 이유가 여기에 있었다.

그러나 식민사관을 극복하려는 움직임은 일본과 한국에서 달랐다. 일본은 구체적인 내용을 분야별로 하나하나 검토하며 무엇을 극복해야 하는지를 비판적으로 검증하였다. 일본조선연구소와 조선사연구회를 이끌고 있던 사람들 중심으로 전개된 움직임은 자기허물을 스스로 벗겨내려고 끊임없이 노력하는 과정이었다. 이에 비해 한국의 한국사 연구자들은 1945년 이전의 관학자들을 중심으로 한 일본인의 식민사관에 대해서는 비판적이었지만, 우리 안에 잠복하며 작동하고 있는 식민사관에 대해 다양하고 구체적인 분석을 시도하지 않았다. 식민사관의 기반이자 연구방법인 문헌고증사학에 대한 비판적 분석은 김용섭을 제외하면 시도한 사람이 없었다고 말해도 과언이 아니다. 해방 후 한국사학계가 자기허물을 규명하고 벗어던지는 노력을 사실상 거의 하지 않았다고 말할 수 있다. 한국과 일본의 한국사(조선사) 학계에서 탈식민의 과정이 현격히 달랐던 것이다. 그 결과는 1970~80년대 한국에서의 한국사 연구의 한계로 들어났다. 거칠게 언급하자면 문헌고증사학의 그늘에 가려 한국사 관련 담론을 생산하지도 주도하지도 못하였다.

내재적 발전에 관한 연구는 서로 다른 맥락에서 시작되었지만 상대를 의식하며 전개되었다. 서로에게 큰 자극을 주기도 하였다. 특히 1960년대 중반경까지 북한의 연구성과는 연구의 방향과 내용의 측면에서 볼 때 일본과 한국의 연구자들에게 큰 자극을 주었다. 개인으로 치자면 북한의 김석형, 한국의 김용섭의 연구를 서로 의식하였다.

북한의 연구성과는 특정한 조직을 매개로 일본에 전달되었다. 일본의 연구성과가 한국에 알려진 것은 개인의 우연적인 노력의 결과였다. 한국의 성과가 일본에 알려진 것도 사실상 개인별 노력, 특히 일본인 연구자들의 노력이 크게 작용하였다.

1960년대 후반으로 가면서 북한의 정치상황이 급변하였다. 이에 따라 역사연구와 활동은 전면적으로 재검토되어 주체사상을 바탕으로 한 주체사관으로 전환되어 갔다. 내재적 발전의 국제적 분화가 일어난 것이다.

이에 비해 한국과 일본의 연구자들은 직접 접촉하며 서로의 연구경향을 파악할 수 있게 되었다. 그동안 '내면적'으로만 서로를 의식했던 관계를 넘어 비록 개별적이지만 직접 서로의 연구성과를 파악하고 생각을 확인할 수 있는 기회가 확대되어갔다. 일본의 연구가 한국에 알려진 과정은 개인의 우연한 노력과 조선사 연구자들의 공동 노력이 주된 요인이었다. 한국의 성과가 일본에 알려진 과정도 사실상 개인별 노력의 결과, 특히 일본인 연구자들이 주도적으로 움직인 결과였다. 일본인 연구자들은 남북한의 성과를 자유롭게 접촉하고, 일본사 학계의 연구도 고려함으로써 독자적인 자양분을 만들 수 있었다. 그들은 1960년대 후반

경에 이르면 그 내용의 일부를 한국과 북한에 발신하기에 이르렀다.

한일 간 역사연구에 관한 교류가 활성화되는 과정에서 조선사 이외의 분야에서 일본 학계의 동향을 파악할 수 있었고, 특히 북한의 연구성과도 폭넓게 알 수 있었다. 북한과 일본에서 유통된 성과들은 새로운 한국사상을 정립하는데 큰 촉매제로 작용했음을 이우성과 김영호의 귀국 후 활동을 통해 확인할 수 있다.

1960년대 후반 들어 내재적 발전에 입각하여 한국사를 연구하는 관점과 태도는 한국, 북한, 일본에서 확실히 정착되었다. 식민통치를 합리화한 담론이 만들어내는 공공적 가치, 즉 식민지 공공성을 극복할 수 있는 대안적 공공성, 달리 말하면 경합하는 공공성이 형성될 수 있는 분위기가 3국에 정착된 것이다. 자본주의맹아론은 새로운 공공역사인식을 선도하고 상징하는 담론이었다.

한국에서 내재적 발전에 입각하여 우리의 역사와 문화를 이해하려는 관점과 태도의 정착은, 동시에 그것을 한국학으로 확산시키는 과정을 동반하였다. 한국사의 영역에서 내재적 발전이란 관점과 태도가 형성되었기에 한국학이란 학문영역을 범주화하고 내용을 채워나가려는 움직임이 일어날 수 있었다. 경제개발로 상징되는 한국의 근대화 노력과 연계시켜서만 한국학이란 시야를 확보하려 했다고 생각해서는 안 되는 것이다. 1960년대 들어 한국사 이해를 둘러싼 내재적 발전에 관한 태도와 관점의 '형성'이 갖는 의미가 여기에 있다.

참고문헌

1. 기본자료

「박 대통령 취임사」, 『국민보』, 1963.12.25.

『경제연구』, 『력사과학』, 『문학과지성』, 『思想』, 『思想界』, 『史學研究』, 『朝鮮史研究会論文集』, 『朝鮮研究月報』, 『朝鮮史研究會會報』, 『韓國史研究』

(日本)朝鮮研究所設立發起人, 「(日本)朝鮮研究所設立趣意書(案)」, 1961.11.

신주백 채록, 「강덕상증언자료」, 2012.7.11.

古屋貞雄, 「「朝鮮研究月報」創刊に際「して」」, 『朝鮮研究月報』 創刊號, 日本朝鮮研究所, 1962.1.1.

安藤彦太郎・寺尾五郎 宮田節子・吉岡吉典, 『日朝中三國人民連帶の歴史と理論』, 日本朝鮮研究所, 1964.6.

日本朝鮮研究所, 『日朝學術交流のいしずえ-1963年度訪朝日本朝鮮研究所代表團報告』, 1965.

2. 단행본

강만길, 『역사가의 시간』, 창비, 2010.

과학원 력사연구소, 『우리나라 봉건 말기의 경제 형편』, 평양 : 과학원출판사, 1963.

_____, 『조선에서의 부르죠아 민족 형성에 관한 토론집』, 평양 : 과학원출판사, 1957.9.

과학원 력사연구소 편, 『조선통사』(상), 평양 : 과학원출판사, 1962.

과학원 력사연구소 근세 및 최근세사 연구실 편, 『조선근대혁명운동사』, 평양 : 과학원출판사, 1961.

김광열 외역, 『일본 시민의 역사반성 운동』, 선인, 2013.

김광진・정영술, 『조선에서 자본주의적 관계의 발전』, 사회과학출판사, 1973.

김석형, 『조선 봉건 시대 농민의 계급구성』, 평양 : 과학원출판사, 1957.

김용섭, 『역사의 오솔길을 가면서-해방세대 학자의 역사연구 역사강의』, 지식산업사, 2011.

박시형, 『조선토지제도사』(상・중), 평양 : 과학원출판사, 1960・1961.

歷史學會 編, 『韓國史의 反省』, 新丘文化社, 1969.

李基白, 『國史新論』, 泰成社, 1961.

_____, 『韓國史新論』, 一朝閣, 1967.

_____, 『民族과 歷史』, 一潮閣, 1971.

이병천 편, 『북한 학계의 한국근대사 논쟁』, 창비, 1989.

이우성, 『학문의 길 인생의 길』, 역사비평사, 2000.

전석담・허종호・홍희유, 『조선에서 자본주의적관계의 발생』, 사회과학출판사, 1970.

조선민주주의인민공화국 사회과학원 역사연구소, 『조선전사』 1 - 원시편, 과학백과사전 출판사,
　　1979.
旗田巍, 『朝鮮史』, 岩波書店, 1951.
旗田巍 編, 『朝鮮史入門』, 太平出版社, 1966.
　　　　, 『シンポジウム 日本と朝鮮』, 勁草書房, 1969.
朝鮮史研究會 編, 『朝鮮史研究會會報』, 綠陰書房, 2009.
韓國經濟史學會, 『韓國史時代區分論』, 乙酉文化社, 1970.
허종호, 『조선봉건말기의 소작제 연구』, 사회과학원출판사, 1965.
한완상, 『民衆과 知識人』, 正宇社, 1978.
히구치 유이치, 김광열 역, 『일본 시민의 역사반성 운동』, 선인, 2013.
宮田節子, 『朝鮮問題への取り組み-研究をふりかえって』, 2004.
史學會 編, 『日本歷史學界の回顧と展望 16 - 朝鮮』, 山川出版社, 1988.

3. 논문

「第1回 東洋學 심포지엄 速記錄」, 『震檀學報』 23, 1962.
「韓國史研究會 創立 25週年 記念 座談會」, 『韓國史研究』 79, 한국사연구회, 1992.
姜萬吉, 「朝鮮後期 手工業者와 商人과의 關係」, 『亞細亞學報』 20, 亞細亞學術研究, 1966.
김광순, 「우리 나라 봉건 시기의 토지 제도사 연구와 관련한 몇 가지 문제」, 『력사과학』 4, 조선민주
　　주의인민공화국 과학원 력사연구소, 1963.
　　　　, 「마르크스의 '아시아적 토지소유형태'와 '봉건적 토지국유제'에 관한 제문제」, 『경제연
　　구』 3, 평양 : 사회과학출판사, 1964.
金容燮, 「哲宗朝 民亂 發生에 對한 試考」, 『歷史敎育』 1, 역사교육연구회, 1956.
　　　　, 「東學亂研究論-性格問題를 中心으로」, 『歷史敎育』 3, 역사교육연구회, 1958.
　　　　「전봉준공초의 분석-동학란의 성격일반」, 『史學研究』 2, 한국사학회, 1958.
　　　　, 「最近의 實學研究에 對하여」, 『歷史敎育』 6, 역사교육연구회, 1962,
　　　　, 「일본·한국에 있어의 한국사서술」, 『歷史學報』 31, 역사학회, 1966.
金仁杰, 「1960, 70年代 '內在的 發展論'과 韓國史學」, 金容燮敎授停年紀念 韓國史學論叢刊行委員會
　　編, 『金容燮敎授 停年紀念 韓國史學論叢』 1 - 韓國史 認識과 歷史理論, 知識産業社, 1997.
김정인, 「내재적 발전론과 민족주의」, 『역사와 현실』 77, 한국역사연구회, 2010.
金漢敎 外, 「座談-美國 속의 韓國學」, 『世代』 61, 世代社, 1968.
愼奎晟, 「李朝後期經濟에 있어서의 資本主義萌芽問題에 關한 小考」, 『東亞論叢』 3, 동아대학교,
　　1966.
신주백, 「북한의 근현대 반침략 투쟁사 연구」, 『북한의 역사만들기』, 푸른역사, 2003.
　　　　, 「1950년대 한국사 연구의 새로운 경향과 동북아시아에서 지식의 內面的 交流-관점과
　　태도로서 '주체적·내재적 발전'의 胎動을 중심으로」, 『韓國史研究』 160, 한국사연구회,
　　2013.

_____, 「관점과 태도로서 '內在的 發展'의 분화와 民衆的 民族主義 歷史學의 등장―民衆의 再認識과 分斷의 發見을 중심으로」, 『東方學誌』 165, 연세대 국학연구원, 2014.

_____, 「1960년대 '근대화론'의 學界 유입과 한국사 연구―'근대화'를 주제로 내세운 학술기획을 중심으로」, 신주백 편, 『근대화론과 냉전 지식 체계』, 혜안, 2018.

安秉直, 「回顧와 展望―近代」, 『歷史學報』 49, 역사학회, 1971.

_____, 「나의 학문 나의 인생」, 『역사비평』 59, 역사비평사, 2002.

이기백·이우성·한우근·김용섭, 「中高等學校 國史敎育改善을 위한 基本方向」, 1969.

이영호, 「'내재적 발전론' 역사인식의 궤적과 전망」, 『韓國史硏究』 152, 한국사연구회, 2011.

李佑成, 「1969~70年度 韓國 史學界의 回顧와 展望, 國史―總說」, 『歷史學報』 44, 역사학회, 1971.

_____, 「동아시아 지역과 資本主義 萌芽論」(1992), 『李佑成著作集』 4―實是學舍散藁, 창비, 2010.

정혜경, 「姜在彦―일본 땅에서 한국학을 뿌리내리고」, 『정신문화연구』 80, 한국학중앙연구원, 2000.

千寬宇, 「旗田巍 著 朝鮮史」, 『歷史學報』 1, 역사학회, 1952.

_____, 「磻溪 柳馨遠 研究(下)―實學 發生에서 본 李朝社會의 一斷面」, 『歷史學報』 3, 역사학회, 1953.

한국사연구회, 「韓國史硏究會 創立 25週年 記念 座談會」, 『韓國史硏究』 79, 한국사연구회, 1992.

한영우, 「나의 학문과 인생」, 『朝鮮史硏究』 17, 조선사연구회, 2008.

허은, 「1960년대 후반 '조국근대화' 이데올로기 주조와 담당 지식인의 인식」, 『史學硏究』 86, 한국사학회, 2007.

홍석률, 「1960년대 한국 민족주의의 두 흐름」, 『사회와 역사』 62, 한국사회사학회, 2002.

홍종욱, 「內在的 發展論의 臨界―梶村秀樹와 安秉珆의 歷史學」, 『朝鮮史硏究會論文集』 48, 조선사연구회, 2010.

「わが国における資本主義的生産関係の発生についての学術討論会」, 『朝鮮學術通報』 II-4, 在日本朝鮮人科学者協会, 1964.(원전은 『경제연구』 3, 1964)

安秉珆, 「李朝末期の海運業―その實態と日本海運業の侵入」, 『海運經濟史研究』, 海文堂, 1967.

旗田巍, 「朝鮮史における外壓と抵抗」, 『歷史學研究―朝鮮史の諸問題』 別冊, 歷史學研究會, 1953.

淺田僑二, 『日本帝國主義と舊植民地地主制』, 御茶の水書房, 1968.

板垣竜太, 「'韓國併合' 100年を問う: 日韓會談反對運動と植民地支配責任論―日本朝鮮研究所の植民地主義論を中心に」, 『思想』 1029, 2010.

吉野誠, 「朝鮮史研究にける內在的發展論」, 『東海大學紀要―文學部』 47, 1987.

梶村秀樹, 「李朝末期朝鮮の纖維製品の生産及び流通狀況」, 『東洋文化研究所紀要』 46, 東京大學東洋文化研究所, 1968.

梶村秀樹, 「李朝後半期朝鮮の社會經濟構成に關する―最近の研究をめぐって」, 『梶村秀樹著作集』 第2卷―朝鮮史の方法, 明石書店, 1993.

(괄호 안의 연도는 첫 발표연도)

1970년대 『창작과비평』의
한용운론에 담긴 비평전략*

김나현

1. 문제 제기

1966년 창간된 잡지 『창작과비평』(이하 『창비』)에 관한 기왕의 연구 대부분은 '민족문학론' 논의의 맥락에서 이루어졌던 것이 사실이다. 『창비』발 민족문학론이 본격화되는 1970년대 중반 이후로 이어졌던 민족문학론에 대한 일련의 찬동과 비판 속에서 『창비』의 매체적 성격이 주목돼왔던 것이다. 그러나 필연적으로 이러한 시각은 『창비』 내에 있었던 다양한 시도와 그 파급력을 단성화시킬 수밖에 없다. 이 같은 문제의

* 이 글은 2011년 연세대학교 국어국문학과 BK21사업단과 산동대학교 한국학원이 공동 개최한 제6회 조선민족문학 국제학술회의에서 처음 발표했고, 2012년 성균관대학교 대동문화연구원에서 발행하는 『대동문화연구』 79집에 게재됐던 글이다. 그간 축적된 다른 연구성과들에 견준다면 이제는 상식적인 내용이나, 『창작과비평』의 한용운론에 대한 본격적인 첫 글이었다는 점에 의의를 두어 크게 수정하지 않고 싶다.

식 속에서 최근에는 민족문학론 논리를 단순히 재확인하는 논의에서 벗어나 당대의 다양한 담론지형을 살피며 『창비』의 의의를 새롭게 자리매김하려는 연구 시도가 늘고 있으며 주목할 만한 성과를 내고 있다. 가령 1960~70년대 매체 환경을 두루 살펴 『사상계』, 『한양』, 『청맥』과의 영향관계를 염두에 두며 『창비』의 맥락을 이해하도록 돕고 있는 하상일의 연구[1]를 들 수 있겠다. 또한 4월항쟁의 자장 안에서 1960~70년대 문학장의 흐름을 고찰하며 1970년대 민족문학론의 핵심논제들이 어떻게 만들어졌는지를 폭넓게 추적하는 권보드래의 연구[2]나, 『창비』, 『문학과지성』, 『상황』 등의 계간지가 어떤 과정으로 형성되었는지를 고찰한 김성환의 연구,[3] 특히 『사상계』와 관련하여 1960년대 중반의 지배적 담론 지형을 살핀 김건우의 연구,[4] 1960년대 한국(인문)학의 제도화와 『창비』의 관계를 고찰하는 김현주의 연구[5] 등을 꼽을 수 있다. 이러한 논의들은 1960~70년대의 담론지형에 대한 폭넓은 이해를 제공함으로써 당대의 주요 문예종합지였던 『창비』를 재독해할 시각을 마련해주고 있다.

본고도 이러한 맥락에서 1970년을 전후한 지면에 주목하고자 한다.

---

1 하상일, 『1960년대 현실주의 문학비평과 매체의 비평전략』, 소명출판, 2008.
2 권보드래, 「4월의 문학혁명, 근대화론과의 대결」, 『한국문학연구』 39, 동국대 한국문학연구소, 2008; 권보드래, 「4・19와 5・16, 자유와 빵의 토포스」, 『상허학보』 30, 상허학회, 2010; 권보드래, 「민족문학과 한국문학」, 『민족문학사연구』 44, 민족문학사학회, 2010.
3 김성환, 「1960~70년대 계간지의 형성과정과 특성 연구」, 『한국현대문학연구』 30, 한국현대문학회, 2010.
4 김건우, 「1964년의 담론 지형」, 『대중서사연구』 22, 대중서사학회, 2009.
5 김현주, 「'자유'의 재구성과 리얼리즘-초창기 『창작과비평』을 중심으로」, 『문학의 토폴로지-문학의 문화, 문학의 정치』(한국문학연구학회 제83차 정기학술대회 자료집), 한국문학연구학회, 2012.6.

1969년 여름호를 시작으로 약 2년간 『창비』에는 한용운 관련 논의가 집중적으로 게재된다. 『창비』 문학 분과의 핵심 필진이었던 백낙청과 염무웅을 중심으로 발화된 『창비』 내 한용운론은 당대 국문학계의 연구 성과와 빠르게 보폭을 맞추었고 나아가 한용운론을 선점·선도하는 양상까지 보이는데, 한용운론은 『창비』만의 독자적인 문학관 정립에 있어 중요한 계기로 작용하게 된다는 점에서도 주목을 요한다.

만해 한용운 연구가 본격화된 것은 1960년대부터이다. 『님의 침묵』[6]은 1926년에 출간되었으나 간행 직후의 서평 몇 편[7]을 제외하고는 당대 문단에서의 관련 논의가 거의 없었다. 한용운 역시 더 이상의 시집을 출간하지 않았으며 문단에서 적극적으로 활동하지도 않았기 때문에 당대에는 그의 작품이 비평대상으로 떠오르지 못했던 것이다. 그러다가 1960년에 한용운 연구로는 첫 단행본인 『한용운 연구』[8]가 출간되는데, 이 책은 이후 연구자들이 한용운에 대한 종합적 시각을 마련하는 발판이 된다. 『한용운 연구』를 통해 만해의 생애, 사상, 문학, 독립운동 등에 대한 윤곽이 잡혔으며 이를 바탕으로 타고르와의 비교연구나 불교사상과의 관계에 대한 연구 등이 이루어졌기 때문이다.

물론 이러한 성과는 1950년대 조영암, 정태용, 조지훈 등의 한용운론이 있었기 때문에 가능한 것이었다.[9] 특히 조지훈은 사실상 한국 시

---

6 한용운, 『님의 침묵』, 회동서간, 1926.
7 유광렬, 「'님의 침묵' 독후감」, 『시대일보』, 1926.5.31; 주요한, 「애의 기도, 기도의 애―한용은 근작 '님의 침묵' 독후감」, 『동아일보』, 1926.6, 22·26면.
8 박노중·인권환, 『한용운 연구』, 통문관, 1960.
9 정태용, 「만해의 동양적 감각성」, 『현대문학』 29, 현대문학사, 1957.5; 조영암, 「조국과 예술―젊은 한용운의 문학과 그 생애」, 『자유세계』 4, 홍문사, 1952.5; 조영암, 「한용운 평전」, 『녹원』 1, 녹원사, 1957.2; 조지훈, 「한용운 선생」, 『신천지』 9-10, 서울신문사출판국, 1954.10; 조지훈, 「한용운론」, 『사조』 5, 사조사, 1958.10 등을 들 수 있다.

문학사에서 한용운 연구의 첫 방향을 제시한 사람이라고 할 만하다. 그는 「한용운론」에서 "혁명가의 선승과 시인의 일체화, 이것이 한용운 선생의 진면목이요, 선생이 지닌 바 이 세 가지 성격은 마치 정삼각형과 같아서 어느 것이나 다 다른 양자를 저변으로 한 정점을 이루었으니 그 것들은 각기 독립한 면에서도 후세의 전범이 되었던 것"[10]이라고 서술한다. 한용운이 보여준 세 면모를 정삼각형에 비유하여 셋의 조화를 상찬한 조지훈의 수사는, 이후의 한용운 연구자들에게 반복적으로 나타나며 한용운 문학을 해석하는 데에 핵심 열쇠로 기능하게 된다. 즉 시인인 동시에 독립투사이며 선승이었던 한용운의 일생을 참조하며 그의 문학을 해석하려는 프레임이 마련된 것이다. 조지훈과 더불어 한용운 연구에 있어서 또 한 명의 중요한 논자는 송욱인데, 특히 그는 한용운의 시와 선禪사상과의 관계에 대한 연구에 천착했고 이를 바탕으로 타고르 문학과의 관련성에도 주목한 바 있다.[11] 송욱은 종교사상과 문학 간 의 상호관계에 대한 해명을 통해 한용운의 시에 나타난 '사랑'을 해석하고자 했으며, 이러한 시도는 1974년에 간행되는 『님의 침묵 전편 해설』[12]에서 집대성된다.

1950~1960년대가 한용운 연구의 형성기라면, 김재홍[13]의 지적대로 1970년대는 한용운 연구가 본격화되는 시기라 할 수 있다. 오늘날까지도 대중적 상식으로 자리 잡고 있는 '민족시인'으로서의 한용운 이

---

10 조지훈, 위의 글, 1958.10, 84쪽.
11 송욱, 「만해 한용운과 타고르─유미적 초월과 혁명적 아공」, 『사상계』 117, 사상계사, 1963.2.
12 송욱, 『님의 침묵 전편해설』, 과학사, 1974.
13 김재홍, 「만해 연구 어디까지 왔나」, 『2004 만해축전』, (재)백담사 만해마을, 2004.

미지는 이 시기에 정립되고 확산되었는데, 바로 이 시기에『창비』는 한용운 연구의 중요한 무대가 된다. 한용운을 마지막 전통시인이자 최초의 근대시인으로, 그리고 최대의 시민시인으로 명명하고 있는 백낙청의 「시민문학론」[14]은, 이후 2년간『창비』에 집중적으로 게재되는 한용운 관련 논의의 물꼬를 트게 된다.『창비』18호(1970.가을)에는 한용운의 미발표 유고인 중편소설 「죽음」과 함께 이길진이 번역한 한용운의 「조선독립이유서」가 실리고, 19호(1970.겨울)에는 안병직의 「만해 한용운의 독립사상」, 26호(1972.겨울)에는 염무웅의 「만해 한용운론」, 27호(1973.봄)에는 이원섭이 역주한 한용운의 「조선불교유신론」이 실린다. 미국으로 간 백낙청을 대신해 염무웅이『창비』의 주간을 맡았던 2년간의 일이다.

1973년에서야 한용운 전집이 간행되었다는 사실을 염두에 두자면,『창비』는 전집이 출간되기 전에 한용운의 미발표 유고 일부를 비롯하여 「조선독립이유서」와 「조선불교유신론」의 번역본을 공개하는 창구가 되어 1970년대 초 한용운론을 선도했다는 것을 알 수 있다. 더욱이『창비』가 한 작가에 관련된 글을 이처럼 연속적으로 게재한 것은 전례 없는 일이었다. 이후『창비』는 한용운 30주기가 되는 1974년에 '만해문학상'을 제정하게 된다. 편집진은 "우리 민족이 낳은 위대한 시인이자 탁월한 사상가요 항일 독립투사이신 만해 한용운 선생의 업적을 기념하고 선생의 고매한 문학정신을 계승하여 참다운 민족문학의 확립에 기여하고자 하는 뜻에서"[15] 만해문학상을 제정하겠다고 그 경위를 밝

---

14 백낙청, 「시민문학론」,『창작과비평』14, 1969.여름
15 편집부, 「제1회 만해문학상 발표」,『창작과비평』32, 1974.여름, 550쪽.

힌다. 『창비』는 만해 한용운의 문학과 사상의 고매함을 자신들의 이름으로 기림으로써 스스로의 문학적 지향점을 공표한 것으로 해석할 수 있다. 즉 '만해문학상' 제정을 통해 만해 한용운은 『창비』 민족문학론의 어제와 오늘을 보여주는 일종의 아이콘이 된 셈이다.

하지만 『창비』가 1966년 창간 초기부터 한용운의 문학을 고평했던 게 아님을 상기할 때, 1970년을 전후로 약 2년간 갑작스럽다 싶게 한용운의 문학과 사상을 적극 수용하게 된 것은 그 연유를 되묻게 만드는 대목이다. 본고에서는 『창비』 문학 분과의 주요 필진이었던 백낙청과 염무웅의 글을 두루 살핌으로써, 1970년대 『창비』와 한용운의 접합점이 갖는 의미를 검토하겠다. 1970년대 한용운 연구가 『창비』로부터 발원한 민족문학운동의 담론 체계와 긴밀한 연결을 가지면서 상호 성장했음을 밝히고자 함이다.

2. 혁명, 문학, 사상의 삼일체

『창비』 창간호의 권두논문인 「새로운 창작과 비평의 자세」[16]는 『창비』의 문학적 지향 이념을 드러내주고 있는 일종의 선언문이다. 백낙청은 이 글에서 동서고금의 다양한 텍스트를 언급하며 문학에서의 '순

---

16 백낙청, 「새로운 창작과 비평의 자세」, 『창작과비평』 1, 1966.겨울.

수성'이 무엇인지를 되묻고 문학의 사회기능이 무엇인지 고찰한다. 그리하여 백낙청이 설정하는 문제의식은, '문학'이 아니라 '한국의 문학'을 주어로 삼아 "한국의 문학인은 구체적으로 무엇을 할 것인가?"[17]가 된다. 백낙청이 요청하는 '새로운 창작과 비평의 자세'는 '역사의 짐'이 문학에 지워졌음을 알고 역사적 과제를 수행하는 문학예술을 형성하는 자세라고 요약할 수 있겠다. 그가 지적하는 당대 한국의 역사적 과제란 민족의 궁극적 통일과 한국사회의 자유화 및 근대화이다.

> 이렇게 큰 역사의 짐이 문학에게 지워졌을 때 한국의 작가는 그 짐을 준 역사적 현실을 원망만 할 수는 없을 것 같다. 그것은 무거운 짐이나 한국의 문학더러 문학다운 문학이 한번 되어 보라는 요구 이상도 아니기 때문이다. 그 요구에 응하여 싸우고 시달리는 가운데 작가는 작품의 풍부한 소재와 아울러 작가를 단순한 문학인 이상으로 믿고 따르는 독자층을 얻을 것이며, 현실을 되도록 깊이, 그리고 날카롭게 보아 되도록 널리 알려야 하면서도 부당한 오해와 보복을 피해야만 하는 객관적 제약 때문에 그는 예술가에게 가장 귀중한, 표현의 절제와 정확과 함축을 배울 것이다. 민족의 궁극적 통일과 한국사회의 자유화 및 근대화라는 역사적 과제가 수준 높은 새로운 문학예술의 형성을 강요하고 있는 듯도 싶다.[18]

그렇다면 역사의 짐을 마땅히 지고 싸워나가는, 그야말로 문학다운 문학으로서의 한국문학의 전범은 무엇일까? 이 글에서 백낙청이 비교

---

17 위의 글, 26쪽.
18 위의 글, 31쪽.

적 비중 있게 언급하고 있는 작가는 이광수다. 하지만 "이광수의 공로를 인정하고 그에게 주어졌던 환경의 제약을 이해하는데 인색할 것은 아니나 그의 작품의 결함을 오늘의 수준과 거리를 갖고 냉정히 비판할 필요가 있음을 더 말할 것도 없다"[19]는 것이 백낙청의 입장이다. 이광수의 문학을 한낱 통속문학으로 치부할 수는 없으나, 이는 민족적 저항을 어설프게 대변하는 수준이어서 우리가 마땅히 요구해야 할 문학적 수준에는 못 미친다는 것이다.

이 글에도 한용운에 대한 언급이 있다. 백낙청은 "한국문학은 단순히 한국의 문학이라는 사실만으로도 남북의 절단에 대한 생생한 항의가 되며 역사적 운명 공동체인 한국민족의 가장 애타는 소망을 대변하는 것이 된다"[20]는 설명과 함께 한용운의 「찬송」과 정지용의 「고향」, 서정주의 「수대동시」의 일부를 인용해 보인다. 그러나 백낙청은 "복고조"라는 표현을 사용하며 인용한 시구들이 한국적인 언어를 구사하고 있음을 언급할 뿐이다. 한국의 언어는 그 자체로 한국 사람들 누구나 젖어드는 유대를 만들어 줌을 언급하는 맥락에서다. 다시 말해 이 글에서 언급된 한용운의 시구는 정지용, 서정주의 시와 함께 우연찮게 인용된 수준이었을 뿐 적극적으로 평가되는 바는 없는 것이다.

요컨대 『창비』가 지향하는 문학관을 밝히고 있는 창간사 격의 글인 「새로운 창작과 비평의 자세」는 사회기능을 수행하는 문학에 대한 기대를 담고 있다. 그런데 구체적인 작품에 대한 평가라고는, 한국의 근대문학이 최남선과 이광수로부터 출발했음을 언급하며 이광수의 공과

---

19 위의 글, 35쪽.
20 위의 글, 29쪽.

를 지적하는 것이 전부였던 셈이다. 백낙청의 목소리를 빌려 『창비』가 요청하고 있는 '역사의 짐을 진 문학'의 이 빈자리가 채워지는 것은 이로부터 3년 뒤이다.

『창비』 14호에 실리는 「시민문학론」[21]은 서양 근대 문학사를 두루 짚어보며 도출한 '시민의식' 개념을 가지고 한국의 전통과 문학을 돌아보는 글이다. 백낙청은 한국에서 근대적 시민의식이 한데 모인 민족사상 최초의 대사건을 3·1운동으로 꼽으며, 3·1운동에 참여했던 세대들이 식민지시대 최초의 한국문학을 쓰게 되면서 한국적 시민의식을 발현하게 되었다고 지적한다. 시 분야의 진정한 수확으로는 만해의 시집과 더불어 이상화와 소월의 시 몇 편을 들고 있다. 그는 이 중 가장 앞서는 것이 한용운의 문학임을 강조하며 만해를 최초의 근대시인이며 최대의 시민시인이라고 상찬한다.

> 작품의 양으로나 질로나, 또 그의 작품발표가 『창조』보다 한 해 앞선 『유심』지에서 비롯한다는 시기적인 순위로나, 한용운은 한국 최초의 근대시인이요 3·1운동이 낳은 최대의 시민시인이라 할 수 있다. 그러나 만해가 동시에 옛 한국 마지막의 위대한 전통시인이었다는 사실은 그만이 누릴 영예이자, 전통의 계승을 바라는 우리들 모두의 커다란 행운이 아닐 수 없다.[22]

백낙청은 신문학 '최초'를 가려내는 데에만 급급하여 육당의 「해에게서 소년에게」와 주요한의 「불놀이」를 최초의 근대문학으로 자리매

---

21 백낙청, 「시민문학론」, 『창작과비평』 14, 1969.여름.
22 위의 글, 488쪽.

김하기에 여념이 없는 당대의 문학사 서술 흐름을 두고, 식민지 상황에서의 '최초'가 무슨 의의를 띨 수 있는지를 검토해야 할 것이라고 엄준히 비판한다. 그러면서 한용운의 작품이야말로 시기적인 순위에서도 물론이거니와 작품의 양이나 질로 보아서도 진정 '최초의 근대시인'이라 부를 만하며, 3·1운동을 통해 발현된 한국적 시민의식을 십분 보여주고 있는바 '최대의 시민시인'이라 할 만하다고 고평하는 것이다.

독립선언서에 서명한 민족대표 33인 중 한 명인 한용운이 구현하는 3·1운동의 시민정신에 대한 평가에 이어, 백낙청은 한용운의 불교사상과 문학세계를 차례로 평가한다. 주자학에 입각해있던 전통사회의 붕괴를 맞닥뜨리며 실학사상, 동학사상, 개화사상의 근대적 요소를 받아들인 대승불교의 평등주의와 구세주의가 시민종교로서의 불교사상을 가능케 했고 그것이 만해가 보여준 불교사상이라는 것이다. 그리고 이로써 한용운 문학에서의 '님'을 해석해낼 수 있다고 말한다. '님'은 한 여인의 애인인 동시에 시인이 잃어버린 조국과 자유이고 불교의 진리이며 중생이 된다.

한용운에 대한 백낙청의 평가에서 핵심이 되는 것은 한용운이야말로 '혁명'과 '사상'과 '문학'의 일체화의 성취를 보여주었다는 점이다. 물론 한용운이 혁명가이자 선승이며 시인이었다는 사실에 주목한 것은 백낙청이 처음은 아니며, 백낙청 역시 문면에서 지적하고 있듯 조지훈, 송욱 등 다양한 필자들이 이 대목에 주목해왔다.[23] 백낙청은 "이것이

---

23 "한용운 선생의 진면목은 혁명가와 선승과 시인의 일체화에 있었다. 이 세 가지 성격은 마치 정삼각형과 같아서 어느 것이나 다 다른 양자를 저변으로 한 정점을 이루어 각기 독립한 면에서도 후세의 전범이 되었지만, 이 세 가지 면을 아울러 보지 않고는 선생의 진면목은 체득되지 않는다. 왜 그러냐 하면 지사로서의 선생의 강직한 기개와 고고한

결코 일인삼역의 곡예가 아닌 진정한 '일체화'였고 그것이 바로 3·1 운동이 이룩한 시민의식의 본질"[24]이라고 강조하며 일체화의 수사를 『창비』에 그대로 들여온다.

1966년의 글 「새로운 창작과 비평의 자세」에서는 비워놓았던 한국 근대문학의 성취점에 한용운이 기입되는 순간이다. 백낙청의 이 같은 변화는 『창비』 창간호 이래 꾸준히 실렸던 사르트르, 윌리엄스, 하우저 등 리얼리즘 논자들의 이론을 직·간접적으로 흡수한 결과물이라고 봐도 좋을 것이다. 예컨대 다음과 같은 구절은 소위 『창비』식 비평방법을 정립하는 데에 중요한 지침이 된다.

현대의 소설은 우리 사회의 위기를 반영하는 동시에 밝혀주고 있는 것이다. (…중략…) 우리는 항상 우리의 현재 상황의 정체를 규명함으로써 시작하는 것인데, 나 보기에 핵심적인 문제는, 바로 문학형식에도 반영된 것을 보았듯이, 개인과 사회를 각기 절대시하여 분리시켰다는 데 있다. 우리 시대에서 참으로 창조적인 노력은 좀 더 건전하고 통합적인 인간관계를 위한 투쟁이다. 그리고 이 작업을 개인적인 동시에 사회적인 작업, 즉 보다 깊은 상호관계를 보다 광범위하게 이룩하는 일을 실천을 통해 배우는 작업으로 생각할 수 있다. (…중략…) 최고의 리얼리즘에서, 사회는 근본적으로 개인적인 문제로 부각되며, 개인은 또 그들의 상호관계를 통해 근본적으로 사회적

절조는 불교의 온축과 문학작품으로써 빛과 향기를 더했고 선교쌍수의 종장으로서의 선생의 증득은 민족운동과 서정시로서 표현되었으며 선생의 문학을 일귀하는 정신이 또한 민족과 불을 일체화한 '님'에의 가없는 사모였기 때문이다." 조지훈, 「『한용운 연구』 서문」, 박노순·인권환, 『한용운 연구』, 통문관, 1960, 5쪽.

[24] 위의 글, 488~489쪽.

인 존재로 보여주는 것이다. 이러한 통합은 우리의 지침이 되어주지만 그렇다고 우리가 의지력만으로 성취할 수 있는 것은 아니다. 만약에 그러한 통합이 이루어진다면 그것은 창조적 발견을 통해서일 것이며 아마도 리얼리즘 소설의 구조와 내용 속에서만 기록될 수 있을 것이다.[25]

윌리엄스의 글이 역설하는 바는 문학이 단지 작가 개인의 산물이 아니며 오늘날 당면한 사회적 위기를 반영해주는 사회적 산물임을 강조하는 리얼리즘 문학론이다. 문학작품을 고립된 개별 작품으로 해석하는 데에 머무르지 말고 문학작품이 근본적으로 사회와 상호작용한다는 전제 하에서 작품 분석을 하라는 이 글의 요청은, 『창비』지 자신을 향한 요청이기도 했다.

이에 따라 백낙청의 「시민문학론」은 '시민의식'이라는 개념을 통해 한국 근대문학사를 재검토한 셈이며, 따라서 백낙청은 1966년의 글에서는 한용운을 적극적으로 평가하지 못했지만 1969년에 와서는 혁명, 사상, 문학의 '삼일체'라는 구조적 틀을 만들어 한용운의 사회운동과 문학과 사상을 효과적으로 비평해낼 수 있었다고 판단된다. 다시 말해 「시민문학론」은 『창비』가 창간 후 2년간 번역·게재했던 리얼리즘 문학이론을 한국문학에 적용한 실습장이었고, 이러한 독법에 따라 한용운의 문학이 한국 근대문학 최대의 성과로 자리매김할 수 있게 된 것이다. 「시민문학론」을 시작으로 이후 2년여 간 『창비』에 꾸준히 게재되는 한용운 관련 논의들은 혁명-사상-문학의 삼일체 구조 속에서 진행된다.

---

25 레이몬드 윌리엄스, 백낙청 역, 「리얼리즘과 현대소설」, 『창작과비평』 7, 1967.가을, 433
   ~434쪽.

3. 한용운 문학정신의 근대성

「시민문학론」 이후 『창비』가 가장 먼저 게재하는 한용운 관련 글은 한용운의 중편소설 「죽음」과 현대어로 번역한 「조선독립이유서」다. 「님의 침묵」으로 대표되는 한용운의 문학에 대해서는 대개 널리 알고 있는 것에 비하여 독립사상가, 불교사상가로서의 한용운의 글은 대중적으로 노출된 바가 적기 때문에 『창비』에서는 한용운의 독립사상, 불교사상을 보여주는 산문에 지면을 할애한 것으로 보인다. 그래서 18호에는 「조선독립이유서」를 실어 독립사상가로서의 면모를 보여주고, 27호에는 불교사상가로서의 면모를 보여줄 수 있는 「조선불교유신론」을 싣게 되는 것이다.

「조선독립이유서」는 특별한 주석 없이 이길진의 번역으로 실리게 되는데, 편집부에서는 「편집후기」를 통해 게재 의의를 밝히고 있다.

> 만해 한용운 선생은 의심할 여지없이 근대 한국이 낳은 가장 위대한 인물 중의 하나다. 순화된 민족의 언어로 민족의 염원을 노래한 시작에 있어서나 불교의 혁신운동에 있어서나 혹은 일본 제국주의와 식민주의를 반대하는 투쟁에 있어서나 그는 항상 뜨거운 민족적 의기와 참된 양심을 대변하였다. 그가 작고한 지 30년이 가까워지는 오늘날에도 자유와 진보를 위한 그의 옳은 정신은 더욱 절실히 요청되는 것 같다.[26]

---

26 편집부, 「편집후기」, 『창작과비평』 18, 1970.가을, 595쪽.

짤막한 「편집후기」에서도 문학과 불교사상과 독립운동의 삼요소를 들며 한용운을 높이 기리고 있다. 「조선독립이유서」는 삼요소 중 독립운동가로서의 면모를 잘 보여주는 글이며, 이에 대한 논평은 바로 다음 호에 실리는 안병직의 글이 담당하고 있다.

안병직은 『창비』 19호에 「만해 한용운의 독립사상」[27]을 발표한다. 이 글은 3·1운동의 역사적 의의를 밝힌 뒤 만해가 보여준 자유·평등사상, 민족독립 사상, 혁신사상 등을 짚어보고 있다. 그에 따르면, 한국사회에서 자유와 평등 개념이 강조되고 대외침략세력에 대한 객관적 인식을 갖게 된 출발점이 바로 3·1운동이다. 3·1운동을 통해 대중의 자유정신이 발전할 때 역사가 발전하며, 민족독립의 힘 역시 대중으로부터 나온다는 사실을 각성하게 되었다는 것이다. 그리고 3·1운동의 한가운데에 한용운이 있다. 한용운은 민족대표 33인 중 한 명이었거니와 3·1운동의 의의를 이른바 "자유주의에 입각한 불교사회주의"[28]를 통해 누구보다 잘 보여주었기 때문이다. 다시 말해 안병직의 이 글은, 시인이자 선승이며 독립운동가인 한용운의 면모 중에 독립운동가로서의 측면에 초점을 맞추어 한용운의 독립사상이 보여준 놀라운 성취를 강조하고 있는 글이라 하겠다.

그의 독립사상의 핵심은 자유주의이다. 그는 자유를 인간의 본질로 파악하였다. 인간의 본질은 타세계, 가령 근대 자연법사상에 있어서처럼 자연의 질서에 의하여 주어지는 것이 아니라, 스스로 자연과 사회의 주재자이며 시

---

27 안병직, 「만해 한용운의 독립사상」, 『창작과비평』 19, 1970.겨울.
28 위의 글, 764쪽.

작도 끝도 없는 절대자이다. 자유는 절대자이기 때문에 자연법칙이나 사회법칙이 이를 구속할 수 없다.

그러므로 그가 개념하는 자유는 인간의 내면적 자기만족에 그치고 마는 것이 아니고, 절대자의 명령을 어기는 자연법칙이나 사회법칙에 대하여 과감히 투쟁하게 된다. 그는 모든 질서를 주재하려고 하기 때문이다. 여기서 인간의 내면적 자유가 객관적 규범성을 갖게 되는데, 이 객관적 규범성의 내용이 극히 진보적인 것은 그가 수평적 평등의 개념을 도입했기 때문이다.[29]

인용문에서 드러나듯 안병직은 한용운이 3·1운동을 통해 저항정신을 표출할 수 있었던 배경을 그의 자유주의에서 찾고 있다. 자유를 절대자로 생각했기 때문에, 자유를 침해하는 압제에 과감히 대항하며 투쟁했던 것이다. 그리고 동시에 평등사상을 갖고 있었기 때문에 자유는 절대자인 동시에 객관적 규범으로 작용했다고 보았다. 『창비』는 한용운의 「조선독립이유서」를 실은 바로 다음 호에 한용운 독립사상이 실천적 운동으로 이어지는 연결고리를 자유와 평등으로 설명하는 안병직의 해설을 게재함으로써 혁명운동가 한용운의 위상을 정립한 것이다.

『창비』가 선택한 한용운의 두 번째 산문은 「조선불교유신론」이다. 『창비』는 한글토가 달린 한자본인 한용운의 원문 일부를 발췌하여 현대어로 번역한 뒤 1972년에 게재하는데, 한용운의 불교사상이 보여주는 혁신의 의지를 보여주기 위한 선택이었을 것으로 보인다. 그런데 원고 하단에 기입된 편집자의 말에 의하면, 백여 개의 미주를 통해 상세

---

29 위의 글, 774쪽.

한 설명을 하고 있는 이 원고는 "현재 신구문화사에서 준비 중인 만해 전집에 수록될 예정"[30]인 글이다. 즉 『창비』 측에서 주도적으로 1913년에 간행되었던 『조선불교유신론』의 현대어 번역을 추진하고 게재한 것이 아니라, 이듬해 간행될 신구문화사의 전집 원고 일부를 사전에 공개한 창구 역할을 했다는 것을 알 수 있다.

편집부 측에서는 이 글에 대한 더 이상의 설명이 없고 『창비』 27호에는 특별한 편집후기도 없어 「조선불교유신론」을 게재한 의의에 대한 직접적 해설은 없는 상황이다. 다만 「조선불교유신론」을 싣는 바로 앞 페이지에 "만해문학상제정"이라는 사고를 내, "본지는 이번 『창비』 창간 8주년을 맞이하여, 우리 민족이 낳은 위대한 시인이자 탁월한 사상가요 독립투사이신 만해 한용운 선생의 업적을 기념하고 선생의 고매한 문학 정신과 열렬한 실천적 의지를 계승하여 참다운 의미의 민족문학에 기여하고자 하는 뜻에서, 다음과 같이 새로운 문학상을 제적하는 바"[31]라고 밝힌다. 이는 한용운에 대한 『창비』 측의 평가를 여실히 보여주는 대목이기 때문에, 「조선불교유신론」의 게재 의의가 간접적으로 표현된 것으로 읽을 수 있겠다.

정리하자면, 『창비』에서는 한용운의 글을 총 3회 싣는데, 미발표 유고인 중편소설 「죽음」과 「조선독립이유서」, 「조선불교유신론」이 그것이다. 이로써 『창비』에서는 한용운의 문학과 독립운동사상과 불교사상을 모두 보여준 셈이다. 1969년 「시민문학론」에서 언급되었던 한용운의 '혁명-사상-문학'의 삼일체화를 구체적으로 뒷받침해주는 자료들

---

30   한용운, 「조선불교유신론」, 『창작과비평』 27, 1973.봄, 237쪽.
31   편집부, 「사고」, 위의 책, 235쪽.

이라고 하겠다. 삼일체를 구현했던 한용운의 위용을 본격적이고 종합적으로 평가하고 있는 글은 1972년에 게재되는 염무웅의 글이다.

염무웅이 한용운에 대해 쓴 첫 번째 글은 외솔회가 발행하는 『나라사랑』에 실린 「님이 침묵하는 시대」[32]다. 『나라사랑』 제2집이었는데, '만해특집'으로 이루어진 호였다. 특집 1부에서는 '한용운 문학·종교·사상의 고찰과 일화'라는 제목으로 신석정, 조종현, 정광호, 최범술, 한영숙, 장호 등의 글과 함께 염무웅의 글 「님이 침묵하는 시대」가 실려있다. 특집 2부에서는 '한용운 작품집·에세이'라는 항목으로 한용운의 유작 시와 에세이들이 실려 있다.[33] 참고로 『나라사랑』의 1집은 외솔 최현배 특집이었으며, 만해특집에 이어 3집은 단재 신채호 특집, 4집은 한힌샘 주시경 특집, 5집은 위암 장지연 특집 등으로 이어진다. 염무웅은 「님이 침묵하는 시대」에서 전개한 논지의 연장선상에서 이듬해 「만해 한용운론」[34]을 집필해 『창비』에 싣게 된다.

염무웅은 먼저 한용운의 생애를 정리하면서, 그 가문의 출신성분과 동학란 참여 여부를 가려내는 데에 공을 들인다. 여기에는 전통적인 봉건유교적 세계관과 만해의 관계를 제대로 정리해내기 위한 의도가 들

---

32 염무웅, 「님이 침묵하는 시대」, 『나라사랑』 2, 외솔회, 1971.
33 외솔회에서는 '편집후기'를 통해 '만해특집'의 의의를 다음과 같이 밝힌다. "만해 한용운 선생 특집호를 묶어 낸다. 근대 한국의 정치·문학·종교·사상에 걸쳐 가장 커다란 선구적 역할로써 가장 지대한 역할을 끼쳤으면서도, 사가와 비평가에 의한 외면과 냉담으로 그 정확한 사실(史實)이 까막눈이 역사의 안개 속에 덮여 있었던 것은 그만큼 한국사의 허점과 맹점을 여실히 실증하는 것이다. 이즈음에 와서야 비로소 만해 한용운 선생에 재평가가 운위되고 있으나, 그것은 어느 범주에 국한된 부분적인 것이고, 여기에 특집한 것처럼 전 분야에 걸쳐 그 실재의 사적 증빙과 논증이 세세히 열거된 것은 본지가 그 최초라는 점에서 의의를 자부하며, 본지의 올바른 '나라사랑'의 기본 방향임을 다시 한 번 밝힌다." 「편집후기」, 위의 책, 254쪽.
34 염무웅, 「만해 한용운론」, 『창작과비평』 26, 1972.겨울.

어가 있다. 자료의 미비로 한용운의 부친이 사족인지 농민인지를 명확히 증명해낼 수는 없는 가운데에서도 염무웅은 한용운의 부친이 사족과 농민의 경계선에 위치했다고 짐작된다고 결론 내려 그를 봉건적 세계관으로부터 탈피했던 인사로 그려내고, 그럼으로써 한용운 역시 봉건적 세계관을 물려받지 않았음을 보여주고 있는 것이다. 또한 1896년의 동학란은 봉건유교적 이상을 고집하던 싸움이었기 때문에 한용운이 거기에 참여했다는 사실을 의문시한다. 이러한 추론들에 따르자면 출가 전까지의 한용운은 적어도 봉건적 세계관을 적극적으로 추종한 바가 없으며 부친의 성향을 짐작해보았을 때 한용운 역시 봉건적 세계관으로부터 자유로웠다는 전기적 서사가 만들어진다.

이어 염무웅은 사상가로서의 한용운을 조망한다. 염무웅은 "학구적인 입장에서 불교의 진리를 해설한 이론서가 아니라 한국불교의 현상을 타개하려는 열렬한 실천적 의도에서 집필"[35]된 한용운의 『조선불교유신론』에 주목한다. 그는 이 책에 드러난 한용운의 진보주의, 평등주의, 구세주의를 침체와 몽매에 빠진 당시의 불교계를 개혁하기 위한 실천적 의욕에서 나온 것이라 분석하며 불교사상가로서의 한용운의 활동은 훗날 전투적인 민족독립지사로서의 활동과 일맥상통하는 것이라고 강조한다. 또한 1910년에 옥고를 치르면서 일본인 검사의 심문에 답변한 글인 「조선독립이유서」에는 보다 심화된 민족적 현실 인식이 드러난다고 보았다. 염무웅은 "당시 우리나라의 역사적 현실을 인식함에 있어서 한용운의 가장 탁월했던 점은 근본적 모순이 총독부의 가혹한 무

---

35   위의 글, 717쪽.

단정치에 있는 것이 아니라 일제의 식민주의 자체에 있음을 옳게 보았던 데에 있다"[36]며, 「조선독립이유서」에 나타난 한용운의 독립정신을 고평하였다.

염무웅은 "만해가 우리나라 최초의 근대시인이요 3·1운동 세대가 낳은 최대의 문학자임은 백낙청 씨가 이미 선명하게 밝혀 놓은 바 있다"[37]며 백낙청의 「시민문학론」 논의를 그대로 이어받아 한용운의 문학정신을 분석한다. 『창조』 동인들의 작품 발표가 1919년인 점을 들어 한용운의 시 발표 시기가 그보다 앞섰음을 재차 강조하는 한편, "만해가 한국 최초의 근대시인이라는 사실은 이런 단순한 연대적 선후관계에 이유가 있는 것이 아니라, 나라의 주권을 빼앗기고 남의 나라 식민지로 떨어진 민족적 현실을 진실로 뼈아프게 체험하고 그 아픔을 처음으로 근대적인 시 형태 속에 구체화했다는 데 이유가 있는 것"[38]임을 강조한다.

또한 문단형성 과정에는 식민지적 성격이 있는데, 한용운은 소위 문단적 시인이 아님을 강조한다. 이 역시 「님이 침묵하는 시대」에서 이미 언급한 바 있는 견해인데, 염무웅은 육당과 춘원의 2인 시대를 거쳐 『창조』, 『백조』, 『폐허』 등의 동인지가 등장한 조선의 문단에는 일제 식민주의에 대한 암묵적 동조가 있을 수밖에 없다고 보고 있다. 1926년 출간된 『님의 침묵』은 "문단의 바깥에 서서 민족의 현실과 꿈을 절실하게 노래한 시집"[39]이라고 평가한다.

---

36 위의 글, 725쪽.
37 위의 글, 727쪽.
38 위의 글, 728쪽.
39 위의 글, 729쪽.

염무웅에 따르면 『님의 침묵』이 보여주는 세계는 말 그대로 '님'이 사라진 시대이며 한용운 문학의 위대함은 '님'을 굳게 기다렸다는 데에 있다. "만해에게 있어서 이별은 님으로부터의 타율적인 격리가 아니라 참된 님을 찾으려는 투쟁의 시초를 뜻하며, 따라서 님을 그리워하고 기다리는 과정은 님을 전취하고 님을 실현시키려는 싸움의 형태를 취하게 된다"[40]고 정리한다.

『창비』한용운론의 완결판인 염무웅의 「만해 한용운론」은, 앞서 발표된 백낙청의 「시민문학론」과 안병직의 「만해 한용운의 독립사상」의 논점을 계승하며 한용운의 생애와 사상, 문학 등 전 분야에 걸쳐 구현된 근대성을 읽어내고 있다. 핵심적인 주장은 두 가지다. 첫째로 한용운의 사상은 반제국주의, 반봉건제에 입각하여 근대성을 성취하고 있었다는 점이며, 둘째로는 근대적 사상에 의해 주조된 한용운의 문학은 실천적 운동과 불가분의 관계였다는 점이다. 이로써 한용운은 실천적 불교사상가이자 저항적 민족독립지사이며 투쟁적 민족시인으로서의 위상을 갖게 되는데, 이 합일이야말로 진정한 근대성의 성취로 평가된다.

---

40 위의 글, 732쪽.

4. 근대문학 독법의 정비와 불교 담론 수용

살펴본 바와 같이 『창비』는 1970년부터 2년간 다양한 방식으로 한용운 관련 담론을 주조해가면서, 자주독립과 근대화라는 역사적 과제를 수행했던 한용운의 문학을 우리 문학의 전범으로 자리매김하게 된다. 이로써 『창비』는 식민지 시기 문학을 읽어내는 자신들만의 독법을 마련하게 된다. 『창비』는 창작란을 통해 신인 작가를 발굴하면서 꾸준히 당대 문단에 대한 시평을 생산하는 와중에서도 어떤 식으로든 문학사를 서술하고자 하는 욕망을 보였는데, 이는 육당의 시를 최초의 신시로 잡아 열렸던 1968년의 '신문학 60년 기념' 행사에 대한 비판과 사정이 닿아있는 것이기도 했다. 「시민문학론」에서부터 최초의 근대문학이 무엇인지에 집착하는 행태를 꼬집었던 것은 『창비』만의 기준에 의해 문학사를 재서술하고자 했던 야심의 발로였다. 결론부터 말하자면 그 기준에 확신을 준 것이 한용운의 문학세계였던 것이다.

최남선과 주요한을 근대 문학의 기점으로 보는 주장은 염무웅에 의해서도 지속적으로 비판되었다. 최남선과 주요한은 과거의 창가 형식과 결별하고 신시 형식을 보여주고 있으나 그것만으로 '근대시'라 할 수 없다는 것은 염무웅의 입장이다. 말하자면 근대문학이란 외부로부터 특정한 절차나 방법을 익혀 시현한다고 성취할 수 있는 것이 아니라, 내적인 과제를 해결함으로써 이룰 수 있는 단계이기 때문이다. 따라서 첫째로 과거의 봉건적 질서로부터 자유로웠고, 둘째로 식민지라는 민족적 현실을 구체화한 한용운이야말로 최초의 근대문학을 선보일

수 있었다고 평가하는 것이다.

염무웅은 1977년 『창비』에서 마련한 한 좌담에서도 올바르게 과거를 극복하지 못한 것이 최남선 등의 한계라고 지적한 바 있다.

우리가 최남선 같은 사람들을 비판하는 것은 그들이 전통을 부정했기 때문이라기보다 올바르게 과거를 극복하지 못했기 때문이지요. 근본적으로 과거의 극복이라고 하는 것은 과거가 지워준 짐을 철저히 지는 괴로운 과정을 겪어야 하는데, 육당이나 춘원의 문학활동은 처음부터 이러한 짐을 지려고 들지 않은 듯한 느낌을 줍니다. 후일에 육당이 문학을 버리고 춘원이 민족을 배반하게 된 과정을 따지다 보면, 결국 그들의 출발점 자체에 이미 어떤 중대한 착오가 있었다는 점을 깨닫게 되는 것이지요. 이런 점에서 만해 한용운 같은 분의 중요성이 새삼 떠오르게 됩니다. 우선 눈에 띄는 것이 이 무렵의 다른 시인들에 비해 만해는 이미 사회적으로 자기 세계를 확고하게 정립시키고 있었다는 점이지요.[41]

전통을 올바르게 극복하면서 계승했다는 점에서 한용운을 높게 평가하고 있다. 문학 내에 고립되어 있는 것이 아니라 사회적으로 자기 세계를 정립하고 있는 문학, 사회와 상호작용하는 문학을 높이 평가하고 있는 대목이다.

『창비』의 한용운에 대한 평가는 흔히 이광수에 대한 평가와도 대비되며 전개된다. 그 구도는 염무웅의 「민족문학관의 모색」[42]에 잘 정리

---

41 염무웅 외, 대담 「한국시의 반성과 문제점」, 『창작과비평』 43, 1977.봄, 14쪽.
42 염무웅, 「식민지 문학관의 극복문제」, 『창작과비평』 50, 1978.겨울.

되어 있다. 20세기 초 서양 문학형식과 문예사조가 유입되면서 이인직, 최남선, 이광수, 김동인 등은 "과거의 민족문학적 전통을 부인하고 서구의 새로운 문학을 받아들이는 데서 커다란 자부심을 느꼈던 것이나 후대의 문학사가들이 그들의 활동을 근대문학의 출발로 평가하는 것에는 근년의 여러 연구자들과 함께 반대하지만, 이식문학이라는 현상 자체를 경시 혹은 외면하는 데에는 공감하기 어렵다"[43]는 것이 염무웅의 태도다. 1920년대 이후 서구의 문예사조 유입에 집착해 문단사를 서술하면 민족문학의 진정한 성과를 찾기 힘들다며, 외국에서 온 형식이라고 무조건 배척할 필요도 없지만 19~20세기의 서구문학이 어떤 성질인지를 바로 알고 오늘 우리 민족문학의 구체적인 필요에 입각해 판단해야 할 것이라고 주문한다. 즉 이식문학은 당시 우리 문학의 현실을 보여주는 자명한 현상이었으므로 그 자체로 인정할 일인 것이지, 이인직, 최남선, 이광수 등을 놓고 그들이 근대문학의 기점을 이루었다고 말하는 것은 납득하기 어렵다는 것이다.

여기에는 최남선, 이인직, 이광수 등을 거론하며 최초의 근대문학을 이야기하는 것이 누가 더 빠르게 서구 문예사조를 도입해 작품을 발표하였는지만을 기계적으로 추적하는 단순한 일일 뿐이라는 비판이 들어 있다. 백낙청과 염무웅은 이식문학이 당시 우리 문단의 자명한 현상이었음을 인정한 뒤에야 비로소 진정한 근대문학 논의가 가능하다고 생각한 것이다. 『창비』 필자들은 이식문학으로서의 식민지시대 문학이 진정한 근대문학이 되기 위한 조건으로 이른바 '민족적 원칙'을 내세운다.

---

43 위의 글, 44쪽.

이 무렵의 소위 신체시나 신소설들은 온갖 구습의 타파, 즉 신문명·신교육의 도입과 자유연애·남녀평등의 주장 등 요컨대 개화를 열심히 추구하고 있다. 그런데 이 경우 개화가 누구를 위한 개화인지 따져 보면 우리는 대단한 당혹을 느끼게 된다. 왜냐하면 개화의 모범을 보여준 일본과 서양은 찬미의 대상으로 되는 반면에 대다수 우리 민중은 그 개화의 혜택에서 격리되어 있으며 때로는 그런 개화주의자들로부터 조소와 멸시를 받도록 되어 있는 것이다. 이것은 바로 말하면 개화의 가면을 쓰고 사실상 제국주의 외세에 투항하는 입장이라 아니할 수 없을 것이다. 민족적 자주와 민중의 이익에 위배되는 그 어떠한 근대화도 한갓 헛된 미명에 지나지 않음을 우리는 여기서도 간파할 수 있다. 따라서 우리는 위에서 말한 '민족적' 원칙, 즉 항일정신·항일의식에 확고히 기초하지 않고서는 어떤 진정한 근대문학도 이루어지기 힘들다는 것을 거듭 확인하고자 한다.[44]

염무웅은 위의 글에서 식민지 조선의 근대화를 두 갈래로 나누어 사유하고 있다. 통상적으로 근대화는 개화와 동일시되고 있으나 식민지 조선의 상황에서는 민족적 원칙에 위배된 채 개화만을 부르짖는 근대화는 헛된 미명일 뿐이라고 생각한 것이다.

'민족적 원칙'으로 정식화된 이 척도가 정립된 것은 한용운론을 통해서이다. 백낙청의 「시민문학론」, 안병직의 「만해 한용운의 독립사상」, 염무웅의 「만해 한용운론」이 차례로 확인하고 있는 바가 바로 운동과 사상과 문학이 일체화를 이루는 가운데 성취되는 한용운 문학의

---

44 염무웅, 「근대문학과 항일의식」, 『씨올의 소리』 60, 씨알의소리사, 1977.1, 56쪽.

민족문학이었다. 이것이 바로 식민지 시기 문학의 근대성을 담보해주는 민족적 원칙으로, 한국 근대문학을 읽어내는 기준점으로 작용하게 된다.

한편『창비』의 한용운론은『창비』내 불교 관련 논의를 본격화시키는 데에 기여한다는 점에서도 주목할 만하다.『창비』는 시종일관 문학과 사상과 혁명운동의 일체화를 주창하는 매체였기 때문에, 문학 창작과 비평에만 지면을 할애하지 않고 사상사와 운동사를 소개하는 데에도 집중해왔다.『창비』는 1967년, 통권 6호에서부터 연재하기 시작한 '실학의 고전' 시리즈에서 박제가, 박지원, 정약용, 유형원 등 다양한 실학자들을 소개하며 우리의 고유한 사상으로서의 실학의 입지를 만드는 데에 앞장섰다. '실학의 고전' 연재는 16호에서 끝나는데, 그 후 바로 이어지는 것이 일련의 한용운 관련 논의들이다.『창비』는 이 기획을 통해 한용운의「조선불교유신론」을 주해하여 싣고, 앞서 살펴본 바와 같이 안병직이나 염무웅의 글을 통해 만해 불교사상의 근대적 의미를 도출해낸다.

『창비』는 한용운론을 통해 불교를 재평가하게 되고, 1872년 염무웅의 글로 한용운론을 일단락지은 후에도「불교와 민족주의」[45]를 시작으로 불교 관련 글들을 여러 편 싣게 된다.[46]「불교와 민족주의」는 베트남 승려들을 통해 민중들의 민족적 의지를 읽어내고 있는 글인데,『창비』는 이 글을 실으며 '편집자의 말'을 통해 이 글이 "오늘날 아시아 정

---

45 제럴드 섹터, 여익동 역,「불교와 민족주의」,『창작과비평』36, 1975.여름.
46 제럴드 섹터의 글 이후『창비』에 실린 불교 관련 글은 다음과 같다. 한기두,「불교유신론과 불교혁신론」,『창작과비평』39, 1976.봄; 김영태,「불교유신론 서설」,『창작과비평』40, 1976.여름; 안병직,「'조선불교유신론'의 분석」,『창작과비평』52, 1979.여름.

세의 근본적인 이해나 우리들 자신의 불교 유산을 재평가함에 있어서 여전히 귀중한 자료가 된다고 믿는다"[47]고 말한다.

1976년에에 실린 한기두의 글은 한용운의 「조선불교유신론」과 박중빈의 「조선불교혁신론」을 중심으로 한말불교의 개혁사상을 점검해 보는 글이다. 한용운의 불교유신론이 불교의 폐단을 개혁하여 발전적으로 불교를 계승하자는 입장이라면, 원불교 창시자인 박중빈이 쓴 불교혁신론은 불교를 대중화·생활화하려는 시도라고 정리할 수 있겠다. 즉 한기두의 글은『창비』가 1970년대 초에 기획했던 한용운론과도 맥을 같이하는 동시에, 거기에 원불교를 접목시켜 소개하는 차원의 글이다. 이러한 연결고리를 백낙청 개인의 이력과도 상통하는 바가 있다. 백낙청은 1998년 한 대담에서 불교적 가치에 대한 본인의 소신을 밝힌 바 있다.

　　원불교에 대한 나의 관심은 사사로운 연고도 있지만, 한편으로는 불교에 대한 관심의 연장이랄 수 있고 그 창시자인 소태산 박중빈이나 그의 수제자 정산 송규 같은 분이 현대 한국의 독창적인 사상가이기도 하다는 인식이 있는 거지요. 원불교는 한편으로 그 맥을 불교에 대고 있으면서 다른 한편으로 구한말 이래, 그러니까 서양문명이 들어오면서 그 엄청난 충격에 주체적으로 대응하려는 우리 민족의 사상적 모색의 맥을 동시에 잇고 있는 점이 특이하지요.[48]

47　제럴드 섹터, 여익동 역, 앞의 글, 282쪽.
48　임규찬 외, 「백낙청 편집인에게 묻는다」,『창작과비평』99, 1998.봄, 62쪽.

즉 백낙청은 구한말 이래로 불교계에서 일었던 여러 개혁론들에서 진정한 민족사상의 맥을 발견했고, 민족적 사상적 모색의 결과물로서 원불교를 인식하고 있었던 것이다. 「불교와 민족주의」에서 드러난 바 베트남에서 불교사상이 민중운동의 원동력이 되었던 것과 마찬가지로, 한용운은 조선의 식민지시대 민족운동의 저변에도 불교사상이 있었음을 증명해주는 기호가 된다. 따라서 한용운을 적극적으로 비평하는 일은 자연스럽게 구한말 이후 조선의 불교 혁신론들에 대한 검토로 이어졌고, 현재를 민중운동이 여전히 요청되고 있는 시대로 보고 있는『창비』입장에서는 운동을 뒷받침해줄 수 있는 사상을 모색하는 차원에서 불교의 가치를 발굴할 필요가 있었던 것이다.

5. 결론

이상에서 여러 문맥을 동원해 살펴본 바와 같이『창비』의 한용운론은 1970년대『창비』의 성격을 선명히 드러내주는 장소가 된다. 운동과 사상과 문학의 진정한 삼일체를 보여준 한용운의 문학세계는『창비』가 지향하는 문학의 사회기능을 예시해준 셈이다. "님의 침묵"을 "님이 침묵하는 시대"로 옮겨서 독해한 염무웅의 비평방법은『창비』식 비평방법을 한 눈에 보여주는 일례가 된다.

이러한 조망점은 식민지 시대 문학 전반을 이해하는 틀로 작용하여,

최초의 근대문학이 무엇인가를 둘러싼 논의들에 대한『창비』식의 입장을 표명하는 데에도 중요한 방법론이 되었다. '민족적 원칙'이라는 표현으로 식민지 조선을 읽어내는 프레임을 정식화하고 '혁명', '사상'과 어깨를 견주는 '문학'의 위치를 정립함으로써 한용운을 최남선이나 이광수와 변별해낼 수 있었기 때문에, 최남선과 이광수를 근대문학의 기점으로 보는 일각의 시선을 조직적으로 반박할 수 있었던 것이다. 특히 염무웅은 이광수의『무정』이나『흙』을 여러 차례 비판하면서, '근대성'의 내용이 무엇인가가 중요하다고 역설한다. 단순히 외래의 개화사상을 문학 안에 담고 있다고 해서 근대문학이라 할 수 없으며, 또 조선 문단 내에서 가장 빨리 신식 문학형식을 취했다고 해서 최초의 근대문학이라 할 수 없다고 강조하며, 식민지 조선이라는 민족적 현실을 잘 구현하고 있는 문학이야말로 진정한 근대문학이라고 강조한다. 이런 견해는『창비』내에서 식민지 문학을 읽는 관점으로 작용하게 될 뿐만 아니라 1960~70년대 당대의 문학을 읽어내는 중요한 창이 되어 특정 경향을 계보로 묶어내는 일관된 문학사적 서술을 가능케 만든다.

또한 한용운론은『창비』내 불교 관련 논의를 선도했다는 점에서도 주목할 만하다. 한용운의「조선불교유신론」에서 읽어낼 수 있는 혁신적인 개혁 의지는 전통을 바람직하게 계승하는 선례로 작용함과 동시에, 민족운동을 지탱해줄 수 있는 민족사상의 한 예로 기능하게 된다. 1970년대『창비』에 실린「조선불교유신론」과 직접적으로 관련된 글만 꼽아 봐도, 이원섭 역주「조선불교유신론」을 비롯해 총 네 편이나 되는 것을 알 수 있다. 이에 비해 한용운의 문학에 보다 집중한 글은 백낙청과 염무웅의 글 두 편이 전부다.『창비』는 한용운의 문학에만 집중했던 것이 아니라 한용운이 보여준 불교 사상에도 주목했으며,『창비』를 통해 그의 불교사상을 소개하고자 노력했던 것으로 해석된다. 1960년대 주력했던 실학사상의 발굴에 이은 두 번째 사상 발굴 작업이라 명명해도 좋을 것이다.

요컨대『창비』는 한용운론을 통해 1970년대에『창비』에 내적으로 주어졌던 중요한 몇몇 과제를 해결해나가며 본격적인 민족문학론 출범을 예비하게 된다. 사르트르, 레이먼드 윌리엄즈, 하우저 등의 글을 번역하면서 소개했던 문학비평 방법 이론을 실제 우리 문학에 적용하여 본격적인 비평을 실천하게 되는 것도 한용운론을 통해서였으며, 근대 초 문학을 이해하는 관점을 분명히 함으로써 식민지시대 이래로의 문학사 서술구조를 갖추게 된 것도 한용운에 대한 평가를 통해서였다. 백낙청이『창비』창간호 권두논문에서 언명했던 "역사의 짐을 진 문학"이라는 수사를, 한용운으로부터 출발하는 민족문학 계보가 시현해주게 된 것이다. 1970년대 초『창비』에 실린 일련의 한용운론의 의의는 바로 여기에 있다.[49]

---

[49] 참고로 염무웅은 2015년 인터뷰에서『창비』의 한용운론에 대해 다음과 같이 직접 언급한 바 있다. "만해를 부각한 것은 민족사학, 민족문학론으로 구체화된 식민주의 극복론, 즉 넓은 의미의 민족문화론으로의 지향과 연관되어 있어요. 독립지사이자 민족시인으로의 만해라는 프리즘을 통해, 간접적인 방식이지만 식민성의 극복 문제를 부각시키려는 의도가 있었던 거죠. 그 무렵 만해뿐 아니라 단재 신채호 선생도 새롭게 부각되었는데, 민족운동가와 독립운동가를 새롭게 조명하고자 한 것은 그런 맥락 속에서 이루어진 일입니다." 창비50년사 편찬위원회 편,『한결같되 날로 새롭게－창비50년사』(ebook), 창비, 2016, 57쪽.

참고문헌

1. 기본자료

『창작과비평』

유광렬, 「'님의 침묵' 독후감」, 『시대일보』, 1926.5.31.

주요한, 「애의 기도, 기도의 애―한용운 근작 '님의 침묵' 독후감(상)」, 『동아일보』, 1926.6.22.

_____, 「애의 기도, 기도의 애―한용운 근작 '님의 침묵' 독후감(하)」, 『동아일보』, 1926.6.26.

한용운, 『님의 침묵』, 회동서관, 1926.

2. 단행본

박노중・인권환, 『한용운 연구』, 통문관, 1960.

송욱, 『님의 침묵 전편해설』, 과학사, 1974.

창비50년사 편찬위원회 편, 『한결같되 날로 새롭게―창비50년사』(ebook), 창비, 2016.

하상일, 『1960년대 현실주의 문학비평과 매체의 비평전략』, 소명출판, 2008.

3. 논문

권보드래, 「4월의 문학혁명, 근대화론과의 대결」, 『한국문학연구』 39, 동국대 한국문학연구소, 2008.

_____, 「4・19와 5・16, 자유와 빵의 토포스」, 『상허학보』 30, 상허학회, 2010.

_____, 「민족문학과 한국문학」, 『민족문학사연구』 44, 민족문학사학회, 2010.

김건우, 「1964년의 담론지형」, 『대중서사연구』 22, 대중서사학회, 2009.

김성환, 「1960~70년대 계간지의 형성과정과 특성 연구」, 『한국현대문학연구』 30, 한국현대문학연구, 2010.

김재홍, 「만해 연구 어디까지 왔나」, 『2004 만해축전』, (재)백담사 만해마을, 2004.

김현주, 「'자유'의 재구성과 리얼리즘―초창기 『창작과비평』을 중심으로」, 『문학의 토폴로지―문학의 문화, 문학의 정치』(한국문학연구학회 제83차 정기학술대회 자료집), 한국문학연구학회, 2012.6.

송욱, 「만해 한용운과 타고르―유미적 초월과 혁명적 아공」, 『사상계』 117, 사상계사, 1963.2.

염무웅, 「님이 침묵하는 시대」, 『나라사랑』 2, 외솔회, 1971.

_____, 「근대문학과 항일의식」, 『씨올의 소리』 60, 씨알의소리사, 1977.

정태용, 「만해의 동양적 감각성」, 『현대문학』 29, 현대문학사, 1957.5.

조영암, 「조국과 예술-젊은 한용운의 문학과 그 생애」, 『자유세계』 4, 홍문사, 1952.5.

_____, 「한용운 평전」, 『녹원』 1, 녹원사, 1957.2.

조지훈, 「한용운 선생」, 『신천지』 9-10, 서울신문사출판국, 1954.10.

_____, 「한용운론」, 『사조』 5, 사조사, 1958.10.

민족문학이라는 쌍생아

1970년대 『창작과비평』의 민중론과 민족주의

송은영

1. '창작과비평'의 민족문학론을 다시 읽기 위하여

2015년 여름은 한국문학이 한국사회에서 모처럼 반갑게도, 그러나 슬프게도 추문으로 화제의 중심이 된 시기였다. 6월 16일 소설가 이응준이 신경숙의 단편 「전설」이 일본의 소설가 미시마 유키오의 「우국憂國」을 표절했다는 글을 『허핑턴포스트』에 기고한 이후, 한국 문단에 오래 전부터 존재했던 침묵의 카르텔이 깨져나가면서 그 해 여름은 표절 비판과 문학권력 논쟁으로 가득했다. 대중성, 작품성, 실천성을 동시에 구현한 작가이자 한국문학을 국제적으로 대표하던 소설가로 평가되었던 신경숙은 「우국」을 읽은 기억이 나지 않는다는 반응으로 설화舌禍를 키웠다. 수십 년간 저항 담론과 실천적 문학으로 이름 높았던 출판사이자 사실상 문화학술그룹이라고 봐야 할 '창작과비평'[1]은 곧바로 표절로 단정할 만한 근거가 부족하다고 변명했다가 결국 며칠 후 이 해명을 번복하고 사과해야 했다. 한국문학에 약간의 관심이 있는 사람이라면 누구나 알고 있을 이 이야기를 다시 거론하는 것은, 표절과 문학권력에 대한 논의를 이 자리에서 반복하기 위해서가 아니라 '창비'가 당시에 보여준 어떤 관점 때문이다.

'창비'가 신경숙의 표절에 대해 처음 공식 입장을 발표한 것은, 이응준의 글이 올라온 바로 다음날인 6월 17일이었다. 아직 충격만이 감돌 뿐 강도 높은 비난여론에 밀리기 직전 홈페이지에 발표된 이 입장은, 문학, 사회, 국가, 민족 등 거대 담론에 대해 '창비'가 평소 가지고 있던 시각을 미처 정련하지 못한 날것의 상태 그대로 보여주었다. 그 공식입장 중 이 글에서 주목하려는 부분은 "'포괄적 비문헌적 유사성'이나 '부분적 문헌적 유사성'을 가지고 따지더라도 표절로 판단할 근거가 약하다"는 뻔뻔스러운 입장이 아니라, 신경숙을 미시마 유키오보다 고평해야 할 이유를 설명하는 대목이다. "미시마 유키오는 일본 내 극우 성향의 민족주의자고, 1970년 쿠데타를 주장하는 연설을 한 뒤 45세의 나이로 할복자살한 작가이다. 1960년에 발표한 「우국」은 작가의 말년의 삶을 예견한 단편이라고 봐도 무관한데, 작품의 주인공은 천황을 절대적으로 신봉하고 남성주의에 빠진 극우민족주의자이다. (…중략…) 신경숙 작가의 소설집 『감자 먹는 사람들』에 수록된 단편 「전설」은 한국전쟁을 소재로 한 뛰어난 작품으로, 전쟁을 체험하지 못한 세대의 작

1　'문학과지성 에콜'처럼 '창작과비평 사단'으로 일컬어지는 일종의 그룹을 지시하기 위해 이하 '창비'로 표기하고, 계간지를 가리킬 때에 한해 『창작과비평』으로 표기한다.

가가 쓴 거라곤 믿기지 않을 만큼 직핍한 현장감과 묘사가 뛰어나고 인간의 근원적인 사랑과 전쟁 중에서의 인간 존재의 의미, 인연과 관계의 유전 등을 솜씨있게 다룬다."[2] 정리하자면, '천황 군대 만세'라는 유서를 남기고 할복하는 주인공을 그린 극우주의자 미시마 유키오의 「우국」보다 한국전쟁이라는 역사적 사건과 사회현실에 대한 핍진성 있는 묘사가 돋보이는 신경숙의 「전설」이 더 뛰어나다는 것이다.

미시마 유키오가 「우국」을 계기로 천황주의자, 극우주의자로 변신하기 시작한 것은 사실이며, 말년의 우익적 행보와 할복자살이라는 충격적인 사건은 여전히 이 작가의 가장 강한 이미지로 드리워져 있다. 그러나 '창비'의 평가는 그의 파시즘적 행보가 인간 내면에 대한 철저한 분석, 섬세하고 치밀하게 조립된 언어, 아름다움에 대한 탐구로 점철된 탐미주의 등과 쌍을 이루고 있음을 아예 무시하고 있다. 이 배제는 단순히 미시마 유키오를 포함한 일본 전후 문학에 대한 무지에서 비롯되었다기보다는, 문학에 대한 '창비'의 전형적인 시각을 답습한 결과이다. 문학의 책무를 역사 속에서 고통받는 평범한 인간들의 핍진한 재현과 올바른 세계관에서 찾는 리얼리즘적 시각이 여전할 뿐만 아니라, 작가의 생존연대, 작품의 대상 시기와 문학적 특성 등이 전혀 다른 일본과 한국의 작가와 작품을 제국주의와 식민지 관계의 유비 속에서 바라보는 민족주의적 시각이 굳건하게 유지되고 있다. 그 근원에는 1970년대 수립된 '창비'의 민족문학론이 있다. '창비'의 민족문학론은 1980

---

2   나중에 백낙청은 스스로 이 공식입장을 논의하는 과정에 참여했다고 밝힌 바 있다. 창작과비평사 홈페이지에 '팝업' 형식으로 게시된 첫 번째 공식입장(6월 17일)과 두 번째 공식입장(6월 19일)은 현재 삭제되어 원문의 출처를 표기하기 어렵다. 인터넷에 캡처되어 돌아다니는 원문을 인용할 수밖에 없음을 밝혀둔다.

년대의 민중문학, 1990년대의 분단체제론, 2000년대의 동아시아론을 거치면서 조금씩 변형되었지만, 현재까지도 그 기조가 변하지 않았다는 것을 2015년 여름을 달군 신경숙의 표절 논란이 우연하게도 드러내준 것이다.

'창비'의 변화하지 않는 민족주의적 관점은 바로 1970~80년대 '창비'의 세계관과 문학론에 대한 근원적 반성이 아직도 부족하다는 사실을 보여준다. '창비'가 갑자기 소통 불능의 보수집단처럼 보인다고 해서 오늘날에도 그들이 여전히 담당하려 하는 진보적 지향을 싸잡아 부정한다거나, 1970~80년대에 '창비'가 저항적 문화학술 담론의 생산지이자 진보적 지식인의 거점으로 수행했던 역할을 무시할 수는 없다. 1970년대 '창비'의 민족문학론을 그 시대의 맥락에서 학문적 공헌을 중심으로 읽는 연구들[3]과 여러 하위주제들을 분석하여 빈틈을 채워주는 연구들[4]은 여전히 필요하다. 그럼에도 불구하고 '창비'의 굳건한 세

---

[3] '창비'의 학문적 공과와 실천적 의미를 읽어내려 한 연구들로는 다음의 논문들을 들 수 있다. 공임순, 「1960~70년대 후진성 테제와 자립의 반/체제 언설들―매판과 자립 그리고 '민족문학'의 함의를 둘러싼 헤게모니적 쟁투」, 『상허학보』45, 상허학회, 2015; 김원, 「1970년대 『창작과비평』 지식인 집단의 이념적 계보와 민족문학론」, 『역사와문화』24, 문화사학회, 2012; 김현주, 「1960년대 후반 '자유'의 인식론적, 정치적 전망―『창작과비평』을 중심으로」, 『현대문학의 연구』48, 한국문학연구학회, 2012; 김현주, 「『창작과비평』의 근대사 담론―후발자본주의 사회의 역사적 사회과학」, 『상허학보』36, 상허학회, 2012; 최기숙, 「『창작과 비평』(1966~1980)―"한국/고전/문학"의 경계횡단성과 대화적 모색―확장적 경계망과 상호 참조―이념, 문화, 역사」, 『동방학지』170, 연세대 국학연구원, 2015; 박연희, 「1970년대 『창작과비평』의 민중시 담론」, 『상허학보』41, 상허학회, 2014; 소영현, 「1970년대 『창작과비평』의 이론과 실천―중심/주변의 위상학과 한반도라는 로컬리티:"'성지'가 곧 '낙원'이 되는 일"」, 『현대문학의 연구』56, 한국문학연구학회, 2015.
[4] 김나현, 「1970년대 『창작과비평』의 한용운론에 담긴 비평전략」, 『대동문화연구』79, 성균관대 대동문화연구원, 2012; 김나현, 「『창작과비평』의 담론 통합 전략―1970년대 아동문학론 수용을 중심으로」, 『현대문학의 연구』50, 한국문학연구학회, 2013; 박지영,

계관과 문학론에 대한 이론적 비판이 전면화되었다고 보기는 어렵다. 사실 2000년대 이후 소위 '운동'의 시대가 저물기 시작하면서 '창비'에 대해서는 여러 설왕설래들이 있었다. 그동안 자명했던 거대담론들이 일종의 사회적 구성물로 간주되기 시작하고 개인들의 욕망과 자기관리가 민족과 민중의 자리를 메우면서, 기존의 진보 또는 저항 진영의 담론에 내재된 맹목적 민족주의, 경직된 권위주의, 엄숙한 도덕주의, 몰개인적 전체주의에 대해서 누구든 실감하지 않고 지나가기는 어려웠다. 최근 몇몇 비판적 연구들[5]이 나온 것은 이러한 맥락이지만, 여전히 충분하지 않다. 이 글 역시 오늘날 한국사회의 역기능으로 작용하게 된 '창비'의 문제적 시각을 비판적으로 해부하려는 의도를 가지고 있다.

이 글의 의도는 저절로 몇 가지 난제에 부딪친다. 우선 창비의 시대적 한계를 오늘날의 시각으로 비판하는 것은 과연 정당한가 하는 점이다. 단도직입적으로 말해, 탈민족주의적 시야를 갖추게 된 오늘날의 시각으로 민족주의가 지배적 패러다임으로 작동했던 시기의 담론을 비판

「1960년대『창작과비평』과 번역의 문화사—4·19/한글세대 비평/번역가의 등장」,『한국문학연구』45, 동국대 한국문학연구소, 2013; 전우형,「번역의 매체, 이론의 유포—A. 하우저『문학과 예술의 사회사』번역과 차이의 담론화」,『현대문학의 연구』56, 한국문학연구학회, 2015.

5   계간지『창작과비평』에 대한 최근의 비판적 연구들로는 4·19정신의 계승에서 '창비'와 박정희 정권이 근대화 이데올로기를 공유하고 있음을 분석한 김수림의 연구, '창비'가 국가, 근대주의, 자본주의에 대해 공모 관계였음을 젠더적 관점에서 분석한 논문, 민중에 형이상학적 실체성을 부여한 '창비'의 민중지향성을 비판적으로 검토한 연구, '창비'의 농촌과 농민 담론이 지배 이데올로기와 교차하고 있음을 밝힌 연구들이 여기에 해당한다. 김수림,「4·19혁명의 유산과 궁핍한 시대의 리얼리즘—1960~70년대 백낙청의 비평과 역사의식」,『상허학보』35, 상허학회, 2012; 김우영,「1970년대『창작과비평』의 이론과 실천—남자(시민)되기와 군대 : 1970년대『창작과비평』을 중심으로」,『현대문학의 연구』56, 한국문학연구학회, 2015; 손유경,「현장과 육체—『창작과비평』의 민중지향성 분석」,『현대문학의 연구』56, 한국문학연구학회, 2015.

하는 것은 과연 의미 있는 일인가 하는 질문이다. 어떤 시야나 관점이든 다른 패러다임이 도래하면 더 이상 유효하지 않은 것처럼 보이기 마련이다. 한 시기를 작동시키는 지배적 문제틀을 빠져나가 사유하는 것은 누구에게나 어려운 일이고 억울하게 느껴질 수도 있다. 그러나 그 '차이'를 가시화시키지 않는다면, 다시 말해 무엇이 달라졌고 그래서 무엇이 더 이상 유효하지 않은가를 질문하지 않는다면, 어떤 것이 아직 유의미하다고도 말할 수 없는 법이다. '창비'의 공과를 묻는 것은, 1970~80년대 우리를 지배하던 사유체계와 문제틀을 순기능과 역기능의 양 측면에서 여전히 유효한 것으로 시험대에 올리기 위한 것이다.

아울러 이 글은 '창비'의 민족주의와 복잡하게 얽혀 있는 '민중'에 대한 보편적 책임의식을 '민중주의'의 공과에 대한 비판과 분리시킬 수 있을까 하는 질문과도 마주친다.[6] 1970~80년대 민중주의를 비판하는 것은 '가난하고 고통받는' 민중들에 대한 비판과 종종 분리되기 어렵기 때문에, 도덕적 죄책감을 불러일으키곤 한다. 민중에 대한 공감과 의무가 아직도 불가침의 영역으로 여겨지는 것은, 지식인들만의 학문적 차원을 넘어서는 차원, 즉 타인과 삶과 사회에 대해 모든 인간들이 져야 할 보편적 책임의 차원이 존재하기 때문이다. 그러나 지식인들의 가치 담론으로서의 민중주의는 운동사와 사회사의 주체이자 대상인 민중과

---

6 민중과 민중주의를 분리시킬 수 없을 뿐만 아니라 두 가지를 담론적 구성물과 재현의 정치로만 보아서는 안 된다는 입장으로는 천정환의 글이 있다. 그는 민중과 민중주의가 상호작용하면서 윤리적 수행의 효과로 기능한다고 보고, 산업화의 서사, 온정주의 또는 신파의 서사, 핍박 받는 존재에 대한 동정과 연민으로서의 전태일 서사, 기독교적 구원의 서사 등을 검토했다. 천정환, 「운동과 윤리, 또는 민중운동과 영성에 대하여 ─ 민중주의의 윤리적 형성 과정에 관한 메모」, 『연세대 국학연구원 HK사업단 제21차 사회인문학 워크숍 발표문』, 2012.12.18 참조.

불가피하게 얽혀 있지만, 그 민중에 대한 보편적 책임의식과 민족주의가 가치지향적 측면에서 혼동된다면 오히려 지식인들의 민중주의 담론이 비판적으로 검토되는 통로를 막을 수도 있다. 그리고 '민중'은 어떤 실체를 가리키는 개념이라기보다 상상의 기획이기 때문에 이러한 기획들을 성사시킨 가치체계 또는 태도들의 조합을 비판할 필요가 있다.

이러한 맥락에서 이 글은 1970년대 '창작과비평' 그룹의 민중론에서 민족주의의 신화를 비판할 출발점을 찾는다. 더 자세히 말하면, 이 글은 민중주의가 처음 형성되기 시작한 1970년대의 담론 지형을 1980년대와 엄밀하게 구분하는 데서부터 출발한다. 현재까지 영향을 미치고 있는 민중주의의 신화는 사실상 1980년대에 확립된 상태에 더 가깝다. 실제로 살펴보면, 1970년대의 민중주의는 노동자계급의 당파성과 과학적 세계관으로 무장한 1980년대 민중주의와 뚜렷하게 구분되는 모습을 하고 있으며, 별개로 조명되어야 할 역사적 과정을 보여주고 있다. 물론 1970년대의 민중주의가 1980년대의 그것과 완전히 다르다는 의미는 아니다. 1980년대 민중주의가 자신들의 직접적 연원을 1970년대에서 찾으면서 자신을 갱신하는 작업을 반복하는 것은, 1970년대의 민족주의가 민중에 대한 가치지향적 의식으로 포장했던 한계들도 같이 반복하고 있다는 것을 의미한다. 이 글이 밝히고 싶은 것도 마르크스주의에 기반한 1980년대 민중주의가 노동자계급의 당파성과 과학적 세계관으로 무장한 이후 그 연원에 잠재한 어떤 사유체계를 은폐한 채 반복하고 있다는 점이며, 이를 위해 우선 1970년대 민족문학론이라는 이름으로 나타난 민중주의의 민중론에 집중하고자 한다.

2. 인민, 국민, 민중의 교차─'창비'와 '관변' 민족문학론

1970년대 문학계에서 민중주의는 '민족문학론'이라는 이름으로 나타났다. 그런데 이 이름은, '민중문학론'이라는 이름 아래 '노동해방문학론', '민족해방문학론', '민주주의 민족문학론' 등 여러 분화된 관점들을 포괄하여 이야기될 수 있는 1980년대의 민중주의 문학론과 달리, 뚜렷하게 규정하기 쉽지 않다. 그래서 1970년대 민족문학론은 1980년대 민중문학론과의 연관성을 생각할 때는 '민중적 민족문학론'이 되기도 하고 1960년대 (소)시민문학론과의 연관성을 생각할 때는 '시민적 민족문학론'이 되기도 한다. 즉 '민족문학'을 앞세운 명칭과 논리 때문에 70년대 민중주의를 거론할 때마다 '민족'과 '민중'을 항상 함께 논의해야 한다는 난점이 생긴다는 것이다.

1970년대에 이르러 민중은 개발독재를 추진하는 '국가'에 대항하여 사회에서 새로운 저항과 역사발전을 담지할 집단적 주체로 호명되었다. 그러나 이전부터 존재하던 단어였던 '민중'은 1970년대 이전까지 저항적 주체를 가리키는 단어는 아니었다. 식민지 시기에 이미 인민, 민중, 대중, 국민 등의 단어들은 공존하고 있었으나,[7] 해방기에 좌익들이 '인민'이라는 말을 집중적으로 사용하자 민중은 오히려 우익과 미군정이 선호하는 단어가 되었다.[8] 그리고 이 점은 1947년 6월 이후 북한

---

7   허수, 「식민지기 '집합적 주체'에 대한 개념사적 접근」, 『역사문제연구』 23, 역사문제연구소, 2010; 허수, 「한국 근대 사회의 민중론」, 『개념과 한국의 근대─연세대 언어정보연구원 & 한림대 한림과학원 공동학술대회 자료집』, 2012.
8   해방 후 한 달도 안 되었을 때부터 이미 좌익은 인민, 우익은 국민이라는 단어를 선호하는

에서 '인민'만 남고 '민중'이라는 말이 사라지게 되는 단초가 되었다.[9] 남한은 북한이 사용하는 '인민' 대신 '국민'이라는 말을 사용하였는데, 그에 관한 사정은 1948년 제헌헌법 초안을 만드는 데 관여했던 유진오의 일화에 잘 담겨 있다. 헌법 제2조인 "대한민국의 주권은 국민에게 있고 모든 권력은 국민으로부터 나온다"라는 구절은 "국가와 개인의 관계에서는 인민이라는 용어가 적합하"기 때문에 원래 '인민'이라는 말이 사용되었으나, "공산당의 용어"라는 이유로 국회본회의에서 윤치영의 반대에 부딪혀 '국민'으로 바꾸게 되었다는 것이다. "인민이라는 말은 구대한제국 절대군권하에서도 사용되던 말이고 미국 헌법에 있어서도 '인민people, person'은 국가의 구성원으로서의 '시민citizen'과는 구별되고 있다. '국민'은 국가의 구성원으로서 인민을 의미하므로, 국가 우월의 냄새를 풍기어, 국가라 할지라도 함부로 침범할 수 없는 자유와 권리의 주체로서의 사람을 표현하기에는 반드시 적절하지 못하다. 결국 우리는 좋은 단어 하나를 공산주의자에게 빼앗긴 셈이다."[10]

유진오의 이 소회는 'nation'과 'people'을 일상어에서 구별하기 어렵게 된 우리의 사정을 설명한다. 동시에 이 구절은 1970년대 이후 '민중'이라는 단어가 거쳐야 했던 역사적 맥락의 배경을 보여준다. 1960

경향을 보이는데, 이는 민(民) 중심의 사고와 국가 중심의 사고라는 차이를 반영하고 있는 것이라고 보는 견해가 있다. 김성보, 「남북국가 수립기 인민과 국민 개념의 분화」, 『한국사연구』 144, 한국사연구회, 2009, 74~76쪽.

9   이신철, 「'인민'의 창조와 사라진 '민중'—방법으로서 북조선 민중사 모색」, 『역사문제연구』 23, 역사문제연구소, 2010. 그에 따르면 북한에서는 새로운 국가건설의 주체로 인민이 호명되면서 인민은 역으로 국가주의에 포섭되었고 국가의 이익과 인민의 이익이 동일시되는 사태가 나타났다. 이는 남한의 '국민' 개념에서 일어난 사정과 비슷한 것이라고 할 수 있다.

10   유진오, 『헌법기초 회고록』, 일조각, 1980, 65쪽.

년대 중반 이후 박정희는 더 이상 민중이라는 용어를 사용하지 않았으며 이후 4·19 시기에 가장 많이 사용되었던 국민과 민족이라는 단어를 사용하게 되었지만,[11] 1965년까지도 박정희는 대통령 연설문에서 '민중'이라는 말을 종종 사용하고 있었다. '민중'이라는 단어가 광범위한 피지배층을 가리키는 평범한 단어였기 때문이다. 마찬가지로 백낙청이 1966년 『창작과비평』 창간호의 권두논문 「새로운 창작과 비평의 자세」에서 사용한 '민중'이라는 용어도 피지배층 전반을 가리키는 의미였다.[12] 1969년 백낙청이 1970년대 민족문학론의 단초가 된 「시민문학론」을 발표했을 때도, 그 이전에 『청맥』의 민중론이 있었음에도 불구하고 그 글에서 '민중'은 저항적 주체로 등장하지 않았다.[13]

1970년대 민족문학론의 주체로 '민중'이 호명되는 데 가장 큰 영향을 미친 글은 백낙청의 「시민문학론」이 아니라, 김지하의 「풍자냐 자살이냐」(1970)와 신경림의 「문학과 민중」(1973)으로 보인다.[14] 김지하

11 황병주에 따르면 박정희가 1965년을 마지막으로 더 이상 민중이라는 말을 사용하지 않게 된 것은 '민중당'의 창당과 잇따른 '민중대회' 때문이라고 한다. 박정희가 1965년 10월 9일 연설문에서 "민중 속에 뿌리를 박고 민중과 더불어 생활화된 문화라야 참다운 민족문화라는 사실입니다. 문화와 예술이 민중과는 동떨어진 상태에서 어느 특수계층의 독점물처럼 되어 있다면, 그것은 결코 올바른 의미의 민족문화가 될 수 없다"고 말한 것은, 마치 1970년대에 백낙청의 민족문학론과 거의 다를 바가 없다. 황병주, 「1960년대 비판적 지식인 사회의 민중인식」, 『기억과전망』 21, 민주화운동기념사업회 한국민주주의연구소, 2009, 126쪽.
12 그는 '민중'을 소비와 풍속의 주체인 '대중'과 구별하여 쓰고 있다. 백낙청, 「새로운 창작과 비평의 자세」, 『창작과비평』 1, 1966.봄.
13 앞의 각주에서 거론한 공임순의 글에서 보듯이, 1960년대 중반 『청맥』이 1970년대 민족문학론의 전신으로 논의되는 경우가 많은데, 필자는 인적 계보와 사유체계의 측면에서 이 둘을 연속적 관계로 이해하기보다 서로 구별되는 것으로 보아야 한다고 보는 입장이다. 이에 대해서는 다른 논문을 통한 별도의 논의가 필요하다.
14 김지하, 「풍자냐 자살이냐」, 『시인』, 시인사, 1970.7; 신경림, 「문학과 민중—현대한국문학에 나타난 민중의식」, 『창작과비평』 27, 1973.봄. 1970년대 민족문학론을 다룬 글들

와 신경림의 글이 주목하고자 했던 광범위한 피지배층을 가리키는 말로 가장 적당한 용어는 아마도 '인민'이었을 것이다. 그러나 인민은 반공주의가 만연한 사회에서 받아들여질 수 없었고 대중은 정치적으로 수동적인 소비의 주체와 관련하여 주로 사용되는 상황이었기 때문에, '민중'이 선택되었다. 그러나 일단 한번 선택된 이 단어는 1970~80년대를 거치는 동안 내내 새로운 의미가 덧쌓이며 변신을 거듭했다.

김수영을 비판하며 올바른 민중 풍자의 정신을 주장한 김지하의 글은 "민중의 거대한 힘을 믿어야 하며, 민중으로부터 초연하려고 들 것이 아니라 민중 속으로 들어가 그들과 함께 생활하는 자기 자신을 확인하고 스스로 민중으로서의 자기 긍정에 이르러야 할 것이다"라고 말함으로써, 한번도 '민족', '민족문학', '민중문학'이라는 말을 사용하지 않고도 1970년대 민중주의의 시발점처럼 간주되게 되었다. 신경림의 글은 "일부 특수계층 및 지식귀족에서 과독점되어 있는 문학이 민중의 손으로 되돌아와야 할 때"를 주장하면서, 염상섭부터 황석영에 이르기까지 민중을 위한 문학의 계보를 새로 썼다. 초창기만 해도 뚜렷하지 않았던 '창비'의 민중주의적 지향을 뚜렷하게 했을 만큼 영향이 컸던 신경림의 글은, 그러나 "소위 민족주의 세력은 더욱 정치권력지향적이 되면서 민중을 경시하게 되었고, 민중은 이 세력에서 이탈하게 되었다"고 말할 뿐 뜻밖에도 민중과 민족주의를 결합시키지는 않았다. 즉 1970년

은 이 두 글 중의 하나를 민족문학론의 시발점으로 보는데, 성민엽과 장상철은 김지하의 글을, 강정구는 신경림의 글을 각각 시초로 본다. 성민엽, 「민중문학의 논리」, 성민엽 편, 『민중문학론』, 문학과지성사, 1984; 장상철, 「1970년대 '민중' 개념의 재등장―사회과학계와 민중문학, 민중신학에서의 논의」, 『경제와 사회』 74, 비판사회학회, 2007; 강정구, 「진보적 민족문학론의 민중시관 재고」, 『국제어문』 40, 국제어문학회, 2007; 강정구, 「1970년대 민중―민족문학의 저항성 재고」, 『국제어문』 46, 국제어문학회, 2009.

대 초반부터 싹튼 새로운 민중론은 아직 '민족주의'와 결합되지 않았던 것이다.

1970년대의 민족문학이 '국민'이 아닌 '민중'이라는 단어를 선택한 것은, 국가에 대한 저항의 의미를 내포하고 있었다. 즉 민중이라는 집단적 주체를 통해 유사하게 민족주의 구호를 내걸고 경제개발을 추진하던 국가의 의도와 차별화되는 기획을 실현하려고 했던 것이다. 1970~80년대에 '민중' 개념은, 산업화의 그늘 아래서 신음하는 존재들을 드러내고 이들을 사회변혁의 주체로 호명하기 위한 지식인들의 기획 아래 재구성되었다. 정치적 측면에서 보면 민중은 광범위한 피통치자 집단과 소외되고 억압받는 피지배계층을 가리키기도 하지만, 경제적 측면에서 보면 노동자, 농민 등 생산의 주체이자 생산수단으로부터 소외된 계급을 가리켰다. 또한 지식인들에게 민중은 역사발전과 저항의 주체인 동시에, 그러한 주체로 거듭나기 위해 각성되어야 할 계몽의 대상이기도 했다.

그런데 '민중'이 민족문학 또는 민족주의와 결합하게 된 중요한 계기는 백낙청의 1974년 7월 발표된 「민족문학 개념의 정립을 위해」[15]라는 글이었다. 이 글은 "민족문화와 민족문학에 대한 논의는 바야흐로 일대 붐을 이루고 있다. 한때는 누가 '민족문학'을 거론하기만 해도 자못 살벌한 분위기가 감돌고는 했는데 지금은 완연히 달라진 형세다. 막대한 국가예산을 지급해가며 사람들을 모아 민족문학 이야기를 하고

---

15 백낙청, 「민족문학 개념의 정립을 위해」, 『민족문학과 세계문학』 I, 창작과비평사, 1978.
    이 글은 원래 『월간중앙』 1974년 7월호에 「민족문학이념의 신전개」로 발표되었으나,
    그의 첫 비평집에서 이 제목으로 개제되었다.

때로는 그 찬란한 개화를 내다보기도 한다"는 구절로 시작한다. 여기서 백낙청이 말하는 민족문학의 붐은 민중주의적 민족문학이 아니라 '관변' 민족문학의 붐이다. 1974년 2월 '문인 지식인 간첩단 사건'이 일어났을 때, 문예진흥원은 문예중흥 5개년 계획을 발표하여 작가기금의 조성과 '민족문학대계'의 편찬 등을 알렸다. 그리고 2개월 후인 4월 9~11일 한국문인협회(이사장 조연현), 펜클럽 한국본부(회장 백철)가 공동으로 주최한 '문예중흥과 민족문학에 대한 심포지엄'[16]을 열었다. 박종화, 백철, 박목월, 서정주, 모윤숙, 박영준 등이 민족문학과 국민문학을 찬양하고 계승하는 글들을 발표한 이 심포지엄은 문인 120명이 참가하고 환영한 대대적인 관변 행사였다. 박종화가 말한 대로 "문예중흥과 국민총화 시의에 적절한" "한국적 민족주의"를 표방한 이 심포지엄에서, 백철은 "주체성의 문학"과 '세계문학'과의 소통을 통한 세계로의 진출 등을 주장했다. 다른 참석자들도 "'국수주의적이며 복고주의적인 함정'에 빠질 우려를 지양"하는 민족문학, "'열린 민족주의'의 비전 아래 한국의 문화적 문학적 양식을 개발"하는 것을 논의했다.[17] 다시 말해 백낙청이 1974년 7월까지 민중과 연결되지 않았던 민족문학 논의를 민중과 연결시켜 시작한 것은 이 '민족문학' 논의에 대한 맞대응이

---

16 이 심포지엄에서 발표된 글은 다음과 같다. 박종화의 「문예중흥과 국민총화」, 곽종원의 「문예중흥 5개년계획과 문예정책」, 김동리의 「민족문학과 한국인상」, 백철의 「민족문학과 세계성」, 김윤성의 「문학인의 현실참여와 국가관」, 여석기의 「외국문학을 어떻게 받아들일 것인가」, 박목월의 「문학의 주체성과 모국어」, 구상의 「민족문학의 의의와 그 방향」, 서정주의 「시정신과 민족정신」, 모윤숙과 박영준의 「내가 쓰고 싶은 민족문학」 등이다. 「문예중흥과 민족문학」, 『경향신문』, 1974.4.9.
17 「개방된 민족주의의 정립—문인협, 펜클럽 「문예중흥과 민족문학」 심포지엄」, 『동아일보』, 1974.4.10.

었다.

백낙청은 이후 민족문학 논의에서 수없이 인용된 이 글에서 이 관변 행사의 취지를 받아들여 "'민족문학' 개념의 타당성 문제는 흔히 '세계문학'과의 연관성 속에서 제기되고, 또 그렇게 하는 것이 매우 적절한 방법인 것 같다"고 인정한다. 그리고 "국수주의적 문학론 내지 문화론과는 근본적으로 다르"다고 할 수 있는 민족문학이란 무엇인지, "문학의 '국적'이란 구체적으로 어떤 것이며 '문학이 국경을 넘는다'는 것은 정확히 무엇을 의미하는가? 또 복수민족국가 또는 복수언어도 아닌 우리나라에서 우리 국민이 우리 국어로 써낸 문학 전체를 가리키는 한국문학 내지 국민문학과 다른 의미에서 문학의 국적을 어떻게 가릴 수 있는 것인가?"라고 질문한다. 이 질문은 위의 심포지엄에서 제기된 문제에 화답하는 것이다.

백낙청은 "민족문학의 이름이 이렇듯 민족적 현실과 동떨어진 허구의 문학, 더 나쁘게는 완연한 어용御用의 문학을 위해 동원되고 있음을 볼 때, 아예 이처럼 더럽혀진 이름을 버리고 싶은 충동도 일어"나지만, "누가 도용했다는 사실 자체가 그 이름이 쉽사리 버릴 수 없을 만큼 값 있는 것이라는 반증"이라고 보았다.[18] 그는 어용 문학인들의 의견을 그대로 받아들이는 것이 아니라 "반식민, 반봉건 의식의 부각"을 민족문학의 새로운 과제로 내세웠으며, 이를 위해 민족문학의 계보를 새로 그렸다.[19] 그러나 관변 민족문학을 반박하기 위해 그에 대한 응답으로서

---

18 백낙청, 「민족문학의 현단계」, 『민족문학과 세계문학』 II, 창작과비평사, 1985, 12쪽. (『창작과비평』 35, 1975.봄) 괄호 안의 서지사항은 첫 발표지면. 이하 동일.

19 백낙청의 이러한 맞대응은 민족주의가 지배적인 패러다임이었다는 시대적 한계를 이유로 옹호할 수만은 없다. 바로 같은 시기에 『문학과지성』은 국가 주도의 민족주의 이데올

민족문학론을 구상하는 과정을 거친 결과, '창비'의 민족문학론은 국가 지배 이데올로기에 상응하는 대립적 상관물opposing counterpart로서 그와 유사한 구조적 상동성을 가지게 되었다. 그 협의가 '민족'과 '민중'에 내포된 민족국가 중심주의로 나타난다는 점이 바로 다음 장에서 이야기하려는 것이다.

3. 근대 민족국가의 완성으로 수렴되는 민족문학

백낙청이 「민족문학 개념의 정립을 위해」에서 제시하는 민족문학의 사명은 "민족생존권의 수호와 반봉건적인 시민혁명의 완수라는 객관적으로 민중에게 주어진 사명을 민중의 각성된 인식과 실천으로 이끌어가는 예술 작품 특유의 능동성을 발휘해야 한다"는 주장으로 요약된다. 그것은 흔히 '반제·반봉건'으로 압축되는 반反식민의 역사적 과제

로기를 비판하면서 '창비'와 다른 길을 걸어갔기 때문이다. 1974년을 기점으로 시작되는 '문지'의 민족주의 비판에 대해서는, 송은영, 「『문학과지성』의 초기 행보와 민족주의 비판」, 『상허학보』 43, 상허학회, 2015 참조. 아울러 백낙청은 『세계의문학』 1976년 가을 창간호의 대담에서 "민족주의란 자기비판이 불가능한 이념처럼 보이기도 한다"거나 "민족개념을 떠나서 봄으로써 얻어지는 새로운 통찰 같은 것도, 적어도 이론상으로는 검토를 해봐야겠다"는 김우창의 제안이나 "우리 역사 속에 적지 않은 수효의 정신적 탈국적자가 어떤 문화적 순기능을 담당한 경우도 있는 것 같다"는 유종호의 지적에 대해서도 민족문학과 민족주의의 필요성을 역설한다. 김우창·백낙청·유종호, 「좌담 : 어떻게 할 것인가—민족·세계·문학」, 백낙청 회화록 간행위원회 편, 『백낙청 회화록』 1—1968~1980, 창비, 2007 참조.

였다. 시간의 흐름에 따라 변화했던 백낙청의 1960년대 후반 시민문학론, 1970년대 민족문학론, 1980년대 민중문학론, 1990년대 분단체제론을 관통하는 핵심은 바로 넓게 보아 탈식민의 범주에 포함시킬 수 있는 '반反식민'의 지향이었다. 그가 이 글에서 민족문학, 평민문학, 시민문학, 서민문학, 민중적인 문학을 계속해서 뒤섞어서 쓰고 있는 것은, 이 다양한 명칭들이 반제·반봉건의 반식민이라는 민족적 과제 아래모일 수 있다고 보았기 때문이다.

이러한 역사의식은 사실상 백낙청의 사유에서 일관되게 지속되는핵심이자 민족문학론을 상이한 여러 개념 및 이론들과 연결시키는 기저였다. 그는 심지어 1979년 막바지에 쓴 「민중이란 누구인가」에서도 "민중이나 민서나 서민 백성 인민 국민 대중들이 본디 비슷비슷한 말들이고 낱말 자체에는 너무 신경을 쓸 것은 없을 듯하다"고 말한다. 반反식민의 과제는 오직 이 분명치 않은 피지배집단만이 수행할 수 있다.남한의 지배집단은 친일파 청산을 하지 못한 채 미국이 주도하는 자본주의 진영에 강제적으로 편입되었으며, 미국의 원조와 일본의 차관으로 경제 개발을 주도하는 세력에 지나지 않았기 때문이다. 따라서 지배집단이 주도하는 역사의 흐름은 식민주의로부터의 탈출을 위해 저항해야 할 대상이 된다. 백낙청에게 민중은 아직 지고의 가치가 아니라, 지배집단과 지식인을 대신하여 반反식민의 과제를 대신 수행해줄 대리인agent이었다.[20]

---

20 백낙청이 "민족적 위기"를 논의하면서 역사적 위기로부터 '반식민'의 과제를 도출하는것처럼, 이남희는 "역사적 주체성의 위기"를 이 시기 민중주의의 키워드라고 보고 1970~80년대 "민중 프로젝트는 탈식민주의적 현상"이며 "남한의 탈식민지화 궤도는 한국역사가 실패라는 감각을 야기"했기 때문이라고 보았다. Namhee Lee, *The Making of*

여기서 주목할 것은 바로 '반제·반봉건'을 따라다니는 '시민혁명' 또는 '시민문학'이라는 용어이다. 5년 전인 1969년에 썼던 「시민문학론」의 영향은 「민족문학 개념의 정립을 위해」에서도 나타난다. 최초의 시민혁명인 3·1운동의 실패를 극복하며 미완의 시민혁명으로서의 4·19의 정신을 계승하고 완성시키는 임무를 민족문학의 과제로 제시하고 있기 때문이다.[21] 「민족문학 개념의 정립을 위해」(7월) 직후에 쓴 「한국문학과 시민의식」(10월)에서 그는 "시민혁명의 완수가 우리 사회의 당면과제"이며, "이렇게 말할 때의 시민의식은 서양사에서의 '시민계급' 즉 '부르조아지'의 계급의식과는 뚜렷이 구별되지 않으면 안된다. 한국처럼 식민지시대를 겪었고 아직도 그 경험을 완전히 청산하지 못하고 있는 사회에서는 반反봉건적 시민혁명이 무엇보다도 반反식민지주의적 성격을 띠지 않을 수 없는 데 비해, 서구 부르주아지의 계급의식은 바로 제국주의 시대를 주도해온 의식이기 때문이다"라고 보았다. 이 시기까지도 아직 백낙청에게 민족문학은 '민중문학'이 아니라 '시민혁명'의 과제를 완수할 "시민문학"이었다. 문제는 그가 말하는 시민정신의 현현으로서의 진정한 '시민혁명'과 '시민문학'이 서구와 한국 모두에서 실현되지 않은 일종의 이념형[22]이며, 그 주체가 '민중'이라 할지라도 그 실현의 목적지가

Minjung — Democracy and the Politics of Representation in South Korea, Cornell University Press, 2007.

21 그는 이미 「시민문학론」에서 3·1운동은 "우리 민족이 처음으로 근대적 시민의식다운 시민의식을 갖게 된 계기인 동시에 그 시민의식의 빈곤을 결정적으로 드러낸 운동"이며, "1960년대 한국사회 한국문학의 적극적 성과의 대부분이 4·19시민의식의 소산인 동시에 60년대의 온갖 좌절이 4·19의 빈곤과 실패에 기인한다는 점은 우리가 3·1운동과 관련하여 말했던 바와 같은 현상이다"라고 말한 바 있다(백낙청, 「시민문학론」, 『창작과비평』 14, 1969.여름). 나중에 규명하겠지만, 3·1운동과 4·19혁명의 실패를 지양하고 계승해야 한다는 역사의식은 곧 박정희 정권의 지배 이데올로기이기도 했다.

애초부터 서양 민족주의의 형성과 자본주의의 발전이 설정한 근대 국민국가의 완성으로 수렴된다는 것이다.

이런 맥락에서 백낙청의 「민족문학 개념의 정립을 위해」가 제시하는 민족문학의 특이한 위상을 되새겨볼 필요가 있다. 그는 조용범의 『후진국경제론』을 인용하여 "우리가 개념지으려는 민족경제는 범세계적인 자본운동의 과정에서 한 민족이 민족적 순수성과 전통을 유지하면서 그에 의거 생활하는 민족 집단의 생활기반이다. 이것은 순수경제적인 자본운동의 측면에서는 국민경제에 포괄되는 하위개념이나 민족주체적인 관점에서는 국민경제보다 높은 상위개념"이라고 썼다. 이 모순적인 설명은, 아주 거칠게 표현하여 '민족경제'가 국민국가라는 경제단위 안에서 작동하는 일국적 개념이지만 '민족주체성'이라는 가치의 측면에서는 국가의 경제적 이익이라는 목표를 뛰어넘는 개념이라는 논리로 이해된다. 만약 지금의 시점으로 '민족주체적인 관점'이라는 임의적 가치지향을 삭제한다면, 민족경제는 어디까지나 국민경제의 하위범주이다. 민족문학론이 "국민경제와 구별되는 민족경제의 개념이 갖는 의의와도 맞먹는 것"[23]이라고 평가하는 백낙청의 진술은, '민족문학'이 민족적 순수성, 전통, 생활기반을 공유하는 일국적 민족국가에 한정되면서도 그것을 뛰어넘는 '주체성'을 가진 문학이라는 의미를 전달하기 위한 것일 터이다.

---

22 김수림은 백낙청의 이러한 의식이 진보주의로 전환되기 전까지는 적어도 서구적 민주주의의 원리를 초과하는 민중의 주체적인 삶과 목소리를 반영하고 있다고 보았다. 김수림, 앞의 글, 157~165쪽.

23 백낙청, 「민족문학 개념의 정립을 위해」, 『민족문학과 세계문학』 I, 창작과비평사, 1978, 125쪽.

그러나 이 진술에서 손쉽게 삭제될 수 없는 것은 언제나 불안하고 위태로운 '민족주체성'이 아니라 근대 민족국가라는 상수항이다. 그가 말하는 민족국가란 자유민주주의와 결합된 정치적 근대성, 자본주의 발전의 결과물로서의 경제적 근대성 등과 분리 불가능하다. 백낙청이 말하는 시민혁명, 민족문학, 민족경제 등은 근대 민족국가의 틀에서만 가능하며, 국가권력과 다른 편에서 상정된 또 다른 의미의 '국가 만들기nation-building'의 일환이라고 할 수 있다. 염무웅도 다른 글에서 "공업화에 의한 일련의 산업혁명과 그것을 기초로 하는 경제적·사회적·정신적 일체의 변화를 가리키는" "근대화가 근대 한국의 역사적 명제임에는 변함이 없"으며, "근대화 자체를 부정하는 입장이 될 수는 없다"고 말하고 있다.[24] 여기에는 근대화, 합리화, 자본주의화가 이상적으로 이루어지는 민족국가가 상정되어 있다. '창비'가 저항하고자 했던 것은 정치적 자유의 부재, 경제성장이 초래하는 불평등, 식민지 수탈 위에 세워진 제국주의 같은 것일 뿐, 결국 국가권력이 추구하는 자본주의적 근대 민족국가 기획과 꿈을 공유하고 있다. 이 대립쌍의 상태를 빠르타 짯떼르지Partha Chatterjee의 표현을 빌려서 말하자면, '문제틀problematic'의 차원에서는 전적으로 반대되지만 '주제틀thematic'에서는 같은 논리와 합리성을 공유하는 것이라고 할 수 있다.[25]

---

24 염무웅, 「농촌 현실과 오늘의 문학―박경수 작 「동토」에 관련하여」, 『창작과비평』 18, 1970.가을, 89~90쪽.
25 '주제틀(thematic)'이란 인도 저항운동의 민족주의 분석을 시도한 탈식민주의 연구자 빠르타 짯떼르지의 용어로, '문제틀(problematic)'과 구분되어 사용된다. '문제틀'이 어떤 특정 원리에 따른 방향이나 공통적인 추구사항, 주장 등을 의미한다면, '주제틀'은 그 주장과 지향을 지배하는 규칙을 의미한다. 구조주의의 용어를 빌려, '주제틀'이 랑그라면, '문제틀'은 파롤이라고 할 수도 있다. 그의 주장에 따르면, "인도의 민족주의는 식민주의

백낙청은 '민족문학론'이라는 새로운 지식체계를 수립하기 위해 몇 가지 다른 논의들을 끌어들였다. 「시민문학론」이 가장 중요한 밑바탕이며 그 위에 박현채의 '민족경제론', 리영희의 '제3세계론', 신경림의 '농민문학론', 강만길의 '분단시대 역사학'이라는 기둥들을 세운 것이다.[26] 특히 창간 초기부터 식민사관을 청산하려는 내재적 발전론에 입각한 역사학 논문들을 소개해온 『창비』가 강만길의 '분단시대 역사학'을 처음 소개하는 자리를 마련해주게 된 것,[27] 그리고 "민족분단의 역사를 청산하고 통일민족국가의 수립을 민족사의 일차적 과제로 삼는 시대"를 "'분단시대' '통일운동의 시대'로 이름하지 않을 수 없다"[28]는 역사학의 과제를 재빠르게 흡수한 것은 당연해 보인다. "진정한 의미에서의 근대민족국가의 수립은 앞으로 통일이 이루어질 때 완성되는 것"[29]이라는 네이션-스테이트에 기반한 민족주의는 분단시대 역사학

에 대해 문제틀의 차원에서는 전적으로 반대의 입장을 취하면서도 주제틀에서는 식민주의와 같은 논리와 합리성을 공유"하게 되는 것이다. 이러한 관점에서 신생민족국가들의 민족주의는 식민주의를 철저하게 반대하면서도 그 쌍생아인 서구의 근대주의의 세계관을 벗어나지 못했으며, 결국 새로운 권력을 추구하는 담론에 불과하다는 것이다. 빠르따 짯떼르지, 이광수 역, 『민족주의 사항과 식민지 세계』, 그린비, 2013, 10 · 86~90쪽.

26 이 논의들은 1969년 2차로 미국 유학을 떠났다가 1972년 돌아온 백낙청이 『창비』를 재정비하면서 만나게 된 가장 중요한 필자들의 관점들이며, 또한 대부분 『창비』를 통해 소개된 것이다. 1979년 발표된 백낙청의 「민중은 누구인가」와 「제3세계와 민중문학」은 실제로 박현채의 『민중과 경제』, 강만길의 『분단시대의 역사인식』, 리영희의 『8억인과의 대화』를 직접 거론하고 있기도 하다.

27 '분단시대'라는 용어가 처음 등장한 것은 강만길이 『창작과비평』에 천관우의 『한국사의 재발견』에 대한 서평을 쓰면서 해방 이후 사학사를 가리켜 "분단시대사학"이라는 표현을 쓰면서부터였다. 강만길, 「실학론의 현재와 전망」, 『창작과비평』 34, 1974.겨울. 관련된 연구로, 김현주, 앞의 글; 신주백, 「관점과 태도로서 '내재적 발전'의 분화와 민중적 민족주의 역사학의 등장─민중의 재인식과 분단의 발견을 중심으로」, 『동방학지』 165, 연세대 국학연구원, 2014.

28 강만길, 「분단시대 사학의 성격」, 『분단시대의 역사인식』, 창작과비평사, 1978, 15쪽.

29 강만길 외 좌담, 「분단시대의 민족문화」, 『창작과비평』 45, 1977.가을, 4쪽.

의 기본적 인식이었다. 백낙청에게도 "진정한 의미에서의 근대민족국가의 수립"이 곧 진정한 시민혁명의 완수이자 '반식민'의 과제를 완성하는 것을 의미했다. '창비'의 민족주의nationalism는, 국가 주도의 민족주의의 쌍생아로서 관변 민족주의와 다른 방향에서 민족국가의 완성에 복무하고자 하는 유사한 역할을 수행했다.

4. 민족문학으로서의 농민문학, 국민으로서의 농민

1970년대 민족문학론이 근대 민족국가 완성이라는 과제를 목표로 삼고 '민중'을 주체로 내세웠다면, 이 민중의 구성에서 가장 중요한 위치를 차지하는 것은 농민이었다. 1960년대 중반 이후 도시와 농촌의 경제적 격차는 국가의 정책, 지식인들의 담론, 대중의 실감 속에서 가장 중요한 화두 중의 하나였다. 또한 이 문제는 이념과 지향, 계층과 상관없이 저항적 지식인과 체제협력적 지식인, 정책 및 실무 담당자와 대중을 막론하고 한국사회의 당면 과제로 여겨졌기 때문에, 농촌 중심의 민중운동론을 펼치는 것이 크게 이상하게 보이지 않을 수도 있다. 그러나 1960년대 중후반에 이르면 산업화의 급속한 진전과 이촌향도 현상의 확산에 따라 도시빈민과 노동자가 빠르게 증가하여 한국의 사회구조는 더 이상 농민 또는 농업 중심의 체제에 머물러 있지 않았다. 그럼에도 불구하고 1970년대 내내 '창비' 그룹의 지식인들은 노동자가 아

닌 농민 중심의 민중론을 전개했는데, 이들의 농민 중심주의는 1960년
대의 농민 담론[30]이나 1980년대의 민중주의[31]와 가장 큰 차이를 보이
는 지점이다.

농민 중심주의의 기저에는 역시 민족경제론으로 대표되는 반反식민
의 역사의식이 놓여 있었다. 「일제식민지통치하의 한국농업」이라는 글
로 『창비』에 글을 싣기 시작했던 박현채는 두 번째 글인 「자원문제의
경제사적 고찰」[32]에서, 당시의 세계경제하에서 일어나는 자원 문제는
특정 국가의 자원 소유 여부의 문제가 아니라, 선진 자본주의 제국이
후진 제 민족에게 자본주의 경제제도를 강요하는 과정에서 개방이라는
이름의 식민지화를 강제하고, 이 과정에서 한 민족의 자원 상태와 관련
없이 선진자본주의 제국이 갖고 있던 자원수요구조를 강요하여 생산력
의 불균등, 즉 자원지배의 불균등을 낳았기 때문이라고 설명했다. 그는
선진국들의 민족주의가 침략과 수탈의 제국주의인 반면 신생민족국가

---

30 1960년대의 농민과 농촌 전근대성, 봉건성, 후진성으로 표상되는 계몽의 동정의 대상이
자 몰락과 파괴의 공간이었던 데 반해, 1970년대 이후 농촌이 민족의 구원과 부활을 위한
공간으로 역전되었다는 점에 대해서는 황병주, 「1970년대 비판적 지식인의 농촌 담론과
민족재현-『창작과비평』을 중심으로」, 『역사와문화』 24, 문화사학회, 2012.

31 1970년대의 농민중심주의는 1980년대 노동자계급의 당파성이 대두되면서 민족문학론
의 가장 큰 한계로 지적되었다. 우리가 지금 아는 민중의 사회적 구성, 즉 노동자 계급을
중심으로 하면서 농민과 도시 빈민이라는 하층계급을 포함한 범주는 1984년 박현채가
노동자는 자본주의 사회에서 "가장 진보적인 계층"이 되고 농민은 "과도기적 존재"로
격하되어 "노동자적 이해 위에서" 민중으로 통일되어야 할 존재로 규정한 이후 형성되었
다. 이전까지 민중이라는 실체의 중심을 농민에게 두었던 사고가 드디어 바뀐 것이다.
박현채, 「문학과 경제-민중문학에 대한 사회과학적 인식」, 『실천문학』 4, 실천문학사,
1983.4, 103~110쪽.

32 박현채, 「자원문제의 경제사적 고찰」, 『창작과비평』 30, 1973.겨울. 그는 전후에 낡은
식민지 지배체제는 붕괴했지만, 구 제국주의국가들은 자본주의가 가지고 있는 '체제적
낭비성'이라는 문제를 회복하기 위해 신생국가에 대한 지배력을 회복시켜야 하는 과제
에 당면했다고 주장한다.

들의 민족주의는 이에 저항하기 위한 거점이라고 높이 평가하고, 후진 국들의 '자원민족주의'를 옹호했다. 또한 중소기업문제와 농촌문제를 이러한 관점에서 같이 설명하기도 했다.[33]

신경림은 이 문제의식을 고스란히 공유하고 있다. 그는 「농촌현실과 농민문학」에서 "1910년대부터 일어난 농촌의 제 문제가 하나도 그 해결이 이루어짐 없이 약간씩 모양만 달리하면서 확대재생산되고 있다"고 보고, 도시와 농촌의 관계를 제국주의와 식민지의 관계로 재해석했다. "오늘의 농촌은 도시에 대한 내국식민지의 위치를 감수하면서 자본주의 경제체제의 구조적 모순에 따른 셰에레현상 ─ 자본주의 발달로 공산품과 농산품 사이의 가격 격차가 점점 벌어지는 현상 ─ 의 심화로 외국자본의 압박이 전가되어 이중식민지의 역할을 하고 있다"는 주장이 그것이다.[34] 신경림, 박현채를 관통하는 문제의식은 1970년대가 제국주의의 수탈이 형태를 바꿔 자립적 민족경제와 민족생존을 위협하고 있는 신제국주의의 시대이며, 농촌은 도시라는 이름의 또 다른 제국주의 첨병이 이중으로 수탈하는 '내부 식민지'라는 인식이다.

이를 바탕으로 논리의 역전이 일어난 곳은 바로 농촌과 농민들의 위상이다.[35] 농민은 제국주의적 수탈의 최종 고리에 놓인 존재로 저항의

---

33 박현채, 「중소기업문제의 인식」, 『창작과비평』 40, 1976.여름. 그는 "오늘날 후진, 저개발 제국의 국민경제는 낡은 봉건적 생산관계를 청산하는 대신 전근대적 관계를 온존한 채 종주국의 식민지적 수탈관계를 접합한 데 지나지 않"으며, "외국자본 및 그 도구로서의 매판자본의 식민지 지배권력과의 결탁에 의한 전근대적인 상인자본적인 수탈 때문에 국민경제의 발전은 정상적인 것으로 되지 못한다"고 보았다.

34 신경림, 「농촌현실과 농민문학─그 전개과정에 나타난 문제점」, 『창작과비평』 24, 1972.여름, 269쪽.

35 권보드래는 방영웅의 『분례기』를 분석하면서 "징그러울 만큼 실감나는 불결의 묘사로 한국 농촌의 '후진성'을 전시하면서도 그것을 '후진성'으로 포착하려는 인식론을 거부한

최전선에 설 수밖에 없는 존재이며 사실상 민중을 대표하게 되었다. 그 시초는 이미 1960년대 후반 제시한 '농촌'과 '농민'에 대한 백낙청의 옹호에 담겨 있었다. 그는 『창작과비평』 2년 반을 정리한 1968년의 글에서 가장 큰 성과로 『창비』가 당시 파격적으로 많은 분량을 할애했던 방영웅의 농촌소설 『분례기』를 들면서, 당시의 비판을 반박하고 옹호할 수밖에 없는 이유를 도시에 대한 비판에서 찾았다. 『분례기』에 역사적 관점이 미약한 것은 사실이지만 그것은 작가나 농촌 자체의 문제가 아니라 "차라리 역사와 도시의 과오"이며, "『분례기』의 농촌이 기형적인 것은 바로 서울이라는 기형적인 도시가 있기 때문"이라는 것이다.[36] 그는 「시민문학론」에서도, "가장 앞선 시민의식의 소재지가 반드시 농촌이 아닌 도시라거나 강대국이어야 한다고 못박을 수가 없게 되었다"[37]고 말하면서, 도시가 아닌 농촌을 가장 선진적인 저항의식의 장소라고 주장했다.

이러한 의식은 1974년까지도 '시민문학'의 본령이 '농민문학'에 있다는 모순적인 주장으로 나타났다. 백낙청은 "우리가 요구하는 '시민의식'은 흔히 도시보다 농촌에서 더 강하게 나타나며 우리가 바라는 '시민문학'이 곧잘 농촌문학의 형태로 나타난다"고 직접적으로 표현했는

다"고 평가하고, 『창작과비평』이 "개발로 순치될 수 없"는 불결성과 육체성을 소환하고 전유하는 문제와 맞닥뜨렸다고 보았다(권보드래 · 천정환, 『1960년을 읽다』, 천년의상상, 2012, 100~105쪽). 아울러 소영현은 이를 "중심/주변의 위상학"에 일어난 변화로 긍정적으로 평가했으며, 공임순은 "'후진하기 때문에 후진하다'의 근대화 논리에 맞서는 '후진하기 때문에 선진할 수 있다'는 논리"의 역전으로 평가했다. 이에 대해서는 소영현과 공임순의 앞의 글 참조.

36 백낙청, 「창작과 비평 2년 반」, 『창작과비평』 10, 1968.여름, 375쪽.
37 백낙청, 「시민문학론」, 『창작과비평』 14, 1969.여름, 509쪽.

데, 다소 길지만 이 주장을 압축한 핵심적인 부분들을 인용할 필요가 있다. "식민지 또는 반식민지의 농촌은 반드시 도회보다 뒤떨어진 의식의 현장만이 아니고 제국주의에 의해 왜곡된 개발의식으로부터 민족의 주체성과 삶의 건강성을 지키는 마지막 보루가 될 가능성을 떠맡는다. 그런 의미에서 후진국의 농촌이 자기 나라의 도시는 물론, 제국주의적 허위의식의 본거지인 이른바 선진국의 도회들보다 더 선진적이 될 가능성을 갖는데, 다만 이러한 가능성이 역사 속에서 실현되기 위해서는 도시적 감수성과 의식의 세례를 받을 만큼은 받아야 하는 것이다. 그리하여 농촌의 건강한 민족의식, 민중의식이 도시의 진정한 근대정신과 결합했을 때 그 결과는 현실적으로 도시와 농촌 어느 곳에 나타나든 간에 제국주의 시대의 가장 진보적이고 인간적인 의식이 되며 이러한 의식에 입각한 제3세계의 민족문학이 곧 현단계 세계문학의 최선두에 서게 될 것은 당연한 일이다."[38] 또한 "제국주의 시대에는 도시와 농촌의 구별 역시 종전과는 전혀 다른 성격을 띠게 된다. 원래 서구 시민혁명 당시의 런던이나 빠리는 범민족적, 민중적 에너지의 집결체로서 그 에너지를 혁명적 의식으로 승화시키는 역할을 했던 데 비해, 후진국의 도시들은 그 나라 민중의 의식과 정력을 집약한다기보다 전혀 생소한 사회의 의식과 정력에 의한 작용을 민중에게 전달하는 매개체의 역할을 하는 것이다. 이러한 역사적 상황에서 농촌은 단순히 도시의 반역사적 기능에서 면제되었다는 이유뿐 아니라 그러한 기능의 직접적 피해자로서 그 해독을 누구보다도 정확히 의식할 수 있는 입장에 있다. 여기서

---

38 백낙청, 「민족문학의 현단계」, 『창작과비평』 35, 1975.봄, 55쪽.

절실한 민중적 체험에 근거한 농민문학의 '시민문학적' 의의가 생기는 것이다."[39]

이 두 개의 진술은 가장 소외된 계층이 사회적 모순을 가장 절박하게 실감하거나 인식할 수 있다는 익숙한 주장처럼 보이지만, 그렇다고 해서 '농민문학'이 '시민문학'의 본령이라는 진술이 정당화되지는 않는다. 여기서 '시민'은 도시민이 아니라 국민국가 체제로 환원되지 않는 보편적 권리와 의무를 가진 개인들을 의미한다. 그런데 이 시민문학이 민족문학의 본령으로 파악된다면, 결국 시민문학은 근대적 국민국가의 정신을 체현한 국민문학으로 오인되어버린다. 이와 함께 생각해봐야 할 점은 농촌과 도시의 위상이 서로 자리바꿈을 했다는 사실 자체가 아니다. '농민문학의 시민문학적 의의'라는 모순을 성립시키는 논리에는, 발전과 근대화를 먼저 요청하는 역사적 전제가 숨어 있기 때문이다. 위의 구절에서 농민은 "도시의 진정한 근대정신과 결합"한, "제국주의 시대"의 가장 진보적인 정신의 소유자다. 농촌이 근대화되어 도시화의 세례를 받을 때 비로소 제국주의가 비로소 발전의 희생양에서 최전선으로 새로운 위치를 부여받을 수 있는 것이다.[40] 근대 이후 소외와 몰락의 길을 걸었던 농촌이 민족주의를 선도할 농민들의 삶과 의식의 거점으로 새롭게 떠오르기 위해서는 바로 '근대화'가 선행되어야 한다. 의도

---

39 백낙청, 「한국문학과 시민의식」, 『민족문학과 세계문학』 I, 창작과비평사, 1978, 80쪽.
40 황병주, 앞의 글, 91쪽 참조. 참고로 자리 바꾸기의 조건은 이미 「시민문학론」에서 이야기되어 있다. "온 지구가 하나의 세계가 되고 물질적 궁핍이 점차 극복됨으로써 후진국에서도 시민과 촌민, 시민과 신민, 세계시민과 국민의 차이가 더욱 모호해지고 혹은 더욱 기형화되"는 것이라는 구절이 그것이다. 저항적 엘리트들과 지배 이데올로기의 공통성으로 '발전 이데올로기'를 지적한 연구로, 김보현, 『박정희 정권기 경제개발―민족주의와 발전』, 갈무리, 2006, 285~333쪽.

하지 않았지만, 민족문학론의 농민문학에 대한 구상은 근대화, 발전, 성장의 패러다임을 국가권력과 공유하고 있는 셈이다.

이것은 사회의 구조적 모순이 첨예화될 때 그 모순을 인식하고 전복할 혁명의 주체가 등장한다는 마르크스주의의 주장과 다르다. 왜냐하면 농민중심주의를 성립시킨 논리적 역전이 가리키고 있는 사회의 모습이 사회주의 혁명 이후의 세계와 다르기 때문이다. 농촌은 "민족의 주체성과 삶의 건강성을 지키는 마지막 보루"로서 그 가능성을 실현한 결과는 '주체적 근대 민족국가'의 모습이다. "농민과 도시인의 구별이 없이 한 민족 전체의 공동감정과 밀착되었을 때만, 즉 민족적인 차원에서 파악될 때만 비로소 우리는 그 작품을 민족문학으로서의 농민문학이라고 부를 수 있"[41]다는 주장에는, 불평등이 해소된 근대 민족국가라는 이상적 공동체가 암시되어 있다. 도시와 농촌의 경제적 격차를 해소하고 민족적 공통성과 주체성을 확립한 민족국가로 귀결되는 이 논리는 새마을운동의 논리와도 닮아 있다.

박정희 정권이 1970년 초입부터 새마을운동을 전개하면서 농촌을 건강한 토속성과 민족정기의 요체로 지목한 것은, 단순히 농촌 현대화를 통해 경제성장을 도모하기 위해서만은 아니었다. 분단체제 아래에서 사회의 인적, 물적 자원을 최대한 동원하여 체제 보존을 꾀하기 위해서는, 국가 역시 소외된 계층을 정치적으로 대접하여 통합된 국민국가 만들기에 나서야 했기 때문이다. 즉 농민을 동등한 국민으로 포섭하는 과정, 그것이 민족 전체로 수렴되어 도시민과 농민의 구별이 없는

41　김춘복·송기숙·신경림·홍영표·염무웅 좌담회, 「농촌소설과 농민생활」, 『창작과비평』 46, 1977.겨울, 34쪽.

통합된 국민국가의 환상을 유포하는 것은 '창비'보다 국가권력에게 더 절실한 문제였다. 이 시기 지배와 저항의 논리 양쪽에서 민족주의가 가장 강력한 동원 기제로 이용되거나 둘의 논리가 크게 다르지 않게 들리는 경우가 많은 것은 바로 이 때문이다. '창비'의 지식인에게나 국가권력에게나 농민은 국민국가를 완성시켜줄 주체였으며, 필요에 따라 '민중' 또는 '국민'으로 호명되었다. 민족주의의 결과물인 '민중'은 사실상 근대 민족국가(국민국가)의 '시민' 즉 '국민'이기도 했다.[42]

농민중심주의는 사회 변화를 외면한 지식인들의 자기 옹호의 산물이라고 볼 수도 있다. '창비'의 지식인들에게 1970년대는 도시화가 압도적으로 진행된 시기이며, 저임금의 경공업 중심 구조에서 벗어나 곳곳의 산업 대단지들에서 숙련된 임노동자들이 대거 등장하고, 도시 노동자들의 저항과 도시빈민의 운동이 등장하기 시작한 시기라는 점은 충분히 인식되지 않았다. 그들이 도시의 임노동자가 아닌 농촌 또는 농민들에게서 저항과 소외의 입지점을 찾게 된 것은 담론 주체의 정서적 애착과 관련된 것으로, 근대화, 산업화로부터 소외되어 나날이 피폐해져가는 농촌을 문제 삼는 1970년대 지식인들 대부분이 바로 농촌 출신이었기 때문이다. 농촌은 불과 얼마 전 자신이 떠나온 곳 또는 자신의 부모가 아직도 머무르는 곳으로, 자신들의 정체성을 형성한 자신의 일부와 다름없다고 여겨졌다. 즉 농촌에 대한 옹호와 도시에 대한 비판은

---

42 다음의 구절은 이와 관련이 깊다. "도착 국면의 민족주의 사상에 의해 이루어진 이데올로기의 재구성은 민족국가의 개념을 그 중심부에 놓는다. (…중략…) 모든 이에게 동등한 시민권을 부여해야 하는 것은 국가다. 이를 구체적으로 말하자면, 하나의 적극적인 정치 과정 속에서 거대한 농민 대중을 포함시키는 것은 민족 연대의식에 기반해야만 하는 것이다." 빠르따 짯떼르지, 이광수 역, 앞의 책, 307쪽.

서울에서 상경민 또는 실향민 출신으로 문화적 격차를 경험한 지식인들에게는 일종의 자기 옹호의 차원이었다. 이 시기의 저항적 지식인들은 실제의 경제적 상황과 계급적 분화에 주목하기보다, 자신들의 출신 배경과 더 밀접한 관련이 있는 농촌에 더 관심을 기울였다. 이 때문에 1970년대 중반 농민문학론이 본격화될수록 농촌의 이미지는 포퓰리즘적으로 이상화된 공동체, 도시에서 파괴된 건강성과 민중의식을 담지한 유토피아에 점점 가까워졌다.

민족문학론의 농민문학 논의가 오늘날까지 발휘하는 정치적 효과는 이 유토피아적 이상보다 훨씬 더 강력했다. '창비'의 민족문학론이 상정한 근대 민족국가의 이상, 즉 불평등이 해소되고 민족의 주체성이 발현되는 공동체는 국가의 합리화를 통해서만 실현 가능하다고 할 때, 피해자로서의 농민의 목소리, 계급 간 다층적 차이의 세계는 사라지게 되기 때문이다. 문학과 문화가 추상적 전체인 민족 또는 국가를 위해 복무하고 그것의 완성을 위해 작동해야 하는 세계에서, 발전이 아닌 역사의 진행, 민족국가를 이탈하거나 경계를 넘을 수밖에 없는 삶의 양식들, 변신을 거듭하는 자본주의가 자기 개발과 경쟁의 논리로 촘촘하게 위계화시키는 존재들은 설 자리가 없다. 민족이 때로는 저항의 준거점이자 국가를 교란시키는 역할을 하기도 했다는 지적은 옳다.[43] 그러나 오직 당대의 국가 주도 이데올로기에 대한 안티로서만 작동할 뿐 자신들이 기대고 있는 패러다임에 대한 성찰이 없는 기획은, 저항의 대상이

---

43 이같은 주장을 펼치면서 민족문학이 앞으로의 논의를 포괄할 수 있는 새로운 이름이 될 수 있을지에 대해 물음표와 문제제기를 남겨둔 논의로, 권보드래, 「민족문학과 한국문학」, 『민족문학사연구』 44, 민족문학사연구소, 2010 참조.

모습을 바꿀 때 손쉽게 안티테제로서의 역할도 잃어버리고 새로운 인식조차 낡은 틀 안으로 다시 흡수해버리기 마련이다. 특히 새로운 자본주의의 흐름이 민족국가를 무력화시키는 것처럼 보이지만 그것이 역으로 민족국가의 통치 기제를 강화하는 민족주의와 자본주의의 공모관계가 점점 더 자연화되는 이 시기에는 더욱 그러하다. 이것이 바로 2017년 창립 50주년을 맞은 '창비'가 민족문학론을 굳건히 고수하면서 여전히 뒤돌아보지 않는 문제이다. 이러한 의미에서 이 글의 결론은 앞으로 이어질 논의들의 시작이자 문제제기의 출발점이다. 민족국가 완성의 이상 속에서 '창비'의 저항적 민족주의와 관변 민족주의의 세부적인 차이들이 문학사 서술, 비평과 텍스트 발굴, 번역 작업, 한국사 논의 등에서 어떻게 나타나고 그 차이들이 어떻게 민족국가 중심주의 및 그것과 결합된 자본주의 이데올로기로 수렴되는지 분석하는 각론적인 작업들이 남아 있기 때문이다.

참고문헌

1. 기본자료

「문예중흥과 민족문학」, 『경향신문』, 1974.4.9.

「개방된 민족주의의 정립-문인협, 펜클럽 「문예중흥과 민족문학」 심포지엄」, 『동아일보』, 1974.4.10.

『창작과비평』

2. 단행본

권보드래·천정환, 『1960년을 읽다』, 천년의상상, 2012.

김보현, 『박정희 정권기 경제개발-민족주의와 발전』, 갈무리, 2006.

백낙청, 『민족문학과 세계문학』 I, 창작과비평사, 1978.

_____, 『민족문학과 세계문학』 II, 창작과비평사, 1985.

유진오, 『헌법기초 회고록』, 일조각, 1980.

빠르따 짯떼르지, 이광수 역, 『민족주의 사상과 식민지 세계』, 그린비, 2013.

Namhee Lee, *The Making of Minjung—Democracy and the Politics of Representation in South Korea*, Cornell University Press, 2007.

3. 논문

강만길, 「분단시대 사학의 성격」, 『분단시대의 역사인식』, 창작과비평사, 1978.

강정구, 「진보적 민족문학론의 민중시관 재고」, 『국제어문』 40, 국제어문학회, 2007.

_____, 「1970년대 민중-민족문학의 저항성 재고」, 『국제어문』 46, 국제어문학회, 2009.

권보드래, 「민족문학과 한국문학」, 『민족문학사연구』 44, 민족문학사연구소, 2010.

공임순, 「1960~70년대 후진성 테제와 자립의 반/체제 언설들-매판과 자립 그리고 '민족문학'의 함의를 둘러싼 헤게모니적 쟁투」, 『상허학보』 45, 상허학회, 2015.

김나현, 「1970년대 『창작과비평』의 한용운론에 담긴 비평전략」, 『대동문화연구』 79, 성균관대 대동문화연구원, 2012.

_____, 「『창작과비평』의 담론 통합 전략-1970년대 아동문학론 수용을 중심으로」, 『현대문학의 연구』 50, 한국문학연구학회, 2013.

김성보, 「남북국가 수립기 인민과 국민 개념의 분화」, 『한국사연구』 144, 한국사연구회, 2009.

김수림, 「4·19혁명의 유산과 궁핍한 시대의 리얼리즘─1960~70년대 백낙청의 비평과 역사의 식」, 『상허학보』 35, 상허학회, 2012.

김우영, 「1970년대 『창작과비평』의 이론과 실천─남자(시민)되기와 군대 : 1970년대 『창작과비평』을 중심으로」, 『현대문학의 연구』 56, 한국문학연구학회, 2015.

김우창·백낙청·유종호, 「좌담 : 어떻게 할 것인가─민족·세계·문학」, 백낙청 회화록 간행위원회 편, 『백낙청 회화록』 1─1968~1980, 창비, 2007.

김원, 「1970년대 『창작과비평』 지식인 집단의 이념적 계보와 민족문학론」, 『역사와문화』 24, 문화사학회, 2012.

김지하, 「풍자냐 자살이냐」, 『시인』, 시인사, 1970.7.

김현주, 「1960년대 후반 '자유'의 인식론적, 정치적 전망─『창작과비평』을 중심으로」, 『현대문학의 연구』 48, 한국문학연구학회, 2012.

_____, 「『창작과비평』의 근대사 담론─후발자본주의 사회의 역사적 사회과학」, 『상허학보』 36, 상허학회, 2012.

박연희, 「1970년대 『창작과비평』의 민중시 담론」, 『상허학보』 41, 상허학회, 2014.

박지영, 「1960년대 『창작과비평』과 번역의 문화사─4·19/한글세대 비평/번역가의 등장」, 『한국문학연구』 45, 동국대 한국문학연구소, 2013.

박현채, 「문학과 경제─민중문학에 대한 사회과학적 인식」, 『실천문학』 4, 실천문학사, 1983.4.

성민엽, 「민중문학의 논리」, 성민엽 편, 『민중문학론』, 문학과지성사, 1984.

소영현, 「1970년대 『창작과비평』의 이론과 실천─중심/주변의 위상학과 한반도라는 로컬리티 : "'성지'가 곧 '낙원'이 되는 일"」, 『현대문학의 연구』 56, 한국문학연구학회, 2015.

손유경, 「현장과 육체─『창작과비평』의 민중지향성 분석」, 『현대문학의 연구』 56, 한국문학연구학회, 2015.

송은영, 「『문학과지성』의 초기 행보와 민족주의 비판」, 『상허학보』 43, 상허학회, 2015.

신주백, 「관점과 태도로서 '내재적 발전'의 분화와 민중적 민족주의 역사학의 등장─민중의 재인식과 분단의 발견을 중심으로」, 『동방학지』 165, 연세대 국학연구원, 2014.

이신철, 「'인민'의 창조와 사라진 '민중'─방법으로서 북조선 민중사 모색」, 『역사문제연구』 23, 역사문제연구소, 2010.

장상철, 「1970년대 '민중' 개념의 재등장─사회과학계와 민중문학, 민중신학에서의 논의」, 『경제와 사회』 74, 비판사회학회, 2007.

전우형, 「번역의 매체, 이론의 유포─A. 하우저 『문학과 예술의 사회사』 번역과 차이의 담론화」, 『현대문학의연구』 56, 한국문학연구학회, 2015.

천정환, 「운동과 윤리, 또는 민중운동과 영성에 대하여─민중주의의 윤리적 형성 과정에 관한 메모」, 『연세대 국학연구원 HK사업단 제21차 사회인문학 워크숍 발표문』, 2012.12.18.

최기숙, 「『창작과 비평』(1966~1980)─"한국/고전/문학"의 경계횡단성과 대화적 모색─확장적 경계망과 상호 참조─이념, 문화, 역사」, 『동방학지』 170, 연세대 국학연구원, 2015.

허수, 「식민지기 '집합적 주체'에 대한 개념사적 접근」, 『역사문제연구』 23, 역사문제연구소,

2010.

_____, 「한국 근대 사회의 민중론」, 『개념과 한국의 근대—연세대 언어정보연구원 & 한림대 한림과
    학원 공동학술대회 자료집』, 2012.

황병주, 「1960년대 비판적 지식인 사회의 민중인식」, 『기억과전망』 21, 민주화운동기념사업회
    한국민주주의연구소, 2009.

_____, 「1970년대 비판적 지식인의 농촌 담론과 민족재현—『창작과비평』을 중심으로」, 『역사와
    문화』 24, 문화사학회, 2012.

현장과 육체

『창작과비평』의 민중지향성 분석

손유경

1. 들어가며

　『창작과비평』(이하 『창비』)이 한국 지성사에 미친 가장 큰 영향력 중 하나는, 아카데미즘과 저널리즘의 상보적 긴장이 지식(인)의 생명이라는 점을 일깨운 데 있다. 현장에 대한 감각 없는 논문은 공허하고 학문적 기반이 없는 기사는 맹목적이라는 『창비』 필진들의 인식이야말로 현장성에 입각한 지식, 지성에 기초한 언론의 성립과 발전을 가능케 한 힘이었다. 한국의 문학인은 언론의 자유를 위해 싸워야 한다는 백낙청의 주장[1]은 김수영의 언론·문학관에서 이미 예견된 바이기는 했지만, 유신체제라는 지성과 언론의 암흑기를 통과한 1970년대 한국사회에서

1　백낙청, 「새로운 창작과 비평의 자세」, 『창작과비평』 1, 1966.겨울, 26~27쪽.

이런 다짐은 발화 자체가 실천인 자기구성적 언술의 하나임에 틀림없었다. 영문학자로 『창비』 주간을 맡은 백낙청이나 언론인 출신으로 『창비』발 지성을 담당한 송건호, 리영희 등이 아카데미즘과 저널리즘의 이상적 조합을 현실화했다. 『창비』를 '현실 참여'형 잡지로 규정하도록 만든 일차적 조건이다.

이 글은 현실 참여적 잡지라는 지성사적 판단이 『창비』 민중문학론(자)의 '민중지향성'에 대한 비판적·분석적 접근을 오히려 가로막는 인식론적 장애가 될 수 있다는 판단에 따라, 『창비』의 문인집단, 특히 한국 현대문학 담당자들이 민중의 '현장'과 '육체'를 재현하는 방식을 본격적으로 검토한다. 참여 잡지라는 경향성을 잠시 괄호에 넣는 것은, 그것이 틀린 접근법이어서가 아니라 『창비』 문인집단의 민중지향성을 해체주의적 독법으로 읽어보기 위함이다. 이러한 문제의식을 바탕으로 이 글에서는 현실 참여라는 추상적 가치 대신 가난의 현장과 민중의 몸을 향한 『창비』 문인들의 시선과 욕망이라는 구체적 요인을 분석 대상으로 삼는다.

『창비』가 표명한 민중지향성이 결과적으로는 (소)시민적이고 비계급적이었다는 이념적 결산만으로는 『창비』의 주요 민중·민족문학론자들의 미학적 좌표를 설정하기 어렵다. 이들이 민중을 상상하고 재현하는 방식을 추적하려면 우선 이들을 부채의식에 시달리는 '지식인'이 아니라[2] 특정 인물형이나 소재, 배경, 스토리를 애호하는 '문학예술가'

---

2 민중문학은 민중지향적 지식인·전문가의 문학과 민중에 의한 민중의 문학으로 구별된다는 박현채의 지적에 대해, 백낙청과 최원식은 민중지향적 지식인들이 과도한 부채의식에 시달린 나머지 그 사기가 저하되는 것은 바람직하지 않다는 견해를 제시한 바 있다. 박현채·최원식·박인배·백낙청, 「좌담−80년대의 민족운동과 한국문학」, 백낙청·

로 간주하는 관점으로의 전환이 필요하다. 이 같은 시선의 이동이 궁극적으로 꾀하는 것은 『창비』 민중문학론에 관한 기왕의 지성사·운동사적 평가를 단숨에 부정하거나 뛰어넘는 데 있지 않다. 그보다는 '민중지향성'이라는 1970년대 『창비』의 모토에 숨은 수수께끼를 풀어나가는 과정에서 이들의 '민중지향성'이 차지하고 있는 지성사·운동사적 의미를 상대화해보는 데에 이 글의 목적이 있다.

우리가 뭔가를 지향한다고 할 때 대체로 그 목적어가 되는 것은 특정 가치 또는 구체적 시공간이다. 평화 지향, 서구 지향, 미래 지향 등이 그 예다. 어떤 사람이나 집단 자체를 지향한다고 표현하는 일은 드물다. 개인이나 집단이 추구하는 어떤 가치를 지향한다고 말할 수는 있다. '민중지향성'이라는 말에 숨은 수수께끼란 바로 이런 것이다. 민중을 지향한다는 것은 과연 무엇을 의미하는가? 민중이 추구하는 어떤 가치를 자신도 지향한다는 것인지, 아니면 민중이 숨 쉬는 구체적 시공간을 사랑한다는 것인지, 그것도 아니라면 민중이라는 용어가 환기하는 어떤 분위기를 좇는다는 것인지 불명확하다. 어떤 경우가 되었든 누군가가 민중을 지향한다고 할 때 그가 실제로 지향하는 것은 민중이 '아닐' 가능성이 높다. '민중지향성'이라는 말은 누가 무엇을 왜 지향하는지 알려주지 않는다. 민중이 누구인가라는 질문을 잠시 괄호에 넣은 채로, 민중지향성이 그려 놓은 이념의 궤적이 아니라 민중지향성이라는 의장擬裝 아래 감추어진 비평가의 시선과 욕망을 분석하려는 것은 이 때문이다.

염무웅 편, 『한국문학의 현단계』 IV, 창작과비평사, 1985, 16~21쪽.

지금껏『창비』의 민중담론에 대한 다기한 분석과 비판들이 이어져왔다.[3]『창비』가 내세운 건강한 민중상이 대단히 관념적이요, 그들의 민중의식에는 지식인 특유의 어떤 이념이 투사되어 있다는 점도 종종 지적되어 온 바다. 그러나 이 글이 궁극적으로 풀어보려는 궁금증은『창비』지식인 담론에 나타난 민중의식의 관념성이 아니라『창비』의 문인집단, 특히 한국 현대문학 담당자들이 민중의 현장과 육체를 과소/과잉 재현하는 특수한 계기들과 관련된다.『창비』의 민중문학론에는 민중을 재현・대표하는 지식인의 위치성에 대한 자각보다는 비참하고 가난한 민중적 삶의 현장과 불결하고 상스러운 그들의 육체에 압도당한 지식인의 모습이 흔적처럼 남아 있다. 이들은 현장과 육체의 직접성에 심지어 매혹된 듯이 보인다. 가난의 현장과 민중의 몸에 자신들이 추구하는 진리가 이미 직접 주어져 있다는, 다시 말해 민중의 현장과 육체에 진리가 현전한다는 믿음도 엿보인다. 그렇다면『창비』문인들에게 민중은 의식인가 몸인가? 사투리와 쌍말이라는 '민중적' 목소리에서 활력과 카타르시스를 느끼는 것은 민중적인가 아닌가? 이 글은 1970~80년대『창비』의 문인집단이라는 대화 상대[4]를 향해 이 같은 산발적 질문들을

---

3 강정구, 「진보적 민족문학론에서 민중 개념의 형성 과정 연구」,『비교문화연구』11-2, 경희대 비교문화연구소, 2007; 강정구, 「진보적 민족문학론에서 민중 개념 형성론 보론」,『세계문학비교연구』27, 한국세계문학비교학회, 2009; 김원, 「1970년대『창작과비평』지식인 집단의 이념적 계보와 민족문학론」,『역사와문화』24, 문화사학회, 2012; 박연희, 「1970년대『창작과비평』의 민중시 담론」,『상허학보』41, 상허학회, 2014 등이 대표적이다.

4 『창비』지면에 글을 실었던 여러 문인들을 '『창비』문인집단' 또는 '『창비』필진' 등으로 일괄하는 것은 상당히 부주의하거나 편의적인 발상일 수 있다. 이 글 역시 연구 대상이 되는 개별 문인들(의 텍스트)을 '민중문학론자'라는 동질적 집단으로 규정하고 있다는 점에서 논란의 소지가 있다. 그러나 '『창비』문인'이라는 대상에 비한다면『창비』민중문학론자'라는 연구 대상은 그 외연이 훨씬 더 뚜렷하지 않은가 한다. 여기서 거론되는

던지는 방식으로 논의를 전개해보고자 한다.

2. 민중지향성의 안테나와 파토스

본격적인 논의에 앞서, 『창비』의 현대문학 비평 담론에 등장하는 '민중'이라는 용어가 1970~80년대 문학·학술 담론장에서 어떠한 위상의 변모를 겪어왔는지를 백낙청, 김명인, 정과리의 글을 중심으로 간략히 살펴볼 필요가 있다.

우리의 문화·학술사에서 '민중'이라는 개념이 특권화·보편화된 것은 1970~80년대였다. 1980년대 중반에 김병익이 이제 더 이상 민중문학(론)은 소수의 전위적 재야인사들의 "지하적 발언"[5]이 아니라 기존의 문화·학술계에서 '공식적으로' 인정을 받는 단계로 진입하게 되었다고 평가할 만큼 1970~80년대는 명실상부한 민중문학(론)의 시대였다. 소수의 특권적 권력에 대한 저항정신을 근간으로 삼는 민중문학(론)이 그 자체 일종의 '주류'를 형성하게 되었다는 것이 김병익의 판단이었다. 그에 따르면 민중문학(론)의 첫 세대인 1970년대 이론가들은

필자의 대부분은 당대 문학·학술 장에서 자타가 공인하는 민중문학론자였다. 그럼에도 불구하고 이 논문이 시도한 이러한 범주화는 논의의 출발점일 뿐이며, 앞으로의 연구는 『창비』(민중문학론) 내부의 비균질성·비동일성을 논하는 지점으로 나아가야 한다고 생각된다.

5 김병익, 「민중문학론의 실천적 과제」, 『들린 시대의 문학』, 문학과지성사, 1985, 155쪽.

민중문학을 "민중적 현실의 드러냄으로 개념화"한 데 반해, 1980년대의 소장 세대는 "더욱 급격하게 민중 혹은 기층민에 의해 이루어지는 문학으로 한정하려는"[6] 전위적 면모를 보인다.

　이처럼 1970년대를 민중문학 발흥 및 성숙의 시기로, 1980년대를 민중문학론의 급진화·계급화의 시기로 파악하는 것은 그리 낯선 관점이 아니다. 문학사회학·민족문학론·대중문학론·리얼리즘론·농민문학론·제3세계문학론 등과 같은 다채로운 1970년대 비평 논의의 핵심에 '민중' 개념이 자리 잡고 있으며 1960년대 말부터 백낙청이 개진한 민족문학론은 애당초 철저히 민중적 관점에 입각해 있었다는 서술도 통념화해 있다.[7] "1970년대 민족문학론은 처음부터 민중문학론의 문제의식을 가지고 있었다"[8]는 것이 1970년대 민족문학론을 바라보는 기본 입장이었던 셈이다. 실제로 백낙청은 1980년대가 1970년대라는 같은 단계의 다른 국면임을 강조하면서 "70년대의 민족문학론은 처음부터 민중지향적"[9]이었으므로 1980년대의 새로운 현실을 수용하기 위해 민족문학론의 기본 논리를 구태여 수정할 필요가 없다고 주장한다. 민족문학의 시대가 지속되고는 있지만 1980년대의 새로운 현실에 부응하는 "민중적 민족문학의 새로운 비약"[10]이 필요하다는 것을 그가 인정하지 않은 것은 아니다.

6　위의 글, 155쪽.
7　한국예술종합학교 한국예술연구소 편, 『한국현대예술사대계』 IV−1970년대, 시공아트, 2004, 120쪽.
8　이상갑, 「1980년대 문학−예술성과 운동성의 길항관계, 그리고 민족문학의 역사성」, 『작가연구』 15, 깊은샘, 2003, 61쪽.
9　백낙청, 「민중·민족문학의 새 단계」, 『창작과비평』 57, 1985.봄, 7쪽.
10　위의 글, 8쪽.

민족문학론은 '원래' 민중지향적이었으므로 민족문학이라는 범주로써 얼마든지 1980년대의 새로운 요구를 수용할 수 있다고 한 백낙청의 주장에도 불구하고, 1980년대 신세대 비평가들은 각각 상이한 입장에 서이긴 하나 백낙청 민족문학론의 아성에 도전하면서 자신들의 존재를 문단과 학계에 알리기 시작한다. 『창비』와 『문학과지성』(이하 『문지』)의 대결도 따지고 보면 같은 소시민계급 내의 상이한 입장 차에 불과하며 결론적으로 1970년대의 민족문학론은 "시민적 민족문학론으로 규정"[11] 해야 한다고 못 박은 김명인의 도발적 평문이 대표적이다. 1980년대 후반의 문학 주체 논쟁을 촉발한 김명인의 이 선언은 일찌감치 민중적 민족문학론을 주창한 채광석의 견해를 별 수정 없이 수용한 것으로, 이들에 의하면 1970년대의 시민적 민족문학은 단순히 '민중지향적' 문학이었음에 반해 1980년대의 민중적 민족문학은 '민중이 주체가 되는' 문학이라는 점에서 질적으로 구별된다. 비슷한 시기에 제출된 것들로 노동자 계급의 당파성에 입각한 조정환의 민주주의 민족문학론이나, 1970년대식 분열 1980년대식 종합이라는 구도를 가시화하면서 1982년부터 1987년까지 총 여섯 권의 무크지(『우리 세대의 문학』 1~4, 『우리 시대의 문학』 5~6)를 낸 '문지' 신세대 동인들 즉 정과리 · 성민엽 등의 민중문학 비판론도 아울러 기억할 필요가 있다.[12]

요컨대 민중지향성과 민중주체성의 분리 · 갈등이 1980년대 중반 이후 평단의 이슈가 될 무렵[13] 김명인, 조정환, 정과리 등으로 대표되는

---

11   김명인, 「지식인 문학의 위기와 새로운 민족문학의 구상」, 『전환기의 민족문학—문학예술운동』 1, 풀빛, 1987.8, 86쪽.
12   이 글이 야기한 논쟁들에 관한 세밀한 검토는 이상갑, 앞의 글로 대신한다.
13   소시민적 민족운동의 극복이라는 명제에 대한 상이한 이해 방식, 그리고 민족운동의 '목

신세대 비평가들은 백낙청이라는 1970년대의 '거인'을 각자의 방식대로 넘어서는 과정에서 자신들의 문학적 입지를 다지고자 했다. 이 중 김명인과 정과리가 1970년대를 역사화 혹은 타자화하는 방식을 조금 더 자세히 살펴보자. 먼저 김명인은 지나간 1970년대를 문학이 적극적 역할을 도맡았던 행복한 시절로 정리한다. "소위 유신시대라고 불리는 70년대의 대부분의 시기, 그리고 새로운 체제개편이 이루어지던 1980년대 초입까지의 시기에 우리 문학은 바로 이러한 '좋은 시절'을 경험하였다. 그 시기 내내 문학은 당대 민족운동이 일반대중과 만나는 가장 폭넓은 접촉면 노릇을 해 나갔다고 할 수 있다."[14] 이어지는 대목에서 그는 황석영의 「객지」와 이청준의 「소문의 벽」을 거론하며 전자의 열려진 민중적 전망과 후자의 닫혀진 비극적 세계인식이 바로 『창비』와 『문지』의 핵심적 변별점이라고 지적한다. 『창비』를 손들어주기 위해 『문지』를 동원한 모양새이다. 그러나 곧바로 이것은 "소시민계급 내부에서의 '소소한' 입장 다툼"으로 정리되는데 1970년대는 『창비』와 『문지』 중심의 지식인문학이 '잘 나가던 시절'이지만 결국 이들이 형성했던 '문단' 자체가 이미 소시민계급을 준거집단으로 했다는 점에서 치명적 한계를 노정한다는 것이 그의 주장이었다. 소시민계급의 헤게모니가 전반적으로 관철되었던 1970년대 운동과 달리, 1980년대는 기층민

표'와 '주도 세력' 문제를 어떻게 설정·해결해야 하는지에 대한 이견 등으로 흥미롭게 진행된 좌담 기사(박현채·최원식·박인배·백낙청, 앞의 글)에 민중지향적 지식인 문학/민중이 주체가 되는 민중의 문학, 전문성/소인성, 현장성/전형성 등이 주요 이슈로 다루어지고 있다. 1970년대 문학의 '민중지향성' 문제는 또 다른 좌담인 최원식·임영일·전승희·김명인의 「민족문학과 민중문학」(『창작과비평』 59, 1988.봄) 등에서도 중요하게 언급됐다.

14 김명인, 앞의 글, 63쪽.

중운동의 폭발적 성장에 의해 이 헤게모니가 심각한 위기에 처했다고 진단한 것이다. 또한 그에 따르면 1980년대에 와서 문학의 기능이 축소된 것은 대중이 문학이라는 우회를 통하지 않고도 얼마든지 좋은 이론서(특히 사회과학서적)나 팸플릿 등의 선전 자료를 통해 현실 인식과 대응 능력을 기를 수 있게 되었기 때문이다. "70년대 후반부터 소설 독자의 상당 부분이 사회과학 독자로 이행"[15]했으며 기존 장르의 공백을 르뽀, 수기, 벽시 등의 민중적 장르가 메우고 있다는 김도연의 논쟁적 발언이 1984년 무렵 이미 폭넓은 공감을 얻고 있었음을 감안한다면, 김명인의 이 글은 여러 가지 의미에서 1980년대에 제기된 각종 지식인-전문가 위기 담론을 결산하는 의미를 지녔다고 할 수 있다.

둘째, 이즈음의 정과리는 김명인처럼 '직접 생산자'를 문학의 주체로 상정하는 일련의 경향을 눈에 띄게 비판하기 시작한다. 1970년대와 달리 1980년대 한국문학은 이데올로기의 육화·일상화·내재화를 부추기는 "문화 제도와의 거대한 싸움"에 직면해 있기 때문에 노동자·농민만이 건강할 수 있으리라는 믿음은 환상이라는 것이 반복적으로 지적된다. 그가 '직접 생산자'로 명명하는 노동자·농민뿐 아니라 새롭게 떠오르는 신중간계급까지도 공식 이데올로기의 육화로 특징지어지는 집단 무의식에서 자유로울 수 없다는 것이다. "80년 이후 공식 이데올로기가 거대한 자율 관리 체제를 통해 문화의 모습을 띠고 삶 깊숙이 파고들어옴으로써, 외부와 내부는 그 울을 헐고 뒤섞인"[16]다는 그의 결

---

15 김도연, 「장르 확산을 위하여」, 백낙청·염무웅 편, 『한국문학의 현단계』 III, 창작과비평사, 1984, 278~279쪽.
16 정과리, 「문학의 주체와 형태」, 『우리 시대의 문학』 5, 문학과지성사, 1986, 54쪽.

론이었다. 따라서 그는 세계－자아의 동시적 해체와 그 이후의 (재)형성을 1980년대 문학이 풀어야 할 핵심 과제로 내세운다. "우리 내부에 묻혀 있는 창조적 생명력에 뿌리내리면서도 그것을 새롭게 재구성"[17]해야 한다는 다짐을 덧붙인 이유이다. 1980년대와 1970년대를 같은 단계 다른 국면으로 간주하는 백낙청의 관점을 비판하는 장면에서는 "민중의식의 체제 내적 통합"[18]이라는 표현 속에 그의 현실인식이 부각돼 있다. "국가 독점 자본주의에서 자율적 이데올로기 관리 체제는 물리력의 행사, 대중적 환상 조작, 개인주의 신화 주입 등의 장치를 통해, 대중의 의식을 억제·통합·산포"하기 때문에 "대중은 의식적으로 혹은 무의식적으로 그것을 받아들이면서 생활에 새긴"[19]다는 것이 그의 주장이었다. "집단 무의식 속에 새겨지는 억압적 삶에 대한 분노와 행복한 삶에 대한 열망 혹은 믿음"이 육화된 이데올로기의 체계 속에 뚫고 들어가 그것을 녹여 삶을 해방 시킬 수 있는 가능성을 발견해야 한다고는 했지만 당위적 서술에 가까웠다.[20]

17　위의 글, 63쪽.
18　정과리, 「80년대의 시 생산」, 『우리 시대의 문학』 6, 문학과지성사, 1987, 35쪽.
19　위의 글, 45쪽.
20　권오룡의 입각점도 위와 대동소이했다. 민중의 계층적 성격도 부분적임을 먼지 못하고 언어조차도 이데올로기에 의해 오염되어 있는 이때 과연 문학의 진정성을 어디서 구해야 하느냐고 그는 질문한다. 그에게 중요한 것은 한 계급만의 가치는 결코 보편적일 수 없다는 사실이다. "한 계층만의 의식의 정당성을 보장하기 위해 원용되는 어떤 보편적 역사의 원리는 참다운 의미의 보편성이 아니라, 다만 보편성이라는 허울의 우상에 불과"(권오룡, 「공동체적 생산 양식으로서의 문학」, 『우리 시대의 문학』 5, 문학과지성사, 1986, 29쪽)하다는 것이다. 한편, 성민엽은 "존재론적인 것과 사회·역사적인 것이라는 문제에 봉착해 더 나아가지 못하고 있는 자신의 출구 모색의 욕망"(성민엽, 「두 개의 시각과 부정·비판·변혁－80년대 소설의 한 관찰」, 『우리 시대의 문학』 6, 문학과지성사, 1987, 22쪽)에 대해 언급하는데, 그가 보기에 현실과의 동적 관련 속에서 부정성·비판성을 풍부하게 실현했다는 점에 70년대 소설의 탁월성이 있지만 현실 변혁의 가능성을 찾아가는 과정에서 관념론의 유혹에 빠져들었다는 데 그 한계가 있다. 80년대 소설은

이처럼, 정과리가 오염된 언어와 이데올로기의 육화 문제를 집중적
으로 거론하는 가운데, 같은 '문지' 신세대 동인이었던 성민엽이 "중간
층은 사회구성체의 내적 모순 관계에 있어서 점차 민중적 존재로 되어
가고 있"[21]다는 현실 진단에 동의하고 있다는 사실이 눈에 띈다. 그가
역사적 사실로 받아들이고 있는 '중간층의 민중적 존재화'란 소시민계
급의 헤게모니 상실과 그 존재 소멸의 역사적 필연성을 논한 김명인에
의해 가장 명확한 표현을 얻게 될 터였다. 어찌되었건 1970년대를 풍
미했던 역사학의 시대가 저물고 바야흐로 1980년대는 사화과학의 시
대로 접어들고 있었다.[22] 이런 흐름 속에서 민중은 "어떤 특별한 지배
적 위치에 있지 않은 대다수의 국민들"[23] 또는 "어느 특정 계급의 대명
사가 아니라 광범위하고 복합적인 구성체"를 칭하는 용어라기보다는
"상황에 따라 그 외연이 확대될 수 있다 해도 역시 기본적 범주는 직접

현실과의 동적 관련성을 더욱 심화시켰다는 데서도 일차적 의의가 인정되지만 보다 중요
한 것은 그것이 현실 변혁의 가능성을 찾는다는 명목 아래 추상적 관념론으로 떨어지지
않는 힘을 간직했다는 점이다. 성민엽이 가장 경계하는 것은 "현실 변혁의 가능성에 대한
적극적 탐색이란 명목 아래 추상적 시각에 매달리는" 일이다. 이 때문에 변혁의 주체를
형상화하지 않음에도 부정적 시각을 견지하고 현실 비판의 가능성을 향해 열려 있는 양
귀자 등 일련의 80년대 작가들이 높은 점수를 받을 수 있었던 것이다.

21 성민엽, 위의 글, 20쪽.
22 김명인, 정과리 등 '신세대' 비평가들의 주장이나 이들 논의의 배경을 이루는 사회구성체
론 또는 프랑크푸르트학파 이론에 대한 백낙청의 반응은 「1983년의 무크운동」(백낙
청·염무웅 편, 앞의 책); 백낙청·정윤형·윤소영·조희연, 「현단계 한국사회의 성격
과 민족운동의 과제」, 『창작과비평』 58, 1987.봄; 백낙청, 「오늘의 민족문학과 민족운
동」(『창작과비평』 59, 1988.봄; 백낙청, 「민족문학의 민중성과 예술성」, 『민족문학의
새 단계』, 창작과비평사, 1990 등을 통해 확인할 수 있으나 복간 이후의 『창비』와 백낙청
에 관한 자세한 내용은 차후 지면을 달리하여 논하고자 한다.
23 신동문·이호철·신경림·염무웅·백낙청, 「『창비』 10년─회고와 반성」, 『창작과비
평』 39, 1976.봄, 21쪽; 백낙청, 「민중·민족문학의 새 단계」, 『창작과비평』 57, 1985.봄,
18쪽.

생산자 계층"[24]을 뜻하는 사회경제적 범주로 규정되기에 이른다.

1970~80년대 민중(문학) 개념의 변화를 개략적으로 서술한 위의 논의는 한 마디로 말해 이 시기 민중지향성의 이론적 안테나에 잡힌 여러 개념들을 순차적으로 포착한 것이다. 1970년대 반체제지식인 담론의 자장에서 싹터 나온 민중 개념과, 1980년대를 풍미한 사회과학 담론의 영향으로 화학적 변화를 입은 민중 개념을 엄밀히 구별하고, 또 그 과정을 위와 같이 발전적·선조적 관점에 따라 서술하는 작업은 여전히 중요하며 아직 미진하다. 다만 여기서 강조하고 싶은 점은, 민중과 노동자계급의 관계를 정리하고 민중과 대중의 차이를 드러내며 민중지향성과 민중(주체)성을 분별하고자 했던 당대 지식인들의 이론적 분투를 그때 그들의 입장이 아닌 지금 우리의 감각의 필터로 한 번 걸러볼 필요가 있다는 것이다. 이런 태도를 취할 때 가장 먼저 주목되는 점은 반목하는 듯한 김명인, 조정환, 정과리 등의 입장이 기실 백낙청 비판이라는 출발선에 같이 서 있었다는 점이다. 즉 김명인과 정과리를 갈라놓은 경계선보다 더 뚜렷이 보이는 것은 백낙청을 비판하지 않으면 논의가 시작되지 않는 담론 구조 자체이다. 어떤 경우에도 백낙청이 기준으로 작동하게 되는 이러한 양상은 백낙청 개인의 의도를 초과하여 빚어진 현상일 터인데, 이는 '참여'하는 지식인이 전범으로 간주되는 정치·문화적으로 낙후된 한국사회가 왜 신세대 문학비평가들로 하여금 1970년대 백낙청과 『창비』의 민중지향적 민족문학론을 논쟁의 교두보로 삼게 했는지를 짐작케 한다. 그러나 『창비』의 민중지향성에 둘러

---

24   박현채·송기숙, 「80년대의 민족사적 의의」, 『실천문학』 8, 1987.1, 32쪽.

쳐진 이론적 안테나들은 오히려 그 내부를 들여다보기 어렵게 한다. 그렇다면 이제 남은 과제는 질문 방법을 달리하는 데 있지 않을까? 『창비』의 민중은 누구인가 — 노동자계급인가? 대중인가? — 라는 이론적 질문보다는[25] 『창비』의 민중지향성은 어떠한 미학적 '파토스'를 발생시켰는가 하는 조금은 미학적인 질문을 말이다.

3. 사투리에 현전하는 민중의식

1) 의식과 몸이 분리된 민중

『창비』 스스로가 문학잡지임을 따로 공표한 적은 없지만 창간호 권두언의 논문 버전으로 볼 수 있는 백낙청의 「새로운 창작과 비평의 자세」는 제목부터가 새로운 문학 창작과 비평의 장이 되고자 한다는 이 잡지의 포부를 고스란히 반영하고 있다. 그러나 1966년 발간부터 1970년대 초반까지의 초창기 『창비』는 겉보기와 다르게 문학잡지가 아니었다. 무엇보다 문학을 향유할 만한 독자가 없다는 인식을 이들이 공유하고 있었기 때문이다. "한국에서 정말 대다수 민중이란 아직 문학 독자가 아

---

25 이런 종류의 질문에 대한 백낙청의 가장 구체적 답변은 「민중은 누구인가」, (『뿌리 깊은 나무』, 뿌리깊은나무사, 1979.4; 『민족문학과 세계문학』 I—인간 해방의 논리를 찾아서, 창비, 2011, 554~571쪽)에서 찾을 수 있다.

니"[26]라는 백낙청의 진단이 이런 사정을 단적으로 말해준다. "잠재독자
층의 압도적인 수적 우세와 극심한 소외 상태, 그리고 현실독자들의 한
심한 수준—이것이 현대 한국문학의 사회기능을 규정하는 결정적 여
건"이라는 것이다. 얼마 후『창비』필진들이 공들여서 구별하고자 했던
몇몇 범주들, 즉 민중인지 대중인지, 건강한지 타락했는지가 문제가 아
니라 아예 읽을 독자가 없다는 것이 초창기『창비』의 현실 판단이었다.
그러나『창비』는 누구보다 문학작품이 많이 또 널리 읽히기를 원했다.
백낙청은 "문학이 현실적 기반을 얻는 것은 널리 대중에게 읽히는 길
뿐"[27]이라고 했고, 조태일은 "'한 편의 시를 한 사람이 천 번 읽는' 것보
다는 '한 편의 시를 천 사람이 천 번씩 읽을' 수 있"[28]기를 원한다고 말했
다. 독자의 수가 아니라 독자의 수준에 대한 염려는 1970년대 중반 이
후에도 지속되었다.[29]

　"문학을 읽을 여유도 능력도 의욕도 없는" 이러한 잠재 독자층이 압
도적으로 많은 현실이었지만『창비』는 타깃 독자를 마냥 비워둘 수만
은 없었다. 이때 이들을 촉발한 것이 역사학계가 발굴한 '민중'이었다.
해방 이후 식민사관의 청산을 위해 각고의 노력을 기울인 결과 1950~
70년대 역사학계는 역사학회, 한국사연구회 등의 모임을 창설하면서
자신들이 이루어 놓은 학술 성과들을 사회화·대중화할 필요에 직면했
다. 1950~60년대 역사학 담론의 공론화를 주도했던『사상계』가 폐간

26　백낙청, 「새로운 창작과 비평의 자세」,『창작과비평』1, 1966.겨울, 17~19쪽.
27　위의 글, 28쪽.
28　조태일, 「민중언어의 발견−다섯 분의 시를 중심으로」,『창작과비평』23, 1972.봄, 81쪽.
29　"(최인훈, 이청준, 서기원의 소설이−인용자) 리얼리즘을 향유해야 할 시민대중에게 이
　　해될 수 있을 만큼 정돈된 내용인가"와 같은 구중서의 발언이 그 예이다. 구중서, 「70
　　년대 비평문학의 현황」,『창작과비평』41, 1976.가을, 159쪽.

된 이후 이러한 흐름을 이어받은 것이 다름 아닌 『창비』였다.[30] 문학 연구자들의 진용은 역사학 분야의 정비가 이루어진 후 비교적 늦게 구성되었다.[31] 이 과정에서 『창비』의 문인들은 역사학계의 풍부한 성과물을 받아 안음으로써 안성맞춤의 독자상을 그들과 공유할 수 있었고, 역사학계는 『창비』라는 매체를 경유해 독자층의 확대를 꾀할 수 있었던 것이다. 1966년부터 창간 10주년이 되는 1976년까지 『창비』에 실린 한국사 관련 글은 모두 50편이 넘었다.[32]

식민사관의 극복과 훼손된 민족주체성 회복을 위해 1960년대 말부터 불붙기 시작한 역사학계의 내재적 발전론은 자본주의의 맹아가 우리에게도 싹트고 있었다는 주장으로 범박하게 요약되는데, 역사학계의 이러한 움직임은 허균이나 정약용 등의 실학자와 신채호 같은 구한말 사상가에게서 발견되는 고유의 민중정신에 학계 전체가 주목하게 했다.[33] 『창비』의 근대사 기획자들은 조선 후기부터 식민지 시기까지의 역사를 '민중운동사'로 파악했다.[34] 특히 김용섭의 선구적 업적에 뒤이

---

30 『창비』의 한국학 연구자 네트워크와 이들이 전개한 한국학 담론의 존재 양태에 관한 논의는 김현주의 「『창작과비평』의 근대사 담론」(『상허학보』 36, 상허학회, 2012)이 상세하다.

31 위의 글, 450쪽.

32 한국사학계와 『창비』의 학제적 연대에 관해서는 이경란, 「1950~70년대 역사학계와 역사연구의 사회담론화—『사상계』와 『창작과비평』을 중심으로」, 『동방학지』 152, 연세대 국학연구원, 2010, 365~377쪽 참고.

33 이경란은 『창비』와 『한국사연구』의 중심 주제가 민중 지향적인 '민족'이었을 뿐 '민중'에 대한 인식이 당시 역사학계에 확고히 자리 잡고 있었다고 보기는 어렵다고 주장한다. 민중을 역사적 주체로 삼는 시각의 전환은 1980년대 젊은 연구자들의 '민중사학론'으로 등장했다.(위의 글, 377쪽) 보다 자세한 사정은 배성준, 「1980~90년대 민중사학의 형성과 소멸」, 『역사문제연구』 23, 역사문제연구소, 2010 참조. 그러나 역사 발전에서 민중의 역할을 강조하는 일련의 작업들을 '민중사학'이라는 단일 카테고리로 묶는 것이 1980년대에 이르러 자각화·본격화했다는 것이 사실이라 해도, 1970년대 『창비』에 실린 역사학 관련 논문은 명시적으로 민중지향성을 보이고 있다.

어 나온, 갑오동학농민운동과 항일의병활동, 3·1운동 등에 대한 민중 사적 해석[35]은 『창비』에 소개된 역사학 관련 글들의 주요 레퍼토리를 이룬다. 강만길은 한글이 임금의 선물이 아니라 백성의 전리품이라는 주장도 했다.[36] 4·19를 민중들의 승리로 자리매김하려는 노력은 이러 한 맥락에서 가능해졌다. 1976년경이 되면 강만길 등에 의해 민족사학 전반에 대한 반성 작업이 시작되었고[37] 같은 해 가을호에는 '민족의 역 사, 그 반성과 전망'이라는 좌담회가 열려 그간의 국사 관계 작업을 총 체적으로 반성하고 평가하는 자리도 마련되었다.

이러한 분위기 속에서 『창비』의 국문학 연구자들도 전통 예술 장르 를 적극적으로 재평가하기 시작했다. 조동일은 도시가면극에서 "반봉 건으로 집약되는 민중의식의 선진적 경지"[38]를 발견했고, 서연호는 18 세기에 활기를 띠었던 민속극을 "민중의 현실을 바탕으로 인권과 자유 를 인정하려 들지 않는 지배계층과 봉건적인 사회구조 속에서, 그리고 끊임없이 도전해오는 외세와의 대립과정 속에서 민중의 투쟁의식을 춤 사위와 해학이라는 독특한 미학으로 이룩해 놓은 가치 있는 연극예

34　김현주, 앞의 글, 463쪽.
35　김용섭, 「정약용과 서유구의 농업개혁론」, 『창작과비평』 29, 1973.가을; 안병직, 「단재 신채호의 민족주의」, 위의 책; 이이화, 「허균과 개혁사상」, 위의 책; 안병직, 「19세기말~ 20세기 초의 사회경제와 민족운동」, 『창작과비평』 30, 1973.겨울; 신용하, 「독립협회의 창립과 조직」, 『창작과비평』 31, 1974.봄; 김의환, 「의병운동(상·하)」, 『창작과비평』 32·33, 1974.여름·가을.
36　강만길, 「한글 창제의 역사적 의미」, 『창작과비평』 44, 1977.여름.
37　강만길, 「'민족사학'론의 반성」, 『창작과비평』 39, 1976.봄.
38　"도시가면극은 농촌가면극을 발전·변모시켜 양반의 권위를 철저히 공격하며 관념론적 허위를 비판하고, 자유롭고자 하는 민중의 의지와 현실주의적 가치관을 명료하게 형상 화한다. 이리하여 도시가면극은 봉건사회로부터 벗어나고자 하는 커다란 역사적 창조를 이 시기 국문학의 다른 어느 장르보다도 선진적으로 대변한다." 조동일, 「조선 후기 가면 극과 민중의식의 성장」, 『창작과비평』 24, 1972.여름, 264쪽.

술"[39]로 평가했다. 허술의 인형극 분석도 비슷한 맥락에서 진행되었다.[40] 구중서는 민중이 전통 장르의 내용뿐 아니라 형식까지 규정한다면서 민중 속에서 익명적이며 자생적 양식으로 탄생한 판소리 소설에 맥을 대어 고려속요는 민족문학사의 저변에 흐르는 전통적 특성의 원류가 되어 있다고 강조한다. 그에 따르면 이 전통적 특성이 지니는 분출성, 익명성, 독창적 장르 형성력이야말로 한국문학사를 세계 문학사 가운데 내다놓아도 떳떳하게 해 주는 주체성과 개성이 된다.

널리 읽히는 문학잡지를 소망하나 읽을 만한 독자가 없다는 위기의식 속에서도 발간을 강행할 수 있었던 것은 『창비』의 문인들이 역사학계의 민중 담론을 철저히 자기화한 결과였다.[41] 외세의 침략이나 국권상실의 위협 앞에서 항상 문제가 되었던 것은 소수 권력층이었지 정작 민중은 한 번도 주체적이지 않았던 적 없다는 역사학계의 인식은 우리의 전통 예술에서 민중은 공연과 제작에 참여하는 적극적인 관중 또는 직접생산자이기도 했다는 사실에 새삼 주목하게 만들었다. 『창비』 문인들은 적잖이 고무된다. 원초적 생명력과 건강한 저항정신이라는 '민중의식'은 이제 과거 민중의 몸을 벗어나 언젠가는 현실화하고야 말 — 아직은 잠재 독자로 남아 있는 — 이상적 독자대중으로서의 민중을 향해간다.

---

39 서연호, 「연극관중론」, 『창작과비평』 30, 1973.겨울, 1,039쪽. 민속극에 대한 심우성의 견해(「동래 들놀음 연희본」, 『창작과비평』 30, 1973.겨울)도 이와 대동소이하다.
40 허술, 「인형극의 무대」, 『창작과비평』 37, 1975.가을.
41 한편 박태순에 따르면 1970년대 민중문학론은 조선 후기의 반외세 반봉건 운동과 신채호의 조선혁명론, 그리고 함석헌의 씨알 담론을 총체화해 싹튼 것으로 평가된다. 박태순·이명원, 「대담—소설가 박태순에게 들어보는 1980년대와 실천문학, 그리고 문학운동」, 『실천문학』 105, 2012, 118~120쪽.

문제는 과거의 몸을 떠난 민중의식이 바로 들어갈 '몸'을 찾지 못했다는 데에 있다. 역사학계와 고전문학 연구자들이 묘사한 전통적 민중은 웃거나 울고 분노할 줄 아는 감정적 존재들이었다. 분노에 차 양반층을 조롱하기도 했고 외세로부터 침략을 당했을 때는 저항하기도 했다. 그런 점에서 역사학계가 발견한 민중의식에는 민중의 감정의 결이 살아 있었다. 그러나 전통에 밝지 못했던 백낙청을 비롯한 『창비』 문인들에게 과거 민중의 몸은 가 닿기 어려운 불가사의한 영역이었을 것이다. 따라서 이들이 조우한 민중의식은 과거 자신의 몸과 감정으로부터 유리된 상태였다고 볼 수 있다. 이 의식은 과거 민중의 몸을 일단 벗어났지만 다시 거기로 돌아갈 수도 — 그렇게 되면 복고주의라는 비난을 받게 되므로 — 새 몸을 찾지도 못한 형편이었다. 『창비』 문인들은 유체 이탈의 상태로 존재하는 과거의 민중을 역사학계의 도움으로 엿보았을 뿐, 문학의 현장에서도(잠재 독자만 있으므로) 경제 현장에서도 — 『창비』의 민중은 국적 없는 프롤레타리아로서의 생산대중이 아니라 뚜렷한 국적을 지닌 '한국 민중'[42]이다 — 그 (과거) 의식에 걸맞은 (현재의) 몸을 미리 확보해 두지는 못한 형편이었다.

이러한 상황에서 여전히 이들을 고무한 것은 양심 있는 지식인이라면 모름지기 '현장'에 있어야 하고 '현장'을 알아야 한다는 시대의 당위적 요청이었다. 이 절실함은, 백낙청을 위시한 『창비』의 대표적 민중문

---

42 바디우에 따르면 '한국 민중'과 같이 '특정 국가+민중'이라는 범주는 민족 해방이라는 특정 상황과 결합된 전쟁이나 정치적 과정에서만 그 의미를 지닌다. 이 경우를 제외한다면, 민중이라는 말은 국민을 지칭하는 이 형용사의 영향을 받아 무기력하거나 심지어 해로운 것이 되기 쉽다. A. 바디우, 「'인민'이라는 말의 쓰임에 대한 스물네 개의 노트」, A. 바디우 외, 서용순·임옥희·주형일 역, 『인민이란 무엇인가』, 현실문화, 2014, 21쪽. 이 책에서 '인민'으로 번역된 단어를 본고에서는 '민중'으로 바꾸어 사용했다.

학론자들로 하여금 역사학자들이 발견한 민중의식에 꼭 맞는 민중의 몸이 비루하고 너절한 삶의 현장에 존재한다고 믿게 만든다. "다수대중의 생활상의 욕구를 떠난 '민중의식'이란 있을 수 없다"는 백낙청의 발언이 이를 대변한다. 생활하는 민중이 먹고 입고 자식 낳아 기르고 '남들처럼' 살고자 하는 삶의 현장에 비록 이들의 "저속한 욕망"[43]이 엿보인다 한들 그것을 거부하거나 이상주의적으로 채색해서는 안 된다는 것이다. 삶의 현장이 곧 진실인 상황, 즉 "보다 나은 삶을 창조하겠다는 양심의 발현이 삶 자체·현실 자체의 본연의 모습과 한 치의 틈도 없이 일치"[44]하는 상황을 전제한 백낙청에게 중요한 것은 다름 아닌 이 '한 치의 틈 없음'이었다. 삶의 현장에 진실과 양심이 이미 주어져 있는 마당에, 이러한 자연스런 흐름을 거스르는 외부의 개입은 필요치 않다. 이러한 무매개성 또는 직접성에의 강박은, '현장에 있어야 한다'라거나 '현장이 진실이다'라는 말로 표현될 수 있는 1970년대 지식인 특유의 양심적 삶의 태도와 긴밀히 연결되어 있음은 물론이다.[45]

---

43 백낙청, 「민중은 누구인가」, 『뿌리 깊은 나무』, 뿌리깊은나무사, 1979.4, 566~567쪽.
44 백낙청, 「문학적인 것과 인간적인 것」, 『창작과비평』 28, 1973.여름, 444쪽.
45 1970~80년대 문화운동에서 '현장성'과 '전형성'이 경합하는 양상에 관해서는 「좌담─80년대의 민족운동과 한국문학」에 참가한 박현채, 최원식, 박인배, 백낙청 등이 심도 있는 토론을 벌였다(백낙청·염무웅 편, 앞의 책). 이 좌담에서 토론자들은 민중의 삶에 밀착된 '현장성'을 강화하되 궁극적으로는 구체적 사건을 통해 '전형성'을 획득하는 것을 문화운동의 주요 과제로 설정한다.

2) 특화한 현장과 육체

　민중의 육체와 목소리에 민중의식이 현전한다는 『창비』 특유의 민중문학론은 이처럼 역사학계가 발견한 민중의식의 전폭적 수용과 민중적 삶의 현장에 대한 강한 애착이 결합된 형태로 출발했다. 시기적으로 보면, 역사학 관련 담론이 지면의 대부분을 차지했던 1970년대 초반을 경과하면서 전통적 민중의식이라는 자원을 확보한 『창비』의 문학비평가들은 1973년을 전후로 한 시기부터 본격적으로 민중문학론을 전개한다.

　이러한 움직임은 '현대한국문학에 나타난 민중의식'이라는 부제를 달고 나온 신경림의 「문학과 민중」에서 본격화한다. 일제시기부터 1970년대 초반까지의 한국 현대문학을 사적으로 고찰하면서 신경림은 민중배제적·반민중적 경향의 시인과 작가를 열거한 후 1960년 4·19를 계기로 우리 문학에 "민중에 대한 자각"[46]이 비로소 현저해졌다고 판단한다. 그에 따르면 가치 있는 "소설의 현장"은 "도시의 변두리, 판자촌, 가난한 시골"이며 "대학 캠퍼스, 하숙집, 고층 빌딩의 사무실"[47]은 건강한 리얼리스트의 관심 영역이 될 수 없다. 현장 자체가 위계화한 것이다. 시인으로는 김수영, 신동엽, 조태일이, 작가로는 방영웅, 이문구, 황석영 등이 "문학의 소시민화·귀족화에 강력하게 제동을 건" 뛰어난 작가정신의 소유자로 거론되는데, 이를테면 이문구의 「장한몽」 같은 소설은 "절박하고 비참한 현실을 오히려 유모러스하고 유들유들하게

46　신경림, 「문학과 민중」, 『창작과비평』 27, 1973.봄, 19쪽.
47　위의 글, 18쪽.

다루어 살아간다는 그 자체가 인간에 대한 본질적 신뢰요 역사에 대한 무한한 낙관이라는 것을 다짐"하는 수작으로 손꼽히고 있다. 백낙청의 『분례기』 해석과 많은 지점을 공유하고 있는, 방영웅에 대한 평가도 눈길을 끈다. 성기와 성행위를 노골적으로 묘사하는 『분례기』의 한 장면을 인용한 후 이를 단지 외설적이라고 말할 게 아니라 "건강하다"고 말하고 싶다는 것이 백낙청 『분례기』 비평의 핵심이었다.[48] 『분례기』의 또 다른 문학적 성취로 백낙청이 꼽은 것은 충청도 사투리로 이루어진 "풍성하고 생기에 찬 대화들"이었는데, 신경림 또한 방영웅을 민중의 사랑을 받을 만한 요소를 '천래적'으로 지닌 작가로 고평하면서, 아무렇게나 지껄이는 듯한 말이 다름 아닌 민중의 소리가 된다는 데 『분례기』의 민중적 가치가 있다고 강조한다. 너절하기 짝이 없게 늘어놓은 온갖 너절한 이야기들에서 다름 아닌 "절실하고 눈물겨운"[49] 민중의 진실을 발견하게 된다는 것이다.

불결한 육체, 풍성한 사투리, 다듬어지지 않은 제스처, 코를 찌르는 악취. 백낙청과 신경림은 이러한 삶의 현장에서 건강과 순수를 본다고 했다. 일상적으로 가해지는 물리적·언어적 학대와 폭력, 그리고 강간에 노출된 하층 여성 분례에게서 건강과 순수를 발견했다는 것은 무엇을 의미하는가? 폭력에 노출된 여성의 몸에서 창녀와 성녀의 얼굴을 번갈아가며 배치하는 남성적 시선이 여성의 피해를 신비화·비가시화하면서 남성의 구원을 욕망했듯이, 폭력과 강간으로 얼룩진 『분례기』의 세계에서 원초적 생명력을 발견했다는 것은 결국 지식인의 자기 구원

---

48 백낙청, 「『창작과비평』 2년 반」, 『창작과비평』 10, 1968.여름, 372~373쪽.
49 신경림, 앞의 글, 22쪽.

에의 욕망을 폭로한 셈이 아닌가? 그런 점에서 백낙청과 신경림의 초창기 민중문학론을 여성주의적으로 재독해하는 작업은 개별 비평가의 여성관을 검토하는 데 그치는 것이 아니라 그들이 타자를 대하고 재현하는 자기 자신의 위치에 얼마나 자각적이었는지를 밝히는 문제로 나아갈 필요가 있다고 생각된다.

조선작의 소설에 대한 이선영의 비평도 같은 맥락에서 문제적이다. 이 글에서 이선영은 "비천한 삶의 실상을 적나라하고 박력 있게 묘파함으로써, 사회 부조리를 바르게 투시 비판하는 안목과 소설방법을 새롭게 개척하려는 자세"를 조선작 소설의 성과로 꼽는다. 조선작 소설에 노골적으로 드러난 "사회 최저층 사람들에 의한 풍성한 쌍말과 성행위"의 이면에는 "따뜻한 인간의 체온과 분별력 있는 비판의 태도"가 숨어 있다는 것이다. 이선영에 따르면 "쌍스러운 표면의 근저"를 잘 들여다보면 거기에 깔린 최하층 민중들의 "따뜻하고 아름다운 마음씨"[50]를 느낄 수 있다.

가난과 폭력의 현장에 고도의 윤리의식과 민중정신이 깔려 있다는 위의 논의들은 결국 창녀에게 성녀의 얼굴을 보여 달라는 주문, 힘들어도 건강해야 한다는 요구, 상처받은 자가 결국 치유해야 한다는 이중 메시지를 던지는 것이 아닌가? 건강한 민중문학의 폭력성(강간·폭행)과 병든 대중문학의 음란·저속성(불륜·매춘) 중에서 『창비』 민중문학론자들이 더 질색한 것은 단연 후자였다. '여자'가 나오는 '야한' 소설에 대한 이호철의 알레르기 반응이 단적인 예가 된다.[51] 『분례기』의 인

---

50 이선영, 「저변층 생활의 진실」, 『창작과비평』 34, 1974.겨울, 1,102~1,107쪽.
51 "이호철 : 요즘 70년대 작가라고 하면 이런 역작(이문구, 황석영, 신상웅─인용자)이 아

물들이 나누는 성행위는 최인호류의 "상업주의 소설의 작위적이고 저열한 에로티시즘"과 다르게 "눈살을 찌푸리게 만드는 추잡함이나 야비함 없"는 "건강한 에로티시즘"[52]을 구현한다는 김종철의 견해도 같은 맥락에서 주목된다.

특히 사투리에 대한 이들의 신뢰는 남다른 데가 있었다. 염무웅은 한 좌담에서 "사투리가 소설에 거침없이 씌어지고 있는 것은 60년대 후반에 나온 방영웅의 『분례기』나 천승세·이문구 같은 작가 이후 하나의 경향"을 이루고 있다면서 이는 "작가의 의식이 교육받은 도시인의 한정된 세계에만 의존하지 않고 험한 사투리를 쓰는 사람들의 세계에로 열려져 있다는 것, 다시 말해 강인한 토속적 기반을 확보하고 있다는 것을 의미"[53]한다고 환영했다. 등장인물이 구사하는 사투리를 민중문학이 확보해야 하는 강인한 토속적 기반으로 간주한 셈이다.[54]

염무웅, 백낙청, 이선영, 구중서, 신경림 등 대표적 민중문학론자들은 사투리(토속어)나 비속어를 잘 구사하는 인물이 등장하는 작품을 한

나라 최근 한창 신문연재를 도맡다시피 하고 있는 일군의 신예작가들을 가리키는 경향이 있는데, 이분들이 최근 어느 비평가도 말했지만 '여자'라는 말을 빼고는 소설 제목이 안 되는 것 같은 풍조를 낳고 있어요. 그렇게 야하게 이야기될 정도로 되어 있단 말이지요. 제 생각에는 이런 면이 있는 것 같아요. **민중의식이나 민족의식 같은 게 튼튼한 체질로 되어 있지 못하고 의식으로만 빌려서 있는 그런 작가들**이 조금 돈되고 수지맞는 그런 판이 되어버리면 금방 거기에 쏠리지 않는가 하는 겁니다. (…중략…) 이름까지 박아서 말한다면 최인호 이후의 이런 붐이 내가 보기에는 매우 불건강한 현상이 아닌가 싶습니다." (강조─인용자) 「『창비』 10년─회고와 반성」, 『창작과비평』 39, 1976.봄, 27~29쪽.

52 김종철, 「상업주의소설론」, 백낙청·염무웅 편, 『한국문학의 현단계』 II, 창작과비평사, 1983, 116쪽.

53 김춘복·송기숙·신경림·홍영표·염무웅, 「좌담─농촌소설과 농민문학」, 『창작과비평』 46, 1977.겨울, 7쪽.

54 이 무렵 『창비』에서 백낙청 등이 공들여 발굴한 '토속성'의 문제에 관해서는 손유경, 「백낙청의 민족문학론을 통해 본 1970년대식 진보의 한 양상」, 『한국학연구』 35, 인하대 한국학연구소, 2014 참고.

목소리로 상찬한다. 『분례기』(1967)의 작가 방영웅에 대한 평가는 위에서 논한 바와 같고, 이문구 작품 속의 충청도 사투리에 대한 이들의 애정도 각별했다. 이를테면 염무웅은 뿌리 뽑힌 자들의 삶을 묘사하고 있는 이문구의 「해벽」(1972)이 하층민의 독특한 생활 언어와 방언을 풍부하게 담고 있다는 점을 높이 샀고, 앞서 언급했던 이선영도 조선작 소설의 '쌍말' 사용에 각별한 주의를 기울인 바 있으며, 천이두 역시 조정래의 「비탈진 음지」(1973)에서 인물이 구사하는 전남지방 사투리가 "사투리에 뿌리박은 인간상이 자기 조국의 한 실체"[55]라는 작가의 신념을 대변한다고 강조했다. 「수라도」(1969), 「뒷기미 나루」(1969), 「낙월도」(1972) 등으로 고평된 김정한의 경우에도 그의 토속어 구사 능력이 어김없이 거론됐다.[56] 박경리의 「토지」(1969~1994)에 나오는 풍성한 민중언어에 큰 관심을 표명한 한 글에서, 백낙청은 사포곶이라는 어촌을 배경으로 쓰인 이문구의 「해벽」이 바다 소리에서 시작해 바다소리로 끝난다는 사실을 강조하기도 했다. 주인공이 듣는 이 바다의 소리는 "대자연의 웅장하고 신비스러운 힘에 대한 건강한 의식이 살아 있음"[57]을 증명한다는 것이다. "바다 소리의 감동은 직접적이고 강렬한 것이다."[58]

소리(사투리, 쌍말, 바다소리 등)의 직접성과 강렬함에 압도된 위 비평가들의 모습이 인상적인 것은, 민중문학의 어떤 핵심에 다가가려는 이들

---

55 천이두, 「집념과 좌절」, 『창작과비평』 34, 1974.겨울, 1,096~1,101쪽.
56 신동엽, 신경림, 김지하, 조태일 등에 대한 평가도 다르지 않았으나 지면 관계상 시비평은 생략한다.
57 백낙청, 「민족문학의 현단계」, 『창작과비평』 35, 1975.봄, 60쪽.
58 위의 글, 61쪽.

의 태도가 '진리는 숨어 있지 않다'는 말로 요약되는 하이데거의 예술론을 강하게 환기하기 때문이다. 가령 "우리에게 생생하게 주어진 삶은 이미 하나의 역사적 사명으로서, 바닥으로부터 끓어오르는 착한 마음으로서, '현실적으로' 주어져 있다는 깨달음은, '주체와 객체'의 양분법에 선행"[59]한다는 백낙청의 문장을 한번 곱씹어보자. 흥미롭게도 이런 판단에는 존재와 진리, 그리고 예술에 대한 하이데거의 통찰이 영향을 미치고 있음을 알 수 있다. 하이데거가 비판한 전통 형이상학의 태도에 따르면, 존재자가 존재한다는 것은 이론적 고찰의 대상으로서 눈앞에 사물로 존재함을 의미한다. 하이데거의 질문은 여기서 시작된다. 과연 존재라는 것은 인간이 언제라도 이론적으로 고찰할 수 있도록 눈앞의 대상으로 주어져 있는 걸까? 하이데거는 이제까지 질문되지 않았던, 자명하게 전제된 존재의 의미를 문제 삼았다. 하이데거가 보기에 존재자가 존재한다는 것은, 주체의 모든 이론적 장악 시도를 거부하는 자신만의 신비와 깊이를 간직하는 것으로서 스스로를 드러내고 있다는 것(탈은폐)을 의미한다. 따라서 예술작품은 그 자신의 고유한 방식으로 존재자의 존재를 개시한다. "예술은 진리의-작품-속으로의-자기-정립"이다.[60] 하이데거에게 진리란 "존재자의 숨어 있지 않음"[61]과 같다. "존재자의 존재 속에서의 개시, 즉 진리의 일어남"[62]이라는 표현에 그의 사유가 집약돼 있다.

그런데 서양 철학의 로고스중심주의·음성중심주의를 비판한 데리

---

59 백낙청, 「문학적인 것과 인간적인 것」, 『창작과비평』 28, 1973.여름, 445쪽.
60 M. 하이데거, 오병남·민형원 역, 『예술 작품의 근원』, 예전사, 1996, 45쪽.
61 위의 책, 102쪽.
62 위의 책, 44쪽.

다에 따르면 자신의 작업이 하이데거의 형이상학 비판에 많은 부분을 빚지고 있음에도 불구하고 "하이데거의 방법론은 내(데리다-인용자)가 현전의 사유라는 제목하에 문제시하려 하는 것에 대한 가장 심오하고 가장 강력한 옹호"[63]의 하나이다. 결정적으로 하이데거는 모든 언어의 원천에 목소리로서의 로고스가 있다는 점을 반복적으로 환기하기 때문이라는 것이다. 하이데거의 음성적 로고스는 "비은폐로서의 진리"를 뜻하며, 하이데거는 의식의 직접성이 목소리를 통해 구현된다는 음성중심주의의 혐의에서 자유로울 수 없기에 '현전의 형이상학'과 은밀한 공범관계를 맺고 있다는 것이 데리다의 판단이었다.[64]

하이데거의 '존재'가 데리다의 '흔적(문자)'을 선취한 것이냐 아니면 데리다의 지적대로 하이데거 역시 또 한 명의 현전의 형이상학자에 불과했느냐 하는 철학적 논쟁에 개입하는 것은 이 글의 의도와 범위를 넘어서는 작업이므로 더 이상 상론하지는 않는다.[65] 다만 우리가 주목해야 할 점은, 건강한 민중의식은 민중의 목소리(사투리, 쌍말)에 '현전'한

---

63 J. 데리다, 박성창 역, 「입장들-쟝 루이 우드빈과 기 스카르 페타와의 대담」, 『입장들』, 솔, 1992, 81쪽.
64 서동욱에 따르면 하이데거를 음성중심주의에 귀속시킴으로써 데리다가 의도한 바는 흔적(차연)이 존재보다 더 오래되었다는 것을 드러내는 데 있었다. 그러나 데리다의 기획은 하이데거에 의해 대부분 선취되었다고 봐야 한다는 것이 그의 결론이다. 이 문제에 관해서는 서동욱, 「흔적과 존재-데리다 해체의 기원으로서의 하이데거」, (『철학과현상학연구』 33, 한국현상학회, 2007)를 참고할 것.
65 중요한 것은, 하이데거가 전통 형이상학에 의해 망각되어 온 존재/존재자의 구별, 즉 존재론적 차이를 강조하면서 존재를 존재자의 Grund(근거)가 아닌 Abgrund(심연)이라고 표현했다는 사실이다. 그에게 존재는, 마치 데리다의 흔적과 마찬가지로, 존재자에 대한 형이상학을 가능케 하지만 그 자체는 형이상학 안에서 사유될 수 없다. 그뿐만 아니라 하이데거는 존재가 현존재에 직접 주어져 있다는 생각은 하나의 오도이며 존재 또한 (데리다의 흔적과 마찬가지로) 의식에 직접 출현하는 것이 아님을 강조했다. 이에 서동욱은 데리다가 하이데거의 존재 사유를 현전의 형이상학에 귀속시키는 것은 설득력이 없다고 비판한다. 위의 글, 78~85쪽.

다고 했던 『창비』의 1970년대 민중문학론자들—특히 하이데거의 존재론에 크게 영향 받은 백낙청[66]—에게서 데리다의 정밀한 독법에 따라 내파된 바 있는 형이상학적 사유의 편린들을 발견하게 된다는 사실이다.[67] 현장이 곧 진리라는 발상이 과연 얼마나 하이데거적인지의 여부보다 중요한 것은, 이 장면에서 우리가 보게 되는 어떤 모순이다. 『창비』의 민중문학론자들은, 건강한 민중문학을 구성하는 요소로 자신들이 손꼽은 것들, 즉 형이하학적 삶의 현장과 민중의 목소리에 다름 아닌 형이상학적 지위를 부여한 것이다. 이들이 표명한 민중지향성에서 어떤 확고한 이념적 결의보다는 다분히 형이상학적인 미학적 파토스를 주목하게 되는 이유는 여기 있다.

---

66 백낙청 비평에 미친 하이데거의 영향력에 관한 논의는 강용훈의 「백낙청 비평에 나타난 '시적(詩的) 창조'의 의미―M. 하이데거와 T. S. 엘리어트의 수용 양상을 중심으로」(『우리문학연구』 44, 우리문학회, 2014)를 참고할 것.

67 1970년대 중반을 넘어서면서, 빈궁과 폭력에 노출된 신체나 사투리, 쌍말에 민중의식이 현전한다는 믿음에 대한 자기반성이 『창비』 내부에서 이루어진다. 초점은 조금 다르지만, 가난하고 힘없는 사람들의 문제를 다룬 소설이면 무조건 창비 식이라거나 현실 참여적이라고 말해서는 안 된다는 염무웅의 발언이나, 민중을 소재로 삼았다고 해서 무조건 민중을 대변한다거나 민중을 위하는 소설이라고 볼 수 없다는 백낙청의 견해 등이 그러했다(「『창비』 10년―회고와 반성」, 『창작과비평』 39, 1976. 봄, 20~23쪽). 밑바닥 인생이라는 이름으로 인생의 이색적 측면만 그려가지고는 더 이상 민중문학 했다고 말 못하는 시기가 도래했다는 이문구의 자기비판을 백낙청이 소개하는 대목도 눈길을 끈다. 박현채·최원식·박인배·백낙청, 앞의 글, 48쪽.

4. 유신체제하 잡지의 민중적 생명력

『창비』 민중문학담론에 드러난 '민중지향성'에 대한 비판적·분석적 접근을 시도한 이 글은 가난의 현장과 민중의 몸을 향한『창비』문인들의 시선과 욕망을 비판적으로 해부하고자 했으며, 사투리와 쌍말이라는 '민중적' 목소리에서 활력과 카타르시스를 느끼는 이들 지식인의 위치가 그렇게 투명하지만은 않다는 것을 드러내려 했다.

그럼에도『창비』는 1970년대 문학·학술운동의 주류에서 한 번도 벗어나지 않았으며 창간 즈음 잠재 독자밖에 없다던 이들의 위기감은 독자들로부터 압도적 지지와 응원을 받는 진보적 지식인의 자부심으로 빠르게 대체됐다. 지식인의 사명에 관한 논의가『창비』지면을 가득 메운 가운데, 몸을 가진 민중의 수행적 실천에 관한 기사는 찾기 어려웠는데도 말이다. 결국『창비』의 민중문학론자들이 정말 '몰랐던' 것은 민중이 아니라 자기 자신, 조금 더 정확히는 자신들의 위치(성)이었다고 해야 하지 않을까 하는 의구심을 계속 품게 하는 잡지였는데도 말이다.

그것은『창비』라는 잡지 자체의 운명이 다름 아닌 유신체제를 살아가는 민중적 몸의 현현이었기 때문일 것이다. 저항정신, 불굴의 의지, 건강성, 생명력, 포용력이라는 민중의식이 엄혹한 현실에 안착할 수 있게 한 몸은 다름 아닌『창비』라는 잡지 자체였다. 수차례의 필화 사건을 겪고도『창비』는 계속 발간됐다. 필자들의 투옥에도 불구하고『창비』는 건재했다. 압수라는 시련도 통과했다.『창비』의 생명력은 그야말로 생래적이며 자생적·원초적인 건강성을 상징하는 듯했다. 그렇다면『창비』필진들이 필사적으로 추구하고 지향한 것은 다름 아닌 잡지 발간이라는 행위 자체가 아니었을까? 만일 이들의 민중지향성을 서론에서 제시했던 세 가지 해석 가능성 — ① 민중이 추구하는 어떤 가치를 자신도 지향한다는 것인가? ② 민중이 숨 쉬는 구체적 시공간을 사랑한다는 것인가? ③ 민중이라는 용어가 환기하는 어떤 분위기를 좇는다는 것인가? — 중 마지막 것으로 이해한다면 어떨까? 이들이 부지중 지향했던 것은 민중이라는 용어가 환기하는 어떤 분위기 — 가난과 시련에도 불구하고 원초적 생명력으로 견뎌낸다는 스토리 — 를 『창비』라는 잡지 자체의 발간과 유통 과정에 투사하는 일이 아니었을까?

누군가가 스스로를 '우리, 민중'이라고 말하는 행위 자체가 민중을 구성하는 수행적 실천이 된다고 말했던 주디스 버틀러에 따르면, 민중이 모이는 게 아니라 모임으로써 민중으로 구성된다. 그에게 민중의 '몸'이 중요한 것은, 그들이 가까이에서 서로의 목소리를 듣고 함께 길을 걷는 집회를 가짐으로써 비로소 자기구성적이며 자기지시적인 힘을 표현할 수 있게 되기 때문이다. 이들의 몸은 무엇을 대표하지도, 무엇에 의해 대표되지도 않을 권리의 현현이다. '우리, 민중'이라는 자기구성적 발화. 함께 모인다는 수행적 실천. "몸으로 체현된 민중들의 취약성과 행위성"[68]이란 바로 이것을 말한다.

우리는 이 대목에서 유신체제하 잡지의 취약성과 행위성을 떠올리게 된다. 민중들에게 집회란 그 집회가 주장하는 특수한 권리인 것처럼, 유신체제하 『창비』에게는 잡지 출간이야말로 그 잡지가 주장하는

---

68 주디스 버틀러, 「우리, 인민 — 집회의 자유에 관한 생각들」, A. 바디우 외, 서용순·임옥희·주형일 역, 앞의 책, 88쪽.

특별한 권리였을 것이다. 『창비』가 주장한 것은 다름 아닌 『창비』 발간의 가능성이었다. 『창비』야말로 역사학계가 발굴했던 민중의 혼을 담은, 민중의 몸이었다. '민중적 몸의 현현으로서의 잡지' 발간이라는 1970년대적 상황을 고려하지 않는다면 민중지향성이라는 용어는 애초의 그 불투명성을 내내 고수해야 할는지 모른다.

참고문헌

1. 기본 자료

『창작과비평』
『실천문학』
『우리 세대의 문학』 1~4, 1982~1985.
『우리 시대의 문학』 5~6, 1986~1987.
『전환기의 민족문학─문학예술운동』 1, 풀빛, 1987.8.
김병익, 『들린 시대의 문학』, 문학과지성사, 1985.
김윤수 · 백낙청 · 염무웅 편, 『한국문학의 현단계』, 창작과비평사, 1982.
백낙청, 『민족문학과 세계문학』 I─인간 해방의 논리를 찾아서, 창비, 2011.
백낙청 · 염무웅 편, 『한국문학의 현단계』 II, 창작과비평사, 1983.
_____, 『한국문학의 현단계』 III, 창작과비평사, 1984.
_____, 『한국문학의 현단계』 IV, 창작과비평사, 1985.

2. 단행본

권보드래 · 천정환, 『1960년을 묻다』, 천년의상상, 2013.
설준규 외, 『지구화시대의 영문학』, 창작과비평사, 2004.
하상일, 『1960년대 현실주의 문학비평과 매체의 비평전략』, 소명출판, 2008.
한국예술종합학교 한국예술연구소 편, 『한국현대예술사대계』 IV─1970년대, 시공아트, 2004.
_____, 『한국현대예술사대계』 V─1980년대, 시공아트, 2005.
A. 바디우 외, 서용순 · 임옥희 · 주형일 역, 『인민이란 무엇인가』, 현실문화, 2014.
J. 데리다, 박성창 역, 『입장들』, 솔, 1992.
M. 하이데거, 오병남 · 민형원 역, 『예술 작품의 근원』, 예전사, 1996.

3. 논문

「『창작과비평』, 『문학과지성』을 말한다─김병익 · 염무웅 초청 대담」, 『동방학지』 165, 연세대
　　국학연구원, 2014.3.
강용훈, 「백낙청 비평에 나타난 '시적(詩的) 창조'의 의미─M. 하이데거와 T. S. 엘리어트의 수용
　　양상을 중심으로」, 『우리문학연구』 44, 우리문학회, 2014.

강정구, 「진보적 민족문학론에서 민중 개념의 형성 과정 연구」, 『비교문화연구』 11-2, 경희대 비교문화연구소, 2007.

_____, 「진보적 민족문학론에서 민중 개념 형성론 보론」, 『세계문학비교연구』 27, 한국세계문학 비교학회, 2009.

김건우, 「국학, 국문학, 국사학과 세계사적 보편성-1970년대 비평의 한 기원」, 『한국현대문학연 구』 37, 한국현대문학회, 2012.

_____, 「한국 현대지성사에서 '한신(韓神)'이 가지는 의미」, 『상허학보』 42, 상허학회, 2014.

김민정, 「1970년대 '문학 장'과 계간지의 부상-『창작과비평』과 『문학과지성』을 중심으로」, 서울 대 석사논문, 2011.

김수림, 「4·19혁명의 유산과 궁핍한 시대의 리얼리즘-1960~70년대 백낙청의 비평과 역사의 식」, 『상허학보』 35, 상허학회, 2012.

김원, 「1970년대 『창작과비평』 지식인 집단의 이념적 계보와 민족문학론」, 『역사와문화』 24, 문 화사학회, 2012.

_____, 「'한국적인 것'의 전유를 둘러싼 경쟁-민족중흥, 내재적 발전 그리고 대중문화의 흔적」, 『사회와역사』 93, 한국사회사학회, 2012.

김정인, 「내재적 발전론과 민족주의」, 『역사와현실』 77, 한국역사연구회, 2010.

김주현, 「요산 김정한 문학에 나타난 섹슈얼리티」, 『한국문학논총』 50, 한국문학회, 2008.

김현주, 「『창작과비평』의 근대사 담론」, 『상허학보』 36, 상허학회, 2012.

박수현, 「'우리'를 상상하는 몇 가지 방식-1970년대 소설과 집단주의」, 『우리문학연구』 42, 우리 문학회, 2014.

박연희, 「1970년대 『창작과비평』의 민중시 담론」, 『상허학보』 41, 상허학회, 2014.

배성준, 「1980~90년대 민중사학의 형성과 소멸」, 『역사문제연구』 23, 역사문제연구소, 2010.

백낙청, 「민중은 누구인가」, 『뿌리 깊은 나무』, 뿌리깊은나무사, 1979.4.

_____, 「민족문학의 민중성과 예술성」, 『민족문학의 새 단계』, 창작과비평사, 1990.

서동욱, 「흔적과 존재-데리다 해체의 기원으로서 하이데거」, 『철학과현상학연구』 33, 한국현상 학회, 2007.

손유경, 「백낙청의 민족문학론을 통해 본 1970년대식 진보의 한 양상」, 『한국학연구』 35, 인하대 한국학연구소, 2014.

송은영, 「1970년대 후반 한국 대중사회 담론의 지형과 행방」, 『현대문학의 연구』 53, 한국문학연 구학회, 2014.

서은주, 「1970년대 문학사회학의 담론 지형」, 『현대문학의 연구』 45, 한국문학연구학회, 2011.

신주백, 「관점과 태도로서 '내재적 발전'의 분화와 민중적 민족주의 역사학의 등장-민중의 재인 식과 분단의 발견을 중심으로」, 『동방학지』 166, 연세대 국학연구원, 2014.

윤해동, 「에피고넨의 시대, '내재적 발전론'을 다시 묻는다」, 『민족문화논총』 47, 영남대 민족문화 연구소, 2011.

이경란, 「1950~70년대 역사학계와 역사연구의 사회담론화-『사상계』와 『창작과비평』을 중심으로」, 『동방학지』 152, 연세대 국학연구원, 2010.

이상갑, 「1980년대 문학-예술성과 운동성의 길항관계, 그리고 민족문학의 역사성」, 『작가연구』 15, 깊은샘, 2003.

천정환, 「서발턴은 쓸 수 있는가-1970~80년대 민중의 자기재현과 '민중문학'의 재평가를 위한 일고」, 『민족문학사연구』 47, 민족문학사연구소, 2011.

한영인, 「1970년대 『창작과비평』의 민족문학론 연구」, 연세대 석사논문, 2012.

황병주, 「1970년대 비판적 지식인의 농촌 담론과 민족재현-『창작과비평』을 중심으로」, 『역사와 문화』 24, 문화사학회, 2012.

제3세계문학의 수용과 전유

『창작과비평』의 미국 흑인문학론을 중심으로

박연희

1. 1970년대 냉전문학론과 '아메리카니즘'의 향방

해방 이후부터 1950년대까지의 냉전문학사 연구는 문화론적 방법론이 보여준 다양한 학문적 성과에 힘입어 상당히 진척되었다. 가령 문학, 잡지, 영화, 번역 등에 나타난 전후 한국의 미국화 현상이 면밀하게 고찰되었다.[1] 종속이론, 근대화론, 탈식민주의론 등의 관점과 방법론을 통해 아메리카니즘 연구가 축적된 상태에서 최근에는 미국의 문화원조가 한국에 끼친 공과가 밝혀짐에 따라 전후 냉전문학을 재인식할 시점

---

[1] 2000년대 이후 증가한 아메리카니즘 연구로는 상허학회, 『1950년대 미디어와 미국표상』, 깊은샘, 2006; 김덕호·원용진 편, 『아메리카나이제이션』, 푸른역사, 2008; 성공회대 동아시아연구소, 『냉전 아시아의 문화풍경』 1·2, 현실문화, 2008·2009; 권보드래 외, 『아프레걸, 사상계를 읽다―1950년대 문화의 자유와 통제』, 동국대 출판부, 2009; 장세진, 『상상된 아메리카』, 푸른역사, 2012 등이 있다.

에 이르렀다고 할 수 있다.[2] 가령 당대 한국 지식인들이 비민주적인 정치 현실을 비판하거나 분단국가와 후진국으로서의 자의식을 심화하기 위해 참조한 문화담론을 살펴보면 미국의 영향력은 여전히 핵심적이었다. 아메리카니즘에 편향된 지식의 유통 및 담론 효과가 어느 시기에 이르러 그 시효를 다하며 어떠한 계기와 방식으로 굴절되는가에 대한 고찰이 필요한 것은 그 때문이다.

그런 점에서 제3세계문학론은 미국 중심의 세계질서 재편 과정을 다층적으로 이해하는 데 유효한 관점을 제시한다. 제국 식민에서 신생 국민으로 자신을 새롭게 상상할 시기에 미국의 수신호는 해당 세대의 감성 구조와 형식에 지대한 영향을 끼쳤다. 이 과정에서 '제3세계'에 대한 인식은 서구 선진국과의 경제적 격차를 자각하는 것보다 냉전사의 과도기적 경계를 내면화하는 과정이었고, 단순히 지리적 장소가 아니라 "갈색 나라"들의 평화와 평등을 되찾기 위한 하나의 프로젝트였다.[3]

2   허은, 『미국의 헤게모니와 한국 민족주의』, 고려대 민족문화연구원, 2008; 오병수, 「아시아재단과 홍콩의 냉전(1952~1961)」, 『동북아역사논총』 48, 동북아역사재단, 2015; 이봉범, 「냉전과 원조, 원조시대 냉전문화 구축의 역동성—1950~60년대 미국 민간재단의 원조와 한국문화」, 『한국학연구』 39, 인하대 한국학연구소, 2015; 정종현, 「아시아재단의 "Korea Research Center(KRC)" 지원 연구」, 『한국학연구』 40, 인하대 한국학연구소, 2016; 박연희, 「1950년대 한국펜클럽과 아시아재단의 문화원조」, 『한국학연구』 40, 인하대 한국학연구소, 2016; 공영민, 「아시아재단 지원을 통한 김용환의 미국 기행과 기행 만화」, 『한국학연구』 40, 인하대 한국학연구소, 2016 등.

3   비자이 프리샤드, 박소현 역, 『갈색의 세계사』, 뿌리와이파리, 2015, 13쪽. 이 책은 단순히 반둥회의를 비롯한 제3세계의 정치적 연대 과정만을 나열하는 데 그치지 않는다. 오히려 아시아, 아프리카, 라틴 아메리카의 제 역사를 세계사의 보편적 관점에서 새롭게 기록하고 반성한다. 1970~80년대 이후 제3세계의 정치적 프로젝트가 해산되는 역사는 세계사적 진보와 정의가 소멸되는 과정이기도 했다. 특히 "1970년대가 되면 신생국들은 더 이상 새롭지 않았다"(16쪽)라는 논평은 지배계급에 의해 실패한 제3세계 프로젝트의 한계를 여실히 보여준다. 한국에서 급부상한 제3세계 이념은 여기에 포함된다. 본고는 세계사적으로 위기를 맞이한 제3세계 프로젝트가 한국문학에서 재전유되는 맥락과 의미를 비판적으로 살피고자 한다.

본래 '제3세계'는 선진과 후진의 구별이 무의미할 정도로 대다수가 빈국인 구식민지를 총칭하는 냉전 용어였으나 점차 혁명적, 민중적, 탈식민지적 뉘앙스가 짙은 개념이 되었다. 다시 말해, 저개발국 그룹 또는 진보적인 성격의 국제사상운동 그룹으로 이해되는 제3세계의 개념은 서구 중심주의의 심상지리를 극복하는 차원에서 널리 활용되었다. 백낙청의 제3세계문학론 역시 마찬가지였다.[4]

『창작과비평』에서 백낙청이 제기한 제3세계문학론은 국제사회의 경제적 좌표를 통해 비로소 한국의 지정학적 표상이 제3세계로서 재인식되었기에 가능했다. 한국의 경우 '제3세계'의 용례는 1967~68년 무렵 유엔무역개발회의UNCTAD 개최 소식을 둘러싸고 등장했다. 「제3세계와 민중문학」(1979)에서 백낙청이 제3세계에 둔감했던 비평계의 현주소를 지적하기 위해 국제회의를 예로 삼은 이유가 여기에 있다. 그는 1955년 인도네시아 반둥에서 열린 아시아·아프리카인민연대회의, 1961년 비동맹회의, 1967년 알제리의 '77개국 그룹회의' 등 신생 독립국 간의 국제회의를 순차적으로 나열하며 그것이 세계사적으로 중요했음에도 불구하고 정작 국내에서는 한국어로 번역된 선언문이나 관련 자료가 턱없이 부족한 점을 의미심장하게 비판한 바 있다.[5]

---

4   제3세계문학에 대한 연구는 주로 백낙청의 민족문학론을 중심으로 전개된다. 오창은, 「제3세계문학론과 식민주의 비평의 극복」, 『우리문학연구』 24, 우리어문학회, 2008; 이상갑, 「제3세계문학론과 탈식민화의 과제 ― 리얼리즘론의 정초 과정을 중심으로」, 『한민족어문학』 41, 한민족어문학회, 2002; 안서현, 「백낙청의 제3세계문학론 연구」, 『제2차 전국학술발표대회 발표집』, 한국현대문학회, 2014. 백낙청 이외의 『창작과비평』 논자들의 제3세계문학론은 고명철, 「구중서의 제3세계문학론을 형성하는 문제 의식」, 『영주어문』 31, 영주어문학회, 2015; 이진형, 「민족문학, 제3세계문학, 그리고 구원의 문학 ― 구중서의 민족문학론 연구」, 『인문과학연구논총』 37, 명지대 인문과학연구소, 2016; 김예리, 「'살아있는 관계'의 공적행복 ― 70년대 김종철 문학비평을 중심으로」, 『민족문학사연구소 발표문』, 민족문학사연구소, 2016 참조.

유엔무역개발회의는 비동맹회의처럼 국제정치 및 안보문제를 다루는 것이 아니라 경제, 금융, 발전에 관한 원칙과 정책을 마련하는 국제회의였다. 아시아, 아프리카, 중남미 국가의 정부대표가 새로운 무역기구의 설립을 요구한 카이로선언 이후 1964년에 제1회 유엔무역개발회의가 제네바에서 열렸고, 한국은 1967년 2차 알제리 회의부터 참석한다. 한국에서 '제3세계'의 화법은 이때부터 "제3세계의 번영"을 골자로 저개발국가를 명명하면서 본격화되었다.[6]

다시 말해 1960년대 후반에 한국이 저개발국가의 일원으로 무역국제회의에 참가한 이후 경제 선진국과 대립하는 후진국의 심상지리로서 '제3세계' 개념이 부각된다. 김치수와 박태순이 1968년을 기점으로 제3세계문학과 한국문학의 유비적 상상이 가능했다고 회고하는 대목 또한 이때부터 비서구문학에 대한 구체적인 명명법과 이념이 유통되었음을 증언해준다.[7] 『창작과비평』은 이와 같이 한국이 공식적으로 제3세계

5 　백낙청, 「제3세계와 민중문학」, 『창작과비평』 53, 1979.가을, 49쪽.
6 　제3세계가 세력 구분의 단위로 이해된 것이 유엔무역개발회의(UNCTAD)의 발족 이후라는 사실은 구중서의 회고에서도 충분히 드러난다. 가령 1964년 제네바에서 유엔무역개발회의의 지도부와 위원회에 참석할 대표권을 서방측 그룹, 사회주의 국가 그룹, 개발도상의 77개국 그룹으로 구별해 배정했는데 여기서 세 번째 개발도상국 그룹이 제3세계권으로 명명되었다(구중서, 「라틴아메리카의 지적 풍토 – 제3세계와 라틴아메리카」, 『창작과비평』 53, 1979.가을, 81쪽). 한국에서는 1967년 2차 유엔무역개발회의의 회의에 한국대표단이 참석하면서부터 '제3세계'가 널리 사용되었다. 한국의 유엔무역개발회의 참석에 관해서는 다음의 기사를 참조. 「저개발국 회의 내일 개막」, 『동아일보』, 1967.10.9; 「우리대표 행동제한」, 『경향신문』, 1967.10.9; 「대선진국 공동전선태동」, 『매일경제』, 1967.10.10; 「시련 받는 코리아」, 『동아일보』, 1967.10.12; 「'제3세계 장전' 상정」, 『동아일보』, 1967.10.13.
7 　"우리의 경우 4·19와 6·3사태를 거쳐 60년대 중후반, 특히 1968년경을 기점으로 해서 제3세계문학으로서의 한국문학 또는 한국문학으로부터의 제3세계문학에 대한 최초의 인식 내용이 형성되었던 것으로 보여집니다." 김치수·박태순, 「왜 우리는 제3세계문학을 논하는가」, 『외국문학』 2, 열음사, 1984, 139쪽.

사회로 진입한 무렵에 창간되었고 초창기부터 1960년대 후반 미국 행정부의 정책 현황 및 변화에 주목했다. 한스 모겐소Hans J. Morgenthau의 「진리와 권력」을 번역해 싣는 등 베트남 전쟁과 관련된 존슨 정부의 비도덕성을 폭로하기도 했다. 라인홀드 니부어Karl Paul Reinhold Niebuhr, 한나 아렌트Hannah Arendt 등과 함께 현실주의적 국제정치학자로 명성을 얻은 한스 모겐소는 이 글을 통해 "반전, 평화사상을 본격적으로 제기하고 미국정부의 지도부가 제3세계에서 감행하는 범죄적 행동"을 비판했다.[8] 저 글과 함께 『창작과비평』에 실린 미국 민란조사전국자문위원회의 흑인폭동 보고서 역시 정부 책임론이 강조된 번역 기사이다.[9] 또한 『창작과비평』의 창간 초기에 중점적으로 수록된 미국의 후진국 정책, 인권차별 관련 자료의 번역은 1972년부터 연재되기 시작한 리영희의 「베트남 전쟁」을 비롯해 중국의 종교, 경제, 정치를 다룬 각종 기사[10]와 무관하지 않다. 제3세계적 인식은 물론 미국 주도의 아시아 데땅뜨 국면에서 가능한 것이었다. 1972년에 리영희의 번역으로 소개된 닉슨 독트린과 미중 외교 정책의 변화는 『창작과비평』 정치 지면의 주된 관심사가 무엇이었는지를 보여준다.[11]

8 한스 J. 모겐소, 이영희 역, 「진리와 권력―존슨 행정부와 지식인」, 『창작과비평』 5, 1967. 봄. 베트남전에 대한 비판론이 포함된 이 글의 당대 맥락에 관해서는 백영서, 「상품가치도 대단한 필자 리영희」, 창비 50년사 편찬위원회 편, 『한결같이 날로 새롭게―창비 50년사』, 창비, 2016, 87쪽.

9 이영 역, 「흑인폭동의 원인과 대책―민란조사전국자문위원회의 보고」, 『창작과비평』 9, 1968.봄.

10 A. L. 에리스먼, 정태기 역, 「1970년대 중공의 농업」, 『창작과비평』 38, 1975.겨울; F. W. 크룩, 정태기 역, 「중공의 인민공사제도」, 위의 책; J. 시거드슨, 정태기 역, 「중공의 농촌공업정책」, 『창작과비평』 39, 1976.봄; O. 라티모어・貝塚茂樹・岩村忍・李泳禧, 리영희 역, 「좌담 : 중공을 말한다―전통중국과 공산중국」, 『창작과비평』 42, 1976.겨울 등 다수.

11 R. J. 바네트, 리영희 역, 「닉슨―키신저의 세계전략」, 『창작과비평』 26, 1972.겨울. 이

『창작과비평』은 미국 정책의 다변화 속에서 한국문학의 내재적 가치를 재발견해나가는 가운데, 마침내 1979년에는 「제3세계의 문학과 현실」이라는 특집을 기획하기에 이른다. 창간 직후부터 제3세계를 주로 쟁점화했던 『창작과비평』이 한편으로는 서구 식민주의와 자민족중심주의를 극복하고 다른 한편 세계화의 원리로 고양시킬 수 있는 이론적 원천으로 제3세계 지역 특유의 민중성 내지 전위성을 내세우기 시작한 것이다. 주지하듯 제3세계문학론은 1970년대에 급부상한 민족문학론 및 민중문학론이 세계사적 보편성을 자기화하는 과정에서 형성되었다. 따라서 세계문학 개념을 동원해 민족문학의 국제적 가치를 발굴하고 입증하는 문제가 주요 현안으로 대두될 수밖에 없었다. 이 논문은 미국 중심주의와 관련해 상기한 문제의식 속에서 백낙청의 제3세계문학론을 분석하되, 특히 1970년대에 재발견된 '흑인문학'을 중심으로 제3세계문학의 수용 및 전유 양상을 고찰하고자 한다.

2. 1970년대 제3세계문학론—6·3세대의 경우

돌이켜보건대 1970년대 한국문학에서의 제3세계에 대한 관심은 이른바 민족문학론의 전개와 더불어 본격화되었었다. 구미 선진공업국 문학에의

글은 닉슨 행정부의 베트남 정책 실패 이후 변모한 미국의 세계관 및 외교 정책을 다루고 있다. 여기서 소련과 중국과의 평화공존을 모색하는 미국 정부의 공식적인 입장과 함께 아시아 데땅뜨가 쟁점화된다.

정신적 종속관계를 청산하면서도 어디까지나 인류사회 전체를 향해 개방된 문학의 자세를 정립하려는 것이 민족문학론이 뜻하던 바였던 만큼 제3세계와의 새로운 연대의식을 모색하게 된 것은 당연한 귀결이었다. 그리고 이것이 단순한 전술적 모색이 아니고 세계사와 세계문학 전체에 대한 인식의 진전을 보여준다는 것이 민족문학론의 입장이었다.[12]

백낙청의 제3세계문학론은 그가 민족문학의 개념에 대해 숙고했던 시기와 맞물려 등장했다. 「민족문학의 신전개」(1974)처럼 폐쇄적인 성격의 민족주의 문학을 경계하며 세계사적으로 보편화되고 개방된 민족문학 개념을 모색하는 가운데 제3세계문학에 주목하게 되었다. 다시 말해 "지구를 셋으로 갈아놓기보다 하나로 묶어서 보자"는 제3세계문학론은 "민족주의의 극복"이라는 애초의 목표에서 구상된 것이다.[13] 구중서의 말을 빌리자면, 세계문학과의 대응에서 확장된 민족문학의 개념과 의의가 바로 백낙청의 제3세계문학론이다.[14] 1970년대 초반은 자민족중심의 편협한 민족주의가 보수 문단과 관제 담론에서 득세하던 때였다. 그가 세계적인 가치를 지녔다고 호소한 민족문학과는 물론 극명한 차이를 드러낸다. 백낙청이 민족문학론을 발표하는 과정에서 특히 『문학과 행동』(1974)의 서문과 편집 방향은 세계문학의 중심부에 대한 재인식을 단적으로 보여주는 사례에 해당한다.

백낙청의 제3세계문학에 대한 관심은 『문학과 행동』부터 분명해진

---

12 백낙청, 「제3세계의 문학을 보는 눈」, 백낙청·구중서 외, 『제3세계문학론』, 한벗, 1982, 14~15쪽.
13 위의 글, 22·39쪽.
14 구중서, 「70년대 비평문학의 현황」, 『창작과비평』 41, 1976.가을, 167~168쪽.

다. 그가 미국 유학(1972)에서 돌아와 『창작과비평』에 복귀할 즈음에 책임편집을 맡아 발간한 이 책은 '20세기 서구문학에 관한 문학적 성과와 작가의 역할 등을 살피는 데' 목적을 둔 태극출판사의 신서였다. 『문학과 행동』은 20세기 서구문학 속에서 한국 리얼리즘 문학의 가능성을 살핀 텍스트로서 의미가 크다.[15] 그러나 실제 목차를 보면 네루다, 파농, 노신 등의 비서구문학에 대한 소개가 두드러진다. 그 레퍼토리의 성격은 백낙청이 쓴 해설란을 통해 확인 가능한데, 여기서 "서구와 북미의 지배적 문학조류"를 극복하고 "현실을 우리의 눈으로 다시 보는 계기"로서 탈식민적 관점이 강조되어 있다. 백낙청의 문제의식은 현대문학을 보통 서구 중심으로 소개하는 책들의 "함정"[16]을 경계한다는 데 있었지만, 그렇다고 그것이 비서구라는 소외의식 때문만은 아니었다. 세계문학의 범주를 영미 지역에서 벗어나 민족문학의 관점에서 재검토한다는 것은 한편으로 영문학자로서의 고민과도 맞물린다.

일찍이 백낙청은 국내 영문학의 발전이 한국의 특수한 역사적 상황에 부합해야 한다고 역설했고,[17] 비서구/서구를 이분화하지 않고 역사와 사회의식까지 포함하는 광범위한 의미에서 서구문학을 수용할 것을 주장했다.[18] 이는 물론 서구적인 전통을 전유해 형성된 한국문학의 이

---

15 백문임은 1970년대 리얼리즘론의 전개 양상에서 『문학과 행동』이 차지한 역할과 비중에 대해 "리얼리즘의 개념을 서구 현대 문학이론과의 관계 속에서, 그리고 한국적 인상황에서 어떻게 정리할 것인가 하는 문제"를 제기했다고 설명했다. 백문임, 「70년대 리얼리즘론의 전개」, 민족문학사연구소 현대문학분과, 『1970년대 문학연구』, 소명출판, 2000, 264~266쪽.
16 백낙청, 「해설―현대문학을 보는 시각」, 백낙청 편, 『문학과 행동』, 태극출판사, 1974, 21쪽.
17 백낙청, 「신풍토는 조성되어야 한다―궁핍한 시대와 문학정신 : 문명의 위기와 문학인의 입장」, 『청맥』 2-5, 1965.6, 126~128쪽.

념과 성격을 재고하고 문제성을 발견하기 위한 노력이다. 김현도 이 무렵에 외국문학도의 자의식을 토로한 바 있듯[19] 어떻게 민족문학과 서구문학의 관계를 새롭게 정립할 것인가의 문제가 1960년대 중반 이후 외국문학자의 주요 과제로 부각되었다. 이것은 1960년대를 민족 주체성 담론이 확산되는 시기로 파악하는 데 흥미로운 시사점을 제공한다. 그러므로 주체성의 결핍을 경계하며 문화 수용을 언급한 것은 단순히 백낙청과 김현에 국한되지 않았다. 예를 들어 1960년대 중반부터 서구문화의 주체적인 수용 자세와 가능성에 대한 논의가 활발했다. 『청맥』은 특집으로 문화 간의 교류가 일방적일 경우에 나타나는 식민화를 다루었다. 문화적인 불균형이 초래하는 식민성이 민족의 특수성을 희석, 변용, 소멸시킬 우려가 크다는 문제의식에서 출발한 것이 바로 문화식민지론이다.[20] 『청맥』의 한 필자는 세계문학이란 마치 불평등한 문화 외교처럼 약소민족에게는 그저 불리한 패권문화일 뿐이라고 지적했고,[21] 당대 지식인들은 서구문화 수용에 대해 타율적인 문제성을 자각하거나 "사실상의 거부"[22] 입장을 표명했다. 이것은 주지하듯 한일협

---

18 백낙청, 「서구문학의 영향과 수용―그 부작용과 반작용」, 『신동아』, 1967.1. 이 글에 관한 논평은 박지영, 「1960년대 『창작과비평』과 번역의 문화사」, 『한국문학연구』 45, 동국대 한국문학연구소, 2013, 96~100쪽.
19 김현은 1967년에 "20세기 초기에 얻어진 유럽 대륙의 불온한 공기를 (…중략…) 선험적으로 존재하는 것으로" 수용한 스스로를 "정신의 불구자"라고 고백하며 서구 추수적인 지적 편력을 반성적으로 회고한다(김현, 「외래문화수용의 한계―어느 외국문학도의 고백」, 『시사 영어 연구』 100, 시사영어사, 1967.8, 62~65쪽). 외국문학자의 자의식을 포함해 한국문학의 후진성에서 비롯한 문학장의 변화를 1980년대까지 살핀 연구로는 손유경, 「후진국에서 문학하기」, 『한국현대문학회 발표문』, 한국현대문학회, 2014.
20 김철순, 「우리문화와 서구문화―토착화, 세계화를 위한 문제점」, 『청맥』 4-4, 1967.7, 71~72쪽.
21 이진영, 「해방과 소비문화의 지배」, 위의 책, 38쪽.
22 김종태, 김진환, 김질락, 이진영, 신영복, 이재학 등 특히 통혁당에 직접 연루된 이들의

정 이후의 탈식민적 민족주의 담론과 중첩된다.

문화 수용에 대한 백낙청 등의 논의가 사실 문화식민지론에 관한 문제의식에 있음을 알 수 있다. 『청맥』에서 특집으로 다룬 문화식민지론은 물론이고 당시에 백낙청은 "선진국 역사에서 따온 통념에 의해 움직일 때 (초래되는-인용자) 갖가지 낭비와 부작용"을 서구문학에 경도된 후진국 문학의 한계로서 지적하며 그러한 문학을 가리켜 모호한 정체성의 "괴물"[23]이라고 표현하기도 했다. 『창작과비평』의 첫 지면에서 백낙청이 한국문학의 특수성을 강조한 이유는 "한일국교가 이제 기정사실이 되었다"[24]라는 탄식에서 연유한다. 이 글에서 그는 신식민지적 예속을 염려하며 '낭비와 희생이 아닌' 한국문학의 주체적인 전통을 재발견할 필요성에 대해 재차 강조했다. 박태순에 따르면 한일협정 이후 두드러진 민족적 굴욕감과 자기반성에 대한 요구가 제3세계적 시각을 견인했다.

지금 돌이켜 생각해 보면 63년에 시작해서 64년 65년에 걸쳐 더욱 심화 확대되었던 한일회담에 대한 굴욕외교 저지 사건은 단순히 반일감정을 촉발시킨 것은 아니고 우리 자신을 제3세계적 시선 속에서 새로 확인해 봐야 하겠다는 자각을 갖게 한 역사적 상황을 제기시켰던 것으로 이해됩니다.[25]

경우 『청맥』에서 서구문화 수용에 대한 거부감을 훨씬 강하게 표현했다(이동헌, 「1960년대 『청맥』 지식인 집단의 탈식민 민족주의 담론과 문화전략」, 『역사와문화』 24, 문화사학회, 2012, 16쪽). 『청맥』의 민족문학 담론의 특징은 박연희, 「『청맥』의 제3세계적 시각과 김수영의 민족문학론」, 『한국문학연구』 53, 동국대 한국문학연구소, 2017 참조.

23 백낙청, 「새로운 창작과 비평의 자세」, 『창작과비평』 1, 1966.겨울, 26쪽.
24 위의 글, 35쪽.
25 김치수·박태순, 앞의 글, 138~139쪽.

위의 인용문은 제3세계문학론과 관련한 특집 대담에서 박태순의 회고 부분이다. 『창작과비평』의 백낙청, 박태순, 구중서 등은 한일협정을 전후로 하여 등단했다는 공통 이력이 있다. 여기서 박태순이 제3세계 문학론에 합류한 동기를 세대의식으로 반추해 설명하는 방식이 주목된다. 즉, 한일협상 반대와 한일국교정상화회담 반대 시위가 제3세계적 시각을 드러내는 데 중요한 계기였다는 것이다. 베트남 전쟁 및 중국핵 실험 등의 불리한 정세 속에서 기존의 불개입 정책 대신에 한일관계에 적극적으로 관여한 미국은 청구권 교섭에서 불평등한 중재 역할을 했다. 한일협정 직후 무효화 반대운동은 미국에 대한 수위 높은 비판의 목소리였다. 규탄대회에서 낭독된 결의문에 따르면 "반미는 아니지만 미국이 우리의 민주주의에 저해되는 정책을 쓸 때 우리는 이를 거부할 수 있다".[26] 이는 곧 한국 내정에 관한 미국의 개입을 경계하는 저항적 입장을 밝힌 것이다. 반미의식은 1980년대에 심화되지만 한일협정 이후 미국의 우방 이미지가 급속히 달라진 것도 사실이다. 미국에 의해 냉전 아시아로 구획된 한국의 정체성을 내재적으로 재인식하려는 변화가 문학에서도 있었다. 이 무렵의 김수영 문학을 떠올려 봐도 알 수 있듯 한국의 세계사적 후진성과 열등감에서 영미 문화에 대한 타율성을 극복하려는 움직임이 뚜렷하게 일어났다. 『사상계』의 한일회담 특집(1964.5)에 실린 「거대한 뿌리」부터 「엔카운터지」, 「제임스 띵」, 「미역국」까지 김수영의 탈식민적 의지가 그 특유의 역설적인 시적 사유를 통해 부각되고, 『청맥』의 연재 에세이인 「제 정신을 갖고 사는 사람은

---

26 「협정의 불리점(不利點) 규탄」, 『경향신문』, 1965.7.6.

없는가」(1966)[27]에는 민족적 특수성과 보편성에 대한 김수영의 입장이 비교적 명료하게 표현되어 있다.

1965년 한일협정 직전에 창간된 『청맥』은 일본 경제의 급부상에 따른 박탈감 내지 위기감과 함께 반둥회의 이후 널리 확산된 아시아 민족주의 담론을 상당한 분량으로 소개했다.[28] 특히 「$와 해병대」라는 특집에서 아시아와 아프리카 지역에 대한 미국의 후진국 정책을 시대착오적인 것으로 비판하고 있듯 비동맹지역의 민족주의는 탈냉전의 징후였다.[29] 제국주의 이후 독립한 신생국이 완전한 해방을 위해 2극체제에 반발하는 역사적 과정은 제3세계운동의 전사로서 중요하다. 어떤 측면

---

27 이 글에서 김수영은 선험적인 이념과 가치를 전복하는 힘으로서 "제 정신"을 강조하며 이분법적인 사고에서 벗어나 유동적, 창조적, 윤리적인 관점의 필요성을 주장했다. 가령 '통행금지, 선거, 노동조합' 등의 소위 합리적인 제도 모두가 의심스럽다고 말하면서 "제 정신"의 중요성을 역설한다. 그의 모든 의심과 부정은 달력에서 '4·19'가 아직 공휴일이 아니라는 사실에서 비롯한다. 저 한 장의 달력이 김수영으로 하여금 확고하고 불변하는 지식과 정보 모두를 부정하게 만든 계기였다. "제 정신"이란 모든 전복의 사유 과정이다. 그것은 쉽게 옳다고 믿거나 사유를 정지해서는 안 된다는 점에서 유동적, 창조적, 발전적, 윤리적일 수밖에 없는 상태이다. 편집자에 의하면, 『청맥』의 4·19기념호에 연재된 「제 정신을 갖고 사는 사람은 없는가」는 "광막한 오늘의 현실"에 대한 올바른 인식을 문학, 종교, 철학 등의 다양한 분야에서 발견하고자 기획된 지면이었다(「편집자의 말」, 『청맥』 3-2, 1966.4, 196쪽). 「제 정신 갖고 사는 사람은 없는가」에 참여한 필자로는 권중휘(1966.4), 김수영(1966.5), 서윤택(1966.6), 심재주(1966.8) 등이 있다. 연재 에세이 대부분은 김수영의 글과 마찬가지로 역사와 현실에 대한 자각을 다루었다. 가령 "우리의 역사는 눈 감은 역사"(서윤택, 「제 정신 갖고 사는 사람은 없는가 ③」, 『청맥』 3-4, 1966.6) 하는 식으로 학문과 지식의 서구 편향적 태도를 반성하고 민족적 주체성을 강조했다.
28 『청맥』의 경우 ① 아시아가 미소 중심의 냉전 질서로 수렴되지 않고 제3노선에서 논의된 점 ② 중공에 대한 관심이 증폭된 점 ③ A. A 지역의 비동맹운동 주체에 대한 담론 형성 등의 특징을 보여준다. 이러한 분석은 미국 원조정책, 매판 재벌, 식민 문화청산 등의 국제 문제와 연동해 이루어진다. 김주현, 「『청맥』지 아시아 국가 표상에 반영된 진보적 지식인 그룹의 탈냉전 지향」, 『상허학보』 39, 상허학회, 2013.
29 「권두언―역사의 방향키를 돌리자」, 『청맥』 2-6, 1965.7, 10쪽. 「$와 해병대」 특집(『청맥』, 1965.7)에 실린 글은 다음과 같다. 조순환, 「'라틴 아메리카'의 포성」; 정연권, 「검은 대륙의 분노」; 전남석, 「동남아의 반작용」; 정종식, 「고독한 미국인」.

〈그림 1〉 백낙청 편집의 『문학과 행동』(1974) 〈그림 2〉 백낙청, 구중서 편집의 『제3세계문학론』(1981)

에서는 『청맥』이 특화시킨 문화식민지론이란 서구문학 자체가 아니라 서구 중심의 세계문학에 대한 저항이자 대안일 수 있었다. 제3세계문학론은 한일협정 이후 서구, 즉 식민종주국 중심으로 위계화된 세계문학에 대한 반발에서 점화되기 시작했기 때문이다.

그런 맥락에서 제3세계문학을 중심으로 편집된 『문학과 행동』은 1960년대의 세대의식, 더 정확히는 6·3세대의 역사의식이 반영된 결과로 읽을 수 있다. 무엇보다 이 책에서 백낙청은 프란츠 파농Frantz Fanon과 리처드 라이트Richard Wright를 실천적인 흑인 작가로 나란히 배치함으로써 제3세계문학의 범주를 비교적 선명하게 구체화했다. 후술하겠지만, 1970년대 후반 무렵 백낙청은 『창작과비평』에서 아프리카보다 미국 흑인문학을 제3세계문학의 선례로 각별하게 다루며 1960년대 문화식민지론에 대한 문제의식을 심화시켜 나갔다. 미국 흑인문학은 영미문학으로부터 벗어나 흑인문학의 독자적인 위상과 함께 제3세계문학의 전범이 된다. 백낙청에 의해 미국 흑인문학이 제3세계문학으로 전유되는 과정은 1960년대 민족문학 담론, 즉 정신적 예속상태의 극복과 문화적 독자성의 확립 문제를 쟁점화하는 과정과 동궤에 있다. 백낙청은 흑인의 노예화가 제국주의 시대의 식민화보다 극심한 인종주의적 편견과 고유문화 말살정책에 노출된 점,[30] 혹독한 압제와 소외를 겪고도 백인 사회에 경도되지 않는 점[31] 등을 거론하며 미국 흑인문학이 바로 제3세계문학의 정점이라 이해했다.

3. 흑인문학 담론과 제3세계 표상—네그리튀드, 파농, 말콤 엑스

1) 아프리카 흑인문학과 네그리튀드

『창작과비평』(53호, 1979.가을)의 「제3세계의 문학과 현실」 특집에서 가장 비중 있게 다루어진 논의 대상은 흑인문학이었다. 총론에 해당하는 백낙청의 글을 포함해 이종욱과 김종철의 흑인문학론 두 편이 나란

---

30   백낙청, 「제3세계와 민중문학」, 『창작과비평』 53, 1979.가을, 60쪽.
31   백낙청, 「해설—현대문학을 보는 시각」, 백낙청 편, 『문학과 행동』, 태극출판사, 1974, 45~46쪽.

히 실려 있어 제3세계의 다른 지역에 비해서도 아프리카 비중이 높은 편이다.[32] 아프리카 흑인문학은 신생 독립국이 증가하던 1960∼70년대에 더욱 활기를 띠며 제3세계의 민족문학 이념에 적지 않은 영향을 끼쳤다. 1960년대 아프리카 문학에 대한 전반적인 소개는 『세계의문학』에 번역된 애디올라 제임스의 「1960년대의 아프리카문학」과 『창작과비평』의 제3세계문학 특집에 실린 이종욱의 「아프리카 문학의 사회적 기능」을 통해 이루어졌다. 특히 「1960년대의 아프리카문학」은 일본, 미국 판본의 중역이 아니라 아프리카 문학지인 *Okike*와 동시에 『세계의문학』에 수록되었다는 점에서 아프리카 문학의 최신 동향에 매우 근접해 있었다. 「1960년대의 아프리카문학」은 "각 작품에 드러난 정치의식의 수준 및 성질"이 제3세계로서 아프리카 문학을 살피는 중요한 관점임을 역설하며 민족문학의 여러 지형을 첨예하게 다룬 중요한 텍스트였다.[33] 이종욱을 비롯해 백낙청, 구중서, 김종철 등의 제3세계문학 논자들이 새로운 아프리카 작품을 소개할 때마다 「1960년대의 아프리카문학」을 거의 반사적으로 참조하고 인용했음을 짐작할 수 있다.

가령 『창작과비평』의 제3세계문학 특집에서 이종욱은 오콧 프비텍 Okot p'Bitek의 『라위노의 노래*Wer pa Lawino*』를 장황하게 설명하는 가운데

---

32 「제3세계의 문학과 현실」 특집에 실린 글은, 백낙청의 「제3세계와 민중문학」, 구중서의 「라틴 아메리카의 지적 풍토」, 이종욱의 「아프리카문학의 사회적 기능」, 김종철의 「식민주의의 극복과 민중」, 김정위의 「이슬람세계와 그 문화」, 백영서의 「중국형 경제 발전론의 재평가」이다.

33 애디올라 제임스, 「1960년대의 아프리카문학」, 『세계의문학』 5, 1977.가을, 146쪽. 『세계의문학』 창간 1주년호에 실린 이 글은 김우창의 부인 설순봉 교수가 번역했다. 창간 2호(1976)부터 연재한 아우어바흐(Erich Auerbach)의 『미메시스』를 대체한 글이다. 주지하듯 김우창과 유종호가 1985년까지 연재한 『미메시스』는 초창기 『세계의문학』을 대표한다.

애디올라 제임스의 글에 크게 의존했다. 『반시』 동인으로 활동하면서 번역한 아프리카 시편 대부분을 저 특집에서 반복해 열거한 것과는 사뭇 달랐다.[34] 『라위노의 노래』는 전통적인 여성이 서구식 사고방식에 동화된 남편을 비판적으로 풍자하는 내용이다. 여기서 남성은 물론 서구화, 식민화로 인해 자기정체성의 혼란을 겪는 흑인을 표상한다. 애디올라 제임스의 글과 그가 참조한 서평의 원문을 바탕으로 이종욱은 네그리튀드Negritude 운동을 흑인의 정체성, 식민주의에 대한 저항의식으로 이해한 후 "나의 남편의 죽음을 애도하자" 외치는 프리텍 시야말로 당대 아프리카 문학에서 전통에 대한 민중적 자각이 심화된 결정적인 계기 중 하나였다고 평가했다. 즉 『세계의문학』에서 기획, 번역한 애디올라 제임스의 글은 당대 한국작가들이 네그리튀드 사상을 핵심으로

---

34 이종욱은 1945년 경북 출신으로 고려대 영문학과를 졸업하고 『창작과비평』 38호(1975. 겨울)에 시를 발표해 등단했다. 『반시』(1976~1983) 동인으로 활동하며 번역을 많이 했 는데 아래는 그가 『반시』에 번역해 실은 흑인시의 목록이다. 물론 한글로 음독한 것만으로 원어명을 찾기 어려운 작가도 있지만, 상당수가 『창작과비평』에 발표한 아프리카 문학론에 포함된다.

『반시』 3집 (1978)	크웨시 브류(Kwesi Brew)의 「사형 집행인의 꿈」 외, 아고스틴호 네토(Antonio Agostinho Neto)의 「키낙씨씨」, 데이빗 디웁(David Diop)의 「독수리」, 비라고 디웁(Birago Ismael Diop)의 「헛되다」, 버나드 다디에(Bernard Binlin Dadie)의 「눈물을 닦아라, 아프리카여!」, 가브리엘 오카라(Gabriel Okara)의 「피아노와 북」, 엠벨라 디포코의 「자서전」, 워울소잉카(Wole Soyinka)의 「새벽의 죽음」, 코휘 어워너의 「전쟁의 슬픈 노래」 외 4편
『반시』 4집 (1979)	엠벨라디포코의 「우리의 역사」 외 3편, 크웨시브루의 「자비를 빌」 외 3편, 비라고 디웁의 「조상들의 숨결」 외 1편, 데이빗 디웁의 「아프리카」 외 4편, 버니드 다디에의 「감사합니다 하나님」 외 2편
「아프리카문학의 사회적 기능」 (『창작과비평』, 1979. 가을)	치누아 아체베(Chinua Achebe)의 「아프리카와 아프리카작가」, ·「무너져내리다」, ·「민중의 사내」, 데이빗 디웁의 「독수리」 ·「순교의 시대」 ·「도전」 ·「배신자」, 제임스 엔구기의 「가운데로 흐르는 강」 ·「울지 마라 아이야」, ·「밀알」, 피터 에이브라함즈(Peter Abrahams)의 「광산의 소년」 ·「머 레이 캠프의 에피소드」, 라 차드 라이브의 「벤치」, 까마라 레이의 「왕의 광채」, 루이스 엔코시(Lewis Nkosi)의 「죄수」, 페르디난드 오요드의 「늙은 흑인과 메달」, 오콧 프비텍(Okot p'Bitek)의 「라위노의 노래」, 프란시스 파크스의 「아프리카의 하늘」, 버나드 다디에의 「감사합니다」 ·「하나님」 ·「추도사」 ·「아프리카」 ·「손」, 쌍고르(L. S. Senghor)의 「빠레에 내리는 눈」, 쎄제르(A. Cesairee)의 「제3세계에 보내는 인사」 ·「예술가의 책임」

한 아프리카 흑인문학사를 이해하는 데 긴요한 자료가 되었다.

1970년대 이후 한국에서 제3세계문학에 대한 관심이 증폭되는 시기에 아프리카 문학은 바로 이 '네그리튀드'를 중심으로 소개되고 있었다. 세제르Aime Cesairee의 장시 『귀향수첩』에 처음 등장했고 셍고르Leopold Sedar Senghor 이전에는 프랑스어 사전에 존재하지 않았던 네그리튀드 개념은 흑인 특유의 사고방식이나 정신을 지칭하는 말로 1930년대 흑인 문학운동의 표어가 되었다. 아프리카 문학의 네그리튀드 이념은 『세계의문학』의 「오늘의 세계문학」란에서 세제르와 셍고르를 무엇보다 중점적으로 다루면서 널리 알려졌다. 「검은 영혼의 춤-셍고르」(1976.겨울), 「에메 세젤」(1977.봄), 「프랑스어권의 흑인문학화 혼혈문학」(1978.봄) 등의 글이 대표적인데 특히 김화영은 "인종차별의 희생자"가 아닌 "흑인의 긍지"[35]이자 세네갈의 대통령으로 잘 알려진 셍고르의 일대기를 재조명하기도 했다.

그런데 이종욱은 네그리튀드 운동을 "하나의 무기로서, 해방의 도구로서, 20세기 휴머니즘에 기여로서 개발한 것"이라고 운동적인 의의를 긍정하면서도 동시에 남아프라카 소설가 음팔렐레Ezekiel Mphahlele, 나이제리아 작가 워울 소잉카Wole Soyinka의 네그리튀드 비판론을 언급했다. 네그리튀드 운동이 오히려 인종주의, 자기부정, 열등콤플렉스를 조장한다는 것이다.[36] 아프리카 문학이 본격적으로 소개될 무렵에 이미 네그리튀드 운동은 제3세계문학의 모순과 한계를 보여주는 사례로서

---

35 김화영, 「검은 영혼의 춤-레오폴드 세다르 셍고르의 세계」, 『세계의문학』 2, 1976.겨울, 202쪽.
36 이종욱, 「아프리카문학의 사회적 기능」, 『창작과비평』 53, 1979.가을, 113쪽. 이종욱이 참조한 글은 나이지리아의 정치 지도자 아지키웨 박사의 자서전이다.

쟁점화되고 있었다. 백낙청이 아프리카 문학이 아닌 미국 흑인문학의 제3세계성을 강조하는 과정 역시 네그리튀드 운동을 비판적으로 정리하면서였다. 백낙청에 의하면, 네그리튀드 운동과 관련해 문화적 해방을 정치적 해방보다 우선시한 '셍고르'와 '세제르'의 경우는 확연히 구별되어야 하며, 식민지기 총독부의 문화정책에 영합한 한국 문화주의 운동은 셍고르와 유사한 사례에 해당한다. 실은 김화영 또한 네그리튀드 시인의 "정치활동과 문학활동" 사이에 "아무런 모순도 없다"는 평가에 동조하기보다 "네그리튜드가 위험한 신화성을 지니거나 정치에 이용당하는 데 대해서 경계"했다.[37] 네그리튀드는 제3세계문학의 새로운 진보성이 폐쇄적인 관점에 의해 희석된 사례이면서 한국문학의 자기비판에도 그대로 적용될 만했다. 아시아・아프리카작가회의에 제출된 보고서에 네그리튀드 관련 내용이 누락된 사실을 굳이 강조하는 백낙청에게 네그리튀드란 제3세계문학의 이념과 성격을 범주화하는 데 결코 유용하지 않았던 것이다.[38]

2) 파농과 말콤 엑스

일례로 프란츠 파농Frantz Fanon은 네그리튀드의 한계를 극복한 선례이자 제3세계문학의 전형으로 인식되는 경향이 있었다. 파농의 견해에 따르면 네그리튀드는 전도된 식민주의였다. "유럽문화는 늙고 형식적

---

37 민희식, 「에메 세젤」, 『세계의문학』 3, 1977.봄, 170쪽.
38 백낙청, 「제3세계와 민중문학」, 『창작과비평』 1, 1966.겨울, 62~63쪽.

이며 억압적인 데 반하여 흑인문화는 젊고 생동적이며 자유로운 것 이라는 생각", "백인의 '두뇌적인' 문화에 대하여 흑인의 '직관적인' 문화야말로 보다 근원적이고 창조적이라는 신념" 등 네그리튀드 운동의 이념적 토대란 제국주의의 논리와 마찬가지로 선험적인 위력을 행사한다는 것이다. 즉, 파농에게 있어 네그리튀드는 유럽과 흑인 문화를 구식과 신생, 억압과 자유, 더 나아가 이성과 직관 등의 오리엔탈리즘의 성격으로 이분화해 도식화한 "정서적" 표상에 불과했다.[39] 파농의 네그리튀드 비판론을 인용하며 파농을 제3세계문학의 전범으로 소개한 대표적인 논자는 김종철이다. 그는 파농을 선험적이고 정서적인 성격에서 벗어나 실천적이고 정치적인 비전에 입각한 제3세계 작가로서 고평했다. 주지하듯 제3세계문학의 민중적, 혁명적 성격은 무엇보다 '파농'을 재발견하면서 구체화된다. 파농은 정신분석가, 혁명가, 철학자, 문학자, 외교관 등의 여러 활동을 통해 탈식민의 사상을 고취시킨 중요한 사상가이다. 다시 말해 '제3세계적 시각'을 촉발시킨 계기 가운데 하나가 프란츠 파농의 탈식민지적 문학과 정치였다.

그런데 주목할 점은 1970년대 초반부터 국내에 소개된 파농[40]이 정신학과 의사와 제3세계 흑인 혁명가 등의 단절된 성격으로 이해되었다는 사실이다. 예를 들어 김종철은 파농 문학의 시사성을 개인적 성공과

---

39 김종철, 「식민주의의 극복과 민중」, 『창작과비평』 53, 1979.가을, 138쪽.
40 선행연구에 따르면 파농은 『대지의 저주받은 사람들』과 『알제리 혁명 5년』을 중심으로 1970년대부터 널리 수용된다. 임헌영, 「민족문학에의 길」(『예술계』, 1970.겨울)에 인용되면서 처음 알려진 파농은 다음의 글을 통해 보다 적극적으로 소개되었다. 파농, 「폭력」, 김용구 편, 『새벽을 알리는 지성들』, 현대사상사, 1971; 하동훈, 「프란츠 파농」, 『신동아』, 1971.1. 특히 인용한 김종철의 글은 "가장 심도 있는 분석"에 해당한다. 차선일·고인환, 「'프란츠 파농 담론'의 한국적 수용 양상 연구」, 『국제어문』 64, 국제어문학회, 2015.

민중적 성공으로 양분해 설명하면서 "『검은 피부, 흰 가면』(1952)이 불필요하게 모호하고 난해한 문체로 씌어졌음에 반하여 혁명 참가 이후로는 취급하는 주제의 성격에도 영향을 받았겠지만 훨씬 자연스럽고 생생한 것이 되었다"[41]라고, 알제리 혁명을 기준으로 분리된 독해방식을 드러낸다. 정신의학자로서 알제리의 민족해방운동에 참여했던 파농은 『검은 피부, 흰 가면』으로 대변되는 프로이트적 혁명가의 모습, 더나아가 『대지의 저주받은 사람들』(1961)에서 폭력론을 주장하는 급진적 혁명가의 면모를 보여주었다. 이러한 맥락에서 김종철은 『검은 피부, 흰 가면』의 파농에 대해서는 신랄하고 비판적인 태도를 취한다. 가령 저 책이 네그리튀드 시인 세제르로부터 유독 강한 영향을 받았다는점, 식민지 중산층의 속물근성이 역력했다는 점, 주장의 논거마저 의심스럽다는 점 등을 들어 파농을 혹평한다.[42] 이에 비해, 『대지의 저주받은 자들』, 『몰락하는 식민주의』(『알제리 혁명 제5년』)[43]를 통해서는 파농의 위상을 제3세계 정치사상가로 고양시킨다. 네그리튀드의 영향력에서 벗어나 알제리 혁명에 참여한 파농 특유의 제3세계성은 민중적인 시각에서 차별화된다.

『문학과 행동』에서 김종철은 파농의 「민족문화론」(『대지의 저주 받은 자들』의 제4장)을 번역하며 민중 개념을 재인식하고자 했다. 그렇다면 피식민자의 억압과 정체성을 심리학적으로 추적한 『검은 피부, 흰 가

---

41 김종철, 앞의 글, 136쪽.
42 위의 글, 120~122쪽.
43 『대지의 저주받은 자들』은 1973년부터 세 차례에 걸쳐 완역되고 글의 일부만 소개된 것도 다섯 차례에 이른다. 『알제리 혁명 5년』 역시 일부는 세 차례 정도 번역되고 『몰락하는 식민주의』(1979)라는 제목으로 한 차례 완역된 바 있다. 이에 관해 차선일 · 고인환, 앞의 글, 221쪽 참조.

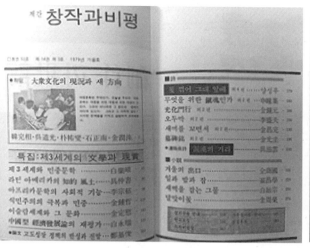

〈그림 3〉『창작과비평』의 「제3세계의 문학과 현실」 특집(1979.가을)　　〈그림 4〉 김종철 외 번역의 『말콤 엑스』(1978)

면』은 김종철이 쓰려는 민중론의 좌표에서 보면 차라리 성가시고 문제
적인 글이었을 것이다. 유럽의 식민주의에 대항해 빈곤, 억압, 불평등을
해결하기 위해 표현된 제3세계라는 용어는 파농의 수용사에서 알 수 있
듯, 민중문학 담론의 맥락에서 전유된다. 구중서는 리얼리즘 문학론을
개진하면서 파농을 빌어 민중을 개념화했고[44] 백낙청도 파농의 탈식민
적인 문학이 복고주의나 원시주의가 아니라 민중과의 연대성에 있기에
탁월하다고 분석했다.[45] 이렇듯 1970년대 후반 『창작과비평』의 핵심
적인 문학론인 농민문학론, 민중문학론과 교차하면서 부르주아적 지성
의 면모가 탈색된 '파농'이 제3세계문학의 전형으로 부각되었다. 그렇
다면 같은 시기에 파농과 함께 대표적인 흑인문학으로 언급된 『말콤 엑
스*Malcolm X*』의 경우는 어떠한가.

44　구중서, 「오늘의 세계문학/한국―비평과 창작의 방향」, 『세계의문학』 7, 1978.봄, 211쪽.
45　백낙청, 「해설―현대문학을 보는 시각」, 백낙청 편, 앞의 책, 47쪽.

『말콤 엑스』(창작과비평사, 1978)는 김종철과 이종욱에 의해 한국에 처음 소개되었다. 짐작컨대『창작과비평』의 제3세계문학 특집에서 흑인 문학론이 큰 비중을 차지한 데에는 이렇듯 필자의 역할이 상당히 중요했다. 널리 알려진 대로 말콤 엑스는 마틴 루터 킹Martin Luther King과 더불어 미국 민권운동기를 대표하는 흑인 인권운동가이다. 전 세계적으로『말콤 엑스』(1965)는 8개 국어로 번역되어 6백만 부 이상 팔린 베스트셀러였다. 말콤 엑스가 암살당했던 1965년에 자서전이 출간되고 소위 말콤 엑스의 신화가 만들어졌는데, 한국의 경우에는 미국 내의 말콤 엑스 신드롬이 가라앉을 무렵에 뒤늦게 알려졌다.[46] 이렇듯 자서전의 번역 시기가 10년이나 뒤쳐진 것은 말콤 엑스를 "극렬한 인종주의자, 폭력주의자, 즉 깡패"[47] 등의 불온한 인물로 평가한 미국사회 내의 보수주의적 시각을 그대로 수용한 탓이다. 말콤 엑스의 급진적인 사상 때문에 비록 한국에는 뒤늦게 알려졌지만『말콤 엑스』는 발간 당시에 곧바로 베스트셀러 대열에 합류하는 저력을 보여주었다. 물론 원작자가 한국에서 선풍적인 인기를 모은 알렉스 헤일리Alex Palmer Haley였다고 해도 말콤 엑스에 대한 배경지식이 전혀 없던 상태에서 이 같은 대중적인 반응은 매우 이례적인 것이었다.

---

46 알렉스 헤일리, 김종철·이종욱·정연주 역,『말콤 엑스』, 창작과비평사, 1978. 동아일보사 기자였던 김종철은 1975년 3월에 자유언론실천운동에 참여했다는 이유로 해직되고 종로에 사무실('종각 사무실')을 얻어 생계를 위해 다른 해직기자들과 번역에 몰두했는데 1977년 무렵에 한진출판사 주간이었던 이문구의 청탁으로 알렉스 헤일리의『말콤 엑스』를 번역했다(김종철,「오바마 시대와 한국 5」,『미디어 오늘』, 2009.1.30). 한국에『말콤 엑스』의 수용이 늦었던 것은 급진적인 흑인운동 때문이다. 요컨대 "당시 출판사 한두 곳에 출판의사를 타진했으나 '말콤 엑스는 금서'라면서" 어렵게 출간된 사정이 있었다.「책 이야기 18-말콤 엑스」,『한겨레』, 1990.12.22.
47 알렉스 헤일리, 김종철·이종욱·정연주 역, 위의 책, 68쪽.

말하자면, 일반 독자들에게 말콤 엑스는 급진적인 투쟁 이력이 최소화된 미국의 보기 드문 흑인 위인 정도로 알려졌을 뿐이다. 유종호의 경우 말콤 엑스의 진보적 인권사상을 고평하면서도 그것이 "폭력의 수사학"으로 오역될 가능성을 경계하는 논조의 서평을 『세계의 문학』에 발표한 바 있다. 말콤 엑스를 가리켜 "우리나라에서 극히 생소한 이름"이라면서 유종호는 그의 전기 『말콤 엑스』를 일종의 미국식 자기계발서 수준에서 언급했다. 이를테면 말콤 엑스를 벤자민 프랭클린, 카네기 같은 미국의 대표적인 정치인이나 경제인과 나란히 열거하며 "이 책은 성공담이라고 불리워질 권리를 가지고 있다"고 논평했다.[48] 유종호의 말콤 엑스에 대한 소개는 백낙청이 이해한 방식과는 사뭇 달랐다. 유종호에게 제3세계 흑인문학의 상징적 존재가 오로지 "제3세계의 대변자로 부상한 파농"[49]이었다면, 백낙청에게는 바로 말콤 엑스였다고 할 수 있다. 가령 『창작과비평』의 「제3세계의 문학과 현실」 특집에서 백낙청은 자신이 책임감수를 맡기도 했던 『말콤 엑스』를 제3세계의 독자에게 감명을 준 책으로 상세하게 소개한 바 있다. 『말콤 엑스』를 다른 미국 흑인문학과 함께 언급하면서 "흑인의 흑인됨을 강조하지 않으려는 엘리슨Ralph Eliison"류와 구별해 백인 지식인이 아닌 제3세계 민중에게 널리 읽히는 책이라고 강조했다.[50] 즉, 『창작과비평』에서는 『말콤 엑스』를

---

48 유종호, 「서평-뿌리로부터의 자기교육」, 『세계의문학』 9, 1978.가을, 195~196쪽.
49 위의 글, 191쪽.
50 백낙청, 「제3세계와 민중문학」, 『창작과비평』 1, 1966.겨울, 62쪽. 역자로서 참여하지 않았지만 『말콤 엑스』의 출판에 있어 백낙청의 비중이 컸다. "일단 초고가 완성된 다음 백낙청 교수의 철저한 감수를 받으며 공동책임으로 다시 손질을 했다. 석 달이나 걸린 이 검토과정은 미숙한 번역과 오역을 많이 줄일 수 있었던 점에서 뿐 아니라 비슷한 처지의 사람들끼리 동지적 일체감을 다질 수 있었던 점에서도 뜻 깊고 즐거운 체험이 되었다."

제3세계문학의 에센스로 고평하는 가운데 다른 흑인문학과의 차별화를 시도했다. 당시에 번역 붐을 이루던 알렉스 헤일리의 『뿌리』가 그 사례에 해당한다.

『뿌리』에는 노예화를 끝까지 거부하며 아프리카인으로서의 자기정체성을 보존한 쿤타 킨테와 아메리카인이 된 그 후손들이 등장한다. 즉 백인화, 서구화, 세계화를 점진적으로 체화한 흑인의 삶을 통해 알렉스 헤일리는 아프리카의 '뿌리'를 미국역사에 이식한다. 박태순이 아프리카 문학과 상이한 미국 흑인문학의 한계를 지적하면서 통렬하게 비판한 부분도 이것이다. 『뿌리』(중앙춘추사, 1978)를 번역한 박태순은 알렉스 헤일리가 소설의 서문에 쓴 '수많은 뿌리가 살아온 조국의 생일 선물로 바친다'는 문구를 풍자적으로 인용하며 다음과 같이 논평한다. "알렉스 헤일리의 소설 『뿌리』는 몇 가지 점에서 세인의 관심을 끌고 매스컴의 각광을 받을 수 있는 요인을 가지고 있다. 미국 독립 2백 주년이다 해서 떠들썩했던 해에 이 소설이 출판된 것은 우연의 일치라고 치더라도, 이 소설이 바로 그 2백 년의 미국의 역사를 반성케 하는 계기가 되었다는 점은 지적될 만하다."[51] 박태순은 백인사회의 전통과 근대성으로부터 소외된 미국 흑인 특유의 정체성에 주목하고, 그 문학적 형상화가 백인 중심의 위계화 구조를 어떻게 비판해내는지를 주의 깊게 살펴보았다. 『창작과비평』의 제3세계문학론을 통해 호출된 말콤 엑

「읽는 이를 위하여」, 알렉스 헤일리, 김종철·이종욱·정연주 역, 앞의 책, 7쪽.

51 박태순, 「문학의 세계화 과정─알렉스 헤일리의 『뿌리』를 중심으로」, 『창작과비평』 47, 1978.봄, 366쪽. 알렉스 헤일리의 『뿌리』는 1977년부터 1979년까지 2년 동안에 무려 18권 이상 국내에 출간될 정도로 '붐'을 일으켰다. 그럼에도 박태순은 『뿌리』를 번역한 직후 다시 이에 대한 비판론을 본격적으로 다루었다. 요컨대 『창작과비평』의 흑인문학 담론은 대중독자의 감각과는 상이했던 것이다.

스가 새삼 중요해지는 것은 바로 이 지점에서이다.

> 『말콤 엑스 자서전』을 읽으면서 우리는 그의 역사적 중요성이 과연 무엇인 건 간에, 말콤의 이야기는 항구적이고 비극적인 진실로서 하나의 고전적 범례를 이루고 있음을 느낀다. 말콤과 미국 흑인의 곤경을 이해하기 위해서 우리가 흑인으로 태어나야 할 필요는 없다. 인간에 의한 인간의 예술과 수모와 핍박, 그리고 편견이 존재하는 한에 있어서 '아메리칸 니그로'는 단지 하나의 메타포일 뿐이다.[52]

『말콤 엑스』를 출간한 직후에 김종철은 『창작과비평』에 역자 후기 형태의 글을 기고했는데 인용글이 그것이다. 여기서 김종철은 『말콤 엑스』에 드러난 미국 흑인운동의 제3세계적 성격과 특질에 대해 상론하고자 했다. 인종차별에 저항한 미국 흑인운동사에서 마틴 루터 킹과 말콤 엑스는 이른바 흑백 통합주의와 흑인 민족주의라는 두 흐름을 각각 대표한다. 말콤 엑스는 다방, 극장, 공중변소 등을 백인과 함께 쓰는 등의 흑백 통합주의, 평화공존, 중도적인 흑인운동에 반대할 뿐만 아니라 흑인의 억압과 차별을 단순히 미국사회에 국한된 문제로 보지 않았다. 아프리카 순방부터 '아프리카계 아메리카인 단결기구'라는 비종교 단체의 조직까지 말콤 엑스의 모든 행적은 이를 더욱 분명하게 보여준다. 김종철은 '세계사적 차원'에서 미국 흑인운동이 지닌 의의를 역설한 말콤 엑스의 연설을 의미심장하게 다룬다. 즉 "흑인의 항거를 단순

---

52 김종철, 「흑인 혁명과 인간해방―말콤 엑스의 생애와 교훈」, 『창작과비평』 49, 1978. 가을, 69·78쪽.

히 백인에 대항하는 흑인의 인종적 갈등으로서 또는 순전히 미국적인 문제로서 분류하는 것은 잘못이다. 오늘날 우리는 세계 전역에 걸쳐 압박자에 대한 피압박자의, 착취자에 대한 피착취자의 봉기"[53] 모두가 흑인 문제와 구분 불가능하다. 여기서 말콤 엑스와 미국 흑인운동은 미국 사회만이 아닌 세계 여러 지역에서 참조되어야 할 대상, 곧 "하나의 메타포"가 된다. 백낙청이 『말콤 엑스』를 제3세계적 공통감각과 연대의식으로 암시한 것도, 흑인문학을 새로운 민중 담론의 가능성으로 여겼던 것도 이러한 맥락에서 이해된다. 제3세계문학론에서 흑인문학이 하나의 전범이 된 결정적인 계기는 피압박자, 피착취자의 저항이 민중문학의 원천이었기 때문이다.

4. 중역된 미국―제3세계문학론, 혹은 아메리카니즘의 번안

이렇듯 흑인문학과 관련해 파농이 말콤 엑스보다 먼저 한국에 알려졌음에도 결국 민중문학론의 맥락에서 더 중요시된 인물은 '말콤 엑스'였다. 이를테면 '파농'만으로 온전히 구현될 수 없는 제3세계적 시각이 '말콤 엑스'를 통해서는 가능한 것으로 여겨졌다. '파농'의 일부가 민중문학론을 대변한다면 '말콤 엑스'는 민중 표상 자체였던 셈이다. 미국

---

53   위의 글, 79쪽.

흑인문학에 천착해 주조된 민중 개념은 1970년대 민족문학론의 핵심이었다. 그런데 아프리카가 아닌 미국 흑인문학을 고평하는 과정에서 제3세계문학론이 드러낸 하나의 역설, 곧 '중역된 미국'이라는 문제를 재고할 필요가 있다. 이를 위해 아메리카니즘이 본격화된 1950년대로 잠시 되돌아가 보자.

최일수가 반둥회의 직후에 발표한 「동남아문학의 특수성」(1956)은 1970~80년대 제3세계문학을 포함한 민족문학론과의 연속성을 보여 준다.[54] 저 글에서 최일수는 서구/비서구의 세계문학 지형에 동남아라는 지정학적 표상을 마련해 "후반기의 세계문학"을 새롭게 상상하고자 했다. 전반기의 세계문학이 서구문학에 한정된다면, 후반기의 세계문학이란 "이미 동남아문학의 후진성과 그 방향에 대한 일반적인 개념의 시대는 넘어섰다"[55]라는 판단과 함께 탈식민적 특수성을 내포한다. 이처럼 최일수가 세계문학을 재인식하게 된 중요한 계기는 후진국 간의 독자적인 정치 연대를 촉구한 반둥회의였다. 그런 맥락에서 "영불화英佛和 등의 식민 정책"[56]에 종속된 세계문학사에서 벗어난 새로운 문학이 제안되고, 동남아문학의 특성이 탈식민성과 저항성으로 규정되었다. 서구문학으로부터 비약하는 동남아문학의 동력이란 민족주의적 지향

---

54 1970~80년대 제3세계문학론의 전사로서 최일수의 입장을 분석한 연구로는 이상갑, 앞의 글; 이상갑, 「민족과 국가, 그리고 세계―최일수의 민족문학론」, 『상허학보』 9, 상허학회, 2002; 한수영, 『한국현대 비평의 이념과 성격』, 국학자료원, 2000; 박성창, 「1950년대 비평에 나타난 세계주의의 양상과 의미」, 『한국현대문학회 학술발표회자료집』, 한국현대문학회, 2009 등이 주목된다.

55 최일수, 「동남아의 민족문학」(1956), 『현실의 문학』, 형설출판사, 1976, 88쪽. 괄호 안의 연도는 첫 발표연도. 이하 동일.

56 위의 글, 81쪽.

에서 연유한다. 민족 옹호의 정신은 인간 옹호의 서구 휴머니즘의 역사와 변별되며 동남아 특유의 현대 문명의 가능성을 시사한다. 그러나 최일수는 민족정신이 어떻게 현대문학을 선취할 수 있는가에 대해서는 구체적인 사례나 방법을 제시하지 못했다. 즉 서구 개인의 분열·대립/동남아 민족의 연대·결집 등으로 서구와 비서구문학을 이분화하는 논리를 재생산했을 뿐 어떻게 '동남아'가 세계문학의 범주에 합류 가능한지에 대한 전망을 명료하게 제출하지 못했다. 세계문학의 일환으로서 후진문학의 위상은 1950년대 후반에 발표한 「문학의 세계성과 민족성」에서 좀 더 구체화될 수 있었다. 그런데 『창작과비평』의 제3세계문학론이 세계문학의 경로로서 민중적 연대를 강조했다면 최일수는 각국의 국제적 교류에 주목했다.

신흥 미국문학만 보더라도 6대양에서 거의 사용하다시피 되어 있는 세계어화해가는 영어를 사용하는 탓도 있겠지만 그 문학이 손쉽게 세계성을 띠게 된 유일한 요소는 다름이 아니라 2차에 걸친 대전으로 인하여 비약적인 경제 발전을 이룩한 그 선진 기반을 토대로 해서 세계 각국이 빠지는 곳이 없이 교류하였기 때문이었다. 미국문학에 우수한 작품이 하나둘이 아니다. (…중략…) 그것은 거트루드 스타인이나 헤밍웨이, 포크너처럼 잃어버린 세대의 작가들과 또는 미국을 버리고 외국으로 떠나버린 T. S. 엘리엇이나 에즈라 파운드와 같은 시인들이 있었음에도 불구하고 오히려 그들이 미국 문학의 세계적인 지반을 닦게 해주었으며 더욱이 그 배경에는 미국이 현대 문명의 첨단적인 발전을 담당함으로써 자기 문학으로 하여금 세계적인 공통성의 방향으로 나아가게 했었던 데에 그 원인이 있기도 하다.[57]

역설적이게도 최일수가 후진국 문학의 선진화, 현대화, 세계화를 주장하며 거론한 사례란 바로 "신흥 미국문학"이었다. 괴테의 초국적 관계망과는 먼 차원에서 최일수가 세계문학의 한 계기로서 언급한 국제적 교류는 일종의 무역이나 외교 활동과도 같다. 따라서 인용한 위의 내용처럼 팍스 아메리카로서 미국문학은 "문학의 세계성"을 실현할 하나의 롤모델이 되기에 충분해 보인다. 여기서 미국 중심의 지정학적 상상은 바로 "신흥 미국"의 표현에서 노골적으로 드러난다. 아메리카니즘에 경도된 지식인 특유의 논리 가운데 하나인 미국의 신생 이미지는 동시에 그 대립항으로 구식의 낡은 유럽을 연상시킨다. 최일수의 민족문학론은 영미문학에서 "거트루드 스타인, 헤밍웨이, 포크너"[58] 등의 미국문학을 분리해 재구성한 미국발 세계문학의 스펙트럼을 포괄한다. 따라서 동남아문학을 포함하겠다는 "후반기의 세계문학"에는 유럽 중심의 서구 표상을 초월하는 미국 표상이 핵심임을 어렵지 않게 읽을 수 있다. 최일수가 즐겨 사용한 "현대"라는 진보적인 가치가 미국의 "담당"이 되어버린 위의 글은 민족문학을 혁신할 척도가 미국문학에 있음을 보여준다. 당대에 선진적으로 동남아문학의 민족성과 세계성을 논의했던 최일수가 보여준 아메리카니즘은 전후 지식인사에서 미국이라는 상징적인 위력을 실감하게 만든다. 어떻게 최일수는 제3세계적 민족문학론을 통해 이를테면 박인환과 마찬가지의 미국화된 논리를 드러낼 수밖에 없었는가.

---

57 최일수, 「문학의 세계성과 민족성(1957~1958) – 민족문학과 세계문학」, 위의 책, 109
    쪽에서 재인용.
58 위의 글, 109쪽.

위에서 인용한 최일수의 글은 세계주의를 지향하는 1950년대 비평의 한 전형에 해당한다.[59] 동시대 다른 비평가와 마찬가지로 문화적 교류, 후진성, 세계성, 민족성의 담론을 구현하지만 탈식민의 역사인식을 간과하지 않았다는 점에서 그 특유의 탈식민적, 현실참여적 성격이 드러난다. 이 글에서 최일수의 목표는 민족문학의 세계성을 획득하는 독자적인 방법론을 찾는 것이다. 다만 "우리와 같이 정체된 민족문학"이라는 제3세계 아시아 문학의 연대의식 속에서 "후진된 동양 민족문학들의 내면에 흐르는 세계적인 일관성을 문학사적으로 분석하고 비판하면서 서구문학과 대비하여 후반기 현대라는 특정한 역사적 시대"를 자각할 필요가 있었다. 요컨대 미국문학은 비판하거나 탈피하고 극복해야할 "서구문학"과는 분명 다른 새로운 판본의 서구문학인 셈이다.[60]

다시 한 번 박인환을 떠올릴 수밖에 없는데 비교적 이른 시기인 해방기에 제3세계 아시아 민족의 탈식민적 인식을 재현했던 그는 주지하듯 1950년대 이후에는 아메리카니즘의 세계지향을 선택했다. 유럽에서 미국 중심으로, 대서양에서 태평양으로 이동하는 박인환의 미국 기행 문학과 미국 영화평론은[61] 서구의 세계사적 변동에 민감하게 반응한 한국 지식인의 미국화 과정만을 시사하지 않는다. 영국(「인천항」)과 프랑스(「남풍」) 등의 식민주의를 비판하는 해방기 문학과 마찬가지로

---

59 이은주는 제3세계문학론의 차원에서 최일수를 거론하지 않았으나 「문학의 세계성과 민족성」에 나타난 세계화의 내용이 미국이라는 표상에 포섭된다고 보았다. 이은주, 「1950년대 문학비평의 세계주의와 미국적 가치 지향의 상관성 - 김동리의 세계문학 논의를 중심으로」, 『상허학보』 18, 상허학회, 2006, 17쪽.
60 최일수, 앞의 글. 92~93쪽에서 재인용.
61 박연희, 「박인환의 미국 서부기행과 아메리카니즘」, 『동악어문학』 59, 동악어문학회, 2012.8.

318   제2부_ 중심/주변의 경계와 동학

미국화에 경도된 1950년대 문학도 서구 유럽을 타자화하며 여전히 탈서구적, 탈식민적 가치를 보여주었다. 미국을 매개로 탈서구적인 신생의 자기정체성을 고안해내는 방식은, 최일수의 제3세계적 민족문학론에 내재된 아메리카니즘과 크게 동떨어진 것이 아닐 수 있다. 그런 측면에서 1970년대 이후 제3세계문학론에 있어서 핵심적으로 재배치된 흑인문학은 다시금 주목할 필요가 있다. 최일수가 거론한 "신흥 미국문학"의 민중적 버전이 미국 흑인문학이기 때문이다. 이를테면 '파농'만으로 온전히 구현될 수 없는 제3세계적 시각이 '말콤 엑스'를 통해서는 가능한 것으로 여겨졌다. 파농이 민중문학론을 대변할 수 있다면 말콤 엑스는 민중 표상 자체인 셈이다. 미국 흑인문학에 천착해 주조된 민중 개념이란 1970년대 민족문학론의 핵심이었다.

흑인문학에 대한 관심은 1970년대 중반 이후에 한국사회에 널리 유포된 미국에 대한 회의론과 무관하지 않다. 닉슨 독트린(1969) 이후 미국에 의존적인 한국 외교(통일정책)가 쟁점화되자 미국 문명에 대한 선망과 우호적 성향이 급속히 냉각되었다. 미국의 데땅뜨는 1972년에 베이징을 방문한 닉슨 행정부의 행보에서 분명해지는데, 미중의 관계 개선과 맞물려 한국은 남북적십자회담, 7·4남북공동성명 등의 연이은 남북 관계의 정책 변화가 있었다. 그 기저에는 타율적인 통일관이 오히려 분단의 내면화, 공고화를 초래한다는 미국 비판론이 있었다.[62] 자국의 이익을 우선시하는 미국 데탕트 정책의 이중성이 거론되면서 연쇄적으로 미국의 타율성을 극복하자는 통일담론 속에 미국 비판론

62　최혜성, 「분단 논리와 통일의 논리」, 『씨알의 소리』, 씨알의 소리사, 1972.9. 7·4성명을 전후로 하여 『씨알의 소리』는 정부의 통일정책 비판론을 대거 수록했다.

이 제기된 것이다. 예를 들어 흑인에 대한 인종 차별, 성도덕의 문제, 지나친 개인주의와 물질주의 등의 부정적인 미국에 대한 정보와 인식이 유통되기 시작했다.[63] 말콤 엑스와 파농을 제3세계의 실천적, 혁명적인 문학의 사례로 강조하면서도 결국 백낙청이 말콤 엑스를 더욱 중시한 이유는 내부 식민지internal colony로서의 미국 흑인의 발견에 있었다. 가령 "독립된 어느 후진국문학이라고 할 수 없겠지만 미국 내의 소수민족으로서 백인사회 내부의 어느 계층보다도 혹심한 차별대우를 받고 있는 흑인들"[64]을 다루는 내부 식민지로서의 서사와 담론은 1970년대 한국 민중문학론, 농민문학론의 맥락에서 유용할 뿐 아니라 새롭기까지 했다.

가령 미국 흑인문학은 '제3세계 리얼리즘'이라는 새로운 개념을 구상하는 계기였을 정도로 단순히 영미문학으로 수렴되지 않는 고유한 문화적 영역으로 강조되었다. 이를테면 『제3세계문학론』(1982)에서 김종철은 발자크적 현상, 부르주아 리얼리즘의 한계가 제3세계문학에서 결코 일어나기 어려운 이유를 설명하며 리처드 라이트 문학을 고평했다. 김종철에 따르면, 제3세계는 서구 시민사회와 달리 개인의 내부와 외부에 대한 총체적인 각성이 문학의 동력이 된다. 즉, 백인문화에 대한 지적, 정서적 종속관계와 여기서 촉발된 폭력과 저항을 고스란히 재현

---

63 김연진, 「'친미'와 '반미' 사이에서」, 김덕호 · 원용진 편, 『아메리카나이제이션』, 푸른역사, 2008, 260쪽의 '1973년 전남대 조사' 재인용. 『청맥』은 4 · 19특집에서 미군의 폭력성, 미국식 학제의 문제성, 미국 정부의 부도덕성 등을 다루었다. 한일협정 이후 4 · 19 세대의 미국에 대한 비판론이 형성되기 시작한 것이다. 서철규, 「어두운 아메리카니즘」, 『청맥』 3-2, 1966.4.

64 백낙청 · 유종호, 「리얼리즘과 민족문학」(1974), 백낙청 회화록 간행위원회, 『백낙청 회화록』 1, 창비, 2007, 108쪽.

하기 위해서는 개인과 사회의 구조적인 존재방식을 통찰하고 그에 대한 철저한 깨달음이 선행되어야 한다. 따라서 "라이트는 이러한 깨달음을 그의 문학적 노력 속에 명확한 용어로 표현하고 그것을 그 자신의 이론적 및 실천적 행동의 바탕으로 삼은 최초의 그리고 아직까지 가장 중요한 흑인작가"[65]로서 주된 논의 대상이 된다.

리처드 라이트는 남부 미시시피에서 태어나 북부 시카고로, 다시 미국에서 유럽, 아시아, 아프리카로 이주하며 아프리카계 미국인의 반제국적인 탈주의 역사를 몸소 보여준 대표적인 미국 흑인작가이다.[66] 리처드 라이트는 인종차별과 냉전이념을 주제로 미국사회의 내적 식민화 문제를 비판적인 시각으로 다루었다. 백낙청은 유종호가 번역한 라이트의 『토박이』 서문을 『문학과 행동』에 수록하며[67] 리처드 라이트 문학

---

65 김종철, 「제3세계의 문학과 리얼리즘」, 백낙청·구중서 외, 앞의 책, 63쪽. 1970년대 제3세계문학론과 관련해 김종철의 입장이 지닌 예외성을 검토한 연구가 있다. 김예리에 의하면, 김종철은 리처드 라이트의 작품 속 흑인을 탈식민적 민중이 아닌 자유로운 타자적 존재로 여겼다. 김종철의 제3세계문학론은 산업화의 문제성을 재고하는 과정에서 부각되며, 따라서 민중주의적 성격보다 "보편주의적 태도"를 드러낸다고 고찰했다. 김예리, 앞의 글.

66 구중서, 김종철, 백낙청 등 모두가 제3세계문학의 전범으로 평가한 리처드 라이트는 그의 사망 소식이 기사화된 1960년부터 한국에 알려지기 시작했는데 이때는 탈식민적 성격보다 공산당 탈퇴와 비판의 이력이 부각되었다(「흑인작가 라이트 씨 급서」, 『동아일보』, 1960.12.1). 따라서 반공 논리에서 벗어나 1970년대에 급부상한 미국 흑인문학 담론은 한국의 데망뜨 분위기에 힘입어 수용된 것이다. 물론 리처드 라이트는 그 자체로 제3세계문학론에서 중요한 표상일 수밖에 없었다. 가령 그는 반둥회의 참관기 『인종의 장막』을 발표하고 여기서 아프리카와 아시아의 제3세계 연대의 가능성을 탐색했다. 라이트 문학에 나타난 탈식민성 및 제3세계성의 인식에 관해 김상률, 「아프리카계 미국인의 탈주의 정치학─리처드 라이트의 후기 논픽션에 나타난 망명의식」, 『한국아프리카학회지』 21, 한국아프리카학회, 2005; 김상률, 「디아스포라와 아프리카계 미국문학」, 『한국아프리카학회지』 19, 한국아프리카학회, 2004 참조.

67 유종호는 『토박이』의 서문을 번역하며 흑인 구역의 일개 불량소년이었던 버거가 폭력적인 저항을 통해 비로소 흑인으로서의 탈식민적 정체성을 자각한 후 흑인의 해방과 자유를 새롭게 이해하는 내용에 특히 주목했다. R. 라이트, 유종호 역, 「비거의 내력─그는

의 선진성을 다소 장황하게 강조했다. 가령 『토박이』에서 라이트가 다룬 흑인 현실에 대한 고발은 압제와 소외에 대한 비참과 분노의 표현에 멈추지 않고 백인문명에 대한 준엄한 역사의식으로까지 고양되었다고 평가했다. 다시 말해 라이트 문학을 통해 "20세기의 대다수 서양 소설가들이 이미 포기한 지 오래인 사실적, 자연주의적 직접성이 생생하게 살아 있음을 본다. 동시에 '비거'라는 주인공의 파악은 사르트르의 실존주의적 심리분석을 오히려 능가할 정도이며 (…중략…) 비거의 이야기를 리얼리즘의 정신에 입각해서 충실히 쓰기만 하면 그것이 곧 미국 전체의 이야기가 되고 러시아와 독일의 이야기가 되면, 나아가서는 격변기에 처한 전인류의 이야기"[68]가 된다. 백낙청이 보기에, 라이트 문학의 리얼리즘적 성취에는 흑인이나 미국을 넘어 인류사회로까지 확장 가능한 어떤 보편성, 곧 세계문학의 가능성이 내장되어 있었던 것이다.

　1974년의 한 대담에서도 백낙청은 미국 흑인문학을 중심으로 세계문학으로서의 한국문학 또는 "새로운 리얼리즘 문학이 태동할 가능성"[69]을 언급한 바 있다. 이 경우에도 핵심은 물론 내부 식민지 문제가 된다. 그런데 백낙청의 지적대로 "제국주의가 피압박민중에게는 물론 압제자 자신들의 인간성도 얼마나 제약하며 그들의 문학에조차 얼마나 불건강한 영향을 가져올 수 있는가"[70]에 주목한다면 결국 미국문학은 제3계 문학의 자장 속에 압제자의 문학 일반으로 재인식된다. 물론 그는 "서양의 선진국들에도 적용"[71]될 수 있어야 진정한 의미에서의 제3세계문

　　어떻게 태어났는가」, 백낙청 편, 앞의 책, 327·357쪽.
68　백낙청, 「해설-현대문학을 보는 시각」, 위의 책, 45~46쪽.
69　백낙청·유종호, 앞의 글, 108쪽.
70　위의 글, 108쪽.

학론이고, 다른 한편 "단순히 종전에 별로 취급 안하던 흑인문학"만이 아니라 "이제까지 읽어온 서양의 고전들"을 새롭게 재독할 것을 요청하고 있지만,[72] 애초에 제3세계문학으로서 한국문학이 지닌 잠재적 가치를 확인하는 과정은 미국의 재발견과 동시적으로 일어난 일이다. '제3세계를 내부 식민지화한 미국문학'이라는 바운더리는 그 자체로 세계문학과 등가를 이룬다. 그러나 미국 흑인문학을 통해 한국문학을 재독할 경우 서구 중심주의의 비판이라는 제3세계문학의 중요한 문제의식은 희석될 우려가 있다. 이를테면 그는 미국 중심주의를 명백히 경계했지만 '지구를 셋으로 갈아놓기보다 하나로 묶어서 보자'는 제3세계문학론의 매력적인 캐치프레이즈에는 이미 미국이라는 프리즘이 공고하게 내재해 있음을 간과하기 어렵다.

요컨대, 새로운 세계문학의 패러다임을 만들기 위해 1950년대에는 탈유럽적인 신생 표상이, 1970년대에는 흑인문학을 통한 민중 표상이 재발견되면서 미국문학이 새롭게 인식되었다. 1950년대 세계주의와는 물론 다른 맥락이지만, 1970년대 제3세계문학론 역시 '미국'이라는 중역을 거쳐 세계문학의 선진적인 범례를 재발견하고 있어 문제적이다. 미국문학은 유럽문학을 대신하여 세계문학으로 승격됨과 동시에 제3세계문학의 도전에 직면한 서구문학으로 명명된다. 다시 말해, 광의의 제3세계문학론은 비서구가 아닌 미국이라는 새로운 서구에 대한 욕망, 세계문학의 주변부가 아닌 중심부로서의 한국 리얼리즘 문학에 대한

71   백낙청, 「제3세계와 민중문학」, 『창작과비평』 1, 1966.겨울, 78쪽.
72   서남동·송건호·강만길·백낙청, 「1980년대를 맞이하며」(1980), 백낙청 회화록 간행위원회, 앞의 책, 531쪽.

상상을 자명하게 만드는 데 기여한 것이다.

5. 결론—제3세계문학론의 안과 밖

지금까지 미국 흑인문학의 번역과 담론을 중심으로『창작과비평』의 제3세계문학론을 살펴보았다. 백낙청은『문학과 행동』(1974),『창작과 비평』(1979),『제3세계문학론』(1982)에서 미국 흑인문학을 중요하게 다루었다.[73] 그가 보여준 제3세계문학론의 스펙트럼은 지역성보다 민중성을 확보함으로써 가능한 것이었다. 백낙청에게 있어 제3세계의 핵심 과제란 "비동맹, 평화공존의 이념"보다 "후진국 민중생활의 실질적인 향상"이었다.[74] 제3세계가 후진국 민중을 대체하는 용어와 이념으로 확장된 것은 애초에 제3세계를 함의하는 '비동맹'의 위상이 달라진 데에서 연유한다. 가령 비동맹회원국의 자격요건이 점차 완화되고 비동맹의 개념이 제3세계로 소급된 측면, 더 중요하게는 평화공존의 비동맹

---

[73] 당시 학계에서 주목하기 시작한 흑인문학은 미국문학사의 맥락에서 고찰된다. 김원동,「미국 흑인문학에 나타난 동화주의와 흑인종족주의」,『동서문화』7, 계명대 인문과학연구소, 1974.7; 김계민,「흑인문학에 나타난 흑인상」,『코기토』15, 부산대 인문학연구소, 1976.12 등 영문학 논문 다수가 있음.

[74] 백낙청, 앞의 글, 49쪽. 한편 공임순은 백낙청의 제3세계문학론을 제3세계론에 영향을 미친 마오이즘과 관련해 주목했다. 공임순에 의하면 제3세계의 마오이즘은 인민주의의 신념과 수사를 동반하면서 1960년대가 아니라 1970년대의 한국사회에 비로소 만개했다. 공임순,「1960~70년대 후진성 테제와 자립의 반/체제의 언설들」,『상허학보』45, 상허학회, 2015, 105쪽.

노선의 방향이 동서 냉전관계의 정치적 측면보다 선·후진국 간의 경제적 측면으로 전환되는 과정에서 찾을 수 있다.[75] 더욱이 1970년대 후반 세계 경제의 다극화로 인해 제3세계가 산유국 중심으로 재편되면서 특히 아랍국의 석유수출금지 이후 "석유 같은 자원을 못 가진 진짜 빈국을 '제4세계'"[76]로 규정하려는 혼란도 있었다. 백낙청의 표현대로 제3세계란 "어느 누구의 국제정치적 계산"[77]에서 규정되는 것이기 때문이다. 가령 제1세계는 미국 중심의 자본주의 진영, 제2세계는 소련 중심의 사회주의 진영, 제3세계는 거기에 해당하지 않는 신생국을 의미하지만 1974년 UN자원특별총회에서 중국의 등소평이 피력한 제3세계론이 갑자기 등장하듯,[78] 제3세계 용어는 정세 변화 내에서 움직이는 것뿐이다. 이를테면 "전문가라는 이들조차 서로 의견이 엇갈리고" 있듯 자명한 것이 아니므로 백낙청은 이를 "빌미로 필자 나름의 인상"을 자유롭게 논평하며 제3세계문학론을 제기할 비평적 토대를 마련한다. 제3세계 담론은 "어느 편에 동조"하는 민족성에서 벗어나 "어떤 관점에서 택하느냐" 하는 허구적, 상대적 개념인 것이다.[79]

　　그러면 이러한 우리 나름의 시각은 오늘날 제3세계 여러 나라들의 문학

75　서재만, 「비동맹의 개념과 현실국면의 사적 전개」, 김학준 외, 『제3세계의 이해』, 형성사, 1979, 40쪽.

76　백낙청, 앞의 글, 50쪽.

77　위의 글, 53쪽.

78　요컨대 미국과 소련을 제1세계, 나머지 자본주의 제국 및 동구 공산국을 제2세계, 여타의 모든 개발도상국을 제3세계로 간주하며 등소평은 제3세계권으로서 중국을 강조했다(하경근, 「제3세계와 세계정치」, 김학준 외, 앞의 책, 11~14쪽). 백낙청은 주로 『제3세계의 이해』(형성사, 1979)를 참조해 제3세계 개념의 역사적 전개 양상을 언급한다.

79　백낙청, 「제3세계와 민중문학」, 『창작과비평』 1, 1966.겨울, 52쪽.

을 실제로 읽는 데 얼마나 도움이 되며 또 구체적인 작품들을 통해 어느 정도 밑받침되는가? 아시아, 아프리카, 라틴아메리카 나라들의 문학을 골고루 훑어본다는 것은 필자 자신은 더 말할 것도 없으려니와 어느 한 개인으로서는 불가능한 일이다. 아니, 현재로서는 개인에게 힘겨울뿐더러 제3세계문학을 주체적인 눈으로 정리하려는 목표 자체에 어긋나게 될 위험마저 따르는 작업이다. 그 많은 언어, 민족, 종족, 국가, 문화전통에 걸친 광범위한 자료의 수립과 번역을 위해서는 아직도 런던, 빠리, 뉴욕 또는 동경의 중개에 힘입어야 하는 실정이니만큼, 모르는 사이에 선진국 쪽의 시각에 수렴될 가능성도 무시할 수 없다.[80]

자료의 문제를 거론했지만, 아직도 한국의 일반 독자들에게는 제3세계의 문학을 깊이 있게 검토할 전제조건이 주어지지 못했다고 해도 과언이 아니다. (…중략…) 게다가 번역자나 연구자라 하더라도 제3세계와 직접 교류한다기보다 주로 선진국 문화시장의 중개에 의존하고 있다. 실제로 제3세계의 문학을 소개하는 작업이 이제까지는 전문가라기보다는 영문학이나 불문학 전공자들 아니면 외국어에 조예가 있는 문인들에 많이 의존해왔으며 번역자체도 영어나 일어를 통한 중역이 큰 비중을 차지하고 있다.[81]

위의 글처럼 백낙청이 제3세계의 붐 현상을 여러 차례에 걸쳐 비판한 데에는 번역의 남용 및 중역의 문제가 있었다. 무엇보다 저 글에는 제3세계문학 수용의 과열된 양상과 번역 시장에 의존해 정전화가 이루

---

80 위의 글, 54쪽.
81 백낙청, 「제3세계의 문학을 보는 눈」, 백낙청·구중서 외, 앞의 책, 19~20쪽.

어지는 상황에 대한 우려가 드러나 있다. 제3세계 지역에 대한 역사적, 사회적, 종교적 배경이 전제되지 않은 상태에서 영어나 프랑스어, 일본어 등으로 중역된 제3세계 텍스트란 백낙청이 보기에 또 다른 서구 문학 담론일 뿐이다. 제3세계의 탈서구적 가치가 오히려 서구의 입장과 이념으로 수렴될 수 있다는 사실을 재차 강조하면서 백낙청은 제3세계 문학의 주체적인 수용 방법에 골몰했다. '제3세계'라는 위계화된 기호를 둘러싼 그의 비평가적인 고민은 그것이 한국 민족문학의 세계사적인 위상과 직결된 문제였기 때문에 중요했다. 백낙청은 후진국 문학으로서 세계문학에 미달한 수준에 그치지 않고 도리어 "새로운 돌파구"로서 기능하는 제3세계문학을 발견하려고 했다.[82] 백낙청에게 있어 미국 흑인문학이야말로 미국이라는 세계주의 표상에 은폐되어 있던 비민주적, 인종차별적, 제국주의적인 성격을 폭로하며 서구의 헤게모니에 저항해 새롭게 등장한 엄연한 제3세계문학으로 여겨졌다. 미소공동위원회를 전후로 하여 해방기에 미국 흑인시가 짧게 붐을 이루던 시기와 오버랩되기도 하는데,[83] 앞서 서술한 것처럼 제3세계문학론에는 한미 관계의 여러 정치적 난맥 속에서 아메리카니즘의 가치가 그 시효를 다했다는 현실 인식이 내포되어 있다. 그런데 백낙청은 서구중심주의를 경계했지만, 아프리카 아닌 미국 흑인문학을 제3세계 텍스트로 선별하

---

82 『세계의문학』의 창간기념 좌담 중 세계문학과 민족문학의 관계에 대한 백낙청의 발언 참조. 김우창·유종호·백낙청, 「좌담 : 어떻게 할 것인가—민족, 세계, 문학」(『창작과 비평』, 1976.가을), 백낙청 회화록 간행위원회, 『백낙청 회화록』1, 창비, 2007, 228쪽.
83 영문학을 전공한 배인철의 흑인시 창작은 윤영천, 「배인철의 흑인시와 인천」, 『황해문화』 55, 새얼문화재단, 2007.여름; 엄동섭, 「色있는 슬픔의 연대성」, 문학과비평연구회, 『탈식민의 텍스트, 저항과 해방의 담론』, 이회, 2003. 해방기에 흑인시가 집중적으로 유입된 특이한 양상은 김학동, 『미국시의 이입과 그 영향』, 서강대 문과대학, 1970.

는 과정에서 '중역된 아메리카니즘'에 연루되지 않을 수 없었다. 칼릴 지브란Kahlil Gibran에 대한 당시의 활발한 번역과 관심은 비평적 층위와 다른 차원에서 당시 제3세계문학의 리터러시를 보여주면서도, 동시에 미국에 의해 중역된 제3세계의 정전화를 예시해준다.

김병철의 목록에 의하면 단행본으로 출간된 제3세계문학은 인도의 간디, 타고르 문학이 가장 큰 비중을 차지하고 그 다음으로 칼릴 지브란의 시가 눈에 띈다.[84] 한국에 지브란이 본격적으로 알려진 것은 1960년대에 함석헌이 번역하면서부터다. 그는 다시 1973년부터 『씨알의 소리』에 「사람의 아들 예수」(1973.1~1974.3)를 연재하는데, 번역 동기는 이 책이 "가장 생생한 산 예수의 모습"[85]을 시사하고 있기 때문이라고 했다. 재야운동에 적극적으로 가담하기 시작한 무렵에[86] 함석헌은 지브란의 글을 번역한 셈인데, 그렇다고 제3세계적 관점에서 지브란이 수용된 것은 아니었다. 오히려 아랍계 시인으로서의 지브란은 강은교가 맡아 소개했다. 가령 "그를 만든 피의 특수성", 곧 레바논의 오랜 종교적 전통, 피압박 민족의 고통, 신부의 혈통과 교양 모두를 언급해 지브란 시 특유의 종교성 및 저항성을 "필연적"인 결과로서 강조했다.[87]

---

84 김병철, 『한국현대번역문학사연구』(하), 을유문화사, 1998, 720~737쪽.
85 함석헌, 「번역 광고」, 『씨알의 소리』, 씨알의소리사, 1972.12, 48쪽. 물론 독자를 향해 지브란의 책이 "어디까지나 예술품"이지 "직접 신앙과 관련시켜 교리나 신학의 토론을 일으켜서는" 안 된다고 첨언하기도 한다. 함석헌, 「옮기는 사람의 말」, 『씨알의 소리』, 씨알의소리사, 1973.1, 57쪽.
86 함석헌은 1974년 4월 긴급조치 4호 선포와 함께 재야운동에 더욱 헌신했다. '민주회복국민회의'의 공동대표를 맡고(1974) 중앙정보부에 연행되거나(1975) 3·1민주구국선언 사건으로 징역을 언도받는(1976) 등 그는 정권의 감시와 탄압에 맞서 투쟁하는 민중을 통해 하나님을 발견하고자 했다. 이상록, 「함석헌의 민중 의식과 민주주의론」, 『사학연구』 97, 한국사학회, 2010, 184~185쪽.
87 강은교, 「해설」; 칼릴 지브란, 강은교 역, 『예언자』, 문예출판사, 1976, 112~115쪽. 출간

〈표〉 칼릴 지브란 문학의 번역 목록(1970~1979)

역자	책 제목	출판사	발행연도
권명달	예언자	보이스사	1972
유영	예언자(세계명작선집1)	정음사	
양병석	예언자(문장 베어북 시리즈5)	규원출판사	1974
정현종	매혹(세계시인선18)	민음사	
박병진	예언자(지브란선집1)	육문사	1975
이종유	부러진 날개	육문사	
강은교	영혼의 거울	문예출판사	1976
김광섭	예언자	영흥문화사	
박병진	스승의 목소리	육문사	
함석헌	사람의 아들 예수	씨알소리사	
김광원	대화문고3	대화출판사	1977
이덕희	부러진 날개	문예출판사	
한길산	예언자	한국기독교문화원	1978
홍성표	예언자	학일출판사	
김한	그대 타오르는 불꽃이여(영 라이브러리15)	고려원	1979
김한	그대 타오르는 불꽃이여	수문서관	
유제하	예언자(범우에세이문고98)	범우사	
함석헌	예언자	생각사	

그런데 칼릴 지브란은 특히 뉴욕 펜클럽 문인과의 활발한 교우 관계를 맺으며 『예언자』가 무려 8백만 권 이상 팔릴 정도로 미국에서 환대를 받은 제3세계 작가였다. 가령 지브란 사후 60주년 기념식에 참석해 중동 평화를 연설한 부시 대통령의 이례적인 행보만 보더라도 짐작할 수 있듯 지브란의 문학은 미국의 대외정책과 결코 무관하지 않은, 미국에

직후부터 13년 동안 초판 55쇄, 개정판 6쇄에 달하는 스테디셀러로 애독되었다. 여기서 촉발된 '지브란' 바람 때문에 『사람의 아들 예수』도 빠르게 베스트셀러가 되었다. 황필호, 「함석헌은 누구인가─지브란, 함석헌, 셸리를 중심으로」, 정대현 외, 『생각과 실천』, 한길사, 2016, 92쪽. 다수의 지브란 시집과 함께 해설 지면에 실린 지브란론도 상당했는데, 지브란을 제3세계시인으로 강조한 강은교와 달리 "주제의 빈혈증과 표현의 소아마비에 신음하는 우리 시단에 보혈 보양"(칼릴 지브란, 유영 역, 『예언자』, 정음사, 1972, 131쪽), "어려운 시에 길들여진 현대의 독자들에게 퍽 쉬운 시"(정현종, 「해설」, 『매혹─세계시인선 18』, 민음사, 1974, 10쪽)의 표현 등 새로운 문학적 기폭제로서 지브란 문학을 대중화된 외국문학 일반으로 수용했다.

의해 가속화된 아랍문학의 정전이라고 할 수 있다.[88]

이렇듯 1970년대 제3세계문학의 번역 및 비평 담론, 그리고 정전화 양상을 추적해 알 수 있는 사실은 제3세계문학이 미국 중심주의를 역설적으로 추동했다는 것이다. 가령 1980년대에 들어 에드워드 사이드가 한국에 처음 소개될 때 김성곤은 한국 비평계에 유입된 제3세계문학에 대한 본격적인 수용과 연구가 다시 필요하다고 역설했다. "한국의 제3세계문학이나 민족문학운동에 사이드의 이론이 아직까지도 소개되지 않았다면, 우리 인식의 지평과 한계를 보다 더 깊고 넓게 하기 위해서 지금부터라도 그에 대한 연구가 '시작'되어야만 할 것이다."[89]

그런 의미에서 본고의 주된 목적은 1970~80년대 탈냉전의 징후 속에서 산출된 한국 민족문학론의 이념을 추적하는 것만이 아니라, 에드워드 사이드의『오리엔탈리즘』을 비롯해 탈식민주의 이론이 한국에 도래하기 이전에 그 전사前史로서 제3세계문학론이 지닌 문제성을 재론하는 데에 있다. 다시 말해, 1990년대 이후 탈식민주의 이론의 한국적 수용이 지닌 역사적 의의와 한계는 지금까지 살핀 1970~80년대 제3세계문학론과의 비교 속에서 면밀하게 검토될 필요가 있다. 이에 대한 상론은 추후에 독립된 지면에서 다룰 것이다.

---

88 「부시, 기념비 봉헌식 이례적 참석, 슈워츠코프도『예언자』애송」,『경향신문』, 1991.6.2. 한 선행연구자가 1970년대에 중동과의 교역에도 불구하고 중동문학이 번역, 소개되지 않았다고 지적하고 있듯(김능우,「국내 중동문학의 번역 상황 고찰—아랍 문학을 중심으로, 1970년대 초부터 2011년 5월까지」,『중동연구』30-2, 한국외대 중동연구소, 2011, 29~31쪽) 지브란은 미국 발신의 제3세계문학에서 비로소 수용된 텍스트였다.

89 김성곤,「에드워드 사이드의 시작과 오리엔탈리즘」,『외국문학』3, 열음사, 1984, 235쪽.

참고문헌

1. 기본자료

『경향신문』, 『동아일보』, 『한겨레』, 『반시』, 『사상계』, 『세계의문학』, 『씨알의 소리』, 『외국문학』, 『창작과비평』, 『청맥』, 『황해문화』

김용구 편, 『새벽을 알리는 지성들』, 현대사상사, 1971.

김종철, 「오바마 시대와 한국 5」, 『미디어 오늘』, 2009.1.30.

2. 단행본

권보드래 외, 『아프레걸, 사상계를 읽다―1950년대 문화의 자유와 통제』, 동국대 출판부, 2009.

김덕호·원용진 편, 『아메리카나이제이션』, 푸른역사, 2008.

김병철, 『한국현대번역문학사연구』(하), 을유문화사, 1998.

김학동, 『미국시의 이입과 그 영향』, 서강대 문과대학, 1970.

김학준 외, 『제3세계의 이해』, 형성사, 1979.

문학과비평연구회, 『탈식민의 텍스트, 저항과 해방의 담론』, 이회, 2003.

백낙청 편, 『문학과 행동』, 태극출판사, 1974.

백낙청·구중서 외, 『제3세계문학론』, 한벗, 1982.

백낙청 회화록 간행위원회, 『백낙청 회화록』 1, 창비, 2007.

상허학회, 『1950년대 미디어와 미국표상』, 깊은샘, 2006.

성공회대 동아시아연구소, 『냉전 아시아의 문화풍경』 1·2, 현실문화, 2008·2009.

정대현 외, 『생각과 실천』, 한길사, 2016.

장세진, 『상상된 아메리카』, 푸른역사, 2012.

정현종, 『매혹』(세계시인선 18), 민음사, 1974.

최일수, 『현실의 문학』, 형설출판사, 1976.

한수영, 『한국현대 비평의 이념과 성격』, 국학자료원, 2000.

허은, 『미국의 헤게모니와 한국 민족주의』, 고려대 민족문화연구원, 2008.

비자이 프리샤드, 박소현 역, 『갈색의 세계사』, 뿌리와이파리, 2015.

알렉스 헤일리, 김종철·이종욱·정연주 역, 『말콤 엑스』, 창작과비평사, 1978.

칼릴 지브란, 강은교 역, 『예언자』, 문예출판사, 1976.

_____, 유영 역, 『예언자』, 정음사, 1972.

3. 논문

고명철, 「구중서의 제3세계문학론을 형성하는 문제의식」, 『영주어문』 31, 영주어문학회, 2015.

공영민, 「아시아재단 지원을 통한 김용환의 미국 기행과 기행 만화」, 『한국학연구』 40, 인하대 한국학연구소, 2016.

공임순, 「1960~70년대 후진성 테제와 자립의 반/체제의 언설들」, 『상허학보』 45, 상허학회, 2015.

김계민, 「흑인문학에 나타난 흑인상」, 『코기토』 15, 부산대 인문학연구소, 1976.12.

김능우, 「국내 중동문학의 번역 상황 고찰-아랍 문학을 중심으로, 1970년대 초부터 2011년 5월까지」, 『중동연구』 30-2, 한국외대 중동연구소, 2011.

김상률, 「디아스포라와 아프리카계 미국문학」, 『한국아프리카학회지』 19, 한국아프리카학회, 2004.

_____, 「아프리카계 미국인의 탈주의 정치학-리처드 라이트의 후기 논픽션에 나타난 망명의식」, 『한국아프리카학회지』 21, 한국아프리카학회, 2005.

김성곤, 「에드워드 사이드의 시작과 오리엔탈리즘」, 『외국문학』 3, 열음사, 1984.

김원동, 「미국 흑인문학에 나타난 동화주의와 흑인종족주의」, 『동서문화』 7, 계명대 인문과학연구소, 1974.7.

김예리, 「'살아있는 관계'의 공적행복-70년대 김종철 문학비평을 중심으로」, 『민족문학사연구소 발표문』, 민족문학사연구소, 2016.

김주현, 「『청맥』지 아시아 국가 표상에 반영된 진보적 지식인 그룹의 탈냉전 지향」, 『상허학보』 39, 상허학회, 2013.

김치수·박태순, 「왜 우리는 제3세계문학을 논하는가」, 『외국문학』 2, 열음사, 1984.

김현, 「외래문화수용의 한계-어느 외국문학도의 고백」, 『시사 영어 연구』 100, 시사영어사, 1967.8.

박성창, 「1950년대 비평에 나타난 세계주의의 양상과 의미」, 『한국현대문학회 학술발표회자료집』, 2009.

_____, 「박인환의 미국 서부기행과 아메리카니즘」, 『동악어문학』 59, 동악어문학회, 2012.8.

_____, 「1950년대 한국펜클럽과 아시아재단의 문화원조」, 『한국학연구』 40, 인하대 한국학연구소, 2016.

박연희, 「1950년대 한국펜클럽과 아시아재단의 문화원조」, 『한국학연구』 40, 인하대 한국학연구소, 2016.

_____, 「『청맥』의 제3세계적 시각과 김수영의 민족문학론」, 『한국문학연구』 53, 동국대 한국문학연구소, 2017.

_____, 「박인환의 미국 서부기행과 아메리카니즘」, 『동악어문학』 59, 동악어문학회, 2012.8.

박지영, 「1960년대 『창작과비평』과 번역의 문화사」, 『한국문학연구』 45, 동국대 한국문학연구소, 2013.

백문임, 「70년대 리얼리즘론의 전개」, 민족문학사연구소 현대문학분과, 『1970년대 문학연구』,

소명출판, 2000.

백영서, 「상품가치도 대단한 필자 리영희」, 창비 50년사 편찬위원회 편, 『한결같되 날로 새롭게-창비 50년사』, 창비, 2016.

손유경, 「후진국에서 문학하기」, 『한국현대문학회 발표문』, 한국현대문학회, 2014.

안서현, 「백낙청의 제3세계문학론 연구」, 『제2차 전국학술발표대회 발표집』, 한국현대문학회, 2014.

오병수, 「아시아재단과 홍콩의 냉전(1952~1961)」, 『동북아역사논총』 48, 동북아역사재단, 2015.

오창은, 「제3세계문학론과 식민주의 비평의 극복」, 『우리문학연구』 24, 우리어문학회, 2008.

이동헌, 「1960년대 『청맥』 지식인 집단의 탈식민 민족주의 담론과 문화전략」, 『역사와문화』 24, 문화사학회, 2012.

이봉범, 「냉전과 원조, 원조시대 냉전문화 구축의 역동성-1950~60년대 미국 민간재단의 원조와 한국문화」, 『한국학연구』 39, 인하대 한국학연구소, 2015.

이상갑, 「제3세계문학론과 탈식민화의 과제-리얼리즘론의 정초 과정을 중심으로」, 『한민족어문학』 41, 한민족어문학회, 2001.

_____, 「민족과 국가, 그리고 세계-최일수의 민족문학론」, 『상허학보』 9, 상허학회, 2002.

이상록, 「함석헌의 민중 의식과 민주주의론」, 『사학연구』 97, 한국사학회, 2010.

이은주, 「1950년대 문학비평의 세계주의와 미국적 가치 지향의 상관성-김동리의 세계문학 논의를 중심으로」, 『상허학보』 18, 상허학회, 2006.

이진형, 「민족문학, 제3세계문학, 그리고 구원의 문학-구중서의 민족문학론 연구」, 『인문과학연구논총』 37, 명지대 인문과학연구소, 2016.

장세진, 「안티테제로서의 반둥정신과 한국의 아시아 상상(1955~1965)」, 『사이』 15, 국제한국문학문화학회, 2013.

정종현, 「아시아 재단의 "Korea Research Center(KRC)" 지원 연구」, 『한국학연구』 40, 인하대 한국학연구소, 2016.

차선일·고인환, 「'프란츠 파농 담론'의 한국적 수용 양상 연구」, 『국제어문』 64, 국제어문학회, 2015.

모국어의 심급들, 토대로서의 번역

유종호의 '토착어'와 백낙청의 '토속어'

유승환

> 훌륭한 문장가란 모다 말의 채집자,
> 말의 개조제조자(改造製造者)들임을 기억할 것이다.
> ─이태준, 『문장강화』, 문장사, 1940, 26쪽

1. 문제제기─미완태로서의 모국어와 모국어의 심급들

이 글은 1960년대 후반 이후 모국어로서의 한국어에 대한 감각, 특히 모국어 문학어에 대한 감각이 변화되었다는 전제 아래, 이러한 변화가 이루어진 계기, 이러한 변화가 유발한 효과 및 그로부터 제기되는 몇몇 문제들을 특히 유종호와 백낙청의 비평을 중심으로 살펴보며, 최종적으로 이 시기 진행되었던 모국어 문학어의 재편을 위한 실천을 새

롭게 개념화할 수 있는 용어로서 '언어의 아카이빙'이라는 개념을 제시하려 한다.

1960년대 후반은 소위 '한글세대'가 문학장에 안착한 시기로 이해된다. 주로 1930년대 말엽 이후에 출생한 이들 세대들은 일본어가 조선어보다 더 편하게 느껴지는 이중언어 상황에서 벗어나지 못한 전후세대와는 달리, 모국어로서의 한국어와 한글에 익숙한 세대로서, 이러한 새로운 언어적 감각을 바탕으로 하여 "감수성의 혁명"[1]으로 비유되는 모국어 문장의 질적 변화를 이룩했다는 것은 우리에게 익숙한 문학사적 평가이다. 이러한 문학사적 평가는 한글세대 스스로의 반복적인 진술에 의하여 형성·강화된 측면이 있다. 예를 들어 한글세대의 일원인 김병익의 다음과 같은 평가를 보자.

> 나는 초등학교에 입학하자 처음으로 한글을 공용어로 채택한 교육을 받았으며 이렇게 시작된 내 또래의 이른바 '한글세대'는 유아기부터 외국어로부터 오염되지 않고 모국어로 책을 읽고 사유하고 글을 쓴 첫 번째 세대가 되었다. (…중략…) 한글세대의 등장으로 한자 세대와 일어 세대의 비정상적인 과정을 벗어나 비로소 한국 고유의 언문일치, 곧 시니피앙(기표, sig-nifiant)과 시니피에(기의, signifié)의 일치를 이룬 표기와 표현법을 가지

---

1 유종호, 「감수성의 혁명」, 『유종호 전집』 1, 민음사, 1995, 425쪽. 이는 유종호가 1966년에 쓴, 김승옥의 소설에 대한 평론에서 사용한 표현이다. 이때 유종호는 "이 새로운 감수성이란 요컨대 이 언어재능이 성취한 혁신의 다른 이름에 지나지 않는다"(425쪽)는 것을 분명히 하는 한편, 김승옥의 소설이 "우리의 모국어에 새로운 활기와 가능성에의 신뢰를 불어넣었다"는 평가(427쪽)를 부기하고 있다. 이후 유종호의 글을 인용할 때에는 첫 인용 시에만 모든 서지사항을 기재하고 그 다음부터는 글제목과 쪽수만 기재한다. 단 전집의 경우 '『전집』 1'과 같이 권수도 함께 적는다.

게 된 것이다. 한국인은 처음으로 자신의 언어로 사물을 표현하고 문자화할 수 있게 된 것이고 (…중략…) 주권 회복의 실질적 내용인 '문화적 해방'의 참된 뜻을 실현하게 된 것이다.[2]

　'일본어에 의해 오염된 모국어를 회복'하는 언어의 탈식민화가 해방 이후 한국문학의 가장 중요한 과제로 대두되었다는 점[3]을 염두에 둘 때, 김병익이 주장하고 있는 것은 자신들 한글세대에 이르러서야 비로소 이 과제를 수행할 수 있었다는 것, 다시 말해 "주권 회복의 실질적 내용인 '문화적 해방'"을 성취했다는 것이다. 또한 김병익이 '일어세대의 비정상성'으로 지적하고 있는 '시니피앙과 시니피에의 분리'가 김현의 그 유명한 전후 세대 비판인 「테로리즘의 문학」(1971)에서 제시한 "사고와 표현의 괴리"[4]라는 구도를 변주한 것이라고 볼 때, 위와 같은 김병익의 진술은 한글세대 스스로에 의해 40년이 넘는 기간 동안 반복되었던 것이기도 하다. 한글세대는 문학장에 처음 등장할 때부터 새로운 언어 감각을 이전 세대와 자신들을 변별하기 위한 가장 중요한 요소로 설정했으며, 이는 점차 이들 세대의 사명으로, 이어 이들 세대의 문학사적 위상으로 바뀌어 온 셈이다.

　그러나 한글세대의 이러한 문학사적 위상은 사실은 그 세대 스스로의 반복적 진술에 의해 만들어진 일종의 신화가 아닐까? 이들 세대 비

2　김병익, 「한글 쓰기의 진화―모국어 문화의 정치적 의미」, 『문학과사회』 99, 2012.8, 310~311쪽.

3　김동석, 「해방기 어문 운동이 문학에 미친 영향」, 『어문논집』 54, 민족어문학회, 2006, 409쪽.

4　김현, 「테로리즘의 문학」, 『문학과지성』 4, 1971.5, 338~339쪽.

평가들의 비평적 권위가 사실은 서구어 원어에 대한 접근능력에 의해 형성되었다는,[5] 혹은 이들 세대의 비평을 근본적으로 일종의 번역 텍스트로 볼 수 있다는[6] 최근의 논의들은 외국어에 '오염'되지 않은 '순수한' 모국어로 사유하고 표현했다는 한글세대의 자기 진술이 의심스러운 것일지도 모른다는 점을 암시하고 있어 흥미롭다.

더욱 문제가 되는 것은 한글세대의 자기 진술에 기반을 두고 있는 이러한 문학사적 평가가 정작 1960년대 후반 이후 언어적 감각의 변화에 대한 구체적인 설명으로 이어지지 못하고 있다는 점이다. 전후세대와 다른 언어적 정체성을 가진 한글세대들이 등장한 1960년대 후반 이후 모국어에 대한 감각이 분명히 무엇인가 변화했다는 점을 인정한다고 할 때, 이러한 언어적 감각의 변화를 추동한 요인은 무엇이며, 이러한 언어적 감각의 변화란 정확히 무엇이고 어떠한 방식으로 수행되었으며, 이러한 변화는 각각의 문학 텍스트 속에서 어떠한 방식으로 드러났던 것일까? 한글세대의 문학적 위상에 관한 적지 않은 논의에도 불구하고, 이에 대한 본격적인 분석은 매우 빈약한 것이 사실이다.[7]

애초에 이들 세대들이 모국어에 익숙했기 때문에 문체의 변혁을 이룰 수 있었다는 견해 자체를 의심해 볼 필요가 있을지 모른다. 이는 문학어로서 기능할 준비가 이미 되어 있는 모국어의 존재를 이미 자명한

---

5   김건우, 「조연현-정명환 논쟁 재론」, 『대동문화연구』 83, 성균관대 대동문화연구원, 2013, 483쪽.
6   박지영, 「1960년대 『창작과비평』과 번역의 문화사」, 『한국문학연구』 45, 동국대 한국문학연구소, 2013, 106~119쪽.
7   김승옥 단편소설의 몇몇 언어적 특징을 분석하고 있는 서영채의 논문(「한글세대 문학 언어의 특징」, 『대동문화연구』 59, 성균관대 대동문화연구원, 2007)을 제외하면, 이러한 주제를 본격적으로 다룬 논문은 거의 없다고 할 수 있다.

것으로 설정하고 있는 견해이기 때문이다. 그러나 사카이 나오키에 의하면 "국어라는 상정된 통일체"는 "한 집단과 다른 집단 사이에서 이루어지는 대화로" 번역의 과정을 해석하는 "번역의 표상 안에서만", 즉 "하나의 언어통일체를 다른 언어통일체와 대립시켜서 정립"할 때만 구성될 수 있다.[8] 일디즈 또한 민족성, 민족문화, 민족국가의 경계와 유기적으로 연관된 모국어라는 개념이, 다언어제multi-lingualism 사회가 단일언어제mono-lingualism 국민국가로 재편되는 상황 속에서 인공적으로 출현하는 개념임을 명확히 한다.[9] '국어' 혹은 '모국어' 개념에 대한 최근의 비판적 논의들은 모국어를 자연적이고 자명한 실체가 아닌, 오히려 국민국가의 형성 과정에서 창안되고, 그 외연과 내포가 지속적으로 유동하는 불안한 개념으로 파악한다. 이러한 관점에 선다면, 국민국가의 경계와 정체가 극적으로 변화했던 시점, 즉 해방이라는 사건을 맞아 한국어가 민족의 생활과 사상을 담고 있는 '모국어'라는 사실이 다시 강조되는 한편[10] 모국어로서의 한국어의 재정립에 대한 요구가 활발히 제기되었던 것은 그리 이상한 일이 아니다.

그러나 모국어의 중요성이 강조되는 것과는 별개로, 모국어의 존재는 불안했으며, 모국어의 문학어로서의 성립 가능성은 더욱 그러했다. 당대의 문인들에게 모국어는 완성품이 아니라, 끊임없는 탐구를 통하여 회복되고 완성되어야 할 미완태未完態로서만 주어졌다. 해방 이후 15년 가까운 시간이 지난 1959년의 시점에서 유종호는 "우리 겨레의 체취가 고스란히 서려 있는 토착어에 대해서 무한한 애착을 느끼는 일변,

---

8   사카이 나오키, 후지이 다케시 역, 『번역과 주체』, 이산, 2005, 64쪽.
9   Yasemin Yildiz, *Beyond the Mother Tongue*, Fordham University Press, 2012, pp.6~10.
10   이응호, 『미군정기의 한글운동사』, 성청사, 1973, 21~27쪽.

무엇인가 허전한 미흡감을 경험하게 되는 것도 부정할 수 없는 사실"[11]임을 아울러 고백한다.

이러한 인식은 비단 유종호의 것만은 아니었다. 유종호의 앞뒤로, 김기림과 백낙청 같은 비평가들 또한 현재의 우리말, 특히 문장어의 미흡함을 이야기하며, 이에 대한 개선의 노력이 필요함을 말했다. 가령 김기림은 유종호보다 10년 정도 앞선 1948~49년 사이에 "문화의 민주화 또는 민주문화의 건설"[12]을 위해 "한문투 일어투를 몰아내고 우리말체를 확립"하는 우리말 운동의 필요성을 이야기[13]하는 동시에 우리말의 표준어가 무엇보다도 "사회적으로 아래로 아래로 끌어내려"져야 한다고 언급한다.[14] 백낙청 또한 위의 유종호의 발언에서 15년 정도가 경과한 1975년의 한 평론에서 현재의 한국어는 "우리말다운 우리말"이 아니며, 진짜 모국어는 방언을 포함하는 토속어의 발굴을 통해 새롭게 발견되고 확립되어야 한다는 입장을 밝힌다.

근대화의 이름으로 민족문화에 대한 외부로부터의 용훼가 차라리 내면화되어가는 현실에서 토속성이란 민족적 저항의 최후의 거점이 될 수 있는 것이다. 언어 면에서도 모국어의 황폐화가 교육기관·언론기관 자체에 의해 조직적으로 진행되는 경우, 표준어는 얌체의 언어가 되고 방송국의 아나운서와 성우들은 일종의 '방송국 사투리'를 전파하게 되며 결국 우리말다운 우리말은 방언을 주축으로 하는 토속어에 한정되는 경향마저 생긴다. 현단

---

11 유종호, 「토착어의 인간상」, 『비순수의 선언』, 신구문화사, 1963, 168쪽.
12 김기림, 「새 문체의 요망」, 『김기림 전집』 4, 심설당, 1988, 163쪽.
13 김기림, 「새 문체의 갈 길」, 위의 책, 168쪽.
14 위의 글, 187~188쪽.

계 한국소설의 가장 실감있는 부분 가운데 큰 몫이 사투리를 쓴 대화라는 사실은 여기서 연유하는 것이며 그것은 곧 토속성이 지닌 보다 큰 역사적 가능성의 일면을 보여주는 것이다.[15]

이처럼 현재 상태의 한국어가 모국어에 미달하며, 이를 개선하기 위한 실질적 노력이 필요하다는 인식은 1949년의 김기림, 1959년의 유종호, 1975년의 백낙청에게 있어 동일하게 나타난다. 흥미로운 점은 대중들의 "천재적 능력",[16] 즉 대중들의 일상적 언어생활에 기반을 둔 "가장 민주주의적인 길"[17]을 새로운 한국어 수립의 방법으로 제시하는 김기림의 경우[18]와는 달리, 유종호와 백낙청은 '토착어'와 '토속어'라는 새로운 범주를 제시하면서, 이 범주에 속하는 언어를 발굴하고, 다시 이를 문학어로 활용하는 것을 미완태로서의 모국어를 완성해나가기 위한 실천적인 방법으로 제시하고 있다는 점이다. 유종호와 백낙청은 각기 "순수한 우리 토박이 말"[19]로서의 토착어 혹은 가장 "우리말다운

---

15 백낙청, 「민족문학의 현단계」, 『창작과비평』 35, 1975.봄, 62쪽.
16 김기림, 「새말 만들기」, 앞의 책, 197쪽.
17 위의 글, 208쪽.
18 해방기 최현배 등에 의해 주도된 민족주의적 언어정책이 시행되고 있는 가운데, 김기림이 제안한 언어관의 독특한 성격에 관해서는 이미 적지 않은 논의가 축적되어 있어, 1960년대 이후를 주로 다루려고 하는 이 글에서는 자세히 언급하지 않으려고 한다. 해방기 김기림의 언어관에 대해서는 다음의 논의들을 참조할 수 있다. 김윤식, 「민족어와 인공어」, 『한국근대문학연구방법입문』, 서울대 출판부, 1999; 박성창, 「말을 가지고 어떻게 할 것인가」, 『한국현대문학연구』 18, 한국현대문학회, 2005; 이미순, 「김기림의 언어관에 대한 고찰」, 『우리말글』 40, 우리말글학회, 2007; 정영훈, 「해방 후 김기림의 한글전용 논의에 대하여 (1)」, 『우리어문연구』 44, 우리어문학회, 2012; 이재은, 「해방 후 한글전용론의 주체, 방법, 범위의 문제」, 『상허학보』 41, 상허학회, 2014; 황호덕, 「해방과 개념, 맹세하는 육체의 언어들」, 『대동문화연구』 85, 성균관대 대동문화연구원, 2014.
19 유종호, 「시와 토착어 지향」, 『유종호 전집』 2, 민음사, 1995, 23쪽.

우리말"로서의 토속어를, 즉 모국어의 가장 순수한 심급을 각자의 용어로 호명하는 동시에, "사투리, 속어를 비롯해서 개발이 가능한 옛말의 광범위한 수집"[20]과 그 활용을 요구한다. 후술하겠지만 이러한 요구는 1960년대 후반 이후 모국어와 모국어 문학어에 대한 감각을 큰 폭으로 변화시키는 데 기여한다.

'토착어'와 '토속어' 개념을 중심으로 하는 유종호와 백낙청의 언어론은 최근의 논의들에서 비교적 세밀하게 검토되며, 유종호의 경우 '어문민족주의적 정향성',[21] 백낙청의 경우 '민중적 현장과 육체에 대한 강박',[22] '저항의 거점으로서의 농촌에 대한 지향'[23]과 같은 방식으로 설명되었다. 이러한 지적들은 개별적인 평론가 및 평론집단의 내적 논리의 전개 과정을 해명하는 데 있어 일리가 있는 관점들이지만, 보다 거시적인 차원에서 당대의 '언어'라는 문제가 지니고 있는 복잡한 동학動學을 설명하지는 못하고 있다.

몇 가지 의문이 여전히 제기된다. 이 시기 모국어의 재인식과 재편을 위한 실천적인 노력은 왜 하필 모국어의 특정한 심급을 호명하는 방식으로 이루어졌던 것일까? 또한 사투리와 속어를 중심으로 한다는 점에서 그 외연이 거의 유사함에도 불구하고, 모국어의 심급에 대한 호명은 왜 '토착어'와 '토속어'로 분화되었던 것일까? 모국어의 회복에 대한

---

20 유종호, 「한글만으로의 글(하)」, 『창작과비평』 14, 1969.여름, 401쪽.
21 한형구, 「초기 유종호 비평의 어문민족주의적 정향성에 관하여」, 『한국현대문학연구』 27, 한국현대문학회, 2009.
22 손유경, 「현장과 육체」, 『현대문학의 연구』 56, 한국문학연구학회, 2015.
23 정재석, 「토속의 세계와 민중의 언어」, 『비평 현장과 인문학 (재)편성을 둘러싼 풍경들』(연세대 국학연구원 HK사업단 학술대회 자료집), 연세대 국학연구원 HK사업단, 2015.

담론이 폭발적으로 분출되었던 해방기가 아닌 1960년대 후반이라는 시점에 와서 모국어의 실질적 재편이 수행되었던 것일까?

이 글은 이러한 질문에 대답하기 위해 해방 이후 남한의 언어적 상황의 변화를 문제삼아야만 한다는 입장을 지닌다. 해방을 통해 총독부가 군정청으로 바뀐 것은 상징적인 변화이다. 남한의 정치적 조건의 변화는 남한의 문화적 조건들을 변화시켰으며, 그 변화의 핵심적인 부분 중 하나는 사카이 나오키가 말한 바 '번역의 표상'의 형태가 바뀐 것이다. 유종호와 백낙청은 모두 가장 순수한 모국어의 심급을 호명하고 있지만, 동시에 이러한 호명은 해방 이후 변화한 '번역의 표상'에 대한 명민한 인식과 함께 이에 대한 나름의 대응 방안을 마련하려는 노력에 기반을 두고 있다. 모국어가 미완태로서 존재한다는 인식과 함께, 모국어의 심급에 대한 호명을 통해 모국어를 완성해야 한다는 인식, 다시 말해 이 시기 이루어진 모국어에 대한 상상의 방식 또한 번역 가능성에 대한 새로운 인식과 전망 속에서 창출되었다는 것이 이 글의 관점이다.

이 글은 1960년대 후반 이후 한국문학의 '언어'라는 문제를 다루기 위한 새로운 관점과 방법을 제안하기 위한 시론의 성격을 갖는다. 이 글은 먼저 유종호와 백낙청의 '토착어', '토속어'에 대한 비평을, 특히 모국어의 심급에 대한 호명이 이루어진 계기를 중심으로 검토하면서, 미완태로서의 모국어를 완성하기 위한 이 두 비평가의 실천적 제안들이 당대 남한의 언어적 상황 및 그로부터 유래한 번역 가능성에 대한 인식과 어떠한 관련을 맺고 있는지를 살펴보려고 한다. 이어 결론을 대신하여 1960년대 후반 이후에 이루어진 모국어 및 모국어 문학어의 변화를 맥락화할 수 있는 새로운 용어로서 '언어의 아카이빙'이라는 개념을 제안하며 글을 마무리하려 한다.

2. '토착어'의 조건 – 문화권의 이동과 번역 상황의 변화

유종호는 '토착어'라는 개념의 의미를 다음과 같이 비교적 명료하게 정의한다.

> 토속어라고 바꿔 쓸 수가 있는 토착어는 우선 한자어와의 관련 속에서 파악되어야 할 것이다. 첫째 한자에서 나오지 않고 순수한 우리 토박이말이라고 여길 수 있는 말 (…중략…) 둘째로 한자에서 나온 것이기는 하되 과거 몇십 세대에 걸쳐 오랫동안 일상용어로 사용되어 그 기원을 알 수 없을 정도로 토착화되어 한자로의 복원이 도리어 어색하고 부자연스러운 부류의 말도 일단 준토착어로서 토착어 속에 분류해 넣을 수 있을 것이다.[24]

유종호에게 있어 토착어는 그 어원을 기준으로, "우선 한자어와의 관련 속에서 파악"된다. 토착어란 그 어원이 "한자에서 나오지" 않은 "순수한 우리 토박이말"인데, 이때 한자어와는 구별되는 층위에 존재하는 '순수한 우리말'을 가정한다는 점에서 이는 모국어의 기원을 소급

---

24 「시와 토착어 지향」, 『전집』 2, 23쪽.

하는 개념이기도 하다. 이처럼 유종호에게 토착어란 모국어의 가장 순수한 심급을 지시하는 말이다. 유종호 비평에서 이러한 '토착어'는 "우리의 생활 감정에 밀착되어" 있는 말이며, 동시에 "풍속 습관이나 역사를 같이 한 공동운명체의 구성원만이 감지할 수 있는 정서적 연상대를"[25] 가진 말이기도 하다. 이와 대조적으로 한자어는 거의 대부분이 "일인日人이 서구어에서 번역한 것이나 혹은 술어로서 만들어 낸 것을 그대로 수입해 온 일산 한자어"로서, "서구인의 생활 감정이나 서구의 정신사를 배경"으로 가진다.[26] 때문에 정서적인 층위에 호소하는 문학 작품의 경우에는 "그것이 우리 말로 완벽한 표현을 얻은" 경우에 독자의 경우에는 보다 큰 정서적 친밀감과 조화감을 획득하며,[27] 창작자의 경우에는 "최소한 느낌에 섬세한 구체성을 부여하고 드물게는 느낌과 생각의 통합에 성공"[28]할 수 있다는 것이 유종호가 제시하는 토속어 문학어의 필요성인 셈이다.

그런데 주의해야 할 점은 사실 1950년대 후반부터 시작되는 유종호의 토착어론이 1960년대 중반을 기점으로 미묘하게 변화하고 있다는 점이다. 특히 크게 변화하는 것은 토착어가 담아낼 수 있는 세계의 범위에 대한 생각이다. 적어도 유종호의 첫 번째 평론집인 『비순수의 선언』(1963)이 출간될 때의 시점까지, 유종호는 토착어가 가진 한계점을 분명하게 의식하고 있다. 1960년대 초반까지의 유종호 비평에서 토착어는 논리가 아닌 정서, 즉 "로직"이 아닌 "파토스"의 표현만을 담당할

---

25 「토착어의 인간상」, 169~172쪽.
26 위의 글, 174쪽.
27 유종호, 「한국의 파세틱스」, 『비순수의 선언』, 신구문화사, 1963, 33~34쪽.
28 「시와 토착어 지향」, 『전집』 2, 37쪽.

수 있는 말이다.[29] 근대의 과학적이고 논리적 언어들, 즉 "사고상의 언어나 관념어"[30]를 한국어는 철저하게 한자어에 의존하고 있으며, 때문에 토착어가 표현할 수 있는 것은 "문명의 혜택을 별반 받아보지 못한 이 땅의 전근대적인 인간상"[31]에 한정된다. 다시 말해 "토착어의 추구는 복고적인 것 이외에는 불가능"하다는 것이다.[32] 이러한 복고적인 것에서 한국문학의 새로운 가능성을 찾을 수 없다는 점에서 초기 유종호 비평에서 토착어는 앞으로 전개될 새로운 한국문학의 언어로 상정되지 않는다. 이 점에서 "우리문학의 새로운 가능성은 토착어의 자리를 대치하여 가고 있는 생경한 언어군을 어떻게 예술적으로 형상해 가느냐는 점에서 찾"[33]아야 한다는 것이 1959년에 발표된 「토착어의 인간상」의 결론이다.

이러한 결론은 "모국어 없는 시인은 시인일 수"[34] 없다는 1984년의 「시인과 모국어」, 혹은 "외래한자어를 통해서 사색하고 표현한" 근대 시인들에 비해 토착어 지향의 시인들이 "생각과 느낌의 통합"에 상대적으로 성공했다고 파악하는[35] 1981년의 「시와 토착어 지향」과 같은 평론의 그것과는 큰 차이가 있다. 말하자면 1963년에 발표된 『비순수의 선언』 이후 유종호의 토착어론에는 무엇인가 큰 변화가 있었던 것인데, 이러한 변화의 계기는 두 가지 정도로 생각할 수 있다. 첫 번째는

---

29 「토착어의 인간상」, 172쪽.
30 위의 글, 176쪽.
31 위의 글, 177쪽.
32 유종호, 「한국의 페시미즘」, 『비순수의 선언』, 신구문화사, 1963, 110쪽.
33 「토착어의 인간상」, 179쪽.
34 유종호, 「시인과 모국어」, 『유종호 전집』 3, 민음사, 1995, 173쪽.
35 「시와 토착어 지향」, 『전집』 2, 37쪽.

1966년에 발표된 「감수성의 혁명」과 같은 글에서 잘 드러나듯이, "우리의 모국어에 새로운 활기와 가능성에의 신뢰"를 불어넣은[36] 김승옥과 같은 유종호보다 어린 한글세대 작가들의 발견이다. 초기 유종호 비평에서 토착어의 한계에 대한 논의가 대개 서정주와 같은, 두드러진 전통 지향성을 가지는 소위 '문협 정통파'를 겨냥하고 있음 또한 이와 관련하여 염두에 두어야 할 사항이다.

그리고 또 하나의 중요한 계기는 1964~65년 사이에 이루어진, 한글전용론을 둘러싼 장용학과 논쟁[37]이다. 10개월에 가까운 기간 동안 10편이 넘는 글을 지상으로 주고받으며 격렬하게 이루어진 이 논쟁에서, 유종호는 한자어에 대한 비판과 한글전용의 가능성을 논리화했으며, 이는 1969년에 발표된 「한글만으로의 길」[38]에 거의 대부분 계승된다. 이때 유종호가 마련한 한글전용론의 논리 중 하나는 장기적으로는 해방 이후, 조금 더 범위를 좁힐 경우 1960년대 후반 이후 모국어의 재편이 새롭게 문제될 수 있었던 계기를 강력하게 시사하고 있어 흥미롭다.

그 다음 장 씨가 배려를 독점하고 있는듯이 역설하고 있는 이른바 개념어 관념어를 살펴 보자. 이러한 경우 한자의 표의성은 더욱 의미가 적어진다.

---

36 「감수성의 혁명」, 『전집』 1, 427쪽.
37 유종호와 장용학의 논쟁은 방민호와 한형구에 의해서 검토된 바 있다(방민호, 「장용학의 소설 한자 사용론의 의미」, 『한국 전후문학과 세대』, 향연, 2003; 한형구, 앞의 글). 방민호가 이 논쟁을 세대 간의 논쟁으로 포착하면서, 특히 장용학을 중심으로 한 1920년대 출생 세대의 입장을 조명하는 것에 중점을 둔다면, 한형구는 유종호의 입장을 중심으로, 유종호의 초기 비평의 전개 과정에서 이 논쟁이 차지한 역할을 추적하는 것에 주안점을 둔다.
38 유종호, 「한글만으로의 길(상·하)」, 『창작과비평』 13·14, 창작과비평사, 1969.봄·여름.

가령 辨證法이란 말이 있다. 주지하다 싶이 日人들이 dialectic의 역어로서 적당히 뜯어 맞추어서 만들어낸 말이다. 辨·證·法 세 한자의 뜻을 아무리 궁리해도 변증법을 이해할 수는 없다. 쏘크라테스가 나오고 헤겔이 나오고 맑스가 출반주를 해야 이해할 수 있는 말이다. 이 경우에 중요한 것은 그 내용을 이해하는 것이지 辨證法이냐 변증법이냐가 문제가 되는 것은 아니다. '辨證法'이나 '변증법'이나 dialectic의 역어라는 관념이 중요한 것이다.[39]

1968년말 『창작과비평』에서 주관한 한글전용론에 대한 생각을 묻는 한 앙케이트에서 "실존주의", "인상주의", "민주주의" 등으로 예시만을 바꾼 채 그대로 되풀이되는[40] 이러한 논리는 해방 이후 지식의 수용 경로가 일본어에서 영어를 비롯한 서구 원어로 바뀐 상황과 긴밀한 관계를 맺는다. 근대적 학문과 지식의 수용이 일본을 경유한 중역의 형태로 이루어지며, 한국어와 일본어를 동시에 구사할 수 있는 이중언어 사용자가 많은 해방 이전의 상황에서 한자의 사용은 중요한 의미를 갖는다. 유종호가 제시한 몇몇 예 중 '민주주의'를 예로 들 때, 일본어 '民主主義みんしゅしゅぎ'와 그 번역어인 한국어 '民主主義민주주의'의 관계에서 알 수 있듯이, 이 경우 한국어 번역어를 구성하는 각각의 음절들은 일본어 원어의 의미망에 긴밀히 대응하기 때문이다. 예컨대 식민지 시기 한글전용 문제에 대한 좌담의 한 대목과 위의 인용문을 비교해보자.

주요한 : (…상략…) 가령 경제면에 쓰이는 상장(相場) 가튼 것은 한문으

---

39 유종호, 「버릇이라는 굴레」, 『세대』 16, 세대사, 1964.9, 135쪽.
40 유종호, 「이런 생각」, 『창작과비평』 12, 1968.겨울, 690쪽.

로 써노았건만 보는 사람은 그것을 일본말로 '소-바'라고 읽어 버립니다. 그러니 이것을 상장이라고 취음을 해서 써 둔다하면, 첫재 독자가 몰라볼 것이니 이것을 먼저 해결해야 될 것이 첫재 문제입니다[41]

이혜령의 지적대로, 식민지 시기 조선에서 한글전용의 원칙이 관철될 수 없었던 이유는 한자가 "일본어의 불가결한 요소"이며, 식민지의 이중언어 상황 속에서 "일본어가 국어의 지위에 있기 때문"이었다.[42] 때문에 '民主主義민주주의'의 원어가 일본어 '民主主義みんしゅしゅぎ'이며, '民主主義'가 '민주주의'로도 '민슈슈기'로도 읽힐 수 있다는 감각에서 '민주주의'를 '民主主義'로 표기하는 것은 중요한 의미를 가진다. 그러나 한국어 '民主主義'의 원어가 'democracy'이고, '民主主義'가 '민주주의'로만 읽히고 더 이상 '민슈슈기'로 읽히지 않는다면 상황은 전혀 달라진다. 이 경우 각 음절의 의미는 원어에 대응하지 않으며, 때로는 원어의 의미를 왜곡할 수 있는 가능성 또한 생긴다. 따라서 이 경우 '민주주의'라는 한글 표기를 택한 뒤, '민주주의'라는 4음절의 단어 전체를 'democracy'를 의미하는 단일한 의미 단위로 설정하는 것이 유효하다는 유종호의 입장이 가능하다.

물론 이 경우 '민주주의'라는 단어를 구성하는 각각의 음절들은 단지 소리만을 지닐 뿐 아무 뜻도 가지지 못하는 단어 이전의 것이 된다. 그 경우, 종래 각 음절별로 뜻을 지닌 한자들의 조합을 조어의 원리로

---

41 「한글날 기념 (1)-사계의 권위를 망라 한글좌담회개최」, 『동아일보』, 1931.10.29. 이 자료의 존재는 이혜령의 논문(「한자인식과 근대어의 내셔널리티」, 『민족문학사연구』 29, 민족문학사학회, 2005, 231쪽)으로부터 알게 되었다.
42 이혜령, 위의 글, 232쪽.

삼았던 한국어의 조어력은 현저히 약화된다.[43] 하지만 역으로 바로 그 점에서 그 공백을 채울 수 있는 소리와 뜻을 동시에 지닌 토착어의 발굴이 요구되는 것이기도 하다. 실제로 유종호는 「한글만으로의 길」에서 한자 표기를 폐기하고 한글 전용의 원칙을 실현하기 위해 이루어질 노력 중 하나로 "사투리, 속어를 비롯해서 개발이 가능한 옛말의 광범위한 수집"[44]을 강조하고 있기도 하다.

이처럼 토착어에 대한 유종호의 강조는 명시적으로 드러나 있지는 않지만 사실은 지식 수용의 경로가 일본어에서 영어로 전환되기 시작한 당대의 언어적 상황과 긴밀한 관련을 맺고 있다. 이 점은 유종호와 김기림이 모두 '한자어'를 줄여나가는 과정과 '새 문체' 혹은 '토착어'의 필요성을 관련시켜나간다는 점과, 그리고 유종호와 김기림이 모두 한자어 중 특히 '일본을 경유해서 들어온 한자어'를 문제삼는다는 점[45]을 이해할 수 있게끔 하는 열쇠이다. 또한 이는 토착어에 대한 유종호의 관점이 왜 하필 1960년대 중반을 경과하면서 변화했는지를, 그리고 조금 더 넓게 보아서, 모국어 문학어의 재편이 왜 1960년대 후반 이후로 이루어졌는지에 대한 이유를 제시하고 있기도 하다. 이러한 언어 상

---

43 한글 전용론에 대한 주요한 반대 논지 중 하나가, 한글 전용을 택할 경우, 한국어의 조어력이 현저하게 떨어진다는 점에 있다는 점을 생각해 볼 수도 있다. 대표적인 논의로는 이병주, 「한글 전용에 관한 관견」, 『창작과비평』 12, 1968.겨울, 687쪽.

44 「한글만으로의 길(하)」, 401쪽.

45 김기림과 유종호는 모두 한자어를 나름대로의 방법으로 분류하고, 이러한 분류법을 앞으로의 한글 운동에 있어 사용할 한자어를 취사선택하는 데 활용하여야 한다는 입장을 보인다. 이 중 김기림과 유종호 모두 일본을 경유해 들어온 한자어를 우선적인 폐기의 대상으로 설정한다(김기림, 「한자어의 실상」, 앞의 책, 246쪽; 「한글만으로의 길(상)」, 193쪽). 한편 한형구는 김기림과 유종호의 한자어 분류 방식이 비슷하다는 점에서 유종호가 김기림을 참조했을 가능성을 언급하고 있다. 한형구, 앞의 글, 374쪽.

황의 변화는 해방 이후 점진적으로 진행되어 왔지만, 선행 논의들이 지적했듯이, 1950년대까지는 일본어에 익숙하며 일본어를 지적 원천으로 삼는 세대들이 문단의 주류를 이루고 있었으며, 때문에 일본어보다 서구어에 더 친숙한, 해방 이후에 교육을 받은 소위 '한글세대'들이 문학장에 진입한 이후 '민주주의'의 원어로 일본어 '民主主義'를 생략하고 바로 'democracy'로 뛰어넘는 감각이 형성될 수 있었던 것이다.

이와 같이 토착어에 대한 유종호의 천착의 배후에는 원어에서 한국어로의 번역이라는 문제, 정확히 말해 번역 상황 속에서 한국어에 대한 대응쌍을 이루는 원어가 해방을 계기로 변화했다는 해방 이후 언어적 상황의 변화가 놓여 있다. 유종호가 토착어를 한자어와의 대비를 통해 정의하며, 특히 일본어 한자어의 폐기를 주장한다는 점은 '토착어론'의 조건이 해방을 계기로 남한이 새로운 문화권에 편입한 상황, 그리고 그로 인한 번역 상황의 변화에 대한 명민한 인식에 있다는 점을 보여준다.

해방을 계기로 모국어의 재정립에 대한 요구가 제기되는 것은 비단 국민국가의 경계와 정체政體가 변했기 때문만이 아니라, 그러한 변화가 기존 문화권에서의 이탈 및 새로운 문화권으로의 편입을 수반했기 때문이다. 그리고 남한이 새로운 문화권에 편입되었다는 사실은 새로운 언어감각과 지적 원천을 지닌 세대들이 문단에 안착한 1960년대 중반 이후에 본격적으로 감지된다. 김현의 표현을 빌자면, 1971년의 한국이 과거에 "한자문화권"에 속해있었던 것과 달리 "영어 문화권"에 속하게 되었다는 것은 "현실적인 문제"이다.[46] 그리고 이 현실적인 문제는

---

46 정병욱·정한모·김현·김주연·김윤식, 「대담—한국 근대문학의 기점」, 유종호·염무웅 편, 『한국문학의 쟁점』, 전예원, 1983, 23쪽.

1960년대 중반 이후 모국어의 문제가 새롭게 맥락화된 중요한 조건이다. 일본의 식민지라는 정치적 조건 아래 전통적으로 동아시아의 공동문어였던 한자에 의탁하여 근대성을 획득해나가던 한국이 영어문화권으로 새롭게 편입되는 상황 속에서 모국어의 재편은 다시 요청된다. 그 재편의 방향은 외래한자어의 영향에서 벗어난 토착어에 대한 지향이다.

3. '토속어'의 자리 – 보편언어와의 교환 가능성의 탐색

유종호의 토착어론이 모국어의 심급이 호명되는 조건을 보여준다면, 백낙청의 토속어론은 모국어의 심급이 분화되는 계기를 보여준다. 백낙청의 토속어론은 무엇보다도 새롭게 변화된 번역 상황 속에 주어진 번역 가능성에 대한 판단에서 유종호의 토착어론과 결별한다. 유종호의 모국어론에서 번역 가능성에 대한 사유는 자주 나타난다. 가령 유종호에게 있어 모국어 시의 가치는 영어로의 번역 불가능성에 의해 입증된다.[47] 그러나 동시에 이러한 입장은 유종호에게 있어서 일종의 자기 모순이었는데, 왜냐하면 한자어에 맞서 한글전용론과 토착어 지향을 고수한 유종호가 제시한 논리는 위에서 보았듯이, 한자어 표기보다 한

---

47 「시인과 모국어」, 『전집』 3, 173~186쪽. 유종호는 여기서 토착어를 중심으로 해서 조직된 서정주와 박두진의 시를 주로 영역본과 비교함으로써 모국어 시의 번역불가능성을 말한다. 서정주의 「자화상」의 경우 일역본도 제시되어 있으나, '외할아버지'가 '爺'로 번역되어 있다는 점(180쪽)을 제외하면 거의 논의의 대상이 되지 않는다.

글 표기가 원어를 번역하는 데 더욱 효과적이라는 것이었기 때문이다. 다음과 같은 유종호의 언급에서도 한자는 근대의 과학적 언어를 표현하기에 아예 부적절한 언어로 생각된다.

> 일부 자연과학이나 정밀과학의 기초가 되는 수학은 기호의 체계이다. 그러나 그것은 그 의미를 변화시키려고 하는 정신의 기도를 끈덕지게 거절하는 유일한 기호의 체계다. 그것은 유일하게 적확한 기호의 체계이고, 적확함으로써 잘못된 것을 스스로 드러내어 고치게 한다. 한편 기호가 정확하지 못하고 불확실할 때 생각도 고정된 발판을 잃는다. 따라서 '예컨대 중국에서 중요한 발견이 이루어졌음에도 불구하고 그 발견을 바탕으로 한 과학이 발전하지 못했던 것은 중국어가 정확한 표현에 부적당했던 탓인지도 모른다'는 추측은 타당성이 있다.[48]

유종호의 모국어론에는 이처럼 번역 불가능한 모국어의 특수성에 대한 인식과 동시에, 한자의 왜곡이 없다면 한국어가 보편적 과학의 매개 아래에서 다른 언어와 교환될 수 있다는 생각이 잠재해 있다. 양자는 물론 모순적이다. 차크라바르티가 지적하듯이 이러한 근대 과학의 코드가 가진 보편성을 인정하는 것은 "상이한 언어들 사이의 번역"을 "과학 그 자체의 고등 언어에 의해 매개"되는 것[49]으로 만들며, "따라서 뉴턴 물리학에 관한 초등 교과서가" "벵골어의 철자와 숫자로 완벽하게 서술될 수 있다"[50]는 식의 인식을 낳는다. 이러한 인식은 물론 모국

---

48 「한글만으로의 길(상)」, 196쪽.
49 디페시 차크라바르티, 김택현·안준범 역, 『유럽을 지방화하기』, 그린비, 2014, 172쪽.

어의 특수성을 위협하는 것이다.

실제로 유종호는 「시인과 모국어」(1984)에서 이러한 보편주의적 언어관과 상이한 언어 사이의 번역이 불가능하다는 상대주의적 언어관의 사이를 신중히 오가는데, 이러한 탐색 끝에 유종호가 자신의 논리적 난점을 메우는 방법은 "자연과학자에게 모국어는" "있어도 좋고 없어도 좋"은 것이지만, "모국어 없는 시인은 시인일 수 없다"는 것,[51] 즉 과학과 문학을 분리하는 일종의 문학주의적 시각이다. 유종호에 의하면 모국어의 번역불가능한 부분은 "생활문화적인 함축의 국면"[52]으로 주로 문학에서 발현된다. 따라서 "조심스럽게 문학 속의 모국어를 대할 때 우리는 보편주의보다는 언어학적 상대주의로 가까워져 가는 자신을 발견하게" 되는데, 왜냐하면 "우리가 문학작품을 정독할 때 우리는 탕진될 수 없는 특수성의 모체와 마주치게 되기 때문이다."[53]

이러한 유종호의 결론은 기본적으로는 1959년의 「토착어의 인간상」에서 제시했던, '로직'의 언어로서의 한자어와 '파토스'의 언어로서의 토착어 사이의 이분법을 반복하는 것으로, 문제의 해결 방법이 되기는 어렵다. 자연과학과 시 사이의 극단적인 거리의 중간에 놓인 영역들, 예컨대 사회과학이나 역사학과 같은 문제를 설명할 수 없기 때문이다.

다시 차크라바르티의 견해를 빌면, 과학이라는 '고등 언어'에 대한 인정은 특히 역사학과 사회학의 분야에서 "단일한 인류의 역사"를 말할 수 있는 "자연적이고 동질적이며 세속적인 달력 위의 시간"[54]을 창출한

---

50 위의 책, 170쪽.
51 「시인과 모국어」, 『전집』 3, 173쪽.
52 위의 글, 182쪽.
53 위의 글, 172쪽.

다. 역사학과 사회학 등의 학문을 보편적 과학의 영역으로 인정할 경우 이러한 과학의 이름으로 제출된 마르크스의 사회발전단계론, 혹은 로스토우의 경제성장 발전단계론 등, 인류 사회의 도정으로 예정되어 있는 발전의 서사들을 비판하는 것은 불가능하다. 20세기의 아시아, 아프리카, 라틴 아메리카가 18세기의 유럽과 동일한 사회[55]이며, 결국 아시아, 아프리카, 라틴 아메리카 등의 후진 사회와 유럽과 미국 등의 선진 사회의 사이에는 선진/후진의 시차 외에는 다른 차이가 없다는 로스토우의 경제성장 단계설이 당대의 한국사회에 수용될 수 있는 근거는 바로 이러한 지점에 있다. 차크라바르티에 의하면 이 지점에서 번역의 문제는 다시 출현한다. 요컨대 나름의 종교적 관습을 통해 신성함을 분유하는 독특한 생활세계를 가진 인도의 여성 노동자들을 세속적인 맑스주의 발전 서사의 '노동자'라는 개념으로 번역하는 것이 가능하고 정당한지에 대한 질문은 차크라바르티가 제시하는 핵심적 문제이다.

백낙청의 토속어론은 유종호가 토착어라는 개념을 "토속어와 바꿔 쓸 수가" 있다고 지적하듯이,[56] 그 외연이 유종호의 토착어와 매우 유사함에도 불구하고, 이러한 번역 가능성의 문제에 대한 사유에서 유종호의 토착어론과 갈라진다. 다시 말해 그 외연의 유사함에도 불구하고, 유종호와 백낙청이 호명하는 모국어의 심급이 분화되는 이유는, 번역의 가능성과 방법에 대한 사유의 차이에 있다. 위에서 보았듯이, 유종호는 자신이 사용하는 '토착어' 개념을 한자어와의 관계 속에 비교적

54　디페시 차크라바르티, 김택현·안준범 역, 앞의 책, 170쪽.
55　월트 휘트먼 로스토우, 김명윤 역, 『경제성장의 제단계』, 장문각, 1971, 197쪽.
56　「시와 토착어 지향」, 『전집』 2, 23쪽.

명료하게 정의하고, 이러한 토착어의 의미를 문학에 발현되는, 번역되지 않는 특수성의 원천으로 명확히 상정하고 있다. 그에 비해 백낙청은 토속어가 "우리말다운 우리말"이며, 이러한 토속어의 원천으로서의 토속성이 "민족적 저항의 최후의 거점"[57]이 될 수 있다는 점을 강조하고 있음에도, 정작 토속어와 토속성의 개념을 명료하게 정의하지 않는다.

때문에 백낙청의 토속어 개념이 가지고 있는 의미는 이 시기 백낙청의 비평 전반과의 관련 속에서 다루어질 필요가 있는데, 이때 먼저 주목할 수 있는 것은 『창작과비평』 창간호에 발표된 「새로운 창작과 비평의 자세」에서 유명한 '시민문학론', '민족문학론'으로 나아가는 백낙청의 초기 비평이 '시민citoyen' 혹은 '민족nation'이라는 일종의 보편 개념을 중심으로 이루어지며, 백낙청은 이러한 보편적 개념의 한국적 번역이 '가능한지'에 대해서 끊임없이 질문하고 있다는 점이다. 이는 과학과 문학의 영역을 나누고 전자에 있어서 보편주의적 언어관을, 후자에 있어서 상대주의적 언어관을 채택하는 유종호의 방법과는 대조적이다.

예컨대 「시민문학론」[58]에서 백낙청은 서구의 근대사 발전 과정에서 시민 계급bourgeois이 수행했던 역할을, 특히 프랑스혁명 과정에서 시민 계급이 수행했던 역할을 중심으로 검토한 뒤 시민을 인류 역사의 보편적 발전에 있어 핵심적인 역할을 담당하는 집단적 주체로 상정한다. 그러나 주의해야 할 것은 이러한 시민 계급의 역사적 역할이 인정되는 것과 동시에, 시민이라는 개념의 외연이 지워진다는 것이다. 즉, 「시민문학론」에서 시민이라는 개념은, 그 개념의 역사적 의미를 인정받자마자,

---

57   백낙청, 앞의 글, 62쪽.
58   백낙청, 「시민문학론」, 『창작과비평』 14, 1969.여름.

원래 그 개념의 성립을 가능하게 했던 서구의 역사적 실체로서의 시민계급과 분리되어 사유된다. 시민의 역사적 가능성은 프랑스혁명이라는 "시민계급의 영웅적인 시대"[59]에 잠깐 그 모습을 드러내지만, 동시에 그 시민계급은 곧 역사적 필연성에 의해 "일부는 귀족계급의 잔존자와 결합하여 이른바 금융자본을 중심으로 일종의 상층 부르조아지를 형성했고 나머지는 역사의 실질적인 결정권에서 점차 소외"[60]됨으로써 원래 가지고 있었던 혁명적 가능성을 상실하기 때문이다.

이렇게 시민이라는 개념의 외연을 지운 이후, 「시민문학론」은 서구문학/한국문학의 다양한 전통 및 그 각각의 전통을 뒷받침하는 사회 세력들의 존재들을 호출하면서, 이 전통들이 텅 비어버린 시민 개념의 외연을 채울 수 있는 가능성이 있는지를 탐문하는 것에 집중한다. 서구의 경우에는 18세기 프랑스 계몽주의와 독일의 고전주의, 19세기 프랑스의 리얼리즘 및 영국 낭만주의, 한국의 경우에는 실학, 동학, 근대의 개화 지식인들의 문학 등이 소환되지만, 이 경우 중요한 것은 백낙청이 소환하고 있는 다양한 문학적 전통들이 아니라, 백낙청이 「시민문학론」을 구성하기 위해 서구문학의 전통과 한국문학의 전통을 병렬하고 있는 방식 자체이다. 즉 백낙청은 서구의 역사학에서 유래한 '시민'이라는 개념을 보편적 개념으로 받아들이고, 한국문학이 이러한 '시민문학'이라는 개념으로 번역될 수 있는지를 탐문하면서도, 서구 역사학에서 시민이라는 개념의 성립을 가능하게 했던 역사적 실체들을 상대화함으로써, 한국문학의 전통과 서구문학의 전통을 '시민문학'이라는 보

---

59 위의 글, 464쪽.
60 위의 글, 464쪽.

편 개념의 매개 아래에서 상호간 참조와 교환의 대상이 되는 관계로 만들어내고 있다. 서구 원어의 번역 상황에 대처하는 백낙청의 이러한 독특한 방법은, 가령 앞에서 보았듯이 '변증법'의 원어가 'dialectic'이라는 것을 이야기하면서 곧바로 소크라테스와 헤겔과 마르크스에 대한 이해의 필요성을 강조하는 유종호의 방법과는 큰 차이가 있다. 번역의 가능성에 대한 백낙청의 사유는 보편주의적 언어관으로도, 상대주의적 언어관으로도 환원이 되지 않는 특이한 지점에 놓인다.

백낙청의 비평적 논의가 기본적으로 번역의 성격을 가지고 있다는 점은 기존 연구에서 몇 차례 지적된 바 있다.[61] 이러한 논의들은 공통적으로 백낙청의 비평을 백낙청이 문제시하는 서구적 보편 개념의 한국적 대응물을 찾아내려는 노력으로 평가한다.[62] 특히 손유경은 리비스와 백낙청 비평의 관계를 문제 삼으면서, 백낙청의 비평이 리비스의 로렌스론 등을 통해 백낙청이 획득한 '세계문학의 보편성'에 기여할 수 있는 한국적 대응물을 찾는 "대역"의 성격을 가지고 있다고 보며, 이러한 백낙청의 비평적 관점이 '보편의 헤게모니적 속성'을 간과하고 있다고 지적한다.[63]

이러한 비판의 타당성을 인정하더라도, 1960년대 후반이라는 시점에서 서구적 보편 개념의 번역 가능성에 대한 백낙청의 사유는 주목할 만하다. 서구 근대사에서 발원하는 시민 개념의 외연을 백낙청이 과감

---

61 박지영, 앞의 글; 손유경, 「백낙청의 민족문학론을 통해 본 1970년대식 진보의 한 양상」, 『한국학연구』 35, 인하대 한국학연구소, 2014.
62 가령 박지영은 「시민문학론」을 "총합적 번역 텍스트"(박지영, 앞의 글, 110~111쪽)로 바라보는 한편, 특히 백낙청이 방영웅의 『분례기』를 이례적으로 고평하는 것과 관련하여, 백낙청이 "방영웅의 『분례기』를 로렌스의 번역 텍스트로 인식"한다고 지적한다.(114쪽)
63 손유경, 앞의 글, 164~165쪽.

히 삭제할 수 있었던 것 자체가 서구 근대의 제국주의적 성격에 대한 명확한 인식, 즉 "시민의식의 손실이야말로 식민지에 기생하는 나라가 자기도 모르는 사이에 치르는 가장 값비싼 댓가"[64]라는 인식에서 기인하고 있을 뿐만 아니라, 백낙청의 번역의 방법론은 서구의 역사학·사회학·정치학·경제학에서 유래하는 보편 개념들에 대한 일종의 전유로서, 예컨대 로스토우의 이론과 같은 서구의 '보편적' 사회과학에 의해서 프로그램된 역사 발전의 서사를 넘어, 일방적인 '개발-근대화'에 대한 저항[65]으로 나아갈 수 있는 논리적 거점이 되었기 때문이다.

백낙청의 토속어론은 번역 가능성에 대한 백낙청의 독특한 사유를 염두에 둘 때 이해될 수 있다. 즉 '시민', '민족', '제3세계', '민중' 등 기본적으로 서구에서 연원하는 보편적 개념이 그 개념의 외연이 소거된 일종의 텅 빈 개념으로 변화할 때, 그 개념의 외연에 새롭게 놓일 수 있는 한국의 독자적인 역사적 실체들이 구성되어야 할 필요성이 생긴다. 손유경의 표현을 빌자면 "한국적 특수성의 발굴"[66]이라고 부를 수 있는 이러한 작업은 특히 구미의 역사 인식과 대별되는 소위 '후진국'으로서의 한국이 가진 독특한 성격을 보여줄 수 있는 것이어야 했는데, 바로 이 지점에서 강조되는 것이 '토속성'이라는 개념이며, 토속성을 드러내는 언어로서의 토속어이다.

이 점에서 토속어는 단순히 근대화되지 않은 전통적인 삶의 양식을 담고 있는 소박한 재현의 언어가 아니다. 토속성에 대한 탐구가 사회과

---

64 백낙청, 앞의 글, 476쪽.
65 권보드래, 「4월의 문학혁명, 근대화론과의 대결」, 『한국문학연구』 39, 동국대 한국문학연구소, 2010, 305쪽.
66 손유경, 앞의 글, 163쪽.

학의 보편적 개념의 외연에 놓일 수 있는 역사적 실체들의 구성에 그 목적이 있으며, 따라서 앞에서 보았듯이 "민족적 저항의 최후의 거점"으로 사고된다고 할 때, 토속성은 역사적인 공간에서만, 다시 말해 역사의 보편적인 발전을 보여줄 수 있으면서도 서구 사회과학의 보편사적 입장에서 벗어날 수 있는 동력을 지닌 역사적 존재들이 실재하는 역설적 공간에서만 발현되기 때문이다.[67] 그리고 이러한 역사적 주체들의 실재성은 이들의 생활세계를 담지하고 있다고 상상되는 언어, 즉 토착어의 발굴을 통해 입증된다. 말하자면 토속어는 이러한 역사적 주체들이 실재한다는, 혹은 실재했다는 가능성을 보여주는 구체적 '실감'을 창출하는 일에 동원된다. 가령 『분례기』에 대한 백낙청의 다음과 같은 평가를 보자.

이 작품의 가장 큰 매력의 하나인 저 풍성하고 생기에 찬 대화들 — 여기서 그 충청도 사투리가 얼마나 정확한지는 충청도 사람만이 알 것이지만, 작품에서 중요한 것은 그것이 충청도 사투리의 얼마나 충실한 표기인가 하는 것보다 그것이 과연 작가가 설정한 충청도 인물들의 생생한 대화라는 느낌을 한국어에 민감한 모든 독자들에게 주느냐 하는 문제다.[68]

---

67 이와 관련, 선진/후진, 도시/농촌으로 표상되는 중심과 주변의 위상학에 대한 비판적 검토를 바탕으로 백낙청이 제시하는 토속성의 의미를 재구성한 소영현의 논의는 주목할 만하다. 소영현에 의하면, "'토속성'은 지역색인 동시에 그 지역적 특수성을 탈피한 보편적 지역색으로 불려 마땅했다. '토속성'이 의미를 갖기 위해서는, 즉 역사적 개념이자 민족문학의 새 좌표가 되기 위해서는, '농촌' 혹은 '토속성'은 '서구적 관점이 구획한 식민화 영토이면서도 서구발 근대성 논리에 완전히 포획되지 않는 차이의 공간'이라는 의미의 로컬리티를 획득해야 했다". 소영현, 「중심/주변의 위상학과 한반도라는 로컬리티」, 『현대문학의 연구』 56, 한국문학연구학회, 2015, 26쪽.

68 백낙청, 「창작과 비평 2년 반」, 『창작과비평』 10, 1968.여름, 370쪽.

이 대목은 상당히 의미심장한데, 무엇보다도 백낙청에게 있어서, 『분례기』에 사용되는 토속어, 즉 충청도 사투리가 '정확한 재현'인지가 문제가 되지 않고 있다는 점을 보여주고 있기 때문이다. 백낙청의 이러한 언급은 소위 '창작과 비평' 계열의 비평가들 사이에서 공통적으로 이루어지는 토속어에 대한 강조를 언어가 지시하는 실재 그 자체에 대한 관심만으로 바라볼 수 없게 한다. 이러한 점에서 이 시기 '민중 언어'에 대한 관심을 가령 '하위 주체의 은폐된 발화에 대한 복원'과 같이 단순화해서 파악하는 관점 또한 재고를 요한다.

이처럼 백낙청의 토속어론은 유종호의 토착어론과는 조금 다른 자리에 놓여 있다. 유종호의 토착어론이 모국어의 심급이 호명되는 조건으로서, 문화권의 이동과 그에 따른 번역 상황의 변화를 보여준다면, 백낙청의 토속어론은 변화된 번역 상황에 대한 대응 전략의 차이에 의해 모국어의 심급이 분화되는 계기를 드러낸다고 할 수 있다. 백낙청의 토속어론은 새로운 번역의 상황 속에서 보편어로서의 서구의 과학적 개념들이 한국어로 번역될 수 있는 가능성 혹은 불가능성에 대한 사유 위에 놓여 있다.

4. 결론을 대신하여 – 모국어의 재편과 언어의 아카이빙

이상 유종호와 백낙청의 언어에 대한 비평을 검토하며, 1960년대 후반 이후, 모국어 문제가 새롭게 맥락화되는 양상을 살펴보았다. 핵심은 유종호와 백낙청이 수행하고 있는 가장 순수한 모국어의 심급에 대한 호명과 분화가 역설적으로 새롭게 대두한 번역 상황에 대한 분명한 의식 속에서 진행되고 있다는 것이며, 그 배후에는 해방 이후 장기적으로 한국(남한)이 새로운 문화권으로 편입되어가고 있는 상황이 놓여 있다는 것이다.

특기할 만한 점은 유종호와 백낙청 등의 비평적 작업과 함께, 1960년대 후반 이후 모국어에 대한 감각, 혹은 모국어가 가진 문학어로서의 가능성에 대한 생각들이 분명히 변화하고 있었다는 점이다. 순우리말, 속담, 사투리, 그리고 사회방언과 은어를 포함하는 소위 '민중언어'를 문학어로 사용하는 것에 대한 상찬은 특히 눈여겨 볼만하다. 각각 지역 방언과 사회방언을 능란하게 활용하는 이문구와 황석영 같은 작가가 당대 문단의 총아로 등장할 수 있었던 것은 방언을 포함하는 토착어·토속어의 문학적 활용에 대한 비평적 기준이 크게 변화한 것에 기인한 바 있다. 다소 극단적으로 이야기하자면, 해방 이전 이태준이 "문장에서 방언을 쓸 것인가 표준어를 쓸 것인가는, 길게 생각할 것도 없이" "표준어로 써야 할 의무가 문필인에게 있다"고 한 감각은[69] 1974년의 시점에서 적어도 소위 '창작과 비평' 계열의 평론가들에게 있어서는 "쌍말, 욕설, 은어, 야유의 대담한 활용"을 "안이한 전통적 표현방식에 대한 도전적 모험"으로 바라보는 감각[70]으로 대체되었다고도 말할 수 있다. 염무웅에 의하면 방영웅, 천승세, 이문구와 같이 지역 방언의 활

---

69 이태준, 『문장강화』, 문장사, 1940, 28쪽.
70 이선영, 「저변층 생활의 진실」, 『창작과비평』 34, 1974.겨울, 1,103쪽.

용으로 특징지어지는 작가들이 대거 등장한 것은 1960년대 후반 이후 "하나의 경향을 이루고 있다고까지 볼 수"[71] 있는 상황이었다. 말하자면 모국어의 가장 순수한 심급으로서의 토착어·토속어에 대한 강조는 1960년대 후반 이후 모국어 문학어의 외연을 극적으로 확대시켰다.

주목해야 할 것은 이러한 모국어 문학어의 외연적 확대가 단지 개별 작가들이 가진 모어가 발현된 것만이 아닌, 말의 '의식적인 수집'이라는 성격을 가지고 있었다는 것이다. 이 시기 방언이 문학어에 본격적으로 편입된 것은 이러한 문학어의 외연적 확대를 가장 잘 보여주는 부분이지만, 그렇다고 모국어 문학어의 외연적 확대가 방언에 국한된 것만은 아니었다. 예컨대 황석영의 『장길산』과 같은 작품에서 드러나는 고어古語의 의도적인 활용은 이러한 측면을 잘 보여준다. 김현은 한 대담에서 『장길산』의 풍부한 어휘 구사에 대해 감탄하는 동시에, 그것이 작가의 나이에 어울리지 않는다는 지적을 한다.[72] 실제로 1943년생으로 『장길산』 연재가 시작될 당시 32살이었으며, 기본적으로 도시 생활자였던 황석영이 "우리말의 보고"[73]로까지 비유되는 장길산의 언어를 자신의 모어로 가지고 있었을 확률은 거의 없다.

앞에서 한 번 인용했지만, 1969년에 「한글만으로의 길」에서 유종호가 요구했던 것과 같이, 이 시기 "사투리, 속어를 비롯해서 개발이 가능한 옛말"들은 광범위하게, 그리고 집단적으로 "수집"되고 있었다. 심지어 김정한과 같은 원로급의 작가조차도 "우리말 사전을 찾아 가며 민족

---

71 김춘복·송기숙·신경림·홍영표·염무웅, 「농촌소설과 농촌생활」, 『창작과비평』, 46, 1977.겨울, 7쪽.

72 유종호·김현, 「민중과 리얼리즘 문학」, 유종호·염무웅 편, 앞의 책, 241쪽.

73 김춘복·송기숙·신경림·홍영표·염무웅, 앞의 글, 11쪽.

어, 민족언어라고 할 수 있는 순 우리말을 찾아내어 분류하며 세분화시키"[74]는 작업을 수행하고 있었던 것이 바로 당대의 상황이었다. 이는 비단 문학만의 몫은 아니었다. 역사학, 언어학, 구비문학을 포함하는 민속학 등 국학의 제분야에서 모국어 혹은 모국어가 머무는 장소로서의 풍속은 체계적으로 수집되고 분류되고 있었다. 예컨대 방언학사에 있어 1960년대 후반은 지역 방언들에 대한 실제 조사 작업이 크게 확충된 시기로 기록되어 있다.[75] 1963년에는 사회언어학자인 장태진에 의해 『한국은어사전』[76]이 출간되기도 한다.

그동안 한국어 표준어의 범주에 들어오지 않았지만, 그럼에도 실재하는, 혹은 실재하거나 실재했다고 믿어지는 모국어들은 역사학·언어학·민속학 등의 제반 국학 분야와의 학제 간 연대를 통하여 광범위하게 수집되는 한편, 이러한 언어들이 문학어로서 새롭게 활용될 가능성이 당대의 작가·비평가들에 의하여 적극적으로 모색되면서 모국어 문학어의 외연은 이 시기 극적으로 확대되었다. 말하자면 1960년대 후반 이후 모국어와 모국어 문학어는 모국어의 여러 심급의 이러한 수집과 활용에 의해 새롭게 재편되고 있었다.

그러나 백낙청의 토속어론이 잘 보여주듯이 이러한 언어의 수집은 수집되는 모국어가 지시하는 실재 그 자체를 복원하기 위해서라기보다는, 새로운 번역 상황 아래에서 역사적 보편 개념들을 한국적인 특수성 속에서 재구성하기 위한 것으로 다분히 인공적인 성격을 가지고 있는

---

74 염기용, 「민족언어를 캐는 낙동강 서민 ─ 김정한 작가와의 대화」, 『월간조선』 36, 조선일보사, 1983.3, 307쪽.
75 정승철, 『한국의 방언과 방언학』, 태학사, 2013, 75~77쪽.
76 장태진, 『한국은어사전』, 형설출판사, 1963.

것이기도 했다. 또한 이러한 언어들을 수집하고 활용하는 사람들 또한 실제 이러한 언어의 사용자가 아니라, 수집된 언어 자료를 통해 특정 개념들을 재구성하려는 지식인-작가에 가깝다.

이때 이 글은 1960년대 중반 이후에 이루어진 모국어 문학어의 재편 과정에 있어 나타나는 이러한 특징들을 보다 간명하게 드러내기 위한 용어로, '언어의 아카이빙archiving'이라는 개념을 제시한다. 이 개념은 한편으로는 토착어·토속어라고 호명된, 방언·은어·비속어·속담· 고어 등을 포함하는 모국어의 여러 특정 심급들이 수집·분류되는 현 상 자체를 지시하기 위한 개념이며, 또한 동시에 실제 이러한 언어를 사 용하는 사람들과, 언어를 수집하고 활용하는 사람들 사이의 차이를 부 각시키기 위한 개념이다.

일반적으로 아카이브archive는 "인간의 활동 과정에서 작성된 많은 기록과 그 외에 이용가치를 잃은 뒤에라도 장래에 알 수 있게끔 보존하 는 역사적, 문화적 가치가 있는 기록자료"와 그러한 "기록자료들을 보 존하는 문서관 등의 보존이용시설 및 그 기능"을 통칭하는 말이다.[77] 데리다에 의하면 이러한 아카이브라는 개념은 공문서가 잔뜩 쌓여 있 는 고대 그리스의 집정관archon의 집무실을 뜻하는 그리스어 'arkheion' 에 그 어원이 있다. 집무실에 무엇을 저장할지 결정할 권리, 그리고 저 장된 문서를 해석할 권리는 어디까지나 집정관에게 있었으며, 이점에 서 아카이브의 원리는 기본적으로 '위탁의 원리a principle of consignation' 이다.[78]

---

77 国文学研究資料史料館 編, 『アカイブズと科学』 上巻, 柏書房株式會社, 2003, pp.1~2.
78 Jacques Derrida, Eric Prenowitz trans., *Archive Fever*, The University of Chicago

때문에 아카이브는 그것이 산출된 과거가 아니라 미래와 관련을 맺고 있으며,[79] 아카이브를 축적하고 싶은 욕망은 새로운 번역과 해석의 가능성에 대한 상상에 기인하여 형성된다.[80] 토착어·토속어에 대한 강조 및 이와 관계를 맺고 있는 1960년대 후반 이후 모국어 문학어의 재편이 언어적 상황의 변화라는 역사적 조건 아래 역사학, 방언학, 민속학 등의 제반 국학 분야와의 학제 간 연대를 통한 우리말의 끊임없는 수집과 그 축적, 다시 말해 언어의 아카이빙이라는 집단적 실천을 통해 이루어졌다는 것은, 1960년대 후반 이후 새롭게 재편된 언어의 문제를 다루기 위한 새로운 관점과 개념을 마련하기 위한 일종의 시론인 이 글이 결론을 대신하여 제시하려고 하는 중요한 가설이다. 언어의 아카이빙의 수행은 그에 따른 양식화의 문제, 아카이빙을 수행하는 아카이비스트와 아카이빙 대상 사이의 관계 등 여러 다른 복잡한 문제를 야기하지만, 이에 대한 본격적인 논의는 일단 추후의 과제로 남겨놓기로 한다.

Press, 1996, pp.2~3.
79 Ibid., pp.33~34.
80 Ibid., p.52.

참고문헌

1. 기본자료

「한글날 기념 (1) –사계의 권위를 망라 한글좌담회개최」, 『동아일보』, 1931.10.29.

백낙청, 「창작과 비평 2년 반」, 『창작과비평』 10, 창작과비평사, 1968.여름.

_____, 「시민문학론」, 『창작과비평』 14, 창작과비평사, 1969.여름

_____, 「민족문학의 현단계」, 『창작과비평』 35, 창작과비평사, 1975.봄.

유종호, 『비순수의 선언』, 신구문화사, 1963.

_____, 「버릇이라는 굴레」, 『세대』 16, 세대사, 1964.9.

_____, 「이런 생각」, 『창작과비평』 12, 창작과비평사, 1968.

_____, 「한글만으로의 글(상·하)」, 『창작과비평』 13·14, 창작과비평사, 1969.봄·1969.여름.

_____, 『유종호 전집』 1~3, 민음사, 1995.

2. 단행본

김기림, 『김기림 전집』 4, 심설당, 1988.

방민호, 『한국 전후문학과 세대』, 향연, 2003.

유종호·염무웅 편, 『한국문학의 쟁점』, 전예원, 1983.

이웅호, 『미군정기의 한글운동사』, 성청사, 1973.

이태준, 『문장강화』, 문장사, 1940.

장태진, 『한국은어사전』, 형설출판사, 1963.

정승철, 『한국의 방언과 방언학』, 태학사, 2013.

사카이 나오키, 후지이 다케시 역, 『번역과 주체』, 이산, 2005.

디페시 차크라바르티, 김택현·안준범 역, 『유럽을 지방화하기』, 그린비, 2014.

월트 휘트먼 로스토우, 김명윤 역, 『경제성장의 제단계』, 장문각, 1971.

国文学研究資料史料館 編, 『アカイブズと科学』上卷, 柏書房株式會社, 2003.

Jacques Derrida, Eric Prenowitz trans., *Archive Fever*, The University of Chicago Press, 1996.

Yasemin Yildiz, *Beyond the Mother Tongue*, Fordham University Press, 2012.

3. 논문

권보드래, 「4월의 문학혁명, 근대화론과의 대결」, 『한국문학연구』 39, 동국대 한국문학연구소, 2010.

김건우, 「조연현-정명환 논쟁 재론」, 『대동문화연구』 83, 성균관대 대동문화연구원, 2013.

김동석, 「해방기 어문 운동이 문학에 미친 영향」, 『어문논집』 54, 민족어문학회, 2006.

김병익, 「한글 쓰기의 진화−모국어 문화의 정치적 의미」, 『문학과사회』 99, 문학과지성사, 2012.8.

김윤식, 「민족어와 인공어」, 『한국근대문학연구방법입문』, 서울대 출판부, 1999.

김춘복·송기숙·신경림·홍영표·염무웅, 「농촌소설과 농촌생활」, 『창작과비평』 46, 창작과비평사, 1977.겨울.

김현, 「테로리즘의 문학」, 『문학과지성』 4, 문학과지성사, 1971.5.

박성창, 「말을 가지고 어떻게 할 것인가」, 『한국현대문학연구』 18, 한국현대문학회, 2005.

박지영, 「1960년대 『창작과비평』과 번역의 문화사」, 『한국문학연구』 45, 동국대 한국문학연구소, 2013.

서영채, 「한글세대 문학 언어의 특징」, 『대동문화연구』 59, 성균관대 대동문화연구원, 2007.

소영현, 「중심/주변의 위상학과 한반도라는 로컬리티」, 『현대문학의 연구』 56, 한국문학연구학회, 2015.

손유경, 「백낙청의 민족문학론을 통해 본 1970년대식 진보의 한 양상」, 『한국학연구』 35, 인하대 한국학연구소, 2014.

_____, 「현장과 육체」, 『현대문학의 연구』 56, 한국문학연구학회, 2015.

염기용, 「민족언어를 캐는 낙동강 서민−김정한 작가와의 대화」, 『월간조선』 36, 조선일보사, 1983.3.

이미순, 「김기림의 언어관에 대한 고찰」, 『우리말글』 40, 우리말글학회, 2007.

이병주, 「한글 전용에 관한 관견」, 『창작과비평』 12, 창작과비평사, 1968.겨울

이선영, 「저변층 생활의 진실」, 『창작과비평』 34, 창작과비평사, 1974.겨울.

이재은, 「해방 후 한글전용론의 주체, 방법, 범위의 문제」, 『상허학보』 41, 상허학회, 2014.

이혜령, 「한자인식과 근대어의 내셔널리티」, 『민족문학사연구』 29, 민족문학사학회, 2005.

정영훈, 「해방 후 김기림의 한글 전용 논의에 대하여 (1)」, 『우리어문연구』 44, 우리어문학회, 2012.

정재석, 「토속의 세계와 민중의 언어」, 『비평 현장과 인문학 (재)편성을 둘러싼 풍경들』(연세대 국학연구원 HK사업단 학술대회 자료집), 연세대 국학연구원 HK사업단, 2015.

한형구, 「초기 유종호 비평의 어문민족주의적 정향성에 관하여」, 『한국현대문학연구』 27, 한국현대문학회, 2009.

황호덕, 「해방과 개념, 맹세하는 육체의 언어들」, 『대동문화연구』 85, 성균관대 대동문화연구원, 2014.

번역의 매체, 이론의 유포

A. 하우저의『문학과 예술의 사회사』번역과 차이의 담론화

전우형

1. 비평과 번역의 순환

『창작과비평』은 무엇보다 4·19 세대 문학-지식인의 주체적 문학 담론 생산에 대한 열망이 응집되어 탄생한 매체이다.[1] 문학담론의 생산은 문학 토대를 구축함과 동시에 문학 방법론을 정립하는 과정을 통해 실천될 수 있다. 『창작과비평』의 출간은 새로운 작가와 비평가, 그리고 사회과학 지식인들을 결집하고 특히 한국의 정치·경제 현실에 관한 연구에 지적 자극을 창출해 낸다. 『창작과비평』은 출간 이후 잡지 역사

---

1 이에 관한 대표적인 논의로는 김건우, 「국학, 국문학, 국사학과 세계사적 보편성—1970년대 비평의 한 기원」, 『권력과 학술장—1960년대~1980년대 초반』, 혜안, 2014; 김원, 「1970년대『창작과비평』지식인 집단의 이념적 계보와 민족문학론」, 『역사와문화』24, 문화사학회, 2012; 김성환, 「1960~70년대 계간지의 형성과정과 특성 연구」, 『한국현대문학연구』30, 한국현대문학회, 2010 참조.

상 가장 폭넓은 독자층을 확보해 왔으며, 인문사회 분야는 물론 각 분야 연구자들에게 자생적이고 민중적인 한국적 고유성에 대한 관심을 증폭시킨 것이 사실이다.[2] 매체의 기획 의도와 방향을 가늠할 수 있는 창간호의 증거 효과를 염두에 둘 때, 비평과 번역 위주로 구성되어 있는 『창작과비평』은 문학담론 생산의 여정을 우선 문학 방법론, 그중에서도 비평이론의 정립으로부터 출발한 것으로 보인다. 잡지의 제호에서 '창작'과 '비평'의 수평적 관계를 천명한 마당에 비평에 무게중심을 둔 이 불균형은 당시의 시공간에 대한 비판적 인식으로부터 비롯된다. 창작의 주요 매체였던 기성의 문예지가 비평을 결여했거나 적어도 비평이 권력으로 둔갑한 상황, 그리고 비평의 교육과 학습이 이루어져야 할 대학 역시 이론이 부재하거나 문학사 기술에만 몰두하는 현실 등에 대한 반정립으로서 『창작과비평』은 비평의식의 고양을 앞에 내세웠을 가능성이 크다. 『창작과비평』은 문단과 대학을 거점으로 창작이 비평에 압도적으로 앞서 있으면서, 또 해방 이전의 신문학이 가부장적으로 군림하고 있는 한국문학 현실에 대한 일종의 저항으로서 비평이라는 문학 방법론에 천착한 것이다. 그리고 이미 잘 알려진 것처럼 그들은 문학과 사회적 조건의 관계를 규명하는 사회과학적 방법론을 통해 그 일을 기획한다.

이때 문학 방법론으로서의 비평이란, 이미 마련된 문학적 토대에 개입할뿐더러 앞으로 등장할 문학 창작에도 관여함으로써 궁극적으로 문

---

2   최근의 한 연구에서 이혜령은 '지금-여기의 시간성에 대한 사유를 과제로 삼는 문학비평과 내재적 발전론의 역사서술이 조우'하는 『창작과비평』의 매체성에 주목한 적 있다. 이혜령, 「자본의 시간, 민족의 시간―4·19 이후 지식인 매체의 변동과 역사―비평의 시간의식」, 『지식의 현장 담론의 풍경―잡지로 보는 인문학』, 한길사, 2012, 263~290쪽 참조.

학담론 자체를 새롭게 생산하는, 매개적이면서 동시에 주체적인 문학 행위이다. 『창작과비평』은 한국문학이 아직 한국의 정치·경제 현실에 대응할 만한 새로운 문학 방법론을 갖지 못했다 판단하고 이를 정립하기 위한 수단으로 예의 번역을 불러들인다. 한국문학사에서 번역이라는 행위 자체는 더할 나위 없이 익숙한 것이나 그들의 번역 목적과 대상, 그리고 방법은 전혀 새로운 것이다. 『창작과비평』의 번역은 외국의 작품보다는 비평에 집중하면서 무작정 동일화나 모방으로부터 거리를 두고 차이의 발견과 그것의 극대화에 초점을 맞춘다. 그래서 그들의 번역행위는 당대 문학현실의 부정성에 대한 인식으로부터 비롯된 문학담론의 주체적 생산 공간으로서 『창작과비평』의 매체전략과 짝패이자 그것의 중대한 조력자였을 가능성이 크다. 창작과비평사에서 '창비신서'로 처음 출간한 책이 『창작과비평』에 연재되었던 『문학과 예술의 사회사—현대편』(A. 하우저, 백낙청·염무웅 역, 1974)이었다는 점 역시 창작과비평의 수평적 관계를 회복하고 이를 통해 문학담론의 생산을 완수하는 번역의 매개적 역할에 대한 그들의 기대를 간접적으로 시사한다. 따라서 『창작과비평』의 매체성을 규명하기 위해서는 그들이 만들어냈던 문학담론의 성격을 진단하는 것 이외에도 그것을 가능하게 했던 실천적 과정으로서 번역의 역할 역시 염두에 둘 필요가 있다.

사실 『창작과비평』이 새로운 문학담론의 생산적 주체로서 신세대 문학-지식인의 대안적 공간이라는 점, 그리고 그것을 우선 비평과 번역이라는 글쓰기를 통해 실천하려 했다는 가설은 창간호의 체재를 통해 어느 정도 검증된다. 『창작과비평』의 창간호는 창간사로 시작해서 창간사로 끝을 맺는 기묘한 형식으로 구성된다. 창간사를 대신하는 백낙청의 「새로운 창작과 비평의 자세」, 그리고 사르트르의 「현대의 상황과 지성―『현대』지 창간사」가 창간호의 처음과 끝을 장식한다. 백낙청의 창간사는 비평(메타비평 혹은 비평론)의 외피를 입었으며, 사르트르의 창간사는 정명환의 번역에 의해 매개되었다. 번역이야 더 설명할 것 없으나, 백낙청의 창간사가 비평의 형식을 취했다는 것은 순수/참여 논쟁을 통해 당대 한국문학 현실을 진단하고 새로운 문학론을 제안하는 과정이 객관적 사실과 보편적 이론 등 충분한 레퍼런스를 통한 분석과 해석의 글쓰기로 나타났다는 점 때문이다. 함께 실린 사르트르의 『현대』 창간사만 보더라도 잡지를 발행하는 취지나 태도에 대한 강경한 구호들이 눈에 띄는 것과 비교할 때 논리와 수사의 경계를 자유롭게 넘나드는 백낙청의 글은 새로운 문학담론 생산의 의지를 격조 있게 표명한다. 번역된 사르트르의 글 역시 선동적인 몇몇 표현들을 배제한다면 일정하게 비평의 형식을 취하고 있다 볼 수 있다. 그렇다고 해서 여기에서 두 잡지의 유사성격이나 창간사의 상호텍스트성을 굳이 논의할 생각은 없다. 다만 『창작과비평』의 창간호에 실린 두 개의 창간사가 하나는 비평, 다른 하나는 번역이면서 동시에 창간사를 비평답게 만드는 그 레퍼런스가 번역에 의한 것(번역에 의한 비평)이자 그 번역의 대상이 비평(비평의 번역)이라는 순환적인 사실에 주의를 기울일 필요는 있다. 번역이 비평에 무한 접근할 때, 번역의 대상을 선정하는 일은 곧 비평의 대상을 선별하는 일과 겹친다. 따라서 번역행위 역시 기존 한국문학의 토대를 새롭게 조정하고 재구축하는 일과 연결될 수 있다.

비평과 번역의 상호작용이라는 『창작과비평』 지식인의 글쓰기론에 관해서는 앞서 논의된 바 있고, 특히 『창작과비평』을 통해 생산된 시민문학론, 민족문학론, 제3세계문학론 등이 이 상호작용의 완성형이라는 분석이 매우 흥미롭게 제기된 적 있다.[3] 논의의 결과 그 자체로 의미가 있거니와, 그들의 번역을 단순히 서구지향이나 서구취향이라는 엘리티즘의 연속선상에서, 또는 외국문학 연구자의 인정투쟁과 상징권력 정도로 인식[4]할 때 결코 드러날 수 없는 것들, 예를 들어 번역행위와 전통과 실학, 민중문학에 대한 발견과의 관계 등을 전달할 가능성을 마련한다는 점에서도 선도적이다. 그러나 이러한 상호작용이 각각의 문학담론과 특정 번역 텍스트의 상관성에만 주목하는 논의에는 일정한 한계가 있을 수밖에 없다. 게다가 이를 '4·19 한글세대'라는 거시적 차원에서만 접근[5]할 때 이전의 이중어 세대로부터 물려받은 문제의식을 외면할 우려가 있다. 『창작과비평』에 번역되고 창비신서 1권으로 출판된 A. 하우저의 『문학과 예술의 사회사』 해설에서 "평범사판 일역본"을 참조했다는 백낙청의 고백[6]은 이중어 세대의 중역이 4·19 이후의 그들에게도 여전히 겹치고 해소해야 할 문제라는 점을 보여준다. 이 논문 역시 비평과 번역의 상호작용과 문학담론의 생산이라는 기존 논의로부터

---

3 『창작과비평』의 번역에 관한 논의로는 박지영, 「1960년대 『창작과비평』과 번역의 문화사—4·19 / 한글세대 비평 / 번역가의 등장과 '혁명'의 기획」, 『한국문학연구』 45, 동국대 한국문학연구소, 2013; 서승희, 「4·19 세대의 주체성 정립과 민족문학론으로의 도정—196, 70년대 염무웅 비평론」, 『한국문학이론과 비평』 51, 한국문학이론과 비평학회, 2011 참조.
4 논문 전체의 주지와는 별개로 부분적으로나마 이런 논의선상에 있다 판단되는 사례로는 순서대로 김원, 앞의 글; 하상일, 「1960년대 현실주의 문학비평 연구—『한양』·『청맥』·『창작과비평』·『상황』을 중심으로」, 부산대 박사논문, 2005. 그리고 오창은, 「1960~70년대 리얼리즘 논의와 외국문학 전공 비평가들의 상징권력」, 문학과비평연구회 편, 『한국문학권력의 계보』, 한국출판마케팅연구소, 2004 참조.
5 박지영, 앞의 글 참조.
6 A. 하우저, 백낙청·염무웅 역, 『문학과 예술의 사회사—현대편』, 창작과비평사, 1974, 284쪽.

출발하되, 다만 이 상호작용이 개별적인 문학담론의 생산으로 각각 수렴되는 것이 아니라 문학담론 생산의 기획, 말하자면『창작과비평』의 매체 전략에 결정적인 역할을 했을 가능성에 관해 논구하고자 한다. 잡지를 연구대상으로 삼을 때 자칫 간과하는 것은 글의 게재 순서가 유동적일 수 있다는 점이다.『창작과비평』의 계간지 형식이 "어떤 주제에 대한 깊이 있는 검토와 사유"[7]를 가능하게 한다면, 동인들의 에꼴적 성격은 지금까지 부단히 밝혀진 현실적인 요인 이외에 매체의 필요성을 자극한 지식담론의 영향을 떠올리게 한다. 그런 점에서 창간호에 실린 백낙청의 창간사, 그리고 사르트르의『현대』창간사를 매개하는 또 다른 번역과 비평의 존재를 가정해 볼 수는 있다.

『창작과비평』의 번역 문제를 논의할 때 가장 먼저 주의를 끄는 것은 A. 하우저의『문학과 예술의 사회사』이다. 이『문학과 예술의 사회사』편역은『창작과비평』4호(1966.가을)에「영화의 시대—20세기의 사회와 예술」을 염무웅이 번역하면서 처음 연재되었다. 첫 연재 이후 9회 더 연재되는 동안 37호(1975.가을)의「선사시대의 예술과 그 사회적 조건」(백낙청 역)을 제외하고 9편의 글이 1974년에 현대편으로 출간되었다. 이 편역된『문학과 예술의 사회사』는 저본의 전체 성격을 공유하면서도 현대편으로서의 성격을 전유한다. 문학·예술의 사회사라는 예술 사회사의 새로운 유형과 함께 현대사회의 정치·경제 현실에 대응하는 지금-여기의 문학과 예술의 형식에 관한 사회과학적 비평이 그것이다.『창작과비평』에 연재된『문학과 예술의 사회사』번역은 이론과 현실,

---

7　「『창작과비평』,『문학과지성』을 말한다—김병익, 염무웅 초청 대담」,『동방학지』165, 연세대 국학연구원, 2014, 265쪽.

세계와 민족, 보편과 특수 사이의 긴장을 증폭시킴으로써 주체화의 모색을 가능하게 하는 비평의 거울이자 창이었다. 1960년대 비평의 특수성 또는 이를 선도했던 『창작과비평』의 역할을 규명했던 수많은 논의에서 이 『문학과 예술의 사회사』 번역이 덜 주목받았던 것은 이 번역 텍스트의 비평적 성격을 간과하거나 '무엇'의 대안이었다는 선입견과 마르크시즘 문예이론이 본격적으로 번역된 이후 일종의 교양서로 취급당한 정황으로부터 빚어졌을 가능성이 클뿐더러, 그 결과 『창작과비평』에 응집되었던 새로운 문학담론을 단지 파편적이고 분열적인 것으로 인식하게끔 만들었다. 따라서 이 논문은 『창작과비평』이 자신의 매체성을 드러내는 전략으로서, 그리고 그들이 생산한 다양한 문학담론의 이론적 토대로서 A. 하우저의 『문학과 예술의 사회사』 번역의 개입 양상과 그 효과를 규명하고자 한다.

2. 마르크시즘 문예이론의 비평적 전유

우선 『창작과비평』에 연재된 『문학과 예술의 사회사』 번역 제목과 순서는 표에서 보는 바와 같다. 창비신서 1권으로 출판된 단행본과 역자가 밝힌 저본의 목차를 참고할 때, A. 하우저의 『문학과 예술의 사회사』[8] 중 7장과 8장, 각각 「자연주의와 인상주의」, 「영화의 시대」 두 장을 번역한 것이다. 8장에 해당하는 「영화의 시대─20세기의 사회와 예

〈표〉 A. 하우저, 『문학과 예술의 사회사』 번역 일람

제목	역자	게재호	게재면
영화의 시대-20세기의 사회와 예술	백낙청	1966.가을	389~416(28쪽)
1830년의 세대-19세기의 사회와 예술 (1)	염무웅	1967.봄	88~109(22쪽)
스땅달과 발자크-19세기의 사회와 예술 (2)	염무웅	1967.가을	436~458(23쪽)
제2제정기의 문화-19세기의 사회와 예술 (3)	백낙청	1967.겨울	658~677(20쪽)
續·제2제정기의 문화-19세기의 사회와 예술 (4)	염무웅	1968.봄	143~158(16쪽)
영국의 사회소설-19세기의 사회와 예술 (5)	염무웅	1968.가을	493~515(23쪽)
러시아의 사회소설-19세기의 사회와 예술 (6)	백낙청	1968.겨울	750~771(22쪽)
인상주의-19세기의 사회와 예술 (7)	염무웅	1969.봄	154~178(25쪽)
세기 전환기의 정신적 상황-19세기의 사회와 예술 (完)	백낙청	1973.겨울	1082~1105(24쪽)
선사시대의 예술과 그 사회적 조건	백낙청	1975.가을	182~203(22쪽)

술」이 가장 먼저 발표되었고, 7장의 네 절이 2회씩 나누어 8회간 연재되었다. 마지막 발표된 「선사시대의 예술과 그 사회적 조건」은 물론 『문학과 예술의 사회사』의 1장 일부 번역이다. 8장에 '20세기 사회와 예술'이라는 부제를 붙인 후, 7장의 제목은 '19세기의 사회와 예술'로 바꾸고 각각의 번역마다 내용에 맞게 또는 편의상 제목을 붙였다. 그리고 이 9편의 번역은 후에 『문학과 예술의 사회사—현대편』으로 출판될 때 7장의 네 절과 8장이 합쳐져 5장 체재의 '현대편'으로 편집된다. 백낙청이 먼저 번역하고 염무웅이 두 번째부터 참여하여 총 10편 중 둘이 교대로 각각 5편씩을 번역·발표했다. 번역 간기도 일정한 편인데, 1969년 봄호 이후로 4년 넘게 중단되었다가 1973년 겨울호에 '19세기의 사회와 예술' 마지막 번역이 발표되었다. 그 부분의 번역을 맡은 백낙청이 박사과정 수학을 위해 미국에 다녀오는 동안(1969~1972) 생

---

8 『창작과비평』의 역자 후기에 등장하는 번역의 저본은 영역본 *Social History of Art*(S. Godman trans., London : Routledge, 1951)와 독일어 초판본 *Sozialgeschichte der Kunst und Literatur*(C. H. Becksche trans., München, 1953) 두 종류이다.

긴 공백이라 볼 수 있다.

제목의 선정에서 원저의 그것과 차이가 있으나 크게 눈여겨 볼만한 것은 못 되고, 다만 번역 순서에서 첫 번역이 하필 책의 마지막 장이라는 점은 주의를 기울일 만하다. 왜냐하면 책을 뒤에서부터 읽는 괴팍한 성정을 지닌 사람이 아니라면 이 사실은 책을 모두 읽었다고 추론할 수 있는 근거가 되기 때문이다. 백낙청이 읽은 원저가 4권으로 출판된 영역본[9]이라는 점을 감안한다면 적어도 7장과 8장이 포함된 4권은 모두 읽었다고 볼 수 있다.[10] 어쩌면 당연한 일인지도 모를 그의 통독을 새삼 거론하는 이유는 그렇다면 이 책의 독서경험이 백낙청의 문학론이나 비평의식을 심화시키거나, 그래서 종국에는 새로운 문학담론 생산의 매체로서 『창작과비평』의 기획에 중요한 지적 자극이 되었을 가능성 때문이다. 그렇다고 단 한 권의 책이 이 엄청난 사건을 만들어냈다고 주장하려는 것은 아니다. 다만 백낙청과 그의 시대 문학─지식인들의 지적 원천들을 전달할 수 없는 상황에서 이 『문학과 예술의 사회사』(적어도 현대편)가 그것들을 종합적으로 매개함으로써 비평이라는 표상 공

---

9 백낙청은 『문학과 예술의 사회사』 첫 번역을 발표하면서 '역자의 말'을 통해 "번역에 영역본을 참조"했음을 밝히고 있다(A. 하우저, 「영화의 시대─20세기의 사회와 문화」, 『창작과비평』 1, 1967.가을, 416쪽 참조). 이때 영역본은 각주 5 참조. 4권으로 출판된 이 책은 "The Social History of Art : From Prehistoric Times to the Middle Ages", "A Social History of Art : Renaissance, Mannerism and Baroque", "Social History of Art : Rococo", "Classicism and Romanticism", "Social History of Art : Naturalism", "Impressionism and the Film Age"로 구성되어 있다.

10 백낙청은 『창작과비평』 5호에 발표한 「역사소설과 역사의식─신문학에서의 출발과 문제점」에서 역사소설의 기원을 추적하면서 번역되지 않은 6장 6절의 논의를 직접 인용하기도 한다. 6장은 번역된 현대편에 앞서는 것으로서 이후에 번역·출판된 『문학과 예술의 사회사─근세편』(하)(창작과비평사, 1981)에 해당한다. 백낙청, 「역사소설과 역사의식─신문학에서의 출발과 문제점」, 『창작과비평』 5, 1967.봄, 7쪽.

간을 빚어내는 순간과 백낙청이 조우했을 가능성은 분명히 있다. 그래서 A. 하우저의 번역과 인용이 '무엇'의 대안이었다는 당시의 기억은 반만 맞다. 루카치가 인용되지 않은 현실을 확대해서 보면 맞지만, 『문학과 예술의 사회사』에 마르크시즘 문예이론이 육화된 비평으로 수용되고 활용된 사실만 있는 그대로 보면 원안이었다 해도 무방하기 때문에 맞지 않다.

요즘 젊은 비평가들이 사회과학 공부를 해가지고 함부로 그거를 휘두른다는 식으로, 그래서 "사회과학파"란 말을 썼지요. 그리고 하우저도 아니고 "하우제류"라고 했는데 "하우제류"라고 하면서 선우휘 씨가 은근히 암시한 것은, 루카치 같은 맑스주의 비평가를 직접 인용을 못하니까 하우저 같은 좀 애매한 대용품으로 하우저를 번역도 하고 인용도 하는 것이 아닌가라는 투를 슬쩍 내비쳤지요.[11]

인용문은 『문학과 예술의 사회사』를 공역한 염무웅이 『창작과비평』에 선우휘론[12]을 발표했을 때 선우휘의 반론 중 일부를 회고한 내용이다. A. 하우저의 『문학과 예술의 사회사』 번역이 G. 루카치를 우회하는 의식적인 행위였다 하더라도, 염무웅의 기억을 말 그대로 받아들이면 이것은 주변의 반응에 의해 만들어진 풍문에 더 가깝게 들린다. 애초에 번역의 기획 단계에서 우회할 의도 따위 없었을 수도 있다. 우회의 기

---

11   「『창작과비평』, 『문학과지성』을 말한다—김병익, 염무웅 초청 대담」, 『동방학지』 165, 연세대 국학연구원, 2014, 270쪽.
12   염무웅, 「선우휘론」, 『창작과비평』 2, 1967.겨울, 645~657쪽.

억이야말로 A. 하우저 그리고『문학과 예술의 사회사』가 빚어내는 좌파 문예이론, 정확히 G. 루카치와『소설의 이론』의 아우라를 인식하고 표현할 언어와 공간을 상실한 시대의 무의식이 만들고 그 시대를 엄격한 반공사회로 프레이밍해 온 후학이 공모한 이미지일 가능성이 크다. 인용문 속의 "하우제류"라는 애매모호한 표현은 레드 콤플렉스의 현전으로서, 화자는 매카시즘의 오명으로부터, 청자는 사회주의자의 낙인으로부터 서로를 방어하는 시대적 관습이었을진대, 이 일화가 확대되어『문학과 예술의 사회사』를 마치 대체물쯤으로 기억하게 만들었다는 생각을 지울 수 없다. 다만 이런 점에서 번역된 텍스트는 번역 불가능한 텍스트를 은폐하는 것이 아니라, 오히려 텍스트의 번역 불가능성을 번역 가능성으로 전환시키는 계기가 되기도 한다는 점은 고무적이다.

  A. 하우저와『문학과 예술의 사회사』가 G. 루카치와『소설의 이론』의 그림자가 아니었다는 논의를 위해서는 단순히 루카치의 헝가리 공산당 이력 이외에『문학과 예술의 사회사』와『소설의 이론』사이의 차이를 밝히고 경중을 논해야겠으나 이것은 이 논문의 주제를 벗어난다. 다만 잘 알려진 대로 이 둘이 부다페스트의 일요써클에서 만나 마르크시즘 문예이론, 지식사회학 등의 지적 체험을 나눈 동료[13]라는 점을 고려할 필요가 있다. 이후에 그들이 내놓은 저작의 성격은 달랐을지언정 예술형식이 지니는 절대적 가치와 상대적 역사성 사이에서 하나의 종합, 즉 변증법적 총체성을 향한 도정만큼은 공유된다. 그래서 A. 하우저가 G.

13　반성완은 이들을 '부다페스트 학파'라고 명명하는데, 이에 관한 논의는 반성완,「부다페스트 학파의 지식인들—루카치, 하우저, 만하임」,『인문논총』18, 한양대 인문과학대학, 1989 참조.

루카치의 대체였다는 말보다는 『문학과 예술의 사회사—현대편』이라는 비평의 번역이 마르크시즘 문예이론의 우회 형식이었다고 말하는 것이 보다 정확할는지 모른다. 백낙청의 창간사가 마르크시즘 문예이론에 입각해 있다는 점은 이미 충분히 논의된 바 있다. 그 글은 순수/참여 논쟁의 비생산성을 비판하고 극복하는 한 방법으로서 문학 자체를 하나의 이데올로기로 규정하고 엄밀한 사회과학적 시각에서 접근해야 한다는 논리를 전달하고 있다. 그러나 이 방법론적 유사성만으로 창간사, 또는 『창작과비평』의 창간에 『문학과 예술의 사회사』가 개입했다고 판단하는 것은 충분하지 않다. 두 텍스트 사이의 상호텍스트성은 방법론에서보다 오히려 그의 글에 가득한 레퍼런스의 출처를 추적해 보면 더욱 확연하게 드러난다.

서두에서 언급한 것처럼 백낙청의 창간사는 비평 또는 비평론에 가깝게 풍부한 레퍼런스가 인용되고 충실한 주석이 작성되어 서술된다. 출처를 밝힌 인용들은 대체로 사르트르와 로렌스의 원문으로서, 번역을 통해 요약되거나 직접 인용된다. 그런데 그의 글에는 특정 시공간, 특히 러시아의 문학과 정치·경제 현실이나 역사 그리고 그 사이의 상호작용에 관한 일정한 해석이 인용 또는 주석 표시 없이 등장하는 경우가 눈에 띈다. 문학작품이나 작가, 문예사조, 그리고 역사적 사실이나 정치·경제 현실 등이라면 원문의 출처를 따로 밝힐 필요 없는 것들이라 하겠으나 그것들의 관계역학에 관한 일정하고 일관된 해석이 뒤따르면 문제는 조금 달라진다. 사르트르와 로렌스를 인용할 때 해석의 주체를 명확히 했던 것과 달리 이때는 해석의 주체가 모호해진다. 게다가 이런 해석의 방법이나 그 결과 자체가 문학에 관한 사회과학적 비평이자 문학사회학의 일부라는 점은 『문학과 예술의 사회사』와의 연관성을 더욱 의심해 볼 만한 이유가 된다. 다음 부분은 중요한 한 사례이다.

혁명전 러시아 작가들의 경우는 그보다 훨씬 고달픈 것이었다. 귀족출신의 작가는 물론이요, 중산층 또는 소시민의 집안에서 태어난 작가들도 일단 문단에 나서면 사회의 엘리뜨가 되는 동시에, 특권층 독자들의 감시와 지원에 매달리게 되었다. 그렇다고 제정 러시아의 집권층과 동조하여 그들을 위해 글 쓴다는 것은 생각할 수 없었다. 작가 지식인들만의 협소한 문학이 되거나 러시아사회의 소외된 대중 즉 수많은 잠재독자들을 위해 쓰는 수밖에 없었고 대부분 19세기 러시아 작가들은 평론가 벨린스키(Vissarion Belinsky)의 주재하에 후자의 길을 택했다.

그러나 이 잠재적 독자들은 18세기 프랑스의 시민계급과는 너무나 거리가 먼 후진국 러시아의 몽매한 민중이었고 그 가운데서 나올 수 있는 현실의 독자수는 극히 제한되어 있었다. 지배계급 역시 18세기 프랑스 귀족과 거리가 멀었다. 위정자로서나 문학독자로서나 훨씬 야만적인 동시에 프랑스의 앙시앙 · 레짐은 비교가 안될 방대한 국가권력과 철저한 경계태세를 갖추고 있었다. 더우기 각종 개혁운동이 별다른 성과를 못 거두고 지나가는 동안 피지배계급의 이데오로기는 경화일로를 걸어, 1917년 엄격한 당조직과 계급독재 태세를 갖춘 볼셰비끼 지도자들에 의해 드디어 혁명이 이루어진 뒤 러시아문학은 보리스 · 삘냐크(Boris Pilnyak)로부터 보리스 · 빠스떼르나크(Boris Pasternak)에 이르기까지 어쩔 수 없는 대가를 치르지 않으면 안 되었다. 이러한 악조건에도 불구하고 19세기 러시아는 다른 어느 나라 어느 시대에도 족히 견줄만한 문학의 황금시대였음을 우리는 알고 있다. 톨스토이, 도스또예프스키, 체홉, 고리끼 모두가 타고난 재능의 작가였지만, 그들의 작품이 오늘날 자유를 갈망하는 모든 인간의 피가 되고 살이 될 수 있는 것은 바로 그 환경의 악조건을 극복해야만 했기 때문일 것이다. 그러면 그들의 노력이 결실할 수 있는 기반은 무엇이었겠는가?

먼저, 아무리 후진국이요 야만상태였다 하나 19세기 러시아는 문학활동에 필요한 막대한 정신적 물질적 재산을 가진 사회였음을 들 수 있다. 세계열강의 하나로 자기 나라 운명에 대한 주체적 결정권이 있었고 산업의 근대화도 어느 정도 진행되고 있었다. 중산층은 혁명의 주도권을 잡을만한 힘도 용기도 없었으나 문학의 육성에 크게 이바지할 정도의 성장을 보여주었다. 특권층이 부패했으나 그 중에는 톨스토이 같은 대귀족도 있었고 농도의 아들 가운데 체홉이 나올만한 저력도 지녔다. 문단의 유산으로도 18세기에 이미 로마노소프(Lomonosov)와 까람진(Karamzin) 등의 준비작업이 있었으며 혁명의 기운이 절박해지기 전인 19세기 초엽에는 일종의 고전적 상황이 형성되었음을 우리는 뿌슈킨의 작품에서 엿볼 수 있다.

그러나 이러한 여건을 살려 위대한 저항문학을 만든 것은 무엇보다 인테리들 자신의 자각과 단결이었다. 18세기 프랑스 지성인들보다 훨씬 외로운 처지에 섰던 이들은 또 훨씬 무거운 짐을 져야만 했다. 지배계급의 생활과 이념에서 더욱 철저히 소외되었고 정부의 혹독한 감시와 보복을 항상 두려워해야 했으며 몽매한 대중에게 접근한 길은 더욱 막혀 있었다. 현실독자와 잠재독자를 연결하는 다리도 그들 자신 뿐, 그 어려운 일을 지탱하게 해주는 것도 그들 자신의 창작열과 소명감(召命感) 뿐이었으나, 자신의 문학활동이 곧 대중의 저항을 대변하는 것임을 믿고 또 스스로 행동을 통해 증명함으로써 지식인의 자긍심과 단합을 이룩하였고 잠재독자층의 막연하나마 열정

적인 성원조차 얻을 수 있었던 것이다.[14]

다소 긴 인용문은 잠재적 독자층과 현실적 독자층 사이에 선 현대 작가들의 난관이 오히려 문학의 이월가치를 생산하는 계기가 된 사례로 프랑스의 18세기, 대혁명 이전의 계몽문학기를 소개한 뒤, 더욱 가혹한 것으로서 혁명 전 러시아의 상황을 언급한 내용이다. 프랑스의 계몽문학기를 서술할 때에는 "싸르트르는 이 시기를 일컬어 '얼마 못가 잃어버린 프랑스 작가의 낙원'이라고 했다"[15]처럼 직접인용과 주석을 붙이고 있으나 혁명전 러시아 문학을 서술할 때에는 인용과 출처를 따로 표시하지 않는다. 위에 인용된 부분을 꼼꼼히 읽어보면 혁명전 러시아의 단순한 역사적 사실이나 문학사를 소개하는 데 그치는 것이 아니라 구체적인 문학현실과 현상, 그리고 그것에 대한 해석이 포함되어 있는 것을 알 수 있다. 인용문 바로 앞의 서술 차원과 크게 다르지 않으면서 인용과 주석 표시가 등장하지 않는 이 장면을 어떻게 해석할 것인가. 사르트르로부터의 재인용이거나 사르트르의 시각을 통한 백낙청의 추론, 또는 백낙청 자신의 주관적 서술 등을 가정할 수 있다. 그런데 첫 번째 가정은 성립되지 않고 두 번째와 세 번째는 성립된다 하더라도 상당히 구체적인 레퍼런스와 문학사회학적 관점 등 때문에 다른 가능성을 상상하게 한다.

이 부분은 『문학과 예술의 사회사』를 번역한 「1830년의 세대—19세기의 사회와 예술 (1)」(『창작과비평』 5, 1967.봄)의 러시아의 정치·경

---

14 백낙청, 「새로운 창작과 비평의 자세」, 『창작과비평』 1, 1966.겨울, 20~21쪽.
15 「狀況 2」, 위의 책, 143쪽.

제 현실에 대한 인식과 「러시아의 사회소설—19세기의 사회와 예술 (6)」(『창작과비평』 12, 1968.겨울)의 러시아 문학비평과 문학사의 요약 서술이다. 19세기의 사회와 예술을 개관하는 「1830년의 세대」에서 소제목 '작가와 독자층'의 서술이 사르트르의 '현실적 독자층'과 '잠재적 독자층' 논의로부터 시작되고 있는 점[16] 또한 눈여겨 볼만하다. 무엇보다 러시아예술에 관한 방대한 레퍼런스와 예술사회학적 비평의 거점으로서『문학과 예술의 사회사』텍스트의 당대 위치를 고려할 때, 인용된 부분이 앞으로 번역될 두 텍스트를 선취한 사정은 충분히 개연적이다. 서유럽의 정치·경제 현실과 예술현상을 번역할 때에는 역주가 빈번히 등장하는 것에 비해 러시아의 그것을 번역할 때에는 역주가 거의 없거나 작품 속 등장인물을 설명하는 정도로 축소된다. 이 역주의 불균형은 러시아의 구체적인 문학현실이나 사회현실 등에 관한 지식이 공공재로서 부재하던 시절에 그 자체로 러시아 정치현실과 예술에 관한『문학과 예술의 사회사』의 정전 가치를 반증한다. 그렇다면 상호텍스트적 관계에 있음에도 불구하고 무서명에 특별한 의도가 담긴 것은 아닌지, 즉 번역행위가 동일성과 차이의 역학관계와 밀접하다고 할 때『창작과비평』은『문학과 예술의 사회사』번역을 통해 어디에 초점을 두는지 규명해야 할 문제가 제기된다.

16　A. 하우저, 염무웅 역, 「1830년의 세대—19세기의 사회와 예술 (1)」, 『창작과비평』 5, 1967.봄, 91~93쪽.

3. 한국 근대사·문학의 절합과 기원찾기의 서사

이 문제에 접근하기 위해 우선 번역된『문학과 예술의 사회사』의 내용 및 구조를 살펴볼 필요가 있다. 번역·연재된『문학과 예술의 사회사—현대편』은 역사 서술의 목적을 현재에 대한 이해로 천명하고, 근대 자본주의, 시민사회 그리고 자연주의 예술과 문학을 차례로 검토한다. 그 과정에서 특히 문학에 관해서는 과거의 문학과 현재의 문학 사이에 엄연히 존재하는 단절에 주의를 기울일 것을 요청한다. 자기 동일시의 대상으로서 현재의 문학과는 달리 아무리 역사적 흥미와 심미적 관심을 가진 독자마저도 과거의 문학은 그저 타자일 뿐이라는 것이다. 말하자면 A. 하우저의 문학사 서술은 이 독서의 시차를 극복하기를 지향한다. 그래서 이 현대편은 현재의 사회질서와 경제체제의 원형을 1830년경 시민왕정으로 규정하고, 정치·경제적 현실과 문학 형식 사이의 밀접한 관계뿐만 아니라 같은 토대에서 빚어진 문학 형식의 연속성을 강조한다.『문학과 예술의 사회사』에 반복되는 19세기 예술은 시민계급의 승리로 급부상한 부르주아지와 계급의식이 각성된 프롤레타리아트로 말미암아 예술을 위한 예술과 예술적 행동으로 파생된 예술의 길항작용으로 요약된다.『문학과 예술의 사회사』는 이 긴장을 예술가 개인이나 계급, 민족과 국가의 경계 안에서, 때로는 부르주아 출신의 예술가와 프롤레타리아트 출신의 예술가, 서유럽 민족과 동유럽 민족, 그리고 자본주의 국가와 사회주의 국가의 대립 구도 속에서 찾아내 근대 문학과 예술의 역사를 사회과학적 관점에서 재서술한다.

특히 『창작과비평』에 번역된 『문학과 예술의 사회사』는 서유럽의 진보적 문학주의를 세계 표준시로 삼되 그것으로 치환될 수 없는 독특한 문학세계를 발견해내며, 이를 그것의 토대로서 정치·경제 현실과 견주는 데 주의를 기울이는 내용으로 구성된다. 이런 방식으로 『문학과 예술의 사회사』는 현재의 원형으로서 보편과 특수 사이의 긴장이 빚어내는 문학과 예술의 기원찾기의 서사로 구성된다. 하물며 『창작과비평』이 『문학과 예술의 사회사』를 번역하면서 원전의 현대편에 이어 근대편으로 역추적한 사실은 현재 한국문학의 현실과 제문제를 발견하고 그것의 기원을 재설정함으로써 현재의 문제를 해소하기 위한 방법론을 모색하는 매체전략의 경로와 일치한다. 이 한국문학 담론화 전략의 한편에는 『문학과 예술의 사회사』가 과거의 문학 역시 비평의 대상으로 끌어들임으로써 현재의 마르크시즘 문예이론으로 재구성한 문학사를 전유하려는 기획마저 깔려있다. 『창작과비평』 초기의 비평이 당대 문학 못지않게 과거의 문학 및 문학현상에 많은 지면을 할애하고 있는 점이 이를 간접적으로 확인해 준다. 그러니까 『창작과비평』의 『문학과 예술의 사회사』 번역은 크게 마르크시즘 문예이론을 통한 현재 한국문학의 비평과 함께, 지금-여기의 현실과 밀접한 관계에 있는 정치·경제의 역사를 추적하는 것과 그것을 토대로 구축된 문학의 기원을 재구성하는 두 갈래의 비평과 조우한다.

비평의 본래적 의미라고 할 만한 지금-여기의 문학에 대한 『문학과 예술의 사회사』의 개입, 즉 마르크시즘 문예이론의 역할은 그렇게 적극적인 것이 되지는 못한다. 『문학과 예술의 사회사』 번역을 맡았던 염무웅의 비평 「선우휘론」,[17] 정도가 그나마 증례로 선택될 만하다. 이 글은『문학과 예술의 사회사─현대편』에서 중요한 레퍼런스이자 키워드로 급부상한 스탕달과 발자크, 그 중에서도 '개인은 사회와의 관계 속에서만 존재한다'는 새로운 인간 개념의 창설자로서 발자크를 인용하면서 선우휘로부터 '생활에 밀착된 묘사'를 발견하는 대목 정도이다.

예술가에게 있어 중요한 것은 "그가 개인적으로 무엇을 확신하고 어디에 동조하느냐" 하는 것보다 오히려 "그가 사회적 현실의 문제와 모순을 얼마나 힘차게 제시하느냐" 하는 데 있으며, 따라서 그가 설령 헛된 주장에 사로잡혀 있다 하더라도 현실을 충실하고 올바르게 묘사한다면 그는 "자기도 모르는 사이에 반동적, 반자유주의적 요소들의 이데올로기의 밑바닥을 이루는 인습과 상투어, 타부와 도그마들을 파괴하는 데" 도움을 주지 않을 수 없다는 것이다.[18]

이 부분은『문학과 예술의 사회사』에서 A. 하우저가 엥겔스를 인용하면서 언급한 '리얼리즘의 승리'와 정확하게 겹친다. 위에 직접 인용된 문장들은 곧『문학과 예술의 사회사』에서 곧 가장 유명해질 다음의 대목 전후에서 발췌된 것이다.

지금 내가 얘기하는 리얼리즘은 작가의 관점에 구애받지 않고 나타나는 것입니다. (…중략…) 발자크가 자신의 계급적 공감 및 정치적 편견과는 반대되는 작품을 쓰지 않을 수 없었다는 것, 그가 좋아하는 귀족들의 멸망의

필연성을 인식하고 그들을 이렇게 멸망해 마땅한 인물로서 묘사했다는 것, 그리고 그가 미래의 참다운 인간들을 당시 현실에서 볼 수 있었던 바로 그 계급 내에서 보았다는 것 — 이것을 나는 리얼리즘의 가장 위대한 승리의 하나로, 그리고 발자크의 가장 위대한 특징 중 하나로 여기는 바입니다.[19]

A. 하우저는 엥겔스가 하크네스에게 보낸 편지(1888.4)를 직접 인용하면서 발자크가 정치적으로 신뢰할 수 없는 인물이면서도 혁명적 작가가 되어 간 과정을 되짚는다. 예술적 진보성과 정치적 보수주의가 양립할 수 있다는 입장에서 엥겔스는 현실을 충실하게 재현하는 발자크야말로 그 시대에 계몽적이고 해방적인 영향을 미치는 '리얼리즘의 가장 위대한 승리'라고 단언한다. 염무웅의 「선우휘론」은 이처럼 『문학과 예술의 사회사』가 하나의 비평이론으로서 현재의 문학작품을 해석하는 준거로 활용된 대표적 사례이다. 오히려 『문학과 예술의 사회사』는 『창작과비평』이 현재 못지않게 가까운 과거의 역사와 작품을 비평의 시야로 끌어들이는 데 중요한 매개가 된다. 그 예가 바로 조선 후기의 사회사와 실학, 그리고 '신문학'이라고 호명된 식민지 시기 근대문학에 대한 새로운 해석들이다.

『창작과비평』이 실학 및 조선 후기 사회사, 그리고 식민지 시기 근대문학을 집중적으로 조명하기 시작한 것은 창간 다음 해인 1967년 6호 이후이다. '실학의 고전'을 먼저 기획하고 1967년 여름호에 이성무의 「초정 박제가의 『북학의』」를 연재한 것이 처음이다. 이후 『창작과비

---

19 A. 하우저, 염무웅 역, 「스땅달과 발자크—19세기의 사회와 예술 (2)」, 『창작과비평』 7, 1967.가을, 453쪽.

평』은 조선 후기 실학과 사회·경제적 변화를 자본주의의 맹아로 인식하고 새로운 사회로 나아가는 내적 계기와 가능성을 찾는 일련의 내러티브를 구성한다. 『창작과비평』이 식민지 시기 근대문학을 비평의 대상으로 끌어들이는 시도 역시 곧 시작되는데, 12호(1968.겨울)와 13호(1969.봄)에 연재된 정명환의 「위장된 순응주의—이효석론」 이후로 한동안 지속된다. 백낙청 한 개인의 비평(이자 논문)이라고는 하지만 창간호의 창간사를 자처하는 점을 고려하면 『창작과비평』의 자의식이라고도 볼 수 있는 전통에 대한 회의와 강한 부정[20]이 꽤 빠른 속도로 수정된 편이다. 이 짧은 시간 사이에 무슨 일이 일어난 것인가. 『창작과비평』의 실학 조명에 관한 그간의 많은 연구들은 당대 역사학계에 급부상한 내재적 발전론에 입각한 역사서술의 외부적 충격에 초점을 맞추어 왔다.[21] 이 논의를 부정하거나 배제하기란 힘들지 모른다. 다만 『창작과비평』이 실학과 식민지 시기 근대문학을 전통으로서 함께 호명한 역학을 설명하기에는 역부족이다. 근대사회의 기원으로서 조선 후기와 이어 논의되는 근대문학의 기원으로서 식민지문학 사이의 시차도 그렇거니와 내재적 발전론의 문학사적 접근은 김윤식과 김현이 공저한 『한국문학사』(민음사, 1973)를 통해 『창작과비평』 바깥에서 본격적으로 시도되었기 때문이다. 『창작과비평』이 전통 부정론으로부터 전통 재발견으로 급선회하는 과정에서 『문학과 예술의 사회사』 번역이 일정한 역할을 했을 가능성을 간과할 수 없다. 실학과 조선 후기의 사회적 조건,

---

20 백낙청, 앞의 글, 16쪽 참조.
21 이에 관한 대표적 논의로는 이경란, 「역사학자들의 담론적 실천—『사상계』, 『창작과비평』」, 『지식의 현장 담론의 풍경—잡지로 보는 인문학』, 한길사, 2012 참조.

그리고 식민지 근대문학을 집중적으로 조명하는 『창작과비평』의 시간은 5호(1967.봄)에 『문학과 예술의 사회사』의 본격적인 첫 번역인 「1830년의 세대-19세기의 사회와 예술 (1)」 연재 바로 다음에 연쇄적으로 뒤따르기 때문이다.

그렇기 때문에 『창작과비평』이 실학 및 조선 후기의 사회사와 식민지 시기 근대문학을 차례로 조명한 것은 현재의 기원에 대한 탐색과 더불어 과거의 문학에 대해 비평적으로 접근함으로써 한국문학의 기원을 재설정하기 위한 의도가 담겨 있다. 자칫 번역이라는 글쓰기와 전통의 발견이라는 행위 사이에는 격차가 있어 보이는 것이 사실이나 『문학과 예술의 사회사』의 보편과 특수 사이의 긴장이 빚어내는 기원찾기의 서사를 염두에 둘 때, 이 모순은 어쩌면 당연한 것처럼 보일는지 모른다. 사실 「1830년의 세대-19세기의 사회와 예술 (1)」은 앞서 살펴본 『문학과 예술의 사회사』의 이론적 토대인 마르크시즘 문예이론의 성격뿐만 아니라, 사회사적인 서술 방향을 뚜렷이 전달하는 글이다. 이 글은 문학과 예술을 사회의 산물로 보면서 동시에 사회를 역사적으로 규정되고 변화되는 현상으로 파악함으로써, 사회적 조건과 문학과 예술의 형식의 관계를 역사의 큰 흐름 속에서 규명하려는 의도를 선언하고 있다. 한국문학의 기원을 재설정하려는 의도는 현재의 한국문학과 과거의 한국문학 사이의 단절을 극복하기 위한 역사적 접근이며 과거에 비추어 현재의 한국문학을 재평가하려는 사회사적 방식이다. 이 글과 같은 호에 발표된 백낙청의 글 「역사소설과 역사의식」이 '신문학에서의 출발과 문제점'이라는 부제를 내세운 점은 이 효과를 염두에 두었을 가능성을 더욱 확신하게 한다. 역사소설의 범람이라는 현재의 상황에서 이광수와 김동인의 역사소설을 그것의 기원으로 설정하는 이 글의 말미에서 역사적 산물로서 현재의 역사소설이 지니는 위상을 평가해야 한다는 제안은 사회적 조건과 문학 형식 사이의 역사적 조응이라는 『문학과 예술의 사회사』의 서술 전략을 정확하게 상기시킨다. 『문학과 예술의 사회사』는 이렇게 『창작과비평』이 전통에 대한 부정적이고 단절적인 시각 너머 시민문학론, 민족문학론, 리얼리즘론, 분단해체론, 근대극복론 등으로 심화되는 데 넓은 비평적 시야를 제공한다.

4. 아날로지의 극복과 연대의 기획

앞서 『문학과 예술의 사회사』가 서유럽의 진보적 문학주의와 길항 관계에 있는 독특한 문학세계에 주의를 기울이는 문제를 언급했다. 이 것이 보편과 특수 사이의 긴장이 빚어내는 기원찾기의 서사로 『창작과 비평』에 개입하는 양상이 3장의 내용이다. 이 내용이 『문학과 예술의 사회사』 특유의 구조, 즉 보편에서 특수로 끊임없이 미끄러지는 구조적 형식과 『창작과비평』의 담론화 전략 사이의 관계 및 그것이 유발하는 효과에 관해 살펴볼 필요가 있다. 「새로운 창작과 비평의 자세」에 드러나는 백낙청의 어조는 꽤나 단호한 편이다. 그럼에도 불구하고 유독 '아날로지'라는 비평의 언어를 사용할 때만큼은 신중하다. 사실 '아날로지analogy'(유비)는 비평의 언어 너머 식민지 시기 이래 한국문학과

서구문학의 거리감을 해소하기 위한 지식인 엘리트들의 자기인식 전략
이었다. 1930년대 김남천과 임화, 그리고 최재서 등은 보편으로서의
서구문학과 후진으로서의 조선문학 사이의 낙차에 좌절하고 그것을 유
비의 방식으로 상상 또는 논리적으로 극복하고자 했다.[22] 이처럼 아날
로지는 세계표준시와 스스로의 동시대성을 상상 및 유지하는 방식이었
으나, 이 아날로지의 역사는 그것이 상상이었든 논리였든 간에 끝내 결
핍과 거리감만을 재확인하고 분열하는 파국을 공유한다.[23] 번역의 사
정 역시 다르지 않다. 특히 전후 한국의 번역은 국가권력과 출판자본,
문화주체 등이 결집되어 선진과 후진, 보편과 특수라는 이분법적 도식
으로부터 그 거리감을 해소하기 위한 아날로지를 총동원했다.[24] 물론
1950년대 번역장은 개체의 평등과 주체적 연대를 암시하는 세계주의
라는 의식적 토대 위에서 아날로지의 정해진 운명을 극복하는 것처럼
보였으나, 결국 번역은 단지 민족주의적 이념의 도구로 전락되어 한국
문학의 세계화 정책과 시장에 적나라하게 노출되었다.[25] 『창작과비평』
창간 당시의 백낙청 역시 서구와 한국 사이의 낙차에 절망한 것처럼 보

---

22 김동식, 「1930년대 비평과 주체의 수사학」, 『한국현대문학연구』 24, 한국현대문학회,
    2008 참조.
23 최인훈의 『회색인』을 남과 북, 한국과 서구 사이에 존재하는 두 겹의 거리와 낙차에 대한
    인식과 유비의 상상력과 그 파국, 그리고 새로운 해결책의 모색 과정으로 읽어내는 논의
    는 매우 흥미롭다. 4·19 세대가 실험한 자기 인식의 테크놀로지의 한 사례로서 참조할
    만하다. 장문석, 「"우리 말"로 "사상(思想)"하기?! - 후기식민지 한국과 『광장』의 다시
    쓰기」, 『사이』 17, 국제한국문학문화학회, 2014, 389~398쪽 참조.
24 이에 관한 논의는 김진희, 「1950년대 지식-번역의 장(場)과 문인번역자의 위상 - 장만
    영을 중심으로」, 『한국근대문학연구』 30, 한국근대문학회, 2014; 박지영, 「1950년대 번
    역가의 의식과 문화정치적 위치」, 『상허학보』 30, 상허학회, 2010 참조.
25 1950년대 번역가들이 민족주의와 세계주의적 인식의 접점으로서 역할하면서 (반공주
    의나) 서구중심주의적 강박이 강했던 탓에 치밀한 정치적 감각을 갖지도 또는 표현하지
    도 못했다는 논의에 관해서는 박지영, 위의 글, 376~386쪽 참조.

인다. 그렇다고 그가 무작정 아날로지를 집어 들었다고 보는 것은 석연치 않다. 적어도 도저한 외국문학 연구자와 비평가로서 그는 이 아날로지의 한계와 위험성에 관해 일정한 자각이 있었는지 모른다. 『창작과비평』 창간사에 관한 그간의 해석이 대체로,

> 백낙청의 초기비평은 서구적 세계관과 엘리트주의에 바탕을 둔 민족적 열등의식과 지식인의 위계의식을 드러냈다. (…중략…) **이런 한계에도 불구하고** 백낙청은 1969년 '시민문학론'을 제기하고 이를 '민족문학론', '리얼리즘론', '분단체제론', '근대극복론' 등으로 심화·확대함으로써 1970년대 이후 현실주의 문학비평을 사실상 주도해 왔다고 해도 과언이 아니다.[26]
>
> (강조−인용자. 이하 동일)

위와 같은 식으로 서술되는 것이 일반적인데, 이때 "이런 한계에도 불구하고"라는 상투적 표현은 명확한 의미로 다시 서술되어야 할 필요가 있다. 그렇지 않을 경우 그의 담론 주도가 우연적이라거나, 또는 그의 도정은 아날로지가 처한 공동 운명의 예외 조항으로 기록되어야 하기 때문이다.

다시 그의 창간사로 돌아가 보면 아날로지라는 비평의 언어를 몇 번이고 조심스럽게 사용하는 장면이 눈에 띈다. 그는 "물론 17세기 프랑스와의 **아날로지**는 문학인의 사회적 위치와 기능의 어느 한 면에만 해당하는 것이다"[27](15쪽)나 "엄격히 추궁할 수 있는 **아날로지**는 아니지

---

26 하상일, 앞의 글, 93~94쪽.
27 이하 본문에서 백낙청의 「새로운 창작과 비평의 자세」(『창작과비평』 1, 1966.겨울)를

만"(25쪽)에서처럼 아날로지를 제한적인 의미로 사용하거나 신중한 태도를 보인다. 물론 이 장에서 인용하는 아날로지가 세계 내 존재로서 엘리트의 자기 인식 전략이기는 하나 비평의 언어로서도 이 맥락을 크게 벗어나지 않는다. 백낙청의 글에 나타나는 이 아날로지의 경계는 '괴물의 탄생'[28]에 대한 우려로부터 비롯된다. "까뮈의 '바다와 별들의 세계'를 해묵은 음풍농월吟風弄月과 혼동하거나 로오렌스를 업고 한국의 산업화를 막아 보려는 짓은, 싸르트르의 이름으로 맹목적 행동주의로 뛰어든 것과 똑같은 넌쎈스"(34쪽)라는 문장과 같이 읽으면 백낙청은 아날로지에 대한 부정적 인식을 강하게 내비치고 있는 것으로 보인다. 다음 문장에서 아날로지는 차이의 발견에 의해 극복되어야 할 것으로 제시된다.

그러나 여기서 한국문학의 상황을 19세기 러시아문학의 그것과 일치시키며 어떤 기대를 건다는 것은 너무도 수월한 자기기만이 되기 쉽다. 우선 문화권이 다르고 세기가 다른 것은 물론, 냉전의 틈바구니에서 국토가 양단된 일은 프랑스와 러시아 최악의 시대에도 없었던 현상이며 이러한 현상에 대한 구체적 해결책을 생각조차하기 어려운 오늘의 현실은 한국 지식인들의 활동에 거의 치명적인 제약을 주고 있다. 이것은 조건이 너무 나쁘니 아예 주저앉고 말자는 말이 아니요, 어떠한 속 편한 **아날로지**도 통하지 않는 악조건을

직접 인용할 때에는 인용 쪽수만 표시.

28 백낙청은 한국의 경우 문학행위는 문학을 위한 준비행위를 겸한다는 점을 강조하면서, "여기서 두 가지 과정이 새로운 창조적 과제로 파악 못하고 선진국 역사에서 따온 통념에 의해 움직일 때 각가지 낭비와 부작용이 생기며 고전적 자본주의도 사회주의도 아닌 괴물이 탄생할 것이 분명하다"라고 언급한다. 위의 글, 25~26쪽.

우선 있는 그대로 파악하는데서 그 극복의 바탕을 찾아야겠다는 것이다.[29]

현실독자의 희소와 잠재독자의 소외 상황을 진단하는 과정의 맨 끝
이자 새로운 논의의 시작에 놓인 이 글은 프랑스 계몽문학기의 상황,
러시아 혁명전 상황을 서술한 다음에 등장한다. 두 개의 시공간에 관한
모델이 번역에 의한 것, 그것도 2절에서 언급한 것처럼 순서대로 사르
트르와 하우저의 번역이라는 점에서 위 인용문은『창작과비평』의 번역
이 동일성과 차이의 역학 중에서 차이에 초점을 맞추고 있는 정황을 명
확히 보여주는 사례이다. 번역은 불가피하되 한국의 정치현실에 맞는
창작과 비평, 그리고 사회과학 방법론의 신생할 공간을 열어주어야 하
는 것이다. 그리고 이런 점에서 그들의 번역행위는 "우리가 이제 새삼
스레 어떤 문제를 말하게 된 데는 한국 특유의 정치적 역사적 사연이
있고 문단만 하더라도 서양문학사에 없는 특이한 요소가 작용하고 있
기 때문이다"(6쪽)라는『창작과비평』의 창간의도와도 긴밀하게 연결될
수 있다. 특히『창작과비평』이 "문학의 명맥을 유지하기 위해 문학의
통념을 벗어난, 어떤 의미로는 문학 이전의 실험"(24쪽)을 감행해야 한
다는 점을 강조할 때, 번역행위는 타자와의 조우가 주체의 동일성에 균
열을 일으키는 것처럼 하나의 의미로 수렴될 수 없는 무수한 차이들을
부각시킴으로써, 기존의 한국문학 체계를 갱신하고 통일적 주체의 환
상을 교란하는 불온한 힘이다. 마르크시즘 문예이론을 표상하는 비평
으로서『문학과 예술의 문화사』를 번역함으로써『창작과비평』의 번역

---

29 위의 글, 20~21쪽.

행위는 텍스트 내외의 규범들을 비판적으로 검토하고 텍스트의 의미를 새롭게 생성해 내는 혁신에 가깝다.[30]

자명하게도 번역행위는 경계 바깥을 욕망하는 경계 안의 예외적 상황에서 발생한다. 그렇다고 이를 단순히 당시 한국사회 문인-지식인의 서구지향 내지는 서구취향으로 단정할 수만은 없다. 번역된 『문학과 예술의 사회사』가 「1830년의 세대─19세기의 사회와 예술 (1)」처럼 서구 자유주의의 수혜를 입은 작가나 그들의 문학, 또는 그것에 동화된 러시아 작가나 그들의 문학이 그것과 결별하거나 그것으로부터 거리를 두는 여정에 초점을 맞추고 있다는 사실에 주의를 기울일 필요가 있다. 이것은 단순히 『창작과비평』이 서구가 아니라 동구, 또는 1세계가 아니라 2세계를 거울처럼 대면하고 있다는 의미가 아니다. 토대가 다름을 확인하는 것, 토대가 다르면 삶의 절대적 가치와 기준도, 그리고 예술의 절대적 가치와 기준 역시 달라질 수밖에 없음을 역설하기 위함이다. 백낙청에게 예술의 절대적 형식을 찾는 길은 "삶과 동떨어진 독립세계"(24쪽)라는 인식으로 내달릴 것이 아니라, "자기에게 주어진 삶을 가장 충실히 살아가는 한 가지 방법"(25쪽)이자 "다른 조건이면 또 다른 것이 나올 수도 있는 한 가지 방법"(25쪽)으로서 문학행위에 대한 인식에 접근해야 하는 것이다. 그래서 『창작과비평』의 번역행위는 애초에 동일성보다는 차이에 주목한 문학행위라는 점에서 그들이 표명한 새로운 문학담론 생산의 대안적 공간으로서 『창작과비평』의 매체성을 구현하기 위한 실천적 전략이다. 따라서 비평의 번역을 통한 이론의 유포는

---

30 L. 베누티, 임호경 역, 『번역의 윤리─차이의 미학을 위하여』, 열린책들, 2006, 322쪽 참조.

식민지 시기 이래로 한국 지식인의 자기 인식의 한 형태였던 아날로지에서 벗어나 주체 스스로를 정립하고자 한 『창작과비평』의 실험으로서 의의가 있다.

『문학과 예술의 사회사』 번역을 통해 초기 『창작과비평』의 매체 지향이 무엇이었는가를 살필 중요한 사례로 「맑시즘, 포스트모더니즘, 민족문화운동」(『창작과비평』 18, 1990.봄)을 들 수 있다. 이 글은 대표적인 마르크시즘 문예이론가이자 비평가 프레드릭 제임슨과 백낙청의 영어 대담을 백낙청이 직접 번역·전재한 것이다. 백낙청은 1989년 경남대학교 극동문제연구소 주최로 서울에서 열린 국제학술회의 '전환기의 세계와 맑시즘'에 참석한 F. 제임슨과 그의 서울 체류 마지막 날 특별한 만남을 가졌다. 이 대담의 일부는 이미 『한겨레』에 「전환기의 현대사회 세계지성에게 듣는다 (4) ―국제주의 결합된 민족문학 창조를」(1989.11.2)이라는 제목으로 기사화된 바 있다. 이 대담은 주로 신식민주의와 포스트모더니즘이라는 새로운 정치·경제 현실에 대응하는 새로운 문학과 문학비평에 관한 내용으로 흘러간다. 그러다 1세계와 2세계, 그리고 3세계가 공존하는 분단국가의 한국문학과 세계문학과의 연대 가능성에 관한 둘의 대화로 끝을 맺는다. 『창작과비평』의 번역은 단순히 외국이론의 유포에 뜻이 있었다기보다는 그것과 대화적 관계를 지향했고, 좌담의 형식과 조우한다. 그리고 비평의 번역과 좌담의 대화적 관계는 차이를 전제로 하는 연대, 괴테가 한때 세계문학을 통해 꿈꾸었던 유럽의 문학-지식인들의 상호접촉을 다시 주체적 연대의 거점으로 꿈꾸었던 『창작과비평』의 매체성을 스스로 전달한다.

5. 결론

이 논문은 『창작과비평』의 『문학과 예술의 사회사』 번역의 양상과 효과를 살핌으로써 번역을 경유하는 『창작과비평』의 매체성과 백낙청의 비평의식을 규명하는 작업에 접근하고자 했다. 『창작과비평』은 비평의 번역을 통해 마르크시즘 문예이론을 유포했고, 이를 통해 비평의 방향을 정립함과 동시에 한국의 정치·경제 현실에 대응하는 문학이론이 신생할 공간을 마련했다. 비평의 번역을 통한 마르크시즘 문예이론의 유포는 해방 이후 마르크시즘이 금기시되었던 남한 사회에서의 출구 전략이라는 연장선에 있으면서도, 사르트르로 대표되는 좌파 이론의 파편적 인용이 아닌 A. 하우저의 『문학과 예술의 사회사』를 통해 드러나는 종합적인 마르크시즘 문예이론을 선택함으로써 보다 적극적으로 응전한다. 그 결과 『창작과비평』은 시민문학론, 민족문학론, 민중문학론, 제3세계문학론, 세계문학론 등 4·19혁명과 좌절, 분단 상황, 신식민주의적 정치·경제와 국가주의와 같은 한국적 현실에 대응하는 문학 방법론의 실험과 문학적 토대의 재발견과 구축을 통해 문학담론 생산의 주체적 공간으로서 자신의 매체성을 부단히 수행해 간다.

이때 A. 하우저의 『문학과 예술의 사회사』 번역은 사회과학적 비평이라는 마르크시즘 문예이론의 수용 및 유포 너머 한국의 정치·경제 현실에 대한 연구를 통해 주체적 문학담론의 생산을 매개하는 하나의 실험이었다. 『창작과비평』의 『문학과 예술의 사회사』 번역은 번역행위에 내재하는 아날로지의 극복을 통해 단순히 번역 대상으로서 서구를 동일시하거나 모방하는 차원이 아니라, 차이를 전제로 하는 자생적인 문학담론의 신생을 궁구하는 동력으로서 종국에는 엘리트와 민중, 전통과 현대, 제3세계문학, 그리고 제3세계문학과 세계문학의 주체적 연대 가능성을 여는 계기로서 의미가 있다.

참고문헌

1. 기본자료
『창작과비평』

2. 단행본

김원 외, 『지식의 현장 담론의 풍경-잡지로 보는 인문학』, 한길사, 2012.

A. 하우저, 백낙청·염무웅 역, 『문학과 예술의 사회사-현대편』, 창작과비평사, 1974.

L. 베누티, 임호경 역, 『번역의 윤리-차이의 미학을 위하여』, 열린책들, 2006.

A. Hauser, S. Godman trans., *Social History of Art*, London : Routledge, 1951.

_____, C. H. Becksche trans., *Sozialgeschichte der Kunst und Literatur*, München, 1953.

3. 논문

「『창작과비평』, 『문학과지성』을 말한다-김병익, 염무웅 초청 대담」, 『동방학지』 165, 연세대 국학연구원, 2014,

김건우, 「국학, 국문학, 국사학과 세계사적 보편성-1970년대 비평의 한 기원」, 『권력과 학술장-1960년대~1980년대 초반』, 혜안, 2014.

김동식, 「1930년대 비평과 주체의 수사학」, 『한국현대문학연구』 24, 한국현대문학회, 2008.

김성환, 「1960~70년대 계간지의 형성과정과 특성 연구」, 『한국현대문학연구』 30, 한국현대문학회, 2010.

김원, 「1970년대 『창작과비평』 지식인 집단의 이념적 계보와 민족문학론」, 『역사와문화』 24, 문화사학회, 2012.

김진희, 「1950년대 지식-번역의 장(場)과 문인번역자의 위상-장만영을 중심으로」, 『한국근대문학연구』 30, 한국근대문학회, 2014.

박지영, 「1960년대 『창작과비평』과 번역의 문화사-4·19 / 한글세대 비평 / 번역가의 등장과 '혁명'의 기획」, 『한국문학연구』 45, 동국대 한국문학연구소, 2013.

_____, 「1950년대 번역가의 의식과 문화정치적 위치」, 『상허학보』 30, 상허학회, 2010.

반성완, 「부다페스트 학파의 지식인들-루카치, 하우저, 만하임」, 『인문논총』 18, 한양대 인문과학대학, 1989.

서승희, 「4·19 세대의 주체성 정립과 민족문학론으로의 도정—196,70년대 염무웅 비평론」, 『한국문학이론과 비평』 51, 한국문학이론과 비평학회, 2011.

오창은, 「1960~70년대 리얼리즘 논의와 외국문학 전공 비평가들의 상징권력」, 문학과비평연구회 편, 『한국문학권력의 계보』, 한국출판마케팅연구소, 2004.

장문석, 「"우리 말"로 "사상(思想)"하기?!—후기식민지 한국과 『광장』의 다시 쓰기」, 『사이』 17, 국제한국문학문화학회, 2014.

하상일, 「1960년대 현실주의 문학비평 연구—『한양』·『청맥』·『창작과비평』·『상황』을 중심으로」, 부산대 박사논문, 2005.

남자(시민)되기와 군대*
1970년대 『창작과비평』을 중심으로

김우영

1. '군대'와 남성의 근대, 그리고 『창작과비평』

이 글은 1970년대 『창작과비평』에 발표된 작품들을 중심으로 한국
사회의 '남성성'이 형성 및 재구성되는 양상을 살펴볼 것이다. '남성
maleness'이 아니라 '남성성masculinity'이라는 개념이 환기하는 것처럼,
이 글은 남성성을 문화적인 차원에서 수행적으로 구성되는 것으로 이
해하고자 한다.[1] 여성이 생물학적으로 여성으로 태어났기 때문에 여성
인 것이 아니라 사회적으로 구성되는 것처럼, 남성 또한 사회적으로 구
성되는 것이다. 1948년 남한 단독 정부 수립으로 인해 탄생한 신생국

---

* 이 글은 「남자(시민)되기와 군대-1970년대 『창작과비평』을 중심으로」,(『현대문학의
 연구』 56, 2015)를 수정 후 재수록한 것이다.
1 존 베이넌, 임인숙·김미영 역, 『남성성과 문화』, 고려대 출판부, 2011, 15쪽.

가 대한민국이 1950~53년 한국전쟁, 그리고 1960~70년대의 '유신 모더니즘'과 개발독재의 경험을 통과하면서 국가의 정체성을 형성하였음은 주지의 사실이다. 역사의 여러 결절점을 통과하면서, 대한민국의 안팎에 위치한 개별 주체들은 자신의 경험과 기억, 감성구조를 형성하고 재구성하는데, 이들이 '온몸으로' 겪어낸 '역사'들이 집적되어 지금 대한민국의 정체성을 구조화하였다고 할 수 있다.

이 글에서는 개별 주체 중에서도 남성 주체에 주목하고자 한다. 생물학적으로 남성이라는 성을 부여받은 존재가 사회적으로 '남성성'을 획득하여 남성으로 거듭나기 위해서는 사회적으로 여러 단계를 거치기 마련인데, 이 글에서는 특히 1960~70년대 남성 청년 세대의 특수한 경험인 '군대'를 논의의 중심에 두고자 한다. '남성성'의 구성에 관여하는 수많은 기제들이 있겠지만, 특히 '군대'에 주목하는 것은 대한민국 근대성이 형성되는 과정에 권위주의에 바탕한 군사주의의 유산이 상당 부분 개입하였다고 판단하기 때문이다.[2] '군대 다녀와야 남자 된다'라고 말하는 것은 단순한 수사가 아니라, 대한민국의 남성 주체는 '군대'라는 외부와 단절된 공간 안에서 남성으로서 요구되는 특정 행동을 '수행'함으로써, 남성으로 구성된다는 사실을 담고 있기도 하다. 한국사회와 군대의 역사를 탐색할 때, 1957년은 상당히 중요한 의미를 갖는다. 이 해에 '국민개병제'가 전면적으로 실시되었기 때문이다. 국가는 대한민국의 청년 남성 '모두'를 군인으로 '호명'하였고, '군대'는 대한민국 남성이 어떠한 방식으로든 반드시 거쳐야 할 삶의 과정이 되었다. 국가

---

2   문승숙은 한국사회를 근대성과 군사주의와 결부된 것으로 보아 "군사화된 근대성"이라는 용어로 설명한다. 문승숙, 이현정 역, 『군사주의에 갇힌 근대』, 또하나의문화, 2007.

동력의 근간으로 호명되어 몇 년간 사회로부터 '격리'된 채 군복무를 마친 청년들의 이성과 감성은 '군대'의 경험에 근거하여 재구조화되며, 군대를 통과한 그들은 이전과는 다른 존재로 제대 후의 삶을 살아가게 되었다.

이 글은 다양한 방식으로 군대를 경험한 청년 남성들의 궤적을 되짚어 가고자 하였다. 군복무 기간 뿐 아니라 제대 이후의 모습에 주목하면서, '남성'이 되기 위해 수행한, 혹은 수행하도록 강요한 다양한 결의 '남성성'들이 그들의 삶을 어떻게 재구성하였는지를 검토하고자 한다.

그동안 남한 자본주의의 '발전' 과정 속에서 한국 남성들의 성장 및 입사를 다룬 작품에 관해서는 어느 정도 논의가 축적되었다.[3] 하지만 선행 논의는 대부분 '소년'이 '청년'이 되는 사회적 분기점인 고교 졸업이나 대학 입학 직후의 연령과 경험에 초점을 맞추고 있다. 그리고 대학(생)이라는 존재의 형식은 고려하였으나, 이에 비해 '군대'라는 참조점에는 그다지 유의하지 않았다. 하지만 휴전 이후 한동안 대학생이란 실은 '(전역 후에도 물들인) 군복을 입(고 돌아다니)는 주체'였다는 점,[4] 그리고 대학 교육의 '보편화'를 목표로 한 1970년대 후반의 대입 정원 증원 이전까지 대학생은 어느 정도 '특권' 계층이었다는 점을 감안한다면,[5] 대학생과 '성장'에 주목한 선행 연구는 당시 한국사회의 청년 남성

---

3   선행 연구들은 대부분 4 · 19 세대라 불리는 작가들의 작품에 주목하고 있다. 이 시기 성장(교양)소설의 유형과 관련해서는 복도훈, 「1960년대 한국 교양소설 연구―4 · 19 세대 작가들의 작품을 중심으로」, 동국대 박사논문, 2014 참조.

4   김우영 · 장문석, 「한국(문)학을 묻다―권보드래 · 천정환, 『1960년을 묻다』, 천년의상상, 2012」, 『민족문학사연구』 52, 민족문학사학회, 2013, 620쪽.

5   권보드래 · 천정환 외, 『1970 박정희 모더니즘』, 천년의상상, 2015, 356~359쪽. 1961년 고교진학률은 전국 평균 41%였으며, 1970년에는 63%, 1980년에는 82.6%였다.

을 두루 포괄하지 못하였다.

따라서 이 글은 당대 청년 일반을 포괄하는 논의의 시각을 구성하고 자 유의할 것이다. 『창작과비평』(이하 『창비』)은 '건전한 농촌 청년'이나 '지방의 발견' 등의 열쇠말로 지방 청년의 서사화에 전략적으로 매진하였다. 또한 '지방'과 '농촌'의 청년이 주요한 비중을 차지하는 소설에 적극적인 의미를 부여했다. 1960~70년대에 발표된 성장소설 중 상당 수가 도시의 (대)학생의 형상에 관심을 가진 것에 비해, 『창비』에 발표된 소설들은 다양한 사회계층에 속하는 청년의 모습에 주목하였고, 당대 청년의 다양한 삶을 두루 재현할 가능성을 제시하였다. 『창비』가 이문구나 김정한 등의 작가에 주목하고 『분례기』의 방영웅을 비롯한 신인 작가들을 발굴하여 기존의 문학장을 재편하고자 했던 것 또한 같은 맥락에서 이해되어야 할 것이다.[6] '민중'과 관련한 표상을 획득하는 것은 기존의 '구세대' 문학자들과도, 동시대의 다른 문학자들과도 차별화되는 『창비』만의 위치를 가시화하는 방법이었다.

한국전쟁이 배경이나 소재로 등장하는 소설을 발견하는 것은 그리 어렵지 않지만, 휴전 협정 이후의 대한민국에서 경험한 군복무 및 병영 생활이 개인들에 어떤 의미와 변화를 가져왔는지의 문제에 주목한 작품은 상대적으로 찾아보기가 쉽지 않다.[7] 한국에서 병역이 국가의 성별

---

6   백낙청의 '민중' 개념 또한 '농촌'과 '지방'의 청년들을 대상으로 한 것이었으며, 1970년 대에 그가 주목한 작가는 방영웅, 이문구, 김정한, 천승세 등 '농촌'을 주무대로 삼은 소설을 창작한 이들이었다. 그는 이들의 작품에서 '한국적 현실에 뿌리박은 세계성'을 읽고자 하였다. 손유경, 「백낙청의 민족문학론을 통해 본 1970년대식 진보의 한 양상」, 『한국학 연구』 35, 인하대 한국학연구소, 2014, 162쪽.

7   전쟁참전과 군복무 모두를 포함, '병역'에 관해 이루어진 학술적인 논의 또한 충분히 축적되지 못하였다. 문승숙, 이현정 역, 앞의 책, 26쪽.

화된 국민 동원 및 군사화된 근대성이 현실화한 계기이며, 이후 병역을 마친 남성은 '시민'이 된다는 점에서 병영 체험은 한국사회의 '근대성'의 한 측면을 이루는 핵심적인 요소였다는 점을 상기한다면, 병역과 관련된 서사가 풍부하지 않고 이에 대한 연구가 부족하다는 점은 아쉬움을 남긴다.[8] 이는 역으로 그동안 그리고 여전히 한국사회가 강력한 군사주의의 자장 속에 있(어 왔)음을 반증하는 것이기도 하다. 한국 전쟁과 5·16군사쿠데타를 경험하고, 군인 출신의 여러 대통령들의 '긴' 통치 아래서 한국사회는 '군'과 객관적인 거리를 두는 것이 거의 불가능하였다. 『창비』가 당대 한국사회에 대한 비판적인 발화를 여러 측면에서 수행한 것은 사실이지만, 군대와 관련된 비판적 발화를 찾는 것은 상대적으로 어렵다. 『사상계』가 베트남파병에 대한 뚜렷한 입장을 가지지 못했던 것과 마찬가지로 『창비』 역시 베트남 전쟁을 포함하여 한국의 병영체험과 '군대'라는 조직에 대해서는 침묵하였다. 예외라면 리영희의 「베트남 전쟁」(24·28호·36호, 1972.여름·1973.여름·1975.여름) 연재 정도를 들 수 있을 뿐이다.[9] 박정희와 신군부로 대표되는 통치권력에 대한 즉각적인 논리의 비판이나 체념적 수긍을 넘어서, '군인' 및

---

8   위의 책, 26쪽. 최근 1950년대 한국소설의 남성 젠더에 대한 포괄적인 연구가 제출되었다. 허윤, 「1950년대 한국소설의 남성 젠더 수행성 연구」, 이화여대 박사논문, 2015. 허윤의 글은 본고에서 다루고자 하는 시기 및 대상은 다르지만, 남성 젠더 수행성이라는 점에서 유의미한 참조점을 제시하고 있다.

9   김예림은 리영희의 「베트남 전쟁」이 "그간 한국에서 통용된 베트남(전쟁)에 관한 일방적이고 폭력적인 언설을 비판하면서 '냉전용어'를 벗어난 말들로 베트남(전쟁)의 역사를 재구성하고자" 한 시도이며, "타자를 말한다고 하면서 오히려 가려버리는 냉전의 '언어의 감옥'에 대한 반박"으로 '탈냉전적 인식의 출현을 알린 의미 깊은 텍스트'로 의미화한다. 김예림, 「정체, 인민, 그리고 베트남(전쟁)이라는 사건」, 『역사문제연구』 32, 역사문제연구소, 2014, 11쪽.

'군대' 조직이 한국사회에서 가지는 의미와 역학에 대한 전면적인 객관화와 비판이 부재함은, 이념을 불문하고 1960~70년대 지식인 매체가 공유하고 있는 문제였다. 이것은 『창비』가 '남성성'에 대한 **뚜렷한 상像과 입장을 가지지 못했음을 방증하는 것이다.**[10]

비평은 침묵하였지만, 『창비』에 실린 작품 일부는 '군대'에 대한 비판적 인식을 드러내고 있다. 『창비』에 게재된 작품을 일괄한다면, 한국에서 '군대' 및 '군대 경험'이란 남성 청년들에게 한편으로 피하고 싶은 경험인 동시에, '군필자'만이 누릴 수 있는 혜택을 얻기 위해서는 '이수'할 필요도 있는 사회화 과정 중의 하나였다. 더욱이 분단과 냉전이라는 대한민국의 역사적인 경험으로 인하여, '군대 경험'이나 '전쟁 경험'이란 누군가에게는 '뿌리뽑힌 자'인 자신이 삶의 기반을 확보할 수 있는 거의 유일한 기회이기도 하였다. 대한민국에서 군대는 '남성성'을 획득하여 '남성 주체'로 탄생하는 특수한 장소이자 시간이었으며, 나아가 박정희 체제에서 상정하고 있었던 '초남성성'과도 밀접하게 닿아 있었다.[11]

---

10 아울러 이 문제는 『창비』의 '여성성'에 대한 자의식 또한 비판적으로 고찰해야 함을 환기한다. 이에 필자는 「초기 『창작과비평』과 『분례기』의 의미」(『한국현대문학연구』, 49, 2016.8)에서 『창비』의 초기 여성의식의 한계와 의미에 대해 논의한 바 있다.

11 식민지 근대와 해방기를 거쳐 박정희 체제에 도달하면 제국주의적 남성성을 모방한 '초남성성'이 등장한다. 이는 원조경제로 인해 무력한 상태에 놓여 있던 남성주체들을 진취적인 행위 주체이자 민족의 영웅으로 소환하는 것으로, 유교적 전통에서 남성다움으로 간주되는 도덕성, 체면, 엄격함, 책임감과 같은 관념들이 근대화 프로젝트와 결합하여 한국의 권위주의적 국가체계를 성공시키는 데 기여했다고 평가한다. 이처럼 박정희 체제에 대한 남성성 연구는 파시즘적 국가동원 체계에 응답하는 남성성을 중심으로 구성된다. Jongwo Han · L. H. M. Ling, "Authoritarianism in the hypermasculinized state—Hybridity, patriarchy, and capitalism in Korea", *International Studies Quarterly* 42-1, 1998, pp.53~78(허윤, 앞의 글, 5쪽에서 재인용).

이 글에서는 1970년대 『창비』에 실린 작품 중 군인, 군대의 문제에 관심을 두고 있거나, 청년 주인공이 자신의 인생에 있어 군대 경험의 영향을 크게 의식하고 있는 작품들을 분석 대상으로 삼았다. 이를 통해 이 글은 **군복무를 통해 국가의 호명에 답하는 청년들의 '매끄럽지만은 못했던' 태도와 내면에 대해 논의하고자 한다.** 구체적으로는 박순녀(1928~)의 「잘못 온 청년」(16호, 1970.봄), 강용준(1931~)의 「광인일기」(17호, 1970.여름), 신상웅(1938~)의 「심야의 정담」(24~26호, 1972.여름~겨울, 총 3회), 서정인(1936~)의 「벌판」(30호, 1973.겨울) 등을 분석하고자 한다. 이들 작가들이 서사화한 군대경험은 '전후작가'의 전쟁경험과는 대별되는 '세대론적 특징'을 가진다. '전후작가'의 군 경험은 한국전쟁에 집중되어 있으며, 이들은 전쟁경험으로부터 실존의 고뇌를 추출하여 추상화하고 보편화하는 것에 보다 관심을 가졌다. 이에 비해 이 글이 주목하고 있는 1930년대생 작가들의 작품은 대개 한국전쟁 이후의 군 복무나 베트남전쟁의 경험을 다루고 있으며, 이들은 한국 '남성청년주체'의 역사성이라는 맥락을 염두에 두고 있었다. 가령 신상웅의 「심야의 정담」이 1957년 '학적보유병'이라는 특수한 제도로 입대한 젊은이들의 어긋난 행적을 그리고 있다는 점에서 단적으로 드러나듯, 각 작품을 이해하는 데는 그 작가가 속한 세대론의 맥락과 그 작품이 놓인 당대의 사회적 상황에 대한 섬세한 독해가 필요하다.[12]

---

12 이 글에서 논의하는 작품의 작가들은 넓게 보아 1930년대생이라 할 수 있으며, 이 점에서 1920년대 생인 '전후작가'의 다음 세대에 해당한다. 1930년대에 출생한 작가들은 식민지 시기에 유년 시절을 경험하였다. 이들은 1950년대에 20대를 보낸 뒤 4월 혁명의 앞자리에 섰으며, 1960년대 중후반 이후 '민족'의 특수한 역사적 경험을 세계사라는 보편적인 맥락에서 숙고하였다. 신상웅이 「심야의 정담」에서 서사화한 '학보병' 제도는 김윤식(1936~)이 경험한 제도이기도 하였다. 방민호, 「어둠 속 3인행의 의미와 행방」, 민족문

이 글은 현재의 '직접적 기원'[13]이라 할 수 있는 1960~1970년대 한국사회에서 남성성과 여성성 구성의 동학dynamics을 탐색하는 일련의 연구의 첫 작업이다. 그리고 이 글을 통해 남성성과 상호규제적인 관계에 있었던 당대의 여성성을 탐구하기 위한 논의의 기반을 마련하고자 한다.

2. 국가의 호명과 '군인'의 탄생

1) 국민개병제의 제1공식 - 시민 + 남성 = 군인

한국에서 군사력의 초석은 젊은 남성 대중을 동원한 '국민 개병제'였다. 1957년 제1공화국은 대학생 병역 유예 제도를 폐지하고, '국민개병제'를 전격 실시한다. 개병제는 다양한 성격의 남성들을 균질한 집단으로 환원하며 병역을 '남성 국민의 의무'로 의미화하였다. 거대한 육군은 주로 남성 신병들로 채워졌는데, 징집을 위한 남성대중 동원은 신생국가 대한민국에게도 쉽지만은 않은 과제였다. "한국전쟁이라는 엄청난 폭력 때문에 전후 한국사회에서 영토는 언제든 잠식될 수 있고 국가

학연구회 편, 『꿈꾸는 리얼리스트』, 범우사, 1998, 63~64쪽: 장문석, 「후기식민지라는 물음 - 최인훈의 『회색의 의자』에 관한 몇 개의 주석」, 『한국학연구』 37, 인하대 한국학연구소, 2015, 49~58쪽.
13 권보드래·천정환, 『1960년을 묻다』, 천년의상상, 2012, 553쪽.

권력은 순식간에 뒤바뀔 수 있으며 학살되는 생명들은 주권자가 아니라는 감각이 만연했"기 때문이었다.[14] 게다가 한국전쟁 직후인 1950년대는 북진통일의 호전성이 가시적으로 전면화된 시기였고, 따라서 군인이 된다는 것은 곧 '전선戰線'에 위치한다는 것을 의미했다. 이 때문에 남성 청년들은 미국 유학이나 이중호적 및 가호적 등 다양한 방법으로 병역을 기피하고자 하였다. 대학생의 60%가 군대 기피자라든가, 미군부대에서 일하면 군대에 가지 않아도 된다는 '소문'이 유통되는 것은 그만큼 병역 기피가 사회적 관심사였기 때문이었다. 따라서 1950년대 문학에서 병역기피와 관련된 장면을 발견하는 것은 그리 어려운 일이 아니다.[15] 병역은 1950년대 대한민국의 청년들로 하여금, 술을 마시도록 하였고, 연애를 망설이도록 하였다. 이후 국가는 병역문제를 시급히 해결해야 할 과제로 인식하였고,[16] 여러 번의 개정을 거쳐 점차 지금의

---

14 송은영, 「박정희 체제의 통치성, 인구, 도시」, 『현대문학의 연구』 54, 한국문학연구학회, 2014, 43쪽.

15 염상섭의 『젊은 세대』(1955)에서도 청년들이 만나자마자 화제에 오른 것은 병역 문제였다. "'아니 실례지만 이형은 이중호적은 아니시겠지?' 하고 정진이가 허허거리니까 '그 어떻게 길이 있으면 나두 한다리 꼈으면 하지만 그나마 길이 있어야죠' 하며 상근이도 껄껄 웃는다. 상근이는 내년 봄에 학교를 나오면 자기 아버지 회사에 취직하기로 결정되어 있었다. '가호적 신청은 여기서 언제든지 받아들이니 염려마세요.' 원룡이가 옆의 수득이를 돌아다보며 불쑥 이런 소리를 하고 웃는다."(염상섭, 『염상섭 전집』 8, 민음사, 1987, 218쪽) "가난한 집의 장남인 수득은 30살이 넘은 것으로 나이를 속인 가호적을 가진 상태이다. 병역을 피하기 위해서이다. 때문에 친구인 원룡은 수득이 나이가 많다느니, 가호적 신청은 여기서 하라느니 하며 농담을 한다. 이 농담은 실상 청년들을 우울하게 하는 것이기도 하다. '누리한 나이값을 하느라 상당한 주량'이나 신유행인 〈방랑시인 김삿갓〉을 부르는 수득의 모습은 1950년대 청년의 니힐이 무엇인지를 보여준다. 반면 상황을 웃어 넘기는 상근의 여유는 대학을 졸업하고 아버지의 회사에 취직하기로 이미 결정되어 있는 데서 나온다. 이중호적이 없어도 병역을 피할 수 있는 상황인 것이다." 위의 책. 225쪽.

16 「개병주의를 강조, 이대통령 병역문제에 지시」, 『동아일보』, 1956.3.22.

군복무 제도에 가까워지게 된다.

병역 자체에 대한 거부감은 존재했지만 당시 경찰이 가진 압도적인 부정적인 이미지를 감안한다면, 1950년대 문학에 등장하는 (직업)군인은 오히려 나름의 긍정적인 모습을 가지고 있었다. 김내성의 『애인』(1955)이나 손소희의 『태양의 계속』(1959) 등의 장편에서 찾아볼 수 있듯, 군인은 "허식을 모르는 (…중략…) 정신"을 체화하고 있는 인물로 해방과 전쟁을 거치면서 방황과 좌절, 타락에 빠져든 젊은 여성들 곁에 머문 구원의 가능성으로 기능하기도 하였다. 아울러 군인은 비록 여성들의 '내력'에 세세히 공감할 수는 없었으나, 그렇다고 몰이해의 수준에 머물지 않으면서 전후라는 복잡한 상황과 '아프레걸'이라는 변종적 여성 형상을 포용할 수 있는 존재이기도 하였다. 1950년대 한국의 군인이란 가난한 청년의 입신출세를 위한 경로라기보다는, 오히려 특권계급에 반감을 가진 집단에 가까웠다. 또한 젊은 군인들은 자유당과 일부 군인의 유착에 대해 깊은 혐오를 표하고 있었다. 한국전쟁 후 기획된 청년장교 미국방문 사업의 결과, 상당수의 청년 장교들은 미국식 민주주의에 우호적 견해를 가지게 되었다. 4・19혁명 당시 '군대는 우리 편'이라는 인식이 가능했던 것은 이러한 까닭에서였다.[17]

정부는 이러한 긍정적인 군인의 이미지를 군복무하는 남성 일반에까지 확산하기 위해 노력하였으며, 이에 국가의 호명에 부응하여 군복무를 마친 남성 청년들은 1950년대에 만연했던 '니힐'을 타개할 수 있는 새로운 국가의 주인으로 이해되었다. 한국의 남성성이 식민지와 한

---

17 권보드래・천정환, 앞의 책, 44~45쪽.

국전쟁을 경과하며 위축되고 실추되었다면,[18] 이제 한국의 남성성이 '재기'할 수 있는 공간으로 군대가 지명된 것이다. 특히 사회적으로 기반이 없는 '하층'의 청년들에게 '군대'는 한국사회의 일원으로서 인정받을 수 있는 가장 효율적이며 현실적인 길이었다. 사관학교 출신의 남성들이 한국사회에서 주요한 요직을 차지했다는 점은 차치하더라도, '군대'를 다녀온 남성은 비로소 조건을 갖춘 사회의 일원으로서 재탄생할 수 있었다. 그리고 '군대 다녀와야 사람(남자) 된다' 등의 수사가 확산되며, 군대는 '진정한 어른'이 되기 위해 반드시 통과해야 하는 필수적인 코스로 인식되었고, 이는 군복무를 마친 남성을 대상으로 한 국가의 실질적인 혜택을 통해 강화되었다.

이렇듯 한편에서는 3년이 넘는 긴 복무기간과 사회와의 단절감으로 인해 가능하다면 군복무를 피하고 싶어 하는 심리가 존재했지만, 다른 한편으로는 군대를 마치면, 혹은 마쳐야 사회의 일원이 될 수 있다는 (무)의식이 확산되면서 '군복무'는 점차 필수적인 것으로 받아들여진다. 대학생이 아니었기에 '학보병'이라는 제도적인 혜택마저 받을 수 없었던 일반 청년들도,[19] (비)자발적으로 병역의 의무에 응하면서 국가의 일원으로 편입된다. 다음 인용은 「심야의 정담」 속 '민욱'의 친구의 푸념이다.

---

18 식민지는 남성의 부재와 남성성의 훼손 혹은 여성화된 표상으로 기억되었으며, 이후 탈식민의 젠더표상은 부재하고 훼손된 남성성의 복권을 요청하였다. 하지만 이 회복의 과제는 쉽게 성취할 수 없었다. 이혜령, 「'해방기' 식민기억의 한 양상과 젠더」, 『여성문학연구』 19, 한국여성문학학회, 2008 참조.

19 학적보유병(학보병) 제도는 병역특례의 일종으로 대학 재학생이 군에 입영하고 재학증명서를 제출할 경우, 1년 6개월(18개월) 복무 후 우선 귀휴(歸休) 조치되는 제도이다. 이후 대학에 복학하면 병역을 필한 것으로 인정되며, 등록하지 못하면 재입대하여 남은 18개월을 마저 복무하게 된다.

"취직이 어디 그리 쉽니? 그리구 군대 안 갔다 왔다구 받아 주는 데가 있어야지, 빌어먹을." "취직하겠다구 쫓아다녀 봤자 맨날 허탕만 치구 화딱지가 나서 군대나 가 버렸으면 해두 어찌 된 노릇인지 지금은 영장이 나오지두 안는단 말야."[20]

민욱과 그의 친구는 대학에 가지 못했던 다수의 청년보다 객관적으로 나은 환경에 있었음은 확실하다. 그러나 군대를 마치지 않은 경우 취직이 어렵다는 푸념을 뒤집어본다면, 한국사회가 군필자에게 이득을 부여하는 방식으로 국가의 호명에 응답하도록 하였음을 드러낸다. 지금까지 논란이 되고 있는 군가산점제도 역시 국민개병제 실시 이후인 1960년대 초에 시작되었다.[21] 이는 대한민국에서 노동시장이 군사화되기 시작한 한 결절점이었다. 이후 중공업 건설과 '자주 국방'을 기치로 광범위한 대중 동원이 이루어졌던 1970년대 중반 이후, 병역필을 취업의 요구 조건으로 강화하고 군 복무를 경력으로 인정하게 하면서, 노동 시장은 본격적으로 '군사화'된다.[22] 한국사회의 군대화된 근대성의 추구와 더불어, '군필'은 사회인의 '최소' 조건으로 요청된 것이다.

한편 군대 내의 강제적이며 반복적인 신체 훈련 및 병영에서의 집단

---

20 신상웅, 「심야의 정담(중)」, 『창작과비평』 25, 1972.가을, 521~522쪽. 신상웅은 단행본으로 펴낸 '후기'에서 이들 소설 속 인물들에 대한 '짙은 애정'을 고백한 바 있다. "나보다는 약간 年上인 그들이 이 시대를 어떻게 앓는지 나는 보고 싶었다." 신상웅, 「후기」, 『심야의 정담』, 汎友社, 1973, 380쪽.
21 1961년 공포된 군사 원호 대상자 임용법에 따라 시행된 군가산점 제도는, 제대 군인과 그 가족들에 대한 실질적 형태의 보상이 없는 상황에서 취업에 도움을 줌으로써, 국가적 보상을 대신한다는 취지로 제정되었다. 이후 혜택의 대상과 범위가 점차 확대되면서 노동시장에서 군복무가 갖는 의미는 점점 커진다. 문승숙, 이현정 역, 앞의 책, 66~69쪽.
22 위의 책, 39쪽.

생활은 한국의 남성 주체를 '군인'으로 재탄생하도록 하였다. 군대에서 훈육의 과정은 전략적으로 남성의 성별 정체성을 이용하기도 한다. 군인들은 여성의 몸과 '여성적인' 특성을 타자성의 본질적 표지로 인지하고, 자신들이 정복하고 파괴해야 하는 것으로 이해한다. 가령 '여성혐오'에 근거한 군가나 구호는 군인의 남성성을 형성하는 요인으로 작동하게 된다.[23]

이러한 점을 감안한다면, 「심야의 정담」에 등장하는 '서준학'이 자신의 애인이었던 '주용점'의 편지를 동료 군인들이 돌려 읽고 또한 편지를 이유로 상사에게 모욕을 당하고, 이후 군대에서 반성 없이 지속적으로 자행되는 불합리한 행위에 반감을 가지고 월북하는 장면 등은 무척 문제적이다. 월북이라는 행위가 현실성을 갖는지 여부를 판단하기에 앞서, 서준학의 탈출은 군대라는 공간이 그 폭력성을 수용하고 공유하거나, 최소한 암묵적으로 동의하거나 승인한 이들이 견디고 생활할 수 있는 곳임을 환기하기 때문이다. 국가의 호명에 부응하여 입대한 대한민국의 청년 군인은 남성성을 극대화하는 고립화 과정과 폭력성을 견디는 과정을 경유함으로, '대한민국의 남성'으로 다시 태어나게 되는 것이다.

하지만 군대를 통한 재탄생이라는 목표가 항상 성공했던 것은 아니다. 박순녀의 「잘못 온 청년」에는 함흥 학생사건을 주도한 뒤 월남한 청년들이 등장한다. 이 소설의 서술자 '나'는 월남한 청년들이 한국전쟁과 베트남 전쟁 파병에 휘말려 들어가는 과정을 전달한다. 서술자

---

23   위의 책, 78~79쪽.

'나' 또한 월남인으로, 고향집에는 "민주적인 대부호의 아들과 자유결혼을 한 누님"으로 알려져 있다. 서울에서 수를 놓으며 정적인 삶을 유지하던 '나'에게, 어느 날 뜻밖에 동향의 사촌동생 '이흥섭'과 '고기범', '송익재' 등 학생들이 찾아온다. 월남한 학생들은 남쪽에서 기반을 잡고 있는 친척 누이인 '나'에 대한 기대를 잔뜩 안고, 자신들이 남한 사회의 일원이 되는 데 '나'가 적절한 도움을 주리라는 기대로 가득 차 있다. 하지만 이들은 이내 "성공적인 내 결혼의 그늘을" 눈치 채고, 결국 미군부대에 들어가 살 길을 도모하게 된다. '나'는 미군 부대를 "이남의 인재 배양소" 같은 곳이라 소개하지만, 학생들은 월남인으로서 자신의 절망에 관해 다음과 같이 말한다.

> 영어 나부랭이나 배우자는 사람하고 말입니다. 이북 피난민하고 비교하면 말입니다. 그건 본질적으로 달라요. 이남 사람이야 자랑스레 회화나 배우는 기분이면 가난해도 아무 비굴할 것이 없지 않겠어요. 그러나 이북 출신은 미래와 연결되는 출발이라는 게 없거든요. 우린 아무데나 대가리를 싸매고 끼어드는 겁니다.[24]

월남 청년들은 자신과 남한 사람들은 출발선 자체가 다름을 인지하고, 이후 자신들은 '죽어도' 출세주의로 약아빠질 수 있는 인물이 못 된다고 말한다. "이남에 대한 선물처럼 도취되어 참가했던 데모의 기억은 지금 가엾은 엑스트라의 짓으로밖에 생각되지 않게 되고, 무력감에 짓

---

24 박순녀, 「잘못 온 청년」, 『창작과비평』 16, 1970.봄, 32쪽.

눌리어 그들은 자기포기에 가까운 마음으로"[25] 군인의 길을 선택하게
된다. 무력감을 떨치고 남한 내에서 삶의 기반을 형성하고자 군대를 선
택한 월남 청년들을 바라보는 '나'의 시선은 무척 착잡하다. 그들에게
아무 도움을 주지 못해 미안해하던 차, 사촌동생과 그의 친구들은 한국
전쟁에 참전하게 되며, 이내 소식이 끊기게 된다. 시간이 지난 뒤 기범
은 흥섭과 익재의 전사를 알리면서 자신의 월남 참전을 더불어 알리는
편지를 '나'에게 보낸다.

> 우리가 동원된 과거의 싸움이나 현재의 싸움이 후세에 어떻게 평가될지
> 저는 모릅니다. 그 계산을 할 수 있었다면 군복을 입는 사람은 되지 않았겠
> 지요.
> 저는 저나름의 욕구불만으로 괴로워질 때면 제 군복을 걸치지 않는 저를
> 상상합니다. 실의(失意)와 좌절감과 조소에 찼을 저의 생애를…… 군복은
> 얼마나 많은 무능한 청년들을 굴욕으로부터 건져주고, 전사라는 사랑하는
> 사람들 가슴에 무한한 애석을 남겨 주는 영광된 죽음을 갖다주곤 했을까요.
> 혹 식자(識者)들이 우리를 파멸의 언덕으로 굴러 떨어지는 조국의 제물이라
> 해도, 저는 기꺼이 그 제물로 생애를 끝마치고 저의 몸 위로 시대의 묵중한
> 차륜이 딛고 넘어가는 것을 견디겠습니다.[26]

이 편지를 의심 없이 읽을 경우 기범은 당시 사회에서 입영 및 파병
한 장병들에게 요구하는 바로 그 자세를 '성공적'으로 수행하고 있으

---

25 위의 글, 31~32쪽.
26 위의 글, 43쪽.

며, 이 점에서 '군대를 통한 한국시민 만들기'라는 당대 국가의 요청에 성공적으로 복무한 것으로 이해할 수 있다. 기범을 비롯한 월남 청년들은 국가의 호명에 충실히 답함으로써 국민(시민)되기를 실현한다. '북침' 시 한 점 주저 없이 나라를 위해 싸우겠다는 그들의 의지를 두고 '나'의 남편은 "바보 같은…… 반드시고 뭐가 어디 있어 하나밖에 없는 목숨인데, 더구나 자네들 힘으로 이 나라가 어떻게 될 것도 아닌데"라고 비웃는데,[27] 이 장면을 통해 월남 청년들의 '순수함'은 더욱 부각되며, 세대적 차이를 극명히 드러내게 된다.[28]

하지만 이 작품의 제목을 상기한다면, 월남 청년과 군인 되기가 가지는 의미는 보다 복합적이다. 기범은 자신들의 결정이 후회 없는 선택이었음을 역설하지만, 그를 바라보는 서술자의 태도는 그리 명쾌하지 못하다. 오히려 월남 청년을 두고 '잘못 온 청년'이라 명명하는 것에서 볼 수 있듯, 서술자는 그들이 남한에서 흔쾌하면서도 마지못해 선택할 수 있던 유일한 길이 군대였다는 현실에 대해 짙은 슬픔과 안타까움을 표출하고 있다. 이는 북한만큼이나 모순으로 가득한 남한 사회로 들어온 청년들의 선택에 대한 안타까움인 동시에, 그 선택의 결과로 월남 청년들은 군인의 길을 선택하고 전쟁에서 목숨을 바치고서야, 남한의 '시민'으로서 자신의 존재를 증명할 수 있는 상황에 대한 착잡함이 복합적으로 작용한 결과이다.

「심야의 정담」에 등장하는 인물 중 한명인 '경' 또한 이북 출신으로

---

27 위의 글, 38쪽.
28 이 작품은 사실 한국전쟁에 참전한 인물들이 등장한다는 점에서 세대론적 접근의 대상에서 벗어나는 것처럼 보인다. 그러나 월남전까지 참전하게 되는 등장인물들의 모습에서 보듯 '군대'와 관련해 보다 긴 시간을 대상으로 하고 있음에 주목하였다.

학보병과 장교를 거쳐 결국 베트남 파병을 지원하게 된다. 경은 남한의 사회 체제에 불만이 없으며, 그 사회의 일원이 되기 위해 노력하고 있음을 부단히 증명해야 하는 처지에 놓여 있다. 작은 일만 생겨도 그것을 '이북' 출신과 연결지어 확대 해석하고자 하는 '당국'에 맞서 경은 어떤 방식으로든 자신의 의지를 가시화해야 했다. 그는 "우린 끝까지 지켜 서 있지 않으면 안돼"라는 말을 자주 하는데,[29] 이 말은 이러한 스스로의 처지를 설명하는 말이기도 하였다. 결국 그는 '자의로' 군대의 시스템 속에 자신을 편입하여 스스로를 지속적으로 학대하는 것을 선택한다.[30] "민욱은 남쪽에, 준학은 북쪽에, 그리고 가능하다면 나는 비무장의 완충지대에 있고 싶소, 광주에서"라는 편지에서 보듯,[31] 경은 자신이 남에도 북에도 온전히 속할 수 없음을 잘 알고 있었다. 남과 북 모두로부터 소외된 그가 마음 편히 지낼 곳이란 남과 북의 경계나 국외일 수밖에 없으며, 베트남에서 경이 죽음을 맞는 것 또한 이런 맥락에서는 자연스럽다.

---

29 신상웅, 「심야의 정담(상)」, 『창작과비평』 24, 1972.여름, 356쪽.
30 이 점에서 경의 선택을 단순히 도피로 해석하지 않고 '능동적인 의지'의 표명들로 본 기존 연구에 동의할 수 있다. "그의 선택은 그의 언술에서처럼 악덕이 뿌리내리고 있는 또 다른 곳에 '지켜 서 있고자 하는' 능동적 의지에 따른 것이다. 그것은 악덕을 도피하지 않고 지켜보기라도 하려는 각성의 자세이다. 경의 염결성은 여기서 확인된다. 경이 베트남행을 택한 것은 베트남에 전쟁의 악덕이 존재하기 때문이고 '남의 전장에 대리로 들어서는 서글픈 병정의 치욕'을 피하지 않고 겪어내면서 그 악덕을 지켜 서 있어야 한다는 소명감 때문이다. 그러나 그 치욕을 굳이 친구에게 보이고 싶지 않은 경은 편지만 전하고 베트남으로 간다." 유달상, 「신상웅 소설의 작중 인물 연구―「히포크라테스 흉상」과 『심야의 정담』을 중심으로」, 중앙대 석사논문, 2008, 55쪽.
31 신상웅, 앞의 글, 538쪽.

2) 제국주의와 남성성의 공모, 베트남 전쟁 체험의 사정射程

대한민국의 군대 경험을 논의할 때, 베트남 전쟁은 한국이 해외에 파병한 최초의 전쟁이었다는 점에서 중요한 의미를 갖는다. 박정희 정권의 대외적인 명분을 포함하여 다양한 이해관계가 교착하는 상황에서 1964년의 첫 파병에서 1973년의 철수 완료에 이르기까지 베트남 전쟁은 대한민국과 연루되어 있었으며, 이 전쟁은 대한민국의 정체성과 남성성을 재구성하는 데 관여하였다.[32] 베트남에 파병된 청년 개인의 상황 또한 각양각색이었다. 상당수는 가족의 경제적 궁핍을 타개하기 위해 파병에 지원하였으며, 자신의 불확실한 신분과 처지를 안정화하려는 이유도 적지 않았다. "가난하고 문벌 없는 병사들이 조국의 부름이라 믿고 자랑스레 가슴을 펴고 걸어나가고 있"다는 서술은 이 같은 상황을 정확히 반영하고 있으며,[33] 「잘못 온 청년」의 기범과 「심야의 정담」의 경도 같은 이유에서 베트남 파병에 자원하였던 것이다. 파병 병사들은 이역만리에서 경험하는 목숨을 위협하는 상황에서 노출되기 마련이었으며 이에 대한 급부로 국가의 합당한 '대우'를 기대하였고, 국가 또한 이러한 기대를 파병병사 모집에 십분 활용하였다. 파병기간 내내 대중 매체는 전쟁에서 싸우는 용맹한 한국 군인들에 대한 수많은 서사와 표상을 생산하고 재현하였으며,[34] 이에 비해 베트남 전쟁에 대한

---

32   김예림은 "한국은 베트남(전쟁)을 가지고 들어와 이것과 더불어 변모를 추동한 셈이다. 그래서 베트남(전쟁)은 한국이라는 국가-사회의 외양과 내면을 형성한 계기이자, 외양과 내면 자체를 확인하게 드러내는 화면인 것이다"라고 평가하였다. 김예림, 앞의 글, 40쪽.

33   박순녀, 앞의 글, 41쪽.

34   베트남 참전에 참전한 군인의 서사와 관련하여서는 김우영, 「베트남 전쟁을 기억하기,

적실한 분석과 비판적 목소리는 비판적인 잡지를 자처한 『창비』 내에서도 찾아보기 힘들었다.

한국문학에서 베트남 전쟁에 대한 본격적인 서사화는 1980년대 이후에야 이루어진다. 베트남 전쟁을 전면적으로 문제화하고 비판적인 시각을 구성하기에 냉각의 시간과 역사적인 거리감이 필요했기 때문일 것이다. 비록 전면적이지는 못하였고, 또한 명징하기 보다는 다소 모호하였지만 1970년대 한국소설 역시 베트남 전쟁의 흔적과 경험을 서사화하였다. 베트남 파병 군인 '경철'을 주요인물로 한 서정인의 「벌판」의 한 서술은 1970년대의 베트남 전쟁 재현이 가진 특징을 잘 보여준다.

군복벗은 첫날이 조용히 저물어 갔다. 대단한 것은 아무것도 없었다. 친구들과 함께 이웃 동네에 닭서리를 갔다 온 기분일까. 그는 인도지나 사람들을 많이 죽였다. 그러나 그것은 까마득한 옛날에 있었던 일처럼 느껴졌다. 어쨌든 그것은 직선 거리 이천 마일 저쪽에서 있었던 일이었다. 그는 눈꺼풀을 몇 번 깜박거리다가 잠이 들었다.[35]

'대단한 것은 아무것도 없었다'는 서술자의 과소진술은, 역설적으로 베트남 전쟁이 갖는 의미와 그 서술 가능성 사이의 간극을 보여준다 하겠다. 또한 「심야의 정담」에 등장하는 베트남 파병 군인 경을 초점화한 서술은 「벌판」보다는 조금 자세하지만, 묘사와 서술의 밀도는 그다지

'추모'와 '망각'을 넘어서─안정효의 『하얀전쟁』을 중심으로」, 『현대문학의 연구』 54, 한국문학연구학회, 2014, 184~189쪽 참조.

35 서정인, 「벌판」, 『창작과비평』 30, 1973.겨울, 944쪽.

높지 못함을 확인할 수 있다. 「심야의 정담」은 경의 시각에서 교전의 장면이나 후방 사이공의 혼란한 상황을 서술하지만, 그것은 혼란스러운 이미지를 재생산할 뿐이다.

이처럼 베트남 전쟁의 역사적 맥락이나 그 전쟁의 세부적인 재현에 있어서는 미흡한 점이 있지만, 이들 작품은 베트남 전쟁이 놓인 다양한 맥락과 그것이 한국사회에서 가지는 의미를 포착하고 있다. 파병 군인들에게 베트남 참전이란 하나의 '기회'였으며, 또한 파병은 대한민국이 국내외적으로 성장할 기회이기도 하였다. 베트남 파병 군인이 '고국'에 송금한 자금이 한국 경제 성장에 상당한 역할을 하였음은 잘 알려진 사실이다. 그리고 베트남에 파병된 군인들은 반공의 기치 아래 민주주의 사수라는 목적에 동원되었다는 점에서, 한국전을 이국에서 '다시' 경험하게 된다. 베트남전을 인도차이나 반도에서 치러진 남·북한의 '대리전'으로 이해하는 입장도 있었다.

또한 젠더의 관점에서 본다면, 군대라는 특수한 공간과 전선이 주는 압박감은 파병 군인이 여성을 스트레스 해소의 '도구'로 간주하며, 남성으로서 우월감을 재확인하도록 하였다. 물론 한국에서도 전방 군부대 주위에는 예외 없이 유곽이 존재했고, 군인들은 그곳에서의 경험으로 남성으로 다시 태어났음을 과시하기도 하였다. 하지만 이국에 있다는 고립감과 전시라는 상황이 주는 압박감은 남성의 폭력성을 더욱 증폭시켰다. 이러한 이국의 '최전선'에서 일어나는 여성에 대한 남성의 '증폭된' 폭력은 한국에 남아 '가정'을 지키는 '정숙'한 여성과 '대타관계'를 이룬다.[36] 「심야의 정담」의 주용점이 보여주듯, 후방의 여성은 가정을 돌보고 순결하게 정조를 지키는 정신적 지주로서 형상화된다. 베트남의

'전선'과 한국의 '후방'을 막론하고 여성은 남성성을 확립하기 위한 수 단이라는 의미로만 기능하고 존재한다. 전시에 '여성'이 재현되는 것은 '전선'의 스트레스 해소의 도구와 '후방'의 정숙한 아내라는 맥락에서 만 가능하며, 이 점에서 전쟁에서 '여성'은 부재하며 배재된다.[37]

남한이 미국의 우방 자격으로 참전하며, 상대적으로 당시 베트남이 '낙후'되었다는 점은 은연중에 남한을 미국과 동일시하는 '착시'를 일 으키기도 하였다. 즉 파병군인들은 스스로를 점령자로 이해하고, 그들 의 행동을 모방하며 우월한 지위에 자신을 두었다. 한국의 파병군인은 미군과 동지애의 관계를 상상하며 베트남인들에 대한 오리엔탈리즘적 태도를 숨기지 않으며, 남성성을 상상하였다.[38] 식민지를 가져보지 못 했던 한국의 역사적 경험은 전도되어, 한국의 파병군인은 제국주의자 의 입장에서 베트남을 이해하였다. 이는 20세기 초반의 피식민 경험을 전도하여 돌려주고 있다는 점에서 문제가 된다. 지금까지도 한국사회 에 뿌리 깊게 남아 있는 서구-비서구 국가들에 대한 이중적인 인식이 극명하게 표현된 장소 중 하나가 베트남 전쟁이었다. 그렇기 때문에 한 국군은 베트남의 '주적'인 미국군보다 어떤 면에서는 더욱 악랄하고 잔 인하게 행동하였고, 비록 패전하였지만 자신이 미국의 우방이었다는 사실에서 얻은 자부심으로 자위하며, 식민지와 한국전쟁을 거치면서 다소 손상되었던 한국의 남성성의 자존심을 회복할 수 있었다.[39]

---

36 존 베이넌, 임인숙·김미영 역, 앞의 책, 116쪽.
37 『창비』가 주목한 방영웅의 『분례기』에서 남성인물이 여성 주인공을 대하는 방식이나 '똥예'의 형상화 또한, 이러한 전시의 젠더 재현의 정치와 별반 다르지 않다.
38 남성성과 제국주의와의 공모 관계에 대해서는 존 베이넌, 임인숙·김미영 역, 앞의 책, 2장 「남성성과 제국주의적 상상」 참조.
39 이 점에서 민족주의나 근대주의(개발주의)를 긍정하는 한, 식민주의의 청산은 불가능하

물론 개인에 따라 자신을 미군에 동일시하기보다 베트남 사람에게 동일시하며, 한국전쟁을 반추하는 경우도 있었다. 나아가 베트남 국민들에 대한 양가적인 감정을 마주하며, 자기의 위치로 인해 고통스러워하며 분열하기도 했다. 「심야의 정담」의 경이 한국으로의 귀국을 마다하고 사이공의 주위를 맴돌면서 착잡한 기분을 토로하던 것도 이 때문이었다.[40]

베트남 전쟁에서의 남성성 수행을 통해 파병군인들은 '남성'으로 재탄생하였고, 이후 이들은 한국사회를 지탱하는 산업의 역군 내지 국가건설의 기간基幹이 되었다. 베트남에서의 그들의 경험은 자신의 '남성성'을 재확인함으로 주체 구성의 계기가 되었으나, 동시에 삶과 죽음의 경계에 내몰렸던 경험은 트라우마로 남기도 하였다.

다고 판단하며, 식민지 경험의 청산과 베트남 전쟁 체험 사이 인식의 착종을 지적한 윤대석의 시각은 시사적이다. "근대주의는 식민지와 더불어 생겨났고 식민지를 거울로 해서 자신을 형성하였다. 민족 근대화의 끝이 제국주의가 되리라는 것은, 다른 나라의 예를 들 것도 없이 아직 세계 10위권에도 못 드는 이 나라가 외국인 노동자를 어떻게 취급하고 있는지를 보면 금방 알 수 있다. 식민지 해방 전쟁인 베트남 전쟁을 제국주의의 입장에서 개입한 전범들에 대한 단죄가 없는 국가에서 '친일파' 청산은 언어도단에 불과하다. (⋯중략⋯) '식민주의' 청산이 아니라 '친일' 청산이 될 때, 인류에 대한 범죄가 아니라 민족에 대한 범죄라고 할 때, 사회 정의는 우리들만의 잔치, 타자를 배제하고 억압하는 죽음의 잔치가 되고 말 것이다." 윤대석, 『식민지 문학을 읽다』, 소명출판, 2012, 49~50쪽.

40 경은 한국군인이 베트남 여성에 대해 폭력적이며 과도하게 남성성을 표출하는 것을 비판하기는 하지만, 그 비판은 감정적인 단계에 머무르며, 본격적인 논리의 형상을 가지지는 못하였다. 본래 4부작을 염두에 두고 있었던 「심야의 정담」이 3부로 마무리된 것이 아쉬운 것은 이 때문이다. 신상웅이 서둘러 작품을 마무리 짓는 과정에서 각 인물이 갖고 있던 문제의식들이 충분히 전개되거나 해소되지 못하고 피상적으로만 언급되었기 때문이다. 이 소설은 7·4남북공동성명과 10월 유신 등 정치적 변동 속에서 집필되지만, 결국 계획된 4회분을 채우지 못하게 된다. 이후 간행된 단행본도 판금조치를 당했다. 유달상, 앞의 글, 46쪽.

3. 호명의 불가능성과 군인되기의 임계(들)

1) 군인'들'의 비균질성과 호명의 균열

앞서 2절에서는 국가의 호명에 적극적으로 부응하여 남성으로서의 자신의 정체성을 획득하고자 하였던 청년의 형상을 살펴보았다. 이어서 3절에서는 국가의 호명에 의도적으로 불응하면서 국가가 상상한 남성상을 스스로 폐기하거나, 복합적인 이유로 국가의 호명에 응답할 수 없었던 청년 남성 주체들에 대해 논의하고자 한다. 국가권력은 청년 남성을 '군인'이라는 균질적인 집단으로 대상화하고자 하였으나, 실제 청년들의 처지와 상황은 매우 다양하였다. 더욱이 군복무의 형태나 군대 경험에도 편차가 컸으며, 나아가 군복무 경험을 인식하고 기억하는 방식도 단일하지 않았다. 즉 자의와 타의의 복합적인 역학 속에서 국가의 호명과 군대의 경험에서 '비껴나가는' 존재들도 상당했다.

성인 남성이 군복무를 수행하도록 하기 위하여 정부는 다양한 정책과 제도를 기획하고 실천하게 되는데, 앞서 짧게 언급했던 '학보병' 역시 그런 제도 중 하나였다. '학보병'은 복무기간 단축이라는 유인책을 제공하고, 병역을 기피하려는 대학생 청년을 징집하였을 뿐 아니라, 이후 이들의 대학 복학 및 등록을 유도함으로써 대학 재정의 확충도 의도하였다. 「심야의 정담」에 등장하는 세 인물 '준학', '민욱', '경' 역시 대학생 신분으로 이들은 1957년 '학보병'으로 군대에 편입된다. '학보병'이라는 제도가 대학생을 대상으로 하고 있다는 사실에서 볼 수 있듯,

군 복무에도 경제력과 학력의 차이에 기인한 계급차가 존재하고 있었다. 전방에 배치된 세 친구들은 '학보병'이었기 때문에, 1년 6개월의 비교적 짧은 군생활을 보내게 된다.

> (가) 그해 사월부터 시행된 학적보유병 제도는 처음 얼마 동안의 반신반의(半信半疑)와는 달리 너무 많은 지원자가 몰려들어 제때에 서류를 제출하지 못한 사람들은 각 지구 병사구 사령부 정모과 앞에 매일같이 도열해 서서도 입영영장을 따낼 재간이 없을 지경이었다. 그통에 그들도 하루하루 밀려나게 되었고, 결국은 2학기 등록금까지 내어서라도 학생자격을 유지하지 않을 수 없는 처지에 이르렀다. 웃지 못할 상황이었지만 가까스로 등록을 끝내고 시월 신학기를 맞은 한 달 뒤에도 영장을 받을 가망은 보이지 않았다. 민욱은 급기야 3천환을 찔러 넣어주었다. 준학도 같은 액수의 돈을 썼지만 경은 다급한 나머지 5천환이나 썼다고 했다.[41]

> (나) 욱아 틀림엄다, 학교사읍하는 족속들 농간으로 학보병 제도라는 말도 안되는 특혜조처가 맹글어진기란 말이다. 니, 두고 봐라, 내년부터 아들 대학 보낼라꼬 논밭 다 팔아 바치는 사람들이 훨씬 늘어날끼다. 이래저래 이놈으 세상 도둑놈만 키우는 기라.[42]

인용문 (가)와 (나)에서 보듯, 긴 군생활을 피하려는 대학생들의 지원 폭주는 사회적으로 여러 문제와 잡음을 야기하였다. 우선 학보병이

---

41 신상웅, 「심야의 정담(중)」, 『창작과비평』 25, 1972.가을, 459쪽.
42 위의 글.

되기 위해서는 대학생이라는 신분과 등록금이라는 경제적 조건이라는 '자본'이 필요했다. 이로 인한 갈등은 '귀휴' 후 민욱을 둘러싼 상황에서 극대화되어 나타난다. 제도에 따라 민욱은 1년 6개월의 복무 후 귀휴 명령을 받고 병영을 떠나지만, 그는 6개월 안에 복교를 해야 했다.[43] 다시 군대로 돌아가지 않기 위해서 민욱은 등록금을 마련해야 했지만, 사정은 여의치 못하였다. 자포자기하던 차, 동기 '영진'은 자신이 받아내지 못한 미수금을 민욱이 받아낸다면 그것을 등록금으로 빌려주겠다는 제안을 한다.

　다른 길이 없었던 민욱은 해방촌에 있는 채무자를 거듭 방문하고, 결국 채무자의 아들인 청년에게서 등록금에 해당하는 돈만을 돌려받게 된다. 하지만 민욱은 자신이 돌려받은 돈이 청년이 학보병이 되기 위해 마련해둔 등록금이었음을 알게 된다. 민욱은 안타까움에 돈을 돌려주려 하지만, 청년은 민욱의 본심을 오해하고 그의 행동이 자신을 모욕한 것이라고 판단하며, 급기야 몸싸움까지 이어진다. 청년은 "그것두 대학생 모독이란 말이냐, 그 따윗것들이 가는 곳이 대학이라면 나는 대학을 저주한다. 학보병 아닌 일반병으루 가는 것을 무쌍의 영예루 생각한다, 이 더러운 권위주의자들아―!"라고 "찢어지듯 울부짖는"다.[44] 이 사건은 민욱이 학업을 중단하기로 결심하는 결정적 이유가 된다.

43　"학보병은 육개월의 유예기간을 갖는 귀휴특명(歸休特命) 한 장으로 모든 것을 대신했다. 그들은 주어진 여섯달 안에 복교할 것을 서약하는 각서를 쓴 다음에야 그 이유를 설명 들었다. "복무연한이 이년으로 되어 있는 현행 병역법에 의거, 제군들은 육개월 뒤에야 본적지 시군읍면을 통해 제대증을 수령하게 된다. 그러나 그보다 더욱 중요한 것은 만약 제군들이 육개월 안에 복교 등록을 마치지 않았을 경우에는 재소집되어 남은 일년 반을 다시 복무해야 한다는 사실이다. 명심하라, 그 말이야." 위의 글, 501쪽.
44　위의 글, 535쪽.

「심야의 정담」은 다른 한편으로 형 민욱과 달리 변변한 학력을 갖추지 못한 조건에 놓인 동생 민세가 결국 강제 징집을 피하지 못하는 장면을 삽입하기도 한다. 이처럼 군 입대라는 국가의 의무는 모든 국민에게 주어졌지만, 각 개인의 경제적 조건이나 학력 자본의 차이에 따라 개인들은 비균질적으로 대답하였으며, 그것 자체가 불평등의 경험이었다. 당시에는 대학생이라는 사실 자체가 하나의 '특권'으로 기능하고 있었기 때문에, 학보병을 바라보는 군대 안의 시선 또한 긍정적이지 않았다.

주보에는 몇몇 분대장들이 소주병 앞에 모여 앉아 담배를 빨아대고 있었다. 그들은 민욱이 들어서자 드디어 잘 만났다는 투로 제가끔 한 마디씩 했다.
"이리와, 이 빵빵새끼, 대학 다닌 놈은 매가 튀나?"
(…중략…) "어떤 미친 놈이 빵빵제돌 만들어냈나. 배웠다는 저런 병신들은 군대에 한 십년 처박아 둬서 팍 썩혀야 제 맛이 난다구."[45]

세 명의 '학보병'은 대학을 다닌다는 것과 짧은 복무기간이라는 특혜를 누린다는 '다름'을 이유로 부대에서 폭언에 지속적으로 시달린

---

45 위의 글, 414쪽. '빵빵'이란 학보병의 군번이 00으로 시작함을 가리킨다. 이들은 군번에서부터 구별된 존재들이었다. 학보병이었던 김윤식(1936~)은 1950년대 당시 '국민개병제' 속에서도 대학생에게는 다소 관대했다고 회고하였다. "내 군번은 0007470이다. 앞에 000이 셋이나 붙은 이런 표난 군번이 주어진 것은 학보병인 까닭이다. (…중략…) 그럼에도 대학생에게만 예외적으로 관대했다. 대학 공부를 마칠 때까지 유보해주었던 것이다. 그런데 어쩐 이유에선지 대학생 중 재학 중에 입대하는 경우, 병역기간을 단축해주겠다는 당국의 제도가 한시적으로 마련되었다. 선택의 기회가 주어졌던 것이다. 이런저런 논의가 있었는데, 그 초점은 어느 쪽이 좀 더 이로우냐에 있었음은 새삼 말할 것도 없다."(김윤식, 『내가 살아온 20세기 문학과 사상』, 문학사상사, 2005, 420쪽)

다.[46] 특히 일본군 오장伍長 출신으로 그 사실을 은폐하는 '박수덕' 상사는 언어와 행위 모두에서 '황국군대'의 잔재를 버리지 못한 인물로 이들 세 청년과 주요한 갈등을 빚는다. 즉 군대는 균질적인 공간이 아니었으며, 그 비균질성과 불평등은 갈등과 폭력의 원인이 되었다.

또한 군대 내에서 효과적인 구성원 통제를 위해 작동하는 규율과 권력, 그리고 체제의 불합리성과 언어적·신체적 폭력은 수용 가능한 정도를 넘는 수준이었다. 군대 체제의 비합리성과 폭력성은 준학이 월북하는 원인이 된다. 준학은 어느 정도 사회에 비판적인 의식을 가지고 있었을 뿐 비교적 활발한 성격의 소유자였지만, 주용점의 편지를 함부로 뜯어보고 그것을 빌미로 희롱과 폭력을 행사는 군대 내의 비상식적인 상황과[47] 학보병에게 가해지는 불합리한 처우, 또한 연대장 사살 사건을 다루는 군대의 비합리적인 방식에 절망하여 월북을 선택하게 된다. 북한 역시 이러한 문제를 해결한 곳은 아니라는 점에서 준학의 월북 행위를 긍정적으로 이해하기는 어렵다. 하지만 그의 행위는 국가의 호명을 의식적으로 거부하고, 국가의 체제 바깥으로 일탈하는 움직임이었다. 준학의 존재와 월북이라는 행위는 군대를 통해 사회를 통합하고 통제하고자 하였던, 국가권력의 의지가 온전히 성취하지 못함을 극

---

46 역시 1957년 학보병으로 입대하였던 한완상(1936~)도 학보병에 대한 부정적인 시선에 대해 증언한 바 있다. "여하튼 학보병(대학생 징집자)에게 군대 생활은 의도적으로 가혹했다. 밥이라도 충분히 먹이면서 나무 마련하는 일이나, 숯 굽는 일이나, 군사 훈련을 시켜주길 바랐다. 그런데 배를 굶기면서 군부의 부패를 은폐하기 위해 거짓 학습시키는 그 뻔뻔스러움에 나는 치를 떨었다." 한완상, 「한국 군대 왜 이런가」, 『경기일보』, 2014.9.16.

47 준학이 경험한 상황은 1962년 애인으로부터 온 편지를 군대의 상관들이 돌려보고 희롱한 것이 실마리가 되어 학보병이 상관에게 총격을 가한 '학보병사건'을 연상하게 한다. 이청준도 이 사건을 바탕으로 소설 「공범」을 창작한다. 한국사사전편찬회, 「학보병사건」, 『한국근현대사사전』, 가람기획, 2005.

적으로 형상화한 사례이다.

준학의 월북은 이후 민욱과 경에게 상당한 부담을 안긴다. 준학처럼 주체가 깃들 장소를 국가 외부에 마련하지 않고, 한국사회의 일원으로 살아가기로 결심했다면, 군대가 극단적으로 드러내는 한국사회의 부조리와 불합리를 묵인하거나 어느 정도 불의에 동의할 수밖에 없었다. 이러한 내외적인 압박은 '남은 자'인 민욱과 경에게 죄책감을 불러일으켰다. 1년 6개월의 군생활이 끝난 후 도시 한복판에서 해방감과 희열감을 느끼던 민욱과 경은 문득 자신의 처지를 성찰하게 된다.

> 지금 그들이 누리는 희열은 무책임한 것일 뿐 아니라 경우에 따라서는 부도덕한 것인지도 모른다는 생각이 번뜩 머리를 스쳤다. 그들은 이유없는 특별 혜택을 입은 자의 겸양과 부담감을 까맣게 몰각하고 있었던 것이다. 삼년씩 묶여들 있는데, 다른 청년들로 말하면 이제 겨우 절반을 치른 셈인 그들이 군복을 벗었답시고 무턱대고 기뻐만 한다는 것은 용납될 수 없는 일인 것처럼 느껴졌다. 그것은 게으르고 안이한 이기적 도피 밖에 다른 아무 것도 아니었다. 민욱은 충고하는 기분으로 말했다.
> "우린 군복을 입는 바람에 도덕적으루 타락해 버린 게 아닐까, 이렇게 기뻐하구 있으니 말야?"[48]

두 사람은 자신들이 누린 특혜에서 소외된 대부분의 군인들을 생각하며, 자신의 무책임을 '부도덕'하다고 느낀다. 대학생으로서 학보병이

---

48 신상웅, 앞의 글, 504쪽.

라는 제도의 특혜를 누린 자신이 '도덕적으로 타락'한 것은 아닌지, 그리고 그 점에서 자신도 이미 한국사회의 억압적인 체제에 연루된 것은 아닌가 고민하게 된다. '귀휴'의 기쁨을 걷어내었을 때 드러난 자신에 대한 부끄러움을 동반한 민욱의 반성은, 물론 군대 내 폭력과 부조리, 그리고 거기에 연루된 자신에 대한 성찰의 결과였다. 하지만 이것은 단지 군대라는 제한된 공간의 문제가 아니라, 신생국가 대한민국의 (반)근대성과 남성성이 군대라는 공간에서 증폭되어 나타난 문제이기도 하였다. 이러한 비판적 인식은 그가 군대의 경험을 반성해 도달한 결과이기도 하였지만, 사실 그가 군대에 가기 전에 어렴풋이 느꼈던 '폭력의 예감'을 실제로 경험한 것에 불과하기도 하였다. 그는 부대 배치를 기다리던 작품 초반에서부터 군대의 폭력성을 예감하고 응시하고 있었다.

일본 제국주의 군대의 잔재와 아직은 식어 버리기에 너무나 시간이 없는 6·25의 화약 냄새 속에 병사의 일과란 고달프기만 하던 때였으니 말이다. 더구나 졸지에 비인간적이고 포학한 폭력만으로 뭉쳐진 병영의 울타리 안으로 내동댕이쳐진 그들이 수용연대, 훈련소, 배출대, 보충대를 차례로 끌려다니면서 그림자처럼 줄기차게 따라붙는 매혹적인 그것을 번번히 떨쳐버리기란 여간 힘드는 것이 아니었다. 그들은 그것에 진절머리를 느끼다 못해 나중에는 공포감에 사로잡히기까지 했다. (…중략…) 도대체 군대란 무엇인가. 유혹으로부터 시작되어 배신의 파멸로 끝나는 것이나 아닐까.[49]

---

49   신상웅, 「심야의 정담(상)」, 『창작과비평』 24, 1972.여름, 359쪽.

군대에 대한 민욱의 비판적인 인식은 용산역에서 "대동아공영권大東
亞共榮圈의 망령에 덜미를 잡혀 용약지원勇躍志願의 흰 광목을 어깨에 드
리우고 끌려간 식민지 학도병들의 원혼"[50]을 떠올리는 그의 상상을 통
해 더욱 부각된다. 민욱은 식민지 학도병과 대한민국의 군대를 겹치고
양자 모두로부터 불합리함과 폭력이라는 공통점을 도출함으로써, 군대
에 대한 비판적 입장을 형성하고 있었다. 비판의식을 견지한다는 점에
서 민욱은 준학이나 경과는 다른 방식으로 국가의 호명에 포섭되지 않
은 자리에 스스로를 위치시키고자 하고 있었다.

2) 트라우마의 발생과 입사initiation의 자발적 유보

입사 혹은 성장이란 주체가 어느 정도의 영혼의 상처를 감내하거나
극복하고 하나의 상징계인 사회에 편입하는 것을 의미한다. 군대 역시
한국사회에서 남성들이 통과해야 할 또 하나의 상징계였다고 할 수 있
다. 그런데 입사의 과정인 군대의 체험으로 인해 마음의 병을 얻거나
자의와는 상관없이 국가의 호명 외부에 서게 되는 존재들을 발견할 수
있다. 이 존재들은 대개 '외상후 스트레스장애'로 불리는 트라우마를
갖고 있는 인물들이다.[51] 군복무 중 겪게 된 일들로 인해 트라우마를 얻
은 이들은 이후 '정상적인' 일상생활을 영유하지 못한다. 하지만 이들

---

50 신상웅, 「심야의 정담(중)」, 『창작과비평』 25, 1972.가을, 491쪽.
51 사실 제대한 군인들이 겪는 병증에 대해 제대로 된 의미화가 이루어진 것은 베트남 전쟁
    이후에 이르러서였음은 주지의 사실이다.

은 일반인은 물론, 같은 공간에서 같은 경험을 공유했던 '전우'들에게서조차 공감과 이해를 받지 못한다. 이들은 남성이지만, '나약'하고 '하자'가 있는 존재로 규정되고, 호명에 적절하지 못한 이로 분류된다.

강용준의 「광인일기」는 한국전쟁에 같이 참전했던 '조순덕'을 '나'의 시각에서 서술하는 형식을 가지고 있다. 그는 한국전쟁 중 무공훈장을 두 개나 받은 용사였지만, 휴전 직후부터 점차 '폐인'이 되어간다. 전쟁 중에 조순덕은 독종이나 영웅으로 불렸고, 전설 속의 인물로 대우받았지만, 결국 전투 도중 쓰러져 의가사 제대를 하게 된다. 조순덕은 그 스스로 국가의 호명에 적극적으로 응답한 존재였지만, 결국 그는 간첩의 지원을 받았다는 기사의 대상이 되면서 자살로 삶을 마치게 된다. '나'는 조순덕이라는 한 인간의 정신과 육체가 전쟁과 군대를 거치며 완전히 망가져가는 과정을 추적하고 분석하지만, 끝내 조순덕을 패배자 혹은 사회 부적응자처럼 그려내고 있다.

다소 엄살을 떨자면 우리는 3년 동안 생사 고락을 같이해 온 사이다. 이와 같은 사정을 염두에 둘 때 지금의 나의 이 감정은 다소 박절한 것이 될지는 모르겠다. 그러나 나는 알고 있다. 아무래도 자네는 정상인이 아니었다. 보면 언제나 뒤로만 처져 돌아가고, 어딘지 정신이 나간 사람 같고, 뒤룩뒤룩 눈을 굴리고, 맥풀없이 흔들흔들거리고, 그래서 항상 웃음거리의 대상이던 자네, 요컨대 '등신 같은 인간'의 타이프로 이미 개성없는 문장들이 너무도 많이 우려먹은 그런 타이프의 인간이 바로 자네였다.[52]

---

52   강용준, 「광인일기」, 『창작과비평』 17, 1970.여름, 152쪽.

다른 한 편으로 '나'는 조순덕에 관해 나름의 공감과 이해를 보여주기도 하는데, 그 공감은 조순덕의 실존적 불안에 주목할 경우에 가능했다. '나'는 조순덕이 전장을 선택했고, 적진의 탱크로 뛰어들었던 것은 내면과 실존의 불안을 없애려는 의지와 강박 때문이었다고 분석한다. '내면의 불안'을 넘어 '정령의 세계'로 초월하고자 하였으나, 그 초월이 끝내 실패하고 살아남은 후 육체의 잔존을 견디지 못한 것으로 판단한다. 그는 "인간답게" "철저하게" 살고 싶었고 그렇기 때문에 장렬하게 전사해야 하지만, 그렇지 못했기에 결국 '불구'가 된 것이다. '나'의 분석에 따른다면, 조순덕의 '불안'에 근거한 과잉 의지는 국가의 호명 시스템을 초과하며 자기 파괴에 도달한 것이다.

이러한 조순덕의 행동은 여러 점에서 트라우마 환자의 전형적인 증상을 환기한다. 그러나 그의 트라우마가 전쟁과 '국가의 부름'으로 인해 만들어졌음에도, 결국 국가는 끝내 그를 버린다는 점에서 비극적이다. 「광인일기」의 성취는 한국전쟁 참전의 경험을 다루되, 전쟁 당시 상황보다 전쟁이 끝난 후 국가에 의해 배제된 '참전용사'의 자기 파멸의 과정을 긴 시간에 걸쳐 추적하고 있다는 데 있다.

한편 군 생활 이후 완전히 다른 존재가 됨으로써 국가의 호명에서 '비껴나가는' 존재도 찾을 수 있다. 서정인의 「벌판」에 나오는 '경철'이 그 예이다. 이 작품은 베트남 참전 경험 자체는 무척 간략하게 다루며, 그가 귀국하여 제대한 뒤 며칠간 일어난 일에 집중하고 있다. 경철의 입대 전 모습은 구체적으로 서술되지 않기 때문에 입대 전과 후를 직접 비교하는 것에는 다소 무리가 있지만, 서술자는 입대 전을 짐작할 수 있는 진술들을 곳곳에 배치해 두었다.

아버지는 잠시 말이 없었다. 그는 아들이 돌아오면 할 이야기가 굉장히 많다고 생각했었다. 그런데, 그 산의 고무신 바닥과 아들의 농구화 바닥이 축축한 황토 위에 가서 닳는 소리만이 유난히 크게 들려올 뿐 머리 속이 휑-하니 비어 버렸다. 더러 생각이 나지 않는 것은 아니었지만, 잔가지들이 다 잘려 버리고, 잎사귀들이 다 져버려서, 줄기만 앙상하게 뻗어 있는 것이, 조금도 이야기할 만한 것으로 보여지지 않았다. 그는 아마 '아들이라는 것'만을 너무 생각했던 모양이었다. 막상 나타난 것은 '아들'이라거나, '막둥이'라거나 하는 추상적인 것이 아니라, 대단히 구체적인 하나의 물질, 하나의 독립된 고깃 덩어리, 거대한 단백질 덩어리였다.[53]

아버지는 경철을 막둥이로 기억하며 그를 마중하러 나가지만, 기대했던 재회와 달리 아버지는 아들 경철에게서 이질감을 느낀다. "복숭아처럼 보송보송 어린애 티를 채 못벗었던 아들이 눈밑이 거무스름하게 겉늙어서 돌아온" 것이었다. 대견스런 마음도 한 편에 있었지만, 아버지는 아들이 완전히 다른 존재가 되었음을 느끼고 낯섦을 느끼게 된다. 제대 후 며칠 동안 경철의 동선을 추적한 서술자에 따르면, 경철은 대개 철든 어른처럼 행동하였지만, 때로는 동네 무뢰배 같은 행동과 언사, 태도를 보인다는 점에서 '군대에 다녀와서 번듯한 사람이 되었으리라'는 기대를 배반한다. 그렇다고 그가 군대 체제에 부적응한 것도 아니었다. 그는 '옥포집' 기생을 앞세운 채 읍사무소의 직원을 '구워삶아' 대출을 성사시키는 '능력'을 보여준다는 점에서, 분명 군필자의 여유와

---

53   서정인, 「벌판」, 『창작과비평』 30, 1973.겨울, 941쪽.

수완을 보여주었기 때문이다.

이 작품에서 경철은 결국 갑자기 집을 떠나는 것으로 형상화되는데, 이로 인해 경철의 입사에 대한 평가는 끝없이 유보될 수밖에 없다. 그는 베트남 참전을 "까마득한 옛날에 있었던 일처럼" 느끼고 있으며, 참전의 기억과 상처가 그에게 어떤 형태로 발현될지 드러내지 않고 있다. 이것은 역설적으로 아직 경철이 파병 경험에 관해 시간적 객관적 거리를 충분히 마련하지 못하고, 자신의 삶과 군생활을 분할하지 못했음을 의미한다. 다만 짐작할 수 있는 것은 경철이 참전의 경험을 기억하고 해석하는 방향이 국가의 의도에 부합하지는 않으리라는 사실이다.[54] 서정인의 「벌판」은 국가의 성급한 의미화를 벗어나서 주체에 연루된 전쟁 경험을 이해하는 데 시간을 요청하고 있음을 보여준다.[55]

---

54 이는 베트남 전쟁터에서 "희생이란 언제나 값진 겁니다. 그 영혼을 위해 기도해 드리겠읍니다"라는 군목의 말에 "개새끼"라고 중얼거리는 「심야의 정담」의 경에게도 해당될 것이다. 신상웅, 「심야의 정담(하)」, 『창작과비평』 26, 1972.겨울, 968쪽.

55 「벌판」에 나타난 경철의 입장을 보다 맥락화하여 이해하기 위해서는, 1960년대 초기 소설부터 '주체'의 타율성과 책임이라는 주제에 관한 서정인의 관심에 대한 포괄적인 접근이 필요하다. 서정인의 등단작 「후송」 또한 군에서의 경험과 신체의 증상을 형상화하고 있다. 이수형, 「서정인 초기 소설에 나타난 주체의 타율성과 책임의 관련 양상」, 『한국학논집』 34, 계명대 한국학연구소, 2007.

4. 결론을 대신하여 — 여성의 거울로서의 남성

신생국가 대한민국은 국가의 의무로 부여한 군복무를 통해 청년 남성을 호명하였고, 군복무를 마친 이들을 대한민국의 '국민'으로 규정하여 대한민국이라는 '상상된 공동체'를 구성하였다. '국가의 부름'은 군복무를 하지 않는 여성, 성소수자, 장애인 등의 주체를 배제하는 목소리이기도 하였다. 즉 군인이 되기를 요청하는 대한민국의 호명은 한반도에 사는 전체를 포괄하지 못하는 호명이었고, 그 점에서 성공적으로 호명에 맞추어 주체를 갱신하는 경우보다는 호명에 자의적/타의적으로 응답하지 않는/못하는 주체의 모습이 보다 일반적인 주체의 모습일 가능성도 열려 있다. 국가의 호명 자체에 균열이 있었고, 그에 대한 주체의 대응 역시 불충분하였지만, 그럼에도 불구하고 군대라는 구조는 대한민국의 역사적 전개과정에 주요한 누빔점으로 기능하였다.

특히 군필 남성들의 노동력에 의거하여, 혹은 범람하는 군대식 구호 등을 외치고 부착하면서 대한민국이 급격한 산업화의 과업을 성취했다는 점은, 남한 자본주의의 발전과정과 군사주의적 남성성, 그리고 근대성의 관련에 대한 보다 복합적인 문제를 요청한다.

'민족'과 '민중'이라는 표상을 제안하며, 진보적인 입장을 자처하였던 『창비』가 군대와 관련된 뚜렷한 입장을 보이지 않았음도 이러한 점에서 비판적으로 고찰할 필요가 있다. 이것은 단지 당시 군대에 대한 비판이 부재하다는 현상을 넘어서, 국가, 자본주의, 근대주의가 공모하고 착종된 한국사회의 정향에 관해 『창비』가 군사주의 성찰 및 '젠더'

라는 시각에서 비판적으로 사유하지 못했음을 의미한다.

한국 문화사의 전개과정을 염두에 두자면, 1950년대 아프레걸의 출현에서 잠시 목격할 수 있었던 여성의 사회진출은 1960~70년대 한국 사회의 군사화와 베트남 파병, 그리고 남성성에 기반한 근대주의의 전면화와 더불어, 사그라들며 보수화하게 된다. 이후 1980년대 후반 페미니즘 논의가 활발해지기 전까지『창비』역시 젠더적 관점에서 생산적인 논의를 제안하지 못하였다.

비록 논리적인 형식을 갖춘 채 제출되지는 못하였으나,『창비』를 비롯하여 1960~70년대의 매체에는 남성성/여성성이라는 관점에서 볼 때 문제적인 문화적 재현물들이 다수 게재되었다. 이 글은 그러한 논의를 위한 첫 단계로서 우선『창비』의 남성성을 검토하였다. 이 글의 논의를 기초로 삼아 이후에는『창비』에 게재된 문화적 재현물을 여성성이라는 시각에서 분석해보고자 한다. 이를 통해 1960~70년대 한국사회에서 남성성과 여성성이 상호규정적인 관계 속에서 형성되고 재현되는 양상을 젠더정치의 맥락에서 그 의미를 고찰하고자 한다. 이러한 성찰은 1960~70년대 이래 단속되고 현재에까지 규제적인,[56] 남성성을 공유한 국가, 자본주의, 근대주의의 공모와 착종에 기반한 사유의 형식과 삶의 양식을 탈구축할 계기와 가능성을 발견하는 시도가 될 것이다.

---

56 이혜령은 최근의 미디어가 자본주의적 사회환경과 개인의 성장을 조화롭게 제시하고 있음에 주목하여, 이러한 문화적 재현을 두고 '목가적 자본주의'로 규정하였다. 이때 개인의 성장은 취직을 통한 입사 성공 뿐 아니라, 낭만적 사랑의 성취와 스위트홈의 완성이라는 계기도 포함한다. 이러한 미디어의 재현과 동시에 '여성혐오' 담론이 확산되고 있다는 점에서, 남성성/여성성과 한국의 근대라는 문제의 현재성을 발견할 수 있다. 이혜령, 「신여성과 일본군 위안부라는 문지방들—'목가적 자본주의의 폐허에서 식민지 섹슈얼리티 연구를 돌아보며」,『여성문학연구』33, 한국여성문학학회, 2014 참조.

참고문헌

1. 기본자료

「개병주의를 강조, 이대통령 병역문제에 지시」, 『동아일보』, 1956.3.22.
『창작과비평』
신상웅, 『심야의 정담』, 汎友社, 1973.
한완상, 「한국 군대 왜 이런가」, 『경기일보』, 2014.9.16.

2. 단행본

권보드래·천정환, 『1960년을 묻다』, 천년의상상, 2012.
_____ 외, 『1970 박정희 모더니즘』, 천년의상상, 2015.
김윤식, 『내가 살아온 20세기 문학과 사상』, 문학사상사, 2005.
문승숙, 이현정 역, 『군사주의에 갇힌 근대』, 또하나의문화, 2007.
염상섭, 『염상섭 전집』 8, 민음사, 1987.
윤대석, 『식민지 문학을 읽다』, 소명출판, 2012.
한국사사전편찬회, 『한국근현대사사전』, 가람기획, 2005.
존 베이넌, 임인숙·김미영 역, 『남성성과 문화』, 고려대 출판부, 2011.

3. 논문

김예림, 「정체, 인민, 그리고 베트남(전쟁)이라는 사건」, 『역사문제연구』 32, 역사문제연구소,
    2014.
김우영, 「베트남 전쟁을 기억하기, '추모'와 '망각'을 넘어서-안정효의 『하얀전쟁』을 중심으로」,
    『현대문학의 연구』 54, 한국문학연구학회, 2014.
_____, 「초기 『창작과비평』과 『분례기』의 의미」, 『한국현대문학연구』 49, 한국현대문학회,
    2016.8.
김우영·장문석, 「한국(문)학을 묻다-권보드래·천정환, 『1960년을 묻다』, 천년의상상, 2012」,
    『민족문학사연구』 52, 민족문학사학회, 2013.
백낙청, 「시민문학론」, 『민족문학과 세계문학』, 창작과비평사, 1978.
방민호, 「어둠 속 3인행의 의미와 행방」, 민족문학연구회 편, 『꿈꾸는 리얼리스트』, 범우사, 1998.
복도훈, 「1960년대 한국 교양소설 연구-4·19 세대 작가들의 작품을 중심으로」, 동국대 박사논

문, 2014.

손유경, 「백낙청의 민족문학론을 통해 본 1970년대식 진보의 한 양상」, 『한국학연구』 35, 인하대 한국학연구소, 2014.

송은영, 「박정희 체제의 통치성, 인구, 도시」, 『현대문학의 연구』 52, 한국문학연구학회, 2014.

유달상, 「신상웅 소설의 작중 인물 연구―「히포크라테스 흉상」과 『심야의 정담』을 중심으로」, 중앙대 석사논문, 2008.

이수형, 「서정인 초기 소설에 나타난 주체의 타율성과 책임의 관련 양상」, 『한국학논집』 34, 계명대 한국학연구소, 2007.

이혜령, 「'해방기' 식민기억의 한 양상과 젠더」, 『여성문학연구』 19, 한국여성문학학회, 2008.

_____, 「신여성과 일본군 위안부라는 문지방들―목가적 자본주의의 폐허에서 식민지 섹슈얼리티 연구를 돌아보며」, 『여성문학연구』 33, 한국여성문학학회, 2014.

장문석, 「후기식민지라는 물음―최인훈의 『회색의 의자』에 관한 몇 개의 주석」, 『한국학연구』 37, 인하대 한국학연구소, 2015.

허윤, 「1950년대 한국소설의 남성 젠더 수행성 연구」, 이화여대 박사논문, 2015.

Jongwo Han · L. H. M. Ling, "Authoritarianism in the hypermasculinized state―Hybridity, patriarchy, and capitalism in Korea", *International Studies Quarterly* 42-1, 1998.

저자 소개

소영현(蘇榮炫, So, Young-Hyun)
현재 연세대학교 국학연구원 HK연구교수로 재직 중이다. 『문학청년의 탄생』(2008), 『부랑청년 전성시대』(2008), 『분열하는 감각들』(2010), 『프랑켄슈타인 프로젝트』(2013), 『감정의 인문학』(공저, 2013), 『문학사 이후의 문학사』(공저, 2013), 『감성사회』(공저, 2014), 『하위의 시간』(2016), 『올빼미의 숲』(2017), 『집합감성의 계보』(공저, 2017), 『문학사를 다시 생각한다』(공저, 2018) 등을 썼다.

김 항(金杭, Kim, Hang)
연세대학교 신문방송학과를 졸업하고, 서울대 대학원 언론정보학과에서 석사를, 도쿄대학교 대학원 표상문화론 전공으로 박사를 받았다. 현재 연세대학교 국학연구원 부교수로 재직 중이다. 『말하는 입과 먹는 입』(2009), 『제국일본의 사상』(2015), 『종말론 사무소』(2016) 등을 썼다.

최기숙(崔基淑, Choe, Key-Sook)
연세대학교 국어국문학과를 졸업하고, 동 대학원에서 문학박사를 받았다. 현재 연세대학교 국학연구원 부교수로 재직 중이다. 『처녀귀신』(2010), 『Bonjour Pansori!』(공저, 2017), 『집단감성의 계보』(공저, 2017), *Korean Classic Tales with Commentaries*(2018) 등을 썼다. 최근 논문으로 「조선후기 여성의 '문화/문학'적 실천(讀/書/行)을 통한 한국 '고전/문학' 연구의 재성찰-성찰적 한국학을 위한 학제적 재맥락화」(2016), 「여종과 유모: 17~19세기 사대부의 기록으로부터-'일상·노동·관계'와 윤리 재성찰을 위하여」(2017) 등이 있다.

신주백(辛珠柏, Sin, Ju-Back)
연세대학교 국학연구원 HK연구교수, 역사학자. 한국 근현대의 학술사, 민족운동사, 일본군사사, 역사교육사를 주로 연구하며, 이를 동아시아사의 맥락에서도 파악하려 노력하고 있다. 『PLUM-BOON』이란 잡지에 대만사를 연재하고 있다. 지은 책으로 『만주지역 한인의 민족운동사』(1999), 『1930년대 국내 민족운동사』(2005), 『역사화해와 동아시아형 미래 만들기』(2014), 『한국 역사학의 기원』(2016) 등과 공저로 『분단의 두 얼굴』(2005), 『한중일이 함께 쓴 동아시아 근현대사』 1·2(2012), 『처음 읽는 동아시아사』 1(2016), 『근대화론과 냉전 지식 체계』(2018) 등이 있다. 논문으로는 「1910~20년대 동북아시아에서 환율의 추이와 해외 민족운동 단체의 재정문제 初探」(2016), 「1910년 전후 군주제에서 민주공화정체로 정치이념의 전환」(2017) 등이 있다.

김나현(金娜賢, Kim, Na-Hyun)
연세대학교 학부대학 강사. 1960∼80년대의 문학, 문화, 담론을 공부한다. 최근 논문으로 「1970
년대 민중시의 주체 구성」(2017), 「노동시의 일인칭」(2017), 공저로『김수영 연구의 새로운 진
화』(2015)가 있다.

송은영(宋恩英, Song, Eun-Young)
연세대학교 국어국문학과에서 박사학위를 받았으며, 현재 성공회대학교 동아시아연구소 학술연
구교수로 재직 중이다. 공저로『1960년대 문학과 문화의 정치』(2015)가 있고, 논문으로는 「1960∼
1970년대 한국 대중사회논쟁의 전개 과정과 특성」(2013), 「1970년대 후반 한국 대중사회 담론의
지형과 행방」(2014), 「김병익의 초기 대중문화론과 4・19세대의 문화민주주의」(2014) 등을 썼다.

손유경(孫有慶, Son, You-Kyung)
서울대학교 국어국문학과 교수. 감성연구(emotion studies)에 관심이 많다. 지은 책으로는『고통
과 동정』(2008),『프로문학의 감성 구조』(2012),『슬픈 사회주의자』(2016), 공저로는『다시 돌아보
는 러시아 혁명 100년』(2017),『백 년 동안의 진보』(2015), 옮긴 책으로『지금 스튜어트 홀』(2006)
등이 있다.

박연희(朴娟希, Park, Yeon-Hee)
동국대학교 한국문학연구소 연구교수. 주요 논문으로는 「김수영의 전통 인식과 자유주의 재론」
(2011), 「박인환의 미국 서부 기행과 아메리카니즘」(2012), 「1970년대『창작과비평』과 민중시 담
론」(2014), 「1970년대 제3세계적 시각과 세계문학론」(2015) 등이 있고, 공저로는『아프레걸 사상
계를 읽다』(2009),『할리우드 프리즘』(2017),『다시 보는 한하운의 삶과 문학』(2017),『미당 서정
주와 한국 근대시』(2017) 등이 있다.

유승환(劉承桓, Yoo, Sung-Hwan)
대전대학교 박사후 연구원. 주변적 존재들의 언어 및 양식과 끊임없이 경합하고 교섭하며 만들어지는 역동적 장으로서의 한국문학에 관심을 가지고 공부하고 있다. 주요 논문으로 「황석영 문학의 언어와 양식」(2016), 「1923년의 최서해」(2017), 「적색농민의 글쓰기」(2018) 등이 있다.

전우형(全祐亨, Chon, Woo-Hyung)
중앙대학교 연구처 중앙사학연구소 부교수. HK⁺접경인문학 연구단에서 동아시아 근·현대문학과 영화의 만남을 연구한다. 지은 책으로 『식민지 조선의 영화소설』(2014), 공저로는 『조선영화와 할리우드』(2014), 『할리우드 프리즘』(2017) 등이 있다.

김우영(金佑營, Kim, Woo-Young)
세종대학교 대양휴머니티칼리지 초빙교수. 성균관대학교 국어국문학과 졸업, 서울대학교 석·박사 졸업. 주요 논문으로는 「김일엽 문학과 자아의 의미」(2008), 「이청준 문학의 언어 의식 연구」(2015), 「초기 『창작과 비평』과 『분례기』의 의미」(2016), 「여성 지식인의 외부자 되기와 그 임계(臨界) ‒ 손장순 작품을 중심으로」(2016) 등이 있으며, 『김일엽 선집』(2012)을 엮어내었다.